U0912032

谨以此书
纪念毛主席发表非洲研究指示五十周年
并献给中非合作论坛第五届部长级会议

This book is dedicated to the 50th anniversary of the publicity of Chairman Mao’s instruction on African Studies and to the 5th Ministerial Conference of the Forum on China-Africa Cooperation

社科学术文库

LIBRARY OF ACADEMIC WORKS OF SOCIAL SCIENCES

非洲游

邵华泽题

李新烽 著

上

中国社会科学出版社

图书在版编目(CIP)数据

非凡洲游/李新烽著.—北京：中国社会科学出版社，2013.9
(社科学术文库)
ISBN 978-7-5161-2516-8

Ⅰ.①非… Ⅱ.①李… Ⅲ.①游记—作品集—中国—当代
②非洲—研究—文集 Ⅳ.①I267.4②D74-53

中国版本图书馆 CIP 数据核字(2013)第081064号

出 版 人 赵剑英
选题策划 冯 斌
责任编辑 冯 斌
责任校对 李 莉
责任印制 戴 宽

出 版 中国社会科学出版社
社 址 北京鼓楼西大街甲158号(邮编100720)
网 址 http://www.csspw.cn
中文域名:中国社科网 010-64070619
发 行 部 010-84083685
门 市 部 010-84029450
经 销 新华书店及其他书店

印 刷 北京君升印刷有限公司
装 订 廊坊市广阳区广增装订厂
版 次 2013年9月第1版
印 次 2013年9月第1次印刷

开 本 710×1000 1/16
印 张 55.5
字 数 932千字
定 价 128.00元(上下册)

凡购买中国社会科学出版社图书,如有质量问题请与本社联系调换
电话:010-64009791
版权所有 侵权必究

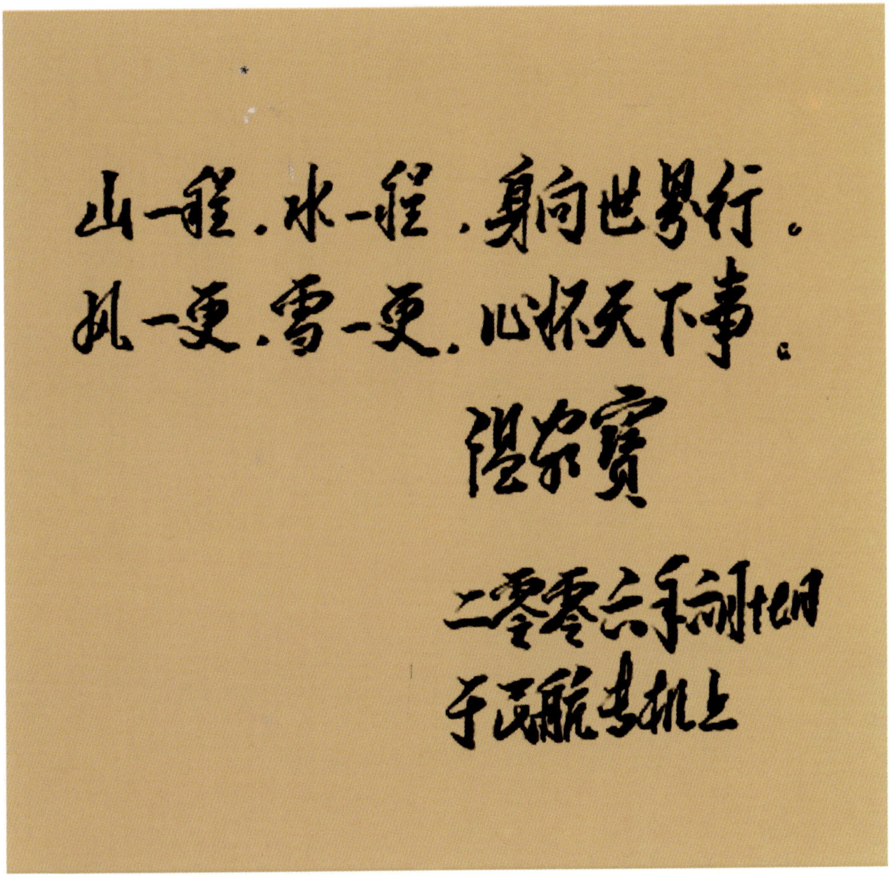

中共中央政治局常委、国务院总理温家宝为本书作者《非洲踏寻郑和路》一书题词

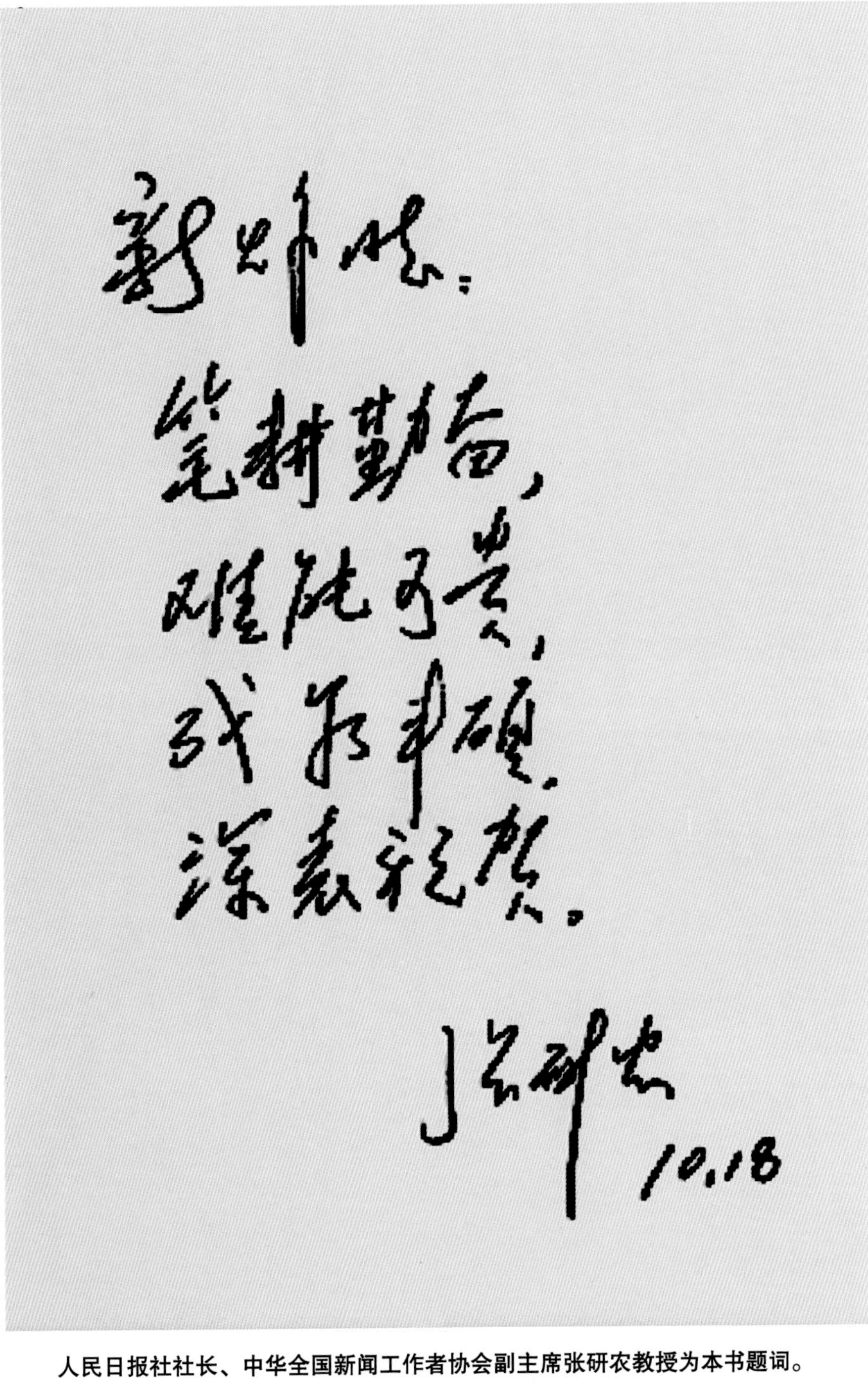

人民日报社社长、中华全国新闻工作者协会副主席张研农教授为本书题词。

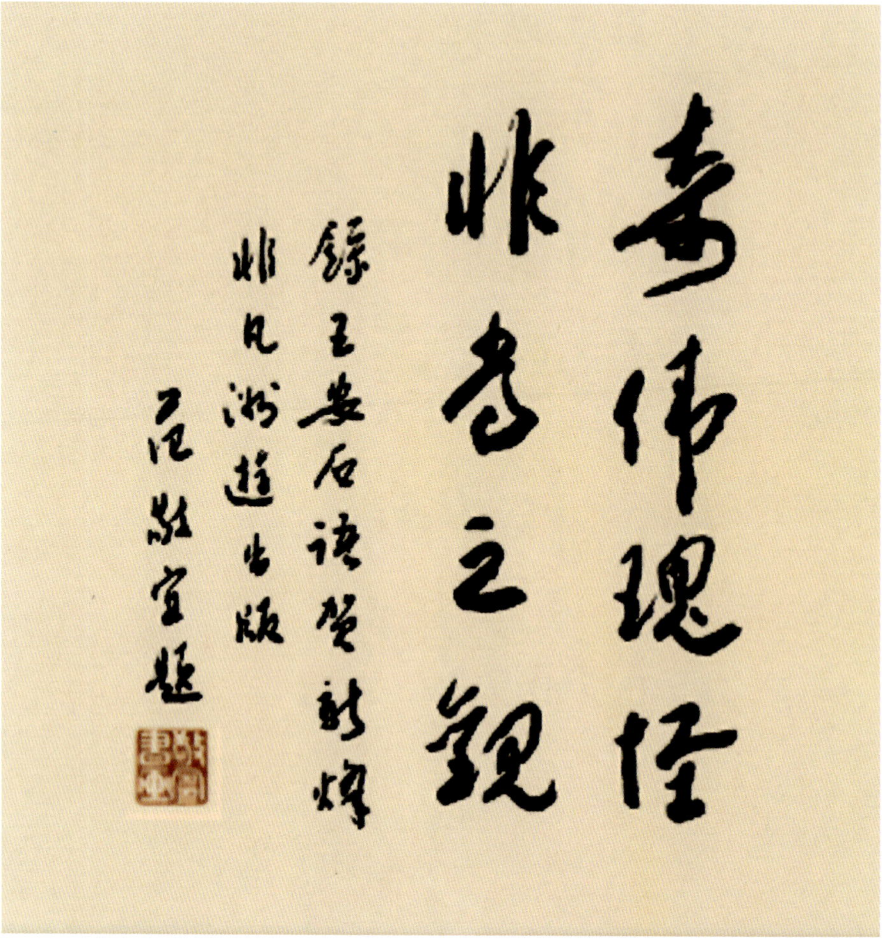

人民日报社原总编辑、清华大学新闻与传播学院前院长范敬宜教授为本书题词。

当代著名画家、中国美术家协会会员、北京画院一级美术师韦江凡教授特作《非清流而不饮》祝贺《非凡洲游》出版，喻意深刻，寄予厚望。

荣誉证书

李新烽同志在 2002 年度工作中，爱岗敬业，表现突出，被评为先进个人。

人民日报社

2003 年 1 月 17 日

荣誉证书

李新烽同志：

荣获环球时报 2003 年度"特殊贡献奖"。特发此证。

环球时报编辑部

2004年 1 月

中国政府援建的非洲联盟会议中心位于非洲联盟总部——埃塞俄比亚首都亚的斯亚贝巴。项目于 2009 年 1 月破土动工，2012 年 1 月落成并正式启用。其间共有 1200 名中国和埃塞俄比亚工人参与建设。大楼高 100 米，大会议厅能容纳 2500 人。在大楼落成典礼上，非盟轮值主席、赤道几内亚总统特奥多罗·奥比昂·恩圭马称赞中国送给非盟的这一新礼物“是新非洲的象征，是我们这个组织生涯中一个极其重要的时刻。”图为正在建设中的非洲联盟会议中心，摄于 2011 年 3 月。

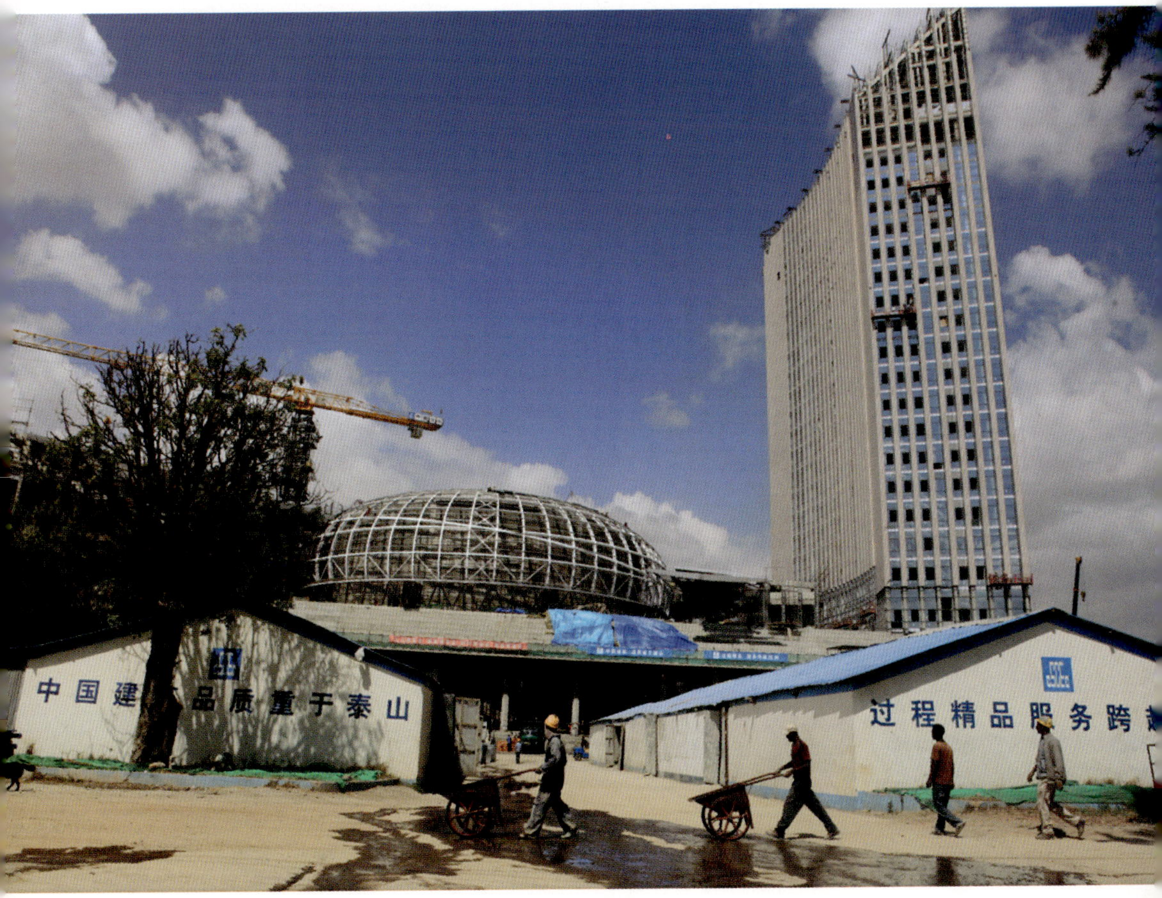

内存知己
涯若比邻

温总理与非洲青少年在一起。

(左页上图）温总理在刚果（布）首都布拉扎中学讲台上。
(左页下图）布拉扎中学的学生向温总理致意。

坦桑尼亚总统基奎特在达累斯萨拉姆首都机场举行隆重仪式欢迎温总理来访。图为温总理在欢迎仪式上检阅坦桑尼亚三军仪仗队。

（右页上图）坦桑尼亚总统基奎特（左三）与总理洛瓦萨（右一）陪同温总理观看文艺演出。中国外长李肇星（左二）一同观看。

（右页下图）在加纳总统库福尔（左二）的陪同下，温总理在阿克拉看望我援建公路建设项目的工程技术人员，并与他们合影。

CREC

“我今天也穿上了你们的白大褂，我虽然不能像你们一样救死扶伤，但我们都是和平友谊的使者。”温总理的这番话赢得热烈掌声。图为温总理代表中国政府向刚果（布）达朗盖医院赠送药品，中国卫生部部长高强（前排中）陪同。

在乌干达总理恩西班比（前排右三）的陪同下，温总理来到乌干达首都坎帕拉的艾滋病防治中心访问，看望在该中心就诊的艾滋病患者。图为温总理与候诊的艾滋病患者亲切交谈，本书作者（前排右二）随行采访报道。

[新华社记者 李学仁　摄]

南非斯威士族男子整装待发准备去参加在原野上举办的传统文化节。

原野上的传统牛角号声正在唤醒一个古老民族的现代化意识。

（上图）传统文化节上，身着盛装的南非斯威士族少女。

（下图）传统文化节上的小观众。

祖鲁王嫁女，皇家舞蹈队气势不凡。

（右页上图）祖鲁王嫁女，婆家人科萨族的少男少女们在婚宴前即兴表演。

（右页下图）祖鲁女性的穿着有讲究：祖鲁少女以裸露上身为美，展示健美丰满的胸部（前排左）；一旦订婚就不能外露乳房，必须藏而不露（前排右）；成为他人之妻后更要“守妇道”，将自己比较严实地武装起来（前排中）。

祖鲁王千里嫁女，娘家人祖鲁族男子远道送别，祖鲁王（前排左五）走在送亲队伍的前列。

非洲人的衣、食、住、行。

（左上图）埃塞俄比亚人爱吃“蒸饼”；（左下图）科摩罗妇女服装艳丽；（右页上图）“千丘之国”卢旺达小伙子的“摩托队”表演遵守交规；（右页下图）赞比亚农村的传统民居其乐融融。

（上图）“石头城”大津——巴布韦历史悠久，“石头城”里的代表性建筑——实心圆锥形塔的作用与意义至今仍是一个谜。

（下图）草裙舞是埃及文化的一个代表。

乌干达的赤道风情：

（上图）西红柿有水果与蔬菜之分，您能从摊位上或男孩的手中辨认出来吗？

（下图）乌干达的赤道圈与中国生产的自行车圈“三圈相交”。

世界上宽度最长的瀑布——维多利亚大瀑布，位于津巴布韦与赞比亚边界。

毛里求斯神奇的“七色土”。

美丽的非洲大陆。

乌干达比温迪国家公园里的“非洲大熊猫”——山地大猩猩，简称山猩猩，生活在该国的深山密林中，白色后背是雄性的标记，为“一家之长”。

（右页上图）非洲大草原上的母狮子，这头“肉食动物”似乎没有想象中的那样凶猛。

（右页下图）非洲大草原上的犀牛，是“非洲五大兽”之一。

Arg you ready?

two

one

frve

six

tight

I´m ready,one on

three

four

乔贝河中的大象大战。乔贝河是博茨瓦纳与纳米比亚的天然国界线。

seven

nint

非洲是动物的“天堂”，肯尼亚的马萨伊马拉野生动物园是观赏动物的最佳地点。豹子是爬树的高手，您看，它正在“高瞻远瞩”，寻找目标。

（上图）狐猴是岛国马达加斯加独有的珍稀动物，反应灵敏，动作迅速，很是招人喜爱。

（下图）河马，顾名思义既离不开水，又以食草为生。千万不要以为它是“草食动物”不会伤人，它的攻击力相当猛烈，特别是不要占用它的“水道”——站在河马与水源之间，那样就把自己置身于非常危险的境地。

（上图）赞比西河是非洲第四大河流。图为赞比西河的落日。
（下图）桌山是开普敦的天然标记。图为桌山朝阳。
（右页图）白浪滔滔好望角，红花芦荟醉游人。

（上图）迷人的毛里求斯海滨。
（下图）动感世界离不开水。

红、白、绿的美好世界。

“美色不同面皆佳于目。”参赛 2001 年“世界小姐”选美的各国佳丽云集南非著名旅游度假胜地——太阳城。美女如云，张张笑脸，楚楚动人，假如让你当评委，您会选哪一位?

（右页上图）2001 年“世界小姐”前三名，尼日利亚小姐折桂，黑人姑娘首获此荣。

（右页下图）2003 年“南非小姐”前三名，不同的肤色反映了“彩虹国度”的种族和解。

SCOTLAND

SOUTH AFRICA

“我与‘南非小姐’比个头。”2004 年“南非小姐”身高过人，选美大赛中始终“鹤立鸡群”。您瞧，尽管本书作者身高 1.78 米，悄悄踮起脚尖似乎还稍逊一筹。［新华社驻南非首席记者 陈铭 摄］

（右页图）“南非小姐”向往中国。这位漂亮女孩对本书作者表示：“中国是一个伟大的国度，具有悠久的历史和灿烂的文化，我十分向往中国，渴望了解中国，希望能得到你的帮助。”本书作者在 2005 年离任南非前，特地送给她一本介绍中国的书。

China

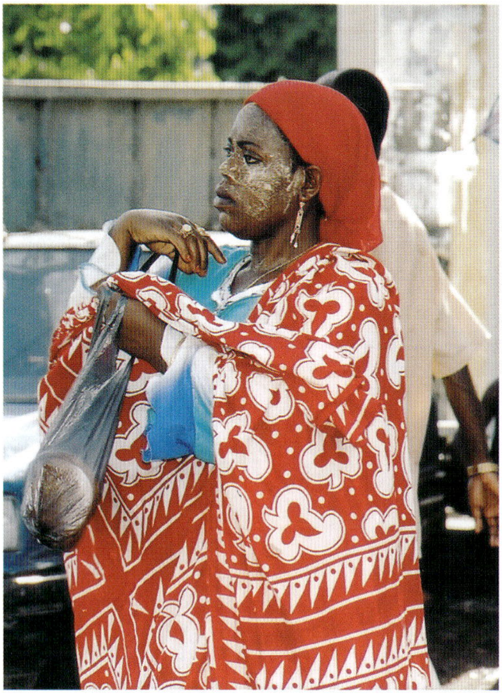

爱美之心人皆有之。在长期的生活实践中，非洲人民认识到一些植物的保健和美容作用，将其涂在脸上是一种传统的天然美容护肤霜。

非洲人、特别是非洲妇女习惯于用头顶东西，这种生活习惯是从小养成的。

自家门前

儿童是人类的未来和祖国的花朵，青年学生总是洋溢着青春热情、满怀着美好憧憬。你瞧，这群非洲少年儿童多么可爱！黑色是美丽的，黑人乐观开朗的性格和能歌善舞的特长值得我们学习。

（上图）2004 年 6 月 1 日，曼德拉在南非约翰内斯堡举行记者会，正式宣布退出公众生活。图为曼德拉与各国记者合影。［曼德拉的秘书 泽尔塔·勒格朗热 摄］

（下图）2006 年 6 月 21 日，温总理与姆贝基总统在南非开普敦举行记者会。图为本书作者就如何进一步加强中南文化交流、促进中南两国人民之间的了解向姆贝基总统提问。［新华社记者 李学仁 摄］

总 目 录

再版序言

序 A 研究非洲　宣传郑和 …………………………………… 王伟光（3）

序 B 博大、绚丽、深邃 ……………………………………… 王巨才（9）

序 C 时代呼唤非洲研究力作 ……………………………… 刘贵今（11）

初版序言

序 A 一个记者的幸福生活 ………………………………… 米博华（17）

序 B 萦绕非洲的思绪 ……………………………………… 周　明（20）

序 C 非洲研究的力作 ……………………………………… 陆庭恩（23）

上　　册

序曲

刮目看非洲——人头？脚印？ ………………………………………（1）

第一编　感动非洲 ………………………………………………（15）

◎第一章　“我回家了！” …………………………………………（18）

◎第二章　重访非洲 ………………………………………………（39）

◎第三章　白衣天使 ………………………………………………（66）

◎第四章　坦赞铁路 …………………………………………………… (81)
◎第五章　中非论坛 …………………………………………………… (107)

第二编　非洲猎奇 …………………………………………………… (141)

◎第六章　动物世界 …………………………………………………… (144)
◎第七章　名人趣事 …………………………………………………… (175)
◎第八章　生死奇闻 …………………………………………………… (195)
◎第九章　民俗风情 …………………………………………………… (210)
◎第十章　体育艺术 …………………………………………………… (231)

第三编　非洲探险 …………………………………………………… (259)

◎第十一章　“自由”天地 ……………………………………………… (262)
◎第十二章　难民生活 ………………………………………………… (283)
◎第十三章　战争前线 ………………………………………………… (295)
◎第十四章　恢复稳定 ………………………………………………… (309)
◎第十五章　迎来和平 ………………………………………………… (331)

下　　册

第四编　非洲览胜 …………………………………………………… (355)

◎第十六章　美丽风光 ………………………………………………… (358)
◎第十七章　倩影佳人 ………………………………………………… (378)
◎第十八章　旅游天堂 ………………………………………………… (407)
◎第十九章　资源王国 ………………………………………………… (435)
◎第二十章　世界遗产 ………………………………………………… (469)

第五编 非洲纪行 …………………………………… (497)

◎第二十一章 幽默南非 …………………………………… (500)
◎第二十二章 发展经济 …………………………………… (534)
◎第二十三章 加强法治 …………………………………… (575)
◎第二十四章 重视教育 …………………………………… (610)
◎第二十五章 战胜病灾 …………………………………… (650)

第六编 非洲复兴 …………………………………… (671)

◎第二十六章 国王皇帝 …………………………………… (674)
◎第二十七章 退休总统 …………………………………… (701)
◎第二十八章 大陆外交 …………………………………… (721)
◎第二十九章 非洲触角 …………………………………… (743)
◎第三十章 非洲联盟 …………………………………… (761)

尾声 …………………………………… (783)

附录一 …………………………………… (798)

附录二 …………………………………… (806)

初版后记 …………………………………… (822)
再版后记 …………………………………… (825)
Introduction …………………………………… (827)
Contents …………………………………… (829)

目　录

（上册）

再版序言

序 A 研究非洲　宣传郑和 …………………………………… 王伟光（3）

序 B 博大　绚丽　深邃 ………………………………………… 王巨才（9）

序 C 时代呼唤更多非洲研究力作 ……………………………… 刘贵今（11）

初版序言

序 A 一个记者的幸福生活 …………………………………… 米博华（17）

序 B 萦绕非洲的思绪 ……………………………………………… 周　明（20）

序 C 非洲研究的力作 ……………………………………………… 陆庭恩（23）

序曲

刮目看非洲——人头？脚印？ …………………………………………（1）

第一编　感动非洲 ………………………………………………………（15）

◎第一章　“我回家了！” ………………………………………………（18）

　　第一节　以情动人暖人心 ……………………………………………（19）

　　第二节　以理服人得人心 ……………………………………………（23）

第三节　推己及人顺人心 …………………………………… (28)
第四节　平易近人贴人心 …………………………………… (32)
第五节　寄语感人振人心 …………………………………… (35)

◎第二章　重访非洲 …………………………………………… (39)
第一节　长城连着金字塔 …………………………………… (40)
第二节　公路上延伸友谊 …………………………………… (42)
第三节　书声朗朗迎贵客 …………………………………… (45)
第四节　祖国惦念外交官 …………………………………… (47)
第五节　与七国元首会谈 …………………………………… (50)

◎第三章　白衣天使 …………………………………………… (66)
第一节　和平友谊的使者 …………………………………… (67)
第二节　与非洲“朋友”握手 ………………………………… (68)
第三节　“故乡”红土寄深情 ………………………………… (71)
第四节　神奇银针传友谊 …………………………………… (75)
第五节　友好使者建奇功 …………………………………… (77)

◎第四章　坦赞铁路 …………………………………………… (81)
第一节　人间伤别情悠长 …………………………………… (82)
第二节　“斑马”跨越大裂谷 ………………………………… (85)
第三节　非洲唱响《东方红》………………………………… (89)
第四节　各方共商寻良策 …………………………………… (93)
第五节　如何更好帮非洲 …………………………………… (98)

◎第五章　中非论坛 …………………………………………… (107)
第一节　“走进非洲”五十年 ………………………………… (108)
第二节　中非论坛今与昔 …………………………………… (115)
第三节　中华文化非洲行 …………………………………… (120)
第四节　非洲要学“中国龙” ………………………………… (127)

第五节　解读《大明混一图》 …………………………………… (134)

第二编　非洲猎奇 …………………………………………… (141)

◎第六章　动物世界 …………………………………………… (144)
第一节　参观非洲“大熊猫” …………………………………… (145)
第二节　动物驰骋大草原 ……………………………………… (149)
第三节　目睹大象当“法官” …………………………………… (154)
第四节　雄狮“立业”出“家园” ……………………………… (159)
第五节　企鹅象鸟火烈鸟 ……………………………………… (163)

◎第七章　名人趣事 …………………………………………… (175)
第一节　姆贝基牵牛赔罪 ……………………………………… (175)
第二节　穆加贝强顶压力 ……………………………………… (177)
第三节　孝子中奖变老板 ……………………………………… (182)
第四节　“换心之父”爱美媚 …………………………………… (183)
第五节　美王后红杏出墙 ……………………………………… (192)

◎第八章　生死奇闻 …………………………………………… (195)
第一节　“非洲维纳斯”之死 …………………………………… (195)
第二节　卡比拉遇刺之谜 ……………………………………… (199)
第三节　奇异杀人湖揭秘 ……………………………………… (203)
第四节　婴儿在树上降生 ……………………………………… (205)
第五节　她带着枪伤问世 ……………………………………… (207)

◎第九章　民俗风情 …………………………………………… (210)
第一节　酋长门前搭戏台 ……………………………………… (210)
第二节　名模痛诉割礼苦 ……………………………………… (214)
第三节　“我是‘处女’我光荣” ………………………………… (220)
第四节　埃塞人爱吃“蒸饼” …………………………………… (222)

第五节 传统民居藏智慧 …………………………………………………… (226)

◎第十章 体育艺术 …………………………………………………… (231)
第一节 南非喜迎世界杯 …………………………………………………… (231)
第二节 高原长跑出英雄 …………………………………………………… (240)
第三节 木雕石雕鸵鸟蛋 …………………………………………………… (244)
第四节 民居设计讲艺术 …………………………………………………… (251)
第五节 电影院里谈观感 …………………………………………………… (254)

第三编 非洲探险 …………………………………………………… (259)

◎第十一章 “自由”天地 …………………………………………………… (262)
第一节 盖完“公章”被“押运” …………………………………………… (262)
第二节 “绝对自由”起枪声 …………………………………………… (266)
第三节 两种侵占命运异 …………………………………………………… (270)
第四节 匹夫深知亡国痛 …………………………………………………… (275)
第五节 新政府任重道远 …………………………………………………… (279)

◎第十二章 难民生活 …………………………………………………… (283)
第一节 “凸库”难遮风和雨 …………………………………………… (283)
第二节 露天“课堂”书声琅 …………………………………………… (286)
第三节 生活度日如度年 …………………………………………………… (288)
第四节 难民管理劳苦心 …………………………………………………… (290)
第五节 难民何日回故园 …………………………………………………… (293)

◎第十三章 战争前线 …………………………………………………… (295)
第一节 此去向北第一程 …………………………………………………… (295)
第二节 边城呈现和平景 …………………………………………………… (298)
第三节 前线采访费周折 …………………………………………………… (299)

第四节 观察员不辱使命 …………………………………………………… (303)
第五节 兄弟何必动干戈 …………………………………………………… (307)

◎第十四章 恢复稳定 …………………………………………………………… (309)
第一节 “国中之国”起战乱 ………………………………………………… (309)
第二节 华侨逃离莱索托 …………………………………………………… (314)
第三节 种族屠杀惊世界 …………………………………………………… (320)
第四节 发人深省大悲剧 …………………………………………………… (325)
第五节 终止政变求稳定 …………………………………………………… (328)

◎第十五章 迎来和平 …………………………………………………………… (331)
第一节 “逐客令”引发战火 ………………………………………………… (332)
第二节 刚果(金)握手言和 ………………………………………………… (336)
第三节 萨文比死于非命 …………………………………………………… (343)
第四节 安哥拉喜迎和平 …………………………………………………… (349)
第五节 布隆迪顺利过渡 …………………………………………………… (351)

再版序言

preface A【序 A】

王伟光

研究非洲　宣传郑和

608 年前，伟大的航海家、中国杰出的和平使者——郑和开始了七下西洋的壮举，云帆高挂，劈波斩浪，吹响了人类向蓝色海洋进军的号角，拉开了世界地理大发现的序幕，开辟了中国通往世界的“海上丝瓷之路”。在历时 28 年七下西洋的过程中，郑和舟师曾四次登陆非洲大陆，访问东非沿岸多个国家，开通中非之间官方交往的渠道，奠定了中非关系的良好基础，留下了一笔丰厚的政治、经贸、外交和文化遗产。

中国近代伟大的政治家们，对郑和下西洋有着各自的解读。

郑和七下西洋之时，中国拥有世界三分之一的财富。“乃郑和竟能于十四个月之中而造成六十四艘之大舶，载运二万八千人巡游南洋，示威海外，为中国超前轶后之奇举。”孙中山先生在《建国方略》中看到的是当时综合国力之强盛。

邓小平同志从国家大政方针的高度看到的是当时的开放：“现在任何国家要发达起来，闭关自守都不可能。我们吃过这个苦头，我们的老祖宗也吃过这个苦头。恐怕明朝明成祖时候，郑和下西洋还算是开放的。明成祖死后，明朝逐渐衰落。”

中华民族崇尚和平，倡导和谐，“以和为贵”，以和为美。郑和船队访问了亚非 30 多个国家和地区，没有侵占别国一寸土地，没有掠夺他人一分钱财，没有贩卖非洲一个奴隶。以中国当时的实力，“是不为也，非不能也”，因为世界一流船队出使的目的，不是抢掠土地、索取财物和奴役他人，而是为了开展交流、发展友谊、拓展贸易。1964 年 2 月周恩来总理在访问非洲发表演说时，称赞郑和“为中非友谊作出过重大贡献”。

众所周知，继郑和远航之后，葡萄牙人登陆非洲大陆，烧杀抢掠，无恶不作。恩格斯指出：“葡萄牙人在非洲海岸、印度和整个远东寻找的是黄金；黄金一词是驱使西班牙人横渡大西洋到美洲去的咒语；黄金是白人刚踏上一个新发现的海岸时所要的第一件东西。”运用“剑与火”在非洲进行大肆掠夺和残酷镇压的西方殖民者，又岂能与郑和“丝与瓷”的和平之旅同日而语、相提并论？

2004 年，在纪念民主南非十周年和中非伙伴关系论坛上，南非总统姆贝基指出：“历史告诉我们，在几百年前，不论是非洲人还是亚洲人，都没有把对方看成是野蛮人。虽然远隔重洋，但双方都认为自己的福祉依赖于另一方的幸福生活，这一意愿所反映的基本思想闪耀着人类的理性光辉。正是基于这一意愿，15 世纪中国船队到访非洲港口所带来的是互惠互利的合作，而不是随着阿拉伯人和欧洲人而来的奴隶贸易和殖民主义所带来的毁灭与绝望。”

对于致力推动共同建设和谐世界的当代中国学者来说，郑和航海与非洲的关系研究——无论是郑和研究还是非洲研究，无论是古代中非关系研究还是现代中非关系研究，都是一个十分重要的课题。

但是，回顾近百年郑和研究的历史，其中论及郑和与非洲的论著和论文，特别是直接论述郑和与非洲关系的论文与论著，数量和篇幅都很有限，论题也比较狭窄，对郑和与非洲这一主题的论述与全面、系统、深入研究尚有相当距离。至于深入非洲，实地考察调研，进行实证研究更是鲜有人涉足。

中非之间虽相距遥远，彼此文化也存在差异，但共同的历史遭遇、共同的发展任务、共同的战略利益、共同的未来前景把我们紧紧联系在一起。中国和非洲互为真诚的朋友，相互同情，相互理解，相互支持，相互合作。在事关对方核心利益的问题上，我们从来都是立场鲜明、毫不含糊地支持对方。在台湾问题、人权问题上，在对待所谓的“中国威胁论”、“新殖民主义论”上，非洲朋友坚定地站在中国一边。毛主席当年曾感慨道，是非洲朋友把我们“抬进”联合国的。与此同时，中国人民一贯支持非洲人民的民族解放运动，努力帮助非洲国家进行经济建设，不断推动非洲实现自主和可持续发展，并在国际舞台上仗义执言，捍卫非洲大陆的合法权益。

自2000年中非合作论坛成立以来，中非之间政治关系不断加强，经济往来日益密切，文化交流走向深层。这里仅以经贸合作为例，中非经贸合作正处在历史最好时期。继2008年中非贸易额突破千亿美元大关后，双方贸易持续健康发展，互补性不断增大。据最新统计，2012年中非贸易额达1985亿美元，同比增长19%，近10年平均增幅超过30%。我国自2009年起已连续4年成为非洲第一大贸易伙伴国。中国继续加大对非洲国家的投资力度，投资项目注重增强非洲国家自主发展能力，愈加关注非洲当地的民生问题，不断增强中国企业的社会责任。2012年中国对非直接投资29亿美元，同比增长70%。截至去年，中国对非洲的直接投资累计超过150亿美元。非洲已是我国海外能源资源的重要供应地、我国第二大海外承包工程市场。

在援助方面，非洲是中国对外援助重点地区之一。1956年中国开始对非洲国家提供援助。截至2012年底，我国共向53个非洲国家提供了援助，援建了1000多个成套项目，涉及工农业、基础设施、公用民用建筑、文教卫生等多个领域。今年是中国向非洲派出医疗队50周年，50年来累计派出1.8万人次的医疗人员，诊治了2.5亿人次的非洲患者。同时，我国还提供了一大批受援国急需的生产生活物资、技术援助和现汇援助。比如，向坦赞铁路持续不断注入资金以保证其正常运营、向遭受干旱侵袭的“非洲之角”各国援助粮食以缓解饥荒，等等。事实表明，中非之间全方位、多角度、深层次的交流与合作，内容广泛、领域广阔、前景广远。

今年3月，中国国家主席习近平上任后的外交开局之旅就出访非洲，足以说明中国珍视中非传统友谊，重视加强中非新型战略合作伙伴关系。在坦桑尼亚发表的题为《永远做可靠朋友和真诚伙伴》的演讲中，习主席全面阐述了新时期中非共谋和平、同促发展的政策主张，指出中非是命运共同体，强调中国“真”、“实”、“亲”、“诚”对待非洲。这四个字就像画龙点睛一样，不但对中非关系进行了提纲挈领、真实生动、具体形象的总结和阐述，而且为中非关系健康、全面、快速发展注入了新活力与正能量，发人深省、耐人寻味、催人奋进。

然而，相对于中非关系的飞速发展及其取得的巨大成就，我们的非洲研究是相对滞后的。50年前，毛泽东主席就曾坦诚指出："我们对于非洲的情况，就我来说，不算太清楚。应该搞个非洲研究所，研究非洲的历史、地理、社会经济情况。我们对于非洲的历史、地理和当前情况都不清楚，所以很需要出一本简单的书，不要太厚，有一二百页就好。可以请非洲朋友帮助，在一二年内就出书。内容要有帝国主义怎么来的，怎样压迫人民，怎样遇到人民的抵抗，抵抗如何失败了，现在又怎么起来了。"中国社会科学院西亚非洲研究所就是根据毛主席的这一指示成立的，肩负起我国非洲研究"国家队"的重任。

研究国际问题，相互了解、知己知彼是前提。对于遥远的非洲大陆，我们只有加强了解，搞清楚基本情况，才能进行深入研究。新烽同志曾是人民日报社常驻非洲的记者，足迹遍及大半个非洲大陆，在采写非洲的新闻实践中，以记者的职业敏感、独特视角和深层思考，观察非洲、体验非洲、理解非洲，其《非洲踏寻郑和路》与《非凡洲游》这两部专著，以区别于西方记者、学者的中国视角和清新朴实的优美文笔，给我们讲述了中非友好的动人故事，叙写了中非友谊的壮美篇章；向我们展示了非洲大陆的多姿多彩，记录了非洲人民的多灾多难；让我们目睹非洲姐妹的曼妙舞姿，耳闻黑人兄弟的美丽歌咙，感悟非洲大陆的前进脚步……为我们进一步认识非洲、了解非洲、研究非洲，开辟了一个的新窗口。正如米博华同志在《非凡洲游》的序言中所言："新烽同志领着我们走进非洲，触摸非洲，使我们不无惊奇地看到另一个非洲：一个神秘而亲切的非洲，一个美丽而忧伤的非洲，一个奔放而自尊的非洲，一个狂野而智慧的非洲。"

在人类的帆船时代，郑和舟师经历了千难万险，付出了千辛万苦，其中一艘船只在肯尼亚帕泰岛附近触礁，船员脱险登陆帕泰岛融入非洲社会，与当地女子通婚，落地生根数百年仍不忘记自己的中国根。当地人把中国船员当年落难居住的村庄称为"中国村"，把落难船员的后裔叫作"中国人"。作为采写帕泰岛"中国人"的第一位中国记者，新烽的系列报道在《人民日报》发表后引起强烈反响。其报道对现实产生了两个直接影响：一是他发现的"中国学生"姆瓦玛卡·沙里夫作为非洲留学生，如愿以偿来到中国学习中医，就读于南京中医学院；二是中国与肯尼亚签订了中非之间首个考古协议，中肯两国考古专家经过5年的调查论证得出三点结论：拉木群岛仍居住着中国人后裔，相传他们是郑和船员的后代；拉木地区是中国古瓷器的仓储之地，在肯尼亚发现的

40多处中国古瓷器中，拉木地区最重要；拉木群岛的帕泰岛附近海域可能有中国沉船。

目前，中肯两国的考古合作已进入第二阶段，作为重要援外项目，中国政府无偿出资2000万元，寻找传说中的郑和船队的沉船，进一步破解中非古代文化交流、经贸往来的一些历史疑团。这一消息在肯尼亚引起广泛关注，当地人对中国考古队的专家说："过去我们是朋友，现在我们是兄弟。"

中肯联合考古工作同时受到国际媒体的高度关注。2010年8月，当中国考古队在当地发掘出一枚明代"永乐通宝"铜钱时，英国广播公司以"一枚钱币改写中非历史"为题进行了文字和视频报道。该报道开篇指出："一枚毫不起眼的铜币，却能颠覆我们对早期东非历史的认知，更引发了东非对当代中国角色的再思考。"

2013年3月，肯尼亚传来另一个与郑和有关的消息：美国科学家在肯尼亚的曼达岛上发现了一枚600年前的中国铜钱，从而为郑和船队早于欧洲人到达东非提供了又一新证据，进而改写了国际贸易史。据英国《每日邮报》网站3月14日报道，两名美国科学家——查普鲁卡·库辛巴和斯隆·威廉斯带领团队在肯尼亚进行联合考察，他们在帕泰岛附近的曼达岛上发现了一枚罕见的600年前的中国铜钱——"永乐通宝"，明朝永乐年间（1403—1424年）发行的钱币。库辛巴说："这枚铜钱中间有一个用于穿绳的方孔，表明早在欧洲探险家到来之前数十年，中国已经与东非开展贸易了。""我们知道，非洲始终与世界其他地区存在联系，但这枚铜钱开启了关于中国与印度洋沿岸国家关系的讨论。"

谈及郑和船队访问东非，肯尼亚国家博物馆奇里亚玛博士指出："我们发现，中国人对待东非有着与欧洲人迥异的态度"，"他们派遣使者携带礼物前来，表明他们对我们平等相待，也表明肯尼亚在葡萄牙人到达之前，已与外界有了紧密的联系，是一支活跃的海上力量，这对肯尼亚在思考今天与东方的联系有着深远的影响。中国与东非有着比欧洲人更为古老的贸易联系，当今中国对非贸易的发展实际上正是这一传统的延续。很久之前，东非海岸始终是向东方而非向西方看的，如今，这些发现给了政治家们更充足的理由去坚持：'让我们向东看'，因为长久以来，我们一直如此。"

根据系列报道扩充、结集出版的专著《非洲踏寻郑和路》更是受到学术界和普通读者的广泛关注，赢得一片赞誉，先后荣获全国“五个一工程奖”、中国改革开放优秀报告文学奖、徐迟报告文学奖、华侨文学奖等多种全国性奖项。2006年6月，在出访非洲的专机上，李肇星外长把《非洲踏寻郑和路》一书推荐给温家宝总理，温总理阅读后欣然在该书的扉页上题词：“山一程，水一程，身向世界行；风一更，雪一更，心怀天下事。”温总理的题词不但是对新烽同志的鞭策和鼓励，而且是对我们非洲研究的鼓舞和期望，同时也为我们社会科学研究提出了要求，指明了方向。

“莫嫌荦确坡头路，自爱铿然曳杖声。”正是对非洲大陆的情有独钟，对非洲研究、郑和研究的专注执着，2008年8月，李新烽作为人才引进调入中国社会科学院西亚非洲研究所，专业从事非洲问题研究，实现了从报道非洲到研究非洲的角色转换。恰逢毛主席关于非洲研究的指示发表52周年，欣闻中国社会科学出版社再版《非洲踏寻郑和路》和《非凡洲游》两部专著、南非人文科学院出版社也即将出版这两部著作的英文版，特表祝贺。这两部专著中、英文版的相继问世，不但能够帮助中国读者朋友进一步了解非洲、认识非洲，而且能够帮助非洲朋友进一步了解郑和、认识中国。

我国领导人历来十分重视非洲研究、郑和研究。毛泽东主席作出关于成立非洲研究所的指示，朱德委员长强调“要保护好郑和父亲的坟墓和墓碑，这是研究郑和最重要的文献史料”。邓小平、江泽民、胡锦涛、习近平同志多次谈到中非友谊的重要性与郑和下西洋的重大意义。这对我们进一步研究非洲、研究郑和，更好地宣传非洲，宣传郑和，更好地用科研成果服务祖国、服务时代，都是极大的鞭策和鼓舞。

非洲研究是一个巨大的宝藏，等待着有志者去深入开掘；郑和与西亚非洲关系研究蕴藏着丰厚的政治、经济和外交遗产，等待着有志者去努力开拓；非洲研究、郑和研究的不断深入更是等待着有志者去辛勤耕耘。在祝贺两部专著再版和英文版出版之际，更希望新烽同志继续保持在非洲当记者时那么一股热情，那么一股干劲，在非洲研究、郑和研究中迈出新步伐，取得新成果！

（本序作者为中共中央委员、中国社会科学院院长、党组书记、学部主席团主席）

preface B【序B】

王巨才

博大　绚丽　深邃

这是一部颇具文献品格的大作，一部汪洋恣肆、百科全书式的力作。作者以记者的严谨、作家的睿智、学者的渊博，融新闻的真实性、文学的审美性、学术的思辨性为一体，赋予作品一种博大、绚丽、深邃的气质。作品展示的是一个神秘遥远而又奇异多彩的世界，书中既有政治风云的纵情描绘，又有社会风情的精心刻画，使人大开眼界，大长见闻，浸淫其中，不忍释卷。无论是题材的新颖、内容的翔实，还是架构的严整、文笔的流畅，都会使人不时地联想到斯诺，联想到马可·波罗，甚至联想到《徐霞客游记》、《大唐西域记》这样的传世之作。

《非凡洲游》数十万言，数百幅图片，称得上包罗万象、卷帙浩繁，但看起来毫无冗长疲惫之感。相反，却时时会从大量闻所未闻、见所未见的新知和议论风生、激情充盈的卓见中获得阅读的欢欣和顿悟的兴奋，并为作者厚实的文化修养和文字功力所叹服。作品中的许多章节，即使单独以文学的角度去审阅，也都是可以当作美文去鉴赏的。以“感动非洲”中的《人间伤别情悠长》为例，温总理去凭吊为修筑坦赞铁路而牺牲的烈士，仪式不会太多，时间也不会太长，但作者从总理在现场的一言一行中领悟到其重情重义的人格魅力，从谋篇布局到语言文字，都反复突出了一个“情”字，使得通篇文章蕴藉了一种一唱三叹、回肠荡气的美学意蕴。特别是作者在书写过程中，几次情不自禁地插入“烈士们，你们知道吗？今天，在紧张的访问日程中，人民共和国的总理专程看望大家来了”等这样的抒情之笔，使总理之情和民众之情交融共鸣，从而便产生了一种惹人动容、引人泪下的强烈感染力。而第21章中的《狗邻居和女主人》这样的文字，又以其记叙的诙谐机智，堪称幽默小品中上乘之作。此外，像对南非诺贝尔文学奖获得者纳丁·戈迪默的长篇采访和对库切的生平及作品的评述，设题精当，论说深入，对人们思考许多重要的文字课题都有启迪和教益，与当下专以报料隐私、追捧名人的无聊专访旨趣迥异。只是这两篇专以文学为题，而又分量不轻的东西被勉强放在“加强教育”的编目下，稍感不甚得当，让人总有些担心被遮蔽或忽略的顾虑。

可以看出，作者李新烽是一位勤奋的、自强不息的、对事业对工作有着不懈追求和献身热情的人。作为一名驻外新闻记者，除马不停蹄地完成每天的新闻报导任务，又要为计划中的鸿篇巨制进行素材的积累、文稿的构思和写作的准备，其付出的辛劳、倾注的心血是可想而知的。在蝇营狗苟、追名逐利等不正之风严重侵蚀文化队伍的行为规范和道德良知的现实情景下，他的这种使命意识、职业操守和敬业精神，是很让人尊敬和感佩的。出手不凡的《非凡洲游》和此前的《非洲踏寻郑和路》，已经无可置疑地显示了他丰厚的生活、知识资源和强劲的创作实力，因而，以更加丰硕的成果回报社会回应时代自是情理之中的事情。对此，正像已经给他以热情鼓励的领导和新闻同行一样，我们也完全有理由对他抱以真诚的祝愿和热切的期待。

（本序作者是中国散文学会会长、中国作家协会原党组副书记、评论家）

preface C【序C】

刘贵今

时代呼唤更多非洲研究力作

2011年是毛泽东主席作出非洲研究指示50周年，国内举办了多次纪念活动；2012年7月，中非合作论坛第五届部长级会议将在北京举行。值此时机，中国社会科学出版社决定同时推出李新烽博士研究非洲的三部著作——《郑和与非洲》、《非洲踏寻郑和路》（修订本）及《非凡洲游》。《非洲踏寻郑和路》（修订本）作为“记者调研”，是新烽历时6年，不辞艰辛，苦苦追寻郑和下西洋到达非洲足迹的研究成果；《郑和与非洲》是对郑和下西洋四次访问非洲的全面深入研究，进一步解答了人们的有关疑虑，并在此基础上提出了自己的新观点；《非凡洲游》的副题“我在非洲当记者”，顾名思义，是新烽驻非洲8年记者生涯、走访非洲26国所见、所闻、所为、所思的亲历心得和见解。

2001年至2007年，我在南非当大使6年期间，有5年与新烽在南非做人民日报社驻南非首席记者、人民网和环球时报社驻南非特派记者同期，相互常有交往。我回国担任中国政府非洲事务特别代表和达尔富尔问题特别代表后不久，新烽就与人合著《全球视野下的达尔富尔问题研究》一书同我切磋。我对新烽印象最深的一点，就是他的敬业精神和记者兼学者的秉赋。职业道德使他常怀中国传统知识分子的良心和责任感，具有吃苦耐劳和锲而不舍的精神，并凭着记者对于信息的敏感和学者研究问题的严谨，铸就了他在新闻和学术领域的成功。他书中涉及的许多非洲国家及人和事，不少是我所常驻过的国家或所熟悉的对象，读来亦备感亲切。

即将再版的这两部专著，不是一般的游记和猎奇读物，它们覆盖了作者足迹所至大半个非洲的自然地理、风土人情、历史文化、政治经济，以及非洲人民对和平、发展的渴求，对中国人民的友谊和期望，内容丰富，意蕴深刻。书中洋溢着作者对于非洲大陆的热爱和深情，贯穿着两条相得益彰的主线：记者眼中的鲜活故事和学者笔下的历史典故。读故事，你会觉得兴趣盎然；看历史，你会感到厚重充实。尤其值得称道的是，作者在对事件和人物背景进行预研的基础上，迈开双脚，不惜冒着危险，深入现场搜寻线索和实地采访，收集了大量第一手材料，再予以深入研究和提高，做到言之有物，立论有据，集原创性、学术性和通俗性为一体，无怪乎这两部书一出版就受到学者好评和读者喜爱，并先后获得多个全国性优秀图书、新闻和报告文学奖项。2006 年 6 月，作者随团采访温家宝总理访问非洲 7 国时，总理在专机上欣然为《非洲踏寻郑和路》题词，肯定作者的著作，勉励其继续努力。我想，这也包含着国家领导人对我们非洲研究的期望。

除这两部大作外，新烽凭着自己的才气和勤奋，多有其他著述问世。这次出版的《郑和与非洲》就是他主编的深入研究郑和远航与非洲关系的新作，得到著名非洲问题专家、南开大学教授张象老师的好评。张教授认为：“作者从新的视角、新的领域出发，收集了大量新材料、新内容，用社会科学和自然科学、书斋研究与实地考察、历史意义与现实影响‘三结合’的方法论述写作，从而使其专著独具特色。”“新烽用摆事实分析原由的方式进行论述，努力用第一手材料来说明问题，展示中非友谊的源远流长；他通过阐述郑和舟师在非洲的深远影响，进而批驳了西方白人“发现非洲”的谬误；他提出首批华人在明初就“移居非洲”，这一论断将非洲华人华侨的历史提前了二三百年。”

我自 1981 年起从事对非工作凡 30 年，目睹和经历了中非关系的风雨和变革。今日中非已结成“新型战略伙伴关系”，中国已成为非洲最大的贸易伙伴，非洲也是中国的主要投资目的地，中国公司和公民已遍布非洲的各个角落，中非之间合作的规模、深度、广度和势头均前所未有，今非昔比。但中国公众对非洲的了解、中国学者对非洲问题和中非关系的研究，却显得与此不相适应。

我最近几年因工作需要，常去欧洲出差，在伦敦的大街上随便走进哪家书店，都可以看到书架上摆放着各类有关非洲的书籍，而回到北京，即便到长安街的王府井新华书店，除了可见几本非洲旅游手册外，若想找点关于非洲问题的著作，真是难乎其难。我在国内有几次应邀参加非洲国别投资论证会，大家也往往只能发表些泛泛议论，而鲜见有专家详细了解有关非洲的国情，包括政局、法规、税收、交通、民俗、最新经济状况和综合投资环境等，而我们对这些国家的潜在投资动辄就有数亿美元甚至更多。这种对非洲深入了解的现实需求和相应知识的短缺，对比是如此鲜明。如这一状况不能尽早改变，我们不知还会走多少弯路和付出多少“学费”。中非关系的可持续发展，也将会受到制约和影响。

西方尤其是欧洲，凭其长期的地缘、历史、语言和文化优势，迄今仍主导着对非洲研究和非洲问题的话语权，并且出于复杂心态，不时借此对中非关系说三道四。中国在对非关系大发展的同时，也遇到许多新问题和新挑战，中国在非洲的形象亦趋于多面和复杂，亟待我们认真研究，与时俱进，妥谋对策。中国应该有更强的战略思维和长远考量，充分发挥自身优势，即中国的独特视角和对非政策，并凭借中非关系的强劲发展和双方频繁互动，在过去50年对非洲研究积累的基础上，创立自己的非洲学，完善自己的非洲观，使我国的非洲研究再上台阶，以适应和服务于新形势。中非关系的现状和需求正催动着我国官方和学界加大对非关注和研究投入，并呼唤更多非洲研究力作的问世。

（本序作者为中国亚非学会会长，浙江师范大学中非商学院院长，
中国政府前非洲事务特别代表、达尔富尔问题特别代表，
中国前驻津巴布韦、南非大使）

初版序言

Preface A【序 A】

米博华

一个记者的幸福生活

做自己喜欢做的工作，去自己愿意去的地方，是一种快乐人生。李新烽同志热爱记者职业，又钟情于非洲大陆。他背着简单的行囊，在非洲走过 26 个国家，用充满想象、饱蘸激情的笔，记录下所见所闻所思所想。这是艰辛的跋涉，也是一种神奇的体验、诱人的经历和幸福的生活。

继《非洲踏寻郑和路》出版之后，新烽同志又推出《非凡洲游》。倘对这部新著作一个导读，或许可以概括为两个意思。第一，这是一本关于非洲的专著，内容涵盖经济、政治、文化、民俗、历史等诸多方面，有相当的学术水准，又不失清新的叙述风格。第二，这是一个职业记者的心路历程，字里行间洋溢着对新闻工作的热爱，诉说着对记者职业的深刻理解。

这里，稍微展开一点阅读心得。

在这个世界上，非洲没有多少话语权。绝大多数中国人从未见过非洲国家的报纸、书籍、电影、小说。我们所了解的非洲，大多是经西方记者和探险家演绎的非洲。非洲除埃及金字塔外，缺少特别有影响的标记。我们绝少见到非洲的服装、鞋帽、电器，甚至是小工艺品。总之，我们或多或少地会用西方人的眼光看非洲。

多数西方记者仍以“欧洲中心”的视角观察和介绍西方以外的国家。《文明的冲突》的作者亨廷顿的观点典型地反映了西方主流意识形态的观点，一切不符合西方价值观念的文化和文明，一切不符合西方人口味的国家和民族，都是落后的甚至是丑陋的。这自然也包括黑色的非洲。因而，非洲总是和暴政、战乱、疾病、饥荒联系在一起，总是和懒惰、愚昧、粗俗、肮脏联系在一起。非洲被矮化了、丑化了，以致不少人在和非洲人交往时多了一份倨傲，少了一份尊重；多了一份猜忌，少了一份信任；多了一份猎奇，少了一份理解。

新烽同志领着我们走进非洲，触摸非洲，使我们不无惊奇地看到另一个非洲：一个神秘而亲切的非洲，一个美丽而忧伤的非洲，一个奔放而自尊的非洲，一个狂野而智慧的非洲。这里有我们完全不能理解的原始部落生活，有赏心悦目的热带丛林和随处可见的稀有野生动物，有闻所未闻的土著人的风俗和奇异礼节，也有不逊于任何欧洲国家的富有和文明，有不亚于任何民族的历史文化和杰出人物。非洲也是复杂的：世界上最贫困的荒漠地区，肥得流油的现代都市，沐浴着和平阳光安逸生活的人民，发生在卢旺达的部族大屠杀。新烽同志以一个中国记者的观察和思考，欢乐着非洲的欢乐，忧伤着非洲的忧伤，忠实而客观地讲述非洲，没有“非我族类，其心必异”的偏见。这里讲述的是，不论是哪种肤色哪个民族，人都是一样的：热爱和平，崇尚善良，追求进步，渴望自由。

人们对周围环境的关注往往是和自身利益有着密切的关系。中国和非洲相距遥远，似乎没有必要也没有兴趣了解非洲。这是一个误解。非洲对中国的重要性可能远超过我们的想象。我们和非洲长期受殖民主义的压迫，有着反抗凌辱、争取自由的共同命运和共同感情。非洲是我们忠诚的朋友，中国恢复联合国的合法席位、北京成功申办 2008 年奥运会，十多次挫败反华的人权提案，都有非洲兄弟的功劳。非洲过去和未来都是中国的巨大“票仓”。非洲有世界上不多尚未被开发的地域，而这种原生态的大陆在今后五十、一百年中释放的潜能未可限量。从以往历史看，非洲从未对中国有过威胁，中国也从未与非洲有利益冲突。天然的亲和力和广阔的合作空间，决定了中国与非洲完全能够友好相处，共同发展。

新烽同志当记者的第一站就是非洲，承担非洲南部、东部和中部地区的新闻报道任务。驻外记者和国内驻站记者有一个不同，是驻外记者有可能更加专心致志地扮演好记者角色。国内记者往往杂务缠身，有时免不了迎来送往、周旋各种关系。当然，这些也是工作，甚至是必须做好的工作。相比较而言，驻外记者可以免去许多应酬和杂务，集中精力采写报道。

新烽同志是一位富有职业精神的记者。职业精神来自对职业的不同态度，一种是把职业看成是饭碗，一种是把职业看成是事业。新烽同志属于后者。作为一个时代的瞭望者，他始终对历史进程保持关注。在随温总理访问非洲七国的八天时间里，夜以继日地工作，写下了数万字报道，对进一步深化中非合作提出独到见解。作为一个新闻采集者，他对脚下的土地始终怀有一种好奇和眷恋，踏寻郑和在非洲的足迹，只身赴肯尼亚帕泰岛采访，成为报道帕泰岛中国人后裔、发现“中国学生”的第一位中国记者。这组报道无可争议地获得中国新闻奖。作为一个以笔为生的记者，他始终不忘写作是自己的本分，勤于用脑，专心叙事，醉心于用笔表达对世界的看法，用作品而不是什么别的东西证明着自己的实力和成就。

在新烽同志的职业记者生涯中，我们看到孤独行走、危险探寻、悉心采撷、辛勤笔耕，这一切对于一个热爱非洲、热爱新闻的记者来说，都化成了苦中求乐的幸福体验。八年在非洲当记者的生活，是新烽同志记者生涯中的一章，我们有理由期待他写出更多更好的作品。

本序作者为人民日报社副总编辑

Preface B【序 B】

周 明

萦绕非洲的思绪

李新烽同志又一部新著问世，可喜可贺！

新烽同志是一位博士，人民日报社记者。1998 年至 2005 年七八年的时间里，他担任《人民日报》驻南非的首席记者、《环球时报》和人民网驻南非特派记者，行走 26 个非洲国家，写了大量关于非洲社会发展和时事变迁的新闻报道，产生了较大的影响。期间，他还完成了专著《非洲踏寻郑和路》，得到专家和读者的肯定和赞扬。北京大学非洲研究中心主任陆庭恩教授就这部书所述事件评论道："根据我的查证，《非洲踏寻郑和路》是我国调查研究郑和下西洋到达非洲的第一本著作，系统、全面、生动地论述了郑和船队在非洲的行踪及其留下的遗迹和产生的影响，提供了许多第一手的资料。……本书填补了非洲研究，特别是中非关系史研究的一个空白。"而郑和研究专家郑一钧先生也对作者本人给予很高的评价："李新烽是报道肯尼亚帕泰岛郑和船队水手后裔，发现'中国学生'姆瓦玛卡的第一位中国记者。"在这里，我要特别提到的是，国务院总理温家宝同志见到此书，有感而发，在 2006 年 6 月 17 日访问非洲七国的专机上，为该书题写了"山一程，水一程，身向世界行；风一更，雪一更，心怀天下事"，鼓舞人心，振奋精神，激励着作者新烽再接再厉，勇创佳绩。这不，用一年的时间，新烽又推出了新作——《非凡洲游》书稿，摆在了我的案头。我为新烽在创作上不断取得的成就而高兴。

《非凡洲游》并非只有一个“游”字所能概括。这是新烽游历了26个非洲国家的全方位的记录；是中非友谊真实而生动的见证。全书六编三十章一百五十节与序曲“刮目看非洲：人头？脚印？”和尾声“世界祝福你：和平！复兴！”是中国记者眼中所见的非洲，身体力行的非洲、头脑思考的非洲。

往日，关于非洲大地和非洲人民的记忆，有的只是，那里的人们生活在极度贫困的日子里，这里常常遭受着战争的威胁；半个多世纪来，中国人民用自己最大的热情和能力真诚地支援非洲，为非洲经济社会的发展和非洲人民的幸福生活不遗余力。而非洲的其他方方面面，在我们的脑海里充满神秘，是不可理解的，完整地了解非洲大地和非洲人民成为一种奢望。李新烽的《非凡洲游》这个集子，焦点在2006年6月17日至24日，作者随温家宝总理访问非洲七国，通过他的亲身感受，记述和展示了中国总理在非洲访问期间的风采和魅力。正如非洲人民所言：“中国总理是一位带着手机和行军床的友好使者。”从中我们欣赏到了温总理代表国家，显示出大国总理宽广的胸怀和非凡的气度；欣赏到了温总理在普通百姓之间表现出的平易近人，和蔼可亲，用自己的一举一动形象地渲染着中国的传统美德；欣赏到了他在紧张的访问行程中，还抽出有限的时间看望了中国援非工作人员，向这些远离祖国的儿女送上亲切的问候。通过中国总理的风采和魅力，使非洲民众对中国有了进一步认识，中非友谊也通过温总理的访问得到了进一步增强。这是我阅读《非凡洲游》的第一个感受。

我的第二个感受——也就是我认为本书的看点是非洲美丽的风光和丰富的资源。作者写到了非洲美丽风光，“白浪滔滔好望角”、“赤道与赤道风情”、“七色土与土风舞”……这些美景令人神往；写到了倩影佳人，“‘非洲模特’走世界”“‘南非小姐’心灵美”“‘黄金姑娘’归故里”“南非社会的‘窗户’”……这些活泼可爱、风情万种的姑娘吸引着我们的眼球；还有资源王国里的“黄金城里故事多”和“‘天外来客’海椰子”，“沙洲‘驴城’窄胡同”……这些资源和遗产的展现，为我们勾勒出一个历史文化悠久的非洲，美丽而富饶的非洲，以及勤劳勇敢的非洲人民的形象，这一看点，是国内读者鲜见的，也是喜闻乐见的看点。

在这本内容丰富、生动而厚重的集子里，李新烽关于非洲的话题很多，但是，我以为第三，也就是其中的思考点——非洲如何避免战争的侵扰。非洲社会动荡不安，已经成了全世界关注的焦点。作为非洲的友好邦交，我们这些普通人，也在为非洲人民不堪战争的困扰而担忧。本书中，关于非洲战争环境的深刻描述，占有不小的篇幅。作者在经历了“战争前线”的惊险场面，品味了“难民生活”之后，发出了“兄弟何必动干戈”和“难民何日回故园”的感慨；用“美国大使馆被炸”、“恐怖再袭肯尼亚”这些触动非洲神经的事件，留下反思，道出了“和平的深层含义”。

读完这部书稿，思绪繁杂。这里，我还希望读者能认真地读读书中这篇精彩的“序曲”，其中的中非局部对比，别人的优点，我们的不足，等等，在发展经济，构建和谐社会的过程中，都是值得我们深思的问题。

《非凡洲游》可不可以说它是一部了解非洲，认识非洲的“小百科书”？当然，它不是一部非洲史，也不是非洲地理志。但是，我要说，读着它，你会被深深吸引其中，也会对非洲产生亲切感。读着它，你会动情于作者热情完美的“导游”，也会为认识一个真实的非洲而心旷神怡。

我钦佩新烽同志作为新闻记者所始终保持的敏锐的思想和清晰的文笔，为我们奉献出一部又一部关于国际题材的好作品。祝愿他有更多好作品出世。

本序作者为著名作家、中国散文学会

常务副会长、中国报告文学学会常务副会长

Preface C【序 C】

陆庭恩

非洲研究的力作

2005年5月，新烽博士刚从非洲回国，来北大看望我。我们话题自然离不开非洲，他向我谈了雄心勃勃的三年写作计划——“非洲三部曲”。

如今，继《非洲踏寻郑和路》之后，新烽的《非凡洲游——我在非洲当记者》又要付梓。这是非洲研究界的一大喜事，我们为之感到高兴并表示祝贺。今年恰逢新中国与非洲国家开启外交关系50周年，而此书杀青又正值中非合作论坛北京峰会暨第三届部长级会议召开之际，以资纪念，意义重大。

《非洲踏寻郑和路》以不畏艰险的敬业精神、认真严谨的科学态度、独特新颖的研究视角和图文并茂的吸引力深深打动了读者，受到普遍好评。而《非凡洲游》除具备以上特点外，更以大量丰富的第一手资料、淳朴热烈的真挚情感、变化多样的写作手法和图文并重的可读性给读者勾勒出一个“立体非洲”。

首先，与那些寻章摘句、道听途说、捕风捉影的东西不同，《非凡洲游》之中是作者八年来在非洲工作期间积累的大量丰富的第一手资料。

本书中的绝大多数素材和资料都是作者采访得来的，是原创作品，这一点尤其难能可贵。第一章《我回家了》对是温家宝总理非洲七国之行的长篇报道，从中可以感受到温总理以情动人、以理服人、推己及人、平易近人的外交风范和人格魅力。作为随团采访记者，作者带领读者沿着温总理的访非路线，零距离地走近共和国总理，走进遥远而神奇的非洲大陆，感受中非友谊的真诚、炽热与力量。它与第一编中其他四章的内容相互配合，可谓相得益彰。

书中绝大多数文章是作者独家采写的。新烽是采访报道人类心脏移植之父巴纳德教授的惟一的中国记者。没有作者的采访报道，中国的广大读者就只能从外国记者的报道中认识这位世界名人。曼德拉是一位备受世人普遍敬重的伟人，书中关于曼德拉的幽默都是作者亲耳所听，如果没有作者独特的观察角度和细心留意，大家也就不会听到曼德拉讲的幽默故事，我们脑海中曼德拉的形象也不会活起来。如果没有对卡翁达的三次采访，我们就很难了解这位中国人民的老朋友的近况，年青一代甚至不知道这位赞比亚前总统。

同样，如果没有新烽冒着生命危险深入索马里采访，读者对今日索马里就不会有如此真切的认识；如果没有对坦赞铁路的多次采访，我们也就不会知道这条闻名于世，曾让一代中国人引为自豪的铁路的现状；如果不是作者走进南非的斯特克芳丹，大多数读者就不会知道这一人类摇篮；如果不是他走进非洲的难民营，我们可能失去一个了解当代非洲难民世界的机会……

这不是一本非洲旅游指南，但沉浸在其优美、流畅的文字中，读者常常会感觉到自己仿佛正沿着期待中的路线图行进：在辽阔的非洲高原上驱驰，观赏野生动物，领略美丽风光；置身于非洲国家大街小巷、乡间田野，走进非洲的世界遗产；聆听非洲的故事，回首非洲的历史，认识非洲的现实，展望非洲的未来，感慨非洲的变化。一切都是如此真实、生动，这些让普通人“求之不得，辗转反侧”的景观，通过作者鲜活的文字，让你展开“梦游”的翅膀。掩卷遐思，感喟久之。

其次，此书中许多文章曾被国内外非洲研究者征引，这是因为作者严谨认真的治学态度，得到学术界广泛认可。

新烽是一位学者型的记者，治学严谨，写作认真。他通过实地采访和研究，纠正了国人对非洲的一些误解。这些误解，有的是常识性错误，例如，国人对“好望角”和“南非首都”的回答，比较容易发现；有的需要实地考察，例如，国人对安哥拉内战、对乌干达暴发埃博拉疫情和对索马里局势的认识，不到这几个国家，认识难免不切合实际；有的则需要花费一番工夫调研，例如，关于国人对非洲的整体认识、对非洲战乱的看法、对津巴布韦土改的观点和对南非社会矛盾的分析，等等，如果没有长期的观察、调研和资料积累，得出的结论难免失之偏颇。

书中关于安哥拉内战、刚果（金）局势、津巴布韦土改、南非的社会矛盾等章节，是作者在深入调研、不断思索的情况下完成的，不但说明了问题的来龙去脉，而且透过现象，条分缕析，分析了问题的实质，对研究非洲问题具有重要的借鉴意义。如果没有对以上问题的实地采访和密切跟踪，作者对这些备受国际舆论关注的事件就没有那么熟知。

记者的工作离不开采访，采访的成败直接关系到报道的内容和影响。南非作家纳丁·戈迪默是诺贝尔文学奖获得者，为采访她，新烽做了大量的准备工作，除阅读她的有关著作和跟踪她的近况外，他还请国内的朋友提供有关材料。“功夫不负有心人”，在充足准备的基础上，采访获得了成功。戈迪默原计划只接受半个小时的采访，但结果谈话进行了100分钟。采访结束时，这位著名作家感慨道：“一是没有想到中国记者的英语讲得那么好，二是没有想到中国记者对她本人及其著作那么熟悉。这两点使得我们的谈话十分愉快，我也因此增进了对中国的了解。”作为采访戈迪默的第一个中国记者，新烽给采访对象留下了深刻印象。此后两年多，当访问南非的中国记者在中国驻南非大使馆官员的陪同下采访戈迪默时，这位诺贝尔文学获得者特别提到新烽的那次采访。

在这本著作中，作者以独特新颖的视角、深入实际的作风、严肃认真的态度，以一位中国记者的敬业与探险精神，让您在旅途中认识非洲，在阅读时感知非洲，在图片上定格非洲，在现实里思考非洲，在视野内感悟非洲。新烽的“非洲三分法”是一个新观点，是他通过对非洲的长期观察和深入研究，并根据中国人对非洲认识的误区提出来的，具有现实意义。作者在书中提出这一观点，无疑能够帮助读者进一步认识非洲。

再次，新烽在这部书中并非是“纯客观”地介绍非洲，而是饱含了淳朴、热烈、真挚的情感。

“感人心者莫先乎情”，创作需要激情。一名中国记者一口气在非洲工作八年之久，除爱岗敬业、尽职奉献外，还说明他热爱非洲人民、眷恋非洲大地。他的许多报道和文章正是这种真挚情感的自然流露。

对非洲的感情直接表现在如何看待非洲的贫穷与落后。非洲曾经长期遭受奴隶贩卖、殖民入侵与统治之苦，殖民统治者肆意欺压非洲人民，大肆掠夺非洲资源，这是造成非洲落后的主因之一。时至今日，非洲的许多问题都与这段难忘的历史有着直接或间接的联系。作者用手中的笔，表达了自己对非洲人民遭受剥削与压迫的同情和对殖民者的谴责，抒发了自己对非洲人民取得国家独立与民族解放的欢喜，讴歌了自己对非洲人民在国家建设中取得进步与成就的喜乐。作者对非洲人民的这种感情是在与非洲朋友相处中产生的，真挚而理智。

发现朋友之长，学习朋友之长。也正是在与非洲朋友的相处中，作者渐渐发现了非洲朋友的优点。为报道非洲、认识非洲和熟悉非洲，作者深入20多个非洲国家，与非洲人交朋友，并注意发现朋友的长处，学习朋友的优点。这些发现，随时反映在作者的文章中。在该书中，作者运用强烈的对比和犀利的笔锋，凸现了朋友的优点，鞭挞了国人的陋习。这种特殊的感情表现在为自己祖国建设的服务上。

当作者对非洲和对祖国的感情交织在一起时，这种感情就要喷发。这方面最突出的例子就是报道温总理凭吊我援助坦桑尼亚专家公墓那篇感人至深、催人泪下的通讯《人间伤别情悠长》。这篇文章一发表即引起强烈反响，受到同行、读者交口称赞。2006年6月24日，温总理在非洲之行回程的专机上对作者说："我看了你写的关于我凭吊专家公墓的文章，很好，很感人。"这篇通讯被评为《人民日报》最佳报道，当月值班的梁衡副总编辑在点评时指出："这篇文章声情并茂，十分感人。坦赞铁路已成为我和平外交无私援助的象征，文章借温总理这次凭吊活动写出这一主题，歌颂了爱国主义和国际主义精神。"读者普遍认为，这是一篇充满感情、情景交融、声情并茂的佳作。

又次，此书并非是一成不变的叙述，而是运用了变化多样的写作手法。

细心的读者会发现，《非凡洲游》以讲故事的方式，轻松地告诉读者一个现代与传统相接、机遇与挑战并存、现实与理想交汇、繁荣与复兴在望的非洲，使遥远的非洲大陆可见可闻可感可知可信，为中国读者认识非洲开启了一扇崭新的"窗户"。这本著作能够达到这样的效果与其写作方法关系密切，具体表现在"四个性"：语言的纪实性，叙事手法的多样性，选材的典型性和结构的巧妙性。

新闻是新近发生的事实的报道，真实是新闻的生命，纪实性是记者的语言风格。本书以纪实性语言为主，具有强烈的现场感，不少章节读之如闻其声，如见其人；由于纪实，作者的描写十分生动细腻，部分章节会给人留下深刻印象；由于纪实，作者的语言朴实无华，毫无哗众取宠之虞。

在纪实中，作者采用了多种叙事手法。第一人称的运用让人感到如临其境，有的章节又让读者不是像第一人称那样“参与”其中而是“听故事”，以旁观者的第二人称的身份“走进非洲”，与作者一起听故事、长见识，亲切自然。当然，为便于说明问题，让读者能够读明白，作者在叙事的角度和侧重点等方面也下了不少工夫。

选材的典型性是该书在写作上的另一大特点。这不是一本包罗万象的非洲问题“十万个为什么”，但作者尽力涉足非洲大陆的全貌，东西南北中，工农商学兵，衣食住行用，政治经济文化，动物植物矿物，历史现实未来均入笔端。有的难免蜻蜓点水、浅尝辄止，有的则寻根究底、深入探索。这样的谋篇布局反映在作者对非洲的认识上。

每次采访，特别是离开记者站所在国南非赴其他非洲国家采访，作者都要事先了解采访对象国的情况和特点，有的是通过书本和网络，有的则想方设法直接找到对采访对象国比较熟悉的人士，这为其采访成功奠定了基础。从阅读中可以看出，作者对所采访过的非洲国家的选材均具有典型性。比如，对非洲的野生动物园，作者选取了最有影响的三个：肯尼亚马塞伊马拉和坦桑尼亚塞伦盖蒂国家野生动物园、博茨瓦纳乔贝国家公园和南非克鲁格国家公园。在《幽默南非》一章中，作者选取了曼德拉、犯罪、华人、赌场和人生观五个专题，在各个专题中又选择了最具代表性的事例。不难看出，这几个问题抓住了南非社会的基本特征，是南非社会的生动剪辑。

选材的典型性与结构的巧妙性相辅相成、相得益彰。为了把典型题材在书的结构中表达出来，让读者通过目录了解本书的概况，作者为此花费了不少心思。新烽曾九次修改、调整和充实目录。原计划再写一本关于南非的书——《幽默南非——我在南非当记者》，因而最初在写作本书时没有涉及南非，后来觉得该书中缺少南非的内容就像世界地图册中没有南非地图、世界历史书中不讲南非历史一样，让人感到不可思议，最终将有关南非的内容与非洲各国融为一体，这样便于大家阅读，便于读者了解和认识非洲。

在结构上，本书采用三条主线：一是书的主要内容，二是书的序曲、篇章介绍和尾声，三是图片。现在是信息时代，如果您没有时间阅读自己所感兴趣的篇章，那就翻阅一下序曲、篇章介绍和尾声吧！它们将让您“鸟瞰非洲”。

最后，图文并重的吸引力和可读性。当读者翻阅这本书时，首先注意到的大概是图片。诚然，这不是一本非洲风土人情的图片集，但作者随时随地抓拍的一幅幅图片，真实、自然、具体、形象。有人说现在是“读图时代”，这些从现实生活中捕捉到的一个个瞬间，让您有一种身临其境之感，非洲的一草一木、一山一水、男女老幼、风土人情走进了您的视野，展现在您的眼前。如果您在百忙中腾不出时间阅读文字，那就浏览一遍这些图片吧！它们将带领您“走遍非洲”。

这里需要指出的是，这些图片来之不易，其中不少图片是独家的，具有不可替代性。如，今日索马里首都街头、南非祖鲁王千里嫁女、塞舌尔独一无二的海椰子、博茨瓦纳乔贝河里的大象决战、乌干达密林中的山猩猩和奇特的赤道风情……

近年来，随着非洲的发展和中国对非洲的重视，我国的非洲研究取得了长足进展，研究专著、学术论文和新闻报道的数量迅速增加、质量不断提高。然而，由于受地理位置、科研经费和研究方法诸方面的限制，我国的非洲研究仍存在“隔岸观火”、“隔靴搔痒”的现象，有的学者终生研究非洲却没有去过非洲，其研究工作难免从资料到资料，缺乏鲜活性和创新；有的学者虽多次去过非洲，但时间短暂，又受到语言限制，难免“走马观花”、“蜻蜓点水”，看到表面而未能触及实质，缺乏系统性和深入；更有甚者，在没有掌握全局和翔实资料的基础上，忙于“著书立说”，错误显而易见，直至以讹传讹，贻误他人。

新烽在非洲工作了八年，作为《人民日报》驻外记者，跑遍大半个非洲大陆，采访不同阶层的人，接触各种各样的事；他严谨认真，勤于思索，选择采访对象具有代表性，对所有事实和资料均进行核对，力争做到万无一误，纠正了国人对非洲的一些误解和偏见；他跟踪报道重大新闻事件，又能够发现新情况和新问题……新烽以具体生动的笔触，运用大量鲜活翔实的第一手材料，向读者全方位、宽领域、多角度、深层次地展示了世纪之交的非洲大陆和源远流长、真诚友好、平等互利、相互支持的中非关系。从内容的丰富性、资料的现实性、选材的典型性、角度的新颖性等诸多方面，《非凡洲游》填补了非洲研究特别是当代非洲现实研究的一个空白，可庆可贺可喜！

新烽告诉我，该书虽完成了，但仍留下不少遗憾。受时间和篇幅的限制，原计划写作中的两章“非洲扫描”和“非洲华人”仍是空白。前者包括非洲的首都、非洲的机场、非洲的国王、非洲的人名和非洲的城市雕塑等，后者主要涉及非洲华人的历史、现状、特点、创业及南非华人的奋斗历程等。另外，一些可读性强的文章没有时间完成，如“科摩罗盛行倒插门”、“含泪远嫁黑非洲”等。我们相信，如条件允许，新烽一定会弥补这些遗憾。读者这次阅读不到这些内容，权且当作一种缺憾美。

在与新烽的交往中，我能从他身上看到一种活力。他能够始终保持昂扬向上、积极进取的精神状态，这一精神状态也反映在其著作中。当翻阅《非凡洲游》的时候，我们希望新烽劳逸结合，保重身体，并期待着“非洲三部曲”的最后一部——《我看到的曼德拉》早日问世。

本序作者为中国非洲史研究会名誉会长、北京大学非洲研究中心主任

序曲　刮目看非洲——人头？脚印？

站立在世界地图前，您眼中的非洲大陆的形状像什么？对这一问题的回答仁者见仁，智者见智，因为“横看成岭侧成峰，远近高低各不同”，各人所处位置、观察角度和认识事物的方式不同，答案也自然相异。我们还是先听听“身在此山中”的非洲人的答案吧！

考古学家的“人头”说与艺术家的“脚印”说

2001 年 2 月，我走进位于南非黄金城约翰内斯堡市区的金山大学，采访享誉全球的考古学家托拜厄斯教授。在我们交换名片时，教授指着他名片右上方印制的“人头”风趣地说：“这不是我的肖像，是我研究的对象。”我顿时恍然大悟，因为名片上的“人头”与“非洲地图”几乎重合：非洲大陆南端是“人的颌部”，北非是“人的头顶”，西非是“人的后脑”，东非是“人的鼻腔”，非洲之角是“人的眼睛”。在考古学家眼中，非洲大陆像“人头”：非洲是人类的发源地，人与动物的根本区别是具有大脑——思维能力。

有人说：辨认非洲大象和亚洲大象的方法是：前者耳朵的形状像非洲地图，后者耳朵的形状像印度地图。

几乎是在同年同月同地，我应邀观看在曼德拉剧院演出的大型歌舞《非洲脚印》。帷幕徐徐开启，偌大的舞台中央，悬挂着一个孤零零的“脚印”——“非洲地图”。那个“脚印”与非洲地图相似得让人难以辨认，即使站在不同位置观察和观赏，让人总觉得两者似是而非，难以断言。台下的观众为是“脚印”还是“非洲地图”争吵得不亦乐乎，难分胜负。这大概就是艺术家独具匠心所要达到的效果：非洲大陆像人的右脚，南端是“人的脚跟”，北非是“人的脚趾”，中部非洲是“人的脚心”……在艺术家的审美观中，非洲大陆像个脚印：非洲是人类的发源地，人类从非洲开始北上，走向世界其他大洲。

非洲的考古学家和艺术家以其独具个性的思维方式，对非洲大陆形状做出了“头”与“脚”之别的“形象”回答，闻之观之无不耐人寻味。

就在新千年来临之时，位于南非立法首都开普敦的国民议会里举办了一次特殊的展览——非洲视角展览。该展览旨在改变人们的传统思维，走出习惯思维上的一些误区，从一个新的视角观察和认识非洲。展览有两幅世界地图特别引人注目：一幅是闻名世界的天下第一地图——《大明混一图》，一幅是特意将非洲大陆绘制于地图正上方的《世界地图》。

站立在“非洲中心说”的《世界地图》前，我顿时失去了方位感，不少参观者与我一样，一时找不到“北”。在人们的习惯思维中，非洲大陆位于世界地图的左下方，现在却将其倒立过来，让“人头”或“脚印”改变方向，把“左下方”变成“正上方”，人们的大脑一时难以转过弯。这时，讲解员开口了：“地球是圆的，地图是人绘制的，我们把非洲绘制在地图的正上方，不过是改变了一下观察地球的角度而已。”由此可见，改变人们的习惯思维实属不易之举。

如果说仅在自己的脑子里把地球转个圈不易的话，那么要改变世人头脑里长期形成的既定错误则更难。《大明混一图》是世界上最早最准确描绘非洲大陆形状的地图，绘制于中国明朝的1389年，从而旁证出中国人是最早到达非洲大陆的非非洲居民，而不是人们习惯上认为的非洲大陆的“发现者”是所谓的西方人。为了进一步论证这一事实，展览的举办者独具匠心，同时展出了郑和下西洋所乘坐的巨型宝船图，并将其与哥伦布“发现”美洲大陆时所乘坐的帆船进行比较，就船体的长度而言，后者仅是前者的1/5，说明郑和极有可能是世界上第一个绕过好望角的航海家，而不是习惯上认为的葡萄牙人迪亚士。

正如当时的南非国民议会议长金瓦拉博士所言：“我们要通过这次展览向世界表明，中国人是最早到达非洲大陆的非非洲人，而不是习惯上认为的西方人。”南非媒体就此发表评论认为，西方人过去以非洲大陆的“发现者”自居，以此作为对非洲进行殖民侵略和统治的借口，现在看来，这一理论完全是荒谬绝伦，一点也站不住脚。

作者和卢旺达儿童在该国首都基加利街头。

南非“三角”之争与世人对非洲的误解

南非的“母亲城”开普敦附近有三个著名的角——厄加勒斯角、开普角和好望角。几乎每日均有成百上千的游人慕名来到非洲大陆的西南端，登临与好望角毗连的开普角，静听脚下惊涛拍岸，极目观望两大洋交汇混合；在旅游商店，他们争相购买印有“南非开普角，两大洋在此相汇”的T恤衫、咖啡杯和明信片；继而来到好望角，在写有“非洲大陆最西南端”的标牌前合影留念……2002年11月21日，南非《星报》以“谎言之角”为题，报道“开普角被说成是印度洋与大西洋的交汇处，不过是一个谎言”。

位于开普角以东144公里的厄加勒斯角才是非洲大陆的最南端，同时是大西洋与印度洋的地理分界线，两大洋在此相汇。然而，那里不是游人如织，而是寥若晨星。究其原因，是许多人在认识它们时不约而同地张冠李戴，犯了两大常识性错误：不少中国人误以为“好望角是非洲大陆的最南端”；绝大多数外国人，这当然包括南非人在内，错将开普角当成“印度洋与大西洋的交汇处”。时至今日，许多人仍讹传不断，以致谎言成真。

厄加勒斯角被错误地将“交汇处”与“最南端”两个“光环”“一分为二”地给予了“开普角”和“好望角”，居住在非洲大陆最南端的一名商人皮纳尔发起了一场“正名”运动，要为厄加勒斯角讨回“公道”，大声疾呼：“他们在从婴儿口中抢夺面包。”

举世闻名的好望角。

与好望角毗连的开普角。

皮纳尔们自有其理论根据：半个多世纪前，位于摩纳哥的国际水文地理组织在对世界航海图进行标准化时，在东经 20 度从南极到厄加勒斯角画了一条两洋分界线。这条线得到海洋学家、航海家和南非海军的认可。问题还不止于此，因为海洋的划分是为了便于认识地球上广阔的水域而人为形成的，而开普敦附近的三个角却并非如此。

在 15 世纪，当西方探险家寻找海上通往东方的航道时，他们在开普角附近注意到了水温的变化和航海生活的差异。在开普半岛的西侧，海水寒冷，适合企鹅、海豹和海草生长；而东侧的海水温暖，为蟹和珊瑚的生存营造了理想环境。正是由于这一变化与差异，航海者便误认为自己从大西洋来到了印度洋，而在此经历的两大强猛的洋流更强化了这一错误的认识。

在开普半岛东侧，厄加勒斯洋流从亚热带的印度洋带来暖水；在西岸，由于刮向大洋的风将沿海的表层温水吹向海中，致使深海的冷水上升，本格拉洋流不断传送着冷水；在非洲大陆最南端附近海域相遇的这两股冷暖洋流漫游不定，从未在一个固定点相逢。不过，厄加勒斯暖流偶尔会远游至开普角，从而造成开普角成为两洋分界线的假象。商人、旅游书籍和受蒙骗的导游们遂以讹传讹，使之终成谎言。

对此，开普角旅游商店的老板德杰热自有反唇相讥的理由。英国苏格兰北部有个尼斯湖，据称有水怪出没。“尼斯湖水怪存在吗？科学家说不存在，成千上万的旅游者却热衷于相信确有其事。”这名老板说，“没有人能说清楚两洋在何处相汇，两洋相汇自有其处”。

但是，厄加勒斯角的居民还是坚信，人间自有真理与谬误之分，事实与假象之别。皮纳尔表示：“有人认为这件事微不足道，但厄加勒斯角的居民们不以为然，我们要还事实以本来面目。每年有 80 万游人光临开普角，如果厄加勒斯角能吸引其中的 10%，这里的城镇每年就能增加收入 300 万兰特（1 美元现约合 6.5 兰特）。”为此，他要将这场“正名”运动进行到底，且已纠正了数十个导游书籍和宣传册子及网站上的谎言。

一个人的能力是有限的，然其精神可嘉，功不可没，尽管其目的是为了给当地带来商机，出发点难免过于实惠。遗憾的是，他的这一运动只强调“厄加勒斯角是大西洋与印度洋的交汇处”，而未能同时强调“厄加勒斯角是非洲大陆的最南端”，后者对中国游人更为重要，因为国人远道而来好望角，不是为了站在与之近在咫尺的开普角上观望“两大洋相汇”，而是为了站在好望角前以寻找自己亲临“非洲大陆最南端”的感觉。如果这一正名运动能兼及这两方面，经济效益当会更好；就纠正常识性错误而言，也能一箭双雕，收效更佳。

当然，也有人站出来反对这场运动，认为即使“正名”运动成功了，也难以将开普角和好望角的游人吸引到厄加勒斯角，理由有三：厄加勒斯角是非洲大陆的最南端，而好望角是非洲大陆的最西南端；前者有一个光力相当于 1200 万根蜡烛的灯塔，而开普角上则能看到两座灯塔；前者是两大洋的分界线，开普角和好望角却风光无限，既能登高望远，又能倾听大洋涛声，还能观望海鸟飞翔，这是前者无法比拟的。明白人当然知道，这是问题的另一方面，自应另当别论。

非洲大陆最南端——厄加勒斯角的灯塔。

景德镇瓷器落难与中国人对非洲的误区

2003年中秋之夜，当祖国人民合家团圆赏月之际，明月下的南非黄金城约翰内斯堡，32名景德镇的参展商仰望圆月，想起自己落难的异国处境，不禁潸然泪下，几名女士失声痛哭……

他们是不到一年时间里，来南非参加景德镇瓷器展销的第三批受害者。由于前来参观的瓷器数量一批比一批多，相隔时间又短，顿使容量有限的南非市场达到极度饱和状态，前批货尚未出手，后批货接踵而至，形成在南非两大城市的三个地方同时展销的场景，炒作起一股南非的景德镇瓷器“热”。

当前往黄金城北门购物中心穹顶展览馆采访时，我看到展览馆正门车水马龙，人们争相参观当地的一个展销活动；展览馆侧门却平静冷落，唯有几位景德镇的参展商失望地站立在门前。走进展厅一看，没有一名参观者，清一色的参展厂商。

景德镇瓷器落难非洲提出这样一个尖锐的问题：如何认识非洲？如何认识南非市场和非洲的商机？

对中国人而言，非洲是一个遥远的大陆，陌生而神秘。我们对非洲的认识，大多通过新闻媒体，其中最直观的是电视画面，而这些画面基本出自西方记者的摄像镜头。于是，我们对非洲形成了这样一个先入为主的大概念：炎热干旱，饥饿贫穷，冲突战乱，艾滋病蔓延；非洲人素质低下，不思进取，人穷志短，前程渺茫。我们的受众不幸成为西方新闻媒体的“俘虏”。当做为《人民日报》常驻非洲的记者，在非洲工作生活了七八年后，我深深地感到，作为“山外人”的中国受众，“不识庐山真面目”。现举几个例子：前些年，当看到有关安哥拉内战的报道时，我们误认为安哥拉举国混战，其实安哥拉首都罗安达长期以来远离战火；获悉乌干达暴发埃博拉病毒的消息，就以为这一病毒肆虐乌干达全国，实际上只发生在该国北部的几个村庄；提起南非，脑子里就出现其他黑非洲国家的影子，姑且不提我们对其他黑非洲国家的认识是否正确，事实上南非在不少领域的发达程度丝毫不亚于中国；除误认为好望角是非洲大陆的最南端外，不少人还以为黄金城约翰内斯堡是南非的首都，而事实是南非有三个首都：行政首都比勒陀利亚、立法首都开普敦和司法首都布隆方丹，约翰内斯堡是南非最大的城市和经济中心，被媒体称为南非的经济都市。

为什么会出现如此“盲人摸象”式的偏见呢？因为我们受到西方媒体的误导，仅仅看到非洲的一个表面和侧面。什么是真实的非洲？如同非洲人自己对大陆形状的回答有“脚”与“头”之别一样，真实的非洲具有多面性和多样性；犹如西方人对南非“三角”也存在错误认识一样，认识真实的非洲需要深入观察和研究，透过现象看本质。新华社已故社长郭超人认为，非洲“多彩多姿，多灾多难”，这是从自然风光和民族文化、苦难历史和不幸遭遇的角度来谈论非洲的。

如果从经济状况和贫富程度方面来认识非洲，我们应该加上“上贫下富，南北三分”八个字，意即：非洲大陆的地下矿藏十分丰富，地上资源相对贫乏；非洲分为阿拉伯非洲和黑非洲，而黑非洲中的南非又是非洲的首富，2005年，其国内生产总值占全非洲的23%，进出口贸易额占24%，矿产占45%，发电量占65%。为认识方便起见，特将南非从黑非洲中分离出来，将非洲分为阿拉伯非洲、黑非洲和南非，是谓“南北三分”。

如果从非洲各国的经济特征与对中国的商机而言，我们应该再加上“各具特点，市场有限”这句话，其意为：非洲国家之间在地理位置、历史文化、自然资源和基础设施诸方面存在较大差异，其发展水平、经济现状、投资环境与合作领域也十分不同，不能一概而论，各有其鲜明特点，但总体而言，非洲仍是目前世界上最贫穷落后的大陆，市场经济尚不发达，市场容量相对有限。

中国人如果打算来非洲做生意，对各国的情况、特别是经济现状和文化背景必须心中有数。例如，非洲当时53个国家的总人口约8亿，南部非洲14个国家的总人数约2亿，作为非洲市场经济最发达的南非，其人口不过5000万。这样的人口总量再加上非洲大陆比较落后的经济状况，其市场容量可想而知。就南非的情况而言，南非社会黑白分明，这清楚无误地反映在经济状况和贫富程度上。对中国人来说，到南非做生意，首先要明确市场定位，即：是与黑人做买卖，还是与白人打交道。前几年，中外驰名的景德镇瓷器之所以落难好望角，就是因为被卡在南非市场的空当之中，有钱的白人不识货，想以日用瓷的价格购买艺术品；无钱的黑人享用不起，即使以成本价销售他们也不敢登门问津；识货的华人正处于创业阶段，自身还在漂泊不定，哪有位置摆放艺术品？而那些事业有成的华人老板，一是市场有限，二是有限的市场已被占了一大半，三是他们可以从国内直接购买。

名扬四海的景德镇瓷器在“好望角”哭泣。

改革开放以来，特别是1998年1月1日中南两国正式建交后，中国与南非的经贸活动不断活跃，双方人员往来日益频繁，国内不少省市将南非作为投资非洲大陆的“桥头堡”，不断派人前往考察，或听信中间商的介绍，掀起一股带有盲目性的“南非热”，致使不少企业和个人上当受骗。景德镇瓷器在南非的冷遇就是典型事例之一，中介商把南非的瓷器市场描述得“风景这边独好”，似乎景德镇瓷器来到盛产黄金与钻石的南非，就像“鲤鱼跳龙门”一样身价百倍，自己变成了黄金与钻石。

对此，中国驻南非大使馆表示，中国企业来南非参展是推动贸易的好办法，但不能一拥而上，必须有序进行，否则当地人无所适从，同时造成国内生产厂家无序竞争，败坏了中国产品在南非的声誉。南非市场是有潜力的，但主要表现在轻工日用品、小家电和小型机械等方面，总体而言，市场的容量有限。来南非展销，要进行深入的市场考察，不能走马观花了解详情；要考虑到客户对产品的认同程度，比如，南非人到底认不认景德镇瓷器，即使识货并不等于就会购买；与当地华人合作要小心谨慎，不要轻信介绍与许诺，有些人邀请和接待团组就是为了赚取邀请费和接待费，根本不管来访者的生意如何。

名扬四海的景德镇瓷器在“好望角”哭泣，它给我们敲响了一个警钟，值得有关各方深思与总结，从中吸取这一惨痛教训。但愿今后的异国土地上不再听到这类令同胞们心酸的声音，不再发生这类让国家名牌的声誉与利益双双受损的事件！

陌生的"熟悉"与刮目看非洲

在非洲"八年抗战"，终于要离任回国，似箭的归心如释重负。我不必为担心"漏报要闻"而时时保持高度紧张，更无须为南非的社会治安而处处保持警备状态。未曾想到，一踏上祖国的土地，耳闻目睹和亲身经历的一件件似曾相识又倍感陌生的小事，就不由得使刚刚松弛的神经又一阵阵地紧张起来，触景生情的思绪油然而生。

2005年4月21日，因在云南有急事须办，我从约翰内斯堡途经新加坡飞抵昆明。飞机快降落时，从舷窗俯瞰，祖国的壮丽河山让我难以抑制住心房怦怦的跳动。此时此刻，我这个"海外游子"再次顿悟了与之生活八年之久的海外赤子们的片片丹心。就规模与设施而言，映入眼帘的昆明机场丝毫不亚于多数非洲国家的首都机场。可是，当乘客们来到行李大厅时，仅有的十几辆行李车转眼间被抢推一空，携带三件手提行李的我只好再腾出手来艰难地拉动托运的大箱子。由于职业特点，我外出时常是三件手提行李——相机、笔记本电脑和手提箱。记得一次在内罗毕肯雅塔国际机场，我也是带了三件手提行李而没有托运箱子，机场的工作人员急忙上前笑问我是否需要帮助，身处异国他乡，其情其景让人难忘。

手忙脚乱地来到航站楼大厅，原以为朋友来接，后来方知友人在百忙中忘记了一个多月前的约定，我便询问坐在出站口的一名工作人员哪里有行李车，回答非常简单："自己找。"话音刚落，他又板着脸侧过头目视前方，那专注的神情如入无人之境。我以为前方发生了什么事情，顺着他的目光望去，正前方一切正常。我询问何处去找，他保持原状，充耳不闻，面不改色，活似一尊非洲雕塑。我接着又问了三名过往的机场工作人员，一致的回答是"到外边找穿蓝衣服的"。双肩背着提包，双手各拉一个箱子，我走到外边四处张望，不见"穿蓝衣服的"踪影，只觉得自己置身于一个"陌生世界"。一名"的哥"适时出现，去云南美术出版社60元。他不谈距离，不打里程表，只说路程较远。多亏我身上没有人民币，友人在电话中又告知一刻钟就赶到，否则非被猛"宰"一刀。后来我了解，机场到出版社最多20元。在一些非洲国家，出租车也是不计程收费，但收费有一定之规，差异很小。如，从肯尼亚首都国际机场到内罗毕市区，收费标准是1000先令（1美元现约合78先令），价格可以在

800～1200先令之间浮动。而这一浮动价格与乘客所下榻的宾馆有关，如果乘客是去往五星级宾馆，出租车费就是1200先令。我第一次去内罗毕时，付了1000先令出租车费，后来几次去，情况比较熟悉了，讨价至800先令。

春城变得越来越美丽了，道路也越修越宽阔了，随之而来的是交通越来越堵塞了，车与车、人与车之间相互抢道的现象比比皆是。一次乘车在街头，前方十字路口因一辆车强行通过造成交通堵塞，于是乎，四面八方的车流不是相让而是见缝插针不断前涌，直至水泄不通，喇叭的抗议声此起彼伏。我已不习惯这种噪音四起的环境，觉得那刺耳的喇叭声直往脑门里钻，神经顿时因之绷直。在南非，驾车人之间相互礼让，极少出现堵塞不通的现象；车辆让行人已是不成文的规矩，人人皆知，普遍执行；除非情况万不得已，否则不会按喇叭，更别说是喇叭声长鸣不绝了。驾车的云南友人惊讶道："没有想到非洲人的素质还比我们高?!"

应友人盛情之邀，我们游览石林。作为大自然的奇观，石林名声远扬，游人如织。在石林壮美奇丽的标志性景观前，在曲径通幽的望峰亭上，游人大声抱怨他人影响自己取景拍照的声音随处可闻，让人游兴索然。在非洲世界级的著名景点，游人不比石林少，大家拍照时相互默契礼让，而不是彼此争占最佳位置，多了些微笑，少了些烦恼。

就在石林的标志性景观不远处，当我为寻找厕所在岔路口犹豫时，一股浓烈的刺鼻味指示了方向。平心而论，近年来，我国的厕所建设取得了不小进展，一些硬件快速赶超了世界先进水平。然而，厕所的气味仍然刺鼻，让人心生退却。在非洲国家，即使是比较偏远的旅游景点，厕所的卫生良好，厕所的气味很小。非洲黑人比较讲卫生由此可见一斑。与之相比，说明我们在习惯和管理方面仍留有提高的余地。

石林门前的商店和自由市场富有民族特色，葫芦丝吹奏出的悠扬悦耳的歌声让人心旷神怡。许多摊位和商店都出售葫芦丝，价格从几元到几千元不等，外行不但难以分辨出葫芦丝的结构异同，而且难以辨别出其音质差异。我有意购买，请同行的友人参谋，他笑而不语，我只好作罢。云南产奇石，一家摊位出售顽石制作的象棋，价格波动得让人难以下定决心购买，友人同样保持沉默。回程途中，友人解释说，他对葫芦丝和奇石也是外行，而今假货充斥市场，做个聪明的消费者真难。接着，他把话题转到非洲："我没有去过非洲，听说中国的假货也远销到那里，败坏了中国商品的名声。”我答曰：“非洲的确有中国假货，一个中非小国把中国商人出售的鞋称作‘三天鞋’，高高兴兴买双新鞋，穿几天就掉鞋底，中国商店的质量还有什么信誉?”友人感叹道：“这些王八蛋商人该死，骗自己人不说，还要把中国人的脸丢到国外!”规范市场，打击假货，已成为一个涉外话题，恐怕不能仅仅依靠一年一度的“3·15”。

4 月 24 日，我乘坐 MU5707 次班机从昆明飞往北京。在昆明机场四号候机厅内，乘客的交谈声四起，而在非洲的候机室，乘客大都埋头看书看报，一片安静。这又使我想起昆明的餐馆，菜香、烟香、茶香“三香”飘溢，而在不少非洲国家，公共场所是禁止吸烟的。高谈阔论偶有耳闻，但没有烟味相伴。有人可能要说，别那么吹毛求疵了，这“三香”就是我们的“民俗”!

飞机 15:25 起飞，因故延误 20 分钟，登机时间依次顺延。快要登机了，候机厅内仍无人行动，我站在门口成为第一名。可当门打开时，本已坐着的乘客纷纷直冲过来，我习惯性地向后退让，未料争先恐后的势头有增无减，连续让了十多个人后，我只好入乡随俗地拼命加入队列。在非洲，自觉排队已成为一种习惯，连小学生都懂得。人们不但在银行、邮局和商店内自觉排队，就是在大街上等候公共汽车也自觉排成一列。每当看到黑人兄弟姐妹们摆起一字长蛇阵等候公交车的情景时，我的内心无不发出感慨!

就在廊桥入口检票时，机场的一名女工作人员刚放行了三名乘客，从飞机里走出来的一个男子就要求她停止检票。于是双方就打起口水战来，一个说检票的时间已过，一个说飞机上的准备工作尚未做好，两人互不相让，争吵声越来越大。接着，两人分别通过对讲机用自己的方言向各自的领导汇报情况，直到机场的一名上司到来，双方才互不服气地结束了战斗。近年来，我已淡忘了街头围观看热闹的场景，然而，“山似相思久，推窗扑面来”，刚回国就及时补上这一课，真让人有些措手不及。非洲人极少在光天化日和在众目睽睽之下大声争吵，起码我这八年未遇上一次。仅这点与黑人兄弟姐妹相比，我们颇感汗颜。

飞机终于起飞了，东方航空公司金孔雀组漂亮空姐们热情周到的服务似乎难以消除晚点、加塞儿和争吵给我留下的阴影，我只是固执地认为，到了北京一切都会好的，毕竟首都应优于省城嘛！未曾想到，刚到机场情况就大出所料。行李大厅里的空调似乎失去了作用，空气像是凝固了一般，加之等候行李的时间较长，乘客们纷纷边脱外衣边抱怨。推着行李车走出航站大楼，须乘电梯上二层停车场，电梯是等来了，小小的轿厢内只能容纳两三个行李车，而等待上电梯的行李车却是一大片。嗯，连非洲人都知道，机场的客货两用电梯与单一的客用电梯应有区别。

2000年，我在望京小区购买了新居。两年后回国述职省亲时，站在自家窗前还能看到不远处田野里绿树成林，我曾为能与大自然为邻而备感欣慰，称赞城市规划部门高瞻远瞩，为望京新区留下了一大片难得的自然绿色公园。可是这次回来一看，过去的绿色森林已变成新起的高楼和繁忙的建筑工地。可想而知，建筑商们为了美化区域环境，少不了要造出一些绿色来。一边在大力倡导要接近大自然，珍爱绿色，一边却在大肆破坏天然森林，销毁身边的树木，我们何时才能走出这一矛盾的怪圈，找出保护自然与发展经济的理想平衡点呢?

5月4日下午4时半，当我乘公交车路过望京花家地十字路口时，一辆摩托车在拐弯处的人行道上撞倒一名行人，被撞者像是一名农民工，蓬头散发地坐在地上，双方似乎难以沟通，围观者越来越多，不少车辆也缓行看热闹。此时，恰遇一辆“首都巡警”车过往，人们为之大松一口气。未料，车上的三名巡警竟无一人下车，而是坐在车内“办公”，他们漫不经心地了解事故情况，其中一人还慢条斯理地点燃一支烟。公交车内的乘客们对警察的态度大为不满，议论纷纷，我的思绪则飞越万水千山，脑海中浮现出南非警察快速奔赴现场、果断处理事故的情景。在南非，交警处理交通事故时，一般情况下，一辆警车里仅有两名警察，他们闻讯后火速赶往现场，到现场后分头了解事故原因，记录有关情况，接着就疏导交通，恢复正常交通秩序。现场办案时来回奔忙，最多十几分钟就结束，未曾见一人坐在警车内心不在焉地指手画脚。他们有条不紊快速处理交通事故的作风给华侨华人留下了深刻印象。此一时彼一时也，眼前的情景让人看了无不生气，如此执法，堪称“一绝”。

从遥远的非洲归来，我对祖国的期望值似乎太高了，因为在非洲工作期间，看到一些不如意的事情，总以为诸如此类的事情绝不会在中国发生，天真地认为我们已经告别了乱扔垃圾、随地吐痰的陋习，首都市民为迎接奥运已经变得更加文明礼貌了，全国的公交车里里外外都是干干净净的，我们的公务员一切为人民着想为人民服务……然而，从昆明到北京，短短数日，街头连续强烈的负面刺激使我形成巨大的心理落差，对“陌生现象”司空见惯了，对不文明、不礼貌、不卫生的现象熟视无睹了，大脑皮层进入休眠状态。

本以为回到祖国的怀抱，自然会将万里之遥的非洲抛在脑后。未料眼前的一切使我的思绪不时地飞越印度洋，回到非洲大陆。改革开放以来，我们习惯于将目光聚焦西方，将欧美作为“参照”对象，一些人甚至患了“西视症”，一切“向西看”，以欧美作为评判中国现实的标尺，忽视了“贫穷、落后、战乱频仍、素质低下”的非洲。其实，非洲并非有人想象的那样糟糕，黑人兄弟姐妹身上有许多值得我们学习的好品质。

早在 20 世纪 60 年代访问非洲时，周总理就用“天涯处处有芳草”的诗句，教育中国代表团成员应该向所访国家学习一切有益的东西，指出非洲国家虽然遭受了几百年的殖民统治，但有许多长处值得中国学习。现在，我们正在构建“和谐社会”，需要更多的微笑与和气，需要更多的宽容和理解，非洲人乐观开朗的性格和自觉遵守秩序的习惯就值得我们学习。非洲兄弟姐妹把中国当作自己最好的朋友，对中国经济的快速发展感到由衷的高兴，“向中国龙学习”已成为非洲有识之士的共识。他们这种善于发现友人长处、勇于学习他人优点的品质也对我们有启示作用。当然，我强调非洲人的优点毫无自我贬低之意，只是想提醒同胞们：视野需要不断拓宽，非洲需要“刮目相看”!

刮目看非洲，当我在非洲工作八年之后回到祖国时，这一认识更加强烈。那就让您沿着温总理的访非路线，跟随人民日报社记者走进非洲、认识非洲、感受非洲吧!

人民日报社驻南非记者站，建于 2002 年，位于南非黄金城约翰内斯堡北郊。

第一编：感动非洲

世界上永恒的是时间，比时间永恒的是金字塔。

亲戚之间互相帮助，就能战胜一切艰难险阻。

在你不需要朋友的时候，交朋友。

——非洲谚语

感动非洲

中国国务院总理温家宝于2006年6月17—24日对埃及、加纳、刚果（布）、安哥拉、南非、坦桑尼亚和乌干达等非洲七国进行正式访问。时隔三年，重访非洲，沿着周总理当年的路线访问非洲七国，温总理触景生情，思潮澎湃，感慨万千。

温总理此次非洲之行时间短，八天七国，行程15万里；日程紧，官方活动紧锣密鼓，亲民场面接二连三；节奏快，举行活动80余场，足迹遍布非洲东西南北中各个次区域。对于温总理这次行色匆匆、紧张辛苦的访问，刚果（布）人形象地说：中国总理是一位带着手机和行军床的友好使者。有媒体评论道，温总理感动了整个非洲。

是的，这就是温总理的工作作风、生活节奏、人格魅力和外交风范。当您零距离地走近共和国总理，跟随温总理走进非洲，您对此一定会有亲身感受。

温总理以情动人、以理服人、推己及人、平易近人、寄语感人的外交风范和人格魅力，感人至深，给我留下深刻印象。

中非关系是中国外交的重要基石之一，巩固和发展同非洲国家的友好合作是中国长期的战略选择。真诚友好、平等互利、团结合作、共同发展是中非交往与合作的原则，也是中非关系长盛不衰的动力。闻名于世的坦赞铁路是连接中非友谊的纽带，活跃在非洲大陆的中国医疗队、建筑队是和平友谊的使者。中国领导人在思考着怎样更好地帮助非洲，非洲国家的领导人和有识之士不约而同地发出了要向“中国龙”学习的心声。

中非友谊源远流长，基础坚实，深入人心。一幅《大明混一图》拉近了中

温总理和非洲儿童在一起。

非间的时空距离，中华文化非洲行促进了中非人民间的进一步了解与沟通。中国愿继承和发展中非传统友谊，发展政治上平等互信、经济上合作共赢、文化上交流互鉴的新型战略伙伴关系。

2006 年是中非开启外交关系 50 周年，中非合作论坛北京峰会暨第三届部长级会议在中国举行。这次峰会的主题是“友谊、和平、合作、发展”。创办于 2000 年的中非合作论坛是中非进行集体对话与多边合作的有效机制，构筑了中非间长期稳定、平等互利新型伙伴关系的重要框架和平台。

第一章　“我回家了！”

继2003年12月赴埃塞俄比亚出席第二届中非合作论坛并访问埃塞俄比亚后，国务院总理温家宝于2006年6月对非洲七国进行了正式访问。温总理此访纵横跨越非洲大陆，遍及非洲东西南北中五大次地区，是近年我国领导人访问非洲国家较多的一次，其中有几个国家是中国总理首次到访。

作为随团记者，采访报道这次备受非洲及国际媒体普遍关注的访问，跟随温总理进行实地考察、广泛接触非洲民众和中国在非各领域工作人员，聆听温总理发表演讲、举行记者会阐述中国的对非政策和在会见驻外使领馆工作人员、华侨华人时语重心长的讲话，我受益良多；温总理以情动人、以理服人、推己及人、平易近人、寄语感人的人格魅力、工作作风、思维方式和外交风范，给我留下了深刻印象，使我亲身感受到党和政府以人为本、执政为民和科学发展执政理念的深层含义；非洲人民热情欢迎温总理的感人场面和对中国人民的深情厚谊，又让我感受到中非友谊的炽热和真诚，激动得我一次次热泪盈眶。

挥舞中刚两国国旗，高呼欢迎口号，刚果（布）各界群众走上街头欢迎温总理来访。

第一节 以情动人暖人心

在这次访问中，温总理广泛接触民众，特别是非洲各界群众，传递了中国人民对非洲兄弟姐妹的美好祝愿，受到了非洲人民的热情欢迎。“相知无远近，万里尚为邻。”这一系列亲民活动成为此访的一大亮点。

埃及是温总理这次非洲之行的首站，为什么从埃及开始呢？因为50年前

温总理向埃及友人颁发奖牌，表彰他们为中埃关系发展做出特殊贡献。

中埃建交开启了中国与非洲国家之间、中国与阿拉伯国家之间的外交关系。在埃及，温总理妙语连珠，出口成章，运用埃及谚语和诗词，说明中埃、中非友谊万古长青，中埃、中非关系前景美好，赢得阵阵掌声。

在与纳齐夫总理会谈时，温总理引用了19世纪一位埃及大诗人的诗句：“请跟我来尼罗河边，这里的椰枣林硕果满枝，这里充满友爱、希望和生机。”温总理说，我访问埃及时间虽短，但埃及灿烂的古代文明、辉煌的现代成就和热情友好的人民给我留下了深刻印象。我衷心祝愿埃及人民取得更大的成就，希望中埃、中阿、中非友谊万古长青。半个世纪以来，中埃友谊历久弥坚，两国合作硕果累累。他说：“埃及有一句谚语，‘世界上永恒的是时间，比时间永恒的是金字塔’。我相信，经受了长时间考验的中埃友谊，将如同这人类文明奇迹一样永恒。让我们以中埃建交50周年为新的起点，手拉手，心连心，

共同开创中埃关系更加美好的未来。”

在庆祝中埃建交50周年——《中埃“手拉手”》大型文艺晚会上致辞中，温总理说：“饮水思源。在这喜庆的时刻，我们向开辟和发展中埃友好关系的两国几代领导人致以崇高的敬意，向长期致力于中埃友好的各界人士表示由衷的感谢。正是他们的辛勤耕耘，中埃友谊之树才根深叶茂。”一句“饮水思源”，让人备感情真意切。温总理最后用“衷心祝愿中埃两个文明古国的传统友谊像长城和金字塔一样天长地久，两国合作像长江和尼罗河水一样，奔流不息”结束致辞，形象贴切，感人至深。

温总理这次是沿着当年周总理的路线访问非洲的。加纳是这次温总理非洲之行的第二站，中加于1960年建交，周总理1964年1月就访问了加纳。温总理说：“周总理那次访问时，加纳国内的情况发生了一些重大变化，当时有人劝阻他不要来了，但他坚持要来，不顾个人安危。周总理1898年生人，比毛主席小五岁，我算了一下，周总理当时六十六七岁，他那次走了非洲十个国家，加上访问亚洲国家，用了两个月时间。中国当时还处在非常困难的时候，经济刚刚度过了困难时期，在政治上打破苏联的封锁和撕毁协议，但是，即使在那样的困难时候，我们还非常重视开拓非洲的外交，重视发展同非洲国家的友好关系，中国伸出了援助之手，支持这里的民族解放运动。所以，我这次是循着周总理的路再走一遍，心里感慨很多。”

温总理在会见中国驻加纳大使馆工作人员、中资机构和华侨华人代表时说：“大家说我八天访问七个国家辛苦，我说当年周总理访问非洲十国的时候六十六七岁，他用了两个月的时间，不辞辛苦呀，甚至是冒着危险，但是为我们打下了根基。”温总理说：“创业难，守成难，开拓更难，知难不难。我们要懂得这个道理。现在天下大势发生了很大变化，加纳领导人也多次更替，世界各国都在加纳拥有新的影响。在新的形势下，如何开拓加纳以至西非地区的外交工作，是一个重大课题。”

6月19日上午，温总理来到加纳首都阿克拉附近的阿玛撒曼镇，与加纳总统库福尔共同出席中国政府援建加纳公路改扩建项目竣工移交仪式。是日风和日丽，中加两国国旗迎风飘扬，会场上洋溢着友好欢乐的气氛，近万名当地各界群众身着节日服装参加这一盛典。

按照惯例，温总理和库福尔总统发表讲话后剪彩，移交仪式也就宣告结

非洲人民热情欢迎温总理。

束。可是今天，两国领导人发表讲话后，温总理在库福尔总统陪同下，来到民众中间，会场气氛顿时沸腾了。人们挥舞着中加两国国旗，伸出热情的双手，欢呼着向中国朋友致意。温总理首先与参加公路建设的我国工程技术人员握手、合影，向他们问好、致谢。接着，他绕场一周，微笑着向加纳各界群众挥手致意，与站在前面的群众一一握手。大家争先恐后地伸出手来，期盼着能够与中国总理握手。温总理还不时应邀走向人群，与酋长、学生和青年们合影，人们沉浸在友谊的海洋中。

在刚果（布），这种动人的场面在首都布拉柴维尔大街上再现，人数更多、规模更大、持续时间更长，愈加让人感到中非友谊植根民众，弥足珍贵。那一幕幕感人至深的友谊场景，形象生动地说明了亲密无间的中非友好关系，让人久久难以忘怀。

6月20日上午，参观完达朗盖医院，温总理刚走出医院大门，数千名热情友好的民众一边用中文高喊“你好！你好!”，一边挥手向温总理致意，一些人在街头还演奏起欢快的刚果民族乐曲，跳起了传统舞蹈，歌声、掌声、笑声汇成一团。温总理被这种热烈的场景所打动，径直走到他们中间，与大家握手，和人群一同翩翩起舞，还兴致勃勃地用手掌敲起非洲鼓来，伴随着有节奏的鼓点与大家一起欢笑。这时，大街上的群众越来越多，不约而同地从四面八方会聚而来，一层层一圈圈地围拢过来，争相目睹温总理的风采，整个首都顿时成为一片欢乐的海洋。在从达朗盖医院到布拉柴中学的大街上，沿途群众停住脚步、车辆停止行驶，人们不约而同地张开双臂，呼喊着民族语言向温总理致意，一张张灿烂的笑脸就像一朵朵绽放的鲜花开遍街道两旁，簇拥着温总理的车队来到布拉柴中学校门前，早已等候在校门口的师生热情迎接温总理光临。在布拉柴中学的操场，温总理来到学生和欢迎的群众中间，与他们握手、合影。青年学生和当地群众跳着、笑着、唱着、呼喊着，欢呼声一浪高过一浪，青春的激情在空气中涌动，热烈的气氛在校园里荡漾。

温总理不但向布拉柴中学赠送《法汉词典》和电脑等学习用具，向达朗盖医院赠送抗疟疾药，而且在安哥拉看望中国驻安哥拉大使馆工作人员，给他们带去健身器材；在南非，尽管已是晚上10时，还与华侨华人、中国使领馆工作人员、中资机构和企业界代表握手、合影，向他们讲述中非关系；在坦桑尼亚凭吊我援坦专家公墓，出席我援建坦国家体育场工地；在乌干达看望艾滋病患者，与他们握手，勉励他们树立起生活的勇气和信心……这一切都使人们强烈地感到，中国总理平易近人，中非人民亲如一家。

在这次访问中，温总理感受到了友谊的真诚与力量。他充满感情地说：“友谊这个字眼太珍贵了，友谊可以产生力量。我们要花大力气，特别是用真情来巩固和发展同非洲的关系。”

温总理对非洲国家领导人深情地说：“我是来走亲戚、看朋友的。”非洲领导人感动地回答：“温总理，你回家了！”

6月21日下午，在温总理与南非总统姆贝基举行的记者会上，姆贝基深情地说：“我们把中国朋友看作是自己人，我们接待温总理来访就是接待自己人回家。”在当晚的欢迎宴会上，姆贝基总统发表了热情洋溢的讲话，他一开始就说：“温总理和中国朋友们，你们回家了。”听完姆贝基此番动人心弦的话语，温总理把讲稿放在一边，发表了即兴演讲。他幽默地说：“我认为既然是回家了，跟家里人讲话还能用稿子吗?”

6月23日，在乌干达出席中乌群众联欢时，穆塞韦尼总统发表了热烈奔放的致辞，他高度称赞乌中、非中关系，说温总理来访就是“回家”。温总理再一次被感动了，发表了即兴演讲：“我踏上非洲的土地，许多非洲领导人都跟我讲，‘温总理，你回家了’！这句话对我感触颇深。”

我回家了。

山一程，水一程，来看望非洲弟兄。

花团锦簇，旗飞鼓鸣，似海深情。

五十年风雨历程，把中非人民连接得更紧。

我回家了。

歌相送，舞相迎，瞬间凝成永恒。

相聚短暂，相知犹长，说不尽的话语表达一个心愿：

互利合作，共同发展，共享繁荣。

我回家了。

风一更，雨一更，才聚首又要起程。

人有离合，月有圆缺，实难舍非洲弟兄。

长城与维多利亚湖相距遥远，但隔不断友谊的力量和赤诚。

温总理诗人一样的激情和语言，感动了所有在场者，赢得经久不息的热烈掌声。

第二节 以理服人得人心

中国一直在真心支持和帮助非洲，温总理此行不断思考着怎样更好地支持和帮助非洲，然而有人说中国同非洲国家发展关系就是为了攫取非洲的能源，中国在搞“新殖民主义”。对此，温总理斩钉截铁地回答：“新殖民主义”的帽子怎么也扣不到中国的头上。我们是在真心实意地帮助非洲，赢得了非洲各国普遍赞扬。

温总理的此次非洲之行非常引人注目，可是，国际上少数人在非洲散布所谓的“中国威胁论”，非洲也有个别朋友担心中国商品冲击非洲市场和就业机会等；也有舆论说中国同非洲国家发展关系就是为了石油，为了攫取非洲的能源，中国在搞“新殖民主义”。温总理通过正式会谈、举行记者会、发表演说等方式，全面阐述了中国发展平等互信、合作共赢、交流互鉴的中非新型战略伙伴关系的主张，耐心细致地介绍中国的对非政策。温总理以情感人，以理服人，增进了非洲和国际社会对中国对非政策的理解和支持。

在埃及和南非举行的记者会上，温总理说：“‘新殖民主义’这顶帽子绝对扣不到中国的头上。历史上，中国没有侵占过非洲一寸土地，没有在非洲贩卖过一个奴隶。”他强调指出，“历史上，一个刚果被一分为三，法属刚果成为今天的刚果（布），比（利时）属刚果成为现在的刚果（金），葡（萄牙）属刚果卡宾达划归安哥拉。”

温总理说，长期的殖民主义枷锁给非洲人民造成了无比巨大的苦难。加纳的总统府建于1790年，这个总统府真是具有历史意义。它是丹麦人建造的贩卖奴隶的一个基地。“我在那儿和加纳总统进行了会谈。总统府院子里还有囚禁奴隶的牢笼和关押奴隶的地道。这是200年多前的事情了，后来丹麦人把它转手给荷兰人，荷兰又转给英国人。许多非洲国家的真正独立是20世纪中叶以来的事情，加纳就是1957年独立的。”

温总理接着说，“非洲遭受殖民主义之苦的时间要比我们长。我们真正算起来，从1840年鸦片战争到1949年，正好是109年，严格地说，中国是遭受殖民和半殖民主义侵略，因而造成了殖民和半殖民地。我们同非洲国家的人民感同身受，都曾经遭受列强的欺负、宰割和压迫，中华民族懂得殖民主义给人民带来的苦痛，也深知要同殖民主义作斗争。我们长期以来之所以支持非洲民族解放和振兴，这是一个主要原因”。他说，“中国人对非洲的感情，对非洲的友谊是别的国家不能比拟的，因为我们有共同的遭遇，都长期受殖民主义的侵略。在这里，我想强调，长期以来非洲人民也给予了中国宝贵的支持。大家都知道，在涉及中国根本利益的重要时刻，也就是在恢复中华人民共和国在联合国合法地位的重大问题上，是非洲人民支持我们，我们是被非洲人民抬进联合国的。”

The Guardian

Irish President: West's view of Africa 'narrow'

Infant murders shock Arusha

'Wrong signals' cause panic to Chinese herbal medicine dispensers

Forget your differences, committee tells Mengi, Mani

坦桑尼亚报纸对温总理访问的报道。

温总理强调，非洲人民对中国有“德”。中国有句古话：“人之有德于我也，不可忘也；吾有德于人也，不可不忘也。”《战国策》里的这句话反映了中华民族的一种传统美德。非洲人民对中国有“德”，中国不会忘记老朋友。中国在自己贫穷的时候曾帮助非洲援建像坦赞铁路这样的项目，今天中国经济发展了，更不会忘记老朋友。温总理接着又说，中国有一句古话，“路遥知马力，日久见人心”。让历史去证明吧！两句古语的恰当运用，增强了说服力和感染力，进而说明中国将永远帮助和支持非洲。

THE New Vision

FREE SUPA STRIKAS MAGAZINE AND WORLD CUP PIN-UP

HUGE NEW OIL WELL IN ALBERT

1,500 barrels is commercial

Chinese Prime Minister Jiabao arrives

Court suspends Observer trial

乌干达报纸对温总理访问的报道。

温总理强调，世界上有一种不变的东西，那就是民族与民族之间的感情，因此，我这次访问最重要的信念，就是要以对非洲国家人民的深厚情谊来推动中国与非洲国家的关系。

温总理表示，中国同非洲几个国家有石油贸易，这些合作是公开的、透明的，也是正常的、互利的。2005 年中国从非洲进口的石油不及某些大国的 1／3。大家知道，中国能源总自给率保持在 90%以上。中国人均能源消费水平不及美国的 1／8。中国国内的能源供应潜力巨大。2004 年中国进口的原油只占世界原油贸易量的 6%，中国的石油消费量占世界的 8%，人均原油的进口量只有世界平均水平的 30%，相当于美国的 5.2%和日本的 5.5%。温总理如数家珍说出的这一串数字，明白无误地向世界表明，中国与非洲发展关系绝不是某些别有用心之徒所说的，是为了“石油”和“能源”。

在这次随团采访中，记者随时随地感受到非洲人民对中国人民的深情厚谊，深切感受到友谊的炽热和力量。我知道，在加纳首都阿克让，当加纳人民热情欢迎温总理来访时，就在阿克拉以西 150 公里处，那座红顶白墙的南欧式建筑——埃尔米纳奴隶堡里记录着殖民者掠夺黄金和象牙、贩卖奴隶的滔天罪行！我知道，当刚果（布）人民在大街上和校园里热情欢迎温总理来访时，他们的国家——一个曾经完整的刚果，被西方殖民者法国、比利时和葡萄牙一分为三，一条刚果河永远地将他们隔离，他们怎能忘记这一痛苦记忆？我知道，当安哥拉人民在机场热情欢迎温总理来访时，就在首都罗安达城堡内和首都附近的那座历经沧桑的奴隶纪念馆里，那些锈迹斑斑的枪支和镇压奴隶的刑具至今仍让人感到一股阴森森的寒气。我知道，当南非人民张开双臂热情欢迎温总理来访时，开普敦大街上种族主义者的雕塑似乎在告诉他们：中国人民始终支

在刚果（布）首都布拉柴维尔，温总理高举非洲“铃铛”向欢迎人群致意。

持南非人民的反种族隔离斗争……昔日无比惨痛的经历使非洲人民备感今日与中国人民真挚友谊的珍贵，友谊的炽热化解了横亘在中非人民之间的种种误解，友谊的力量有力地回击了别有用心之徒的奇谈怪论，友谊的真诚使非洲人民深信：中国在真心帮助他们。

温总理强调指出，虽然我们是发展中国家，并不宽裕，但是我们要努力，并且真心实意地帮助非洲国家特别是贫困国家。多少年来，中国援助非洲的资金大体上是444亿元，承担了900个项目，其中包括坦赞铁路这样的项目。中国派出的医疗队大约是1.6万人次，为非洲2.4亿人治疗疾病。截至目前，非洲向中国派遣的留学生总数已经超过1.8万人。“三年前，我在亚的斯亚贝巴提出，要用三年时间为非洲培训一万名各类人才，现在已完成了7000名，今年一定能够超过一万人。”

温总理的非洲之行真正达到了增信释疑、增进友谊的目的。其时，非洲国家普遍关注中国对非洲“争常”的态度，有些非洲朋友心里有点疙瘩，似乎中国在反对安理会改革。温总理这次利用各种机会，包括正式会谈和非正式会晤，他都耐心细致地做非洲领导人的工作，明确告诉他们，中国支持非洲国家成为安理会常任理事国是真心实意的，从而打消了非洲国家的顾虑。温总理说：“当初恢复中国在联合国的合法席位，是非洲朋友把我们抬进去的。那么，现在增加安理会席位，能够实现的话，只应该考虑像非洲这样的发展中国家。这个大陆53个国家，八亿多人口，虽然经济社会发展还比较落后，但是它的影响力日益增大。”温总理还表示，希望非洲国家不要被一些不可能实现的方案而影响非洲的共同利益。对此，姆贝基等领导人表示：问题根本不在中国。

关于有人对中国走进非洲的各种看法和不解，特别是关于中非之间的纺织品争端问题，南非媒体在温总理访问非洲前还说，中南之间不可能解决这一问题。对此，温总理通过与姆贝基总统会谈，双方达成了完全相互理解的共识，正像姆贝基总统所言：“这个问题已经解决了。”

温总理还对姆贝基说：中非关系不是现在开始的，从近处说，20世纪50年代中叶，在非洲民族解放运动开始的时候，中国就支持非洲，与很多国家都是在60年代建交的，最早的是埃及，那是1956年。再往远处说，可以倒退到600年前。我在南非国民议会看到一张展出的中国明朝时的地图——《大明混一图》。我知道600年前制作这幅地图很困难，但是这幅地图把非洲南部好望角勾画得清清楚楚，我估计是在郑和航海以后。如果再往前推，那就是公元2世纪就有中国和非洲交往的记载。但是从历史上去考证，中国从来没有占领非洲一寸土地，从来没有贩卖一个非洲奴隶。

在加纳，库福尔总统请求温总理，要与中国联合进行石油和矿产的勘探与开发。库福尔认为加纳的周边国家都有石油了，惟独加纳没有，他对此表示不相信。同时他说，加纳有黄金、铁矿和各种有色金属矿，在历史上曾经辉煌过，他相信还能找出更大的储量。温总理对此作出积极回应，表示可以从勘探入手，但要尊重科学，了解有没有成油成矿的地质条件，然后再考虑下一步的工作。“但你有这个愿望，我们就会积极考虑，当然还有其他的项目了。”

以上几点清楚地表明，中国同非洲的友谊、同非洲的合作，是任何人破坏不了

《大明混一图》在南非国民议会展出时，讲解员向参观者讲述非洲在地图上的位置。

的。法新社在评论温总理的此次非洲之行时说，温总理这次访问不仅是为了贸易，而且特别解释了中国不是为了能源、资源而来，这种合作应该是互利的。就在温总理访问非洲后不久，非洲能力培养基金会执行秘书长、马里前总理苏马纳·萨科指出，所谓的中国要对非洲搞殖民化的说法是“一个十足的谎言”，根本站不住脚。没有任何数据说明非洲在与中国的交往中失去了什么，相反非洲只能从中获益。他说，大多数非洲国家认识到，中国尊重别国的主权，允许别的国家掌控自己的命运和经济政策，从不把自己的意志强加于人。事实表明，中国非常尊重非洲和非洲国家政府，中国通过正面鼓励来支持非洲，而不是用高压和惩罚的手段对待非洲。他还表示，自从开始在非洲投资和进行贸易以来，中国给非洲带来了价廉物美的商品，非洲国家可以根据自己公民的购买力从中国进口不同档次的商品。他强调：“非洲正获益于中非伙伴关系。”

第三节　推己及人顺人心

温总理这次访问，每到一国都要深入基础，深入群众，与老百姓亲切交流。他在加纳出席我援建加纳的公路竣工移交仪式，在坦桑尼亚视察我援建坦国家体育场工地，凭吊我援坦专家公墓。在紧张的日程中，他还要会见中国大使馆工作人员、中资企业和华侨华人代表并讲话。在出席这些活动的同时，温总理一直思考着我们怎样更好地援助非洲这一问题。温总理说：我这次访问，脑子有点开窍，就是原来我们对对外经济援助的方针研究得不够，理解得不全面，哪些用援助的形式，哪些用企业合作的形式，怎么做最有效果，怎么做受援国最有益处，要认真分析。应该对我们的对非援助进行一些反思。

在一系列调查研究的基础上，温总理提出对非援助新思路：政府引导、企业介入、市场运行。他强调，援建项目必须首先考虑非洲的需求，我们要把政府推动与企业自主、提供经济援助与促进技术合作、帮助援建项目与帮助培训技术人员和管理人才有机结合在一起，重在壮大非洲经济实力、促进非洲社会发展、提高非洲自主发展能力；在非中资企业要注重工程质量和社会效益，注重保护环境，要让当地人民真正从中受益，为他们带来实实在在的好处。

温总理的这一援非新思路，推己及人，主要替非洲发展着想，重在壮大非洲经济实力和提高非洲自身的发展能力，具有很强的针对性，将对我国的援非政策产生积极影响，同时受到非洲国家的普遍欢迎和好评。

温总理强调，在援非问题上，“授人以鱼，不如授人以渔”。他说，后边这个“渔”是三点水的渔，与农渔业生产有关，就是你给人送去鱼，不如帮助人家学会打鱼。“因此，在进行经济合作时，一定要重视技术合作和人才培养，这也是中国作为一个发展中国家区别于西方国家的一个重要标志。”

以阿克拉至库马西公路改扩建项目为例，中方建设者——中国铁路工程总公司在项目实施过程中，仅派出少量技术和管理人员，其余大部分技术人员和工人全部从当地招募。从项目规划设计阶段开始，两国工程技术人员就密切合作，共同攻克各种难题，为当地培养了一支具有较高专业素质的技术和管理队伍，从而使加方在项目移交后，能够有效地经营管理好这一路段。中方修的这一段基本上是一级公路，旁边就是英国人修的，两年多了还没有修好。

加纳总统库福尔在移交仪式上致辞时恳切地说：“我希望温家宝总理运用您的影响力和感召力，让中国铁路工程总公司继续留在加纳，参与我国更多的基础设施建设。”总统这句发自肺腑的话赢得大家会心的笑声。目前有多家中国公司参与加纳经济建设，他们以出色的工程质量和良好的商业信誉赢得加纳人民交口称赞。

温总理对安哥拉总统多斯桑托斯说，我们同安哥拉发展经济合作，坚持三条原则不动摇：第一，合作应有利于提高安哥拉整体经济实力。安哥拉正在进行战后重建工作，百废待兴。通过合作发挥安哥拉的资源和能源优势，壮大安哥拉的经济实力，而且不限于贸易就是购买安哥拉的资源，现在已逐步扩展到区块的勘探，帮助安哥拉能够寻找更多的石油；不仅要发展石油贸易与经济合

赞比亚农民在自家门前。

作，而且要发展其他产业的合作，比如农业，渔业，基础设施，特别是通信、电力，还有服务业，这种合作是全面的。第二，合作应有利于安哥拉掌握先进技术。中方愿通过技术转让和人才培训等方式提高安哥拉自我发展能力。我们要通过多种形式的援助，推动安哥拉的经济发展，提高安哥拉的技术水平和管理能力，包括人才培训，这会从根本上增强这个国家的经济实力。第三，合作应有利于安哥拉的可持续发展和造福于安哥拉人民。多斯桑托斯对“三条原则不动摇”表示完全赞同，认为中国积极开展对非合作，目的是为了增强非洲国家的发展能力，消除贫困，实现共同发展。

温总理补充说：“我还要求我们的企业，首先要注意工程承包的质量、效率和安全，要用一流的工作、一流的工程、一流的质量来维护国家的信誉，提高竞争力。其次要在做好工程的同时，要关注当地的民生，多办一些社会公益事业，修个路呀，建个学校呀，很受当地群众欢迎。再次，我们还要坚持对安哥拉的援助，特别是在关系民生的一些社会事业方面，比如，派遣医疗队、赠送药品、援建学校等，这些都是当地老百姓看得见、摸得着的，它有时甚至比企业合作对老百姓的感受更深。”温总理的这席话深深打动了安哥拉总统的心。

在南非会见中国使领馆工作人员、中资机构、企业家代表团、华侨华人和留学生代表时，温总理语重心长地说：“如何开展对非经济贸易合作是摆在我们面前的一个新课题。我们有些单位、有些同志不知道或不懂得一个道理，就是说我们这种合作一定是平等互利，而且对非洲来讲，应该是多予少取，也就是说要给予他们力所能及的援助。我一路走来，苦口婆心地讲，我说中国绝不是看中非洲的能源和资源，如果我们的同志这样想、这样做，那就错了或者说片面了。即使是开展能源和资源方面的合作，我们也要增强非洲自我发展能源和开发资源的能力。”

温总理表示，与此同时，我们要关注非洲其他产业的发展，比如基础设施建设、减免债务、消除贫困、医疗卫生事业、环境保护等。我们走过的这些道路既有经验，也有教训，我们在和非洲开展合作的时候，必须重视这一点，在搞好工程项目的同时，要注意整个非洲经济和社会的全面发展，归根到底要增强非洲国家的自我发展能力。因此，要把经济发展同各项事业发展结合起来，要把经济援助和技术援助结合起来，要把政府援助与企业合作结合起来，这就是我们的方针。

周总理20世纪60年代访非时，提出了中国政府对外经济援助的八项原则，强调平等互利，尊重受援国的主权，帮助受援国逐步走上自力更生的道路，等等。这些原则表明，中国帮助非洲国家不以大国自居，不谋求私利，受到非洲国家的普遍欢迎和拥护。周总理对非洲的那次访问是新中国领导人对非洲的首次访问，周总理十分注意尊重非洲国家的意愿，体谅他们的处境，表现出的“平等待人”的外交风范赢得普遍赞誉。温总理强调，周总理提出的八项援外原则，其核心也是我们对非政策最重要的一点，就是互相尊重、完全平等、互不干涉内政。实践证明这一原则是正确的。

我们在真心实意援助非洲，然而，西方有媒体说“你们向非洲援助却不注意非洲一些国家的良政建设?”对此，温总理在记者会上回答道，我们在经济援助与合作中也十分关注非洲国家的民主与法制建设。我们鼓励非洲国家推进民主政治建设，但归根到底要靠非洲各国人民自己的力量，也就是说要相信他们有权利、有能力治理好、管理好自己的国家。我们从不把自己的意志强加于人，国际社会应该尊重非洲国家自主选择发展道路，这是事物的一个方面。但是另一个方面，我们在开展合作中又要十分注意按国际规则办事，要公开透明，一些重大项目要实行招标；要力戒不正当的交易，反对贪污受贿；要十分重视工程质量、效益和安全。在合作当中，除要搞好项目本身，又要关注当地的民生，尽量给当地群众办些好事，做些扶贫济困的事情。我们有些企业就做得好，因而受到当地群众的拥护。这种事情要有心，不要嫌事情小，从一点一滴、一件一件事情做起，假以时日，一定会发挥它应有的作用。我这次来，又给非洲人民带来了抗疟疾药品，并且承诺为这七个国家各援建一个农业示范中心和一所小学。这些事情看起来虽然小，但是它们在非洲人民心中扎下根来，友谊的种子会生根发芽，开花结果。

温总理说，这又让我想起我们国家在困难的情况下援建坦赞铁路。应该

坦赞铁路起点站达累斯萨拉姆附近。

说，坦赞铁路的影响已经超出非洲，以至到了整个世界。我们现在说的坦赞铁路的造价，和当时实际上我们的投入是无法相比的，那是在什么困难的条件下，中国的工程技术人员和工人忘我工作。我相信，当时我们为修路而付出的努力是十分艰辛的，不是以金钱可以计算的，那时的工程也不会偷工减料。今天我们能不能做到这一点？既讲求效益，又注重质量、安全，把一流的工程交给人家。我们靠什么争得荣誉，争得国家的尊严，靠我们援建的工程，合作的工程，这一点不能弄虚作假，这是要经受时间和历史考验的。企业家应该有这样的胸怀，这样的胆识。今天，我的讲话如果能打动每个人的心，就希望你们能把眼界放开一点。

在温总理提出的对非援助新思路中，文教卫交流与合作占有一席重要地位。温总理语重心长地说：要重视和加强对非洲的文化、教育、医疗卫生领域的合作与交流。在这些公益事业方面，一定要多做实事，让非洲人民真正得到好处。在这次访问中，温总理在埃及、坦桑尼亚和乌干达观看了文艺演出。这三场演出活动达到了宣传中国文化、促进交流与合作、增进了解与友谊的效果。

在埃及会见参加《中埃“手拉手”》文艺晚会的中国演员时，温总理强调文教卫交流与合作的重要性，认为这方面的合作与交流十分重要，“一场成功的演出，其意义不亚于援建一项工程”。文艺演出能够让当地人民感受中国文化，促进中非人民的了解与沟通；教育交流非常重要，能够让人们进一步认识和学习中国文化；卫生合作、特别是向非洲国家派遣医疗队，为当地老百姓解除病痛、救死扶伤，深受非洲人民的欢迎。

温总理这次访问期间，中国与七国共签署 71 项协议，涉及政治、经贸、基础设施建设、文化、教育、科技等领域。中方承诺将继续向七国的社会发展提供援助，包括援建农业示范中心和乡村小学、派遣医疗队、赠送抗疟疾药品、培训各类人才等，受到各国高度赞扬。在这次访问中，温总理亲自感受到加强中非文化交流与合作的重要性。事实上，加强中非文化交流对加深中非人民的了解与友谊具有重要的深远影响，是从长计议、具有战略意义的重要举措。

第四节　平易近人贴人心

在这次访问中，到处可以看到温总理平易近人、和蔼可亲的身影。他走到街头，与非洲民众握手；走进医院，向非洲患者问候；走上讲堂，向非洲学生授课。同时，他每到一地都要会见华侨华人，向大家讲述中非关系，介绍国内经济发展情况，送去党和政府对海外赤子的关怀。他还去刚果（布）达朗盖医院看望中国大夫，去安哥拉大使馆看望中国外交人员，去我援坦专家公墓凭吊为修建坦赞铁路而牺牲的烈士们。这一系列活动给人们留下了极为深刻的印象，受到非洲和国际媒体的广泛关注。

在达朗盖医院，温总理对医生们说：“今天，我也穿上了你们的白大褂，我虽然不能和你们一样治病解痛，但我们都是和平与友谊的使者。”一句话，拉近了与大家的距离，让人备感亲切。

6月17日晚，中埃艺术家在金字塔下举行《中埃“手拉手”》——庆祝中埃、中国与非洲、中国与阿拉伯国家建交50周年大型文艺演出。那天，温总理刚刚抵达埃及，不顾旅途劳顿，在纳齐夫总理陪同下观看演出。考虑到对方总理要休息，他于当地时间晚上10时离开现场。次日上午，在紧张的日程中，他临时决定会见中国演员。他对演员们说：“昨天晚上没有看完你们的表演就离开了，我感到很不安。你们为促进中国与埃及、中国与非洲、中国与阿拉伯国家的了解与友谊，不辞劳苦传播中国文化，我对大家表示感谢。”一句话，说得大家心里热乎乎的。

与演员合影后，温总理特意俯身，亲切地询问参加演出年龄最小的演员刘启蒙：“你多大啦?”“六岁半。”温总理和蔼地笑着说：“你和我的孙子一样大，不过他没有你的武功好。将来长大后，他拜你为师。”温总理还与这名小武打演员合影。

在坦桑尼亚观看东方歌舞团的演出后，温总理对中国大使馆工作人员、中资机构和华侨华人代表和演员们说，今晚的节目非常精彩，坦桑尼亚的总统、总理都到场了。在20世纪60年代，中国来非洲演出的艺术团体非常之多，马季的相声《友谊颂》说的就是修建坦赞铁路的事，其中的“拉菲克”是斯瓦希里语“朋友”的意思，说明中国与非洲关系很近。其实，文化是纽带，歌咏情，舞动容嘛，情感交融，歌舞就是纽带。但是你看西方大国的著名文化艺术团体能到这个地方演出吗？不可能。而我们的艺术团这样做了。大家知道，今天来的东方歌舞团就是当年周总理提议成立的，是面向亚非拉的，当时他们为此排练了亚非拉的歌舞，奔赴很多地方去演出。一台节目虽小，但是传递了友谊和中国人民的感情。

布拉柴中学是刚果（布）最大的中学，有教师200多人，学生4000多名。自1990年起在高中三个年级开设汉语课程，至今已持续了16年。目前，该校有汉语教师2人，有158名学生在学习汉语。

6月20日上午，温总理来到该校视察。当他走进教学楼一层的一个教室时，30多名学生正在教师巴希的带领下学习汉语。中国贵宾的到来，令学生们兴奋不已。他们站起来用汉语继续朗诵道："温总理，您的来到，使我们感到无比兴奋。老师告诉我们，中国是一个具有悠久历史、灿烂文化的国家。今天，您来到我们中间，带来了中国人民对刚果人民的友好情谊。""温总理，非常感谢您向我们赠送教科书和学习用品。这些礼物对我们学习汉语会有很大的帮助。我们一定学好汉语，将来为增进刚中友谊和友好合作做贡献。""谢谢您，温总理!"学生们纯真的情感和清晰的发音已使远方的客人备感亲切。

温总理微笑着，倾听着。当他看到学生们正在练习写汉字，就对身边的巴希老师说："让我来写几个字吧。"他从教师手中接过粉笔，在黑板上一丝不苟地写下工整隽秀的楷书汉字："海内存知己，天涯若比邻。"

温总理站在讲台上，转过身来，手指黑板，向学生们解释这句古诗的含义："这是中国唐朝诗人王勃的诗句，"他一字一句，吐字清晰，"中国与非洲虽然相隔遥远，但是我们就像邻居一样，我们是知己，是朋友"。他声音洪亮，语速平缓，让每一个学生都听清了，听懂了。学生们露出会心的微笑。

温总理与刚果（布）中学生亲切握手。

温总理从一个教室走到另一个教室，不时同学生们交谈：“你们觉得学习汉语困难吗？希望你们掌握好汉语，将来到中国去！”19岁的男同学洛西勇敢地走上讲台，拿起粉笔在黑板上一笔一画地写下“我是布拉扎中学的学生”几个汉字。温总理走到课桌前，拿起洛西的作业本，边看边赞许道：“字写得很好，语法也通顺，但是我从中发现了一个错别字。”然后耐心地为他纠正书写错误。

在用中法两种文字写着“中刚人民友谊万岁”的黑板前，温总理再次停下脚步，用浅显的语言向学生们讲解汉语的奥秘：“汉字是象形字，就是用简短的语言表达很深的含义。”他指着黑板上的“友谊”二字，开始说文解字：“这个‘友’是朋友的‘友’，友谊的‘友’；这个‘谊’，左边的‘言’字，旁意思是‘说’，右边的‘宜’的意思是美味佳肴，可引申为请客吃饭。”

“我给你们这样讲，主要是想激发大家学习汉语的兴趣。”温总理继续对同学们说：“语言是连接友谊的纽带，掌握汉语的青年是增进中刚了解和友谊的桥梁。”他语重心长地勉励青年学生们好好学习汉语，做中刚友好的接班人。

“我要去北京，我要去上学！”20岁的女学生阿斯塔丽娜用汉语大声地说。“每年我们都要从刚果（布）和非洲的中学生中挑选一部分留学生去中国学习，你们有一定的汉语基础，一定会有机会的。”温家宝微笑着鼓励学生们。19岁的普拉西德学习汉语已经三年了，他用汉语说：“温总理的话让我更加向往中国。”

温总理平易近人的作风又给非洲人民留下了深刻印象，使访问达到了“加深友谊、增进互信、拓展合作、共同发展”的目的，必将对新时期中非关系的发展产生深远影响。

第五节 寄语感人振人心

在非洲七国会见中国使领馆工作人员、中资企业、华侨华人和留学生代表时，温总理再三嘱咐大家：“非洲是我们国家外交的一个重要领域。今年以来，我们发表了中国政府对非洲政策文件，胡主席访问了三个非洲国家，李肇星外长也访问了七个非洲国家，我这次访问非洲七国，这些都在国际上、特别是在非洲产生了很大的反响。它表明我们中国不忘老朋友，你们从各国的欢迎场面就可以看出非洲人民对中国人民的友好感情，这是几十年积累下来的。我们援助非洲不是在中国经济很发达的情况下，恰恰是在20世纪60年代中国还比较困难的时期。当时中国的老一代领导人就有这样的战略眼光和世界眼光。”

温总理指出，如果说40多年前，在非洲许多国家陆续获得民族独立的时候，我们开展了一次大规模的外交行动，那是支持非洲人民的民族独立、解放和振兴，那么现在，我们继续推进非洲的外交，就是在新的形势下支持非洲人民自主选择发展道路，支持非洲维护地区和平与稳定，实现繁荣与复兴。

温总理说，在新时期，我们对非外交必须做好两个方面的工作：在政治上坚持独立自主的外交政策，在涉及非洲的重大问题上敢于为非洲仗义执言，在非洲关注的热点问题上主张这些混乱的地方尽早实现和解，实现国家和地区的安定和平。在经济上与非洲加强合作，促进共同发展。

温总理殷切希望外交人员、中资企业员工、华侨华人和留学生在非洲大陆努力工作和学习，珍惜每一天时间、每一件事情，为促进中国与非洲人民之间的友谊，做出自己的努力。他说，我要感谢同志们，这里生活确实比较艰苦，如果说三四十年以前，我们国内的条件也不是很富裕，那么现在比起来，这个地方要艰苦多了，所以我感谢同志们在这里安心工作，为国争光。

在乌干达，温总理对来自云南的中国医疗队员们说，我们的医疗队很辛苦，而现在云南的条件比这里好多了，西双版纳也比这里强。我们医疗队的同志不远万里，不辞辛苦，也不顾自己的安危，来这里一工作就是两年，你们的一言一行，都会给当地老百姓留下深刻印象。

乌干达是此次温总理非洲之行的最后一站。温总理在离开非洲时对中方送别人群说：“这次来非洲访问结识了朋友、增进了共识、扩大了合作、阐述了政策、加深了友谊。这次访问，同七国制定了深化战略合作关系的实施纲要，通过发表实施纲要或共同声明的方式，明确了我们进一步合作的方向。”在访问中，我得到了各个使馆工作人员热情的接待和周到的安排，我知道大家很不容易，因为这个地方很艰苦。其实，接待我一天，你们不知要准备多少天。我也要感谢在非洲工作的中资企业、医疗队及华侨华人代表，他们到机场欢迎我，做了很多帮助代表团的事情，使我们的访问得以顺利进行……温总理这样体贴大家，感动得不少人眼含热泪。“我下午就要回去了，祖国和人民惦念你们，希望你们照顾好自己，多加保重。谢谢大家!”

在去程和回程的专机上，温总理都要到各个客舱走走，看望大家，并到记者席与大家座谈。在去程时，他对随团记者说：“我这次访问时间短，日程紧，一下飞机就活动，天又热，非常辛苦，大家连洗衣服的时间都没有，只能把衣服收拾起来回家再洗了。但大家一定要注意身体，注意休息，不要喝生水，不要得病。”听了温总理这一席体贴入微的话，大家都表示不怕辛苦，努力完成好任务。

座谈刚开始时，大家感到有些拘谨，看到温总理这样平易近人，大家放松了许多，话题也就转到了正在进行之中的世界杯足球赛。温总理说，安哥拉 16 日晚踢了个零比零，非洲足球队这次表现不错。这时，大家急切地想知道总理是否观看了那场球赛。温总理似乎看出了大家的心思，补充到：“比赛的结果我是听人说的。”

温总理说，我问了一下，世界各国的领导人都很关心足球赛。布莱尔因看英格兰队比赛，出席欧盟会议迟到了；瑞典首相因看球赛，不参加宴会了。他对大家说：“你们要是不怕累，这几天可以看球赛，非洲没有时差。不看也没有关系，16 强比赛，回来后再看也来得及。”从总理对大家的关心中可以看出，他对足球也十分感兴趣，能知道比赛的日程安排。

谈到亚洲足球时，大家都觉得亚洲队本届世界杯没有多少希望。温总理说，韩国队目前表现不错。接着，大家问温总理，您觉得中国队如何？温总理说，下届世界杯足球赛在南非举行，非洲国家很希望中国队能参赛。“中国队能去就好了。”总理接着说，“不过，我说了不算。”话声刚落，笑声四起，总理也笑了。从总理的笑声中，我们看到了他对中国足球队寄予着厚望。

在回程中，温总理再次与随团记者座谈。他首先表示：“这次时间短，报道量大，你们圆满完成了任务，大家辛苦了，我对你们表示感谢。”听了温总理的这句话，大家本已劳累的身心一下子觉得轻松了，再次与温总理轻松地交谈起来。

借这个机会，我感谢温总理为拙著《非洲踏寻郑和路》题词。总理说：“没有什么。翻看了你的书，我就想起那句话。”

在去程的专机上，外交部部长李肇星和专机乘务长赵书华把我的书推荐给温总理，我提出请总理为拙著题词，总理在书的扉页上写下了：“山一程，水一程，身向世界行。风一更，雪一更，心怀天下事。温家宝　二零零六年六月十七日于民航专机上。”当赵书华把总理题词拿给我时，我真是喜出望外，内心充满对温总理的万分感激。

在埃及会见中国大使馆工作人员和中资企业、华侨华人代表时，温总理还特意提到这件事。他说，在专机上，我们《人民日报》记者叫我给其专著《非洲踏寻郑和路》题词，这本书是为纪念郑和下西洋600周年而写作的，我翻看后一下子想起一句话……中国人应该有这种胸怀，有这种气魄。我希望我们国家不仅以自己的现代化成就和人民的幸福生活赢得世界的尊重，而且还应该以国民的素质、民主与法制、精神文明、道德力量受到世人的尊重，我们一定能够做到这一点！温总理的话被热烈的掌声所打断。他接着语重心长地说，在座的大使馆的同志们、中资企业的同志们、留学生同志们，你们和驻外记者有共同之处，你们身在异国他乡，一定会时刻想念祖国和人民，会牢记祖国和人民的重托，眼光要面向世界，要关心天下事，把自己的每一件工作做好，为我们的祖国争气，为中国人民争气！同时要不怕辛苦，研究一些问题。

温总理的题词不仅是给我个人的，而且是对广大外交人员和新闻工作者的鼓励和鞭策，从中可以看出总理对新闻工作者和外交人员寄予厚望和期盼。我们记者应该不怕苦，不怕累，走向世界，报道新闻，宣传中国。回想起温总理对随团记者说的“我们的新闻媒体要多宣传非洲”的指示，我们顿感肩上的担子很重。

作者撰写的专著《非洲踏寻郑和路》和温总理在该书扉页上的题词。

第二章　重访非洲

亲民活动是温总理此次访非的一大亮点，受到非洲和国际媒体的广泛关注。

在埃及，温总理出席庆祝中埃建交50周年“手拉手”大型文艺晚会，会见参加演出的中国演员；在加纳，温总理出席我援建公路改扩建项目竣工移交仪式，走进人群向大家问好；在刚果（布），温总理参加开设中文课程的布拉柴中学，参观中国医疗队工作的达朗盖医院，走向街头向群众致意；在安哥拉，温总理参观中国驻安哥拉大使馆，走入外交人员宿舍嘘寒问暖……每到一国，尽管日程十分紧张，也不管时间有多晚，他都要会见中国使领馆工作人员、中资机构、华侨华人和留学生代表，并发表语重心长的讲话。本章中的四篇通讯将带您来到第一现场，让您感受那一幕幕感人至深的难忘场景，感受中非人民之间的深情厚谊，感受中非友谊的炽热与力量。

温总理的此次非洲七国之行，也是一次面向全非的访问。在这次访问中，温总理与七国领导人会谈，就双边关系、中非关系和共同关心的地区和国际问题交换了意见，结识了朋友，增进了共识，扩大了合作，阐述了政策，加深了友谊。通过这次访问，进一步加深了中国与非洲的友好合作关系，增进了中国人民同非洲人民的感情和友谊。温总理在会谈中强调：“中国是发展中国家，本身还不富裕，但仍愿向非洲国家提供力所能及的援助。”“中国发展了，将为非洲提供更多的援助，为非洲的发展做出更大的贡献。”“经过岁月锤炼的中非关系是任何人都破坏不了的。中国人民不会忘记非洲老朋友。”这些肺腑之言，一次次地感动了非洲国家领导人和非洲普通老百姓。

第一节 长城连着金字塔

——记温家宝总理出席庆祝中埃建交50周年活动

玫瑰红色的天幕渐渐远去，清爽的夜风徐徐吹向吉萨高地，庞大的金字塔群和雄伟的狮身人面像沉睡在茫茫夜色中。2006年6月17日晚8时40分，喜庆的中国民乐和欢快的阿拉伯乐曲响起，数百盏水银灯同时闪亮，巍峨的金字塔和狮身人面像突现在人们面前。庆祝中埃建交50周年“中埃手拉手”大型文艺晚会就在有着5000年历史的埃及金字塔下拉开帷幕。

中国国务院总理温家宝和埃及总理纳齐夫一同登上舞台，1000多名观众纷纷起立热烈欢呼和鼓掌，中埃两国国歌在金字塔塔群中回荡。

随后，温总理发表了热情洋溢的讲话。他说：“我和我的同事们带着13亿中国人民对埃及人民的深情厚谊，同埃及领导人和各界朋友欢聚在尼罗河畔，金字塔下，共同庆祝中埃建交50周年。”

此时的北京已是深夜，当天下午刚刚从北京飞抵开罗的温家宝总理面带笑容，神采奕奕，脸上丝毫没有长途旅行后的倦容。

温总理的讲话充满了激情。他追根溯源，引经据典，高度评价中埃关系的发展。他说：“中埃远隔千山万水，但友谊源远流长。早在公元前二世纪，中国和埃及这两大世界文明古国就开始友好往来。50年前，中国和埃及在民族解放与振兴的历史洪流中又走到一起，揭开了中埃友好崭新的一页。埃及是第一个与新中国建交的非洲和阿拉伯国家。”

半个世纪以来，中埃友谊历久弥坚，两国合作硕果累累。温总理说：“埃及有一句谚语，‘世界上永恒的是时间，比时间永恒的是金字塔’。我相信，经受了长时间考验的中埃友谊，将如同这人类文明奇迹一样永恒。让我们以中埃建交50周年为新的起点，手拉手，心连心，共同开创中埃关系更加美好的未来。”

温总理饱含深情、富有感染力的话语，充满了对中埃两国关系未来发展美好前景的期望。在场的两国观众用热烈的掌声表达了他们强烈的共鸣。

埃及总理纳齐夫在致辞中说，埃及与中国作为两个具有悠久历史和灿烂文明的国家将传承文明的交流与融合。金字塔建造者的后代愿意向长城修筑者的传人伸出友谊与合作之手。埃中两国人民携手向世界表明，在不同的文明之间应该而且可以架起沟通和理解的桥梁。

近年来，中埃两国的文化交流与人员往来日益密切，每年来埃及旅游的中国人已达五万人次，埃及主要大学中掀起了一股“中文热”。在两国总理当天早些时候签署的《中埃关于深化战略合作关系的实施纲要》中双方一致同意加强在人文领域的交流，共同促进文明对话，推动构建和谐世界。

中埃两国总理讲话后，温总理为五位埃及友人颁发奖牌，表彰他们为中埃关系发展做出的特殊贡献。他们是：联合国前秘书长加利，阿拉伯国家联盟前秘书长马吉德，埃及前副总理、埃中友好协会主席瓦利，埃及前教育部部长巴哈丁和30多年前最先将中国针灸医术引入埃及的著名医生果格里。

温总理说：“饮水思源。在这喜庆的时刻，我们向开辟和发展中埃友好关系的两国几代领导人致以崇高的敬意，向长期致力于中埃友好的各界人士表示由衷的感谢。正是他们的辛勤耕耘，中埃友谊之树才根深叶茂。”

瓦利激动地对记者说：“对我来说，接受这个奖牌是极大的荣誉和最高的评价。我将继续尽全力促进埃中两国人民世代友好。”因在巴黎无法及时赶回埃及受奖的加利通过电话告诉记者，对中国朋友授予他这样高的荣誉感到非常高兴，他对中国为实现世界和平与稳定所做出的重大贡献表示高度赞赏。

“我们从古老的长城脚下来到同样古老的金字塔前，是为了传递两个伟大国度彼此间的吸引与祝愿；我们用长江黄河的波涛问候尼罗河上的浪花，是为了把中埃两国人民的友谊世代相传。”中方主持人深情的独白拉开了文艺演出的序幕。

在京剧大师梅兰芳的传人胡文阁的一曲《贵妃醉酒》的京剧唱腔声中，美丽端庄的中国模特走上舞台，在古埃及法老柱间展示着大气辉煌的中国古代服饰，仿佛一座流动的紫禁城与金字塔交相辉映，两个文明古国的灿烂文化在此相得益彰。

中国女子民乐组合与埃及金字塔艺术团联袂演出器乐合奏《尼罗河畔茉莉花》，使两国音乐技巧和谐统一于一体。具有鲜明民族特色的京剧、中国功夫绝技与埃及高速旋转、热情奔放的《大裙舞》和《东方舞》则各自表现着两个民族文化上的特色，异彩纷呈、争奇斗艳。

“长江与尼罗河手拉起手，人类文明便找到了美丽的源头；长城与金字塔手拉起手，世界文化就有了迷人的绿洲；紫禁城与卡纳克神庙手拉起手，蔚蓝星球又多出一片锦绣；中国与埃及人民手拉起手，和平与友爱就会相伴左右。”联欢晚会在这曲“手拉手”主题歌《日月东西》中降下帷幕，大家衷心祝愿中埃两个文明古国的传统友谊像长城和金字塔一样天长地久，两国合作像长江和尼罗河水一样，奔流不息。

第二节　公路上延伸友谊

——记温家宝总理出席我援建公路改扩建项目竣工移交仪式

6月19日上午9时许，正在西部非洲访问的中国国务院总理温家宝来到加纳首都阿克拉附近的阿玛撒曼镇，与加纳总统库福尔共同出席中国政府援建的公路改扩建项目竣工移交仪式。

6月的西非风和日丽，由中国政府援建的双向双车道公路宛如一条缎带在非洲的旷野中延伸，道路中间的绿化隔离带在蓝天的映衬下葱翠欲滴，宽阔平坦的柏油路面在阳光下闪闪发亮。

温总理与库福尔总统在出席我援建公路改扩建项目竣工移交仪式上亲切交谈。

在铺着红地毯的主席台上飘扬着中加两国国旗。当地酋长们身着节日盛装，儿童们穿着崭新的校服，男青年敲响欢快的鼓点，女青年翩翩起舞，中加两国工程技术人员戴着色彩鲜艳的安全帽，会场上洋溢着友好欢乐的气氛。

温家宝总理和库福尔总统分别发表了热情洋溢的讲话，博得了在场数千名中加两国人员的阵阵掌声。

温总理把这段公路称作“两国友好合作的又一象征”和“一条连接中加传统友谊的新纽带”。

全长250公里的阿克拉至库马西公路是加纳最繁忙的南北交通大动脉，将首都阿克拉与北部第二大城市库马西连接起来。它不仅对促进加纳经济具有重要战略意义，而且也是马里、布基纳法索和尼日尔等周边国家交通运输的必经要道。

过去，这条公路是双向单车道，十分简陋，由于年久失修，路面坑洼不平。尤其是中国援助改扩建前的奥凡科—恩萨瓦姆路段，曾经是这条交通干道上有名的“卡脖子”路段。加纳公路局官员郭莫尔说，过去驾车途经这里，只能在颠簸中缓慢行进，事故和交通堵塞时常发生，严重制约了当地经济的发展。

在中国的援建下，这段路被改建成了平坦畅通的双向双车道一级公路，大大缩短了阿克拉与库马西之间的行车时间。“这段公路将对加纳以及周边西非地区国家的经济发展发挥重要作用，”库福尔总统说，“现在我必须告诫司机们要注意安全，因为担心道路太平坦，他们会睡着的”。

加方工程师米尔斯表示，这一路段的改善将带动沿途商贸和地产业的增长，从而为当地居民带来更多的商机，改善他们的生活。

仪式结束后，温总理在库福尔总统陪同下，来到在场民众中间。会场气氛顿时沸腾了。人们挥舞着中加两国国旗，伸出热情的双手，欢呼着向中国朋友致意。歌声与笑声交织在一起，中加两国领导人和普通民众的身影也交织在一起。

中加人民有着深厚的传统友谊，始终相互支持、相互帮助。加纳是第二个与中国建交的撒哈拉以南非洲国家。中国始终本着平等互利、互不干涉内政的原则，为加纳的民族解放和振兴提供了真诚无私的帮助。1964年，周恩来总理访问加纳，在中加关系史上传为佳话。

加纳多年来一直在人权、台湾等关系到中国主权和根本利益的重大问题上坚定地支持中国。在1971年联合国恢复中华人民共和国合法席位时，时任加纳副外长的库福尔代表加纳政府投下了宝贵的赞成票。

近半个世纪以来，中加双方在政治、经贸、卫生、文教等各领域开展了卓有成效的合作。阿克拉至库马西公路改扩建项目就是中加合作的又一历史见证。

加纳是温总理非洲七国之行的第二站。在这七个国家以及非洲其他国家有许多中国援建的项目。这些项目有一个共同特点，就是重在提高非洲国家的自身发展能力。出于这一目的，中国将对非援助与经济合作相结合，将经济合作与技术合作相结合，注重质量、效益、环保和改善民生。

为使有限的资金发挥最大的效益，阿克拉至库马西公路改扩建项目本着公开透明的原则，面向中国公司进行招投标。中国铁路工程总公司中铁五局集团以成本合理、管理先进、技术精良和质量标准严格的综合优势赢得了工程承包合同。该项目于2004年5月正式开工。在历时两年的建设过程中，该公司选拔优秀技术和管理人员，周密制订施工计划，不仅提前完成了工程，而且质量上乘。

在施工中，中方建设者把保护当地环境放在重要位置。为了将公路改建对沿途环境的影响降低到最小限度，防止水土流失，他们特意设计了道路中间和两侧的绿色隔离带，栽种草木。

“授人以鱼，不如授人以渔。”中方建设者在项目实施过程中，尤其重视培养当地技术和管理人才，以提高当地自身发展能力。在阿克拉至库马西公路改扩建项目中，中方仅派出少量技术和管理人员，其余大部分技术人员和工人都是从当地招募的。从项目规划设计阶段开始，两国工程技术人员就密切合作，共同攻克各种难题，为当地培养了一支具有较高专业素质的技术和管理队伍，从而使加方在项目移交后，仍能有效地经营管理这一路段。

“我希望温家宝总理运用您的影响力和感召力，让中国铁路工程总公司继续留在加纳，参加更多的基础设施建设。”库福尔总统发自内心的话赢得了在场中加两国人士会心的笑声。加纳经过自身的不懈努力，已经摘掉了世界最不发达国家的帽子，正处在发展的关键时期。它正大力吸引投资，发展经济，改善民生，朝着联合国千年发展目标稳步前进。目前有多家中国公司在参与加纳经济建设，为加纳援建了国家剧场、东当美医院、公路改扩建等项目。这些项目的实施为加纳的经济和社会发展做出了积极贡献，并以出色的工程质量和良好的商业信誉赢得了加纳人民的口碑。

移交仪式简洁而隆重，军乐队奏响中加两国国歌。在场的孩子们排着整齐的队伍，用充满稚气的眼睛见证这一富有历史意义的时刻。中加友谊的种子已经播撒在他们幼小的心灵里。让中加友谊之路在人们心中延伸，再延伸……

第三节　书声朗朗迎贵客

——记温家宝总理参观布拉柴中学

6月20日上午，在看望了中国医疗队之后，温总理又来到布拉柴中学，看望这里汉语班的学生。中方车队还未到校门外，远处就传来阵阵欢呼声。数千名师生和当地群众早早地聚集在道路两侧、学校门口和操场周围，挥舞着中刚两国国旗，用中法两种语言有节奏地呼喊："欢迎！欢迎！"

布拉柴中学是刚果（布）最大的中学。当温总理走进教学楼一层的一间教室时，30多名学生正在教师巴希的带领下学习汉语。"老师告诉我们：中国是一个具有悠久历史、灿烂文化的国家。今天，您来到我们中间，带来了中国人民对刚果人民的友好情谊。"

温总理微笑着，倾听着。他亲切地询问同学们学习上有什么困难，还仔细地翻阅同学们的作业本，耐心地纠正一个同学的书写错误。他从教师手中接过

在刚果（布）参观布拉柴中学时，温总理走上讲台，向该校汉语班的同学"说文解字"，讲解"友谊"二字的含义。

粉笔，工工整整地在黑板上写下“海内存知己，天涯若比邻”，并向大家进行讲解，同学们听得非常认真，最后发出会意的微笑。

温总理从一个教室走到另一个教室，不时与同学生们交谈：“你们觉得学习汉语困难吗？希望你们掌握好汉语，将来到中国去！”

“每年我们都要从刚果（布）和非洲的中学生中挑选一部分留学生去中国学习，你们有一定的汉语基础，一定会有机会的。”温总理主动鼓励同学们。大家表示，温总理的一席话给了他们学好汉语的勇气和信心，“让我们更加向往中国”。

青年是国家的未来，民族的希望，代表着中非友好的明天。近年来，非洲青年对中国的兴趣日益浓厚。目前在非洲许多学校已经开办了汉语学习班，中国在非洲建立的第一所孔子学院已于2005年在肯尼亚首都内罗毕开课。

温总理走出教室，来到操场，向布拉柴中学赠送《法汉词典》和电脑等学习用具。操场上欢声雷动。温总理来到学生们中间，与他们握手、合影。“我向你们转达亿万中国青年学生对刚果（布）青年学生的问候！”温总理的话得到了刚果（布）青年最热烈的回应。布拉柴中学沸腾了。操场上，青年学生们跳着、笑着、唱着、呼喊着，欢呼声一浪高过一浪，在刚果（布），在西非，在非洲的上空久久回荡。

布拉柴中学内外的欢迎场面让人想起昨天温总理抵达刚果（布）时的情景。今天和昨天，布拉柴维尔市洋溢着浓厚的中刚友好气氛，机场上空和城市的主要街道飘扬着中刚两国国旗，不时可见“刚中合作与团结万岁！”等标语。

当地时间6月19日15时左右，温总理的专机抵达布拉柴维尔国际机场，温总理一行在机场受到刚果共和国总统萨苏、总理姆武巴和政府各部部长的热烈欢迎。温总理在萨苏总统的陪同下登上检阅台，军乐队奏响中刚两国国歌。刚果民众表演了热情奔放的民间舞蹈。

欢迎仪式结束后，温总理一行驱车前往人民宫与萨苏总统会谈。刚果各界数千民众自发地聚集在街道两旁，手舞鲜花和中刚两国国旗，载歌载舞，欢迎温总理的到访，表达他们对中国人民的友情。

温总理在机场发表的书面讲话说，“中刚建交42年来，两国关系经受住了时间和国际风云变幻的考验，一直稳步向前发展。两国人民始终真诚友好，平等相待，互相支持，结下了深厚的友谊。近年来，在两国领导人的共同关心和推动下，中刚友好关系焕发出新的活力，各领域的合作成果显著，我们对此感到高兴。我希望这次访问将进一步增进相互了解，扩大经贸合作，推动中刚友好合作关系迈上新的台阶”。

第四节　祖国惦念外交官

——温家宝总理视察中国驻安哥拉使馆侧记

当地时间6月20日晚9时，在中国驻安哥拉使馆工作的王硕伟和赵莉夫妇在他们的宿舍兼新房里迎来了盼望已久的祖国亲人——正在安哥拉进行正式访问的温家宝总理专程前往中国使馆看望工作人员。

在许多非洲国家工作的中国驻外人员工作和生活条件十分艰苦，在饱经战乱、百废待兴的安哥拉工作尤其如此。尽管温总理这次八天七国的非洲之旅行色匆匆，在罗安达20小时的日程安排十分紧凑，但他仍然挤出时间，到使馆看望和慰问大家。

温总理一到使馆就走进王硕伟夫妇的宿舍，先看客厅，再看卧室和卫生间。使馆的宿舍楼是租用的，每户面积只有二十几平方米，虽然经过女主人精

温总理抵达乌干达时，穆塞韦尼统在机场举行隆重的欢迎仪式。

心布置，但屋内陈设仍显拥挤简陋。温总理对赵莉说：“小家收拾得不错，就是卧室小了点，还应该有个大一些的卫生间。”使馆人员指着屋内墙上贴着的喜字告诉温总理：小两口是今年3月在使馆结婚的，由于工作繁忙，他们没有时间休假，也没有来得及举行婚礼，就把宿舍当做了新房。此时刚刚忙完工作的王硕伟赶回家来。他一进家门，温总理就风趣地对他说：“看来你的夫人比你能干。”小王和在座的使馆工作人员都会意地笑了。

王硕伟夫妇所在的安哥拉使馆是中国70个地处艰苦战乱地区的驻外使领馆之一。安哥拉结束长达27年的内战不久，正处在重建经济的阶段，物资匮乏，基础设施比较落后，传染病肆虐，尤其是疟疾高发区。由于客观原因，使馆迟迟无法找到合适的馆舍，只能临时租用一座二层楼房。使馆人员要面临经常停水、断电和疾病的威胁。发电机、水净化装置和抗疟药品成了馆员们的日常必备品。

馆员们还要忍受远离亲人的寂寞和生活的单调。因为工作太忙，当地通信条件差，每隔十天半月才能与万里之外的家人通电话。当地物价高，缺少蔬菜，对于各自开伙做饭的馆员们来说，吃一顿像在国内一样的家常饭可不是件容易的事情。

温总理从职工宿舍来到工作区，从楼下到楼上，看得很仔细。他还给馆员们送去了光碟、食品以及乒乓球和羽毛球等健身器材。其中既有馆员们喜欢看的电影、电视剧，也有在安哥拉难得见到的小吃和特产。

“我们的驻外人员身在异国他乡，在艰苦和复杂的条件下甘于奉献，为祖国和人民辛勤工作，使我深受感动。”温总理动情地说。

他勉励大家，加强同非洲的团结与合作是中国外交重要的组成部分。“驻外人员是中非友谊的使者，中非合作的桥梁。正是你们点点滴滴的工作树立了祖国的良好形象，维护了祖国的声誉。”

目前，奋战在外交第一线的4700多名驻外人员遍布在世界167个国家的244个中国驻外使领馆中，其中有70%是在发展中国家。据了解，有将近1/3的使领馆位于高原缺氧、战乱不断、疾病流行甚至放射性污染地区，驻安哥拉使馆便是其中之一，但还不是最艰苦的。由于多种原因，许多人无法享受家人团聚的天伦之乐，无法守在年迈的父母身旁尽孝，无法照看年幼的子女。但他们始终心系祖国，情系人民，为了国家的利益，为了世界的和平，为了中国与世界各国的友谊不畏艰险，不辱使命，默默工作，用自己的智慧与汗水谱写出和平、发展与合作的篇章。

以领事保护为例，当前，国际形势复杂多变，紧急事件增多，中国对外交往也在日益扩大，大量中国公民到国外旅行，2005 年达到 3102 万人次，涉及近 200 个国家和地区。在这种情况下，中国驻外人员肩负的使命更重了。中国驻外使领馆在党中央的领导下，在国内各部门的支持和配合下，为保障在海外的中国公民的合法权益做了大量工作。

2006 年，中国已经两次从海外动乱地区大规模撤侨。在 4 月份的所罗门群岛骚乱和 5 月份东帝汶骚乱中，相关地区的中国使领馆人员不顾个人安危，在第一时间赶赴现场，为受困侨民带去祖国的关怀和慰问，并向他们提供必要的帮助和保护。

2004 年 4 月和 2005 年 1 月，先后发生了两起多名中国公民在伊拉克被绑架事件，中国驻伊使馆多方营救，最终使他们成功获救。2006 年 2 月，三名中国工程技术人员在巴基斯坦遭武装袭击不幸遇难。我驻巴使馆立即启动应急机制，与有关部门通力配合，迅速处理了善后事宜。这样的例子不胜枚举。仅 2005 年一年，中国驻外使领馆就处理了共 2000 起领事保护案件。中国驻外人员以大无畏的精神和忘我的工作，履行着以人为本、外交为民的理念，受到国内外的广泛赞誉。外交部一位工作人员这样对记者说：“无论在世界任何地方发生任何紧急突发事件，我们首先会条件反射式地想到有没有涉及中国公民。”

温总理对驻外人员的工作给予充分肯定。他对中国驻安哥拉使馆的馆员们

安哥拉首都罗安达

说：“大家为国家努力工作，国家也不会忘记大家。党和政府将尽力改善驻外人员的工作和生活条件!”

谁言寸草心，报得三春晖。温总理在中国驻安哥拉使馆停留的时间虽然短暂，但是祖国对驻外人员的关怀和嘱托深深印在大家的记忆里。

第五节　与七国元首会谈

与埃及总统和总理会谈

温家宝总理：埃及是我非洲之行的第一站。中埃关系之所以能够不断深入发展，关键在于两国能够相互尊重、相互信任、相互帮助、相互促进。

穆巴拉克总统：中埃都是文明古国，中国和埃及是人类光荣和进步的共同创造者、文化遗产的共同捍卫者、崇高价值和理想的共同追求者。

纳齐夫总理：埃及视中国为亲密的朋友和重要的发展伙伴，愿借鉴中国发展的成功经验，加强两国在政治、经济、文化等领域的交流与合作。

6月18日，温总理在开罗会见了埃及总统穆巴拉克。双方在亲切友好的气氛中进行了交谈。

温总理对中埃关系给予了高度评价。他说：我将埃及作为非洲之行的第一站，是因为50年前埃及与新中国建交，开启了中国与阿拉伯国家、中国与非洲国家之间的外交关系，在促进中阿、中非友好合作方面发挥着独特作用。50年来，中埃传统友谊深入人心，互利合作方兴未艾，战略关系日益深化。中埃关系之所以能够不断深入发展，关键在于两国能够相互尊重、相互信任、相互帮助、相互促进。我相信，在总统阁下的关心和支持下，中埃关系一定会取得更快、更大的发展。

温总理指出，中埃都是文明古国，对许多重大国际问题的看法相近，在维护国家主权、发展民族经济、推动国际关系民主化等方面有共同的目标和主张。无论从本国发展，还是从维护世界和平的角度出发，中埃都需要进一步密切合作，特别是在当前要和平、谋合作、促发展的国际大背景下，中埃携手合作，共同应对挑战，符合两国和两国人民的根本利益，对加强南南关系、促进文明对话、建立和谐世界具有重要意义。

温总理强调，深化同埃及的战略合作关系是中国对埃政策的目标。昨天，我与纳齐夫总理就双边关系充分交换了意见，达成广泛共识。我们共同签署的《中埃关于深化战略合作关系的实施纲要》，是双边关系史上又一纲领性文件，必将极大地推进两国在各领域的务实合作，造福于两国人民。他表示相信，在双方的共同努力下，中埃关系将会得到进一步发展，中埃友谊也将像金字塔一样历久弥坚。

穆巴拉克说，他同中国几代领导人一直保持着密切的交往，亲眼见证了两国友好关系持续发展的历程，对两国合作领域不断扩大感到高兴。中埃都是文明古国，中国和埃及是人类光荣和进步的共同创造者、文化遗产的共同捍卫者、崇高价值和理想的共同追求者。中埃是好兄弟，埃及人民感谢中国长期以来给予的无私支持和帮助。他表示，温总理对埃及的访问取得了积极成果，特别是双方签署的《中埃关于深化战略合作关系的实施纲要》对今后两国关系的发展具有重要意义。他期待着年内再次访华，并出席中非合作论坛峰会。

双方还就当前重大国际和地区问题深入交换了意见。温总理说，当今世界多数热点问题集中在中东地区，埃及又处于该地区的中心。中国作为联合国安理会常任理事国，愿与埃方加强磋商与协作，共同致力于维护地区的和平、安全与稳定。

温总理表示，中国在巴以问题上没有私利，我们支持中东和平进程及“路线图”计划，主张在联合国有关决议和“土地换和平”原则基础上，通过对话和政治谈判解决巴以冲突，实现两个国家、两个民族的和平共处。我们由衷地希望，巴以双方的新一届政府能够从人民的愿望和根本利益出发，早日重开和谈。

温总理重申，在伊朗核问题上，中国支持国际核不扩散体系，反对核武器扩散，主张通过外交和谈判方式和平解决伊朗核问题。希望有关各方采取建设性态度，显示更大灵活性，尽快复谈。穆巴拉克表示，埃及不愿看到伊朗核问题使该地区局势更趋复杂，希望该问题通过谈判妥善解决。

温总理说，中方十分关注达尔富尔地区的局势，支持苏丹和平进程和最近签署的和平协议，愿与国际社会一道，为早日实现苏丹的全面和平与稳定和苏丹人民的安居乐业做出自己的努力。

穆巴拉克表示，推动中东和平进程，实现本地区的和平与稳定任重道远，埃及愿与中方一道为此做出不懈努力。埃及不愿看到本地区出现新的动荡，希

温总理与埃及总理纳齐夫举行会谈。

望有关各方通过谈判妥善解决伊朗核问题。穆巴拉克还对中方在达尔富尔问题上的立场表示赞赏。

6月17日，温总理在开罗与埃及总理纳齐夫举行会谈。双方就深化两国战略合作进行了深入探讨，达成广泛共识。

温总理说，中埃建交50年来，两国关系不断巩固和发展。今天的中埃友好合作无论是在深度还是广度上，都是前所未有的，给两国人民带来了实实在在的利益。我们对两国关系发展的良好局面表示满意。历史已经并将继续证明，中埃是相互信赖的好朋友、真诚合作的好伙伴。

纳齐夫说，在埃中庆祝建交50周年之际，温总理访问埃及，必将推动两国战略伙伴关系的发展。埃中都是文明古国，有着广泛的共同利益。埃及视中国为亲密的朋友和重要的发展伙伴，愿借鉴中国发展的成功经验，加强两国在政治、经济、文化等领域的交流与合作。

两国总理一致表示，中埃要总结过去，面向未来，从长远角度和战略高度看待两国关系，推动双边合作更快、更好地发展。

双方对签署《中埃关于深化战略合作关系的实施纲要》予以高度评价，强调《纲要》是对今后双边各领域合作做出的全面规划，对深化中埃战略合作关系具有重要意义。双方愿为落实好《纲要》做出共同努力。

会谈中，双方同意采取以下措施推动两国关系的发展：一是保持两国政府、议会、政党间的往来，加强战略对话，及时就双边关系及重大国际问题交换看法；二是探索经贸合作的新领域、新途径，实现双边贸易的均衡发展。增加相互投资，提升技术合作水平，扩大在工业、农渔业、电信、能源、交通、基础设施建设等方面的合作；三是加强在文化、教育、科技、卫生、旅游等领域的交流，增进相互了解；四是密切在国际和地区事务中的磋商与协调，共同推动国际关系民主化，促进文明对话，构建和谐世界。

双方还就中阿关系交换了意见。温总理说，埃及是阿拉伯世界有重要影响的大国。50年前中埃建交，开启了中国与阿拉伯国家关系的大门。中国珍视与阿拉伯国家的传统友谊，将一如既往地支持阿拉伯国家恢复民族合法权益的正义事业，支持阿拉伯国家探索符合本国国情的发展道路。中方愿与包括埃及在内的阿拉伯国家一道努力，通过中阿合作论坛等渠道，加强中阿集体合作，创建平等互利，面向未来的中阿新型伙伴关系。纳齐夫表示，埃方也希望与中方共同推动阿中关系的发展。

与加纳总统会谈

温家宝总理：中国是发展中国家，本身还不富裕，但仍愿向非洲国家提供力所能及的援助。

库福尔总统：加方愿与中方在农渔业、交通运输、信息通信、纺织、电力等领域进行合作。

甫抵加纳首都阿克拉进行正式访问的温总理当地时间6月18日下午与加纳总统库福尔举行了会谈，双方就加强中加双边合作交换了意见。

温总理说，加纳是撒哈拉以南非洲最早与中国建交的国家之一，为促进中非友好合作关系做出过积极贡献。近半个世纪以来，中加关系经受了时间和国际风云变幻的考验，始终稳步向前发展，特别是近几年，中加政治互信进一步加深，经济合作不断扩大，我们对中加关系的良好发展势头感到满意。

温总理表示，中方十分重视发展中加关系，愿与加方共同致力于建立平等互信、互利共赢的全面合作关系，为此，双方要在以下几方面进行努力：一、密切高层交往和各层次的友好往来，继续在涉及各自国家利益的重大问题上予以相互支持；二、扩大在基础设施建设、电信、纺织、农业和渔业等领域的合作，继续挖掘潜力，开展多种形式的经贸合作；三、推进在卫生、文教、旅游等领域的交流与合作；四、加强在国际事务中的合作，共同维护发展中国家的权益。

温总理强调，中国是发展中国家，本身还不富裕，但仍愿向非洲国家提供力所能及的援助。此次中方决定向加纳派遣医疗队、赠送抗疟药品、援建防疟疾示范中心和乡村小学、为加纳培养各类专业人才。中方的上述措施是真诚的，无私的，希望能对加纳医疗卫生和教育事业及经济发展起到积极的促进作用。温总理还高度赞赏了加纳政府在政治上一贯给予中国的宝贵支持，特别是坚持奉行一个中国的政策。

库福尔表示，加中两国是老朋友。两国老一代领导人建立和培育起来的加中友好深入人心。双方在各领域进行了良好的合作。加方感谢中国多年来给予的支持和帮助，视中国为重要的合作伙伴。目前，越来越多的中国企业参与加纳的经济建设，加纳政府对此表示欢迎，希望中国企业扩大对加投资，与加企业开展合作。加方愿与中方在农渔业、交通运输、信息通信、纺织、电力等领域进行合作。他表示相信，温总理的访问必将有力地推动两国关系更好地发展。

与刚果（布）总统和总理会谈

温家宝总理：去年总统阁下提出两国建立战略伙伴关系的建议，中方对此表示赞同。

萨苏总统：中国是刚果的伟大朋友。同中国建立战略伙伴关系，是刚果的必然选择。

姆武巴总理：患难见真情，刚果人民永远将中国人民视为最值得信赖的亲兄弟。

6月19日下午，温总理在布拉柴维尔人民宫与刚果（布）总统萨苏举行会谈，双方在诚挚友好的气氛中，就加强中刚战略伙伴关系交换了意见。

温总理说，我一踏上贵国的土地，就深深感受到刚果人民对中国人民的友好情谊。沿街夹道欢迎的情景十分感人。这种质朴的热情再次表明中刚关系有着坚实的基础。这种基础来源于两国42年来始终真诚相待，在维护国家主权和振兴民族经济的事业中相互支持、相互帮助，结下了深厚的友谊。正是由于中刚关系日益密切，去年总统阁下提出两国建立战略伙伴关系的建议，中方对此表示赞同。中方从战略高度重视中刚关系的持续发展，愿与刚方共同努力，推动两国在各领域的务实合作。为此，中方希望加强双边政治磋商，探讨政府援助与企业合作并行的合作模式，开展人文交流。为帮助刚果经济、社会发展，中国政府决定再向刚方提供3000万元人民币无偿援助，赠送抗疟药品，援建农业示范中心和乡村学校，提供专业技术人员培训等。

萨苏说，中刚建交42年来，中国一直真诚地帮助刚果，对此，刚果人民永远不会忘记。中国是刚果的伟大朋友。同中国建立战略伙伴关系，是刚果的必然选择，因为两国不仅有传统的友谊，而且在许多重大国际问题上有完全一致的立场。刚方愿继续深化与中国的政治、经济合作，加强双方在联合国等多边机构以及在重大国际和地区问题上的协调与配合。

双方还就非洲形势交换了意见。温总理对萨苏总统担任非盟轮值主席以来，为维护非洲团结和解决地区热点问题所作的积极努力表示赞赏。他说，中方重视加强与非盟的合作。为支持非盟在苏丹达尔富尔的维和行动，中国政府决定向非盟提供100万美元现汇援助，还将通过双边渠道向达尔富尔地区紧急提供2000万元人民币人道援助。中方将一如既往地支持非盟加强自身建设，希望非盟在促进地区和平与发展问题上发挥更大的作用。萨苏表示，非洲国家和人民有能力解决自己的问题。非洲感谢中国在解决苏丹达尔富尔等该地区热点问题上发挥的积极作用，希望中国继续关心非洲和平与发展问题。

6月19日，温总理在布拉柴维尔议会大厦会见了刚果（布）总理姆武巴。

温总理说，友谊产生力量，正是由于两国人民有着牢固的友谊，中刚关系才得以不断深入发展。

温总理指出，经贸关系是两国关系的重要组成部分。中刚经贸合作建立在平等互利基础之上，因而是可持续的，有利于两国经济的发展。中刚在经济上有较强的互补性，合作潜力巨大。中刚在多年的合作中摸索出一些经验，极大地提高了两国经贸合作的水平。中方将鼓励中资公司到刚果投资兴业，要求他们不断提高合作的质量和效益，多从事公益事业，保护好当地的环境，实现互利共赢。

姆武巴说，中国在刚果最困难的时候伸出了援助之手，患难见真情，刚果人民永远将中国人民视为自己最值得信赖的亲兄弟。今天，刚中两国对和平与发展的共同追求使两国关系日益紧密。在刚果，刚中友好已深入人心，两国合作的结晶随处可见。刚方重视刚中关系，将积极采取措施落实双方已签署的各项协议，并欢迎中国企业来刚投资，开展多种形式的合作。

温总理说，中方赞赏刚果政府坚定奉行一个中国政策，支持中国和平统一大业。目前非洲仍有六个国家同台湾保持所谓“外交关系”，中国与这些国家既无历史纠葛，亦无遗留问题，更未做过任何损害其利益的事情。我们愿意在和平共处五项原则基础上同这些国家建立正常的关系，希望它们尽早认识到发展同中国关系的重要性，回到一个中国的立场上来。

姆武巴重申刚果政府恪守一个中国的原则，反对任何形式的“台独”。希望尚未与中国建交的非洲国家顺应时代潮流，尽快承认一个中国的原则。

会见前，两国总理在议会大厦院内共植了中刚友谊树。

与安哥拉总统和总理会谈

温家宝总理：中方愿向安哥拉提供力所能及的援助，并鼓励中资企业来安哥拉投资。

多斯桑托斯总统：安哥拉欢迎中国企业对安投资，愿与中方扩大在各领域的交往与合作。

费尔南多总理：安中合作是互利双赢的。安将坚定地奉行加强对华友好合作的政策。

6月20日，温总理在罗安达与安哥拉总统多斯桑托斯举行会谈。双方一致同意在平等互利基础上扩大合作，谋求共同发展。

温总理说，中安有着传统友谊和密切的合作关系。建交23年来，尽管国际形势和各自国内情况发生很大变化，但中安友好合作的基础始终没有动摇。中国政府高度赞赏安哥拉坚持一个中国政策，支持安哥拉战后重建工作。

温总理指出，近年来，中安经贸合作成效显著，安已成为中国在非洲第二大贸易伙伴。目前，中方企业正在积极参与安经济建设，中方援建的一批项目在安也取得了良好的经济和社会效益。这些合作成果不仅增进了双方的友谊，而且为两国关系未来的发展奠定了基础。建立中安经济上的互利合作关系是两国人民的共同愿望，符合双方的长远利益，因而有着广阔的发展前景。中方将继续本着相互尊重、平等互利的原则，扩大与安方在基础设施、通信和能源等领域的合作，中方还愿向安提供力所能及的援助，并鼓励中资企业来安投资。

多斯桑托斯说，安中有着牢不可破的友谊，两国在一些领域已建立起战略性的合作关系。安中关系得以不断发展的主要原因就是，两国在交往中始终坚持相互尊重、平等互利的原则。目前，安哥拉正致力于国家重建，需要中国的支持和帮助。安欢迎中国企业对安投资，愿与中方扩大在各领域的交往与合作。

多斯桑托斯表示，安哥拉支持中国的对非政策，认为中国积极开展对非合作目的是为了增强非洲国家的发展能力，消除贫困，实现共同发展。安哥拉愿为促进非中关系做出努力。

关于中安能源合作，温总理说，中国能源发展的基本原则是立足国内，把节约优先、效率为本作为能源政策的首要任务。目前，中国能源自给率在90%左右。每年中国从非洲进口石油不到有的国家从非洲进口石油的1/3。中国将在平等互利基础上同包括安哥拉在内的非洲国家加强在能源领域的合作，这种合作只是中非在广泛领域友好合作的一部分，不会影响任何第三方。

多斯桑托斯表示，安哥拉希望将安的资源优势与中国的发展潜力结合起来，开展在能源领域的互利合作。

在谈到非洲大湖地区形势时，温总理说，目前大湖地区形势总体上朝着积极的方向发展。中国政府一贯主张，该地区各国及有关各方应在相互尊重主权和领土完整的基础上，通过协商对话妥善解决问题，共同致力于地区和平、睦邻友好与繁荣发展。中方赞赏并支持安哥拉政府为此所做的不懈努力，愿一如既往地为大湖地区早日实现持久和平与发展发挥积极作用。

多斯桑托斯说，安哥拉主张通过对话协商解决非洲地区的冲突，将继续为实现大湖地区的和平与稳定发挥积极作用。他还对中国重视非洲，支持非洲的和平与发展表示赞赏。

会谈后，两国领导人共同出席了中安引渡条约、中安经济技术合作协定等双边合作文件的签字仪式。两国还发表了联合公报。

同日，温总理在安哥拉首都罗安达会见了安哥拉总理费尔南多。

温总理对中安关系给予了积极评价。他说，中安是有着兄弟般情谊的友好国家，早在安争取民族独立的伟大斗争期间，中国人民就在道义和物质上给予了安哥拉人民坚定的支持，结下了深厚友谊。建交以来，中安在政治、经贸等领域开展了富有成效的合作，使两国成为重要合作伙伴。今天我与安哥拉领导人就加强双边关系和在地区事务中的合作达成了进一步共识，双方还签署了一系列合作协议。中方愿与安方一起努力，不断深化两国在各领域的友好合作。

温总理说，中方在中安经济合作中始终坚持三条原则不动摇：一是合作应有利于提高安哥拉整体经济实力。安哥拉正在进行战后重建工作，百废待兴。双方可以利用各自优势，重点加强在能源、基础设施建设、农业、渔业等领域的合作。二是合作应有利于安哥拉掌握先进的技术。中方愿通过技术转让和人才培训等方式提高安哥拉自我发展能力。三是合作应有利于安哥拉的可持续发展和造福于安哥拉人民。

费尔南多表示，安哥拉视中国为重要的合作伙伴，安重建工作需要中国的支持和帮助。安中合作是互利双赢的。安政府将坚定地奉行加强对华友好合作的政策。

与南非总统、副总统会谈

温家宝总理：中非在经济上的合作并非今日始，中国对非政策的目的是为了更好地实现南南合作。

姆贝基总统：南非不认为中国发展与非洲关系会损害南非和非洲的利益。南非支持中国对非政策。

姆兰博·努卡副总统：南方愿与中方在基础设施建设、矿产和人力资源开发等优先领域开展合作。

6月21日下午，温总理在开普敦与南非总统姆贝基举行了会谈。

温总理说，中南两国人民有着深厚的友谊。中国人民在南非人民反对种族隔离、争取民族解放、致力于民族和解和经济发展的全过程中，始终坚定地站在南非人民一边。同样，南非在涉及中国核心利益的台湾问题上也给予中方宝贵的支持。患难见真情，中南既是相互信任的好朋友，也是真诚合作的好伙伴，两国关系有着坚实的基础。正因为如此，中南建交时间虽然不长，但两国关系却发展很快。2000年双方建立了“伙伴关系”，2004年确立了战略伙伴关系，今天又将签署《中南关于深化战略伙伴关系的合作纲要》，这些都说明中南关系在不断推进。中方对两国关系发展的良好势头表示满意。

温总理指出，中非有着相同的历史遭遇，对被殖民统治和外来侵略、压迫

温总理与姆贝基总统共同会见记者。

的痛苦感同身受。所以无论从中国的文化传统，还是从中国人民的亲身经历来看，中国都不会侵害别国，中国人民永远是非洲人民的真诚伙伴。中国与非洲发展关系绝不像有人所言的那样，是为了非洲的资源。中非在经济上的合作并非今日始，中国对非政策的目的是为了更好地实现南南合作。

姆贝基说，中国是南非可信赖的朋友。我们永远不会忘记中国人民在南非人民反对殖民统治、争取民族解放的斗争中给予的宝贵支持，感谢中方在新南非诞生后，对南非给予的无私援助。近年来，南中关系日益密切，即将在会谈后签署的一系列双边协定充分体现了南中关系的深度和广度。南非十分珍惜同中国的友好关系，视中国为维护和平、促进发展的战略伙伴。南非不认为中国发展与非洲关系会损害南非和非洲的利益。南非支持中国的对非政策，赞赏中国为促进非洲经济发展和摆脱贫困所做出的努力。

双方一致认为，两国制定并签署的《中南关于深化战略伙伴关系的合作纲要》是一份具有重要意义的历史性文件，必将推动中南关系更快、更好地发展。

为落实好《纲要》的任务，双方同意：一、密切政治交往，充分发挥“国家双边委员会”等机制的作用，及时就双边关系中的重大问题交换意见。二、扩大和提高经贸合作的规模和质量，鼓励双向投资。拓展在农村发展、人力资源开发、基础设施建设等领域的合作。三、加强人文交流，共同在南非举办好“感知中国”大型文化活动，增进相互了解和友谊。四、在重大国际和地区问题上加强对话与磋商，在联合国和国际贸易、金融体系内密切协调与配合，共同维护发展中国家权益，促进世界和平与发展。

姆贝基向温总理介绍了南非对非洲局势的看法，强调南非致力于非洲的和平与发展，通过积极倡导和推动“非洲发展新伙伴计划”等措施，促进非洲国家间的合作。

姆贝基对中国关注非洲、帮助非洲应对和平与发展的挑战表示赞赏。他说，非中、南中合作是广泛的，外界应多关注双方合作的全部内容，不能以偏赅全。非洲国家需要提高自身的发展和竞争能力。希望中国在此方面提供帮助。

温总理赞赏南非为非洲和平与发展做出的重要贡献。他说，没有非洲的稳定与发展，就没有世界的和平与繁荣。中国关心非洲，一贯支持和参与非洲问题的解决，希望非洲国家稳定、发展、自强和团结。中方重视并支持“非洲发展新伙伴计划”，把同该计划的合作列为中非合作的重要内容，以帮助非洲实现自主发展。中非合作不是仅对一方有利，而是符合双方各自的利益。中方在发展对非关系上没有私利，一向按照平等互利、共同发展的原则开展对非经贸合作。中方已经并将继续采取减免债务、降低关税、鼓励投资等措施促进中非贸易实现平衡发展。此外，中方也愿意向非洲提供发展援助，帮助非洲提高自身的技术和管理水平，增强可持续发展能力。

双方还就八国集团与发展中国家对话会议、中非合作论坛和共同关心的地区问题交换了意见。会谈后，温总理与姆贝基共同签署了《中南关于深化战略伙伴关系的合作纲要》，出席了在经贸、医疗卫生、质检、文化等领域双边合作文件的签字仪式，并共同会见了记者。

6月22日，温总理在开普敦分别会见了南非副总统姆兰博·努卡和“非洲发展新伙伴计划”秘书处首席执行官穆卡韦莱。

温总理对姆兰博·努卡说，我对南非的访问十分成功。我同姆贝基总统就加强中南合作达成广泛共识，双方还签署了《中南关于深化战略伙伴关系的合作纲要》等一系列重要协议。中南以相互信任和平等互利的原则发展双边关系，因而两国关系的基础是牢固的。相信随着《纲要》的全面实施，中南关系一定会得到进一步的巩固和发展。

温总理表示，中南是共同发展的伙伴。中方支持南非旨在促进经济、社会发展的南非“加速和共享增长倡议”，愿为南非人力资源的开发提供帮助。

姆兰博·努卡表示，南方对温总理访问南非取得的重要成果感到高兴，认为双方签署的《中南关于深化战略伙伴关系的合作纲要》等文件为两国今后的合作开辟了广阔前景。《纲要》的实施可以促进南非“加速和共享增长倡议”，体现了中国对新南非发展的支持和帮助。南方对此表示赞赏和感谢，愿与中方在基础设施建设、矿产和人力资源开发等优先领域开展合作。

在会见穆卡韦莱时，温总理说，中方把与“非洲发展新伙伴计划”的合作列为中非友好合作的重要内容。2000 年中非合作论坛成立以来，中方在论坛框架下出台了免债、免关税、加强人员培训等一系列对非务实合作举措，增加了对非援助，与非洲国家在基础设施建设、扶贫、传染病防治、人力资源开发和农业等“非洲发展新伙伴计划”确定的优先领域开展了形式多样的合作。中非合作论坛与“非洲发展新伙伴计划”在推动互利合作、促进共同发展方面的目标是一致的，双方的优先发展领域也吻合，合作潜力巨大。为加强中非合作论坛与“非洲发展新伙伴计划”之间的务实合作，希望双方加强联系与协调，并建立长效合作机制。中方将通过双边和多边渠道加大对“非洲发展新伙伴计划”优先领域的支持。

穆卡韦莱感谢中国重视非洲，支持“非洲发展新伙伴计划”。他说，非洲国家期待着同中国加强合作，希望中国继续关注非洲，成为非洲摆脱贫困、实现发展的伙伴。

与坦桑尼亚总统和总理会谈

温家宝总理：中国发展了，将为非洲提供更多的援助，为非洲的发展做出更大的贡献。

基奎特总统：有了中国朋友的支持和帮助，我们有信心克服困难，取得进步。

洛瓦萨总理：温总理对坦桑尼亚的访问是深化友谊与合作的一次重要访问。

6 月 22 日，温总理在达累斯萨拉姆与坦桑尼亚总统基奎特举行了会谈。双方在诚挚友好的气氛中回顾了中坦友好关系的历程，并就进一步发展两国关系达成共识。

温总理说，由两国人民共同努力而形成的中坦友好关系经受了国际风云变幻的考验，历久弥坚。中坦友好关系是全天候的。我这次访问坦桑尼亚实际上是来看老朋友。当前，中坦关系很好，双方高层交往不断，各领域的合作都取得了新的进展，在国际事务中相互支持和配合。回顾过去，展望未来，中坦两国既共享深厚的传统友谊，又面临求和平、谋发展的共同任务。为进一步巩固和发展中坦友好合作，中方愿与坦方从以下几方面做出共同努力：一是加强政治交往。广泛开展两国政府、政党、立法机构之间的联系。二是扩大经贸合作。中方愿采取进一步优惠措施，增加从坦进口。中国政府鼓励中资企业加大对坦投资力度，加强双方在坦基础设施、资源开发、农业、电信等领域的合作。三是中方将一如既往地为坦经济、社会发展提供力所能及的帮助。中方准备在坦援建农业示范中心和抗疟示范中心，探讨与坦合作生产抗疟药品。四是促进在文化、教育、旅游等领域的合作，增进两国人民的相互了解和友谊。五是密切在国际事务中的沟通与协作，共同促进南南合作，维护发展中国家权益。

温总理说，近来外界对中非关系有一些错误的议论。这些议论既不符合历史事实，也损害中非关系。中非友好合作50年的历程表明，中国是非洲国家可以真正信赖的朋友，中非关系的内涵越来越丰富，但平等、互利、共赢的原则不会改变。中国发展了，将为非洲提供更多的援助，为非洲的发展做出更大的贡献。

基奎特说，坦中有着深厚的兄弟般友谊。坦桑尼亚人民永远不会忘记中

在抵达坦桑尼亚的当天，温总理与基奎特总统举行会谈。

国长期以来向坦提供的宝贵支持和无私援助。今天，有人渲染中国的发展对非洲是威胁。坦桑尼亚和非洲人民坚决不同意这种说法。过去，并不富裕的中国曾帮助非洲人民争取独立和解放。今天，正在发展的中国又帮助我们应对全球化带来的挑战。历史已经并将继续证明，中国是坦桑尼亚和非洲人民真诚的朋友，中国的发展给我们带来的是机遇。有了中国朋友的支持和帮助，我们有信心克服困难，取得进步。同中国的友好合作是坦最重要的对外关系之一。这一政策是两国传统友谊使然，也是坦未来发展的需要，是正确的选择。

基奎特完全赞同温总理提出的进一步发展两国关系的建议。他表示，坦愿同中国加强政治交往，将一如既往地在台湾和西藏等问题上坚定地站在中国人民一边。坦方希望扩大两国经贸合作，欢迎中国企业来坦投资，参与坦基础设施和电力等领域的建设。

会谈结束后，温总理和基奎特共同出席了两国政府经济技术合作协定等双边合作文件的签字仪式。两国还发表了联合公报。

6月23日，温总理在达累斯萨拉姆会见了坦桑尼亚总理洛瓦萨。

温总理说，几十年来，中坦一直保持着友好合作关系。这种关系是建立在相互尊重、完全平等基础上的，以互利双赢，共同发展为目的，符合双方各自的根本利益。传承友谊，使之发扬光大，是两国人民的共同愿望和两国政府的共同任务。中方愿与坦方加强在各层次、各领域的交往与合作，推动中坦关系持续、长久发展。

温总理说，在两国经济技术合作过程中，中方将根据坦方的切身需要，把合作重点放在农业、水利、基础设施建设等领域。中国政府将鼓励中国企业来坦投资兴业，与坦企业开展各种形式的合作，包括建立合资企业。中方还将对坦部分输华商品减免关税，通过为坦培训各类人才、援建医疗和教育设施来促进坦社会事业的发展。

洛瓦萨说，温总理对坦桑尼亚的访问是深化友谊与合作的一次重要访问。坦方对访问取得的成果感到高兴。坦政府将继续与中方一道推动两国关系朝着有利于两国和两国人民的方向发展。他说，实现农业现代化、兴修水利、改善基础设施、普及教育是当前坦发展亟待解决的问题。坦方感谢中方在以上方面提供的支持和援助，这再次体现了中国人民对坦桑尼亚人民的友情。

与乌干达总统和总理会谈

温家宝总理：经过岁月锤炼的中非关系是任何人都破坏不了的。中国人民不会忘记非洲老朋友。

穆塞韦尼总统：中国的发展不是威胁，是机遇，有利于乌干达、非洲乃至世界的和平与发展。

恩西班比总理：乌方将认真落实双方达成的各项共识，使其转化为更多的合作成果。

6月23日，温总理在坎帕拉与乌干达总统穆塞韦尼举行会谈。

穆塞韦尼说，在乌干达人民争取民族解放的斗争中，中国曾向我们伸出了援助之手。在乌干达独立后建设国家的进程中，我们又得到了中国的帮助。乌干达人民对此铭记在心。乌干达人民对中国发展取得的非凡成就感到由衷的高兴。目前，有人鼓吹中国的发展对非洲是威胁，要攫取非洲的资源。乌干达坚信，中国的发展不是威胁，是机遇，有利于乌干达、非洲乃至世界的和平与发展。乌干达是中国发展的受益者。乌方希望在农业、交通、信息通信、矿产开发、旅游和基础设施建设方面加强与中国的合作。

温总理说，中乌关系完全是建立在相互尊重、相互支持的基础之上。在中国维护主权和领土完整、争取实现国家统一的事业中，乌干达同样给予了我们宝贵的支持。中乌自1962年建交以来，两国关系稳步发展。双方政治交往密切，各领域合作不断加深。在国际事务中密切配合。光阴荏苒，世界形势和各自国内情况都发生了很大变化，但中乌友谊没有改变。无论是过去、现在还是将来，中乌都是真诚的合作伙伴。中方愿与乌方一道，在已有的良好基础上把中乌友好合作关系提升到新的水平。

温总理与穆塞韦尼总统握手。

温总理说，中方重视发展中乌经贸关系，主张将政府引导、企业为主、市场运作相结合，推进经贸合作。中方已经并将继续采取一系列积极措施增加从乌进口。中方鼓励中资企业来乌投资，参与乌农业、水利、交通、通信和基础设施建设。中方愿继续帮助乌发展教育、卫生事业，包括防治疟疾和艾滋病。

温总理说，乌干达是我此次非洲之行的最后一站，访问时间虽短，但我深切地感受到非洲人民对中国人民的深情厚谊。中非关系因相同的历史命运而牢固，因对和平与发展的共同追求而富有强大的生命力。经过岁月锤炼的中非关系是任何人都破坏不了的。中国人民不会忘记非洲老朋友。中国发展了，会更多地支持和帮助非洲。访问期间，我同各国领导人就深化双边关系和发展中非新型战略伙伴关系真诚地交换了意见，达成了一系列重要共识，为今后中非关系的发展进一步奠定了基础。我对中非关系的未来充满信心，中方愿与非洲国家携手共创中非友好合作的美好明天。

会谈后，温总理与穆塞韦尼总统共同出席了两国政府经济技术合作协定以及中方向乌提供抗疟药品、在乌建立农业示范中心和乡村学校等双边合作文件的签字仪式。两国还发表了联合公报。

当天，温总理还与穆塞韦尼总统共同出席了庆祝中乌友好群众联欢活动，与乌各界友人一道观看了两国文艺工作者的表演。

6 月 24 日，温总理在坎帕拉会见了乌干达总理恩西班比。

恩西班比对温总理成功访乌表示祝贺，他说，乌中有着很好的关系。不断加强同中国的合作是乌政府的既定政策，不会改变。乌方将认真落实双方达成的各项共识，使其转化为更多的合作成果。

恩西班比重申乌干达坚定奉行一个中国政策，支持中国和平统一大业。

温总理说，我此次访乌期间与穆塞韦尼总统就进一步发展两国关系进行了深入探讨，取得了广泛共识。双方还签署了一系列合作协议。这些合作成果是两国加深友谊，共谋发展的具体体现。我的访问达到了增进了解与信任、推动交流与合作的目的。

双方在会见中一致同意，积极开展在农业、水利领域的技术合作和加强教育交流。

温总理赞赏乌政府一直坚定地奉行一个中国的政策。他指出，海峡两岸同属一个中国，中国的主权和领土完整不可分割。台湾同胞是我们的骨肉兄弟，我们愿以最大的诚意，尽最大的努力实现祖国的和平统一，但绝不容忍“台独”。

第三章　白衣天使

1963 年 4 月，应阿尔及利亚政府的邀请，中国政府第一次向非洲派出了医疗队，从此拉开了中国医疗队援非的序幕。截至 2005 年，中国共向非洲 47 个国家派出 1.6 万人次医疗人员，诊治患者达 2.4 亿人次。中国医疗队队员的精湛医术和高尚的医德不但赢得了受援国政府和人民的高度赞扬，而且通过“传、帮、带”毫不保留地把医术教给当地医务人员。坦桑尼亚国父尼雷尔说：“我信任中国医生，他们不但医术高超，而且责任心强。”许多国家政府向中国医疗队和医疗队员颁发了国家级勋章和荣誉证书。

记者曾采访过卢旺达、布隆迪、纳米比亚、莫桑比克和科摩罗五个非洲国家的中国医疗队。通过有关报道，您会对中国医疗队的工作和生活情况有进一步的熟悉和了解。

中国医疗队的另一重大贡献是，他们用自己日常一点一滴的实际行动向非洲人表明，中国人尊重非洲人，是他们的好朋友；非洲人有自己的长处，值得

乌干达群众身着节日盛装，载歌载舞欢迎温总理来访。

中国人学习。这种尊重和学习是相互的，并非单方面。

相互尊重在与非洲人民交往中具有特殊的重要性。非洲人民长期遭受殖民统治，深受其苦，自尊心受到极大伤害。国家实现独立后，经济相对落后，生活比较贫穷，西方人普遍瞧不起他们。这都使非洲人民更加在乎别人对自己的态度，唯恐自尊心受到伤害。中国医疗队员在与非洲人民的交往中尊重对方，平等相待，平易近人，为我们树立了学习的榜样。

第一节　和平友谊的使者

——记温家宝总理看望中国援刚果（布）医疗队

非洲水量最大的河流——刚果河奔腾不息，就在位于这条河下游西北岸的刚果（布）首都布拉柴维尔，活跃着一支为非洲人民救死扶伤的中国医疗队。6月20日上午，正在这里访问的温家宝总理专程来到市中心的达朗盖医院，看望正在这里工作的中国医疗队队员。

达朗盖医院的250名中刚员工聚集在医院门口，热烈欢迎温总理的到来。温总理穿上白大褂，走入病房看望了正在接受中国医生治疗的当地病人。温总理来到一名刚刚接受了甲状腺瘤切除手术的妇女床前，仔细向中国主治大夫询问了病人情况，温总理对病人说："我今天带来了中国朋友对你们的问候和祝福，祝你早日康复。"躺在床上的病人用并不标准的中文说了一声："谢谢！"眼神中流露出深深的感激之情。

看望了其他病人后，温总理走出病房，仔细询问了医院的有关情况。院长艾丽莎女士告诉温总理，中国共向这家医院派出了18批医疗队，中国医生工作十分出色，与我们亲密无间，当地人长期以来一直亲切地称中国医生为"刚果医生"。她说，中国的针灸疗效很好，医院专门开设了针灸科，深受当地患者欢迎，每年有5000多人接受针灸治疗。

达朗盖医院在20世纪60年代只是一座小型妇产医院，1970年经过中国的援建和扩建成为布拉柴维尔市的第三大综合性医院。目前在布拉柴维尔市工作的中国医疗队共23人，来自天津的11所医院，他们承担了医院的主要医务工作。

温总理说，刚果（布）是中国在非洲几十年始终不渝的真诚朋友，在政治上一贯给予中国坚定的支持。加强中刚合作是我们对刚果（布）人民赤诚友情的回报，也体现了两国人民真诚友好、团结互助的精神。

温总理紧紧握住一位中国医疗队队员的手说，你们是白衣天使，远离家乡和亲人，不远万里来到非洲大陆，不畏艰难困苦，忘我奉献，发扬救死扶伤的人道主义精神，用你们精湛的医术和高尚的医德，搭建了中刚人民理解与友谊的桥梁。他说："今天我也穿上了你们的白大褂，我虽然不能和你们一样治病解痛，但我们都是和平与友谊的使者。"

他说："我谨代表党中央、国务院和祖国人民，向你们表示诚挚的慰问，感谢你们为增进中刚友好所做的工作。我为你们感到骄傲，祖国人民为你们感到骄傲。希望你们保重身体，努力工作。"

中国向非洲国家派遣医疗队，是中非合作中开展时间最长，涉及国家最多，成效最为显著，影响最为广泛的项目。自 1963 年中国向非洲派出第一支医疗队以来，中国向 47 个非洲国家和地区派出了 1.6 万名医务工作者，救助非洲民众 2.4 亿人次。中国医疗队员与非洲医务人员并肩工作，为当地百姓治病解痛，还把中国传统医药、治疗技术毫无保留地传授给当地医务人员，为促进中非友好合作关系做出了重要贡献。目前中国向非洲 35 个国家派遣了 900 名援外医务人员。他们以精湛医术和高尚医德赢得了当地人民的高度赞扬，被许多国家授予了很高的荣誉。

温总理从医院一出来，数千名热情友好的民众就用中文高喊"你好！你好!"一些人在街头演奏着欢快的刚果民族乐曲，跳起了传统舞蹈。温总理被这种热烈的场景所打动，他走到他们中间，此时，大街上欢呼声一浪高过一浪，大家伸出手来争先恐后地要与中国总理握手。温总理微笑着与他们握手，向人群致意。在热烈的欢呼声中，温总理走向大街对面的人群，欢快的鼓点迎接中国的贵宾，热情的民众载歌载舞把温总理团团围住，温总理不时地向大家致意，他走到鼓乐队前，双手有节奏的拍打着鼓面，鼓声笑声欢呼声汇成一片，布拉柴维尔顿时变成中刚友谊的海洋。

第二节　与非洲"朋友"握手

——记温家宝总理参观乌干达穆拉戈医院艾滋病防治中心

艾滋病是人类的共同敌人，撒哈拉以南非洲地区是艾滋病的重灾区。就在这一全球艾滋病蔓延最严重的地区，享有“黑非洲明珠”美誉的乌干达在防治艾滋病方面取得了举世公认的成就，被国际社会誉为“抗击艾滋病的典范”。在乌干达总理恩西班比的陪同下，温家宝总理6月24日上午参观了乌干达穆拉戈医院艾滋病防治中心。

该中心于2004年4月建成，负责为艾滋病患者提供诊疗，并为整个撒哈拉以南非洲地区艾滋病医护人员和公共防治人员提供培训，从事非洲地区艾滋病的防治研究工作。该中心是乌干达第一个由非政府组织管理的学术研究机构，目前登记的病例约1.5万人，其中成人诊所登记病例约8000人，每天有300人就诊；儿科登记病例约7000人，每天约有200人就诊。乌干达现有孤儿240万，其中约55%因为双亲死于艾滋病而成为孤儿。

当温总理来到该防治中心的大门口时，乌干达的歌舞队表演民族歌舞迎接，等候多时的中心主任麦克亚当快步迎上前去，并恭恭敬敬地为温总理佩戴好粉红丝带。人们注意到，温总理今天还特意打上了一条印有粉红丝带标记的领带。温总理穿过走廊，首先视察了检验室，接着来到候诊大厅。

温总理刚走进大厅，五名正在围着大方桌画画的患者站起来笑脸迎接，温总理的手与他们的手握在了一起。他询问一名患者在画什么画，有什么象征意义。温总理语重心长地对他们说：“你们应该有信心把自己的病治好，全社会所有的人都在关心着你们，祝大家好！”

绘画、下棋、唱歌、跳舞是患者们候诊时的业余生活。在候诊大厅的一面墙上，张贴和悬挂着患者们的绘画和工艺作品。一名患者站在墙前，温总理认真询问她的病情。她我介绍说，她叫卡维萨，生育有四个孩子，丈夫被艾滋病夺去了生命，她也不幸染上了艾滋病病毒，经过治疗病情已得到了基本控制，重新燃起了生活的希望。温总理亲切地对她说：“艾滋病是人类面临的顽症，防治艾滋病是全人类的事情。我向你，并通过你向其他艾滋病患者表示问候，

乌干达艾滋病患者业余生活丰富多彩，他们的绘画和工艺作品造诣颇深。

希望你们树立起抗击艾滋病的信心和勇气，祝大家生活愉快！”

在候诊大厅里，有的患者在下棋，有的在跳舞，有的在唱歌。他们看到温总理走过来，非常激动，温总理向大家问好。温总理与一名下棋的老人握手，问他今年多大年龄，他高兴地回答说：“60岁。”温总理对大家说：“艾滋病病人应该唱歌、跳舞、下棋，享受生活的快乐。”话音未落，掌声四起。这时，温总理从棋盘上抓起几粒黑色棋子下了起来，引起笑声一片。

中国总理与非洲艾滋病患者握手，患者的激动之情更是难以言表。一位患者动情地说：“我做梦也没有想到，中国总理能与我握手。”温总理对患者说，你们是社会的一员，应该得到社会的关爱和帮助。中国也有不少艾滋病患者，我在国内经常看望他们。今天，看望你们就像看望中国的艾滋病患者一样。

艾滋病患者在穆拉戈医院门前高兴地跳起民族舞蹈，热烈欢迎温总理前来参观。

目睹这一场面，麦克亚当说：“温总理的言行向我们表明，艾滋病并不可怕，艾滋病人更应得到关怀，患者经过治疗可以恢复正常生活。”温总理的言行与防治中心主任的这番话，生动地解释了乌干达全民抗击艾滋病的那句名言：“与艾滋病作斗争，而不是与艾滋病人作斗争。”在抗击艾滋病肆意蔓延的全民运动中，乌干达的这句宣传口号曾经给，也必将给艾滋病患者以极大的鼓励和信心。

乌干达于1982年发现首例艾滋病患者，至1993年全国已有200多万人受到感染，成为艾滋病的重灾区之一。穆塞韦尼总统对此高度重视。乌干达政府随即颁布法令，积极促进艾滋病的防治工作，同时大力倡导年轻人要洁身自好，改变陋习，珍爱生命。这种新的道德观很快得到全国人民的广泛认同和支持，被乌干达称为“有效的抗艾滋病疫苗”。目前，乌干达全国艾滋病毒感染率已从1993年的30%降至2001年的6%，低于其他撒哈拉以南非洲国家。为表彰乌干达在艾滋病控制方面取得的卓越成就，世界卫生组织在1998年向乌干达颁发了“促进非洲健康突出贡献奖”；2000年，联合国艾滋病规划署授予穆塞韦尼总统“为世界艾滋病防治做出杰出贡献的领导人勋章”。

穆拉戈医院艾滋病防治中心在抗击艾滋病斗争中积累了不少宝贵经验。为体现对艾滋病患者的尊重与关爱，对前来就诊的艾滋病患者，医护人员一律亲切地称他们为“朋友”，不问其姓名、年龄、家庭状况和感染途径等情况，而是将患者编号入档，只问病情诊治状况和病人的身体健康现状。

与几位艾滋病患者嘘寒问暖后，温总理来到该中心的会议室，听取了乌干达艾滋病疫情和防治经验的介绍。温总理深情地说：“我今天来到这里，感慨良多。目睹在此就诊的各位‘朋友’的不幸，我的心情沉重。但看到各位患者在这里唱歌、跳舞和下棋，看到中心对他们所显示出的关爱，这又令我感动。我希望在这里就诊的每一位‘朋友’都不要沮丧和绝望，因为你们的后面有政府、社会和亲人们的关心和支持。我今天来，也是为特地向你们表示同情和支持。希望你们能乐观面对人生，积极配合中心医务人员的工作，共同抗击病魔。”

目前，艾滋病在世界范围内蔓延的趋势依然十分严重。联合国艾滋病规划署发布的最新报告表明，2005 年年底，全球估计有 3860 万名艾滋病毒携带者，当年新增艾滋病毒携带者 410 万人，另有 280 万人死于艾滋病。报告显示，撒哈拉以南非洲地区和加勒比地区目前是全球艾滋病蔓延最严重的地区。

艾滋病已成为非洲发展面临的严峻挑战。中国关心非洲的发展，温总理此次访问期间，承诺中国政府将继续为非洲医疗事业提供力所能及的援助。艾滋病防控是今后中非合作的重要领域。温总理今天来该中心参观，就是为了表达中国政府和人民对乌干达和非洲抗击艾滋病斗争的支持和对非洲艾滋病患者的关爱。

中国总理的手与非洲“朋友”的手紧紧握在一起，成为中非友谊史上的又一段佳话。

第三节“故乡”红土寄深情

非洲如故乡

基本戈省是卢旺达最大的省份，在基本戈省医院，一支远道而来的中国医疗队默默地工作着，以其高超的医术、高尚的医德、热情的服务赢得人们交口称赞。2001 年 2 月 19 日，我采访了距离首都基加利百余公里的这支中国医疗队。

基本戈省医院的新门诊大楼在当地颇为气派，我走进一看，宽敞的走廊内病人在排队等候，洁净的诊室里中国医生在为病人诊治。令我始料未及的是，拥有 178 张床位的这家医院仅有 3 名外科大夫和 18 名护士。卢旺达人民知道，没有中国医疗队的 12 名医护人员就不会有这家医院，这家医院就是为中国医疗队设计和修建的。

我国从 1982 年开始向卢旺达派遣医疗队，由内蒙古自治区承担这一任务。在医院的针灸科，医疗队队长、针灸大夫蔚占禄告诉我，该医院目前设有外科、内科、骨科、妇科、儿科、口腔科和针灸科，中国医疗队在开展新业务的同时，还使该医院以前闲置的 B 超、胃镜、心电图、心脏监护仪和婴儿保护箱等仪器得到应用，大大提高了治疗效果。

作为援外医疗队，需要克服的首要困难是外语。卢旺达讲法语，我在各门诊室看到，中国大夫的办公桌上大都放着一本《医用法语词典》，利用休息和空闲时间学习外语，提高独立工作的能力。为了促进外语学习，他们在早晨交班时轮流做翻译，平时注意多与卢方人员用外语沟通。在坚持外语学习的同时，医疗队不断钻研业务，学习非洲的常见病和多发病，先后写作了 26 篇专业论文，参加卢旺达的医学研讨会，共同探讨诊治地方病，以更好地为当地人民救死扶伤。医疗队员们还主动与卢方同行配合，为医院培训护士，向院方提出合理化建议，赢得对方的信任与尊重，赢得卢旺达卫生部的表扬与称赞。

在采访中，共产党员常振华的事迹深深地打动了记者。出国时得知卢旺达医疗器械缺乏，常振华减少了自己的日常必需品，携带了九件小型器械。门诊的第一天，卢方一名军人粉碎性骨折，他带来的“孟化骨科外固定架”就发挥了作用。此外，他还利用业余时间自己动手为医院制作了 16 件器械，为医疗队制作、维修了 96 件食堂、卫生和文体

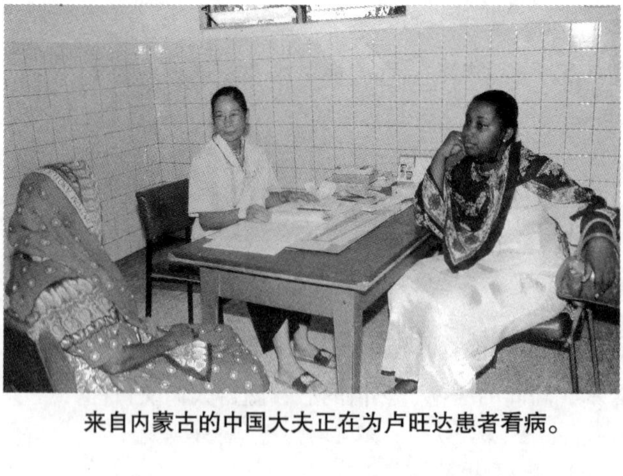

来自内蒙古的中国大夫正在为卢旺达患者看病。

用具。作为一名老党员，常大夫不但平时自觉地以雷锋为榜样默默无闻地做好本职工作，而且发挥党员的模范带头作用，帮助队长为大家营造良好、宽松的工作和生活环境，使大家忘却了工作的劳累、环境的艰苦、生活的单调和对亲人的思念，为做好援外医疗工作奠定了良好基础，受到大家一致好评。

“非洲如故乡，红土寄深情。”中国医疗队驻地大门上的这副对联在万里之遥的非洲大地上显得格外引人注目。走进医疗队的餐厅兼活动室，记者感受到了一种在异国他乡难能可贵的政治氛围。常振华创作和书写的“中非友谊深”、“我们这一家”等诗词张贴在四周墙壁上，这些醒目的诗词和常大夫制作的“回国计时表”一样，记录着中华好儿女争分夺秒多做贡献的高尚情操，歌颂着中非人民的深情厚谊，表达了医疗队员们的共同心声。

中国医疗队以其高明的医术、高尚的医德和辛勤的劳动不但赢得了卢旺达人民的好评，而且吸引来了邻国布隆迪、乌干达的患者，使该医院的门诊和住院人数比以前大为增加。医院院长高兴地对医疗队讲：“以前我院没有钱购买药品和器械，现在由于你们的出色工作，我们已有能力自己购买了。”

我国卫生部在“关于通报表扬援卢旺达第九批医疗队的决定”中称赞医疗队员“不愧是民间大使”，表扬这些白衣天使用辛勤劳动和忘我工作“浇灌了中卢友谊之花”。

双胞胎诞生

在布隆迪，活跃着一支中国医疗队，他们以高尚的医德和精湛的医术，一次次从死神手里夺回黑人兄弟姐妹的生命，他们临危不惧、救死扶伤的感人事迹在当地传诵为一段段佳话。2002 年 3 月初，我在布隆迪采访期间，就听到“双胞胎诞生记”和“三兄妹脱险记”这样的动人故事。

2001 年 4 月，反政府武装进攻距离穆拉姆维亚省医院附近的军分区，政府军迎面回击，连日来枪炮声轰鸣。驻该省医院的中国医疗分队在战火中坚守岗位，并在住地悬挂起五星红旗和国际红十字会会旗。

4 月 13 日下午 6 时，医院急诊室接到 22 名平民伤员，血染衣衫，大声呻吟，刚刚回到驻地准备就餐的中国医生们又急忙赶往医院，立即对他们进行快速输液、包扎止血、清创缝合、夹板固定等急救治疗。抢救中，他们发现其中的三名病人腹腔脏器破裂，伤势十分严重，生命危在旦夕，立即开始对其实施连台手术。两名男子遭手雷轰炸，全身多达36处弹片伤口，小肠和结肠十余处破裂穿孔；女伤员被子弹击穿腹部，结肠基本断裂，肠系膜破裂，手术中两次测不到血压。经过九个多小时的紧张抢救，三台手术顺利完成，伤员也在中国大夫的精心护理下快速康复。

事后才得知，这三名重伤员是兄妹三人，家住附近山村，父母早亡。在这次武装冲突中，他们家的房屋被烧，家产遭抢，成为无辜受害者。他们的不幸遭遇牵动着中国大夫们的心，大家将自己节省下来的营养品送给他们，曲莉和李萍还把从国内带来的舍不得吃的奶粉和饼干送给这兄妹三人。

中国医生们的医术和爱心深深打动了外国同行，参与抢救全过程的布方护士马尼菲克称赞中国医生"水平太高了"，医院院长热拉汗竖起大拇指夸奖"中国人太可敬了"。康复出院时，三兄妹紧紧握着中国大夫们的手久久不愿离开，热泪禁不住夺眶而出："谢谢中国大夫，是你们给了我们三兄妹第二次生命，我们将终生铭记。"

2000年8月4日凌晨4时，一名年轻产妇被送到穆拉姆维亚医院，胎儿的一只手已经外露，产妇出血不止，布方助产士束手无策，中国医生闻讯后火速赶赴医院，经诊断为双胞胎，胎儿宫内窒息，产妇子宫破裂，处于失血性休克状态，需要立即进行剖宫产手术。第一个胎儿被取出时没有呼吸，常规处理后仍无见效，心急如焚的护士长刘军毅然为婴儿进行口对口人工呼吸，随之听到婴儿的啼哭声。第二个婴儿来到人世时情况更为严重，不但面色苍白没有呼吸，而且口腔和鼻子溢出混浊羊水，布方医护人员认为婴儿宫内死亡无法抢救，麻醉师谢海生发现婴儿一息尚存，急中生智从脐带血管内给胎儿注射强心剂和呼吸兴奋剂，同时不失时机地为婴儿做胸外心脏按压，清除呼吸道羊水，给氧辅助呼吸，经过40分钟的抢救，婴儿心跳加快，面色逐渐红润，当谢医生拔掉气管导管时，婴儿的一声啼哭把微笑送到大夫们的脸上。

两个婴儿得救了，手术台上的母亲还在与命运之神进行着殊死搏斗。中国大夫为患者做静脉切开，快速输入我国援助的人工代血浆，并辅用升压药；同时运用子宫血管分段结扎法止血，遂使产妇转危为安。一个月后，中国大夫们应邀参加了两个小宝宝的满月洗礼仪式，看到两个小宝宝健康成长，大家备感宽慰。当地群众无不说："这两个孩子的生命是中国医生给的。"

我驻布隆迪医疗队由青海省派遣，始于1986年，分首都布琼布拉、穆拉姆维亚省和基特加省三个点，囊括内科、外科、妇科、儿科、眼科、针灸科等。每批医疗队队员都是从全省各大医院挑选出来的业务骨干，第九批医疗队队长是西宁市第一人民医院党委书记李志鹏。3月1日晚接受采访时，李队长激动地告诉我，医疗队是一个吃苦耐劳、团结战斗的集体，他们在战乱中坚守岗位救死扶伤的一个个动人事迹不但赢得当地人民的交口称赞，而且得到南非前总统曼德拉的高度赞扬。

2000年6月12日，作为布隆迪和谈调解人，南非前总统曼德拉赴布隆迪基特加省视察，中国医疗队作为贵宾应邀出席了当天的群众集会。当曼德拉走上主席台看到贵宾席上的中国医生时，微笑着向他们挥手致意，并向随行的布隆迪官员询问中国医生的情况。当天傍晚，曼德拉在下榻处接见了中国医疗队并与他们合影留念。曼德拉与中国医生一一握手，微笑着说："非常高兴在布隆迪见到中国朋友，我知道你们都是医生，医生是十分高尚的职业。你们离开自己的祖国和亲人，不远万里来到这里为布隆迪人民解除病痛，这无疑是非常高尚的，我对你们表示感谢。"曼德拉接着指出："我曾访问过中国，中国给我留下了十分深刻的印象。中国长期以来为非洲提供无私帮助和支持，非洲人民不会忘记你们。"

与我国驻其他非洲国家的医疗队一样，驻布隆迪医疗队不负祖国人民的重托，在遥远的非洲大地恪尽职守，救死扶伤，用自己辛勤的汗水浇灌着中非人民的友谊之花，为祖国赢得了荣誉。

第四节　神奇银针传友谊

位于纳米比亚首都温得和克的卡图图拉医院工作着一支中国医疗队，提起那里的中国大夫，无论是首都人民，还是纳米比亚全国各地慕名而来就医的患者都不约而同地伸出大拇指，在他们当中流传着医术高明的中国大夫用手中的银针为纳米比亚人民驱除病痛、救死扶伤的一个个感人故事……2000年8月的一天，为了深入了解那些故事的主人公，我走进了卡图图拉医院。

中国驻纳米比亚医疗队始于1996年，由浙江省卫生厅派出，每两年一批，当时是第三批，他们是两个月前来接任的。当我走进医院针灸科时，中国大夫正在为纳米比亚的黑人患者治疗。问及黑人是否乐意接受针灸疗法，大夫们讲，他们虽然初来乍到，但是工作起来比较得心应手，因为纳米比亚患者对中国针灸的认同感很强，十分相信小小银针的作用和威力，这无疑为他们的工作创造了有利的外部条件。当然，这一结果的取得应该感谢前两批医疗队的努力，他们用实际行动为中国针灸赢得了荣誉，增进了中纳两国人民的友谊。纳米比亚四大报纸之一的《新时代报》曾对上批医疗队的事迹进行过专题报道，而这些荣誉的获得凝聚着上批医疗队队长骆燕宁大夫的巨大心血。

2000 年 6 月初回国时，骆大夫没有忘记带走一幅向日葵画，那是一名 20 岁的黑人姑娘特意为他画的。这位名叫塞维的姑娘由于手术而损伤了右手的正中神经，导致右手不能握拳，更不能写字，因而被迫休学三年。就在第二批医疗队来纳不久，塞维抱着一线希望来接受针灸治疗，两个月后，她的右手奇迹般地恢复了功能，又能像以前一样写字画画了。她激动不已，亲手画了一朵盛开的向日葵送给骆大夫以表谢意。向日葵被当地人认为是非洲最美丽的花，对塞维和中国医疗队而言，它也是一朵幸运花，同时为塞维的生活和针灸队的工作带来了转机。从此，前来针灸科就诊的患者日益增多，每天达到 50 多人次，有的病人还是从 900 多公里以外赶来的。

中国大夫们说，来针灸科就医的多是治疗各种关节炎和腰腿病，也有治疗高血压和糖尿病的，效果均比较理想。1999 年初，骆大夫被请进总统府为第一夫人看病。总统夫人患有关节炎和糖尿病，多年饱受病痛之苦。骆大夫综合运用针灸、推拿、火罐为她进行治疗。第一次治疗后，她就感到症状好转；五个月后，血糖血压已稳定在正常范围，因糖尿病引起的动脉硬化、进而出现的心悸胸痛的症状也基本消失，腰膝关节疼痛明显缓解。总统夫人因此对中医的神奇疗效赞不绝口，努乔马总统特邀骆大夫共进午餐以示感谢。

非洲人，特别是非洲妇女习惯在草地上趴着休息，关节炎和腰腿疼成为常见病，中国针灸在非洲受到普遍欢迎。

斯坦纳是纳米比亚卫生部的公务员，17 年的吸烟史不但使她染上了慢性咽喉炎，而且屡次戒烟均因烟量减少引起情绪不稳而未果。为彻底禁烟，她求助于针灸。骆大夫根据其病情变化，选用耳针加用四神聪、行间、神门、复溜等穴位治疗，连续治疗五天后戒烟成功，她激动地说："太神奇了，真令人难以置信！"此后，骆大夫应用辨证分型治疗戒烟病人取得了显著疗效，使许多屡戒难断的病人根除了烟瘾，并在总结治疗戒烟病人的基础上撰写了《针灸治疗戒烟断烟综合症 52 例》的论文，发表在 1999 年 12 月的《中国针灸》杂志上。

从向日葵画的动人故事到针灸戒烟的成功范例，从中国大夫被请进所驻国的总统府治病到对针灸戒烟的医学研究，中国驻纳米比亚医疗队用自己高明的医术和热情的服务使自己手中的小小银针大放异彩，为中国传统医学在纳米比亚争得了一席之地，小小针灸把友谊的彩带飘撒到万里之遥，加深了中纳两国人民兄弟般的真诚友谊。

第五节　友好使者建奇功

"昂岛眼科之父"

在莫桑比克海峡北端入口处的印度洋碧波中，由西向东依次排列着大科摩罗、莫埃利、昂儒昂和马约特四个岛屿，它们东西各距离马达加斯加和莫桑比克约 500 公里，这就是科摩罗联盟。遗憾的是，自 1975 年国家独立以来，马约特岛一直被法国非法占领至今，将其变为法国的"海外省"，并在该岛设立海军基地。

1994 年 6 月 6 日，中国派往科摩罗的首批医疗队从昂儒昂岛洪波医院开始工作，如今已遍布除马约特外的其他三个岛屿。医疗队员由广西壮族自治区卫生厅负责选派，截至 2005 年共派出五批 48 人次。

2005 年 2 月一个炎热的上午，我在中国驻科摩罗大使赵春胜的陪同下，采访了位于首都莫罗尼市中心的马鲁夫医院，受到医院院长和中国医疗队队长的热情接待。据介绍，科摩罗全国有 17 家医院，90 多名医生，平均约 6500 个居民一名医生，近年来卫生经费又严重不足，缺医少药的状况由此可见一斑。目前的中国援科第五批医疗队共 11 人，其中 6 人在马鲁夫医院、3 名在洪波医院、2 人在莫埃利岛的丰波尼医院，他们全是这三个医院的业务骨干。中国医疗队的到来，不仅大大缓解了科摩罗全国医生严重短缺的现状，而且以其精湛的医术和高尚的医德赢得科摩罗全国上下的普遍称赞，用活生生的"救死扶伤”的感人事例谱写着中科两国人民的友谊篇章。

上午9时许，当我走进妇产科门诊时，凌晨4点刚接生完一对双胞胎的梁少玉大夫又忙了起来，正准备去病房解答疑难病症，陪同我采访的医院院长感到非常惊讶，未曾想到梁大夫只休息了几个小时又准时上班了。与梁大夫一样，中国医生们在医院门诊看病的同时，还主动承担起为当地医院培训业务骨干的义务，发挥传、帮、带作用。而对于一些疑难病症和急诊，当地医生大多束手无策，中国医生则不分上下班时间，随叫随到，日工作时间经常超过八小时。

在医疗条件相对落后的非洲贫穷国家工作，中国医疗队不但要克服生活条件艰苦、语言交流不便等困难，还要尽快适应医疗设备简陋、当地医护人员专业水平有限的特定环境，以求真务实、积极主动的进取精神，竭尽全力救死扶伤，为非洲人民解除病痛。有一天，马鲁夫医院来了一名右手刀伤严重、腕部开放性骨折的患者，该医院没有手外科，当地医生遇到这样复杂损伤的病人只能缝合伤口，无法开展多肌腱断裂修补吻合术。于是，他们请来医疗队队长唐传其，唐大夫立即对患者进行了腕部清创缝合、大拇指和小指伸肌腱及桡侧腕长短肌腱修补吻合术，并对骨折部位进行了内外固定，这样高难度的手术一次性获得成功，令自始至终观看手术的该院医生们叹服不已，称赞唐大夫以其高超的医术开创了马鲁夫医院手外科先例！诸如此类的事例在中国医疗队中已司空见惯，耳鼻喉科大夫陈慧进行的内窥镜下鼻息肉摘除、鼻窦开放术和鼓膜切开置管术在该医院也是破天荒第一次。

始建于1954年的昂儒昂岛洪波医院坐落在山坡上，我援科医疗队的外科、眼科和妇产科的三名大夫工作在这里，是医院的主力，承担着医院绝大部分医疗工作。第三批医疗队员黄焕光大夫在繁忙的工作中和简陋的条件下，以全心全意为科摩罗人民的健康服务的热忱态度，亲手为该医院创建了眼科，改写了该医院没有眼科的历史，受到当地政府和人民的高度称赞。昂岛卫生局长称赞黄大夫是“昂岛眼科之父”，该医院将黄焕光大夫的照片与科摩罗总统的照片并排悬挂在医院办公室，以此表彰其开创性的工作，让当地人民永远铭记这位中国医生的名字和中国医疗队的功绩。

中国政府派出的白衣天使享誉科摩罗，受到科摩罗人民的热情欢迎和交口称赞。2003年6月，科摩罗总统阿扎利在访华期间与胡锦涛主席会谈时，对中国援科医疗队给予了高度评价。他说：“中国医疗队的出色工作赢得了科摩罗全国人民的爱戴、尊重和感激，我们对此再次向中国政府和人民表示真诚的感谢！从中国医疗队员们的身上，我们看到了中国人民对科摩罗人民的深情厚谊，我们愿意不断发展同伟大中国的友好合作关系。”

“图像”传颂友谊

2005 年是中科建交 30 周年，中国援建的科摩罗国家电视台于 2 月 20 日移交科方。我在科摩罗采访期间，中国驻科大使赵春胜和科方新闻界同行高兴地说：“你是首位踏上科摩罗群岛采访的中国记者，来得恰逢其时，中国援建科摩罗的三大历史性工程的开工和移交日期恰巧都在这个月。”

这三大历史性工程是科摩罗国家广播电视台的移交、人民宫维修工程的验收和科摩罗国际机场扩建工程开工。

科摩罗现在的国际机场规模较小，两层高的航站楼没有停机坪，跑道窄短。我国援建的机场就坐落在现有机场的右侧，包括一座面积为 2500 平方米的航站楼和相应的停机坪、停车场和道路设施，并对现有跑道进行加长加宽和维修保护。工期 11 个月，包括航站楼的内外装修和提供必要的室内设备。新机场亮相后将成为非洲四个印度洋岛国中最大的机场，科摩罗人无不为此感到自豪！

人民宫是科摩罗的国家议会大楼，是我国 20 世纪 80 年代后期援建的。与国际机场一样，由修建坦赞铁路、享誉非洲大陆的中土公司施工。2004 年中土公司又对人民宫进行维修，当我冒雨来到人民宫采访时，维修工程已近尾声，

中国援建科摩罗的国家广播电视中心成为科摩罗首都莫罗尼的一大亮点。

科摩罗国家电视台的工作人员在学习电脑操作技术。

大楼内外面目一新。走进会议大厅，所有设施全是从中国运来，包括灯光设置都带有明显的“中国特色”，施工人员笑称人民宫是科摩罗的“人民大会堂”。

科摩罗国家广播电视中心是我国2002年援建的一幢大楼，与人民宫一样，在莫罗尼鹤立鸡群，将与新机场一起，成为科摩罗的三大形象建筑。就新闻事业而言，科摩罗独立时仅有国家电台，是法国统治时期成立的，无报纸、电视台和通讯社。建国十周年时，创办了官方报纸《祖国报》，为法文周刊。我国在援建广电中心后，科摩罗仍然没有国家电视台。为彻底改变这一现状，中国政府决定援建电视台，并提高现有广播电台的发射功率。

科摩罗没有电视台，援建需要从零开始。从国家电视发射台到三个岛的转播台和中继站，从数字演播室到电视播出和配音系统，从电子编辑室系统到电视审看系统，从提供设备到人员培训和机器保养维修，一竿子插到底。这等于向科摩罗装备了一个相当于我国的省级电视台。我走进广电大楼采访时，正值科摩罗炎热的多雨季节，中方人员正在进行最后的冲刺，确保按期顺利移交。科方接受培训人员也已基本掌握了操作技能。届时，共有四个频道的科摩罗电视台将向全国三个岛进行播送，其中包括全天候转播中国中央电视台的四频道、九频道和十六频道的节目。

友好的中国人民帮助科摩罗人民结束了无国家电视台的历史，对于这份特殊的厚礼，科摩罗政府和人民的感激之情溢于言表。当我在首都街头通过时，莫罗尼市民热情与记者打招呼，称赞中国人民为他们带来了“电视图像”。国家电视台台长阿利紧握着我的手说：“科中人民亲如兄弟，我们无法用语言表达自己对伟大的中国人民的感激之情。我们必将通过电视更多地了解友好的中国，电视将成为传颂友谊的纽带，将我们紧紧连接在一起。”他还告诉我，科摩罗全国正在兴奋地等待着国家电视台正式开播，电视台的建立不但是科中友谊的又一最好见证，而且为科摩罗人民打开了一扇了解中国、了解世界的窗户，其影响是广泛而深远的，“我国人民将永远感激中国人民”。

第四章　坦赞铁路

坦赞铁路举世闻名，其影响已远远超出非洲大陆，超出一条普通的铁路，超出历史的时空距离。它是中非友谊的丰碑，是连接中非友谊的纽带，是南南合作的典范。它被誉为“友谊之路”、“争气之路”、“自由之路”、“发展之路”和“钢铁之路”。

2006 年 6 月 23 日，温总理凭吊了我援坦专家公墓，向为修建坦赞铁路而殉职的烈士们的墓地献花。人间重伤别，此情最悠长。共和国总理充满深情凭吊烈士公墓引起世界舆论的普遍关注，感动了烈士的家属，感动了中国人民，感动了整个非洲大陆，感动了全体海外华侨华人。坦赞铁路也因这次非同寻常

温总理在坦桑尼亚总理洛瓦萨（左一）的陪同下，凭吊中国援坦桑尼亚专家公墓。

的凭吊活动再次进入世人的视野，成为人们关注的话题。记者跟随温总理凭吊烈士公墓，亲自感受到共和国总理对烈士们的一片深情，领悟出这一凭吊活动传递的信息和表达的情感。

2006 年是坦赞铁路开工建设 36 周年和正式运营 30 周年，也是中坦、中赞建交 42 周年。记者曾于 2001 年 7 月、2003 年 5 月和 2004 年 1 月，三次赴坦赞铁路进行实地采访，倾听赞比亚前总统卡翁达讲述这条铁路不同寻常的来历，走进这条铁路的起点站和终点站认真细致地观察，走上在这条铁路上行驶的列车与乘客和乘务员促膝谈心，走入办公室向这条铁路当年的建设者和今日的管理者了解详情，在占有大量第一手资料的基础上，向人们讲述着这条不朽铁路的真实故事，让您进一步了解这一历史性的宏伟工程。

由于管理不善、通信不畅、调度失灵等原因，坦赞铁路目前存在一些问题。我在采访时曾听到一个真实的笑话：“开着汽车找火车。”

在这次非洲之行中，温总理一直在深思，如何更好地帮助非洲，深化中非战略合作伙伴关系，推动中非传统友谊不断前进。

第一节 人间伤别情悠长
——记温家宝总理凭吊我援坦专家公墓

烈日炎炎，芳草萋萋，墓碑历历，中国援坦专家公墓内一片肃静。6 月 23 日，温家宝总理和坦桑尼亚总理洛瓦萨并排站立在写有“中国援坦专家光荣牺牲同志之墓”的纪念碑前默哀，纪念碑下安放着温总理敬献的花圈，花圈的缎带上写着：为援建坦赞铁路牺牲的烈士永垂不朽，中华人民共和国国务院总理温家宝。

坦赞铁路终点站附近的 1860 千米里程碑。

烈士们，为了援建坦赞铁路，你们当年响应党的号召，带着祖国和人民的重托，远涉重洋踏上广袤的非洲大陆，为中非人民的友谊献出了最宝贵的生命。你们知道吗？今天，在紧张的访问日程中，人民共和国的总理专程看望大家来了，代表祖国和人民向你们——牺牲在异国他乡的亲人们表达深深的思念之情。

中国援坦专家公墓位于坦桑尼亚首都达累斯萨拉姆西南24公里处，举世闻名的坦赞铁路从其附近通过，公墓内安葬着69名为援助坦桑尼亚国家建设而殉职的中国专家、技术人员和工人，其中47位在修建坦赞铁路时牺牲。在修建坦赞铁路中，中方共有65人献出了宝贵的生命，除一名牺牲在中国赴坦桑尼亚的客轮上外，还有17名安葬在赞比亚。他们之中，年龄最小的牺牲时仅24岁。

默哀完毕，温总理在洛瓦萨总理的陪同下缓步走进公墓。这座正方形公墓是由坦桑尼亚政府于1972年专门划拨的，占地面积1.44万平方米，由中国外交部、铁道部和外经贸部联合建成，中方负责管理。在围墙环绕的绿草坪上，整齐地排列着用水泥修建的墓冢和白底红字的墓碑，墓碑上书写着殉职者的姓名、籍贯、工作职务和生卒年月。温总理首先来到毛忠满烈士墓前献上一束鲜花。这不是一束普通的鲜花，它代表中国政府和人民对献身坦赞铁路和中非友谊的烈士们的深切思念；这不是一束普通的鲜花，它告诉世界中国政府十分关注我驻外工作人员和海外华侨华人的安危；这不是一束普通的鲜花，它象征着中非友谊之花将永远开遍非洲大地！坦赞铁路中国专家组组长杜坚向总理介绍说，毛忠满是在修建坦赞铁路中第一个因工程事故牺牲的烈士，生于1930年，1971年1月4日在离这里40公里的工地上被推土机轧死。温总理对身旁的洛瓦萨总理说："毛忠满是辽宁人，如果活着，他今年应该76岁了。"

2006年6月22日，温总理和洛瓦萨总理向毛忠满烈士的墓地献了花。

温总理又走到彭明良烈士的墓前献花。杜坚组长介绍说，修建坦赞铁路牺牲的烈士约有30%死在工地，40%死于交通事故，30%被恶性疟疾等疾病夺去了生命，彭明良就是第一个死于脑疟的。听到这里，温总理表情凝重。此情此景，让人回想起当年修建坦赞铁路时，一名中国员工患重病而当地缺医少药，周总理派专机和中国医生飞往坦桑尼亚挽救那名中国工人生命的感人故事。

温总理在墓地中间轻缓行走，不时地停下来，注视着一个个墓碑，默默地说：他是河南人，他是辽宁人，他是陕西人……

坦赞铁路是一条贯通东非和中南非的交通大干线，东起坦桑尼亚首都达累斯萨拉姆，西至赞比亚中央省的新卡比利姆博希，与赞比亚原有铁路接轨，全长1860.5公里，其中坦境内975.9公里，赞境内884.6公里。这条铁路于1968年5月开始勘探，1970年10月开始动工，1975年6月建成通车。期间，中国先后派出工程技术和管理人员5.6万人次，高峰期间有1.6万中方人员在现场施工。他们乘船远渡重洋来到坦赞两国，在食品短缺、气候炎热、疾病流行、缺医少药的艰苦条件下，克服重重困难，提前高质量地建成这条举世闻名的友谊之路。

千山万水隔不断祖国人民对烈士的思念之情。担心你们孤独，每年清明节，中国驻坦大使馆工作人员和所有在坦工作的我国公派人员都前来为你们扫墓，寄托哀思；唯恐你们寂寞，国内来访的代表团都忘不了前来为你们敬献花圈，表达敬意。今天，温总理专程前来看望你们。温总理深情地说："今天，我们来到这里，向烈士的墓地献上鲜花，向他们表达我们无尽的思念。岁月流逝，他们在这里已经度过无数个日日夜夜。但是，祖国人民和坦赞两国人民始终没有忘记他们。祖国人民和坦赞两国人民感谢他们为中非友谊做出的无私奉献，他们的功绩将永远铭记在我们心中。"

温总理的一席话打动了在场的每一个人的心，不少人眼含热泪。"人生有情泪沾臆，江水江花岂终极。"烈士们，共和国总理看你们来了，祖国亲人看你们来了。你们可否知道，你们为之献身的坦赞铁路早已建成通车？你们可否知道，中非友谊之花早已开遍非洲大地？你们可否知道，祖国已经发生了翻天覆地的变化？会的，你们一定会的，你们一定会含笑九泉！

烈士们，坦赞两国人民没有忘记你们，你们的事迹在当地广为传颂。与你们曾经并肩奋斗的坦桑尼亚战友今天也来了。他们动情地说，中国同志为我们的铁路献出了生命，我们永远感激他们，思念他们。洛瓦萨总理说，烈士们的名字和坦赞铁路一样，将永远铭记在中坦赞三国人民的心中。

温总理在白色的留言簿上题写了"烈士英名永垂不朽，中坦友谊万古长存"。

半个多小时的时光转瞬即逝，当温总理准备登车离去的时候，他情不自禁地向公墓内回首注视。人间重伤别，此情最悠长。祖国将永远思念为修建坦赞铁路而牺牲的烈士们。

安息吧，烈士们！你们热爱祖国，献身非洲，这里就是你们的第二故乡。你们用鲜血和汗水构筑的坦赞铁路这座中非友谊的历史丰碑，就像巍峨的乞力马扎罗山一样，耸立在非洲大地，耸立在中非人民的心中！

第二节　“斑马”跨越大裂谷

5 月的达累斯萨拉姆，阵阵凉风正在驱赶着滞留不去的炎热，让人感觉到“和平之港”季节的变化。2003 年 5 月中旬的一天，我来到坦赞铁路的起始点——达累斯萨拉姆库拉西尼火车站。

首先映入眼帘的是让人备感亲切的车站大楼和大广场，置身于异国的蓝天白云下，目睹黑人朋友在广场上川流不息，从大楼里进进出出，这似曾相识的大楼和广场打消了我“独在异乡为异客”的陌生感。陪同我采访的坦赞铁路公关部小姐告诉我，坦赞铁路沿途的辅助设施都是中国援建的，“你瞧，这车站大楼的建筑风格、门窗样式，还有这里的一切……”

宽大的候车室里，人们在紧张地搬运货物行李。当天是星期五，下午有一列开往终点站的快车，乘客们正在忙碌着。车站站长芬戈先生带领我参观了候车楼，大楼于 1970 年 10 月 26 日由赞比亚总统卡翁达奠基，内部的布局与设

坦赞铁路起点站——达累斯萨拉姆库拉西尼火车站。

施完全是中国特色。在正中央的墙壁上，悬挂着一幅坦赞铁路全线鸟瞰图，芬戈先生向我作了详细介绍。

坦赞铁路为东北西南走向，东起坦桑尼亚首都达累斯萨拉姆，西至赞比亚中央省的新卡比利姆博希，与赞比亚原有铁路接轨，全长 1860.5 公里，其中坦境内 975.9 公里，赞境内 884.6 公里。

坦赞铁路于 1968 年 5 月开始勘探，中国派出勘探设计队共 680 人，在人烟稀少、野生动物群居的千里莽原和高山峡谷中，披荆斩棘，长途跋涉测量定线，完成了全线的勘测设计任务。1970 年 10 月 16 日和 18 日，尼雷尔总统和卡翁达总统先后在坦赞铁路的两端主持奠基仪式，中国政府代表团出席。1970 年 10 月 ~ 1975 年 6 月，中国政府提供了 9.88 亿元人民币的无息贷款和捐赠了部分房产设备，共发送各种设备材料近 100 万吨，先后派出工程技术和管理人员 5.6 万人次，高峰期间有 1.6 万中方人员在现场施工。他们主要通过乘坐远洋客轮而来，在食品短缺、气候炎热、疾病流行、缺医少药的艰苦条件下，克服重重困难，付出牺牲 65 名工程技术人员的生命代价，提前高质量地完成任务，“钢铁斑马”最终驰骋在千里莽原上，西方某些人士所谓奔驰在荒原上的只能是野牛狮豹的预言不攻自破。一名参观坦赞铁路的西方人士感叹到：“只有修建万里长城的人，才能修建出如此高质量、高标准的铁路。”

站长对着铁路平面图讲解说：“坦赞铁路是一条贯通东非和中南非的大干线，全线设计为单线，桥梁 318 座，涵渠 2269 座，隧道 22 座。共建车站 93 个，其中 16 个中间站于 1994 年封闭。”他指着图继续说，“铁路通过坦桑尼亚的四个地区和赞比亚的两个省，越过号称为‘地球的伤疤’的东非大裂谷，穿过高山深谷、悬崖峭壁、河流湖泊、森林草原与大沼泽地，地形地貌极其复杂，海拔高度变化无穷。例如，从起点站的海滨到第一个大站姆林巴，距离 502 公里，海拔达到 332 米；可是从姆林巴到马坎巴科段，相距仅 165 公里，海拔高度竟是 1671 米，接着前进 173 公里，登上全线的最高点——海拔 1786 米的乌尤莱，再 20 公里就来到国

坦桑尼亚各界群众在达累斯萨拉姆国际机场热烈欢迎温总理来访。

界线上最大的车站姆贝亚”。他松了一口气讲道，“从姆贝亚开始，铁路随丘陵慢坡缓缓进入山区，随之傍依山坡爬上基隆贝罗河与大鲁瓦哈河的分水岭——马坎巴科山梁，高度急剧上升，在崇山峻岭中，时而曲折盘旋，时而上下起伏，还要翻越许多与线路走向大致垂直的谷沟，进而登上全线的最高点，修路筑桥的难度可想而知……到终点站新卡时，海拔降低至 1275 米”。

我们来到站台，看到几列中国援助的“东方红”火车停放着。站长告诉我，右边的两列已破损得无法使用。我走上一列正在使用中的客车，车厢分软卧、硬卧和座席，其中部分座位垫子已露出底色，车内也出现程度不同的破损现象。站长还示意我仔细观看铁路轨道，每节铁轨上都镌刻着“中华人民共和国制”的清晰汉字。

步出车站大楼，我们径直来到广场前面的坦赞铁路运营 25 周年纪念碑前。这是一个特殊的纪念碑，建于 2001 年 7 月 19 日，主要陈列着一个火车头底座，上面写着：中华人民共和国四方机车车辆工厂，1973 年造。

这个特殊的纪念碑让我想起采访中国人民的老朋友、赞比亚前总统卡翁达时的情景。我曾三次采访这位中国人民的老朋友，尽管每次见面的地点不同，谈话的主题各异，但相同的是卡翁达都谈到坦赞铁路，高度称赞这条铁路是“非中友谊的丰碑”，是“南南合作的典范”。

修筑坦赞铁路是坦桑尼亚和赞比亚两国人民多年共同的夙愿。两国原有的铁路，都是殖民主义者为了加紧掠夺当地资源而修建的。当时坦桑尼亚的两条铁路——中央干线和坦噶线，主要通往北部和西部的农业区，国家东南地区形成铁路空白。赞比亚是内陆国，独立前仅有一条从铜带省经卢萨卡到利文斯顿的铁路，出海通道有三条：经坦桑尼亚到肯尼亚蒙巴萨港的北线，经刚果（金）到安哥拉洛比托港的西线，经津巴布韦到莫桑比克贝拉港的东线。北线是公路铁路联运，且距离最长，费钱费时费力；东西两条铁路线中，西通道因安哥拉战乱而中止，东出海口距离最短，全程 1547 公里，经济而方便，但受到南非和南罗得西亚种族主义政权以及葡萄牙殖民主义政权的封锁而被切断，国家的经济支柱——铜的出海通道被堵塞。赞比亚面临巨大压力，决意与同年独立的邻国坦桑尼亚谋求新出路。

卡翁达指出，1965 年坦赞两国独立后，面临的共同历史使命，一是反帝反殖，支持南部非洲的民族解放运动；一是冲破反动政权对赞比亚的封锁，发展民族经济。“这就急需修建一条铁路，开辟坦赞两国之间的通道，为铜矿和两国的其他货物寻找可靠的出海口，促进两国的经济交流与发展，支持邻国的民族解放运动。”两国先请求西方国家和苏联援建，均遭到拒绝，理由是“修筑难度大，经济效益小”。

1965 年，坦桑尼亚总统尼雷尔访华。他事后曾说，当时是去中国请求经济援助的，但因考虑到中国相对贫穷，而修建坦赞铁路需要巨资，未敢列入求助计划。他没有想到，中国政府不但痛快地答应了自己提出的所有请求，而且表示“还有什么困难请讲出来”。尼雷尔说：“我当时的确有些不好意思，但在热情鼓励下，终于鼓足勇气说出了修建坦赞铁路。”更令他喜出望外的是，得到了中国的同意。毛主席在会见尼雷尔总统时指出，先独立的国家有义务支援后独立的国家。中国于同年 8 月即派出专家组进行可行性考察，次年 6 月提交了考察报告。

卡翁达回忆说：“尼雷尔总统将这一情况告诉了我。1967 年 6 月，我访华时提出了同样的要求。毛主席会见我时，对坦赞两国修建坦赞铁路的愿望表示赞赏和支持。周总理表示，只要坦赞两国领导人下定决心，中国愿意援建这条铁路。我回国途经达累斯萨拉姆，与尼雷尔总统商定，我们共同请求中国援建。”

1967 年 8 月，坦赞两国派出联合经济代表团访华。9 月，中坦赞三国政府在北京签订了《关于修建坦桑尼亚—赞比亚铁路的协定》。尼雷尔总统当时指出，中国援建坦赞铁路是“对非洲人民的伟大贡献”，“历史上外国人在非洲修建铁路，都是为了掠夺非洲的财富，而中国人今天则相反，是为了帮助我们发展经济”。

几十年过去了，如今回忆起这段往事，卡翁达仍难以掩饰其激动之情。谈起与毛主席会见时的情景，他说：“毛主席是一代伟人，伟大的战略家。他支持第三世界人民的解放运动，帮助我们进行经济建设。他热爱全人类，坦赞铁路就是例证。”他表示，坦赞铁路是一条不寻常的路，“患难见真情。我们在困难的时候，得到中国人民的无私援助，坦赞两国人民将永远铭刻在心中”。

坦桑尼亚国父尼雷尔在坦赞铁路竣工仪式上这样说明这条铁路的意义：“感谢中国政府和人民为我们修建坦赞铁路，坦赞铁路是一条铁路，但其意义远远超出了一条铁路。它是我们的铁路，中国人虽然援建，但没有把它作为自己的铁路。”这不由得让人想到，西方殖民者在非洲修建的多条铁路，那些铁路是殖民者为掠夺非洲的资源而修建的，在非洲国家独立前，一直由殖民者经营，归殖民者所有。

第三节　非洲唱响《东方红》

2001年7月14日清早，晨光熹微，寒气袭人。我从下榻的中赞合资姆隆古希纺织厂出发，直奔附近的坦赞铁路终点站新卡站采访。

清晨的火车站显得几分清静，直耸云霄的铁塔上高高飘扬的五星红旗格外引人注目。在车站广场的坦赞铁路运营十周年纪念雕塑——“一把铁锹”前，几名当地黑人正在聊天，看到我举起相机拍照五星红旗，一位年长者老远就热情地打招呼，他高兴地说：“每次遇到中国朋友，我都要主动向他们问好。今天是个特殊日子，见到你又看见了五星红旗，我的心情十分激动，每当看到五星红旗，我都要唱《东方红》。”于是，他们几人便唱起“东方红，太阳升……”并以自己能用汉语歌唱而引以为荣，自豪之情，溢于言表。

他告诉我，自己当年曾参加坦赞铁路的修建，今天仍在铁路工作，对中国、对坦赞铁路有一种特殊的感情。他指着雕塑说：“中国朋友当年就是用这种简陋的工具帮助我们修筑铁路的，我们至今铭记心中。”“中国人对我们太

作者(中)在坦赞铁路终点站采访时，与正在那里进行铁路通信系统改造工程的中国技术人员合影。

好了，你们是我们的好朋友、好兄弟。过去帮助我们修建铁路，今天仍帮助我们安装新的铁路通信系统。”

正在进行之中的是坦赞铁路通信系统改造工程，包括三部分：全线程控交换机更新改造；坦桑尼亚境内达累斯萨拉姆至基洞达区间微波通信系统的设置；赞比亚境内新卡至赛伦杰区间微波通信系统的设置。在火车站附近用集装箱组成的驻地，我采访了中土公司援坦赞铁路微波通信项目技术组，得知这一项目于 2001 年 2 月正式开工，计划在同年底前完成。2004 年 1 月再次采访时，获悉三部分中的前两部分已完成任务，于 2003 年 7 月 9 日移交坦赞铁路局，最后一部分因对方提供的地形地貌图纸资料与实际不符，在施工中遇到地质困难，尚在复工之中。

该通信系统改造工程属于中坦赞三国第八、九期技术合作项目。自 1976 年坦赞铁路建成移交以来，三国政府在坦赞铁路上一直进行着技术合作。

据坦赞铁路中国专家组介绍，我国政府原定在坦赞铁路移交后进行两期共四年的技术合作，然后撤出中国专家，完全由坦赞两国独立经营管理。可是，铁路正式运营后不久，便在管理上出现了许多问题。为加强管理，三国政府决定，从 1983 年 8 月的第四期技术合作开始，每期从两年延长至三年，由中国专家参与铁路管理，但不担任实职。这种管理形式，一直延续到 1995 年底结束的第七期。12 年“参与管理”期间，中国向坦赞铁路局的九个部门和工厂派出专家，从起初的 250 人逐渐减少到 122 人。专家们除日常提供管理咨询和技术指导外，还参加总局、分局、工厂和地区的办公会议，专家组组长参加董事会会议。中国专家参与管理，在一定程度上改善了铁路的经营管理状况，为阶段性运量上升和账面赢利发挥了积极作用。

但是，中国专家“参与管理”不可能从根本上解决坦赞铁路的经营问题。“一条铁路，两国共管”的模式暴露出两国政府及其员工之间的诸多矛盾，在很大程度上影响着铁路的正常管理与运营。而且，坦赞两国政府对坦赞铁路只“管理”而不投入，致使铁路设备严重失修。多年来，坦赞铁路所能获得的资金援助仅仅是中国政府提供的贷款。从管理体制上看，坦赞铁路采取的是西方制度，对管理的核心部门——人事与财务以及敏感领域——劳资关系等深层次的问题，中国专家不便介入。

鉴于以上实际情况，三国政府决定，从第八期技术合作开始，将合作方式从由中国专家“对运营和管理进行技术指导并参与管理”，变为“向坦赞铁路局提供管理咨询和技术指导”，专家组随之大幅度减员。

为期三年的第十一期技术合作于2002年1月1日开始，合作方式已转为由中国专家“对中国政府贷款的项目进行协调、向中国政府援建的两个机辆厂提供技术指导，并列席坦赞铁路局会议”。专家组定员15人，分布在总、分局机关和两个机辆厂。期间，中国援助的各类设备和物资为铁路运营发挥了一定作用，特别是提供600万美元帮助他们购买燃油和零配件，并修理了六台机车。这些援助如雪中送炭，解决了坦赞铁路局的燃眉之急。

在移交运营的前28年里，中国政府累计向坦赞铁路派出2815人的专家组，累计提供了9亿多元人民币的免息贷款，以更新设备、提供零配件和购买急需物品。中国专家们以其高度的敬业精神、高超的专业水平、真诚的合作态度、平等的待人作风，对坦赞两国朋友真心地传、帮、带，赢得坦赞铁路局和坦赞两国人民的交口称赞。在采访中，坦赞两国的朋友一致表示，如果没有中国专家和中国的支持，坦赞铁路的现状确实不堪设想。也许，坦赞两国朋友的这一比喻更能说明问题。他们形象地把坦赞铁路比作“孩子”，坦赞两国是其“父母”，中国是其“叔叔”，“坦赞铁路这个孩子，是叔叔养活大的”。

在三次采访坦赞铁路期间，无论是与双方铁路管理人员交谈，还是和列车上的乘客寒暄；无论是与两国出租车司机聊天，还是同大街上的普通民众唠嗑，我无不强烈地感受到坦赞两国人民对中国人民的感激之情和深厚情谊。

2001年7月，我走进坦赞铁路卢萨卡办事处，马韦雷主任一见面就热情地用汉语问候。与新卡地区总经理纳蒙德一样，马韦雷曾两次赴中国深造，对中国人民充满深情。谈起第一次在北方交通大学的学习生活，他首先用汉语背诵了“自力更生，艰苦奋斗”八个字，接着若有所思地说：“坦赞铁路的意义和影响，远远超出了这条铁路本身。中国不但为我们修筑了铁路，而且使我们从中学习到许多东西。当时我在中国，感到中国也很贫穷，但是你们竭尽全力帮助我们，这种真诚友谊是无法用金钱来衡量的。三国老一代领导人创建的这种友谊，今天已相传了好几代，我们都应该倍加珍惜，发扬光大。”

“时隔12年后再次去中国，我惊奇地发现中国发生了巨大变化。”他激动地笑言，“中国的经济发展以每分钟200公里的速度前进，目睹周围的一切，我当时非常激动”。谈到坦赞铁路的现状，他对问题的看法，与总局和分局的基本一致。“像坦赞铁路这样一个巨大的工程，存在一些问题在所难免。我们过去需要中国专家，他们‘手把手’、‘一对一’地帮助我们，现在铁路出现了不少严重问题，我们同样需要中国朋友的帮助。这种帮助是非常重要的。”

目前，坦赞铁路每周二和周五同时从两端各对开一次，历时 37 小时抵达终点。2004 年 1 月采访时，我在新卡车站恰巧碰上旅客进站上车，问起铁路的情况，他们都对火车经常晚点充满抱怨，并感叹道：“如果中国朋友来管理这条铁路就好了，你们国内的火车一定不会这样。”在达累斯萨拉姆和卢萨卡街头，在与民众闲聊时，他们对中国援建坦赞铁路表示非常感谢，希望友好的中国人民继续帮助他们，使坦赞铁路能够健康地运营下去，让作为三国人民友谊象征的坦赞铁路，在三国人民的心目中永远留下美好的印象。一名坦桑尼亚的出租司机说：“我从小就知道，中国人民是我们的好朋友。我今年 29 岁，知道中国援助我们修筑了坦赞铁路，还帮助我们修建了公路和房屋。我常去火车站接送乘客，谈起中国他们都竖大拇指，谈到坦赞铁路都希望你们能够帮助我们把它管理好。”追问缘由，他不假思索地答道，“中国人友好，经验丰富，情况熟悉，一定能把这条铁路管好”。

坦赞铁路是中国与坦赞两国之间伟大友谊的象征，是中坦赞三国真诚友谊的纪念碑，高奏了一曲中非人民之间友谊的永恒赞歌，是一条“友谊之路”。

修建坦赞铁路之时，坦赞两国独立后不久，长期深受殖民主义统治，两国经济十分落后。为努力发展民族经济，两国人民与中国人民一道战天斗地，咬紧牙关，一定要为非洲人民争口气，建成一条自己的铁路，高奏了一曲鼓舞人心的穷国志气歌，是一条“争气之路”。

坦赞铁路挫败了南非种族主义政权封锁赞比亚、扼制其经济发展的图谋，有力地支持了南部非洲的民族解放运动，高奏了一曲支持南部非洲国家独立解放的自由歌，是一条“自由之路”。

截至 2001 年底，坦赞铁路共运送货物超过 2350 万吨、旅客 3750 万人次。自建成之日始，就成为联结东非、中非与南部非洲的运输大动脉，促进了坦赞两国和中、东、南部非洲的经济和社会发展，高奏了一曲民族经济的发展歌，是一条“发展之路”。

坦赞铁路虽历经 30 载，但线路两侧排水设施齐全完好，隧道结构依然完善，沿线植被防护良好，站舍建筑风貌依旧，尤其是路堑坚固，大面平整，勾缝整齐划一。1998年受厄尔尼诺现象影响，坦桑尼亚发生特大洪水，该国的中央铁路被水冲垮，坦赞铁路仍岿然不动，工程质量堪称一流。坦赞铁路高奏了一曲精益求精的敬业歌，是一条“钢铁之路”。

坦赞两国人民与中国人民之间用坦赞铁路连接的友谊，就想喜马拉雅山和乞力马扎罗山一样，永世长存。中国与非洲人民之间的传统友谊，在坦赞铁路上继续延伸，通向未来。

一名坦桑尼亚姑娘手举中国和坦桑尼亚国旗、身着印有毛主席像的T恤衫，兴高采烈。

第四节　各方共商寻良策

2003年5月16日，我走进与坦赞铁路起点站一墙之隔的坦赞铁路局，局长皮里先生因公出差，副局长班尼克娃女士接受了采访。她坦承，坦赞铁路目前存在着设备老化、人员老化和通信不畅、资金不够、运量不足、支持不力和管理不善等“二老五不”问题。

2004年1月，我随《人民日报》代表团访问赞比亚。在坦赞铁路终点站新卡车站，坦赞铁路中国专家组赞比亚组组长孙文华先生、坦赞铁路赞比亚分局新卡地区总经理纳穆德先生在接受采访时，也一致认为坦赞铁路目前的确存在着总局指出的“二老五不”问题。

坦赞铁路的客运货源除来自坦赞两国外，还包括刚果（金）、马拉维、乌干达和布隆迪等邻国。坦赞铁路的年客运量最高曾达到221.9万人，近年来维持在150万人左右。客运一般赔钱，坦赞铁路也不例外，一直在赔本运营。就货运量而言，运量主要集中在两端和中段的姆贝亚与马坎巴科地区。起点站以港口进出口中转货物为主，中段主要是水泥、木材和农副产品，终点站是出口铜，各占总运量的1/3左右。近年来铜的运量减少。

坦赞铁路设计年运量初期为双向200万吨，远期为500万吨。正式运营以来，有七个年度超过100万吨，最高达到127.3万吨。1993～1994年度开始滑坡，维持在60余万吨，自此步入持续亏损轨道，经营状况日益恶化。目前欠外债7000万美元，拖欠港口费用，无力支付水电费，常被新闻媒体曝光，局长也被告上法庭。经营状况入不敷出，举步维艰，形成难以自救的恶性循环。

坦赞铁路的财政危机是多种因素造成的，运量持续下降、收入不断减少是直接原因。经济增长缓慢、市场竞争激烈、周边国家政局不稳等导致运量不断下降。由于矿井年久失修，设备老化，赞比亚的铜产量减少，铜运量从40万吨下降到十几万吨。随着新南非的诞生，外部经济封锁结束，为赞比亚进出口货物提供了多种通道选择，除坦赞铁路外，还可走南部通道，而南部通道效率高、设施好。周边国家经济增长缓慢，刚果（金）爆发持久内战，造成货运量和人员流动减少。

运量下降的主要原因是运能不足。坦赞铁路所有的运输行车设备，普遍存在失修老化问题。线桥设备未进行过系统维修，局部地段未进行中修。全线道床板结脏污达800多公里，缺碴地段约300公里，木岔（桥）枕腐朽严重，失效钢筋混凝土长期未换，局部地段失效达20%以上。就通信信号设备而言，电务设备从未进行过大修，电线的支架锈蚀严重，瓷瓶破损，90%的拉线被盗或烂掉，站间闭塞只能通过调度线联系。由于设备失修和被盗严重，40个车站的臂板预告信号机已停止使用。

机车动力不足是制约坦赞铁路运能的“瓶颈”。机车长期失修，拆东墙补西墙，导致全线机车处于半趴窝状态。据介绍，坦赞铁路的绝大多数机车是中国提供的，现有一半报废，未报废的也处于趴窝状态，此外还有美国和德国的机车。目前，能用的机车仅有15台，而最低限度怎么也应该保持在20台。另外，客货车辆老化，技术状态不良。客车外观普遍陈旧，门窗破损严重；货车大中修超期，不能做到恢复性和保持性修理，致使临修增多，尤其是轮对、轴承的故障多。

当初，为了向运输提供良好的机车车辆保障，按照零小部件自给的原则，中国分别在达累斯萨拉姆和姆皮卡援建了机车修理厂，工厂具有铸造、冶炼、热处理、金相分析、电镀、制模、金属加工等成套设备和能力。这些设备的95%是20世纪70年代中国制造的，自动化程度低，经过20多年使用，已超过14年的设备使用年限，精度下降，且从未进行过大修。生产设备失修缺损，许多必需的设备已无法使用；配件严重短缺，日常检修无法正常开展。

管理不善也是导致运量下降的一大突出问题。起点站物资积压，周转不灵；终点站铜板堆积，不能运走。如果提高工作效率，改进服务质量，坦赞铁路的运量有望上升，否则将会进一步失去市场份额。

2004年1月在新卡车站，我们听到这样一个令人啼笑皆非的真实笑话：由于通信不畅，调度失灵，而坦赞铁路又是单线，为避免事故发生，火车只好原地待命，而调度人员有时竟不知火车行进在何处，于是就开着汽车沿途寻找火车。

“开着汽车找火车”的笑话仅仅暴露了坦赞铁路管理问题的冰山一角。

坦赞铁路由坦赞两国政府根据《坦赞铁路法规》共同管理。就管理体制而言，分为部长理事会—董事会—铁路局三级。部长理事会主要行使宏观管理的政府职能，董事会为坦赞铁路的经营决策层，局长是铁路局的最高行政长官，在董事会的监督下负责铁路局的行政管理事务。坦赞铁路局的直属单位，除坦桑尼亚和赞比亚两个分局外，还有车辆修理厂、姆皮卡培训中心和卢萨卡办事处。财务体制实行统收、统支、统分，铁路局统负盈亏，下属单位责权利不挂钩。

以机车动力为例，人车分离是影响机车质量的重要原因。坦赞铁路机车乘务员不属机务段编制，而隶属于分局运营机关的公寓管理部门，司机不做机车保养，不关心机车质量，常使轻微故障得不到及时处理而扩大。坦赞铁路管理层次较多，但“分局无权、站段无钱、路局太远”，检修计划、配件计划、资金计划等需要通过三个层次逐级报批，最后由路局根据部门的盈亏状况分配，制约了基层单位的积极性和主动性。另一方面，工作虽有计划、有布置，但无检查考核，人人吃企业的“大锅饭”，导致纪律涣散，事故多发。1999～2000年度，共发生事故246件，其中撞车和脱车事故115件，占46.7%。

管理不善，根在体制。坦赞铁路线长点多，且横跨两国，高度集权不适应市场经济的要求，两国共管体制也与市场变化不相适应。两国共管要求利益均等，必然导致资源配置不尽合理，资金难以融通，材料难以调剂，工资福利相互攀比，加重了经营管理的难度。坦赞两国只“管理”而很少投入，1995年还取消了有关免税规定。目前，坦赞铁路需缴纳房产税、城市管理税、燃油税、销售税、增值税等，特别是机车购买燃油，也要缴纳用于公路建设的燃油税，加大了不必要的财政负担。

人员老化也是坦赞铁路面临的一个不容忽视的大问题。坦赞铁路总定员

5652 人，中国建议的人数是 4600 人，国际咨询机构提出的定编人数是 3000 人。从实际情况看，最高峰时达到 6700 人，2000 年 6 月底的人数为 4995 人，2003 年 6 月底是 3900 人。坦赞铁路实行等级工资制，不与绩效挂钩，每年以规定比例递增，且福利待遇良好。

目前，坦赞铁路员工存在着严重的老化问题，年自然减员 200 余人，特别是经过中国培训的老一代职工，他们经验丰富、技术熟练、责任心强，将在近期陆续离开工作岗位。纳蒙德总经理用汉语告诉记者，坦赞铁路修建期间，曾从两国各选送 100 人赴中国北方交通大学学习三年，1987～1989 年，又从两国各选送十人去中国深造，他有幸两次赴中国学习。“我从 1975 年至今一直在坦赞铁路工作，对中国和中国人民、对坦赞铁路充满深情，看到坦赞铁路目前的状况，我心里非常着急，希望改变得越快越好。”像纳蒙德这代人，以及稍后经过中国专家在现场亲手培训的一代职工，多年来是坦赞铁路的管理人员和业务骨干，他们真诚地希望在自己离开岗位以前，坦赞铁路能够尽快恢复活力与元气。

坦赞铁路目前还面临着严重的人才断层危机。这批经中国以各种方式培训的主力军全部离岗后，坦赞铁路的技术力量无疑将大大削弱。近年招收的为数不多的青年工人，未经培训即顶岗作业，部分地区和部门业已暴露出技工断层、关键岗位缺员的状况。遗憾的是，由于财政危机加剧，人员老化、人才断层这一问题尚未引起铁路局的足够重视。

管理不善导致财政收入每况愈下，债台高筑，资金周转极为困难。主要表现在不能按时发放工资，无力购买机车燃油，无钱为设备维修保养提供资金，甚至不能为其法定的义务支付费用。

在接受采访中，中国驻坦桑尼亚经济商务代表处举了三个例子，从中可窥管见豹。第一，因缺少资金投入，机车完好率下降，运量减少，2003 年一季度发货量为 11.7 万吨，比上季度减少 7.3 万吨，比上年同期减少 3.2 万吨。月均运输量仅为 38887 吨，是坦赞铁路运营以来罕见的低水平。第二，第九期技术合作贷款项目中，从法国转口供货的两台轨枕抽换机，于 2000 年 8 月 20 日运抵达累斯萨拉姆港口，因无钱及时办理提货，滞留港口九个月才提出。此前的 21 个集装箱零配件，也因同样的原因滞留港口达一年之久。第三，因无钱支付电话费，坦赞铁路局总部办公楼里的几十部市内电话，曾在 2001 年被停止使用一年多，工作人员只能使用手机来维持基本的业务联系，发送传真必须到附近的国际机场才能办理。

坦赞铁路目前必须面对的诸多问题是多年来积累形成的，不少问题在多年前就显露出端倪。1985 年，坦赞铁路制定了“十年发展规划”，以实现商业化为承诺，提出 24 个项目向西方国家寻求捐助，当时有十个国家和组织认捐了 17 个项目，为维持铁路运营起到一定作用。1995 年，坦赞铁路开始实行商业化，目的是要把坦赞铁路改造成充满活力的经济上自立的公司实体。为此修改了《坦赞铁路法规》，扩大了董事会和总局长的权限，并把分局和工厂等单位界定为成本利润中心，以便分灶吃饭，独立核算，调动其积极性。由于受两国共管体制和资金的限制，一些主要的改革措施，如定员编制合理化、财务制度改革等均未能付诸实施，商业化改革随之停顿。

面对激烈的市场竞争和重重困难，坦赞铁路局想方设法节支增收，千方百计维持运营和全线畅通。然而，这些都不可能从根本上解决问题。四五年前，坦赞铁路的私有化问题提上议事日程。

对国有企业实行私有化，是坦赞两国的既定国策。坦桑尼亚于 1993 年开始推行私有化，从 425 家国企中选择了 395 家进行私有化改造，截至 2002 年底已有 300 余家完成了改制。对坦桑尼亚铁路公司的改造也在进行之中，主要是想实行特许经营。包括铜矿在内的赞比亚大部分国企已完成了私有化改造，赞比亚铁路公司经过三年多的准备，已通过招标方式于 2003 年开始实行特许经营，中标者是南非和以色列的联营公司，期限 20 年，铁路的所有权属于赞比亚政府。其间，经营者须上缴 2.53 亿美元费用，每季度再上缴 5%的营业额。

1999 年 12 月，中坦赞三国政府商定，由中国派出一家企业，对坦赞铁路合资经营的可行性进行调研，上海铁路局承担了此项任务。调研的初衷是想采取中坦、中赞合资纺织厂的模式，对坦赞铁路实行三国合资经营。2000 年 7 月 27 日 ~ 9 月 9 日，上海铁路局在进行了 45 天的调研后认为，对坦赞铁路合资合作，需投入巨额资金，而中国铁路企业目前仍承担着公益性建设和运输任务，不是赢利企业，无力对外投资。即：对坦赞铁路进行合资合作，不具备纺织企业那样的条件。

坦赞两国已原则上决定对坦赞铁路实行私有化，准备借助赞比亚铁路的方式采取特许经营，允许私营部门参与坦赞铁路的运营。2002 年 8 月，坦赞两国政府在卢萨卡举行了坦赞铁路私有化问题研讨会，制定了私有化的“行动计划”。但是，截至2004年初尚未开始启动。

2003年12月19日，在世界银行的资助下，两国对坦赞铁路的特许经营进行可行性评估。对此，中国政府表示，希望坦赞两国最终能够找到符合坦赞铁路实际情况的改革方案，并将在力所能及的范围内，继续向坦赞铁路提供帮助，积极探索多种方式的合作，以巩固中坦赞三国的友好合作成果，使象征中非友谊的坦赞铁路健康地运营下去。

第五节　如何更好帮非洲

——随温家宝总理访问非洲七国的思考

温家宝总理于6月17～24日对埃及、加纳、刚果（布）、安哥拉、南非、坦桑尼亚和乌干达七国进行了正式访问。作为随团记者，结合多年来采访非洲国家的经历，我认为温总理关于我国对非援助的一些新思路和新主张，具有极强的针对性和可操作性，将对我国今后的援非工作产生积极和深远的影响。

温总理提出的援非新思路是：政府引导、企业介入、市场运行。他强调，援建项目必须首先考虑非洲的需求，我们要把政府推动与企业自主、提供经济援助与促进技术合作、帮助援建项目与帮助培训技术人员和管理人才有机结合在一起，重在壮大非洲经济实力、促进非洲社会发展、提高非洲自主发展能力；在非中资企业要注重工程质量和效益，注重保护环境，多帮助当地民众，做好事，做实事，要让当地人民真正从中受益；要重视中非文化、教育、卫生等方面的交流与合作，为非洲人民带来实实在在的好处；新闻媒体要多宣传非洲。

温总理的援非新思路是在大量实地考察和调研、广泛接触非洲民众和中国在非各领域工作人员的基础上提出的。他指出，在我国的援非项目中，社会公益性的效果好，如修建学校和大楼、派遣医疗队等，经营性的效果差，这包括坦赞铁路在内；要继续努力做好社会公益性的援非项目，解决其中存在的问题，大张旗鼓地宣传社会效益好的援助项目；中非文化交流非常重要，一场成功的文艺演出，其意义不亚于援建一个工程项目。

温总理的援非新思路和新主张，提出了一个迫切需要解决的问题：我们怎样更好地帮助非洲。正如温总理所说，我们是真心诚意地帮助非洲。不过，我们的援非工作确实又存在不少问题，需要进行反思和改进。

坦赞铁路的管理模式值得反思

坦赞铁路、建筑队、医疗队和农业专家小组是联结中非友谊的四大传统纽带。

我曾三次采访这条闻名于世的“友谊之路”，每次采访中，我都深切地感受到，坦赞铁路在经营管理方面存在的种种弊端和面临的人员老化等问题，致使铁路惨淡经营，勉强支撑，让人为之着急和揪心。这当然是中坦赞三国的绝大多数人都不愿意看到的现状。坦赞铁路之所以形成这一积重难返的困境，原因是多方面的，但是没有把经济援助与技术合作、没有把帮助援建项目与帮助培训技术和管理人员有机结合起来，则是主因。

在铁路建设初期，我们曾预感到这方面的问题，为坦赞两国培训了一些技术和管理人才，但未能坚持下去；在铁路运营之后，三国在管理方法和方式上也存在一些问题。坦赞铁路目前存在着设备老化、人员老化和通信不畅、资金不够、运量不足、支持不力和管理不善等“二老五不”问题。

自 1976 年坦赞铁路建成移交以来，中坦赞三国政府在坦赞铁路上一直进行着技术合作，2006 年已进展到第十二期。我国政府原定在坦赞铁路移交后进行两期共四年的技术合作，然后撤出中国专家，完全由坦赞两国独立经营管理。可是，铁路正式运营后不久，便在管理上出现了许多问题。于是，从 1983 年 8 月的第四期技术合作开始，每期从两年延长至三年，由中国专家参与铁路管理，不担任实职。这种管理形式，一直延续到 1995 年底结束的第七期。从第八期技术合作开始，将合作方式从由中国专家“对运营和管理进行技术指导并参与管理”，变为“向坦赞铁路局提供管理咨询和技术指导”，专家组随之大幅度减员。为期三年的第十一期技术合作于 2002 年 1 月 1 日开始，合作方式已转为由中国专家“对中国政府贷款的项目进行协调、向中国政府援建的两个机辆厂提供技术指导，并列席坦赞铁路局会议”。

管理不善，根在体制，坦赞两国共管体制与市场变化不相适应。不过，中

一名赞比亚工人正在中赞合资穆隆古稀纺织有限公司工作。

国专家在技术合作中，责任、人员和力度不断减少，不利于坦赞铁路的管理与经营。而我国在铁路建设初期为两国培养的一批经营管理人才，一是人数有限，二是年龄老化，发挥的作用受到制约。由此可见，温总理关于我国对非援助的新主张一针见血地指出了某些问题的症结所在。

几乎是在援建坦赞铁路的同时，我国为坦赞两国各援建了一个纺织厂。这两个纺织厂建成后移交坦赞两国经营，管理模式与坦赞铁路大同小异。十多年前，这两个纺织厂已处于瘫痪状态，无法运行下去。可是，当 2001 年和 2004 年两次采访该纺织厂时，我眼前的情景让人振奋，该工厂经过中赞合资经营，面貌发生了根本性变化。

1996 年 11 月，我国青岛市纺织总公司与赞比亚国防部合资成立姆隆古希纺织有限公司，将中国政府无息贷款变成中方企业股本金，明确了产权；责、权、利分明，把经营管理落到实处。同时，以“敬人、敬业、诚信、合作、发展”为经营理念，积极探索，不断寻求生存和发展的空间，终于在短期内实现赢利，使公司经济运行近年来基本保持了稳定态势。这不但带动了当地的棉花种植业、增加了当地财政收入、为当地培养了人才，而且使中方的经济利益得到体现，实现了双赢。这一成功事例进一步验证了温总理提出的援非新思路的生命力所在。

建筑队要讲究信誉，确保工程质量

目前，在大多数非洲国家，都活跃着中国建筑队和医疗队。这些建筑队分为中央、地方、民营三个层次，以省建筑队为主体，多年来为非洲国家建设了许多高质量的办公楼、学校、医院、体育场和公路等，受到非洲人民的普遍称赞。我曾多次采访过这些工程，了解到其中存在的一些问题，这主要表现在个别工程质量差、进入市场运营后有些不遵守“游戏规则”等问题。

1999 年 8 月，我在马普托采访即将竣工的莫桑比克议会大厦时，在大门口看到这副对联：“塑莫中友谊任重道远，创优质工程为国争光。”议会大厦是中国政府的援建项目，总建筑面积 3600 多平方米，由中国对外成套设备公司承建。从工程开始的第一天起，中国公司就从管理、技术和施工三方面严把质量关。当地建筑用砖质量达不到要求，他们就自制；当地水泥没有设计要求的标号，他们就从南非进口。为了赶在莫桑比克大选前竣工，他们在确保质量的前提下加班加点，工程质量和进度得到莫桑比克政府和工程验收技术专家的肯定。中方负责人告诉我，他们这次肩负着重塑形象、挽回影响的重任，一定要严管细抓创优质工程，确保在质量上大打翻身仗，为中国争回荣誉。原来，该工程是对我国此前援建的一个失败项目的补偿。20 世纪 90 年代中叶，我国援建莫桑比克一所农村小学，当地群众欢天喜地，感激之情溢于言表。未料竣工后不久，一场大风扫了大家的兴，学校教室的屋顶被风刮走了。此事在当地传为笑谈。后来，当中国领导人出访莫桑比克时，该国总统当面提及此事。由此可见中资企业保证工程质量的重要性了。

另外，我国在非洲建筑的工程项目的命名问题也应引起注意。2001 年，我在乌干达采访中国援建的国家体育场时，中方管理人员就抱怨乌方把该体育场命名为“曼德拉体育场”，让人误以为是南非前总统曼德拉援建的。其实，这主要是因为乌干达总统穆塞韦尼非常敬佩曼德拉，便在国家体育场建成时以曼德拉的名字命名。

当初，我国建筑队走进非洲主要是完成中国政府的援建项目，帮助非洲国家进行基础设施建设。随着形势的发展，这些建筑队在当地也开始承包工程。一般而言，中国建筑队凭借着自己在非洲国家的良好声誉，具有一定的竞争力。不过，也有个别建筑队为中标而低价投标，在中国建筑队之间打起价格战，扰乱了市场，在同行间制造了矛盾，中标后因投标低而很难保证工程质量，进而影响了自己和中国建筑队的名声。

其实，即使是民营企业，进入非洲市场也要注重信誉和商品质量。非洲民众的眼睛是不分国有与民营的，他们只知道我们是中国企业，是中国人。一些小商贩在一些非洲国家出售假冒伪劣商品，破坏了中国商品和中国人的声誉，已经受到了良心的谴责和人们的鄙视。

中赞友谊农场的一名当地工人喜抱劳动果实——玉米棒。

打井队功成身退，投资农业前景广阔

除建筑队外，我国向非洲国家还派遣过农业专家小组和打井队，以支持非洲的农业发展。现在，不少非洲国家能够生产大米就是中国农业专家和打井队的功劳。打井队解决了非洲不少地区的饮水困难，他们基本上功成身退。

2001年在刚果（金）采访时，我曾走进中国专家的菜园子和养猪场，看到蔬菜绿油油和肥猪满圈跑，真让人有种啼笑皆非的感觉。原来，当地十分缺乏青菜，于是农业小组为了经济利益，专家转变为“菜农”和“饲养员”。虽菜园子面积不大、生猪存栏数形不成规模，但经济效益还不错。这向我们提出一个现实问题：面对市场化，我国的个别传统援非项目如何适时转型、发挥新作用?

2004年1月在赞比亚采访时，我来到距离首都卢萨卡20公里的中赞友谊农场。该农场是由中国农垦（集团）总公司和江苏农垦（集团）有限公司于1990年12月共同投资经营管理的国营海外中资企业。购买价格为198万元人民币，分10年连本带息偿还，共支付250万元人民币，已于2001年全部付清。

中赞友谊农场总面积667公顷，现已全部开发，以种植业为主，雨季种玉米和黄豆，旱季种小麦，还养了一些奶牛和猪，试种圆白菜和土豆等蔬菜。农场具备较好的灌溉条件，正常情况下，玉米亩产量可达1000斤，小麦亩产900多斤。

农场有中方工作人员和家属共 8 名，雇请当地固定工、临时工、季节工共计165名，驻地有职工家属800多人。中方按照赞比亚法律按时向当地职工发放工资、劳保用品、养老金、保险费、工会会费、休假工资、离场费等。为工人提供住房、水电、节日礼品，同时为职工每人每月优惠供应白玉米面50公斤，年终发奖。用场长董发福的话说，当地工人有吃、有住、有水、有电、有活干、有工资、有奖励、有路走，他们十分满意，愿意在农场工作。赞比亚政府还多次表扬该农场，并向全国推广其成功经验。

中赞友谊农场实行董事会管理，农场管理人员统一由国内上级单位派出，即场长、农艺副场长、机务副场长和翻译兼销售各一人，任期三年。上级单位给农场确定了“指标承包，利润上交，超产有奖，四六分成”的政策，即每年的利润指标为12万美元，其中上交国内10万美元，2万美元用于农场的滚动发展，超出部分由农场职工和董事会四六分成。

总公司给农场职工发工资，场长的月工资385美元，职工350美元，家属160美元。整个管理模式是一种“低工资、高奖金”机制，鼓励职工家属随任。

中赞友谊农场的经营管理模式是比较成功的，为中国在赞比亚及其非洲邻国发展农业开辟了先河。在赞比亚发展农业，具有四大有利条件。一是气候好，年平均温度22℃，类似昆明，适合农作物生长。全年季节分明，光照时间长，昼夜温差大，利于小麦和土豆生长。二是赞比亚北方降水量充足，雨水较稳定；南部虽降水少，但地面河流众多，地下水资源丰富。三是全国基本上是沙壤土，土质较好，渗水透气性佳。四是面积辽阔，可耕地面积多达4320万公顷，分布均匀，而人口只有1120万，人少地多。赞比亚的总面积75.2万平方公里，约是我国总面积的1/14，但我国的可耕地面积却没有赞比亚的14倍。

目前，赞比亚的白人农场数量虽不多，占不到全部商业农场总数量的5%，但他们生产的商品粮份额高达50%。这些白人农场经营历史长，生产经营体系完备，资金实力较强。在赞比亚投资农业，我们的竞争对手不是当地黑人，而是白人或印巴人。

医疗队要进一步提高语言能力

1962年7月2日，阿尔及利亚人民经过长期的武装斗争，推翻了长达130年之久的殖民统治，刚刚独立的阿尔及利亚的医疗事业几近空白，他们通过国际红十字会向国际社会紧急呼吁援助。我国第一代领导人高瞻远瞩，以国际主义的博大胸怀，决定向阿尔及利亚派遣医疗队，救治遭受病痛的阿尔及利亚人民。这是共和国历史上首次向国外派遣医疗队，也是世界上积极响应阿尔及利亚政府呼吁的第一个国家。

我国援非医疗队基本上实行国内一个省对口支援非洲一个国家的做法，由我国卫生部牵头，各省卫生厅局具体实施，人员实行轮换制，两年一期。

在纳米比亚、博茨瓦纳、莫桑比克、卢旺达、布隆迪、刚果（布）和科摩罗等非洲国家，我曾采访过在那里工作的中国医疗队。中国医生救死扶伤的事迹广为流传，他们精湛的医术和高尚的医德受到当地人民普遍称赞。向非洲几十个国家派遣医疗队的做法比较成功，中国医生赢得了受援国政府和人民的高度赞扬。

但是，中国医疗队也存在语言障碍和业余生活单调等问题。我曾走访过好几个国家的中国医生驻地，他们的居住条件较差，加之当地蔬菜有限，吃不好饭是普遍现象。另外，下班后生活单调，业余生活除看电视外就是学习外语。

外语成为中国医生进一步施展才能的最大障碍。每个医疗队都配备有翻译，但一名翻译很难顾及所有队员的需求。在绝大多数情况下，医疗队员需要自己独立自主地开展工作，外语显得非常必要。外语不过关，与患者难以沟通，治病也就受到限制。

绝大多数非洲国家使用英语或法语，一些国家使用斯瓦希里语，个别国家使用葡萄牙语或其他语种。难题就出在个别语种上，以葡萄牙语为例，非洲的安哥拉、莫桑比克等国使用这一语言，中国医生大多在出国前临时突击一下外语，出国后就要实际运用，工作和生活中自然感到“方恨少”。这样，在中国医生工作的诊室，人们都会看到办公桌上常常放着一本外语书和外语词典，边工作边学习，遇到问题立即查词典。学外语占用了他们较多的精力和时间，很难挤出时间研究当地出现的常见病症和疑难病例。有关省市如果能在出国前有计划地为医疗队员培训外语，一定会提高他们的工作效率，有利于他们出国后的工作和生活。

中国医疗队面临的另一难题是想家。按照有关规定，医疗队两年一期，队员在任期内一般不回国。国外生活相对单调，加之外语障碍，这些都会加重队员的思家情绪。这样，如何建立健全医疗队员的探亲制度便提到了议事日程上。

语言障碍、生活单调、易于想家是中国医疗队面临的挑战，需要有关部门加以研究解决。

中非文化交流应加大规模和频率

在温总理提出的对非援助新思路中，文教卫交流与合作占有一席重要地位。在这次访问中，温总理在埃及、坦桑尼亚和乌干达观看了文艺演出。这三场演出活动达到了宣传中国文化、促进交流与合作、增进了解与友谊的效果。

作为一名曾在非洲常驻八年的中国记者，聆听温总理的讲话，我深感中非文教卫交流与合作具有特殊重要的意义与作用。非洲人民普遍对中国人民抱有好感，以能说简单的几句汉语为荣。他们知道中国帮助和支持非洲，不干涉他们国家的内政；中国人尊重他们，对他们平等相待。但在我的接触和观察中，绝大多数非洲人并不了解中国。这里试举几例：博大精深的中国文化被他们简化为“中国功夫”、方块汉字和美味的中餐，这主要是20世纪80年代中国武打片演红了非洲大地，汉字与其他文字泾渭分明的外形和非洲一些大城市开设有中餐馆；我们曾选派非洲学生来中国学习，但一是人数有限，二是他们学成回国后大都学非所用，不少人成为在非中资企业的翻译；大多数非洲人知道中国经济在持续快速发展，国家建设取得了巨大成就，但误以为中国已进入发达国家的行列，当我们说中国仍是发展中国家时，他们不以为然。

非洲个别国家的新闻媒体宣传不利于非洲人正确地了解和认识中国。南非的新闻媒体，特别是报纸和一些区域性广播电台，对中国的负面报道多于正面。这主要是南非的报业集团和一些广播电台掌握在白人手中，他们的观点深受西方影响，对中国的报道难免戴着有色眼镜。2001年7月，中国赢得2008年奥运会主办权，南非国家广播电台的一位著名节目主持人采访我，她在对北京申奥成功表示祝贺与提问几个与此有关的问题后，对中国人吃狗肉表示难以理解，询问北京申奥成功了，中国人是否还会继续吃狗肉。对于这一突如其来的问题，我立即做出三点回答：中西文化差异明显，中国人与外国人，特别是西方人对狗的看法不同，西方人认为狗是宠物，而绝大多数中国人则不然，他们养狗是为了看家护院；吃狗肉在中国并非普遍现象，仅限于部分地区的一小部分人，就那一小部分人而言，他们也不是天天吃狗肉，而是偶尔为之；每个国家和民族都有自己的思维习惯和传统文化，西方人将中国极少数人吃狗肉竟与北京申奥联系在一起，我对此表示费解和遗憾。应该说，南非国家电台的主持人是有一定文化修养的，之所以能够提出这个问题，说明南非人对中国的了解实在不多。由此看来，中非新闻界的交流与合作必不可少，其重要性不言而喻。

近年来，我国在部分非洲国家组织过“中华文化非洲行”、“为中国喝彩”以及一些专题图片展览等活动。这些文艺活动为促进中非人民之间的了解与友谊发挥了积极作用，不过由于非洲国家多、人数众、地域广、差异大，这些活动就显得规模有限，间隔时间较长，尚未形成长期的冲击力。如果中非文化交流能够加大规模和频率，形成一定的机制，效果一定会更好。

在中非全方位、多层次、宽领域的合作与交流中，中国驻非洲各国的大使馆应该进一步发挥其优势和主动性，积极地走出去，加大宣传的力度，宣传中国，宣传中国文化，宣传中国的基本国策，宣传中国的经济发展和对外政策，让非洲人民更快更好地全面了解和认识中国。众所周知，坦赞铁路举世闻名，可是知道我援坦专家公墓的坦桑尼亚人寥寥无几。2003 年 5 月，我在坦桑尼亚首都达累斯萨拉姆采访时，到处可以明显地感受到坦桑尼亚人民对中国人民的友好感情。在机场入境处，边防人员一看我持的是中国护照，翻开护照就盖上入境章，没有详细查看护照；我刚一上出租车，司机就主动问好，谈起中国援建的坦赞铁路和其他工程项目。可是，当我要去中国援坦专家公墓采访时，问了十多个出租车司机，他们大都是第一次听说公墓，根本不知道公墓位于何处。我在大街上四处打问，半天竟找不到一个知情人。后来，还是一名坦赞铁路局的老职工告诉出租车司机公墓的具体位置。这一问题说明，我们对自己的宣传还不够，还存在一些盲点，需要不断改进。

这次非洲七国行中，温总理凭吊了中国援坦专家公墓，引起非洲媒体和国际媒体的广泛关注，其影响力波及全球，相信知道中国援坦专家公墓的坦桑尼亚人和非洲人，其数量不知要比以前高出多少倍。

在这次访问中，温总理亲自感受到加强中非文化交流与合作的重要性。这种交流应该是双向性和经常性的。在回程途中，温总理语重心长地对随团记者说：“我们的新闻媒体要多宣传非洲。”

第五章　中非论坛

中国是世界上最大的发展中国家，非洲是发展中国家最集中的大陆。非洲是人类的发源地之一，中国是人类文明的发祥地之一。

中非关系源远流长，深入人心。加强同非洲国家的团结与合作，始终是中国独立自主和平外交政策的重要组成部分。中国坚定不移地继承和发扬中非友好传统，从中国人民和非洲人民的根本利益出发，与非洲国家建立和发展政治上平等互信、经济上合作共赢、文化上交流互鉴的新型战略伙伴关系。

中国几代领导人十分重视中非关系。胡锦涛主席曾四次访非，两度在非洲发表演讲，全面阐述中国发展与加强同非洲友好关系的政策主张。温总理首次访非就是出席中非合作论坛第二届部长级会议，重访非洲走遍非洲东西南北中五大次区域。

中非合作论坛“重在务实，面向行动”。中非双方以中非合作论坛为平台开展集体对话和务实合作，增进了双方友谊，深化了彼此合作，促进了相互发展。作为合作论坛后续行动之一的“中华文化非洲行”活动，增进了中非人民的了解，加深了中非人民的传统友谊。

非洲人民钦佩中国经济建设取得的巨大成就，并为此感到欢欣鼓舞，由衷发出了“向中国龙学习”的心声和感叹！非洲人民向中国张开热情的双臂，欢迎中国“走进非洲”。

第一节 “走进非洲”五十年

胡主席论述中非关系

2004 年和 2006 年，胡主席在两次访问非洲时均发表演讲，全面阐述中国发展和加强同非洲友好关系的政策主张。

2004 年 2 月 2 日，胡主席在加蓬国民议会发表题为《巩固中非传统友谊，深化中非全面合作》的重要演讲，提出新时期发展中非关系的三点倡议，代表中国庄严承诺，“凡是有利于非洲和平与发展、有利于中非友好合作、有利于维护广大发展中国家利益的事情，中国都愿意同兄弟的非洲国家一道去做”。

胡主席提出发展中非关系的三点倡议。

第一，坚持传统友好，推动中非关系新发展。中非传统友谊是双方老一代领导人亲手培植的，其核心是真诚友好、平等相待、相互支持、密切合作。加强同包括非洲国家在内的广大发展中国家的团结和合作，是中国对外政策的基本立足点。在新形势下，中国政府将坚定不移地继承和发扬中非友好合作的传统，从中国人民和非洲人民的根本利益出发，加强同非洲各国的全方位合作，并不断开辟新途径，充实新内容。

第二，坚持互助互利，促进中非共同繁荣。在力所能及的范围内向非洲国家提供不附加任何政治条件的援助，是中国对非政策的一项重要内容。随着中国经济实力的不断增强，我们还会继续增加对朋友的帮助。应该看到，中非经济有较强的互补性，非洲有丰富的自然和人力资源，中国有适用的技术和经验，双方都有广阔的市场，合作潜力巨大。我们希望中非成为更为紧密的经贸合作伙伴。

第三，坚持密切合作，维护发展中国家的权益。我们主张，国际决策机制应该民主、透明、公平和公正，国家不论大小、强弱、贫富，都一律平等，都有权参与国际事务并发挥作用。我们还主张，经济全球化应惠及各国人民，朝着有利于实现共同繁荣的方向发展。作为联合国安理会常任理事国，中国将继续支持包括非洲在内的广大发展中国家的合理主张和要求，促进发展中国家的团结与合作，增强共同应对挑战的能力。

2006 年 4 月 27 日，胡主席在尼日利亚国民议会发表题为《为发展中非新型战略伙伴关系而共同努力》的重要演讲。

胡主席指出，2006年初，中国政府发表了《中国对非洲政策文件》，全面阐述了中国在新形势下继承中非传统友谊、致力于发展中非新型战略伙伴关系的明确目标和坚定信念。为实现这一目标，我愿提出以下建议。

第一，政治上增强互相信任。中国愿同非洲各国一道，保持领导人密切交往，促进双方政府、议会、政党、社会团体加强沟通和交流，加深彼此了解，夯实友好基础；加强中非合作论坛建设，深化中国同非洲联盟及非洲次区域组织和区域性多边机构的合作，加强集体对话，凝聚新的共识，扩大利益交汇点；从中非友好大局出发，重视彼此的关切，妥善应对新形势下中非关系面临的新课题。

第二，经济上扩大互利共赢。中国将继续推动双方合作从贸易往来向贸易、投资、技术、项目承包等多领域并重的方向发展，从政府间合作向政府、企业、其他经济实体共同参与的方向发展，特别是要增加能力建设、人力资源培训、科技交流等智力合作项目，积极发展初级产品加工增值、传统制造业优化升级，注重促进当地社会发展和民生改善。继续为非洲国家提供力所能及的帮助，这是中国坚定不移的方针。2005年，我在联合国成立60周年首脑会议发展筹资高级别会议上提出了支持发展中国家加快发展的五项举措，包括给予最不发达国家部分商品零关税待遇、增加对重债穷国和最不发达国家的援助和免除债务、提供优惠贷款、提供防治疟疾特效药、培训人才等。这些举措主要是面向非洲的。中方将加快实施这些举措，使非洲人民切实受益。

第三，文化上注重互相借鉴。中非应该共同努力，加强在文化领域的交流和借鉴，增进人民的相互了解和友谊。中国支持双方文化机构、新闻媒体、学术团体、高等院校加强合作，并可举办各种形式的文化节、艺术展和体育赛事。中国将逐步增加非洲国家来华留学生奖学金名额，鼓励中国青年志愿者赴非洲参与建设事业。

第四，安全上加强互相合作。中非应该加强交流和磋商，推动国际社会树立集体安全意识，树立互信、互利、平等、协作的新安全观，营造有利于共同发展的国际环境。中国愿加强同非洲国家在防治重大传染性疾病、禽流感、跨国犯罪等非传统安全领域的磋商和合作，共同应对全球性挑战。

第五，国际上密切互相配合。我们愿同非洲一道维护联合国宪章的宗旨和原则，加强在联合国及国际多边机构的磋商和合作，积极参与亚非新型战略伙伴关系建设以及其他南南合作和南北对话机制，推进多边主义和国际关系民主化、法治化，推动建立公正合理的国际政治经济新秩序，共同维护发展中国家的正当权益。非洲求和平、促发展的愿望应该得到更多尊重，国际社会应该更多关注非洲发展问题，加大对非洲的投入。中国将继续推动联合国改革朝着更加重视发展问题、优先解决包括非洲在内的发展中国家代表性不足问题的方向发展。

中国发表对非政策文件

2006 年 1 月 12 日，中国政府发表了《中国对非洲政策文件》。这是中国政府发表的首份面向一个洲域的政策文件，是中国独立自主和平外交政策的重要篇章，也是和平、发展、合作思想的具体体现。今年适逢新中国与非洲国家开启外交关系 50 周年，中国政府在新年伊始发表这个文件，意义重大，表明中国政府和领导人始终高度重视非洲和对非关系，始终把发展中非传统友好合作关系置于中国外交的重要位置。

《中国对非洲政策文件》分为前言和非洲的地位和作用、中国与非洲的关系、中国对非洲政策、加强中非全方位合作、中非合作论坛及后续行动、中国与非洲地区组织的关系六个部分。前言表述了国际形势的特点和中国外交政策的基本点，指出非洲是发展中国家最集中的大陆，是实现世界和平与发展的一支重要力量。新形势下中非传统友好关系面临新的发展机遇。中国政府制定对非洲政策文件，旨在宣示中国对非政策的目标及措施，规划今后一段时期双方在各领域的合作，推动中非关系长期稳定发展、互利合作不断迈上新的台阶。

中国对非洲政策文件

《人民日报》全文刊登中国对非洲政策文件。

第一部分“非洲的地位和作用”指出，非洲的发展还面临不少挑战，只要非洲国家坚持努力，国际社会继续支持，非洲在新世纪里就能克服困难，实现振兴。

第二部分“中国与非洲的关系”认为，新中国成立和非洲国家独立开创了中非关系新纪元。半个多世纪以来，中国向非洲国家提供了力所能及的援助，非洲国家也给予中国诸多有力的支持。真诚友好、平等互利、团结合作、共同发展是中非交往与合作的原则，也是中非关系长盛不衰的动力。

第三部分“中国对非洲政策”陈述了中国对非政策的总体原则和目标：

真诚友好，平等相待。坚持和平共处五项原则，尊重非洲国家自主选择发展道路，支持非洲国家联合自强。

互利互惠，共同繁荣。支持非洲国家发展经济、建设国家，同非洲国家开展形式多样的经贸及社会发展领域的合作，促进共同发展。

相互支持，密切配合。加强与非洲在联合国等多边机制内的合作，支持彼此的正当要求与合理主张；继续推动国际社会重视非洲的和平与发展。

相互学习，共谋发展。相互学习借鉴治国理政和发展的经验，加强科教文卫领域的交流合作，支持非洲国家加强能力建设，共同探索可持续发展之路。

第四部分“加强中非全方位合作”分别从政治、经济、教科文卫和社会、和平与安全四大领域全面论述了中非全方位合作的具体内容，涉及30个具体方面，其篇幅占到该文件的1/3。其中经济领域分为十个具体方面：贸易、投资、金融合作、农业合作、设施建设、资源合作、旅游合作、减免债务、经济援助和多边合作。这样就使中非合作落到实处，避免了空泛。

第五部分“中非合作论坛及后续行动”说，2000年创立的中非合作论坛已成为中非进行集体对话与多边合作的有效机制，构筑了中非间长期稳定、平等互利新型伙伴关系的重要框架和平台。中国重视中非合作论坛在加强中非政治磋商和务实合作方面的积极作用，将与非洲国家一道，认真落实《中非合作论坛北京宣言》、《中非经济和社会发展合作纲领》、《中非合作论坛——亚的斯亚贝巴行动计划（2004～2006）》及后续行动，继续在论坛框架内出台新举措，增进中非政治互信，推动务实合作全面发展。不断完善论坛机制，积极探索论坛与“非洲发展新伙伴计划”间加强合作的最佳方式和途径。

第六部分“中国与非洲地区组织的关系”中表示，中国重视与非洲联盟在各领域的友好合作，支持其在地区和国际事务中发挥积极作用并提供力所能及的帮助。

中国三代国家领导人高度重视发展同非洲国家的友好关系。

中非关系五十年

早在新中国成立之初，毛泽东主席就曾经说过：“无论是人与人之间、政党与政党之间、国与国之间的合作，都必须是互利的，而不能使任何一方受到损害。如果任何一方受到损害，合作就不能维持下去。”

20世纪60年代初期，毛主席在一次同非洲外宾谈话时提出：“我们对于非洲的情况，就我来说，不算清楚。应该搞个非洲研究所，研究非洲的历史、地理、社会经济情况。”随后，中国社会科学院西亚非洲研究所、中国亚非学会、北京大学亚非研究所、南京大学非洲研究室、湘潭大学非洲研究室等非洲研究机构和学术团体相继成立，中国的非洲研究开始进入起步和创业阶段。

1963年12月~1965年6月，周恩来总理先后三次率中国代表团对十多个非洲国家进行了正式友好访问，翻开了中非关系的新篇章，将中非友好关系推向一个崭新阶段，中非友好关系开始全方位、多层次、宽领域地快速发展。

在周总理的三次访问中，以第一次规模最大、时间最长，从1963年12月~1964年2月，访问了埃及、阿尔及利亚、摩洛哥、突尼斯、加纳、马里、几内亚、苏丹、埃塞俄比亚和索马里，共十个国家。三次访问都得到非洲人民的隆重接待和热情欢迎，均取得了圆满成功，留下了一幕幕感人的画面。在阿尔及利亚首都阿尔及尔，周总理在阿尔及利亚第一副总理布迈丁的陪同下，参加了以法国总督“若纳”命名的一条大街改名为“北京大街”的命名典礼。在索马里，著名诗人阿里·苏古勒特地为周总理访问创作了一首《中国人民，我们的好朋友》的新歌曲。

中非友谊源远流长。据考古资料和神话传说，约在公元前10世纪，中埃之间已有间接的贸易往来。不过，中埃关系起点，也就是中非关系的开端，应始于张骞通西域。由此至今的2000余年间，可分为三个时期：第一时期，公元2~15世纪，即西汉至明初，中非之间开辟了多条陆地和海上通道，往来日趋频繁，其中包括声势浩大的郑和船队四访非洲；第二时期，16世纪~1949年新中国诞生，由于遭受殖民入侵和统治，航道被殖民者垄断，中国与非洲的往来受到严重影响；第三时期，新中国成立至今，这是中非关系全面发展的时期。中国和非洲人民在反帝、反殖、反对霸权主义和反对种族主义的斗争中相互支持和帮助。由于50年代初期非洲绝

莫桑比克首都马普托的毛泽东大街。

大多数国家尚未独立，中非关系首先在民间活跃起来。1955 年 4 月举行的万隆会议是亚非国家历史上首次举行的没有殖民者参加的大会，周总理在会上的重要发言为中非国家关系的建立奠定了坚实基础，会议通过了处理亚非各国之间关系的著名的十项原则。在万隆会议倡导的“团结、平等、合作”的精神推动下，至 1963 年底，我国已与 12 个非洲国家建立了外交关系。

周总理对非洲的访问，吹响了中国“走进非洲”的进军号。在国家要独立、民族要解放、人民要革命的巨大历史潮流中，非洲大陆的民族解放运动此起彼伏，殖民统治迅速土崩瓦解，西方殖民者纷纷“走出非洲”。中国“走进非洲”与当年西方殖民者“走进非洲”相比，时代背景不同，目的意义不同，手法方式不同。正如南非前国民议会议长金瓦拉博士所言：“中国发现非洲比欧洲早了整整一个世纪，而且中国人给非洲带来的不是战火和奴役，而是文明与友谊。中国‘走进非洲’不是为了掠夺与占有，而是为了帮助和支持非洲发展。”

中国与非洲患难相交，休戚与共。两者都遭受到殖民主义、帝国主义的侵略与奴役，双方有着共同的历史命运，在反殖反帝反霸的斗争中相互同情，相互支持。在独立后，中国与非洲同属第三世界，在发展民族经济的过程中，相互帮助，共同前进。在国际事务中，相互配合，一致对敌。非洲人民为中国重返联合国作出了重要贡献。从 1961 年第十六届联合国大会苏联提出恢复中国在联合国的合法权利之时起，每届联大提交的同样议案均得到许多非洲国家的支持。在 1971 年的第二十六届联合国大会上，23 个国家提交了这一议案，其中非洲占 11 个国家。在联大对提案表决时，76 票赞成、35 票反对、17 票弃权，其中 26 个非洲国家投了赞成票。对非洲人民的这一宝贵支持，中国人民将永远铭记。

周总理曾形象地将外交比作飞机的机身，经贸往来与文化交流比作机翼。在中国与非洲国家外交关系发展过程中，两个机翼作出了重大贡献。据统计，1964 ~ 1976 年的 13 年间，中国与非洲互派的经贸、科技与文化代表团共计 107 个，其中非洲国家的访华团 76 个，中国平均每年接待近 6 个非洲代表团。中国与非洲的经济技术合作项目主要包括农业及农产品加工、水利和打井供水、轻纺和电力、交通运输与公共建筑等领域。绝大多数非洲国家都有中国援建的农业项目，包括水稻、蔬菜、茶叶、畜牧等。我国先后向 20 多个非洲国家派出打井队，钻井近 5000 眼。在众多的援建项目中，规模最大的就是举世闻名的坦赞铁路和中国医疗队。中国医生的足迹遍布非洲大陆，他们救死扶伤的革命人道主义精神、高超精湛的医术和热情友好的态度赢得非洲人民的欢迎和称赞。非洲人民亲切地称他们是“毛主席派来的好医生”。中国建筑队在非洲大陆上建设了许多优质工程，包括医院、体育馆、公路、桥梁，非洲人民亲切地称中国工程为“中国医院”、“中国路”。这些工程与中国医疗队一起谱写着中非友谊的赞歌，将中国和非洲人民紧紧联系在一起。

邓小平同志十分关注非洲的发展，多次与来华访问的非洲领导人进行推心置腹的交谈，向他们介绍中国革命和建设的经验和教训，鼓励非洲国家探索符合本国国情的政治制度和发展道路。1989 年 2 月 22 日，邓小平同志不顾年事已高，亲自接见来访的“穷朋友”、“小朋友”、“黑朋友”——布隆迪总统布约亚，对他平等相待，同他亲切交谈，并告诫我国外交工作人员：“我们不忘穷朋友。”那次会见，给布约亚留下了终生难忘的记忆。回想起某些西方国家领导人嫌贫爱富、尊大卑小，对非洲领导人骄横傲慢、冷漠相待的态度，两者之间的对比是多么的鲜明和强烈!

江泽民主席四次访问非洲，对如何加强新时期中非关系提出许多重要建议，进一步促进了中非关系的健康发展。中国新一届领导集体执政以来，国家主席、副主席、全国人大常委会委员长和国务院总理相继访问了许多非洲国家。从 1989 年起，中国外长每年首次正式出访均选择非洲。这些频繁交往增进了中非国家和人民间的相互了解和信任。

新中国成立以来，中国政府始终高度重视发展对非关系，制定了一系列方针政策，并根据形势变化，不断对其进行调整和充实。

20 世纪 60 年代，当政治解放仍是大部分非洲国家最重要的任务时，中国总理周恩来在其访非途中提出了中国同非洲和阿拉伯国家关系的五项原则和中国援助非洲和阿拉伯国家的八项原则，成为后来中国对非政策的指导思想。

20 世纪 80 年代初，中国开始了改革开放的进程，非洲许多国家也将工作重心转向经济建设，中国提出了与非洲国家进行经济技术合作的四项原则：平等互利，讲求实效，形式多样，共同发展。

20 世纪 90 年代中期，随着全球政治多极化和经济全球化的深入发展，中国国家主席江泽民提出了同非洲国家发展面向 21 世纪“长期稳定，全面合作”国家关系的五点建议，其核心内容是真诚友好、平等相待、团结合作、共同发展、面向未来。

50年来，中非高层互访达800多起，其中中国领导人和外长访非160多起，非洲51个国家524位外长级以上领导人访华676次。迄今中国已同48个非洲国家建立了外交关系。

近年来，中非互利合作全面发展，合作形式不断创新。双方贸易连创新高，2000年中非贸易额首次突破100亿美元，2005年达到397亿美元，是50年前的800多倍；相互投资增长迅速，中国在非洲直接投资累计11.8亿美元，在非洲兴办了各类企业800多家，为促进非洲经济和社会发展做出了积极贡献。

在中非合作论坛框架内，中国免除了非洲31个国家欠华到期债务156笔，总金额105亿元人民币；给予29个非洲最不发达国家190种输华商品免关税待遇；最近三年为非洲国家培训各类人员10000名；给予20多个非洲国家中国公民自费出国旅游目的地国地位；向非洲尝试派遣了青年志愿者。

中国人民不会忘记，中国11次在联合国人权会上挫败反华提案，联合国大会13次拒绝台湾“重返联合国”图谋，中国成功申办2008年奥运会和2010年世博会，均得到非洲国家的鼎力支持。

当西方殖民主义者纷纷“走出非洲”时，毛主席做出了“走进非洲”的战略决策。50年来，在中国几代领导人和非洲国家新老领导人的共同培育下，中非友谊这架“飞机”正在中国和遥远的非洲大陆之间高频率地飞翔，传送着中非人民友好合作的佳音，续写着中非人民团结友谊的凯歌。

第二节　中非论坛今与昔

温总理出席第二届中非合作论坛

2003年12月15~16日，中非合作论坛第二届部长级会议在埃塞俄比亚首都亚的斯亚贝巴隆重举行。这是中非合作论坛首次在非洲举行，受到各国重视。温家宝总理出席开幕式并发表重要讲话，参观中非友好合作成果展，为中非合作论坛纪念雕塑揭幕，会见出席论坛的非洲国家领导人并对埃塞俄比亚进行正式访问。这是中国新一届政府领导人首次访问非洲，体现了中国高度重视与发展中国家的团结合作。

13位非洲国家和地区组织领导人、中国和44个非洲国家的外交、负责国际经济合作的70名部长，以及非洲联盟委员会主席、联合国秘书长代表、国

温总理与非洲人民在一起。

际和非洲地区组织的代表与会。150 余名中国企业家和来自非洲大陆的 350 多名企业家举行了“中非企业家大会”，洽谈具体合作项目。会议盛况空前，成果显著，加强了互利合作，增进了双方友谊。

15 日上午，与会的非洲国家代表提前来到会场，与中国代表热烈交谈。上午 10 时 30 分许，当温家宝总理和非盟轮值主席、莫桑比克总统希萨诺，乌干达总统穆塞韦尼，苏丹总统巴希尔，津巴布韦总统穆加贝，刚果（布）总统萨苏·恩格索，科摩罗总统阿扎利等非洲国家领导人一起走进设在联合国非洲经济委员会会议中心的会场时，全场起立，长时间热烈鼓掌。埃塞俄比亚总理梅莱斯在开幕式上致辞说，温总理出席此次会议，充分表明了中国对中非友谊的坚定承诺。他说，中国人民一直是非洲人民的可靠朋友，中国的对非政策始终建立在相互尊重、相互平等的基础之上。中国对非洲的贡献不仅仅局限于非洲的解放，而且体现在推动非洲大陆的经济发展之中。他同时表示，非洲永远是中国和中国人民的可靠朋友，非洲人民将继续站在中国人民一边。他感谢中国对非洲可持续发展所给予的强有力的一贯支持。他说，中国遵守了减免 31 个非洲国家债务的承诺，赢得了非洲国家的广泛赞扬，这充分表明中国在帮助非洲发展时是言而有信的。

2000 年，中国和非洲国家的部长们聚首北京，共同创立了中非合作论坛，开启了中非合作新纪元。此后，中非在各领域的合作不断加强，成果显著。双方之间的友谊和信任进一步加深，在国际事务中的合作卓有成效；双方经贸合作势头良好，中方采取积极措施，增加进口非洲商品，中非贸易以超过20%的速度增长；中国在非洲新设投资企业117家，双方在能源开发、高新技术等方面的合作开始起步；中非人力资源开发合作方兴未艾，中方通过各种形式，为非洲国家培养、培训近7000名各类人才；中国政府提前兑现承诺，减免了31个非洲国家105亿元人民币的债务。

温总理在开幕式上发表了题为《继往开来，全面推进中非友好合作》的重要讲话。温总理说，科学技术快速进步和经济全球化的深入发展，使世界各国越来越紧密地联系在一起。通过对话与合作，建立一个互利、共赢的世界，是摆在我们面前现实而又紧迫的重大课题。世界的持久和平与发展，不可能建立在南北鸿沟拉大、大批发展中国家更加贫困化的基础之上。温总理说，中非合作是南南合作的重要组成部分。进一步加强同包括非洲在内的广大发展中国家的团结与合作，是中国新一届政府坚定不移的方针。中非合作重在行动，应以有利于非洲国家实现经济社会发展、改善人民生活为出发点和落脚点。为此，他对中非关系的发展提出四点建议：一、相互支持，推动传统友好关系继续发展，扩大高层交往，加深政治互信，巩固合作的基础；二、加强磋商，促进国际关系民主化，倡导世界不同文明和不同发展模式的相互交流与借鉴；三、协调立场，共同应对全球化挑战，呼吁国际社会帮助非洲等发展中国家提高自主发展能力，推动南南合作和南北对话，维护发展中国家权益；四、深化合作，开创中非友好关系新局面。

温总理指出，为促进中非务实合作，中国政府将在中非合作论坛框架内逐步增加对非援助；进一步开放市场，对非洲最不发达国家部分商品进入中国市场给予免关税待遇；对“非洲人力资源开发基金”增加33%的资金投入，今后三年为非洲培养、培训一万名各类人才；鼓励和推动中非企业间开展互利合作，支持中国企业赴非投资；加强对非旅游合作，新增加八个非洲国家为“中国公民自费出国旅游目的地”国家；在中国举办“中非青年联欢节”和以非洲为主题的大型文化交流活动；积极开展与非洲国家在艾滋病、疟疾、肺结核等传染病防治和预防自然灾害、环境保护等领域的合作。

在讲话中，温总理关于中国对非援助是真诚的、中国愿与非洲一如既往地开展真心诚意的合作的表述多次被各国代表热烈的掌声打断。他说，经过20多年的改革开放，中国在经济发展和综合国力方面实现了历史性的跨越，人民生活总体上达到了小康水平。中国有13亿人口，尽管经济总量已进入世界前列，但人均水平仍很低。我们国家大，发展不平衡，生产力发展水平总体上还比较落后，实现现代化的目标还有很长的路要走。在此情况下，中国向非洲国家提供援助的数量是有限的。但中国对非援助是真诚的，不附加任何政治条件。我们始终认为国与国之间的支持与帮助是相互的。

南非媒体在报道这届部长级会议时，强调温总理代表中国政府做出的对非援助的承诺，不附带任何政治条件。南非最具影响力的《星报》还为此发表评论认为，尽管中国对非洲的援助是有限的，但中国的援助不附带任何政治条件，这表明中国是非洲的真诚朋友，尊重非洲国家的主权，尊重非洲人民的尊严，仅这一点而言，就足以让整个非洲为之感动。评论还说，非洲有句谚语：来自朋友的礼物都是贵重的，没有大小之别，再小的礼物都是大的，因为它代表着一种深厚的感情。“中国对非洲的援助也让我们想起这句谚语，我们始终珍惜来自中国人民的援助。”

与会的其他非洲国家领导人相继发表了讲话。他们高度评价中非双方在落实论坛第一届部长级会议后续行动方面取得的成绩，表达了推动与中国在更广泛领域交流与合作的强烈愿望。非盟轮值主席、莫桑比克总统希萨诺说，非洲已经赢得了反殖民主义的胜利，如今正面临着消除贫困的挑战。“我们希望中国人民像当年支持非洲大陆的反殖民斗争一样，一如既往地与非洲在克服文盲众多、经济落后、食物短缺、疾病流行、基础设施不足等困难的进程中加强团结与合作。”津巴布韦总统穆加贝表示，中国在全球事务中发挥着关键作用，非洲在国际事务中也具有战略地位，因此中非合作论坛第二届部长级会议的召开在当今世界是一个重要事件。中国是世界上增长最快的经济体，在政治上一贯支持非洲和发展中国家，反对帝国主义和霸权。中国可望在追求一个新的、人道主义和以人为本的国际新秩序中发挥重要作用。他说，非洲国家目前正致力于实现“非洲发展新伙伴计划”所确定的宏伟蓝图，在此过程中，非洲应该与像中国这样友好的发展中国家和新兴市场建立伙伴关系，非洲将因此而受益匪浅。

巩固和发展中非友谊，深化和扩大互利合作是这次会议的主题。会议回顾了中非双方落实中非合作论坛——北京2000年首届部长级会议后续行动的情况，发表了《中非合作论坛——亚的斯亚贝巴行动计划（2004～2006)》，为2004～2006年的三年中非合作制定了总体规划。与会者表示，在本届论坛部长级会议“务实合作、面向行动”宗旨指引下，中国和非洲国家携手努力，中非友好合作必将结出更加丰硕的果实。

会议结束的当天，《人民日报》发表了题为《深化友好合作，构筑中非新型伙伴关系——祝贺中非合作论坛第二届部长级会议成功召开》的社论。

中非合作论坛首届会议在京举行

为进一步加强中非在新形势下的友好合作，共同应对经济全球化的挑战，中国政府根据部分非洲国家的建议，倡议于2000年10月在北京举行了中非合作论坛首届部长级会议。

10月10日，“中非合作论坛——北京2000年部长级会议”在北京人民大会堂隆重开幕。中国国家主席江泽民、国家副主席胡锦涛、四位非洲国家元首，以及来自45个非洲国家的近80名主管对外合作或经济事务的部长和有关国际和地区组织的负责人出席了开幕式。

江主席在开幕式上发表了题为《中非携手合作，共迎新的世纪》的主旨讲话。他提出四点建议：中非双方继续共同努力，加强团结，积极推动南南合作；促进对话，努力改善南北关系；积极进取，平等参与国际事务；面向未来，建立中非长期稳定、平等互利的新型伙伴关系。

这次为期三天的会议通过了《中非合作论坛北京宣言》和《中非经济和社会发展合作纲领》。

10月12日，朱镕基总理在闭幕式上发表了题为《加强团结合作，实现共同发展》的讲话。他说，进一步加强中非经贸合作是中非人民的共同心愿，是历史发展的必然要求，是时代前进的强烈呼唤。他希望双方要顺应时代的潮流，遵循“平等互利、形式多样、注重实效、共同发展”的原则，拓宽新思路，开辟新领域，坚持以市场为导向，企业为主体，加强政企协作，不断提高经贸合作的质量和水平。

10月13日，《人民日报》发表了题为《加强中非合作，共创美好未来》的社论，对会议的成功召开表示热烈祝贺。

第三节　中华文化非洲行

中国十分重视与非洲国家的文化交流。截至 2005 年底，中国与非洲各国共签订了 65 个文化协定，已执行文化交流计划 151 个。

2004 年，我国在中非合作论坛框架下举办了“中非文化主题年”活动。这一活动由在北京举行的“相约北京”国际艺术节和在非洲举行的“中华文化非洲行”两部分组成。非洲九国的艺术团和八个政府文化代表团来华演出访问，中国派遣四个艺术团和三个艺术展览赴非洲 16 个国家和地区巡演和展览，并在南非、喀麦隆、加纳举办三个中国艺术节。“中非青年联欢节”于同年在中国成功举办。

中华文化惊南非

一场场中国武术表演和杂技演出赢得黑白观众一次次雷鸣般的掌声，中国乐器和锦绣中华图片展览吸引着南非参观者认真思索的目光……2004 年 7 月 21 日，中华文化非洲行的首站演出和开场展览，让南非人民感受到了中华文化的博大精深和无穷魅力。

乐器是音乐的物化和源泉。中国乐器造型各异，琳琅满目，展示着绚丽多姿的东方神韵。中国乐器展览通过展板、乐器和多媒体相结合的手段，展示了中国乐器文化的起源、发展和现状。从距今 9000 ~ 7800 年的舞阳骨笛，周代发

“中华文化非洲行”活动好戏连台，进一步增进了中非文化交流和中非人民之间的了解和友谊。

明的“八音分类法”，到2400多年前的气势恢宏的曾侯乙编钟，以及源自3000年前，如今已被列入世界“人类口头和非物质文化遗产代表作”的古琴艺术等，展览撷取了中国古今乐器中最有特色的精华，展示了中国乐器文化的风姿秀貌。在一面虎座鸟架鼓前，一名白人女士看得出神，她不敢相信，这样精美的艺术品竟是一面鼓，可用木槌来敲击。这面鼓是1978年在湖北省的一座古墓里发掘出来的，展览的是复制品，一面圆形的彩绘鼓挂在两只背向的鸟头部，两只鸟的脚下分别踩着一只老虎。整个乐器完美生动，充满动感。在简单介绍后，我示意她用旁边的鼓槌敲打，她微笑着摇头。当我把鼓槌递给她，她只轻轻一敲，鼓就发出响亮的声音。她惊讶地叫出声来：“真是不可思议。”

中国是一个有着5000年悠久历史的东方文明古国，独具特色的传统文化、丰富多彩的民族习俗，以及美丽的自然风景一直吸引着世界的目光。锦绣中华图片展览通过中国当代摄影家的60幅精美作品，多侧面、宽领域地展示了古代中国文明遗存与当代中国生活风貌的立体画卷。从展览中领略中国美丽的自然风光和悠久的文化遗产后，一名黑人参观者在与记者的攀谈中表示，原以为南非的自然风光十分美丽，没有想到中国的自然风景更加迷人，特别是与悠久的历史文化结合在一起，充满着东方的神秘色彩。“我一直想访问中国，踏上那片神秘而伟大的土地。今天我在图片中看到了‘万里长城’和‘兵马俑’，真是太高兴了。”

20世纪80年代，一场场中国功夫片演红了南非大地，李小龙、成龙的名字几乎家喻户晓。今天，当山东武术团将精美的武术带到南非舞台时，观众们

真是大饱眼福，连声叫好。当地媒体的朋友得知中国功夫来黄金城约翰内斯堡演出，纷纷向我索要演出票。

为了加强中非文化交流，增进中非人民之间的友好往来，我国政府决定2004年举办“非洲主题年”活动。该活动由“请进来”——“相约北京”和“走出去”——“中华文化非洲行”两部分组成。“中华文化非洲行”又分两部分，共覆盖非洲16个国家和地区。春节期间，中国政府派出上海艺术团，作为“非洲行”的第一个访问团赴毛里求斯、科摩罗、塞舌尔、马达加斯加和留尼旺五个东南非岛国和地区访问演出，受到当地政府和人民的热烈欢迎，我驻外使馆称之为“落实中非合作论坛精神的开拓性举措”，“取得了明显的效果，丰富了双边友好交往的内涵，对巩固我阵地、扩大我影响具有非常积极的意义”。现在，“中华文化非洲行”又在南非拉开新的序幕，在历时一个月的时间里，湖南歌舞团、云南杂技团和山东武术团将赴南非、赞比亚、刚果（布）、喀麦隆、赤道几内亚、尼日利亚、贝宁、多哥、加纳、科特迪瓦、马里、佛得角等11国访问演出，并在南非、喀麦隆、加纳举办三个中国艺术节。在艺术节期间，除访问演出外，还举办中国乐器和摄影展与湘、苏绣展览。其余国家则由三个艺术团分别前往访问演出。

“中华文化非洲行”活动覆盖的国家主要分布在南部和中、西非地区，尤其是中、西非地区，长期以来受多种因素制约，与我国的文化交流较少。这次活动是在文化领域落实“中非合作论坛——亚的斯亚贝巴行动计划”的具体措施，受到非洲人民的欢迎和好评，在中非友好交往史上谱写出新的篇章。

华夏绝技展魅力

2000年新春前夕，中国杂技团的一次非洲五国巡回演出，令非洲广大观众耳目一新。过去只知道中国功夫甲天下的非洲人民，今日在为中国杂技竖起大拇指，拍手鼓掌。

肤色不同的异国观众沉浸在中国杂技艺术美的享受之中，此起彼伏的热烈掌声回响在比勒陀利亚大学体育馆里。中国杂技团在南非演出期间，当12岁的王珏表演《滚杯造型》时，只见她双手双脚和嘴里各顶着一个由七个杯子组成的灯塔，人还在转盘上做着各种漂亮的动作造型；观众个个目不转睛、屏住呼吸，摄影记者只顾全神贯注地欣赏、竟忘记手里还拿着照相机……

如果说观看这一节目时大家还没有忘记鼓掌的话，那么获得波兰华沙国际杂技比赛金奖的《晃板弹碗》则无疑将观众惊呆了。陈鹤头顶着碗站在晃板上，板下的粗圆酒瓶子在不停地滚动着，在上下保持平衡的同时，他把放在晃板一端的碗准确无误地弹到头顶上的碗里面。最精彩的一幕是，他嘴里含着一个铁架子，先将两个杯子弹到架子高低不同的两个平面上，接着将三个勺子同时分别弹到支架和头上的两个杯子和一个碗里。四座皆被惊呆了，鸦雀无声。片刻之后，满堂彩的掌声伴随着“惊奇绝伦”、“难以置信”和“无以言表”的赞叹声经久难息。

除高难度的惊险动作外，中国杂技还能寓美于乐、使人在轻松快乐之中得到美的享受。由夏梦阳、杨迪等小朋友表演的《抖空竹》将传统的儿童玩具“陀螺”与杂技艺术巧妙地结合在一起，欢快的音乐、轻松的心情、可爱的笑脸、旋转的陀螺，无论是翻滚跳跃，还是嬉闹玩耍，陀螺总是在不停地转动，表演者总是在不停地微笑，观众也总是在不停地拍手喝彩。该节目曾摘取摩纳哥国际杂技比赛的桂冠。

杂技被喻为东方艺术璀璨的明珠，而中国则是杂技的故乡。我国自古至今不乏身怀绝技的杂技艺人，《庄子》中就有楚人宜傣能循环抛接九个圆球的描写；到西周时即有“训马”表演；汉代将杂技称为“百戏”，汉武帝当年曾在都城长安举办全国杂技精英会演，并以此招待外国使臣。此后，杂技艺术迅速发展，民间杂技日趋繁荣，并作为对外交流的一种艺术，沿着“丝绸之路”走向世界、名扬海外。

近年来，以技巧取胜的中国杂技完全摆脱了节目陈旧、技巧雷同的表演通病，向着动作新，难度高，灯光、音乐、舞美、服饰、道具和技巧等综合艺术美的方向进军，杂技艺术日趋成熟、日臻完善，取得了举世瞩目的可喜成绩，在法国、英国、波兰、匈牙利和意大利等国举办的国际性杂技比赛中荣获了90多项首奖和金奖，为中国赢得了“世界杂技王国”的称号。

中国杂技演员在为国争光的同时，还成为中外文化交流的友好使者，扩大了中国的影响，增进了中外人民之间的友谊。这次中国杂技团访非演出团应邀先后在莫桑比克、博茨瓦纳、乌干达、南非和尼日尔等非洲五国演出，所到之处，受到各国人民的热情欢迎和高度称赞。驻莫桑比克的数十个国家的外交使团称赞中国的杂技出神入化、技艺高超；博茨瓦纳的大学生观看演出后，不知如何表达他们的感激之情，兴奋地把全部演员举到空中；在乌干达，三万多名观众在国家体育场争相观看精彩表演，演出的全部收入捐献给了国际红十字会……

如果说中国杂技是以高难惊险新动作取胜的话，那么中国民族乐团则以优秀的中国民间和传统音乐给观众带来美的享受，两个国家级的艺术团体同台演出，可谓文武之道，一张一弛，一动一静，相得益彰。二胡独奏、古筝独奏和中阮独奏等演出给南非观众留下了难忘的回忆。

在非洲，无论是黑人还是白人、大人还是小孩，提起中国功夫无人不知、无人不晓。然而一谈到中国杂技，他们则误以为是马戏，是人与动物的玩耍，对于中国民族音乐更是不甚了了。这次中国杂技团巡回演出和杂技与民乐同台演出，让非洲人对中国杂技和民族音乐刮目相看。

中南《飞越印度洋》

2000年10月23日晚，南非著名的黄金城约翰内斯堡，一台规模空前的大型文艺演出吸引了千余名各界观众，台上时而歌声嘹亮，时而舞姿婀娜，时而金猴舞棒，时而妙语连珠，时而又器乐合鸣……优美的旋律、动人的歌声赢得此起彼伏的掌声，精彩的表演、朴实的说逗引起阵阵不息的笑声，台下观众忘情欣赏如痴如醉，整个剧场沉浸在欢歌笑语之中。南非的春天因此更加生机勃勃，春意盎然。

这台文艺演出由南非华人艺术团的演员和来自祖国的文艺界明星同台表演，节目穿插进行，高潮迭起，堪称珠联璧合。南非华人艺术团的戏曲联唱，唱遍南腔北调，荟萃东南西北。冯晓泉、曾格格的器乐演奏《亚非风情》，悠扬委婉与热情奔放交替出现，独奏与合鸣相互配合，洋溢的热情、激越的情绪随着笛声奔泻流淌，荡人心肺、扣人心弦，无不展现出娴熟精湛的演奏技巧。

"金猴奋起千钧棒"，当孙悟空腾云驾雾来到台上挥舞千钧棒表演猴戏时，观众为能有幸一睹"猴哥的风采"而拍手叫好。出身猴戏世家的章金莱饰演的孙大圣可谓家喻户晓，不过能在万里之遥的好望角之滨亲睹其表演实乃机会难得。与之相比，南非华人艺术团表演的相声《说英语》和小品《北方水饺》是南非华人自编自演的节目，直接来自海外移民生活，采集的是南非华人在这片异国土地上生活、拼搏的一朵朵浪花，虽显稚嫩然而充满生活气息，使人备感亲切朴实。

这是一台情真意切、饱含情感的演出。歌手陈明的一曲《快乐老家》，勾起了海外游子的几多乡思乡情；冯晓泉、冯丽丽兄妹在异国他乡特定的背景下相聚，一曲兄妹对唱《千年约会》，情景交融，声情并茂，饱蘸情感的歌声催人泪下。

宋祖英是湘西人，湘西在哪里？湘西在沈文从的书里，在黄永玉的画里，在宋祖英的歌里。啊，“神秘湘西”！“魅力湘西”！

宋祖英与毛宁两位歌坛明星来南非同台献艺，与其说是男女明星珠联璧合，毋宁说是美丽歌声情真意切。毛宁演唱的《晚秋》，略带晚秋的凄凉却充满晚秋的思念；一曲《涛声依旧》，不但风采依旧，歌喉依然，而且情感如故，痴心不变。宋祖英的《好日子》带来了对南非华侨华人的真诚祝愿，而《长大后我就成了你》又蕴涵了多少希冀与企盼。她圆润悦耳的歌声感情飞溢，高入云霄；而毛宁走下舞台与观众握手同唱又是多么地引起观众的心理共鸣。可谓一男一女，风格各异，相得益彰。

由非洲潮人联谊会筹委会、南非华人艺术团和中央电视台海外中心联合举办的这台《飞越印度洋》大型文艺演出，在给南非华侨华人送来欢乐与美的享受的同时，又给南非华侨华人带来了祖国人民的关怀，给祖国带去了南非华侨华人的祝福。这场精彩演出像一道美丽的彩虹，跨越万水千山，飞架印度洋上空，把中国和南非、祖国与游子紧紧相接，同时向非洲观众展示了中华文化的独特魅力。

这台《飞越印度洋》大型文艺演出与非洲潮人联谊会成立大会同时举行，意义又非同寻常。至此，来自祖国的潮籍人士工商联谊组织遍布世界五大洲。正如非洲潮人联谊会王建旭会长在成立大会上致辞时所言，“立足非洲，放眼世界；胸怀祖国，造福桑梓”是非洲潮联的宗旨，他们将本着这一宗旨，与世界其他大洲的潮人组织一起，在促进居住国的经济、政治、文化与社会发展，在团结乡亲、建设家乡方面贡献自己的力量。啊，祖国！这表达的不正是千千万万海外游子对您的一片赤诚吗?

非洲“为中国喝彩”

2001 年 2 月 17 日晚，南非黄金城约翰内斯堡夜色美丽迷人，位于市中心的曼德拉剧院台上热情似火，台下一片欢腾。由中南两国共同主办的大型音乐歌舞晚会“为中国喝彩”正在这里举行，姆贝基总统特意为这台晚会发表了热情洋溢的电视讲话。

当晚是中国文化走向世界的系列精品——“为中国喝彩”首次在非洲大陆和第三世界国家演出。中南两国的著名演员通力合作，融合两种不同的文化与传统于一台，为观众奉献了一场内容丰富、高潮迭起的精彩晚会，赢得两国观众异口同声的称赞。

南非“信仰者兄弟”乐队演唱的著名黑人歌曲《向前进》，表现了南非广大黑人团结起来冲破种族隔离枷锁的斗争勇气和决心，该乐队声音纯正、富有特色的演唱使这首在南非家喻户晓的歌曲再次赢到观众的热烈掌声。由李宁和他的助手表演的中国魔术《三变》，运用传统与科学巧妙结合的手法，把变脸、变衣、变伞三个独立的单元有机地融为一体，瞬息间进行同步变换，给观众以新颖美好的艺术享受。

黑人歌手曼多扎在南非同时赢得黑人和白人的交口称赞，最近又荣获非洲大陆最佳歌手称号。他演唱的黑人歌曲《尼卡拉卡撒》，热情奔放，节奏明快，台上歌声优美、高亢激昂，台下全体站立、手舞足蹈，台上台下欢歌劲舞，连成一片。

南非“信仰者兄弟”乐队演唱著名黑人歌曲《向前进》。

在中国杂技《艺术软功》中，两名男女演员陈彧和刘思宇互为对手，运用多组高难技巧和动作，把人类的超常智能发挥至极限，无不令观众称奇惊叹。当刘思宇表演一个个令人难以置信而又奇特优美的造型时，惊喜交加的观众不时爆发出热烈掌声。《非洲脚印》重在展示脚步技巧，在南非上演一年来，久演不衰，场场爆满，好评如潮。今晚演出其中的《踢踏舞对抗》节奏明快、活力非凡，似骏马奔腾，如烈火燃烧，赢得观众高声喝彩，使晚会再次出现高潮。

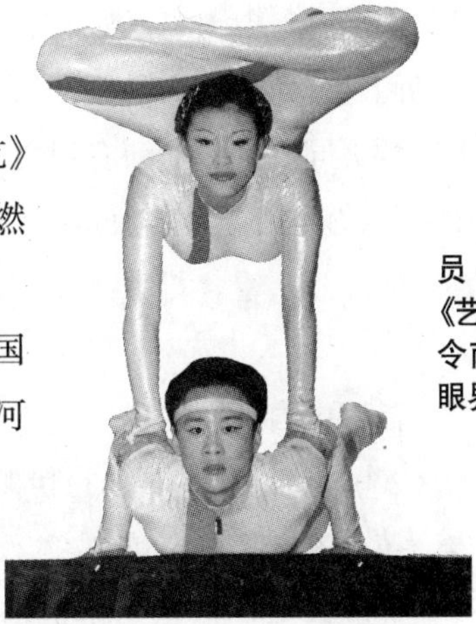

中国演员表演的《艺术软功》令南非观众眼界大开。

如果说《非洲脚印》和《艺术软功》是由两国演员分别演出的话，那么刘敏主演的舞蹈《黄河母亲》和黄豆豆主演的舞蹈《秦俑魂》，蒋国基与南非杰克的笛子合奏南非民间乐曲，以及廖昌永和南非女歌手姆尼戈马合唱的歌剧《茶花女》选段《饮酒歌》则是两国演员成功合作的精品，无一例外地赢得观众阵阵掌声，把演出一次次推向高潮。当蒋国基一人分别用世界上最长的笛子——3.2米长的超长笛和世界上最短的笛子——仅四厘米长的超短笛演奏时，观众大有耳目一新之感。而青年演员廖昌永则是歌剧天空中一颗夺目的新星，他用美丽的歌喉再次征服了在场观众。

本次晚会的总导演巴索姆表示，这场晚会的演出成功凝聚着两国演员的心血，特别是双方合作的节目，时间紧迫，大家全力投入，快速进入了角色，克服了语言障碍，“我为此感到非常高兴和满意”。

这台晚会在举行中，还以主持人在两国名胜古迹旅游的形式，运用大屏幕，以北京、上海和比勒陀利亚、开普敦和约翰内斯堡为重点，介绍了中南两国不同的文化传统和风格各异的名胜古迹，以加强两国人民之间的理解，增进两国人民之间的友谊。正如姆贝基总统在致辞中指出的，南非自豪而荣幸地成为在自己的国土上举办这次盛大文化活动的国家之一，表明中国珍视南中友谊，信任南非朋友，“我代表南非政府和全体人民，祝中国政府和全体中国人民马年兴旺发达，万事如意”。

第四节　非洲要学“中国龙”

在国家建设和改革开放的进程中，我们摸索出了一条具有中国特色的社会主义发展道路，取得了举世瞩目的伟大成就。中国经济建设的成功经验可供非洲国家借鉴，中国的一些技术、设备也比较适用于非洲。在胡主席和温总理访非期间，非洲国家领导人异口同声地表达了学习和借鉴中国建设成功经验的共同愿望。同时许多非洲有识之士慧眼识珠，不约而同地发出了要向“中国龙”学习的共同心声，异口同声地表达出欢迎中国到非洲挖掘“金山”、开采“银河”的强烈愿望。

借鉴中国好经验

2002年2月19日，在伊丽莎白港自己的家中，南非反种族歧视的著名元老、革命家、教育家兼作家、姆贝基总统的父亲戈文·姆贝基在回忆自己1993年访华的情景时对中国朋友说：“我当时提出的第一个问题是，你们是怎样养活十几亿人口的，我们仅4000万人口都在发愁吃饭问题，农村人口不断涌向城市。”说到这里，老人开怀大笑，“得到的回答是，九亿是农民，通过发展农村工业和加快小城镇建设，发展农村经济，让农民富起来，离土不离乡”。老人感叹道，“中国能养活那么多人口，令全世界佩服，非常值得我们学习”。

南非共产党总书记恩齐曼德和副总书记克罗宁多次访华，他们率领的南非共产党代表团对中国各项建设事业取得的巨大成就表示真诚祝贺和由衷敬佩。恩齐曼德在最近一次访华时说，南非和中国虽国情不同，但都面临着一些共同的挑战。南非共产党愿进一步加强、深化与中国共产党在理论和实践等各领域的交流，借鉴中方的治国理政经验，推动南中关系全面深入发展。前几年克罗宁访华时，参观了中国的一些地方，目睹中国发生的巨变，他为中国共产党领导中国人民取得的伟大成就感到非常高兴，为社会主义事业取得的伟大成就深感自豪。回国后，他仍难以掩饰自己激动和喜悦的心情，在南非报纸上撰文，以“向中国龙学习”为题，介绍中国改革开放所取得的巨大成就，告诉南非共产党员和全国人民“社会主义前途光明”，号召南非人民学习中国经济建设的成功经验。

在温总理访问非洲七国前夕，南非外交部副部长阿齐兹·帕哈德说，中国在促进经济增长和实现可持续发展方面有许多经验值得非洲国家学习，南非也期待着从中国的发展中寻求机会。帕哈德说，南非注意到中国提出了一系列促进经济社会可持续发展的目标，诸如，缩小城乡差距、减少污染和能耗、增加科研投入、保障医疗和教育等公共服务。这些同样是南非及众多发展中国家需要解决的问题，南非期待着中国的经验对南非的可持续发展有所帮助。他强调，中国将主办2008年奥运会和2010年世博会，这些都将为南非主办2010年世界杯足球赛提供有益的经验。

非洲能力培养基金会执行秘书长、马里前总理苏马纳·萨科最近指出，与中国的紧密合作伙伴关系让非洲获益。他说，事实表明，中国非常尊重非洲和非洲国家政府，不把自己的一套东西强加于人，中国通过正面鼓励来支持非洲，而不是用高压和惩罚的手段对待非洲。萨科曾于1985年访问中国，他希望能够再次访华，见证中国发生的巨变。他认为，中国在包括经济改革和吸引外资等方面的许多经验，对非洲国家来说都是巨大财富。目前大多数非洲国家正受到经济问题困扰，如果非洲国家能够学习和分享中国的经验，非洲将会受益无穷。

在接受我的采访时，非洲不少国家的领导人和知识阶层都表示，他们在感谢中国无私援助和支持非洲国家的同时，要向中国学习和借鉴国家治理和经济建设的成功经验。在布隆迪采访时，国家发展与重建部长急切地表达了这一真切愿望："十分高兴接受《人民日报》记者采访，我要借此机会表达自己的两大心愿：一是非常感谢中国人民对布隆迪人民始终如一的热情支持和帮助；二是布隆迪的重建与发展需要学习和借鉴中国经济建设的成功经验。我们欢迎越来越多的中国企业参与布隆迪的重建，我们国家的大门始终向伟大的中国敞开着。"这是布隆迪国家发展与重建部长恩昆迪基热教授2002年3月2日在接受记者专访时的开场白。

布隆迪是联合国公布的世界最不发达的国家之一，1999年人均国民生产总值187美元，在世界银行206个国家和地区的排行榜中居第204位。由于1993年以来连续不断的政治危机和自1996年政变后遭受邻国近30个月的经济制裁，外加胡图族反政府武装以邻国为基地不时回国骚扰，经济形势严重恶化，人民生活一片凋敝。官方公布的统计数字表明，2000年与1992年相比，国内生产总值下降了20%，生活在贫困线以下的民众接近60%，人均寿命从53.8岁下降到34岁，小学入学率从67.3%下降52%。国际收支严重失衡，债台高筑，外汇短缺，2000年底的外债总额超过10亿美元。与此同时，百万难民沦落他国。布隆迪重建的目标就是将国民经济和人民生活水平全面恢复到1992年底时的水平。

恩昆迪基热部长指出，布隆迪正在走向和平，国家的重建与发展包括物质和精神两大层面，涉及政治、经济、文化和社会各个领域。“在经济领域，我们首先要解决城乡人民的生活用水用电问题；恢复公路建设，解决农产品的运输问题；进行农产品深加工，解决农产品的储存问题；加大渔业资源开发力度，大力发展渔业生产。我们不仅要解决吃饭问题，而且要能够出口创汇。”“在发展农业和渔业方面，我们希望分享中国的成功经验”。

“布隆迪是一个农牧业国家，工业基础十分薄弱，我们希望借鉴中国工业化的经验，教导我们如何成功进行工业化的起步。”谈到这里，他以中国援建的布隆迪布琼布拉联合纺织厂为例，说明两国经济合作的必要性和成功经验。该厂集纺织、印染、服装为一体，是布隆迪最大的联合企业，曾三次在马德里国际博览会上荣获金奖。自1979年建成以来，为解决本国人民的穿衣需求和出口创汇、促进国民经济发展发挥了重要作用。

作为布隆迪经济管理大学的创始人和兼职教授，恩昆迪基热部长迫切希望布中两国加强文化教育交流，希望中国继续为布隆迪培训经济技术人才，以增加布隆迪的就业率。他指出，中国政府援助布隆迪的卡蒙盖手工业中心就是一个成功例证。卡蒙盖手工业培训中心位于首都布琼布拉，由中国政府援助，1985年创建，截至2001年底共办了四期培训班，培训当地学员136名，培训项目包括竹家具、竹编、藤编和木工。每期由中方派遣专家，由中国政府提供援款和布方提供相应的配套资金；毕业的学员大多从事所学专业，成为脱贫致富的能手。“我们非常感谢中国为我们提供的这一培训机会，希望两国今后在教育领域加强合作与交流，促进我国的教育和文化事业的发展。”

布隆迪朋友感动地说：“在中国朋友的帮助下，我们学会了制作手工艺品。”

“我们在感谢中国真诚友好援助的同时，还希望更多的中国企业和商人来布隆迪投资，我们国家的大门始终向中国开放着，包括各个方面，比如在金融领域，我们欢迎中国协助我们建立金融体系，两国在众多领域的合作潜力是非常巨大的。”采访结束时，这位部长一再强调，“我们钦佩中国取得的伟大成就，迫切希望借鉴中国的成功经验，非常欢迎中国参与布隆迪的国家重建与发展。”

“非洲向东看”是2006年举办的第十六届世界经济论坛非洲会议的中心议题。非洲经济界人士一致认为，非洲经济连续11年增长，要想把这个良好势头保持下去，非洲需要向亚洲学习，向中国学习，寻找到一条属于自己的发展道路。找到一条适合自己国家特色的发展道路，建设有中国特色的社会主义，是中国对人类的伟大贡献，对非洲国家的发展具有借鉴意义。

欢迎中国开“银河”

非洲是世界上矿产资源最丰富的大陆，地下埋藏着一座座“金山”和一条条“银河”。然而，作为世界五大洲中最贫穷的地区，非洲缺乏资金和技术来挖掘“金山”和开采“银河”，一半人口每天生活在收入不到一美元的贫困线下，许多国家真可谓守着“金山”讨饭吃。

面对21世纪的新挑战，肩负脱贫致富的历史重任，2004年2月10～12日，来自加纳、毛里塔尼亚、塞拉里昂、莫桑比克、博茨瓦纳、纳米比亚、尼日利亚、苏丹、埃及、刚果（金）和南非等28位非洲国家的矿产部长聚集在开普敦，在第九届非洲矿业投资大会上向全世界发出一个重要信息：非洲向国际投资者张开双臂，欢迎投资开发包括黄金和钻石在内的矿产资源。

2月10日，身穿红色连衣裙的加纳矿产部长塞西莉亚·班纳曼女士登上讲坛，对2000多位政府官员、专家学者、世界采矿业巨头和金融寡头发表了“加纳是个投资好地方”的讲演。她说，加纳是一个拥有100多年采金历史的国家，目前进行商业性开采的有黄金、钻石、铝土矿和锰矿，采矿业占政府收入的10.7%，加纳已经成为一个黄金生产大国。加纳欢迎企业家投资开发金矿和珠宝生产。

这位女部长表示，加纳政府的目标是最大限度地扩大矿产业的生产和开发，扩大劳动就业，增强国家实力。一方面要对矿产资源进行有效管理，一方面要大胆促进矿产资源的勘探和开发。为了积极吸引国际投资者，正在实施一系列政策，进行公路、铁路、港口、能源等基础设施建设，向客户提供航空遥感物理勘探资料，提供有力的组织和人才保障，创造良好的投资环境，以加速矿产业开发，对国民经济做出更大贡献。

来自东非赤道南侧的坦桑尼亚能源和矿业部部长丹尼尔·约纳充满激情地对记者说："我们坦桑尼亚矿产资源是外国投资最好的目的地。尽管我们在十年前已经发现了非常丰富的黄金、白金、铁、煤、钻石等矿藏，但我们国家的采矿业还是默默无名，而今我们在非洲已经是第三大黄金生产国，相信在不远的将来一定会赶上南非和加纳。"

近年来，坦桑尼亚采矿业的情况发生了可喜的大变化。1994 年向投资者颁发 170 个勘探许可证和 22 个采矿许可证，到 2003 年底，勘探许可证增加到 2200 个，采矿许可证上升到 170 个，外国投资已经超过 14 亿美元。"我们每天收到许多申请，主要其中在黄金、白金和宝石。坦桑尼亚出现的勘矿热使我们发现了许多矿藏，从 1998 年以来每年都有一个金矿投入生产。"

由于坦桑尼亚实行了从计划经济到市场经济的变革，确保外国投资者的利益，又得到了世界银行的大力支持，从而使其成为非洲大陆黄金生产发展最快的国家，其产量已从 1994 年的年产 9 万盎司增加到 2003 年的 140 万盎司，2004 年可达到 150 万盎司。

这位身穿黑色西装的部长风趣幽默地说："我们坦桑尼亚有许多矿产资源，我们还有铀，但你们不要告诉美国人，否则他们会不问青红皂白，指责我们出口铀，提供给他人生产大规模杀伤性武器。"

来自非洲西北部毛里塔尼亚的矿业和工业部长扎伊丹·赫梅达说，自 1960 年独立以来，矿产业始终是毛里塔尼亚国民经济的主要支柱，铁矿、铜矿、黄金和宝石等矿产品出口年创汇 49 亿美元，占国内生产总值的 12%。今后还会有更多的投资机会，因为政府正在不断改善电力、道路、通信等基础设施，同时正在进行一系列经济改革，简化采矿许可证手续，在勘探期间和开采的头五年对所有产品免征进口税和其他税收，以吸引更多的外国投资，大力促进矿产业发展。

与会各国部长在发言中强调，非洲矿产资源丰富，采矿业应成为推动非洲经济发展的重要组成部分，为此决定发起制订"非洲矿业伙伴计划"。他们呼吁非洲各国政府改善采矿业的投资环境，调整制订中短期矿业发展计划，并合理分配和使用采矿业收入，为消除地区贫困和保护环境做出贡献。

部长们的讲话引起与会者的热烈掌声，来自美国、加拿大、英国、法国、德国等国家的世界采矿业巨头和金融寡头都对开发非洲宝藏产生了浓厚兴趣，他们在会议期间聚精会神听讲，交换名片，广交朋友，共谋开发非洲矿产资源大计。

世界银行矿产政策经理彼德·费恩表示，世界银行对非洲国家发展矿业持积极支持的政策，帮助非洲国家政府和私营企业共同进行矿产勘探和开发，支持增强黑人经济实力的政策，为此已经向刚果（金）、乍得、赞比亚、博茨瓦纳和纳米比亚等国家提供了资金援助，帮助非洲国家培训人才，提高技术水平。

世界采矿业巨头南非英美矿业公司副总裁普拉扎鲁斯·兹姆在讲话中指出，中国、美国和日本对铝、铜和钢材的消费占世界总量的45%，在未来5～10年内，这些国家的需求量有望增加。非洲作为世界稀有金属的主要产地，在这个领域有很大的发展空间。为满足全球对金属矿产品需求的不断增加，英美矿业公司决定在2003～2008年间，对非洲27个矿业项目投资60亿美元。

在矿业投资大会上，“中国现象”成为西方发达国家投资者、研究专家和非洲业主的热门话题。2003年，中国在全世界、其中大部分在非洲进口的铁矿占全球总进口量的25%，是国际市场中最大的买家，成为国际市场中决定铁矿价格升跌的主要因素。来自中国香港的亚洲矿业有限公司负责人表示：“这种现象是喜忧参半，我认为中国国内钢铁市场有些不正常，有过热现象。”

在全球五大洲中，非洲是世界上仅存的资源宝库，战略矿产资源储量十分丰富，矿业发展有着广阔前景，许多矿产的储藏量均位于世界前列，其中铂金和钯的储量占世界总储量的90%、铬85%、锰80%、黄金50%、铅矿50%。在钻石方面，世界钻坯的50%来自非洲，博茨瓦纳的钻坯产量占全球总产量的25%，南非占7.5%，刚果（金）占3.5%，纳米比亚占1.9%。

目前还有多种矿藏的储量尚未探明，已探明的也未得到充分开采。除南非、纳米比亚、博茨瓦纳等国外，大部分国家的矿产资源开发潜力巨大。自1996年起，世界上许多矿业公司加大了对非洲的投资力度。这些公司主要包括在非洲开展业务多年的老牌跨国公司、南非公司和进入非洲不久的加拿大公司。

根据联合国贸发大会的最新统计，非洲大陆的外国直接投资在2003年达到140亿美元，比上年增长30%，主要集中在自然资源领域，尤其是石油资源的勘探和开发。由于非洲国家在全非洲和全世界推出了“非洲发展新伙伴计划”，2004年对非洲的外国直接投资呈现出良好的增长势头。

非洲国家在进行经济改革，把矿业作为经济的增长点，希望通过改善投资环境，吸引外资，从而使矿业成为非洲经济发展的重点。许多国家制定了矿业发展战略，允许外国公司购买本国国企股份；颁布或正在制定新的矿业法，参照国际惯例，从法律上给投资者以保证；提供税收方面的优惠待遇，尤其鼓励勘探投资，此类投资可免交大部分税款；开展地质勘探和地质地图绘制工作，更好地了解本国地质和矿产资源结构，以便向投资者提供信息。

政策导向的积极变化，一方面使非洲原有矿业公司更加活跃，改变经营战略，并通过资产改组扩大开采规模，实力大增；另一方面大批新建公司应运而生，专门从事勘探、开发和开采活动。同时，新矿业发展战略也为大国公司争夺非洲资源提供了契机。

不过，与会专家们希望非洲国家继续为外国直接投资创造良好投资环境，确保政策的长期稳定性，法规的可行性和连续性，要求政府在未与投资者磋商前不要随意改变政策，在政府与投资者之间建立战略合作关系。

针对非洲大陆的各种挑战，与会部长们决定制订“非洲矿业伙伴计划”，共同协商制订非洲大陆发展矿业的长远计划，协调各方利益，大胆吸引外国资本和私人资本参与矿业开发。有关专家预测，非洲的资源性产业将在 21 世纪取得长足发展,成为吸引外国直接投资的主要动力之一。非洲正在成为全球投资者的一方热土。

大多数非洲国家的官员和知识分子表示，中非友谊源远流长，友好合作，以诚相见，他们真心欢迎中国企业来非洲投资。他们说，中国总是替非洲国家和人民着想，与中国合作双赢互惠，让我们感到心里踏实。中国的经济实力正在快速增长，中非经贸合作将为非洲的发展做出贡献。“现在我们必须从中国的发展中抓住机遇，真诚地欢迎中国来非洲挖‘金山’，开‘银河’。”

南非官方还说，南非已连续多年成为中国在非洲的第一大贸易伙伴，南中两国要加强传统的矿业和制造业的合作，同时在能源、机械工程、金融、生物技术、基础设施建设、农产品加工、旅游等领域都有广阔的合作前景。

非洲在张开双臂欢迎友好中国的投资者!

第五节　解读《大明混一图》

温总理这次在南非访问期间，参观了南非国民议会里展出的世界上最早最

世界上最早最大的世界地图《大明混一图》，该图准确地描绘出非洲大陆的形状。

大的世界地图——《大明混一图》。这幅中国明朝的地图是世界上最早准确绘制出非洲形状的地图，主办者要用该地图纠正世人的一个偏见——欧洲人最早“发现”非洲。

中非交往源远流长，可以追溯至公元 2 世纪。在元朝时，大旅行家汪大渊曾游历非洲，史书中有他到访非洲东部沿海一带的记载，如肯尼亚格迪城邦。非洲大陆出土了大量中国古代瓷器和钱币，东非沿海一带更是如此。世界考古学家指出，东非沿岸的历史是用中国瓷器写成的。

我国也发现了历史上与非洲交往的史料和线索。这里仅举两例：一是四川金沙堆遗址中出土的铜器面具与目前非洲市场上出售的木雕面具极其相似，说明中非古代在文化方面存在某种联系；二是敦煌壁画第四十五洞中出现有非洲黑人的形象，说明当时有中国画家去过非洲或非洲人来到中国。

郑和下西洋时曾到过东非沿岸，学术界有人认为郑和船队绕过了好望角，郑和是世界上最早通过好望角的航海家。《大明混一图》绘制于公元 1389 年，早于郑和下西洋的首航时间 1405 年。这也是这幅地图引起人们普遍关注的主要缘由之一。对于这幅非同一般的世界地图，不但南非国民议会前议长金瓦拉博士非常感兴趣，而且前总统曼德拉听说后也欣然前往参观。该地图吸引了世界各国的参观者，现已成为南非国民议会里的固定展览。

2003年2月，我伫立在这幅气势恢弘的“宝图”前，黑人讲解员介绍说：《大明混一图》绘制于中国明朝开国皇帝朱元璋时期的明洪武二十二年，即公元1389年，长3.87米，宽4.75米，该图是与原图同大的复制件。“这幅极其珍贵的古代宝图是世界上最早最大的世界地图，是迄今为止非洲人见到的最早描绘非洲的世界地图，准确地描绘了非洲大陆的形状与地理位置，以无可辩驳的史实告诉世人：最早到达非洲大陆的非非洲人是中国人，而不是习惯上认为的欧洲人。”

欧洲地图歪曲非洲

新世纪、新千年到来之际，南非国民议会决定发起“议会千年项目”活动，旨在以新观念、新视角和新思路重新认识历史与现状，回答人们普遍关心的诸如非洲人应该如何看待自己、世界应该如何看待非洲等问题，进而促进南非的种族和解、国家重建和民主化进程。“非洲视角”地图展就是这项活动的重要一环。

南非议会已有非洲地图130多幅，皆来自欧洲，是87年前矿业巨头门德尔松赠送的。“这些地图是欧洲人从16世纪，即450年前开始绘制的，大都尺寸很小，如这次展出的其中五幅就是图书的插页。同时，这些地图标志着欧洲绘制地图的开端，非但暴露了他们对非洲的偏见与无知，进而以此证明他们对非洲的所谓最早‘发现’。”讲解员如此说。

我站在一幅“北非地图”前，讲解员说：“这幅图绘于1486年，比《大明混一图》晚了近百年，该图虽标出城镇与河流的名称，但埃塞俄比亚南部被注明是‘未知土地’，而地图中没有南部非洲。这清楚无误地表明，欧洲人当时对南部非洲地区一无所知。”第二幅地图名为“部分新非洲地图”，实际上是南部非洲地图，从赤道至好望角，绘于1535年。该地图中的海岸线比较清楚，说明欧洲人对沿海一带十分感兴趣，至于内陆的情况，图中说明内陆被三个国王统

位于南非立法首都开普敦的南非国民议会大楼。

治着，另画有一头大象和两条蛇。“蛇是《圣经》用语，意指未知地域，居住着怪兽。”为进一步表明描绘者的意图，旁边还注明“野蛮人区域”。第三幅地图是一张完整的“非洲地图”，描绘于1544～1545年，尽管此时迪亚士与达·伽马早已通过了好望角，换言之，习惯上认为的“欧洲人已经发现了非洲”，但该图描绘出的非洲大陆的形状却是异常的，不但与实际情况相差较大，而且指出非洲内陆地区居住着“独眼人”，其无知与偏见不言而喻。

“宝图”辗转来自日本

1988年赴东京出席世界经济会议期间，南非国民议会议长金瓦拉博士要完成一项特殊任务：向与会的中国和日本两国的高级官员寻觅一幅中国古代世界地图，并说该地图当时藏于日本的一家佛寺。她要用铁一般的事实改变所谓“迪亚士发现非洲”这一错误观点。

金瓦拉之所以对这幅中国古代世界地图发生如此大的兴趣，是因为它的确是一幅“宝图”，图上准确描绘出的非洲地理位置，是迄今为止世界上发现的最早描绘非洲的地图。事情是这样的，1969年，华盛顿大学的郑教授在加拿大演讲时，提到一幅中国古代世界地图清楚准确地描绘出非洲大陆。这幅地图是1402年绘制的，比“郑和下西洋”的首航时间还早三年。金瓦拉是一位酷爱收集和研究各种地图，特别是古代非洲地图和世界地图的历史学家，此事一直萦绕在其脑际。为寻觅此图，1988年初，她派助手专程赴美国找到郑教授，郑教授认为该图藏在一家日本佛寺里。

金瓦拉要千方百计找到那幅地图，使其能够参加展览，让南非人民目睹这一中非友好交往的历史见证。“功夫不负有心人。”经过一番不寻常的踏访，终于在日本一所大学的图书馆里找到了那幅地图。1999年初，日本有关方面复制了一幅高质量的地图送给金瓦拉，使她多年的愿望最终得以实现。

这幅中国古代世界地图何以能到达日本呢？其中有一段曲折的故事：该图是中国人李凯（音译）绘制的，由一名朝鲜使者受命带回朝鲜。岁月流逝，一个企图侵占朝鲜的日本军阀又将该图掠夺到日本；几经辗转，该图被转移到一个寺庙，密藏于寺庙方丈的私人图书馆里；后来，寺庙方丈将这幅”宝图“赠与日本一所大学。

事实上，《大明混一图》是一对孪生兄弟，第一幅绘制于1389年，具体绘图人有待进一步研究考证。两幅图的区别在于，第二幅的尺寸小一些，对非洲描绘得更准确一点。那么，另一幅更早的地图今在何方？金瓦拉执意要找到年代更早的中国古代世界地图。

中国政府赠“宝图”

1999 年 11 月，李鹏委员长访问南非时，向金瓦拉议长赠送了一份特殊的礼物——一本《中国历史地图集》(明代卷)，卷首几页展示的就是 1389 年绘制的《大明混一图》。对古代地图颇有鉴赏和研究造诣的金瓦拉博士如获至宝，就在她“踏破铁鞋无觅处”之时，从未想到“得来全不费功夫”。在对 600 年前中国的绘图技术赞不绝口的同时，她随之与中国政府进行协商，恳请将地图拿到南非展览，向公众展示欧洲殖民者到达之前的非洲，让参加者一睹非洲的原始风貌。中方对她的这一要求迅速做出积极反应。

《大明混一图》藏于中国第一历史档案馆，彩绘绢本，是中国目前已知尺寸最大、保存最完好的古代世界地图，是国宝级的珍贵历史文物。由于年代久远，尺寸过大，虽保存完好，也出现了老化现象，已不适合公开展出。但是，南非方面筹办地图展的计划和时间已经确定，为展览如期举办，在 2002 年 9 月举行的世界可持续发展首脑会议期间，金瓦拉议长与朱镕基总理协商，再次请求中方帮助。

于是，中国决定为南非复制一份《大明混一图》。2000 年 10 月，在中国外交部、国家档案馆和国家文物局等部门的协调下，中国第一历史档案馆会同敦煌艺术研究院和浙江大学的专家们，共同精心制作了数字化的巨幅《大明混一图》。该复制件真实准确地重现了原图的面貌，大小一致，颜色逼真，实乃精品。

2002 年 11 月 1 日，我国赠送的《大明混一图》抵达南非议会。双手戴着白手套的议会首席研究员贝利小心翼翼地打开地图，当刚刚露出“非洲大陆”时，首次目睹这幅精美地图上清清楚楚的非洲大陆的形状，金瓦拉按捺不住内心的激动：“大家现在看到的就是非洲。”“我并不声称自己是专家，但是地图上描绘的多么像非洲！”南非前总统曼德拉得知后，欣然前往开普敦，参观了《大明混一图》。

“宝图”精确绘非洲

《大明混一图》以大明王朝的版图为中心，东起日本，西达欧洲，南至爪哇，北到蒙古。全图未标明清楚的疆域界线，仅以不同颜色的地名条块来区别内外所属。图中描绘了明朝的治所、山脉、河流的位置，以及镇寨堡驿、湖泊岛屿和古遗址、古河道等名称一千余处。

这幅“宝图”上有一个特殊的现象：图中的千余处标志皆用满文书写，除上端的“大明混一图”外无一汉字。这是因为清朝取代明朝后，为表明满族人打天下夺得了江山，便给地图贴盖上他们自己的标签。

在《大明混一图》上，非洲大陆的山脉、河流、湖泊与海角，其位置和走向十分接近非洲的地形地貌。黑人讲解员指着地图的左下方对我说：“这是非洲大陆，轮廓清晰，形状相像，河流的方位与尼罗河比较接近，山脉的走向与德雷肯斯山基本吻合，大陆南端让人想起著名的好望角，内陆的树木说明大地上草木茂密。请看，南部内陆的这一大湖可能是根据阿拉伯传说绘制的，因为传说中‘撒哈拉沙漠以南有一大湖，其面积远大于里海’。”黑人朋友停顿了一下反问道：“如果没有到过非洲，能描绘得如此准确详细吗？欧洲人描绘的非洲地图，比该图晚了许多年，而准确性却与这幅珍贵的地图根本无法比拟。”

《大明混一图》不但对非洲大陆的描绘准确，而且线条流畅，颜色变化自然，图标形象逼真，历时数百年而完整无损和清晰如初，表现出中国古代高超的绘图艺术。

“宝图”改写非洲历史

2002 年 11 月 12 日，这幅 600 年前由中国人绘制的世界地图首次在异国与公众见面，南非国民议会举行了隆重的开幕式。金瓦拉议长在开幕式上指出：“《大明混一图》向世人表明，这幅由中国人绘制的地图比西方探险家来到非洲早了 100 年，所谓欧洲人最早发现非洲的历史需要改写。”她强调指出，中国发现非洲比欧洲早了整整一百年，而且中国人带来的不是战火和奴役，而是中国和亚洲的文明。《大明混一图》是中非友好交往的有力证据，能够在这里首次展出也是南中友谊的又一体现。她希望南非人民能够了解这一史实，更多地了解中国和东方，进一步加强南中合作与交流。

作为一名历史学家，金瓦拉女士知道“郑和下西洋”比欧洲人绕过好望角早了 80 多年，中国人不但最早发现了非洲大陆，而且极有可能早于西方人通过非洲大陆最南端。这次展出的还有两件中国展品——《郑和下西洋》的帆船图和马林迪国王向中国皇帝赠送长颈鹿的“奉鹿图”。展览奉办者还独具匠心，把郑和的巨轮与哥伦布的帆船用图案进行比较，讲解员指着图案说，郑和船队的巨轮最长达到 140 米，而哥伦布的船只才 23.5 米，是郑和航船的 1/6。

金瓦拉同时认为，还有一幅比《大明混一图》更早的中国古代世界地图，大约绘制于 1320 年，作者是元朝地理学家朱思本。李约瑟在《中国科学技术史》中提到，朱思本在其绘制的《舆地图》中标出了非洲大陆。与朱思本同时代的两位地理学家李泽民和释清睿，分别在其绘制和编制的《声教广被图》和《混一疆理图》中，皆把非洲大陆正确地描绘成一个倒三角形，且标出了数十个地名，这比欧洲描绘非洲地图的年代都要早得多。目前，南非的有关历史学家正对这段历史进行研究。

在异国土地上参观完有关中国的展览，我的心情良久难以平静。带着几许疑问，在讲解员的带领下，我走进了南非国民议会研究室。研究人员这样作答：从《大明混一图》到《郑和航海图》，从东非沿海考古发现的大量中国古瓷到马林迪国王向中国皇帝赠送长颈鹿，除非洲人外，中国人最早抵达非洲大陆已是不争的事实；从郑和船队的规模和装备来看，中国人也极有可能早于欧洲人驶过好望角。不过，欧洲人不愿承认这一事实，一是因为他们不愿承认自己当时在经济水平、航海技术和综合国力等方面落后于中国，二是他们要为自己侵略和殖民非洲寻找所谓的理论根据。然而，历史事实是无法也不可能改变的，西方的不少有识之士已表示尊重这一历史事实，所谓欧洲人最早“发现非洲”的谬误无疑将会得到多数世人的质疑。

第二编　非洲猎奇

早到的马饮清泉。

不会跳舞的人总是抱怨庭院不平。

见到盲人后，独眼人才知道感谢上天。

——非洲谚语

非洲猎奇

对绝大多数中国人而言，非洲是一个陌生而神秘的大陆，那里充满原始与神奇。非洲有奇人奇事奇闻奇案奇观奇景，去非洲猎奇，可以学到不少知识，说不定还会有奇遇。

非洲是动物的“天堂”。中非有“非洲大熊猫”之称的山地大猩猩，东非有闻名遐迩的马萨伊马拉国家野生动物园和塞伦证蒂野生公园，南部非洲有地跨三国的世界最大的野生动物园，南非有著名的克鲁格国家公园，博茨瓦纳有独具一格的乔贝国家公园……此外，许多非洲国家还有自己的“特产”：纳米比亚与南非的海豹、南非的企鹅、马达加斯加的指猴和奇特的象鸟蛋等。到非洲旅游不能不观赏动物，观赏动物就少不了去这些著名野生动物园，您去后一定不会感到遗憾。

名人总有其与众不同的“奇”处。姆贝基总统为什么心甘情愿地接受莱索托国王的“惩罚”，亲自牵牛上门“赔罪”呢？穆加贝总统缘何要强顶国内外巨大压力、铁腕推行土改呢？孝子中巨奖是天意还是偶然？人类心脏移植之父不爱诺贝尔奖却爱美媚，他究竟有多少个好妹妹？美王后深居王宫却向往民间……大千世界，异彩纷呈；名人趣事，不能不读！

生老病死是谁也无法逾越的客观规律。然而，“非洲维纳斯”客死欧洲诉说着殖民统治的滔天罪行，卡比拉总统不幸遇刺身亡折射出刚果（金）历史与现实之间的复杂矛盾，喀麦隆奇异的杀人湖告诫人类要进一步认识大千世界，莫桑比克婴儿在树上安全降生说明“天灾无情人有情”，在母腹中遭枪击的南非小宝宝一问世就哭诉着社会的黑暗面……人类似乎永远保持着对生死奇闻的强烈兴趣。

每个民族都在固守着自己的风俗习惯。南非斯威士族酋长乐于在自家门前与“臣民”跳舞，津巴布韦的传统民居真实反映了当地的风情，埃塞俄比亚人爱吃“蒸饼”、乌干达人喜欢吃“香蕉饭”、南非黑人习惯吃“稠搅团”……尽管人们对南非祖鲁人验证处女身的古老风俗褒贬不一，但是对许多非洲国家至今仍风行的女孩割礼几乎是众口一词地坚决反对。人类的列车已驶入21世纪，现代人的观念应紧跟时代前进的脚步，对古老风俗应该适时进行必要的扬弃。

非洲人有自己的体育爱好和艺术审美。黑人爱踢足球，在绿茵场上能够与世界一流的足球队抗衡；黑人长跑出英雄，英雄出在东非高原，您想探寻其中的奥秘吗？尽管电影和民居能够反映出非洲的艺术审美，而最具代表性的要数各国自由市场上的工艺品，南部和东部非洲国家盛产木雕和石雕，鸵鸟蛋在南非被赋予了文化含义。不过，动物总是比静物吸引人，我们还是先观赏动物吧！

非洲原野上的大象似乎还挺有组织纪律性。

第六章　动物世界

旅游非洲必须观赏野生动物，这是各国游人的共识，是“英雄所见略同”。

驰骋东非大草原，穿行天地万物间。东非草原上“逐鹿非洲”的激烈场景和成千上万头野兽大迁徙的壮观场面，不知让多少游人如痴如醉，流连忘返。当非洲“五大兽”——大象、狮子、豹子、水牛和犀牛以各自不同的形态和习性展示在您面前时，相信您会与其他游人一样，忘情地观赏，忘却了一切……

当然，如果没有机会去东非，南部非洲也能圆梦。乔贝河畔、克鲁格国家公园以及不少国家大小不等的野生动物园，都能让您感受到动物世界的丰富多彩和千奇百怪，而海岛与岛国又是另一种动物世界。

水牛的强大阵容连狮子、豹子也惧怕三分。

您听说过吗？大象能当“法官”，狮子要逃离“天堂”，翻山越岭观看“非洲大熊猫”必须配备持枪保安；您看见过吗？企鹅总是出双入对、爱情专一，猴子就像手指头那么大，而象鸟蛋却比橄榄球还大，可惜谁都无法看到象鸟了；您听过企鹅的叫声吗？如果不是亲耳所闻，您一定不会相信，企鹅能发出驴的叫声。

“读万卷书，行万里路”强调的是“读”与“行”的统一，死啃书本难以体会真正的动物世界。观赏野生动物不仅能增长见识、丰富阅历，而且能树立保护动物、保护环境的现代意识。

第一节　参观非洲“大熊猫”

不久前偶读南朝诗人陶弘景的诗《诏问山中何所有赋诗以答》：“山中何所有？岭上多白云。只可自怡悦，不堪持赠君。”觉得诗人十分风趣却对其故意“卖关子”的做法颇不以为然。当我翻山越岭在乌干达的比温迪国家公园观看山地猩猩后，深感山中的“白云”除“自怡悦”外，还可讲给更多的读者听。

大猩猩，又名“类人猿”，人形灵长类动物，是地球上唯一与人类相近与相像的珍奇动物，也是唯一与我国的大熊猫齐名的濒危动物。分布在非洲中部

参观“大熊猫”需要持枪保安护卫，是一次冒险行动。

赤道附近地区，分为西部低地大猩猩、东部低地大猩猩和山地大猩猩三大类，其中低地大猩猩又被称为“黑猩猩”，而山地猩猩体型最大且毛长，仅生存在乌干达西南边境地区的比温迪密林国家公园和乌干达、卢旺达与刚果（金）三国边境地区的维龙加火山群保护区里，两个公园内各有约300头山地猩猩，加起来总数也不超过650头。

2001年2月24日清晨，朝曦东升，千山初醒，清风徐来，百鸟啁啾，白云飘游山顶，岚烟轻漫密林。我们三名游人排成一列纵队向森林出发，前后被六名工作人员夹在中间。他们是向导、开路人、导游和三名持枪军人。他们各司其职，保证游人在安全的前提下观看到大猩猩。

布温迪国家公园位于乌干达西南边境地区，一部《神秘的山猩猩》影片使这里闻名天下，各国游人纷至沓来，争相一睹山地大猩猩的“庐山真面目”，体验远离凡人尘世、回归大自然的独特感受。谁料，2000年3月1日黎明，一阵枪声划破森林中独有的沉寂，惊醒了公园宾馆——我们前一晚下榻的宾馆——熟睡的31名外国游客。百余名卢旺达胡图族极端主义分子越过两国边境来到这里，先是朝空中鸣枪，接着搜索森林空地上的数个旅行帐篷。四名保护游人安全的森林卫士被打死，八名游客被枪杀，14名被作为人质带走。这一骇人听闻的事件发生后，公园加强了对游人的安全保护。

比温迪公园由数座大小不等、森林密布的山脉组成，面积331平方公里，

密林中的山地猩猩。

海拔 1160 ~ 2600 米之间。在密林中的曲径穿行，层层繁茂的枝叶遮天蔽日，阳光从密林中尽力直射仅能留下斑驳的影子。林中长年缺少阳光照射，雨量充沛，露水常滴，地面泥泞。在林中小道上行走，前面和两侧要时刻注意横七竖八的枝藤阻拦，而脚下更要倍加小心。

经过三个多小时的跋山涉水，正当我奋力征服第五座山峰时，向导用手指向右边的密林中，只见 40 米开外处，一头大猩猩蹲坐在两树之间，正“猩视眈眈”地注视着前方。那庞然大物直起腰坐在那里足有半人多高，黑灰色的毛长在肥硕的身躯上，丰满的胸部鼓胀少毛，赤露的面部煞是严肃，一副凛然不可侵犯的气势。“银色后背”是一群大猩猩的雄性族长，站立时高达 1.85 米，体重 200 公斤。大猩猩的寿命可长达 50 年，“银色后背”一般在 8 ~ 12 岁时背部的毛逐渐由黑变白，是雄性成熟的标志，这时它便可以独立成家并成为新的家长，白色是它在行走带路时便于其他家庭成员目睹跟随的标志。一个家庭一般只有一头成熟的雄性。

“银色后背”不一会儿就走了，活动在四周的一头头大猩猩纷纷紧随其后，排成一队慢悠悠地向山坡上爬去。我们跟踪前行，不久，它便停卧在地上，在其方圆数十米内，约 20 头大猩猩各自活动，树上树下，林中地面，嬉戏进食，行走坐卧，各具千秋，各显神通，组成了一个大猩猩的多彩世界，表演了一场多姿的精彩绝技，一个个杂技高手组成的这场天然马戏团表演，令人目不暇接，陶醉其中。

我站在半山腰向正前方俯视，两头大猩猩正在吃树叶，它们的两只手看起来十分灵巧，不一会儿它们又蹿上树顶，在高空中用手够树叶吃。一棵棵树的枝杈交织一起，树与树之间可以通行，就在树枝中间形成的横枝上，两头幼年大猩猩正在追赶玩耍，其动作好像不是在空中而是在地面上，它们时而一个站在一个背上，时而一个爬树一个够树叶。突然间，一个顺着下垂的圆形树藤爬下来，忽悠悠地坐在下端悠然自得地荡起秋千来。

左前方，几头大猩猩在密林中穿行寻食。大猩猩除吃树叶、啃树皮外，还吃嫩草、鲜花、各种野果和昆虫等。由于林中野果含有充足的水分，大猩猩可以长期不需要饮水。这时，只听见左上方一声嘎巴响，一头大猩猩在树上压断了一根树枝，树叶纷纷下落，大猩猩灵巧地跳到另一根大树枝上。

右前方的树枝上，一头大猩猩正在抱着一头幼小的大猩猩向上爬，动作的熟练程度就像大人抱着婴儿走路一样。只见它左手将孩子抱在怀中，右手和双脚沿着树干上上下下，还不时找到一些树叶吃。雌性大猩猩约在八岁时具有生育能力，一般在十岁开始怀胎，孕期八个半月。雌猩猩约每三年怀胎一次，但小猩猩约有一半活不到六岁。大猩猩在三岁前不能独立生活，需要母亲哺乳和喂养。右后方，一头大猩猩爬上一棵低矮繁茂的树丛中，不时发出哼哼的叫声和嚼食树叶的响声。大猩猩能发出呼噜、呵斥、尖叫、咆哮、哼哼、隆隆等16种不同的呼叫声，彼此间通过这些声音、面部表情及动作进行交流。

在我右边的不远处，那头卧着的“银色后背”起来了，我走向前拍照时，被交织的树藤阻拦，开路人忙伸出砍刀将树藤割断。近距离观看，大猩猩的脚与人类的脚形状是一样的，不过它在走路时双手是握着拳头接触地面，这样有利于保护手心，也使手指外部没有长毛，活动起来比较灵活。与人类一样，大猩猩用双手劳动，主要是觅食和筑巢。“银色后背”向山下走了不远，突然爬上一棵粗壮的树枝一直爬到树顶，先是把几个较粗的树枝折断抛下来，以便地面和树杈上的那群大猩猩吃树叶，接着自己便大口地吃起树叶来。不一会儿，它竟悠闲地坐在高高的树杈中间向下四处观望。作为一家之长，它要随时观察敌情，照看和保护好它的妻子儿女们。

受到家长的爱护，四周大大小小的山猩猩们又活跃起来，马戏团的表演再次掀起高潮。“银色后背”从树上下来，慢步向右边的山坡下走去。大猩猩是陆栖动物，90%的时间在地面上度过。一天之中，30%的时间进食，30%的时间走动，40%的时间休息。大猩猩平均每天移动一到两公里，每天上午是比较活跃的时间，每晚都要筑建新巢。按照其生活习性，现在是午休时间了，它们要找一个地方休息了。

大猩猩能够旁若无人地自如活动，这归功于人类的成功驯服。1991 年，比温迪公园开始驯服目前供游人观看的这两群大猩猩，具体办法是工作人员每天深入密林近距离观看大猩猩，跟踪它们的活动，不是伤害它们而是主动与其接近。为了与它们交朋友，这些工作人员有时还学大猩猩叫，甚至假装与大猩猩一样吃树叶。经过近两年的“驯服”，他们熟悉了大猩猩的生活习性，大猩猩也认识了这些友善的“人类”。

一个小时的观看大猩猩经历的确让人兴尽而返，回程中觉得路途变短了，脚步轻快了，花费的时间也少了。这次深入海拔 2000 多米的密林之中，走进这一举世闻名的世界文化自然遗产，作为第一位中国人目睹这一稀世动物，感受颇多，其中之一就是觉得应把陶弘景的那首诗改为：山中何所有？林中大猩猩。既可自观看，且能讲君听。

第二节　动物驰骋大草原

蓝天白云下，在绵延起伏的东非大草原上，一辆辆观赏动物的敞篷车缓慢行驶，车上是兴致勃勃的各国游人，四周是不断变化的各种动物，忽而是斑马食草，忽而是狮子漫步，忽而是羚羊飞奔，忽而是大象过河……这里是地球上野生动物的天堂，这里是人与动物和谐相处的世界，这里就是闻名天下的马萨伊马拉国家野生动物保护区。

马萨伊马拉国家野生动物保护区位于肯尼亚西南地区，与坦桑尼亚的塞伦盖蒂野生动物园毗邻，两者共同构成东非大草原上野生动物生息的天堂，是世界著名的观赏动物之地，每天都吸引着来自五洲四海的游人，而每个游人在大饱眼福后都会发自内心地感叹道："不虚此行!"

我曾有幸加入到游人的行列，驱车来到马萨伊马拉国家野生动物保护区，站立在车上观赏近在咫尺的野生动物。那天清晨，我们从肯尼亚首都内罗毕出发，跨越"地球的大伤疤"——东非大裂谷，经过一段颠簸难行的道路，来到马塞人聚居区，在中午时分驶入马萨伊马拉国家野生动物保护区的大门。

在保护区大门口附近，一群马赛姑娘在兜售工艺品，几个小伙子在为姑娘们帮腔拉买卖。马赛人是东非的游牧民族之一，肯尼亚目前约有 60 万。传统的马赛人以牛羊的肉、奶、血为主要食品，生活在动物聚居地区，终生与动物

常年与动物为邻的马塞人。

为邻，且能做到井水不犯河水。马赛族的服饰具有鲜明特色：妇女光头，佩戴项链和耳环；男子手执长矛，身披红衣。由于马赛族男子个头高大，相貌英俊，表情略带傲慢，西方殖民者曾蔑称他们是“高贵的野蛮人”。作为游牧民族，又常年与动物为伴，马赛人连狮子和豹子这类穷凶极恶的猛兽都不怕，还怕什么殖民者？可想而知，殖民者当年遭到马赛人多么勇猛顽强的抵抗！

刚驶入保护区，一群正在吃草的羚羊就抬起头来观看我们，似乎在向我们问好。是的，在这片广袤的土地上，人类融入大自然之中，包括羚羊在内的各种动物皆是人类的朋友。不相信吗？您瞧，前方不远处，几头大象排成一列正在大摇大摆地朝我们走来，天空中还不时有鸟儿飞过，发出清脆悦耳的叫声。我们好奇地一会儿指着周围的动物，一会儿望着天空的飞鸟。导游提醒说，这还没有进入真正的动物世界哩，到时候你们一定会目不暇接、眼花缭乱。

马萨伊马拉国家野生动物保护区占地面积 1800 平方公里，生存着 95 种哺乳动物和 450 种鸟类，总数达到 150 万头（只），是地球上动物最集中的栖息地，也是世界上最好的野生动物禁猎区之一。导游介绍说，来马萨伊马拉观赏动物，肯定能见到羚羊、大象、长颈鹿、水牛等，而且数量很大，几乎随时随处都会遇到，不过，要看到狮子、豹子这类猛兽就要凭运气了。话虽这么说，但导游总是努力让游人能够多多益善地观看到动物以大饱眼福，同时争取让大家能够目睹狮子和豹子，留下一个完美印象。正说着，导游把车头一掉，我们朝右后方驶去。原来，导游看到一头狮子坐在一个小土丘上昂头观望，他要带我们去看狮子了。

常年在保护区工作，导游们大都谙熟动物的生活习性，知道动物的大体行踪。一般而言，狮子和豹子每天清晨比较活跃，它们经过一夜休息，精力充

这些小动物在非洲很常见。

狮子吃饱了也不想动，它在想什么?

沛，肚子也需要进食。弱肉强食的场景大多发生在此时。中午天气热，绝大多数动物都进林子休息，很少出来活动。我们是下午来观赏动物，除常见的大象、羚羊外，很难看到其他动物。这头狮子今天大概是心血来潮，竟在烈日下悠闲地观望远方。当我们驾车来到它不远处时，尽管能听见汽车的发动机声，它仍旁若无人地保持原有姿势。狮子毕竟是猛兽，让车辆再靠近点，导游也心中发慌，我们只好远瞧那头狮子。

乘坐敞篷车观赏动物并非十分安全，险情可能随时出现，所以导游总是告诉游人，千万不要下车私自活动，千万不要离动物太近，千万不要挑逗动物，特别是猛兽。还有，为猛兽类动物拍照时，千万不能用闪光灯，否则它们极有可能会误以为受到进攻反扑过来。据说，在马萨伊马拉就发生过狮子吃人的惨剧。那是数年前，三名英国青年自己租用保护区的车辆观赏动物，就在黄昏回程途中，不慎车轮陷入泥坑中而难以驶出。后来，两名男青年乘顺风车去找人解救车辆，留下一人看车，并嘱咐她千万不要离开车内。未料，当他们几个小时后赶回来时，那名女青年早已不见踪影。她父母闻讯后从英国来到肯尼亚，多方寻找女儿的下落，经过长达半年的四处搜寻，始终未能发现任何蛛丝马迹。

除乘敞篷车观赏动物外，保护区还提供乘热气球旅游项目，游客可以乘热气球在空中观赏地面上的动物。其优点不言而喻，从空中俯视，不但能够看到在树丛中活动的动物，而且视野开阔，能够看到更大范围内的动物。热气球是人类最安全的飞行器，观赏动物效果特佳，深受游客欢迎。不过，在马萨伊马拉，我听说过这样一个真实的笑话。一次，一个游人乘热气球观赏动物，只因过于投入观看，飞行操作失误，致使热气球变成了降落伞，把他空降到动物中间。这可吓坏了他，多亏救援及时，否则就成了狮子的午餐。

保护区内设有现代化的宾馆，以铁丝网为栅栏与外界隔开，以免动物不期光临。来马萨伊马拉的游人，绝大多数都要在这里“野营”一宿。宾馆的房间扎在草地上，一个一个地整齐排列成一大片，外观像帆布搭成的帐篷，里面设施齐全且现代化。夜宿其中能听到鸟鸣虫吟，如同置身于旷野，空气绝对清新，天空的星星异常明亮。

次日清晨，我们匆忙吃过早餐就出发。刚驶出宾馆大门，迎面走来几头狮子，我们停车观看，它们不慌不忙，离车越来越近，我们顿时紧张起来。这时，导游提醒我们不要拍照，以免招惹麻烦。三头大狮子围着我们的车转了一圈，朝旁边的草地走去，我们大松一口气。此时，我觉得大家来观赏动物，大有“叶公好龙”之嫌，盼望着能看到狮子豹子，这类猛兽真的来了，来到我们眼前，距离我们很近，我们都怕了，有人难免发出不该来的后悔。嗯，这大概就是人的本能使然吧！

狮子走后，有人说今天运气好，有人说今天受了惊，大家的七嘴八舌顿时让位于眼前的一幕：一群羚羊在旭日下的草原上飞奔，构成一幅美丽的“逐鹿

不怕人的大象也有舐犊之情。

为丛林里的豹子拍照。

树上有豹子，大家争相来观看。

非洲”图。导游说一定是狮子在猎食，羚羊警觉性高，一旦觉察到情况就拔腿奔逃。

在车辆慢行时，各种动物适时出现在我们身边。大象本身目标就大，又经常成群结队而行，有时竟挡住我们的去路；长颈鹿喜欢在高树枝旁边觅食，树叶树枝一起吃，似乎胃口很好；河马是草食动物，常在河附近活动，吃累了就下河游泳休息；鳄鱼是水中霸王，吃饱了爬到岸边睡觉……观赏动物能让人走进大自然，在与动物和谐相处的同时，把生活中的一切烦恼抛到九霄云外，完全融入奇妙的大自然中，感受到一种回归的轻松与快乐。

当我们来到马拉河附近时，导游兴奋地介绍说，这里是鳄鱼及河马的家园，也是野生哺乳动物的生命线。在这里，随着季节的变化，每年都会出现世界上最壮观的野生动物大迁徙，即“马拉河之渡”。届时，上百万头角马和上十万头斑马、羚羊等为了寻找新的水源，在坦桑尼亚的塞伦盖蒂与肯尼亚境内的马萨伊马拉之间迁徙，与此同时，一批批猛兽紧随其左右，河中的鳄鱼张开血盆大口，动物世界里的弱肉强食和适者生存在此时展现得淋漓尽致。

由于保护区面积大，为便于联络，每个导游随身携带着报话机。正在这时，导游接到报告，不远处可以观看豹子。当我们赶到时，已有二三十辆敞篷车围在一棵大树下，只见树杈上躺着一头花豹子，长长的尾巴吊在空中。约十分钟后，那头豹子“午休起床”了，它先是做了个伸懒腰动作，似乎是在活动筋骨，接着在树杈上来回走动，然后站定向树下四处张望，不会儿就沿着树干“跑”下来，从车辆旁的树丛中慢步穿行出去。豹子体形比狮子小，下树后跑到树丛中，很快就消失在视野内。

驰骋东非大草原，穿行天地万物间。马萨伊马拉国家野生动物保护区与肯尼亚和其他非洲国家的野生动物保护区一样，吸引着成千上万名世界各国游人，相信越来越多的中国游人会走进非洲，乘坐旅游敞篷车行驶在东非大草原上。

第三节 目睹大象当“法官”

丽日泛舟 静观“大战”

非洲的不少河流是兄弟国家间的天然边境线，不但非洲大陆的第四条大河赞比西河如此，就是其支流乔贝河亦然。

乔贝河是博茨瓦纳与纳米比亚的天然边界，河中有一小岛——西杜杜。这是一个特殊的岛，乔贝河水流到这里时被它一分为二，紧接着又在绕行后合二为一。其特殊性还在于，岛上生活着种类繁多的动物，水陆两栖的飞禽走兽随时可见。

乔贝国家公园位于博茨瓦纳的北端，由于博茨瓦纳与纳米比亚两国以乔贝河为界，乔贝河自然成为乔贝国家公园的北界线。问题出在西杜杜岛上，该岛位于河中心，两个兄弟国家为其所有权曾发生争执。有人要问，一个河中小岛，可以想象面积能有多大，何必为此伤了和气？殊不知，该岛上经常有各种水陆两栖动物活动，成为旅游热点，去乔贝国家公园观赏动物而不去西杜杜岛，无异于到北京旅游没有登临长城。

乔贝河的南边是博茨瓦纳的乔贝国家公园，河北是纳米比亚的卡普里维地带——一个西方旅游者的向往地。也就是说，河南河北都是旅游热点，正因为此，两国要争夺西杜杜岛的归属权，意在将西杜杜岛的动物作为自己的旅游资源。一般情况下，以河为国界者，以河中心画线，而西杜杜岛恰恰位于河中心，引起两国争执，彼此各执一端，互不相让，为了不伤兄弟和气，两国遂将问题提交国际法庭，让法官做裁决。

大象过河时组织纪律性更强。

国际法庭的法官明白，这两个兄弟国家争夺西杜杜岛的所有权“醉翁之意不在酒”，于是灵机一动，决定以动物的活动规律为证据来判决这宗“奇案”。用什么动物呢？法官们经过观察，河马基本上不离开河水，要么在河中游泳，要么到岛上长睡，或是在岛上吃草，无法作为证据；各种鸟在天空飞翔，一会儿落在岛上的树杈上，一会儿飞到河两岸的丛林中，行踪多变，难以做出准确判断；惟独大象的活动有规律，不是从乔贝国家公园的高坡丛林中过河去西杜杜岛上，就是从西杜杜岛上再回到乔贝国家公园里。那就让大象当“法官”吧！国际法庭以不能将同一种,甚至是同一个动物在同一天中的不同时段分归到两个国家为由，将西杜杜岛的归属权判决给博茨瓦纳。对于这一机智而理性的判决，纳米比亚表示心服口服。

乔贝国家公园是世界上单位面积大象数量最多的野生动物园，也因此闻名于世，美国的两任总统克林顿和布什慕名到此一游。当一群大象挡住了克林顿所乘坐的旅游敞篷车，大象的各种憨态逗得这位当时绯闻缠身的美国总统开怀大笑，忘却了与莱温斯基的性丑闻给他造成的各种压力。

大象与人为善，否则掀翻近在咫尺的游船易如“甩鼻”。

一个晴朗的上午，我从津巴布韦入境博茨瓦纳，来到乔贝河畔，泛舟乔贝河上，目睹了大象当“法官”的全过程。在乔贝河南岸和西杜杜岛上，大象不时出现，或列队行走，或单独行动，或驻足休息，或打闹嬉戏……正在我们左顾右盼观看大象的各种形态时，导游指着河南岸一头站在高处的大象说，那头大象即将下来与岛边的这头大象在河里打仗，他于是放慢了行船的速度，等待着那头大象下来。

那头大象似乎是听到了导游的命令，一步步地下坡，走到河边时停下，与河对面站在岛边的大象对视了一阵，两头大象几乎是同时向河中心游来，来到我们的游船旁边。我们担心两头庞然大物战斗起来推翻了我们的船只，那可真是“城门失火，殃及池鱼”了，可导游没有移动游船。当两头大象游到河中心会面时，它们并没有开打，而是友好地对视了一下，接着并排朝旁边开阔的水域游去。导游解释说，大象已寻找好战斗地点。

两头大象在水中运动，把我们的游船颠簸得左右强烈晃动，导游调转船头跟踪大象，这时，好几只游船不约而同地前来观战。只见两头大象由并排前进变成相互对视，摆好战斗姿态。它们相距很近，在水中仅能露出头来，其中一个扬起鼻子去触摸对方的头部，另一个也做出同样的动作。这难道就叫大象打架？急性子的游客向导游提出这一疑问。导游笑了笑，没有言语，用手势示意大家继续观看。霎时，两头大象各向后退几步，刚一对视就向前扑去，鼻子和长牙互相交织在一起，四只眼睛发出愤怒的目光，它们在水中就像大力士比武一样，前推后移，后移前推，数分钟的战斗尚未分出胜负，彼此就分开了。

游客原以为这场“大象之战”就此告终，未料这才是激战前的序曲。第一个回合是这样开始的：其中一头先猛冲上去，另一个迎上前来，象牙相撞发出响声，两头相顶互不退让。这是一场势均力敌的交战，一时难分胜负，两头大象在相持一段时间后，从凶狠的目光中可以看出彼此仍不服气，又不得不在愤愤然中松开鼻子。

大象显然有些累了，远远地对视着，长长的鼻子仅把鼻孔露出水面呼吸。这是大战前的沉寂，相互在揣摩对方的战术和自己要采取的对策。第二个回合是在平静的气氛中开战的：两头大象各自前进，当相互的鼻子伸出去能够到对方时，它们似乎是友好地彼此伸出鼻子互相接触，做出一个喝酒划拳时“哥俩好”的动作；这一动作仅持续了几秒钟，双方就相互前进一大步，猛然将长鼻子甩向对方，两个长鼻子就像两条绳子一样在空中缠绕在一起，甩鼻子时带出的水点洒落到游船边缘；两头大象交织着的两个鼻子一半露出水面，彼此都想趁此机会牵制对方，可谁都是有心无力，向前不能，后退不得，双方于是就在水中打起转转来，活动场面变大了，四周的游船赶快后退让位；突然间，一头大象的两个后腿深陷水中，另一头猛扑上去，双方在水中厮打、挣扎，两个鼻子松开了。

游客为眼前的一幕长吁一口气。大象激烈交战也让观战者情绪紧张，不过如同尚未分出胜负的两头大象一样，游人也是意犹未尽，等待着下一回合的开始。大象在水中进行休整，甩甩尾巴，伸伸脖子，有时还深入水中，锻炼潜水能力，以适应水下作战。第三个回合开战了：两头大象先是怒目对视片刻，立即前进开始攻击，两个鼻根相对，四个长牙相撞，彼此又立马后退；刚一站稳，又开始下一次的猛烈进攻。当然，每次不一定都是面对面，有时也从头侧面进攻。很明显，大象改变了战术，不是像前两个回合那样“摔跤”，而是像两个勇士赤手空拳地对打，以此来决一雌雄。尽管是两个庞然大物之间的搏斗，但由于彼此动作刚猛，力量悬殊不大，反倒显得比较灵活。最终的战斗结果是，一头大象的一个牙被打掉了，另一头的鼻子和左耳负伤。

战斗结束后，它们彼此又各自“回家”，一个去了西杜杜岛，一个上岸直奔丛林。导游告诉大家，一般情况下，大象的活动是比较规律的，西杜杜岛是大象临时的“家”，岛上的大象晚上都要回到河南岸的丛林中过夜，白天再来岛上活动。也就是说，这里的大象来自同一个国家，属于一个大家庭。

导游的话音刚落，游船上的一个男孩开了腔：“为什么大象还要打仗呢?”

大象受虐　公众声援

1999 年 7 月的一天，数千名南非群众聚集在太阳城附近的一个动物训练场，强烈抗议 14 头幼象惨遭虐待，一致要求幼象主人停止暴行，呼吁社会各界积极采取措施，以便能将大象放归大自然。

此前，南非卫视播放了幼象在这个动物训练场遭受残酷训练的镜头。两名来自印度尼西亚的驯象人采用印度传统驯象方法，鞭打和棒击幼象以摧毁其精神，然后再对其驯服，使幼象能够按照人的意志行事。这些镜头公之于众后立即引起轩然大波，再次激起动物保护组织和动物福利与权利组织的愤怒之情，他们呼吁采取严厉措施保护这 14 头受难幼象免遭强暴。

这些幼象是一位名叫吉亚扎的意大利动物贩子从博茨瓦纳购买的。1998 年，吉亚扎一次就购买了 30 头幼象，打算让幼象受驯后出售给动物园或马戏团从中渔利。谁料，作为庞然大物的幼象可是个日食海量的活物，每天能吃掉价值数万元的食物，这使一心想发大象财的吉亚扎所料不

母子情深。

及、束手无策。他采用饥饿战术，饥肠辘辘的大象可不是个忍饥挨饿的东西，不但用长鼻子胡顶乱拱，而且四处游窜寻觅食物。为了使大象不伤及周围的农场，吉亚扎便采用戴脚链、关铁笼的办法限制大象的活动范围。这一“高招”不久便被周围的人们发现，大象主人除受到口诛笔伐外还被“对簿公堂”。

该案1998年10月就被闹得沸沸扬扬。期间，动物保护组织曾发动会员募捐救援幼象。不料旧案未结新案又发，驯象人用更加残忍的手法对付大象，一经曝光就引起各界人士关注。吉亚扎这次日子更加难过——将再次被以新罪名起诉，三名驯象人已被拘留。动物保护组织及其广大群众还采用示威抗议、签名声援、募集资金、呼吁支持和法律制裁等方法关心幼象的命运。

受过训的大象每头价值2.5万美元。为了尽快平息事端，大象主人准备出售剩余的14头大象。消息刚一传出就受到公众反对，动物保护组织立即将吉亚扎起诉到法庭，要求依法剥夺其对大象的所有权，不料这一要求遭到法官拒绝。此后，世界野生动物保护基金宣布，如果大象主人同意将这些大象卖给该组织，他们准备把这些大象放归大自然，让其重新自由生活。世界野生动物保护基金南非负责人还表示，他们已为这些大象找好了三个野生动物保护区，一旦拥有这些动物的所有权，就将他们运送到目的地。

南非动物保护组织和世界野生动物保护基金表示，他们已筹集了一些资金，但距离购买这14头大象还差一笔大数目。动物保护组织负责人表示，该组织的一个主要任务是收养流浪动物，如果有人要求收养动物，一要看收养者是否具备条件，二是要交纳一定数目的资金。由于收费标准较低，该组织不具备购买这些动物的巨额资金，还需要社会各界伸出援助之手，再助一臂之力。

由于幼象遭到野蛮抽打，不仅头部和臀部等处流血，有的大象还大小便失禁。为了照料这些大象，动物保护组织已派约翰内斯堡动物园的动物专家前去护理，以稳定受惊大象的情绪。一些动物爱好者，从老人到孩子，从自己家中拿来一些东西喂大象，还有人拿来一些玩具供大象娱乐。

值得一提的是，南非一家网络公司免费为这些大象开设了网址，界面上写着“大象正在受难，请伸出援助之手”。打开这个网址，上面是关于这些大象的所有信息，从来龙去脉到最新进展，从野蛮受训到呼吁支持。法律专家和各界群众还“心有灵犀一点通”，由大象受到野蛮抽打联想到其他动物也有可能遭此命运，于是呼吁加强动物保护力度，以确保人类的朋友——动物的权利不再受到侵犯。

在一片救援声中，也不乏有人反弹琵琶大唱反调。他们指出，大象遭到野蛮对待诚然需要得到帮助，但是更需要得到人间温暖的不是动物而是人。目前，南非还存在妇女儿童受虐待的情况，更有不少黑人食不果腹，对这些现实问题视而不见、充耳不闻，一门心思去关心幼象的命运，这种行为是否“超前”？

第四节　雄狮“立业”出“家园”

动物王国　地跨三国

1000头大象出国，世界最大的野生动物园在南部非洲诞生。

2001年10月4日，当南非前总统曼德拉打开国境大门，南非大象穿越国境线与莫桑比克的伙伴会合时，这些常年四季只能隔着篱笆相望的大象互相用长鼻子嬉戏致意。目睹这一情景的南非、莫桑比克和津巴布韦三国各界人士会意地笑出声音。这一发生在这三国边境地区的特定场景，标志着世界上最大的野生动物园——大林波波河跨国公园宣告诞生。

大林波波河跨国公园将拆除南非克鲁格国家公园与莫桑比克库塔达国家公园和津巴布韦戈贡雷州国家公园之间长达百余公里的边境栅栏，使这三个分属于三个邻国的大型国家公园合三为一、连为一体，南北长510公里，总面积达

长颈鹿“高瞻远瞩”，警觉性很强，狮子、豹子也奈何不得。

38600 平方公里，几乎相当于荷兰的国土面积，大于举世闻名的美国黄石公园，成为迄今世界上面积最大的跨国公园和动物王国。

成立跨国公园的一个非常重要的象征是在三年时间内，拆除南非与莫桑比克国界线上，即两国国家公园之间长达 120 多公里的高压电网篱笆。这段高压电网篱笆是南非白人种族主义政权设立的，目的是防止莫桑比克逃避内战的难民进入南非。这段高压电网在隔离动物和电死动物的同时，也无情地电死过 500 多人，因而被称为死亡陷阱。这一篱笆的拆除象征着两国国内实现和平，两国关系恢复正常。

这一跨三个邻国的无国界公园将成为各种动物的天然王国。曼德拉强调，约 100 多年前，由于人为的大肆追杀，南非克鲁格国家公园一带的大象绝迹。此后，莫桑比克境内的 30 头勇敢的大象穿越河流而来，现在克鲁格公园的大象就是那些大象生养繁衍的后代。“今天，我们放这些大象过境，就是偿还那笔旧债。”这样，大象和其他动物便可以遵循其传统路线，在国际间漫游。同时，观赏动物的游客只需持有三国中任何一国的签证就可以自由地出入公园。

成立跨国公园的创意是南非、莫桑比克和津巴布韦三国总统于 1999 年提出的。按照有关计划，南非在三年内向莫桑比克转移 1000 头大象，这样不但可以避免目前南非的大象过剩成灾现象，而且可以解决莫桑比克公园的大象奇缺问题。

大象是陆地上最大的哺乳动物，千头大象搬家并非易事。为完成这项浩大工程，南非将耗资 230 多万美元，修建道路，制造专用卡车，在三年的时间里，将南非的大象分期分批运送到莫桑比克，每年约运送 300 头。具体办法是，先将这一庞然大物麻醉，用吊车将其装上车辆，运至公园莫桑比克境内一个特建的动物围栏内，再注入解毒针让其苏醒过来，待大象适应莫桑比克的水土后将其放归大自然，可谓用心良苦。

大象 12 月怀胎，在母体中一个月一个样。

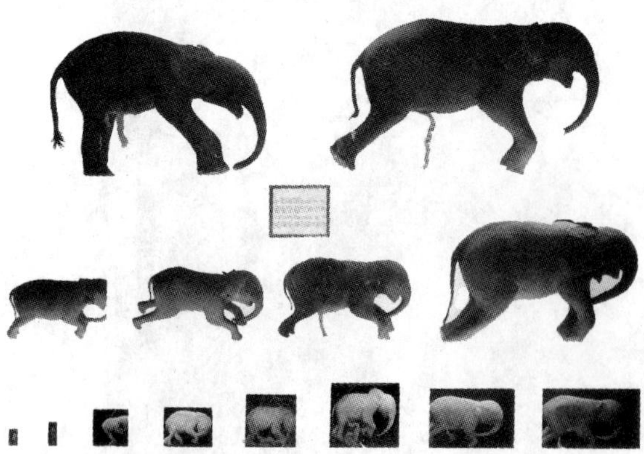

曼德拉在出席公园开园仪式

这只羚羊似乎很孤单。

上强调，这一公园的诞生是三个邻国之间睦邻友好、和平相处的象征，它不但为大象等动物按照传统路线迁徙创造了条件，保护了生态平衡；而且能吸引更多的国内外游人，为该地区创造更多的就业机会；公园在政治、社会、经济和环境诸领域的贡献将有力地促进非洲复兴。

以经济方面的贡献而论，克鲁格公园面积为19000平方公里，大于以色列的国土面积；公园内修建了现代化宾馆，每晚可供5000人住宿；公园每年接待来自世界各国的百万名游客。据估计，大林波波河跨国公园将更具吸引力，每年将接待更多的国际观光客。

拆除国界隔离，三大国家公园连为一体，这一过去连做梦都不敢想的事情如今成为现实，南非及其两个邻国的人民无不拍手称快，有人还由此乐观地认为，有朝一日，“世界大同”终将变为现实。

南非狮子　逃离“天堂”

位于南非东北部的克鲁格国家公园，是世界最大最著名的动物保护区之一，被誉为动物的“天堂”。1999年，21头狮子逃离公园，三周后，该公园管理人员宣布，逃亡公园的狮子基本上已被击毙，另有个别狮子仍在潜逃，呼吁周围民众保持高度警惕，以防遭到袭击；如发现在逃狮子的踪迹，立即与公园取得联系。

克鲁格国家公园宛如一把尖刀直插在南非、莫桑比克和斯威士兰三国交界处。1926年，南非国会为纪念共和国时期的总统克鲁格重视自然保护的先见之明，通过《公园法》以其姓命名该公园。公园不仅面积大，而且动物种类多。公园内有五条东西走向的河流，除300多种树木和成千上万种花草外，还有33种两栖动物、50多种鱼类、114种爬行动物、140多种哺乳动物和500多种鸟类。由于其具备各种动物生存的自然条件，加上公园管理人员适度调配，从而使这里成为真正的动物“天堂”。

夏天是爱鸟者去公园赏鸟的最佳季节，冬天动物喜欢聚集在水边，加上草木枯萎、视线清晰，是观赏动物的最好时机。为了方便游人，公园内修建了长达2400公里的车道，沿途可以看到羚羊、斑马、长颈鹿和狒狒等自由驰骋在草原上，而最为吸引人的则是号称为“五大兽”的狮子、豹子、大象、犀牛和水牛。在动物世界里，弱肉强食、各取所需是自然规律，“五大兽”在公园内可谓无所畏惧、所向无敌。

由于克鲁格公园地处三国交界地带，近年来有关南非邻国非法偷渡者成为狮子腹中之食的报道常见诸报端。每当发生此类事件，公园不得不将食人肉的狮子“宣判死刑”，因为狮子一旦尝到人肉的美味之后，便会将人作为猎物，成为专食人肉的刽子手。

不幸的是，克鲁格公园的狮子近来又与人作起对来。它们逃出公园，四处流窜。公园地处南非的马普马兰加省，该省不断有发现狮子的传闻：省城东侧的一家农场发现五头牛被狮子吃掉；一头狮子光顾了公园附近一家制糖厂的工人宿舍，狮子大摇大摆地走后，人们发现了狮子的足迹，难免显得惊慌失措；马普马兰加省公园管理局在一个柑橘园捕获了三头正在逃窜的狮子……

两头雄狮终难久处。

狮子逃离公园，一是直接对人类的生存造成威胁，得知狮子在逃的消息，周围民众难免人心惶惶；二是克鲁格公园里的大部分狮子带有一种传染性牛结核杆菌，不但狮子之间互相传染，也会对人类的健康产生极为不良的影响。

动物保护专家认为，狮子逃离克鲁格公园的事件经常发生，然而在短时间内大量出逃却尚属罕见。无论是动物保护专家，还是公园管理人员，都不能给这一异常现象做出完全合理的解释。他们普遍认为，一地不容二狮是狮子逃离的主要原因。

常言道，一山容不得二虎。对狮子来说，一地容不下二狮。狮子生存的一个显著特点是“画地为牢”、占地为王。一头雄狮可以“一夫多妻，儿孙满堂”，但有一点是马虎不得的，这就是其家族始终生活在一个固定区域，其他狮子不能侵犯，包括自己的下一代公狮子在内。这样，当未成年的公狮子将要对这个家族形成威胁时，自然成为被驱逐“出境”的对象。

被驱逐的小公狮子四处流窜，在寻找不到合适的生存空间时，常常逃出公园。一般而言，出逃是因为找不到自己的“位置”，为了保持公园内狮子生存空间的平衡，出逃狮子被捕获后的命运可想而知。公园里的狮子数量不断增加是狮子出逃事件不断发生的一个主因也就不足为奇。

第五节　企鹅象鸟火烈鸟

沙滩上的企鹅

作为南非的“母亲城”，开普敦以其迷人的风光常年吸引着来自五洲四海的游客；作为中国公民旅游目的地国的南非，同胞们旅游南非必去开普敦，到开普敦又必去好望角，犹如外国人访问中国必来北京，到北京必游长城。然而，对中国人而言，开普敦似乎总是笼罩着一层神秘色彩，好似其象征——桌山一样，不时被“桌布”遮盖着。这一神秘感使人不知不觉地犯个别常识性错误，每次亲临开普敦，心头难免生出一些疑问。

在去好望角的途中，有一旅游景点——企鹅滩，位于开普敦与好望角之间的“错弯”，一个叫布尔德斯的地方。在这里，你可以近在咫尺地观赏企鹅的憨态，静听企鹅的叫声。如果你在海豹岛听到海豹的猪吼声，为其未被译为“海猪”而感到遗憾的话，一定也会为企鹅未被译为“驴鸟”而鸣不平了。说来也怪，小小的企鹅，叫起来声音却像一头驴，如果没有思想准备，还可能把你吓一跳。据介绍，1982 年，这里仅有两对企鹅，发展到今天，数量已超过

海滩上的企鹅很悠闲。

3000只。其根由除“人爱鸟”外，恐怕还是“错弯”附近远洋捕捞减少，为企鹅提供了更多的海产品——沙丁鱼和凤尾鱼。1910年，非洲企鹅曾是一个庞大的种群，约有150万只，由于过度搜掠企鹅蛋和企鹅粪，企鹅的生存环境遭到极度破坏，至20世纪末，非洲企鹅仅剩下15万只了。

企鹅是水鸟，主食鱼类，常在水中生活，善于潜水游泳而不能展翅飞翔，一次潜水两分钟，平均时速七公里。鲨鱼、鲸鱼和海豹是企鹅在水里的敌人，陆地上的天敌是麝猫、家猫和家犬等。其实，企鹅还有与生俱来的生存本能——黑白相间的自然保护色：水底仰视是白色，海上俯视为黑色。还有，企鹅的尖嘴也够敌人受一阵子的。企鹅是单配动物，一雌一雄，出双入对，实行“一夫一妻制”，多在生殖时才登陆穴居，煞是恩爱和谐。置身海滩，你能看到作为穴居动物的企鹅，在灌木丛中成双结对沿着固定路线来回走动的神态，如在2~8月，则有幸观赏到企鹅夫妻相互配合孵蛋产仔的情景。

企鹅出双入对，难免过于亲密。

提起企鹅，国人大多将其与冰天雪地连在一起，脑海中立即浮现出北极的冰地、俄罗斯的大雪……殊不知，在非洲的艳阳天下，在大西洋的白沙滩上，也能够观赏企鹅的憨态，静听企鹅的驴叫声。每当此时，我全力将脑海中残留的“冰雪”记忆挥之殆尽，并为我们未把企鹅译为“驴鸟”而感到遗憾。《现代汉语词典》和《辞海》中注解说：直立时昂首如企望状，故名。看来，是中国翻译家“望鸟生义”，给鸟儿赋予了人性而剥夺了此种鸟的本能。如果深究，英语单词PENGUIN一词是加拿大纽芬兰省的一个岛名，因企鹅首先在该岛被发现而借用之，我国曾将其译为“大海雀”。至于企鹅的体长，前面提到的两部工具书中，前者说约一米，后者说约65厘米。就南非的企鹅而言，其体长充其量不过50厘米而已。

沿着“错弯”前行，就来到好望角。“错弯”是好望角的“发现者”迪亚士当年返航途中，驶过该弯后误将好望角作为非洲大陆最南端而被后人取其名的。未料时至今日，不少国人还继续迪亚士的“错误”，即使来到好望角，站立在“非洲大陆最西南端”的标牌前合影留念。非洲大陆的最南端是好望角以东百余公里外的厄加勒斯角，那里是大西洋和印度洋的地理分界线，明确标明是“非洲大陆的最南端”。它以葡萄牙的一位航海家而命名，汉语从英语直接音译过来，而不像好望角是意译。可以设想，如果当初将厄加勒斯角意译为“最南角”、“南端角”或“南望角”，或许可以避免国人误将“好望角”替代“厄加勒斯角”。如果有心人翻看非洲地图，在地图上可以清楚地看出，比好望角更南的“大有角在”。

雄性铁树开花。

开普敦的植物园为南部非洲之最，内有一铁树园，常年能观看到铁树开花，雌雄异株，同放光彩。就其雄花而言，状如棒槌、色似乳黄。铁树是常绿乔木，叶聚生茎顶，型大坚硬，羽状分裂，裂片线形，花亦顶生，又称苏铁、凤尾松、凤尾蕉。因品种不同，受气候影响，这里的铁树大多年年开花。每当观赏铁树的花色花形，我都难免有些困惑，“千年的铁树开了花”这一中学时学到的名句油然浮现脑海。“铁树开花”这一成语的注解也自然冒了出来：“比喻事情非常罕见或极难实现。”这仍是今天《中国成语大辞典》和《现代汉语词典》里的固定解释。

“橘生淮南为橘，生淮北则为枳。”受土壤、水分、气候、温度等条件的影响，铁树生长在非洲大陆南端的土地上就与生长在中国不同了，开花的频率也因之改变。

固守对铁树开花的传统解释，国人无不视其为珍奇难得。记得 20 年前在西安时，陕西师大一株盆养的铁树终于开了花，为睹这一“千年奇观”，闻讯者络绎不绝，争相排队购票，一时门庭若市，车水马龙。站立在开普敦的铁树园，想起这段往事，真让人啼笑皆非。

岛上的海豹

在往返好望角的途中，有两个著名景点，除企鹅滩外，还有海豹岛。它们与好望角一起，同属开普半岛国家公园。别小瞧了这一岛一滩，正是由于其存在，使得“好望角一日游”紧凑而不松散，多彩而不单调，活泼而不呆板。它们使好望角这一“静”点动了起来，让游人增长了知识，享受了欢乐。

海豹岛位于豪特湾（南非荷兰语，意即森林湾）。据说世界上有30多种海豹，生活在豪特湾的海豹与纳米比亚“十字角”的海豹同属一个种群。为了方便游人去岩石岛附近观看海豹，豪特湾上的数家租船公司数十分钟就往返一次。无疑，海豹岛是租船公司的“摇钱树”，然而鲜有人知，历史上渔夫先于海豹来到豪特湾，正是他们对“外来客”海豹的宽容，成就了今天的海豹岛，使之成为一个难得的观光点。

经过一阵风浪，来到海豹岛旁边，在漂泊不定的船头，你可看到有的海豹在岛旁伸懒腰平躺，有的在岛上昂头行走，有的在水边休闲漫步，有的奔向水中游将起来。如果船离岛更近点，游人可以听到海豹猪吼一般的叫声。海豹虽然浑身乌黑、叫声似猪，其实却很聪明，它们个个都是游泳高手，小小的耳朵听力极佳，在水里能敏锐地辨别声音的方向，眼睛在水中能清楚地观看东西。它们以鱼类为食，在水中灵活自如，游速极快，每小时可达28公里。一般的鱼类只要被它们发现，大多很快就成为它们的腹中之食了。海豹潜水时，紧闭耳朵和鼻孔，屏住呼吸，就像在水中睡觉一样，小海豹每隔15分钟浮出水面呼吸一次，大海豹则每30分钟才露一次头。海豹的寿命约为20年，雌海豹四岁首次怀胎，雄海豹十岁开始发情。年底是交配期，雄海豹此时忙于播种无暇进食，仅靠身体内贮存的油脂维持。

海豹世界也是弱肉强食，每头雄海豹在海滩上和大海里都有一个相对固定的势力范围，一般要与5~25头雌海豹交配生子。海豹的怀孕期为 9 个月，每次产仔一胎，子海豹出生时的体重一般在4.5~7公斤之间，身上长有黑色的短毛。小海豹一个多月就能下水游泳，半岁时能在水里待一两天，八九个月就能从开普敦沿非洲西海岸北上，一直游到纳米比亚的“十字角”，行程1600公里。

“十字角”位于旅游城市——斯瓦科普蒙德市以北115公里处。我在“十字角”刚下车，一股强烈的刺鼻味迎面扑来，这是海豹身上散发出的腥臭味，常使人掩鼻作呕。这时，大西洋的波涛声阵阵入耳，眼前出现了一座用花岗岩块砌成的十字架，孤零零地矗立在这个岬角，苍老而斑驳。1486 年，葡萄牙冒险家迪戈·卡奥首次从欧洲率船登上了这块土地，为纪念自己为葡萄牙向外扩张发现了这一新领地，他在这片荒芜和光秃的岬角，用花岗岩石块砌成一座十字架，并以国王约翰一世的名字命名，这一岬角遂被称为“十字角”。此后的 500 年中，乔装打扮的西方殖民者陆续从这个“桥头堡”登陆，上演了一出出残酷掠夺非洲人民的丑剧。1878 年，英国殖民者首先抢占了沃尔维斯；1892 年，德国殖民主义者占领了斯瓦科普德；1915 年，南非白人种族主义政权武装侵占沃尔维斯……具有讽刺意味的是，“十字角”旁的海滩上聚集着上万头海豹，是世界闻名的“海豹游览区”，大小海豹昼夜不停的吼叫声，似乎就是对数百年来殖民侵略和殖民统治发出的怒吼和声讨！

如今，“十字角”一带成为遐迩闻名的海豹游览区，约十万头海豹聚集在那里，以海中的浮游动物为生。我们穿过海滩的沙漠，走近低矮的石头隔离墙向里看，一头头大小不等的海豹像猪一样密密麻麻地在海滩上挤作一团，礁石间、海水里也到处是海豹，这里真是一个海豹的世界，不时听到海豹发出的似

海豹生性懒惰，食量惊人，是游泳高手。

猪吼似羊叫的声音。这声音有的是在互相呼叫，有的是在调情讥笑，有的是在谩骂攻击，有的是在寻母找奶……海豹生性懒惰，肥肠厚肉，绝大多数懒洋洋地躺在沙滩上和礁石间，互不侵犯，只图享受，极个别地摆动着沉重的身子艰难地行走着，肥硕的憨态让人发笑，也使人为其难受。目睹海豹的形态，我倒觉得翻译海豹的人一定是没有见过“海豹”的，否则他会将英语的“SEAL”翻译成“海猪”。

据介绍，雄海豹平均每头重约187公斤，最重的可达360公斤；雌海豹每头平均重约75公斤。海豹肥胖，其食量也十分惊人，每天要吃相当于自己体重8%的鱼类，也就是说，一头雄海豹每天要吃掉约15公斤的鱼类；一头雌海豹也需要6公斤的浮游动物进餐。

纳米比亚的海豹在世界上的海豹族类中独一无二。它们不但属于长毛类海豹，或称为有耳类海豹，而且还是生活在南部非洲海岸的三种长毛类海豹中的一种。世界其他地方的海豹身上无毛，也无外形耳朵。这里的海豹身上长有两层毛，表层毛长而粗疏，里层毛短而细密。海豹属于热血动物，体温37℃，当它们游到海洋中捕食时，表层毛直接接触从南极而北上的本格拉寒流，水温一般在10~15℃，而里层毛在一般情况下不会被水弄湿，细密的里层绒毛连同体内肥厚的表层脂肪保持着体温，从而使海豹能在水中长时间活动而不受寒流的刺激。另外，海豹为了能与大海作斗争，四条腿长成翅膀形且上半截坚硬，在海中游泳时张开浮力大，在海滩行走时支撑易挪动。

寒冷的本格拉洋流是海豹生存的敌人，但它同时为海豹生存带来了食物——种类繁多的浮游动物。这就是海豹为什么对这一带海岸情有独钟的原因，也是这里的海豹为什么长出两层毛的缘故。正是由于这种因素，十字角的海豹皮具有很高的经济价值而造福于人类。海豹滩售票处的后面就是一排简易的平房，是专门为游客开设的“海豹皮日用品商店”。在这里，海豹皮就像南非的鸵鸟皮一样，被制作成各式各样的皮帽、皮鞋、皮带、手提包、公文包、皮夹克和皮大衣，当然还有用作室内装饰的整张海豹皮。海豹皮色泽纯朴而发亮，质地柔软而坚韧，手感温暖而富有弹性，价格又相当便宜，300元人民币就可买一整张皮。

人常说，物以稀为贵；与之相反，物多则贱。这里海豹多，自然海豹皮就多，当然还未多到泛滥成灾的地步，纳米比亚政府每年批准可以捕杀3000头小海豹，以保持海豹游览区的生态平衡，这就造成了海豹滩的海豹皮不值钱的行情，看到海豹皮竟然被做成“苍蝇拍”摆在货架上，真叫人啼笑皆非。海豹真可谓是：食量惊人比猪懒，数量太多不值钱！

参观完企鹅滩和海豹岛感触良多：好望角固然风光无限，企鹅滩和海豹岛亦实属难得！如果说好望角是一朵美丽的“红花”，那么海豹岛和企鹅滩就是衬托这朵红花的“绿叶”。就一国的旅游资源而言，“红花”终归有限，在发展旅游产业中，因地制宜地用“绿叶”来陪衬“红花”，对“红花”进行“梳妆打扮”，丰富旅游项目，开发旅游资源，大都能取得双赢效果。因此，如何爱护人类的生存环境、为红花培植令人满意的绿叶，应成为人们深入探讨的课题。

遗憾的象鸟

象鸟长什么样子？对于这一突如其来的问题，相信绝大多数人无言作答。这自然不足为怪，别说是其他国家的民众，就是在象鸟的故乡马达加斯加，不知象鸟为何物者亦比比皆是。

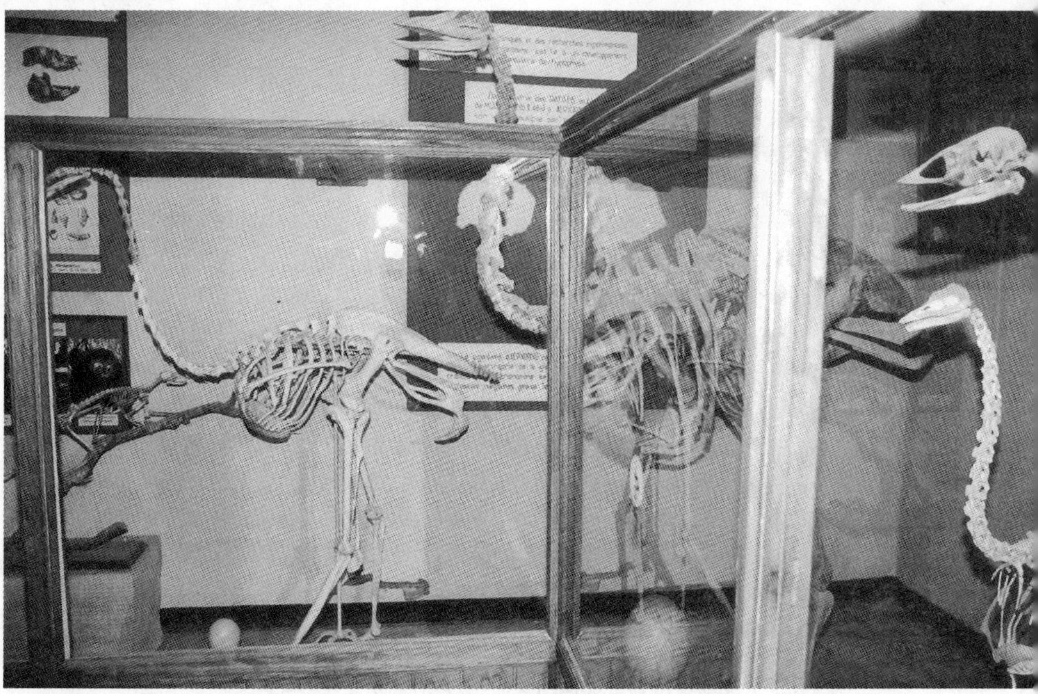

“瘦死的骆驼比马大”，象鸟虽然绝迹，其标本比鸵鸟大。

我们终于看到了象鸟，遗憾的是“图片新闻”。

由于不知何为象鸟，人们便对其做出类似盲人摸象式的判断。有人根据“鸟者、会飞也”的解释，加之对象鸟的历史略知一二，于是认为象鸟就是“会飞的恐龙”；也有人从“象者，大也”的已有知识出发，推测象鸟就是世界上曾经存在过的最大的鸟，至于大到什么程度、长什么模样，则无法再作描述。

对今人而言，象鸟是一种灭绝多年的鸟类，此前仅岛国马加斯加才有这种珍奇的巨鸟。至于象鸟灭绝的具体年月，似乎无人能够说得清楚，约在几十年至一百多年间。令人欣慰的是，我们在马达加斯加还能够看到象鸟蛋。

带着几分好奇，在马达加斯加采访期间，我对象鸟和象鸟蛋产生了特殊的兴趣。经过一番打问，马国人告诉我，象鸟的确是马国的“特产”，遗憾的是它早已消失了；象鸟蛋也的确存在，不过完整如初的象鸟蛋，恐怕马国只剩下有数的几个了，且下落不明，寻找起来无异于大海捞针；由碎片粘贴而成的象鸟蛋，工艺品市场上时有出售，尽管对其真伪难以鉴定，国家还是禁止流失境外。

在友人的带领下，我们光顾了自由市场，如愿以偿地见到了碎片组成的象鸟蛋。象鸟蛋，形似鸡蛋，其大小犹如鸵鸟蛋。与鸡蛋相比，如果鸵鸟蛋是鸡蛋那么大的话，象鸟蛋就是鸵鸟蛋那样大了。简言之，象鸟蛋形似橄榄球而大橄榄球一倍有余。

看到象鸟蛋，似乎弥补了失去能够目睹巨鸟——象鸟的几分遗憾。一位曾见识过恐龙蛋的朋友，根据象鸟蛋的颜色与重量，排除了象鸟是“会飞的恐龙”的说法。为了进一步弄清象鸟的真相，我走进了位于首都塔那那利佛的动物园博物馆。博物馆里摆放着象鸟的标本，其旁是一副鸵鸟的骨架，与象鸟并肩而立，鸵鸟真可谓“小巫见大巫”，自愧弗如了。十分简短的说明指出，象鸟可高达三米。张贴在墙壁上的一幅照片里，一个成年人抱着一个象鸟蛋站在象鸟旁，其个头约是象鸟的一半。

从标本观察，象鸟形似鸵鸟，几乎可以说“象鸟就是大鸵鸟”了。从照片来看，象鸟不但比鸵鸟高大，而且更加肥硕、毛长和健壮。看不到曾经是世界上最大的鸟，能够看到老照片，令人似应感到心满意足。

至此，似乎可以为象鸟下这样的定义：象鸟是类似鸵鸟的“巨鸟”，犹如大象是巨兽一般。我们感到遗憾的是，再也无法目睹象鸟了，而象鸟感到遗憾的是，不但自己的命运与恐龙最终如出一辙，而且曾经与其生长在一片土地上的小猴子们，今天正在遭受着濒临灭绝的致命打击。

信不信由你，狐猴的尾巴比身子长。

可怜的指猴

加国的首都动物园里，活跃着一种世界上独一无二的猴子，其珍贵程度可与大熊猫媲美。因其形似狐狸而被称之为狐猴，又因之体形非常弱小，被取名迷猴。狐猴依照体毛颜色分为好几类，黑白相间的，黑黄互补的，浑身全灰的，等等。尽管颜色各异，但其动作皆十分敏捷。人们站在铁笼前或是猴岛旁，欣赏着“狐猴”的可爱动作，无不开心愉快。

马达加斯加盛产猴子，有“猴岛”的美誉。在东海岸全国第二大城市塔马塔夫附近，有一个天然指猴动物园。顾名思义，指猴即人的手指大小的猴子，小的如大拇指长，大的不超过中指。沿海一带气温高、湿度大、植被密、海风柔，是指猴生长的天然理想环境。可有人偏偏把指猴偷窃到位于山脉之上的首都出售，黑心非法牟利连小小的指猴也不放过。由于山上温度低，尽管养猴者悉心照料，一到冬天，指猴就因无法抗御寒冷而一命归天。更有甚者，还美餐指猴肉以解嘴馋，可怜的小猴子即使能够战胜严寒，岂能逃过此灭顶之灾？

科学研究表明，人类对生态的破坏和对动物的捕杀，使得动物越长越小。科学家将这一现象称之为“当代进化”。狐猴，特别是指猴的出现，大概就是这种“当代进化”的结果。象鸟遗憾其未能适时地“当代进化”，人类对生态的破坏使得偌大的地球无法容纳其巨大的身躯，绝迹灭种了；猴子似乎比象鸟聪明，狐猴和指猴适时地退化成微型动物，以袖珍身躯藏匿起来，借此延长种群命运。然而不幸的是，还是被比它们更加聪明的人类一吃了之。相信象鸟在发出最后的悲鸣之时，一定也在为猴子的命运感到遗憾！

悲壮的火烈鸟

蓝天白云下，一群火烈鸟展翅飞翔，双翅扇动着火焰，火苗在空中舞动，映红了一片蓝天……这是肯尼亚肯雅塔国际机场的一幅旅游宣传画，惟妙惟肖地描绘出火烈鸟艳丽夺目、双翼如火那展翅腾空的迷人景色。别说是实地观看，仅这幅静止不动的画面就吸引了不少行色匆匆的乘客驻足观赏。

非洲的野生动物园举世闻名，肯尼亚和坦桑尼亚更是观赏野生动物的最佳地。这其中，火烈鸟功不可没。坦桑尼亚北部的曼亚纳湖和肯尼亚西南部的纳库鲁湖是两个最大的火烈鸟聚居区。火烈鸟飞翔形成的大自然奇观，曾令世界各地的多少游人心驰神往，也令无数观赏者如痴如醉。更令人遗憾的是，2004年6月中旬，曼亚纳湖的火烈鸟成群成批地死亡，且死因不明。火烈鸟先是出现行走不平稳、动作不协调的奇异症状，接着在不到两个月内，万余只鸟相继死亡，公园工作人员在湖边发现了大量鸟尸体。

火烈鸟之死牵动着众人的心，特别是引起坦桑尼亚有关方面的高度重视。一方面，坦桑尼亚国家公园管理委员会已将火烈鸟解剖样本送到德国的一家研究所进行化验；一方面，本国的研究人员采集火烈鸟尸体和聚居区的水样进行分析。但是，迄今尚未结果，死因依然是个谜。该国公园管理委员会的凯尔沃博士认为，人类向曼亚纳湖排放的大量生活垃圾，以及农药残留物和重金属污染，在一定程度上改变了湖泊的生态环境，从而导致某些致命毒素出现，引起火烈鸟成批死亡。

非洲的火烈鸟成批死亡并非第一次。20年前，在坦桑尼亚的北邻——肯尼亚的纳库鲁湖和埃巴坎湖水域曾发生过40万只火烈鸟突然死亡的事件。当时，科学家曾在这批火烈鸟的尸体内发现了一种特殊的微生物毒素。火烈鸟是一种喜爱群居的大型水鸟，寿命长达50年，繁殖能力亦强，据说坦桑尼亚境内的三四百万只火烈鸟每年可孵化出约25万只小鸟。然而，一旦其栖息的湖泊中出现致命的微生物毒素，火烈鸟非但不能翱翔蓝天，展示其美丽的羽毛，而且连行走也会步履维艰，难以展示其优美的体态，更谈不上健康长寿、孵化后代了。可见，火烈鸟的命运是可悲的，其遭遇值得同情。

与人类改造大自然、污染大自然的行为相比，弱小的火烈鸟无能为力，只能自叹弗如。它们只能适应大自然，融入大自然，“择良木而栖”。而当聚居而栖、赖以生存的“良木”——周围的自然环境遭到严重破坏时，火烈鸟惟有慷慨赴死，以集体“英勇就义”的壮举向人类污染环境的不良行为发出最为悲壮的抗议！期待着以自己最为宝贵的生命换取人类对大自然的珍爱与保护，进而避免自己的同类重蹈覆辙。悲哉，火烈鸟！壮哉，火烈鸟！

第七章　名人趣事

在这个世界上，每个人都有自己的喜怒哀乐和情趣爱好，总统和名人概莫能外。这里选取的几个真实故事，希望您对非洲国家的总统和名人能有所了解。

其实，名人与凡人的界限并非难以逾越，一夜之间名扬天下者大有其人；老板与员工的位置并非不能变换，有时甚至是老板主动愿意换位。“孝子中奖变老板”讲的就是这样一件有趣的事情：2000 年 3 月 8 日，南非公布了上千万元巨奖的中奖号，当时黑人司机穆波法威暗中欢喜，可中奖号码放在老板的车里，而老板去欧洲出差了。数天后，老板回国，穆波法威从车里取出中奖单，一举成为千万富翁。

当穆波法威把这一喜讯告诉其上司——一家投资咨询公司的白人老板时，这位脑袋瓜机灵的老板说，他奋斗了这么多年，全部家产加起来还没有这么多钱，“这样吧，从现在开始，你就是我的老板，我就是你的员工，当你的投资顾问”。穆波法威开心地笑了，因为他当时正发愁如何支配那笔巨款，两人于是紧紧拥抱在一起。

老板乐于和员工换位，那是因为员工比老板还有钱。而狱警与囚徒调换角色，那可是无奈地被动选择。昔日看管曼德拉的狱警，今日却被关进监狱，这完全是他自食其果，自作自受。

第一节　姆贝基牵牛赔罪

错过皇家婚礼，失敬失礼失约，南非总统牵牛去莱索托认错。

南非总统姆贝基因未能出席莱索托国王莱齐耶三世的婚礼，被罚赠送国王一头牛作为赔礼道歉。根据莱索托王国的民族习俗，总统本人必须亲自牵着自己的奶牛，步行到国王老家，将牛面交国王。

2000年2月，37岁的莱齐耶三世与南非夸祖鲁—纳塔尔省23岁的莫聪宁小姐结为秦晋之好，山城王国莱索托举国欢庆三天三夜，婚礼空前豪华。对于这一世人瞩目的皇家婚礼，身兼“娘家人”——新娘的总统和“婆家人”——姆贝基的母亲生于莱索托双重身份，姆贝基事前答应亲自到场参加婚礼，但婚礼举行之日，因公务繁忙抽不开身，姆贝基委派内政部长布特莱齐奔赴莱索托代表自己出席。

没想到，在“婆家人”眼里，南非总统的这一做法无异于“失礼”行为。姆贝基虽身居总统高位，但因其母亲与莱索托的关系，他仍属国王的“臣民”，国王有权惩罚其臣民这一失敬失礼失约的行为。另一方面，姆贝基总统不这么做，也难过母亲埃佩内特这一关。

姆贝基书生治国，温文尔雅。

姆贝基的母亲埃佩内特女士虽然早已身为南非公民，但是她与莱索托王国的血缘关系不但使她自己，而且使子女也与莱索托结下了难解之缘。对深受部落传统习俗陶冶而格外重视这一习俗的黑人而言，不论其身处何方，不管其分属哪个国家，不论其身份贵贱，只要属于同一部落，无一例外皆是“国王的臣民”，都不得冒犯“国王的尊严”。虽然没有达到“王叫臣死臣不得不死”的严重程度，但是王要罚民，民就必须接受惩罚。

如是观之，莱索托国王惩罚南非总统是顺理成章的事情，臣民亲自牵牛上门赔礼道歉，既不存在总统的“屈尊”之说，更不存在总统越境送牛“有损人格国格”之论。那么，国王莱齐耶三世为什么要惩罚姆贝基送牛而不采取其他形式呢？这也与部落传统密切相关。在绝大多数黑人部族的传统习俗中，牛是“富贵”的象征和标志，母牛和奶牛更被视为贵重家产和财宝，谁家拥有的牛数目多就意味着钱多、富有，如同其他民族对待金银钱财一般。定亲的聘金是牛，操办红白喜事也比谁家牵的牛多。惩罚姆贝基亲自送牛上门，就是要让姆贝基认识到自己未出席国王婚礼是明显的“失礼和食言行为”。

就在国王发出惩罚姆贝基牵牛赔礼的“圣旨”后，南非许多农场主纷纷表示，要选一头高大健壮的奶牛送给总统。从方便运输考虑，农场主委员会经与总统府协商，从距离莱索托最近的南非自由省挑选了一头黄奶牛，事先让人将牛送到马塞卢。

关于总统给国王送牛上门的细节，经过两国紧锣密鼓的磋商，南非驻莱索托大使也与莱索托农民委员会就有关情况进行了会谈。据透露，大致方案是这样的：姆贝基乘坐一架南非直升机飞抵莱索托首都马塞卢，接着乘轿车去特定的拴牛地点，然后牵着牛步行送到位于马塞卢的国王老家。总统发言人表示，按照民族传统，需要选定良辰吉日办理此事。

身为政治家的姆贝基欣然接受莱索托国王的“惩罚”是有一定政治背景的。当时，南非正在准备举行新一轮地方选举，作为传统领导人的各部族部落首领认为，新的地方选举法“削弱和限制”了他们的权力，因而共同反对新选举法，与政府之间的摩擦不断增加。2000 年 10 月 9 日，双方再次在行政首都比勒陀利亚就有关问题进行磋商协调，但未能按照预定目标达成一致，政府不得不一再推迟宣布选举日期。

而被称为南非“国中之国”的莱索托国王莱齐耶正是黑人部族巴苏陀族的最高首领，在这种情况下，姆贝基总统接受莱齐耶的“惩罚”，这不但对莱索托的各民族，而且对南非的巴苏陀族和其他所有部族，都做出了一个积极的姿态，明白无误地传递出南非政府尊重部族传统习惯、尊重部落首领的信息。姆贝基送去的是牛，赢得的是各黑人部族的尊重，有利于平息国内正在进行的政府与传统部落首领之间的权力之争。

第二节　穆加贝强顶压力

2002 年 3 月 13 日，津巴布韦总统大选结果揭晓，穆加贝赢得 56.2%的选票，再次蝉联总统。

围绕津巴布韦大选，西方世界与非洲国家进行了一场针锋相对的斗争。在其国内，执政党津巴布韦非洲民族联盟（民盟）与主要反对党争取民主变革运动（民运）之间也较量激烈。国内外各种错综复杂的矛盾紧紧交织在一起，处于矛盾焦点的穆加贝政府面临诸多新的挑战，而这种挑战无不反映了前宗主国英国与前殖民地津巴布韦之间的斗争，折射出西方富国与非洲穷国之间的矛盾冲突，衬托出第一世界与第三世界之间斗争的尖锐性，是当今世界两大阵营东西方之间矛盾与斗争的继续。

津巴布韦总统大选每六年进行一次，这次缘何能引起西方世界的极大兴趣，进而受到国际社会强烈关注呢？这是因为津巴布韦问题有其深刻的历史根源和复杂的现实因素，这次总统大选的时机正好处于这一历史与现实的坐标交汇处，而穆加贝获胜连任又成为这一坐标的新焦点，进而成为各种矛盾的核心。这无疑表明穆加贝面对的来自四面八方的新挑战是多么严峻与尖锐。

众所周知，津巴布韦是英国的前殖民地，经过津巴布韦人民艰苦卓绝的斗争，于20世纪80年代之始赢得国家独立。在争取民族解放的正义斗争中，穆加贝是一面旗帜，并于1980年4月18日国家独立后出任新政府总理，1987年12月取消总理内阁制后担任首任执行总统，并在1990年和1996年的两次总统选举中获胜连任。

在津巴布韦独立前一年，在英国主持下在伦敦兰卡斯特大厦制定了独立时开始生效的津巴布韦新宪法。英国在这部新宪法中“留有一手”，对殖民时期白人占有的大量土地予以“特殊保护”，规定津政府无权没收白人土地，而只能通过“买卖自由”的原则从农场主手中赎买，这一原则“十年有效”，不得变动，从而在国家根本大法上维持了占津巴布韦总人口1%的白人拥有全国3900万公顷土地中70%良田沃土这一极不合理的现状，津巴布韦的经济命脉继续由极少数白人操纵，广大黑人只能拥挤在少量贫瘠干旱的土地上艰难谋生。在“十年有效”期内，政府仅为5.65万户农民购买了土地，远未达到16.2万户的安置目标；直到1998年才使7万户农民得到了土地，与安置50万户农民的实际需求相差遥远。

期间，英国及西方国家曾承诺援助津巴布韦土改，但又戴着“人权”和“民主”的双色眼镜，以自己的所谓尺度为衡量标准，不时对津巴布韦提出强烈批评，迟迟拖延承诺资金到位，致使津土改举步维艰。面对广大黑人提出的“耕者有其田”的合理呼声，穆加贝政府在2000年加大土改力度，通过了新的宪法修正案和强行征用土地法等法律，实行疾风暴雨式的“快车道”土改政策，强行征收了3041个白人农场约500万公顷土地，除农场的地面设施外一律不予赔偿，分配给50多万户无地农民和解放战争时期的老战士。

穆加贝强顶国内外压力，铁腕推行土改。

津巴布韦的土地问题在南部非洲国家带有一定的普遍性，土地问题成为前宗主国与殖民地之间千丝万缕联系中的核心一环。在英国与津巴布韦的关系中，土地问题可谓牵一发而动全身，津巴布韦的土改政策被英国视为“大逆不道”，毫无疑义地受到英国及其他非洲前宗主国的一致谴责，他们绝不允许穆加贝在土地问题上“开此坏先例”。与此同时，穆加贝另有两件事触怒了西方。一是1998年8月刚果（金）反政府武装在外国军队支持下直逼金沙萨，卡比拉政权危在旦夕，穆加贝联合安哥拉和纳米比亚及时出兵相助，扶持四面楚歌声中的卡比拉。卡比拉推翻蒙博托后因不买西方的账而招致西方的普遍不满，西方正欲除之，反政府武装取而代之正合其意，未料穆加贝出兵干预而使西方的图谋搁浅。二是穆加贝修改宪法为自己连任铺平道路，西方无疑将此视为抵制“民主浪潮”之举，与“多党制”对着干。修宪、出兵和土改三者相加，穆加贝被西方视为“眼中钉”，急欲除之而后快。

为达目的，以英国为首的西方势力一方面运用各种手段向穆加贝不断施压，迫使穆加贝按西方的节拍“跳舞”；一方面在津国内积极扶持反对党，以期在大选中战胜穆加贝。2000年，穆加贝在伦敦街头受到同性恋者的人身攻击，针对这一当众羞辱外国领导人的无耻行径，英国政府却以穆加贝进行私人访问为由拒绝干预。2001年，英国新闻媒体散布政变谣言，胡说津巴布韦将发生粮荒暴乱，军队将趁机发动政变推翻穆加贝政权。这次大选前夕，英国媒体又制造穆加贝逃离的消息，胡说什么穆加贝预感自己将在大选中失败，正在谋划携巨款逃离出境。随着大选临近，西方与穆加贝的关系达到空前炽热化，在津巴布韦驱逐欧盟大选观察团团长后，欧盟终于对津巴布韦实施了蓄谋已久的“针对性制裁”，以期影响大选结果，逼迫穆加贝下台。

津大选尘埃落定，穆加贝获胜连任。这一结果除执政党和穆加贝在人民心目中享有崇高威望外，主要是土改赢得了民心，另一方面也与主要竞争对手未能提出治国方略密切相关。然而，欧盟和西方国家以大选作弊、缺乏公正为由拒绝接受大选结果，而非洲派往津巴布韦的大选观察团，包括南非、南部非洲发展共同体和非洲统一组织在内的观察团一致认为，“大选公正、自由、透明与合法，基本反映了津巴布韦人民的意愿”。

“不论津巴布韦今后会发生什么事情，津巴布韦的前途应该由其人民自己决定。”南非总统姆贝基强调，国际社会有权利和义务对津巴布韦问题发表看法，“但是，归根到底，津巴布韦的命运应由其人民自己主宰，而不是由非津巴布韦人决定津巴布韦的前途”。南非执政党就津巴布韦问题发表声明，呼吁国际社会尊重津巴布韦人民的意愿，为津巴布韦人民解决目前面临的困难提供帮助，而不是为解决困难设置障碍。声明表示，津巴布韦是一个主权国家，有能力处理自己的事务，举行自由和公正的总统大选，国际社会应该尊重津巴布韦人民的选择。声明还强调，南非将尽其所能，帮助津巴布韦解决食品短缺和实现经济复兴，帮助津巴布韦人民度过目前面临的困难。

真相只有一个。那么西方世界与非洲国家对津巴布韦大选截然不同、针锋相对的看法究竟谁是谁非呢？显而易见，西方预先就给津巴布韦大选结果设定了“反应方案”：“顺吾意者”大选就公正自由，“逆吾意者”大选则不公正不自由。于是，向来以“世界警察”和“人权卫士”自居的西方国家便众口一词地拒绝接受穆加贝连任这一事实，不时在空中挥舞经济制裁的大棒。对此，广大非洲国家反唇相讥，异口同声地认为津巴布韦大选公正自由，惩罚性制裁无益于津巴布韦问题的解决。

围绕津巴布韦大选进行的这场斗争，是西方世界与非洲国家之间矛盾的激烈化和公开化，是东西方价值观冲突的必然表现。也就是说，这场斗争实质上是第三世界国家团结起来维护国家主权、捍卫民族尊严、反对外来干涉与第一世界国家以“民主”、“自由”、“人权”为标准，以经济援助与制裁为借口，企图干涉他国内政之间的一场激烈交锋。非洲国家一致认为，津巴布韦是主权国家，其命运应由其人民自己主宰，由谁领导津巴布韦，理应由其人民自己决定，无须西方国家来肆意操纵，“我们坚决反对外国干涉津巴布韦内政”。南非非洲人国民大会总书记莫特兰奇一针见血地指出：“西方国家拒绝承认津总统大选结果，美英两国似乎有一个推翻穆加贝政权的

津巴布韦烟草享誉全球。

时间表，我们对此表示坚决反对。”“如果英国首相布莱尔说津总统大选唯有哪个政党获胜才是自由和公正的，那么他们就会在南非如此照办。”莫桑比克总统希萨诺也强调，非洲国家能够监督好自己国家的大选，无须西方国家操劳，“我们从未向任何西方国家派遣过大选观察团”。非洲国家领导人表示，绝不能让西方在津巴布韦大选问题上“开此坏先例”，涉足主权国家的内政。另外，西方富国却以“世界警察”自居，把道义上的援助视为富人对穷人的施舍，习惯于以经援为诱饵和借口，乐于干涉他国内政。

诚然，非洲国家目前的经济发展相对落后，人民生活水平普遍低下，从某种意义上讲，西方国家的援助对他们国家的经济发展与人民生活至关重要。以津巴布韦为例，食品短缺加上持续干旱，急需外援帮助其渡过难关。但是，如同绝大多数非洲国家一样，津巴布韦“人穷志不短”，在国家尊严与主权问题上寸步不让，绝不为了一时的经援而牺牲国家主权，津政府照样驱逐带成见的欧盟大选观察团团长，拒绝带偏见的西方媒体现场报道大选。与此同时，非洲“穷兄弟们”在关键时刻敢于站出来讲真话，全力支持津巴布韦，遂使西方与非洲的斗争彰明较著，泾渭分明，也使这一斗争直接进入到英联邦内部：非洲国家普遍反对英联邦做出的暂时中止津巴布韦英联邦成员国资格的决定，一致反对针对津巴布韦任何形式的制裁。另一方面，西方明知津巴布韦急需援助却反而制裁，其伪君子的真面目昭然若揭，暴露无遗。

穆加贝除面对西方的严峻挑战外，还要应对来自国内政治和经济两大方面的新挑战。为此，他在就职演说中向反对党伸出了“橄榄枝”，呼吁他们摈弃党派纷争与成见，以国家和民族利益为重，精诚团结，密切合作，共渡难关。

南非奇女子　只身拉飞机

40 岁的雅各布斯小姐是南非行政首都比勒陀利亚的一名公务员。2000 年 3 月 29 日上午，她来到一个空军基地，希望将重达 35 吨的 C—130 型飞机向前拉动五米，创吉尼斯纪录，成为世界上第一个拉动这种飞机的女子。遗憾的是，她只将飞机向前移动了一米，脚下支撑她的不锈钢架子的横梁就失去支撑力而平卧到地面上。

试验失败后，两眼含泪的雅各布斯仍不服输。性格倔强的她表示以后还要再试：“我知道我能行。”此前，她曾将两辆连接在一起、总重量达 34 吨的卡车——两辆卡车的重量分别为 25 吨和 9 吨——向前拉动过 5 米。她将这次失败的原因归咎为飞机库地面未能达标。雅各布斯表示，她做这件事是为了给妇女姐妹们争口气。

第三节 孝子中奖变老板

父辈祭日吉祥数 加上生日成富翁

2000 年 3 月，南非彩券的头等大奖揭晓，38 岁的黑人司机穆波法威中彩，一夜之间摇身一变成为千万富翁。

南非从 2000 年 2 月开始分期分批发行彩券，每 15 兰特（1 美元当时约合 6.5 兰特）一张彩票，头等奖必须六个号码全中。由于前两次开奖时头等奖空缺，使得头等奖一跃成为 13832850 兰特，吸引了越来越多的人争购。3 月 8 日晚，国家电视台现场转播了开奖实况，穆波法威暗中惊喜中了头等大奖。

在全国彩券中心 11 日领奖时，这位惊喜交加的腼腆小伙子公开了他选择号码时的秘密——对自己有特殊意义的日子：自己父母亲去世的祭日，五位叔父不幸同遭车祸的遇难日，再加上自己的生日、年龄和第一次乘飞机的日子。

十多年来，穆波法威一直为一家投资咨询公司的白人老板开车。他说自己中奖后闪出的第一个念头就是“我怎样才能花费这笔巨款”？不过还是先给一家人购买好服装，再在自己上司的指导下投资，同时将一笔奖金捐赠给慈善事业。

年轻亿万富翁 钟情“半老徐娘”

他本默默无闻，名不见经传，感谢现代信息技术，使他一夜之间摇身一变成为亿万富翁；多亏了现代航天技术，又使他成为非洲太空第一人和世界太空第二人而一举成名，名噪全球。这就是南非青年首富马克·沙特尔沃思。

马克上天旅游那是 2002 年的事，而他的恋爱故事使他再次成为新闻人物。2003 年的愚人节消息说，他与英国歌星斯皮尔斯小姐在伦敦的一场音乐会上经人介绍相识，双双迅速坠入爱河，他亲昵地称她是自己“口袋里的小火箭”。她也因此飘飘然如“嫦娥奔月”，不能自已，立即忘却了前男友。他还计划为她买一块“卡里南钻石”镶嵌在结婚戒指上。这一愚人消息最后终于露出了马脚，说是他俩“今天”在一个不愿透露的地方结婚。

瞧，他俩多恩爱！

真实的消息是，马克爱上了一名有夫之妇卡恩伊·多罗莫—姆凯兹。她曾是南非的著名播音员，现任妇女杂志《真爱》的编辑。这位名媛与马克相爱，不知使多少妙龄美女为之深感诧异和黯然神伤。他俩同岁，不同的是她曾为人之妻十年，与那些妙龄少女相比，可谓“半老徐娘”，但两人均表示“一有机会就见面，相处之时很开心”。

他俩是2002年在南非美丽的海滨城市乔治相识的，接着便结出友谊的花朵——两人一起在毛里求斯美丽的海滨长谈通宵达旦。马克坦承，自己经常希望能与对方在一起，“她实在是太可爱了，我太喜欢见到她了”。“我们还在继续了解之中，她毕竟还是有家之人。”此后发生的事情就是，卡恩伊与丈夫同床异梦，终于天各一方。

她说马克是一个了不起的人和一个好朋友。马克目前常居伦敦，遥在南非的她经常往返与南非与英国之间。其前夫对此只说了一句话：“她已与我无关。”为了距离上接近，多罗莫·姆凯兹已决定赴巴黎，攻读工商管理硕士。到时，马克与卡恩伊之间就仅隔着一条英吉利海峡。

第四节　“换心之父”爱美媚

——人类心脏移植之父究竟有多少好妹妹

2001年9月2日，南非国家电视台在晚上新闻联播的头条，播发了人类心脏移植之父克里斯·巴纳德教授逝世的消息。由于当时埋头于世界反种族主义大会的报道，我竟忙得腾不出时间写一则短消息。岁月流逝，数年前采访巴纳德教授的一幕幕不时萦回脑际，他视名利为身外之物而其家庭生活的斑斓与曲折，在我的脑海里打下了深深的烙印；他根植心底而贯穿一生的博大爱心和矢志不移追求人类健康的精神，每遇娓娓道来的动听之际，又无不发人深省。这些，都在不断地催促着我完成这篇关于他人生传奇的故事。

是年 5 月 30 日，得知巴纳德教授回南非宣传其新著《心脏保健五十法》，我立即联系采访。经过一番周折，我与负责教授此行的公关小姐莎茫取得联系，对方表示我教授的日程安排非常紧张，十分抱歉无法安排采访。次日，我穷追不舍再三联系，提出我一个半月前参观了开普敦的人类首例心脏移植手术博物馆，这次采访教授本人的时间尽可能短一些。不知是我的一片真诚打动了公关小姐，还是参观博物馆似乎能与巴纳德教授心有灵犀，教授同意接受采访。

为宣传新书，他生前曾计划访华

此日下午，我如约提前十分钟来到教授下榻的黄金城格雷斯宾馆，教授午休刚起，精神矍铄，清瘦干练，一身裁剪合体的西装配上那条淡雅的小花领带，再加上 1.80 米的身高，其风流倜傥不减当年。他此行回南非是专程推销其新书——《心脏保健五十法》的，我们的话题也就从该书谈起。

巴纳德教授认为，自 34 年前他成为人类心脏移植手术的先驱以来，医学发生了令人难以置信的伟大进步，关于提高人类生活、延长人类寿命的报道几

作者与巴纳德教授。

乎不绝于耳，然而令人遗憾的是，医学研究长期以来多致力于“修理病人”，少顾及于“预防疾病”，“这就是我下决心写作这部书的原因。我希望通过此书能够告诉你们并示范给你们，预防心脏病，你自己能够做些什么，你当然能够看到自己可做的事情还真不少”。显而易见，教授撰写该书的主要目的，是在宣传“预防胜于治疗”、“治未病之病”这一预防为主的医疗方针，他用“修理病人”而不用“医治患者”不是因为他是外科大夫，而是为了强调治病对人身体产生的危害远远大于预防，以此突出预防疾病的重要性。

巴纳德指出，心脏是一个抽血机，由肌肉、神经、动脉和心瓣等四部分组成，“这一奇异的器官在人体中仅有一个功能——抽血。其实，肝、肾、肺这些器官的功能与构造远比心脏复杂得多，不过未受到人类的尊重而已”。接着，他说明为什么人类重视心脏而轻视其他脏器官的原因，“古今各国的文学家和音乐家，当然包括四大文明古国之一的中国在内，毫不例外地推崇和赞美心脏，这是因为心脏是一个象征，是生命的中心，是知识、智慧、勇气和情感的源泉”。说到这里，教授稍停了一下，不无幽默地说，“我从未听到有人唱到‘我的肾在高原上’”。

心脏病是人类健康的一大杀手。提到心脏必谈及心脏病，说到心脏病教授似乎有讲不完的话，“患心脏病的概率与年龄、性别、遗传、吸烟、高血压、糖尿病、高胆固醇、运动量、体重超标和精神压力关系密切。”他进一步阐述道，“一般而言，65 岁以上的男人有 4/5 死于心脏病，而该年龄段的女性死于心脏病的概率是男性的 1/4；男人比女人更易于患心脏病，且患病的年龄偏低；有心脏病家族史者易患心脏病；吸烟者患心脏病的概率比不吸烟者高出两倍，最新研究结果表明，被动吸烟也存在患心脏病的极大危险；高血压迫使心脏加倍工作，引发心脏体积增大，从而改变心脏的动脉，促使心功能减弱；肥胖加大心脏的负荷量，易引发心脏病……”

谈到心脏和心脏病，教授滔滔不绝。怎样预防心脏病呢？巴纳德在著作中从饮食营养、精神压力、周围环境、体育活动和生活态度等五个方面，每一方面提出十条忠告，“按此身体力行，从现在做起，则可终生与心脏病无缘”。他强调，读完一本书需要时间，一言以蔽之，书中最重要、最简单易行者莫过于以下六条：“切勿饱食、少吃肥肉、常开笑颜、勤酌红酒、乐于交际和适量性生活。”

教授热情地拿出一本新书，签名后赠予我说：“中国是世界超级人口大国，中国人的生活质量正在提高，我计划今年底前后去中国宣传这本书，介绍预防心脏病的常识。”遗憾的是，这竟成为他的遗愿。

他创造了医学史，自己却不以为然

1967年12月3日，在开普敦大学附属医院，巴纳德和他领导的包括其兄弟在内的医疗小组，经过五个多小时的紧张工作，成功地将一名24岁车祸遇难者的心脏移植到一名51岁商人的胸腔内。尽管这位名叫路易斯·华什坎斯基的男士运用一位年轻女性的心脏仅存活了18天，但这一人类心脏移植的开先河之举，遂使巴纳德一夜之间成为世界名人。紧接着，他的第二个病人健康地活到第十九个月；在他的前十名病人中，有四人活了一年多，两人超过了十年，其中一人活得更长，竟达24年之久。

重提这段历史，巴纳德显得不以为然，认为他不过是比别人多了一些勇气罢了，“手术本身并无什么高难度，时至今日这种手术更是成为一个普通外科手术而已。我认为，人类首例心脏移植手术不是一个医学突破，当然也不成其为本世纪重大的科学发现，发现DNA的结构才是医学的伟大进步”。他这样回忆当年的情景：当时认为那次手术没有什么特殊的，手术前未向领导通报情况，手术时未请人摄影以存资料，更别说让记者进行报道了，要说有什么不同，那就是介绍了一种新的外科技术。“手术后我照常回家，只是在途中听到广播里报道这件事，当时也未太留意，更没有想到竟会如此这般地一石激起千层浪。不过，几周后发生的一件事使我颇感后悔：一家法国公司向我表示，愿意出价五万美元购买那次手术时我戴的那双手套，我多么傻啊，手术后我随手把手套扔到垃圾箱里了。”现在谈起此事，巴纳德仍流露出几分后悔之意。

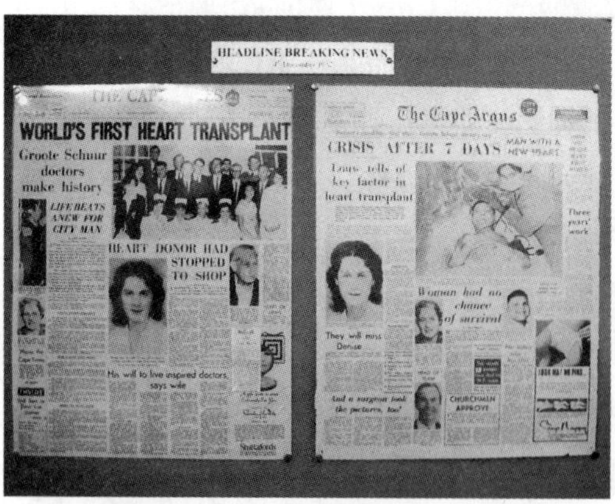
HEADLINE BREAKING NEWS

WORLD'S FIRST HEART TRANSPLANT
Groote Schuur doctors make history
LIFE BEATS ANEW FOR CITY MAN
HEART DONOR HAD STOPPED TO SHOP
His will to live inspired doctors, says wife

The Cape Argus
CRISIS AFTER 7 DAYS
MAN WITH A NEW HEART
Louis tells of key factor in heart transplant
Three years' work
Woman had no chance of survival
They will miss Denise
And a surgeon took the pictures, too!
CHURCHMEN APPROVE

南非报纸对人类首例心脏移植手术的报道。

巴纳德的这席话并非过于谦虚，世界医学界也曾经认为，人类首例心脏移植手术本不该是巴纳德执掌手术刀，也不该发生在非洲南端的南非，它应该由美国的著名心脏外科大夫在美国本土上完成这一医学壮举。当时，美国斯坦福大学的一个医疗小组曾掌握和运用了这一技术，成功地对动物进行了心脏移植手术，况且，巴纳德手术所用的心肺体外循环机也是美国明尼苏达大学的利勒海教授 1955 年发明的，巴纳德结束在美进修后购买了一台机器带回国，并在实验室里试验和掌握了这一技术，然后决定大胆进行人体实践。

破天荒者是需要过人胆识的。出于同样的胆识，几乎在进行人类首例心脏移植手术的同时，巴纳德先后相继成功地进行了首例人类肾脏、肺脏和肝脏移植手术。就挑战性而言，人类肝脏的移植手术要比心脏移植的难度高出好多倍。1971 年，他又成功地进行了心肝两脏同时移植手术，再次创造了医学史上的奇迹，只是由于心脏移植手术的巨大成功和声誉，使得他在其后取得的一个个胜利被淹没掉了。三年后，他又成功地将移植的心脏置于病人体内，与患者的心脏同时并存，共同工作。不过在 1979 年，他将一颗狒狒的心脏移植给一名 26 岁的女性，又为一名 59 岁的男子移植了一颗黑猩猩的心脏，而这名男子仅活了三天，此两项大胆试验均未获成功，他也因此受到医学界的普遍反对。

在诺贝尔奖与女人之间，他选择后者

人类首例心脏移植手术的成功给巴纳德带来了巨大荣誉，使他的生活掀起了巨大波澜。这种震撼的强烈程度即使他本人也始料未及。

随着一大堆应接不暇的荣誉纷至沓来，他的财源随之滚滚而来，提出与他合伙开办餐馆和农场或做其他生意的富商接二连三找上门来，一个个年轻貌美的女性也不约而同地慕名接踵而来，一时间，45 岁的巴纳德红得发起紫来，喜爱女人的他也就自然而然地忙于穿梭在年轻女性之间，遂引起家庭发生八级地震，给他的人生添加了浓厚的传奇色彩。他先后三次结婚而又三次离婚，到头来落了个心灵破碎的孤家寡人。

巴纳德 1948 年初婚，就在他成名后的第二年——1969 年，他抱怨妻子缺乏幽默感，不能适应国际名人的生活，而妻子劳洁则认为他对自己不忠，首度婚姻在维系了 21 年后终于亮起红灯，就此宣告破裂。次年，巴纳德与自己女儿 19 岁的朋友、小他 29 岁的芭芭拉结为连理。12 年后，妻子说自己不在家时他常带回别的女人，尽管他本人坦承十分喜欢第二任妻子，这次婚姻也不得不就此画上句号。

离婚六年后的1988年，24岁的时装模特凯琳成为65岁的巴纳德的第三任妻子。凯琳的父母是巴纳德的朋友，她自己比丈夫小41岁，就在她六岁那年，母亲曾请巴纳德这位国际名人抱着自己的女儿凯琳照相，他们在婚礼上还出示了这张特殊的合影。巴纳德笑言自己当年根本不会想到这个小女孩长大后竟能成为自己的妻子。不幸的是，也是在婚后的第十二个年头，凯琳以经常在家中厕所的垃圾箱里发现避孕套和“伟哥”为由，提出与丈夫分手。就在世人欢庆新千年到来之际，他们的婚姻终于走到了尽头。在他的三次婚姻中，每任妻子各为他生育了两个孩子。

姑且搁起波澜起伏的婚姻生活，巴纳德的婚外情更是多彩多姿。他对女人的强烈爱好和不断追逐，使他的身旁总是伴随着接连不断的漂亮小姐。在1993年出版、曾引起轰动与争议的《第二人生》一书中，他描述了自己与著名国际影星之间的感情纠葛，其中包括与意大利影星吉娜·露露布里吉和索菲娅·罗兰等之间的暧昧关系。他谈到在与吉娜邂逅之后，在她家中如何调情至通宵达旦，次日吉娜送他回宾馆时，身上仅穿了一件貂皮大衣，里面一丝不挂。他表示吉娜相当主动，还叙述了自己与到旅馆替吉娜送信的女士上床的经过。1968年8月8日，应索菲娅的邀请，在罗马郊外的莫斯卡蒂医院，巴纳德特意为四岁的西尔万纳·卡瓦里妮进行体检，可见他与索菲娅之间的关系非同一般。不少人认为，以巴纳德的身份写出这种书大众难以接受，况且对书中提及人物具有伤害性。一位心理学家更是怒不可遏，认为巴纳德写此书是要为自己的某种“邪恶以满足”，同时肯定自己的丈夫气概。

就在这次接受我采访时，巴纳德表示自己从未梦想过会有世界名人的地位与生活方式，“我从不认为自己是个比别人好的外科大夫，我喜欢与每个人交谈，包括国家总统和城市清洁工在内的各类人士，这也许是我遭遇一连串麻烦的根源，但我从来不去装腔作势地当什么大教授”。他停顿了一下说，“我喜欢女人和跳舞，不过我只对做巴纳德颇具兴趣”。

也许是他对诺贝尔医学奖不屑一顾的高傲态度，也许是诺贝尔医学奖评审委员会认为人类心脏移植手术简单易行，巴纳德始终未能荣膺这一桂冠。对此，世界各地的人们替他打抱不平，南非医学界对这位给他们带来莫大荣耀的教授十分推崇，对他未能获得这一殊荣始终耿耿于怀，会长曼纽尔曾表示，他对巴纳德未能问鼎诺贝尔医学奖“备感意外”。然而，巴纳德心平气和，“如果要我在诺贝尔奖与女人之间做出抉择，我毫不犹豫地选择后者”。

穷且益坚青云志，风流过后是孤寂

1922年11月8日，巴纳德降生在南非西开普省西博福特镇一个穷人家中。由于家境贫寒，加之作为白人的父亲为当地黑人和有色人布道传教，而这在当时种族歧视严重的国度被视为大逆不道，巴纳德兄弟四人也因此备受冷落，他们的童年是在别人的侧目中度过的。这一境遇促使巴纳德当年就立下刻苦学习、行医养家的志愿。

中学毕业后，勤学的巴纳德考取了开普敦大学医学院。同样是因为贫穷，他买不起汽车，每天步行七公里去学院上课，这比上中学时每天徒步八公里少了一公里。1946年大学毕业后，他未能实现开业行医、挣钱养家的志愿，而是进入公立医院——开普敦大学附属医院工作。他继续夜以继日地刻苦钻研，终于在十年后获得美国一所大学的奖学金，前往当时的世界心脏外科学中心——明尼苏达州立大学进修两年，学习新的外科技术。回国后，他与同事成功设计了心瓣修复术，介绍了术后护理新技巧，这为此后进行的人类首例心脏移植手术的成功奠定了坚实基础。

1962年，他成为副教授；十年后，巴纳德被聘为手术外科学教授，他对此颇有微词，认为自己应该是心脏外科学教授。在人类首例心脏移植手术为他带来声誉后，巴纳德利用自己的身份强烈抨击种族隔离制度，由于发表了“南非白人种族主义者政权等同于法西斯纳粹分子”的演讲，他被当局禁止公开活动长达20年之久，直到新南非诞生后受到曼德拉总统的邀请才重新露面。期间，他与人合作完成了自己的传记《第一生命》和其他书籍，同时经常在《开普时报》等报刊上发表专栏文章。

20世纪80年代，巴纳德经历了两次巨大的感情挫折，先是他做医生的长子不幸去世，后是他自己第二次离异。1983年，由于受风湿性关节炎的影响，61岁的巴纳德不得不放下心爱的手术刀，告别了手术台。退休之后，他应邀赴美国俄克拉荷马州移植研究所做了两年客座科学家，并在65岁时回国完成了第三次婚姻。

近年来，巴纳德侨居欧洲，来往于不同国家。晚年的巴纳德逐渐感到体力不支，心力交瘁，特别是第三次婚姻破裂对他的重大打击，使他觉得有点难以支撑。他用破碎的心支撑着病弱的身躯完成了自己的最后一本著作《心脏保健五十法》。去世前一年，他与凯琳最后分手。年初，他接受了面部皮肤移植，并用激光外科手术治疗皮肤癌；年终，他因腿关节骨折而在维也纳一家医院里度过了最后一个孤独的圣诞节。他的女婿维瑟说，自从离异后，巴纳德感到非常孤独寂寞，其健康状况随之急剧下降，“不可否认，他是个伤心人”。

当我问及巴纳德终生有何遗憾时，他回答说：“在进行人类首例心脏移植手术前一个多月，父亲离开了人世。我人生最大的遗憾是，父亲未能看到我的成功，与我分享成功的喜悦。”话语之中饱含着一位儿子对父亲深沉炽热、历久弥深的敬爱之情。

他悄然离去，双重的爱在遗产中永存

2001 年 9 月 2 日中午，塞浦路斯帕福斯区西度假村宾馆，正在游泳池旁边休息的巴纳德教授因哮喘病突然复发而急救器又不在身旁，悄然离开了人间。这位终生致力于抢救患者心脏的大夫，他的心脏终于停止了跳动，他充满传奇色彩的人生乐章就此画上了一个完整的休止符。

宾馆服务员立即叫来了巴纳德的代理人卢蔡欣格。卢氏说，巴纳德的哮喘病前一天晚上就严重复发了，教授就担心自己会死于该病，未料一语成谶，不幸被自己言中。“这种担心在我们去会见戈尔巴乔夫的途中表现得非常强烈，巴纳德坚持半道回宾馆取他的哮喘急救器，并说，如果病犯了而急救器不在身边，他将会死去。”卢氏哽咽地讲，他们原计划在此休息后赴德国和美国宣传他的新书，未料……

惊悉巴纳德逝世，南非前总统曼德拉深表悼念，“他的逝世是我们国家一个重大损失，他为国家做出过许多贡献，曾积极反对种族隔离制度”。姆贝基总统通过发言人表示：“巴纳德在许多方面树立了榜样，他是青年一代，特别是医学界青年一代学习的楷模。”南非最大的反对党民主联盟认为，在种族隔离的黑暗时期，巴纳德为南非在国际上带来了正面印象和积极影响，他对医学事业的贡献给心脏病患者带来了鼓舞和希望。

南非《星报》就巴纳德逝世发表了题为《巴纳德的遗产》的评论，指出巴纳德是一位真正的名人，因其对医学事业的卓越贡献，他的名字将永载史册。“他具有很多优点，其中最令人羡慕的两条——学习工作非常努力和挽救病人的生命全心全意——促使他在自己的领域取得了伟大成就。”“他是一位名大夫和名老师，鼓舞和教育了全世界许多外科大夫，他留下了用自己的高超医术服务广大患者的遗产。我们为他是一位南非人感到无比骄傲和自豪。”

根据巴纳德的遗嘱，其遗产一分为三，由于第二任妻子已经去世，他的第一任和第三任妻子与第二任妻子所生的儿子是其遗产的合法继承人。第三任妻子凯琳说，她丈夫影响了她的一生，自己从他身上学到了很多人生哲学，“他向每一件事挑战，总是试图要让不可能发生的事情变成可能”。这是巴纳德留给妻子的精神遗产。

巴纳德本想成为一名私人医生养家糊口，但后来他将这种对家庭的爱扩大到整个社会，他为数以千计的贫苦穷人免费治病，他设立的巴纳德基金会资助了许多贫穷子弟和穷人患者，他著书立说呼吁大众重视心脏保健……

2001 年 4 月 17 日，一个阳光灿烂、和风送爽的艳阳天，怀着对巴纳德教授的敬佩之情，我走进开普敦大学，参观了“人类首例心脏移植手术博物馆”。就是在这里，34 年前发生了震惊世界的医学奇迹，今天观之，一切似乎还顽固地停留在当年：捐赠心脏者的病床及其墙壁上张贴的她微笑着的照片与简介，心脏移植手术过程中使用的各种器械仍然放在原位，手术过程中立下汗马功劳的那台心肺体外循环机静悄悄地站立在一旁，当年的医疗小组正在为患者移植心脏的情景塑像惟妙惟肖，橱窗内摆放着捐献者与接受者的心脏模型，博物馆馆长科奈斯先生指着模型，向我讲述着患病心脏与正常心脏的区别。馆长说，这家医院始建于 1938 年，因 1967 年的心脏移植手术而闻名世界，此后曾做过 600 多例心脏移植手术，1996 年 3 月将这几间改建为博物馆，自 1997 年开始接待中小学生参观以来，迄今已有 18000 名学生到此进行以教育为目的的参观。博物馆门前有一尊巴纳德教授的半身铜像，为纪念巴纳德对人

巴纳德说：“我回家了。”

类医学事业作出的贡献，他生前工作过的这家医院被重新命名为“巴纳德医院”。

2001 年 9 月 14 日，巴纳德的葬礼在其家乡的一个玫瑰园举行，他童年时代曾在那里玩耍。他的两位前妻和五个孩子——从四岁的小女儿拉拉到 51 岁的大女儿戴尔德雷及当地 500 多名群众参加了葬礼。按照遗愿，他的墓碑上写着：“我回家了。”

第五节 美王后红杏出墙

南非报纸曝光，情人现身说法；斯威士兰五王后红杏出墙，王室密谋处置。

年轻的斯威士兰国王姆斯瓦蒂三世做梦也未曾想到，现代化的通信手段竟深入到专制君主的后宫床头，点燃了王宫后院的火，偷走了五王后的心，让他“戴了绿帽子”。

2003 年 9 月 7 日，南非《星期日时报》以“我与王后”为题，运用大半版的篇幅，报道了斯威士兰五王后——30 岁的因科斯卡蒂·拉玛戈娃萨与人私通的桃色新闻。23 岁的南非黑人小伙子里佐·萨班古怀着复杂的心情声称，自己曾是五王后的情人。为证明其真实性，报纸刊登了萨班古与拉玛戈娃萨的合影和接吻照。此事一经南非媒体曝光，便在邻国斯威士兰满城风雨，王室立即下令封杀当日的报纸，并密谋如何发落五王后。

美王后镇定自若。

手机定情初次见面

萨班古来自南非最大的黑人城镇索韦托，现是约翰内斯堡一家银行的职员，风流倜傥。他在接受专访时说，2001 年 6 月，他在一张报纸上看到了五王后的玉照，“我被她的美丽惊呆了，暗下决心有朝一日认识她、了解她、与她交友”。此后半年，他多方打探王后的联络方式，终于获得她的手机号码，“2002 年 1 月，我向她发出手机短信：我是她的狂热仰慕者，非常喜欢她”。不久，他接到王后的回复：“短信收到，愿与你见面”。接着，他们一天通电话数小时，“谈论自己，互诉衷情”。

约堡与斯威士兰首都姆巴巴尼虽距 361 公里，但他们相逢首先要掩人耳目，特别是王后保镖的警惕。经周密筹划，两人决定在王后做头发时会面。“初次见面，王后惊喜地说：‘没想到你这么英俊。’”“几周后，我们制订了一个秘密计划，在一个度假村秘密重逢，我先走进桑拿室更衣，她再让按摩女把我领进她的按摩室……”

“此后，我们每月在这小小的按摩室做爱，有时还到她与其他两个王后合住的王宫幽会。”“有时王后告诉我，她尽量减少与国王见面，以免我嫉妒；有时我觉得自己鬼迷心窍，她说我是她心目中的白马王子。”

萨班古还绘声绘色地对给记者讲述了自己与王后在约堡赌场度过的销魂时光。“2002 年 10 月，我们在约堡一家赌场宾馆的房间度过了十天，我们赤身裸体，一起淋浴，一起泡澡，共同吃草莓、酸奶，喝红酒，就像我们的蜜月。我们每天做爱六次。”“为躲开保镖耳目，我爬上阳台，从窗户进入她的套间，她张开双臂喜迎我，然后将门反锁，我们于是上床，互相为对方宽衣解带。”“她渴望着体贴与真爱，因为从未与他人有过身体接触。她从未得到过爱，我给了她百分之一百一十的爱和关心。”“她爱我，因为她说我温柔听话，为她腾出时间。她凌晨两点就唤醒我，我醒来后就静心听她诉说一切”。

私奔终结露水情缘

萨班古说，拉玛戈娃萨感到痛苦和失望，她爱我，曾哭诉自己生活糟透了，王后们像小孩子一样被对待。

然而，这段地下情未能长久。2003 年初，他们密谋私奔，未料没多久，王后意外地终止了他们之间的关系，甚至“连一声招呼都不打，当我问她我们的私奔计划时，她却说‘我猜想自己当时坠入了情网，现在你应好自为之’”。他曾乞求她回心转意，却得到这样的回答：“停止可怜的唠叨，不要成为讨厌鬼。”萨班古气愤地说：“如果人能爆炸的话，我当时就会被气炸的。她得到了自己想要的一切——爱情、体贴和性，却这样忘恩负义地抛弃了我。”

王后竭力否认绯闻

对于萨班古的一席话，五王后拉玛戈娃萨坦承他曾想接近自己，不过，

“他找我是为了得到奖学金，后来我们成了好友与知己。我把他当作一个朋友，我们一起搞艺术”。

王后说，她曾趴在萨班古的肩膀上哭诉道：“国王有许多妻子，不可能总与我在一起。我不知道萨班古作记录，我感到震惊，我向他倾诉心曲，因为我无人诉说……我不能老是遇到问题就告诉母亲，我必须在自己的母亲与姐妹面前显得坚强些。”王后否认他俩越出了普通朋友的界线，认为萨班古“另有企图”，大讲“谎言”意在“敲诈”。

对于在约翰内斯堡的赌场幽会，王后略带愤怒地说：“他爬上阳台进入我的房间是一派胡言，我有保镖、侍从和清洁工，我当时与自己的孩子在一起，他们到处玩耍。”“他要我随他私奔，事情未按计划进行，但不是我欺骗了他。”“我接受他所讲的话，那是因为我想听那样的话。如果有人说些好听的话，你的心会融化，但并不意味着我与他的关系已达到私奔的程度……作为王室的一员，我不可能私奔，王室总是墨守成规。孩子对我最重要，我不能离开他们。自己没有受过教育，我想他们能够比我强。”

照片为证难逃处罚

谈及萨班古提供给报社的照片，王后没有否认那是自己的玉照。这些证据中包括王后上身裸露、在床上穿宽松背心和暴露臀部等照片。

这篇报道犹如一枚定时炸弹在斯威士兰王宫激起千层浪，王室立即着手调查，并密谋处置五王后：驱逐出境或打入冷宫。无论何种发落，均表示五王后从此将失去国王的青睐。据说，前几年她曾红杏出墙，这次是旧病复发，恐怕要被老账新账一起算。由于王后知道王室的内情，在国内遭软禁的可能性大。作为处置的第一步，担任王室保安的王后的兄弟已被解雇。

后来的报道说，斯威士兰王室这样处置了五王后：按照王室的传统，让五王后独自一人去国外一段时间，以表示国王对其的冷漠态度。看来，王室这次放过五王后一马，感恩戴德的她此后再没有闹出桃色新闻来。

第八章　生死奇闻

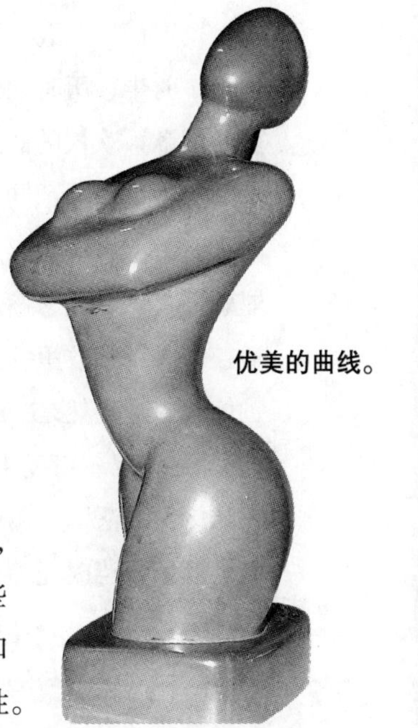
优美的曲线。

卡比拉总统遇刺身亡，婴儿在母腹中遭枪击受伤，还有在暴雨袭击中逃到大树上的孕妇安全分娩……这些生死奇闻再次说明，人的命运各异，个人的命运总是和国家与民族的命运紧紧联系在一起，并具有鲜明的时代性。

如果说我们对个人命运的时代性的认识还不十分明确，那么，“非洲维纳斯”——萨拉·巴尔特曼的遭遇无疑会加深对这一问题的深刻理解。在罪恶的殖民统治下，非洲人民深受其害，命运悲惨，生前死后都受到非人待遇。巴尔特曼先是被人骗到英国，后被当作“怪物”在欧洲各国巡展，供白人取乐；就是在她死后，其身体模型还被放在博物馆里展出，与动物的骨架一起供人参观。在殖民统治下，他们的非人待遇是非洲人民命运的一个真实缩影。

非洲人民推翻殖民统治后当家做主人，恢复了自己的尊严。新世纪到来之际，两位同胞的遗骨荣归故里。时代在前进，历史翻开了新的一页，然而，过去是不能忘记的，“忘记过去就意味着背叛”。

第一节　“非洲维纳斯”之死

8 月 9 日是南非的“妇女节”，与往年不同的是，2001 年庆祝活动的焦点是为一名 186 年前去世的南非妇女在其家乡东开普省汉基村举行一场隆重庄严的“葬礼”，姆贝基总统和数千名各界来宾与当地群众，怀着悲喜交加的复杂心情，向萨拉·巴尔特曼的遗骸做最后告别。

“葬礼”以官方、民间、传统与宗教四结合的方式，从上午9时半持续到下午1时半，历时四个小时，南非国家电视台向全国进行了实况转播。庄严的南非国歌，欢快的民间舞蹈，激扬的传统鼓乐，凝重的各界致词，燃烧的传统草药，激动的乡亲同胞……这一系列组成“葬礼”的主旋律，传达出一个非常清晰有力的声音：奴隶主义、殖民主义和种族主义是造成巴尔特曼历史悲剧的罪魁祸首，她的悲惨遭遇是南非黑人妇女和非洲妇女命运的一个真实缩影，其遗骸今天荣归故里并得到隆重安葬具有划时代的历史意义，尊重妇女权利、维护妇女尊严仍然是当今世界的一个沉重话题。

萨拉·巴尔特曼1789年降生在非洲大陆南端的冈图斯河畔，是年，在欧洲大陆爆发的法国大革命正以“自由、平等、博爱”的思想冲击着“文明世界”，而她的家乡当时正遭受荷兰殖民者统治，自己也很快成为荷兰人彼得·塞扎农场的一名小奴隶。她当然做梦也未曾想到，此后发生的一件事，使其命运与遥远的欧洲大陆、与法国这个陌生国度紧紧相系。彼得的兄弟亨里克与英国军医邓洛普造访农场，意外地发现了体型特殊的巴尔特曼并对之充满好奇，他们认为巴尔特曼硕大凸出的臀部是欧洲流行的“非洲人种落后论”的佐证，把她运到欧洲展览定能成为攫取暴利的“摇钱树”。于是，两人用花言巧语给巴尔特曼描绘了一个“文明世界”的锦绣前程，将其诱骗到英国。

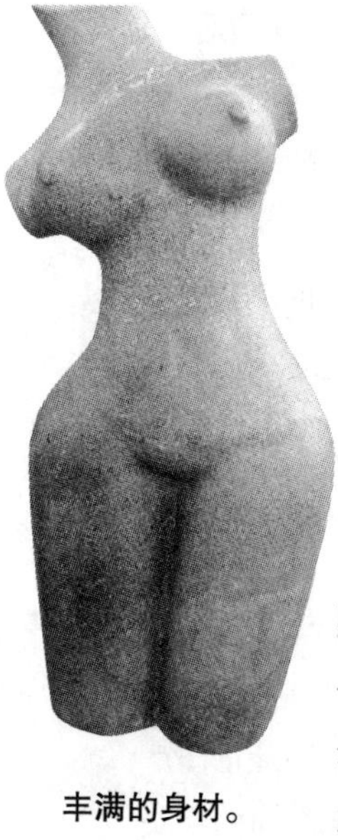

丰满的身材。

1810年，21岁的巴尔特曼在伦敦开始了其异国他乡的非人生活。她的吃住条件如同猪狗一般，被当做怪物在光天化日之下进行裸体展览。当时的伦敦《时报》报道说：“巴尔特曼像野兽一样被命令在大庭广众之下进行前后走动，每次表演长达三个小时。”她的臀部和下垂裸露的阴部成为人们讥讽的对象，由于欧洲白人蔑称非洲黑人为“霍屯督”，便给她冠以“霍屯督维纳斯”的艺名，并别出心裁地将其受洗为基督徒。

1814年，巴尔特曼被亨里克带到巴黎，继而又被出售给法国驯兽商雷奥，继续充当怪异性展览者的角色，其境况每况愈下。一位法国记者这样写道：“泪水从她的眼角涌出，她的皮肤变成浅绿色，她跳跃，她歌唱，她击鼓。”她被视为没有感情的动物，与从非洲掠夺来的奇特鸟类与动植物一起在植物园“展出”。为了给这一肮脏的人体展览贴上“科学”标签，巴尔特曼被特许走进自然博物馆，三名科学家对这一“人类活标本”产生了浓厚兴趣，请来画家从前后左右四个方向为她画像，并以科研的名义提出死后保留其尸体。

1816 年 1 月，在合同期满三个月前，27 岁的巴尔特曼病死在巴黎一间简陋的住所，结束了她充满屈辱、悲愤与无奈的短暂人生。然而，她的悲剧并未因为她的死亡而落幕，进而在文明社会里成为科学的“囚犯”，充当一些人类学家撰写种族主义论文的“依据”。古人类学家古维埃就将巴尔特曼的臀部与母猩猩进行比较研究，试图寻找黑人与黑猩猩之间的亲缘关系，建立一种所谓的新学说。在被做成石膏像后，她的尸体被解剖，制作成骨架标本，她的大脑和生殖器被分别置入两个大玻璃瓶内，用福尔马林溶液浸泡保存，成为法定的“不可转移”的国家收藏品。巴尔特曼的石膏像和遗骸被陈列在法国人类博物馆，在非洲人民的强烈抗议声中，1974 年法国议会通过生物伦理法，根据其中对人类遗骸的有关规定，才终止了公开展览。

巴尔特曼生前与死后的命运似乎注定要与艰难困苦紧密相连，她回归桑梓的路程也走了漫长的八年之久。1993 年，就在法国人类博物馆动议要将巴尔特曼再次展览时，南非有关方面提出归还其遗骨的要求。法国则提出南非博物馆可以“长期借用其遗骨”，而不是“荣归故里得到庄严安葬”，仅此还必须经过法国议会通过，因为议会认为博物馆里的馆藏是“国家珍宝”。1995 年，曼德拉总统向法国正式提出归还巴尔特曼遗骸的要求，然而法国对此置若罔闻，多方推诿。事实十分清楚，法国这个前殖民国深恐此举引起世界范围内的“珍宝归还潮”，进而拒绝承认巴尔特曼 19 世纪在法国期间未曾受到过虐待，认为滞留法国是她本人的意愿，并矢口否认曾在缸罐之中保存她的部分遗体。

1999 年 1 月，世界考古大会在开普敦大学举行。针对法国的所谓辩解，与会专家一致认为，巴尔特曼“不得不展示她巨大的臂部和外阴，以取乐麻木不仁、缺乏人性和毫无感情的人群，白人观众将此视为他们在非洲的特殊发现之一”。会议通过决议：专家们坚持巴尔特曼的遗骨应该尽快得到归还，过去的耻辱应该得到洗刷。在南非政府与民间、科学家与作家坚持不懈的努力下，同时得到国际友人的鼎力相助，终使法国于 2001 年初通过归还巴尔特曼的法案，巴尔特曼于 2001 年 5 月 3 日回到自己的故土，恢复了她做人的尊严，更是恢复了一个民族的尊严。

在要求归还巴尔特曼的过程中，南非成立了专门组织，南非著名人类学家托拜厄斯教授和女作家费拉斯发挥了独特作用。托拜厄斯教授指出，他们通过研究，决定弃用对巴尔特曼含有贬称的小名“萨提蒂”，代之以其本名“萨拉”。他强调，巴尔特曼遗骸不是一般的人类遗骨，“我们知道她的姓名和出生地点，我们有权利要求归还”。费拉斯 1998 年特意为巴尔特曼创作了一首诗，这首饱蘸激情的诗歌打动了法国的议员们。在那天的葬礼上，她眼含热泪朗诵了自己的诗。该诗共四段，下面是其中的第一段：

我前来接你回家
家乡，你曾记否那草原？
繁茂的青草生长在大橡树下
那里天高气爽太阳不再焦灼
我为你布置的床铺安放在山脚下
你的被褥上撒满了草药与硬币
帝王花开放着红色和白色的花
小河唱着欢乐的歌
那是清流翻越石块时飞溅的浪花

巴尔特曼能够安葬在自己的故土具有深远的历史影响和重大的现实意义。她是一个偶像，其形象、人生、死亡和死后的尊严击败了种族主义、殖民主义和性别歧视；她是一个象征，其遭遇在提醒人们，人类曾经怎样地相互漠视与践踏，其悲剧是一笔丰厚的人类遗产，告诉世人决不能重蹈覆辙。正如姆贝基总统在葬礼上指出的那样：“巴尔特曼本不应该被运送到欧洲，她的姓名不应该被剥夺掉，她的出生地、科伊桑人和非洲人的身份不应该被掠夺去，她不应该被作为野蛮怪物当街示众。”他强调，“是野蛮人的并非那位在欧洲孤独的、被疏远了自己身世和祖国的非洲妇女，而是那些用野蛮行为虐待她的人；是怪物的并非那些遭受凌辱的人类，恰是那些凌辱巴尔特曼者”。

巴尔特曼的悲惨命运和屈辱遭遇是人类历史上黑暗与丑恶的沉重一页，它把人类之间相互奴役与践踏的丑行赤裸裸地暴露在光天化日之下，彻底撕碎了那些所谓“人权”卫士们的假面具，而巴尔特曼的历史悲剧发生在法国大革命之后又无不具有讽刺意味。随着巴尔特曼遗骸的回归，殖民主义时代遗留下来的这笔“债务”似乎从法律上偿还了，但她生前被当做怪物在伦敦和巴黎展览、死后又被制作成人类标本与石膏像在法国人类博物馆里陈列的屈辱历史，她的人权遭到粗野践踏的惊人事实，仍然是“文明世界”洗刷不掉的历史见证。

黑色是美丽的。

巴尔特曼的葬礼是愈合历史创伤、促进种族和解的重大步骤，鼓舞着人们维护人的权利，尊重妇女尊严，走和平和解、团结奋进的发展道路。也正是基于这一考虑，南非政府将巴尔特曼的坟墓宣布为全国重点文物，并在开普敦为其建立纪念馆，告诫世人维护妇女权益，教育年青一代铭记历史悲剧。

“青山遮不住，毕竟东流去。”随着人类文明的进步，历史终于翻过了这沉重的一页，巴尔特曼在历经凌辱与苦难之后终于实现了叶落归根，并用自己的悲剧呼唤着人类的良知。由是观之，巴尔特曼荣归故里的日期与非洲联盟成立的时间前后相差一年，这并非偶然，实乃历史进步的脚步与时代发展的要求所致也。

在历经两个世纪艰难曲折的命运之后，巴尔特曼最终回到祖国的怀抱，故乡人民亲切称她“母亲”，特意为她送行安葬，姆贝基总统深情地将一粒冲洗干净的石块放置她的坟墓前……

安息吧，萨拉·巴尔特曼！

第二节　卡比拉遇刺之谜

总统中弹身亡　局势扑朔迷离

2001年1月16日下午，位于刚果（金）首都金萨沙市中心的总统府发生激烈枪战，卡比拉总统在与几位将军争吵时被其警卫开枪打成重伤，经抢救无效于次日凌晨1时许去世。事发后，首都金沙萨随即实行宵禁，局势虽比较平静，但更加扑朔迷离。

刚果（金）的前宗主国——比利时外交部长米歇尔 1 月 16 日晚说，卡比拉在这起军事政变中被其贴身保镖打死。他没有透露消息的来源，但肯定这一消息的两个来源非常准确。来自乌干达和卢旺达的消息认为：“卡比拉已经死亡，他是被不明枪手击中的，我 101%地肯定他已经死去。”得到乌卢两国支持的刚果（金）反政府武装同样认为，卡比拉已经死亡，是被他的部下发动政变而中弹身亡的。

但是，一个接近金沙萨总统府的消息来源否认总统已身亡的消息，指出卡比拉被他的保镖打成重伤，目前正在接受治疗。“总统身中两弹，一枪在背部，一枪在腿部。他的伤势非常严重，被直升机送往首都医院抢救。”消息来源说，这不是一起军事政变，而是一起谋杀事件。

刚果（金）内政国务部长卡库奇是卡比拉的亲信，他否认了卡比拉死亡的消息。他在电视台宣布晚上 8 时至凌晨 6 时的宵禁令时说：“是卡比拉总统本人下达的这一宵禁令。”与此同时，总统私人参谋长和副官卡彭德上校在电视台宣布关闭机场和边境时，呼吁国民保持安静和秩序，军队遵守纪律，不许随意开枪。

刚果（金）驻比利时大使基桑加认为总统仍活着：“发生了一些事情，不过我暂不能告诉你们太多，只能说卡比拉总统还活着，政权还在他手中。”

为了弄清事实真相，我设法与中国驻刚果（金）大使馆取得联系。一位不愿透露姓名的官员在电话中证实，卡比拉已经死亡。他说，16 日下午总统府发生枪战，卡比拉中弹身受重伤，后立即被送至首都一家医院，经抢救无效约于 17 日凌晨 1 时去世。主治医生将卡比拉死亡的消息提前告诉了外界，包括比利时官方等，使得乌干达和卢旺达高级官员和比利时政府最早宣布了卡比拉去世的消息。也就是说，当内政国务部长宣布首都实行宵禁时，卡比拉确实没有死亡，医生正在对他进行全力抢救。

据悉，卡比拉是在与几位新近被解职的高级将领发生激烈争执时被其贴身警卫打死的。当时，约有十人在场。至于卡比拉为什么被枪杀的原因目前尚不清楚。

1997 年，在外国枪炮的支持和本国刺刀的拥戴下，当年 55 岁的卡比拉从国家东部长驱直入，打入首都金沙萨，推翻了蒙博托长达 36 年的统治，荣登总统宝座并将国名从扎伊尔改为刚果民主共和国。然而仅仅一年之后，卡比拉政权因严重的腐败现象和任人唯亲的裙带关系受到民众抱怨，东部邻国也对卡比拉不能保持边境地区安全多有微词，卡比拉因之下令驱逐外国军队，未料一纸“逐客令”竟成为战争的直接导火索，国家东部的班亚穆伦格族士兵揭竿而起，在乌干达和卢旺达两国军队的支持下发动叛乱，矛头直指卡比拉，大军直逼金沙萨。在四面楚歌中，津巴布韦、安哥拉和纳米比亚快速出兵帮助卡比拉平叛，及时挽救了危若累卵的卡比拉政权。

刚果（金）首都的人民英雄纪念塔。

外国出兵导致战场局势复杂化。在津巴布韦、安哥拉和纳米比亚三国支持下的政府军与乌干达和卢旺达支持下的反政府武装在国家东部地区从此形成势均力敌的对峙状态，战争长期陷入僵局，被誉为非洲的“第一次世界大战”。1999 年 8 月，在联合国、非统组织和南部非洲发展共同体等国际和地区性组织，以及赞比亚和南非等非洲国家的积极斡旋下，交战双方签署了《卢萨卡和平协议》。然而，和平协议始终未能得到真正实施，双方不时指责对方违反协议，枪炮声时有所闻。

就在这次遇刺事件发生一周前，刚果（金）政府积极准备集聚军力，向反政府武装发动攻势，以期用武力结束这场战乱，卡比拉也因此罢了几位高级将领的官。未料，天有不测风云，卡比拉却中弹身亡。

作为国家元首和军队最高统帅的卡比拉突然中弹身亡，给本已错综复杂的刚果（金）局势无疑增加了莫大的变数，扑朔迷离的刚果（金）局势从此将对大湖地区，乃至整个非洲大陆的和平与稳定产生重大影响。

2001 年 1 月 17 日下午，刚果（金）信息部长萨考姆比在国家电视台宣布：卡比拉总统的儿子、31 岁的约瑟夫·卡比拉接替父亲成为刚果（金）政府和军队的负责人。

几年后，刺杀卡比拉总统的数名凶手受到应有惩罚，他们多是卡比拉总统身旁的工作人员。

刚果（金）丛林上演人吃人惨剧

2003年1月，刚果（金）再次受到国际社会的强烈关注。该国东北部竟爆出“人吃人”的新闻，居住在热带丛林中的侏儒族人，成为反政府武装的盘中餐，联合国正在深入调查这一骇人听闻的事件。

联合国驻刚果（金）观察团的官员莫努贝表示，虽然刚果（金）和平协议已经签署，国家正朝着和平建设的方向发展，但是十万多名因战火沦为无家可归者仍不敢返回家园，他们至今仍心有余悸，特别是那些生活在国家东北地区热带森林中身材矮小的俾格米人，好不容易逃离家园捡回一条命，又唯恐回家后落入反政府武装之手，成为他人盘中美餐。

2002年12月中旬，刚果（金）的两大反政府武装在国家东北部伊图里省贝尼市附近再次交火，居住在那里逃离战乱的侏儒人说，反政府武装在他们家乡一带胡作非为，坏事做绝。他们强奸妇女，任意施用死刑，更令人发指的是，他们竟丧尽天良和人性地吃起人肉来，上演“人吃人”的人间惨剧。一名妇女说自己在刚刚分娩后就遭到强奸，一名男子被强迫目睹家人被处死的情景，一个犯人则在枪口的威逼下烧烤人肉并食之……

更令人震惊的是，反政府武装以吃掉俾格米人作为对侏儒人的惩罚措施。反政府武装刚果解放运动及其盟友刚果民主联盟国民派，近来在伊图里省追杀他们的共同对手——刚果民主联盟解放派。这两支反政府武装经常雇佣当地的侏儒人到森林中寻找食物，尽管这些侏儒人是热带丛林中寻觅食物的高手，但也难免出现马失前蹄的情况，如果侏儒人一旦四处寻觅而空手归来时，自己就成为这两支反政府武装的食物，在被杀死后又被吃掉。联合国驻刚果（金）观察团的官员表示，这一指控“值得相信”，他们将“严肃对待这一事件”，并派出六人调查组深入丛林调查此事。这两支反政府武装的领导人也表示，他们将调查这一惊人事件。

刚果民主联盟解放派人士认为，侏儒人惨遭宰杀进而又被食之，是因为那两支反政府武装的指挥官们相信，吃了俾格米人的性器官有助于增强体质和增大力量。正是这种食他人肉可以“强身健体”的歪理邪说驱使着他们干下这种罪恶勾当。也有报道说，反政府武装分子因俾格米人个子矮小而歧视他们，把他们当做低等人甚至动物，所以敢于心安理得地吃掉他们。

同室操戈，贻笑他人；同类残杀，令人悲哀；同类相食呢？令人震惊，令人发指。援助俾格米人组织指出，俾格米人是中部非洲最早的居民，现约剩60万人，濒临绝种的危险。他们世代生长在热带丛林中，从未离开过家园，正是这场被称为“非洲第一次世界大战”的战火逼迫他们逃离家园，失去传统的生活方式和打猎场所，这还不算，反政府武装还要吃掉他们，简直让人百思不得一解。他们进而指出，国际社会不断关注濒临灭绝的动物的保护工作，昨天是非洲中部的一种类似长颈鹿的动物——霍加坡数量减少了多少，今天是生长在该地区的与人类最接近的动物——山猩猩的生存受到了影响，后天又是犀牛遭到人类攻击……然而，对像濒临灭种的俾格米人的命运却视而不见，置若罔闻，“这无论如何是令人无法接受的，关注珍稀动物，更应关注俾格米人的命运。希望这一人吃人事件能够唤起国际社会的良知，更多地关注人类弱势群体的命运”。

刚果东北部“无国界医生”组织负责人罗德里格女士指出，在矿藏丰富的伊图里省发生这种暴行，简直令人不可想象。“我注意到有关报道。我不否认这一事实，有些逃离家园的沦落者一直在谈论这种事情。不过，这只是一年来发生的大量暴力事件中的一部分，可谓冰山一角。这一人吃人的现象是国际社会关注的时候了。”

第三节　奇异杀人湖揭秘

喀麦隆“杀人湖”危机四伏

天下之大，无奇不有。在素有“中部非洲粮仓”的喀麦隆，竟有两个能杀死人的湖泊——尼奥斯湖和莫努恩湖。虽然喀麦隆政府从2001年初积极实施“排气防喷”工程，采用科学方法排放湖中的二氧化碳和其他有害气体，以期减少“杀人湖”喷发毒气的可能性，但由于资金短缺，计划之中的八个自然虹吸装置尚未完成，“杀人湖”迄今尚未制服，危机依然四伏。

1984年8月15日，位于喀麦隆西部省的莫努恩湖突然喷发毒气，附近的37名居民因之丧生。两年后的1986年8月21日夜晚，位于该国西北省的尼奥斯湖发生类似的奇怪现象，伴随着闷雷般的响声，湖底沉积的超量二氧化碳奋力冲出湖面，掀起近百米的巨大水浪，强烈的毒气迅速向四周扩散，夺取了湖周围1746名村民和6000多头牲畜的生命。这一消息当时曾震惊了整个世界。

灾难发生后，喀麦隆政府组织科学家探测“杀人湖”的秘密。由国内外科学家组成的考察团经过几番深入实际的调查研究，终于揭开了这两个“杀人湖”的神秘面纱：这两个湖为火山湖，二氧化碳从地层深处缓慢向湖底渗进，逐渐溶解于湖水中，密度不断增大；湖表层的冷水就像一个大盖子一样平静地盖在上面，使二氧化碳及其他有害气体难以散发。如遇地震或地层变化，湖表层的“盖子”失去平衡，毒气随时有可能发生剧烈的喷发。尼奥斯湖海拔1091米，长和宽分别为2500米和1500米，平均水深200米，积聚的二氧化碳及其他有害气体数量巨大，至少积存了三亿立方米的二氧化碳和二氧化硫等有害气体，而且这些有害气体还正在与日俱增，喷发时造成的灾难也与之成正比例。

经过科学论证，科学家建议采取“疏导法”释放湖底的有害气体，以达到“排气防喷”的效果。具体方法是，分别在尼奥斯湖和莫努恩湖设立五个和三个虹吸装置，日夜不停地抽取湖底的各种毒气，防止“杀人湖”再次喷发，危及人类的生命。同时，决定在湖边安装安全报警器，一旦湖中的有害气体含量过高，在临近警戒线时，报警器便亮起红灯，发出警报声，以便附近居民闻声撤离。尼奥斯湖已安装了一个虹吸装置，只见一个50多米高的白色“水柱”从湖面升腾而起，时高时低，喷发的时速约为100公里。其实，这个“水柱”实为“水气合一”，且“气”多于水，其中90%是有害气体，10%为湖水。

从尼奥斯湖视察归来的喀麦隆科学和技术研究部部长恩伦德表示，这一“排气防喷”计划虽说是初战告捷，但它仅仅是个开端，目前遇到的主要问题是资金困难。他说，这套工程共需投资280万美元，在两个湖上共设立八个虹吸装置。就尼奥斯湖而言，每天积聚的各种毒气高达100万立方英尺，而其中的1/3仅被排放，且不言以前湖中积聚下来的大量毒气。更为严重的是，湖周围的群众因“靠湖吃湖”，以湖为生，正准备在湖岸修建永久性住房，这无疑是一大严重隐患。

完成“排气防喷”整套工程需要大笔资金，维护“虹吸装置”正常运转需要日常费用。为此，喀麦隆政府向国际社会呼吁救援，恳请富裕国家伸出热情的双手，以便他们能够彻底整治“杀人湖”，造福子孙万代。

马拉维湖上演“鳄口逃生”真人秀

2002年12月，马拉维上演了一出惊心动魄的“鳄口逃生”真人秀。一名

42 岁的男子在湖中游泳时，被一条凶猛的大鳄鱼紧紧咬住胳膊不放。在这紧急关头，为了求生的他竟抬起头来，张开大嘴咬住鳄鱼“最文弱”的鼻子，结果不可一世的“水中霸王”因不堪忍受人类牙咬之痛，只好松开嘴巴仓皇逃窜。当地鳄鱼“吃人成性”，能从鳄鱼嘴中死里逃生者“非常罕见”。

这次事故发生在马拉维北部的那克哈塔湾附近。当受害者正在清澈的湖水中“尽情享受美丽阳光”时，一条巨大的鳄鱼悄然游到他身边，在他毫无准备的情况下，一下子将其胳膊“吞入口中”，并向深水区拖去。虽然因被鳄鱼紧紧咬住而疼痛难忍，这位不甘心就此送死的勇敢男子奋起反抗，与敌人在水中展开殊死搏斗。

一番挣扎后，好不容易游出水面的他发现敌人的鼻子似乎是软绵绵的，于是奋力张开嘴巴猛咬上去，水中霸王在无奈之下，只好松开血盆大口转身而逃，此公有幸脱险，虽身受重伤，但坚持游到岸边，被好心人送往医院，从而捡回一条性命。

第四节　婴儿在树上降生

一心想越境的鳄鱼。

幸运女婴树上降生

2000 年 3 月初，倾盆暴雨和热带飓风继续轮番袭击莫桑比克，首都马普托一带和国家中南部汪洋一片，十多万群众被洪水围困在树上、房顶和高地，望眼欲穿地等待着救命……

3 月 1 日，希萨诺总统乘直升机视察全国灾情，俯视所及，昔日的农田、村庄和城市如今已变成一片湖泊，位于水中的房顶、树梢和高地上，十多万灾民焦急地等待着救命……希兹塔总统没有想到的是，就在他视察的当天，在首都马普托以北 150 公里的一个树上，一个两公斤重的女婴在树上如期降生。这个名叫罗西塔的女婴的母亲是四天前与家人逃命爬上那棵大树的，就在罗西塔要出生前的几分钟，南非一架直升机恰巧飞到树顶，盘旋着准备救人，一名从飞机上吊下来的国防军士兵发现了树枝上将要生产的罗西塔的母亲，飞机立即返回临时军营带来一名伞兵军医在空中为其接生，接着将母女二人救上飞机并安然无恙地转移到医院。正在莫桑比克采访的南非国家电视台记者拍摄下这一珍贵镜头。

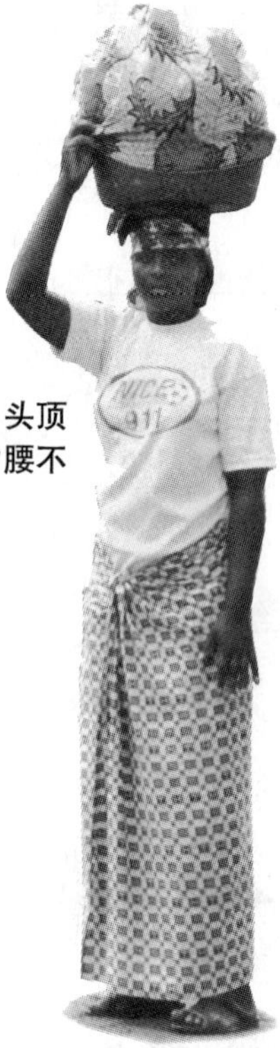
头顶压力腰不弯。

母女虽然大难脱险了，但罗西塔的母亲仍旧笑不出来，因为其年迈的祖母被洪水冲走了。

患难见真情。面对越来越严重的灾情，南非在自己受灾的同时，接收了莫桑比克和津巴布韦边境地区的灾民。与此同时，南非国防军从 2 月 11 日就飞越边境，及时加入到救援邻国灾难的行列中。截至 3 月 2 日，七架南非直升机已抢救了一万多名被洪水包围的群众，南非国防军连续作战、不怕疲劳和牺牲的精神受到莫桑比克和南非人民的高度称赞。

在旧南非，种族主义政权不断掠夺邻国莫桑比克的财富，加重了莫桑比克的灾难，“南非白人”成为莫桑比克人民的敌人而遭到唾骂；而今，新南非政府及时向受灾的邻国伸出热情援助之手，参加救援任务的南非国防军战士大都是白人，他们是莫桑比克人民的救命恩人而受到爱戴。

插根黄旗救产妇

联合国和世界卫生组织联合发表的一份调查报告说，非洲国家孕产妇的死亡率高达 1/16，孕产妇的死亡风险比发达国家高 175 倍。

世卫组织地区办事处家庭和生殖卫生事务负责人表示，在非洲，平均每分钟就有一名妇女因怀孕或分娩并发症而死亡。导致非洲孕产妇死亡率居高不下的主要因素是缺乏卫生设施、传统的文化价值观、家庭暴力、男权主义和猖獗的艾滋病。

根据联合国确定的降低孕妇和产妇死亡率路线图发展计划，到 2015 年，全球孕产妇死亡率应降低 75%。世卫组织等国际机构将在利用资源方面加强合作，为实现这一目标而积极努力。

非洲孕产妇的死亡率始终居高不下，这一问题已对非洲大陆的社会经济发展构成严重阻碍。为降低孕产妇死亡率，把病危者从死神手中夺回来，非洲边远地区的群众自想办法，插根黄旗救产妇就是其中之一。

在西非马里、毛里塔尼亚等国的偏远农村，村庄距离城市遥远，交通不便，产妇的死亡率非常之高。为了挽救产妇和婴儿的生命，当地居民想出了在路边插黄旗的高招。在这些偏远地区的公路上，当卡车司机驾车行驶时，有时会看到马路旁插着一面黄色旗帜，迎风招展，于是司机就停车等待，很快就会有数名村民匆匆抬着一名产妇赶来，搭乘顺车前往最近的城市医院。国际计划生育联盟驻非洲的官员说，正是这种“黄旗”挽救了许多孕产妇的生命。

道路旁边插黄旗救人的办法是西部非洲的农民想出来的。他们先是派代表与当地的卡车司机协会进行谈判，提出这样的条件：当运送货物或油料的卡车司机经过村庄附近的道路时，不管遇到什么困难，村民们都会热情帮助，包括联合抵制抢劫过往卡车货物的强盗行为；作为回报，过往的卡车司机免费将附近村庄的孕产妇顺道带往最近的大城市医院。

当地卡车司机协会满口答应了村民的提议，双方商定，如果马路附近村子的孕妇生病或难产时，村民在马路边插上一杆黄旗，路过的司机一旦看到，就停车等待，直到孕妇被送来，司机将其带往最近的城市医院，大约200多公里。

第五节　她带着枪伤问世

对莱斯利安·埃勒贝克母女来说，2000年3月30日是一个非同寻常的日子：女儿考特尼微笑着迎来一周岁生日；整整一年前，考特尼在母腹中被劫车犯开枪击中，医生不得不对其母亲进行剖腹产手术，带着枪伤出生的考特尼从而成为南非甚至是世界上年龄最小的犯罪受害者。

与其他一周岁的小宝宝一样，考特尼会微笑着挥手说“拜拜”，天真可爱；与其他一周岁的小宝宝不同，她因在母腹中受枪伤，不会走路。每当看到孩子不能自由活动的双腿，24岁的母亲莱斯利安就情不自禁地黯然泪下，那可怕的一幕就浮现在她眼前：那天，怀孕七个半月的她白天驱车外出，当行驶至约翰内斯堡国际机场附近时，两名持枪歹徒突然冒出来命令她下车，“他们把我向车外拽，可我的脚被离合器和刹车板夹住了，气急败坏的他们哪儿听我的恳求，不管三七二十一拔枪就打”，罪恶的子弹穿过她的胃部进而伤及腹中的胎儿并置留在母体中，这位不幸的母亲被立即送往附近医院接受了剖腹产手术。

由于不足月而被迫出生，外加身受子弹擦伤，考特尼来到人世时非常虚弱，医生从她一降生就使用呼吸器帮助她呼吸，护士更是日夜精心照料，使这个早产儿逐渐脱离了危险。三天后，当心力交瘁的母亲第一次看望自己的女儿时，考特尼突然挣脱呼吸器开始自己呼吸。

考特尼的母亲没有工作，而母女的医疗费加起来已超过30万兰特，有关方面因此组织了援助基金，帮助其渡过了难关。可谁曾料到，那颗子弹伤及孩子的脊髓神经，给考特尼留下了双腿瘫痪的后遗症。

更令莱斯利安气愤和悲伤的是，当天案发后她立即打电话报警，谁知报警电话10111一直占线，罪犯因之逃之夭夭，至今逍遥法外。

南非是世界上位居前列的高犯罪率国家之一，约翰内斯堡这座昔日以黄金闻名天下的城市如今更是以“犯罪之都”享誉遐迩。别的姑且搁起，仅以10111报警电话为例，这条南非全国的报警专用电话线在约翰内斯堡可谓一条特级热线，一年能接收到160万个电话，平均每天4500个。再以抢劫案为例，黄金城日平均发生25起，埃勒贝克母女不过是其中一起抢劫案的受害者而已。

近年来，南非的社会治安状况日趋恶化，各种恶性犯罪以年平均7.8%的速度递增，其中劫车和抢劫案分别增长126%和91%以上。南非的犯罪分子简直到了肆无忌惮、无法无天的疯狂程度，外国人亦在所难免。

远的不提，就在考特尼一周岁生日的那天，在国家东部的夸祖鲁－纳塔尔省，两名祖鲁王子在外出办事的途中，竟在光天化日之下遭拦劫被枪杀。事实上，南非的高犯罪率已经危及人们的日常生活，使得绝大多数人心有余悸，各大公司和私人住宅纷纷聘用保安，报纸也时常提醒人们注意安全。2000年4月1日，南非发行量最大的报纸《索韦托人报》刊登了一家防盗报警器公司销售经理霍奇森对读者的忠告：经常检查保安的安全装备，确保给保安配备无线电通信设备和带枪支的车辆，确保每家安装防盗报警器，经常更换保安，提高警惕注意周围一切可疑之人。他之所以提出这些告诫是因为南非没有绝对安全之处。

面对日益恶化的社会治安状况，南非政府决定拨巨款打击犯罪，争取在短期内降低犯罪率，为国民创造安全的生活环境，为国家树立良好的国际形象。财政部长曼纽尔指出，政府在2001年至2002年的财政年度预算中，计划用于警察和司法部门的资金为171.3亿兰特，比上一财政年度增加了14.3亿兰特；政府计划在2002年至2003年的财政年度预算中继续加大对打击犯罪资金的投入，使其增加到183.1亿兰特。

一个喜讯在考特尼生日的那天传来，黄金城成立了城市警察局，以增加可视警力，与国家警察总署携手遏制和打击犯罪。市长在成立大会上呼吁警民同心协力维护社会治安，让犯罪成为遥远的记忆：“未来，我们的孩子将能够安全地在街头玩耍，我们的家人和朋友能够安全地居住、工作和娱乐，抢劫、强暴和凶杀等案件将逐渐绝迹……我们的目标一定能够实现。”

打击犯罪是南非人民的共同心声，是考特尼母亲的焦急企盼。在接受采访时，考特尼的母亲表示，她们母女二人对南非的高犯罪率有切肤之痛，时至今日，女儿仍双腿无力，尽管社会各界正在积极组织基金为考特尼治疗，但是高犯罪率已为美丽的南非带来了负面影响，她衷心希望政府加大打击犯罪力度，严惩犯罪分子。

愿考特尼的故事永远不再成为新闻，愿考特尼的同龄人长大后生活在安全环境中。

第九章 民俗风情

非洲有自己独一无二的民俗风情，这当然与他们生于斯、长于斯的那片土地关系密切。以饮食习惯为例，非洲富产水果，饮食也就少不了各种各样的水果，除直接食用外，还将水果制作成各种饮料果汁；土豆和玉米是非洲的两大主要农作物，居民的生活自然离不开这两种粮食；畜牧业是非洲重要的生产部门，牛、羊、骆驼的比例大、分量重，这三类牲畜不但提供肉和奶，而且成为财富与地位的象征。

在男权社会里，尊重妇女权益与尊重传统文化似乎是一对无法求解的难题。如果说验证处女身有利于预防艾滋病，那么对女孩实施割礼则极有可能传染艾滋病。尽管仁人志士大声疾呼，国家立法予以禁止，但是许多非洲国家的偏远地区至今仍盛行女孩割礼这一传统风俗。女孩割礼——切除女性外阴的一部分或全部，无疑是对妇女身心健康的极大摧残，然而这些国家和地区的男人们却振振有词，实施割礼者也不愿放弃这门生意，女孩的父母也心甘情愿掏腰包让人残害自己的孩子。传统的力量和习惯的势力就是如此之大。

为了不让自己千千万万的小姐妹们遭受割礼之痛苦，世界名模沃里斯振臂而呼，以公开自己的隐私为代价，反对割礼这一陋习，读之令人敬佩，发人深省。

第一节 酋长门前搭戏台

在南非马普马兰加省与斯威士兰接壤的地区，在远离城市与乡村的旷野，蓝天白云下孤零零地坐落着三四个茅草圆顶部落建筑，这就是南非斯威士族酋长的家，每年二三月份之交，为期一周的南非斯威士族文化节就在这里举行。

2000 年 3 月 5 日我前往采风，正值文化节最隆重的一天——闭幕日。载歌载舞喜迎贵宾，男女老少踊跃集资，这里发生的一切让人感到传统而又现代。

宰牛烤肉献贵宾

一年一度的南非斯威士族的文化节历时两周。其间，每天轮番上演有民族特色的歌舞乐曲，闭幕日的演出最为隆重热闹，好似一部交响乐，到高潮时戛然而止。

为了迎接闭幕日，文化节的组织者特意在大清早宰了七头牛，以献给远道而来的贵宾：斯威士兰国王派遣的代表团，斯威士族的所在地——南非马普马兰加省的省长和文化厅长，南非斯威士族的 11 个大小酋长等。宰牛是在干树枝围成的圆形牛圈里进行的。屠夫磨刀霍霍，挥刀向牛，被赶入牛圈里的牛犹如瓮中之鳖，任凭其到处乱窜乱叫，终究免不了死于刀尖。当我上午 10 时到达时，男女老少正在搬运血淋淋的牛肉块准备烧烤。

斯威士族属于南部非洲的土族之一，由于历史和政治的原因，他们虽在地域上生活在一起，一道国界线却使他们分属于南非和斯威士兰王国。尽管如此，南非的斯威士族仍在传统和思想感情上归顺于斯威士兰王国，斯威士兰国

酋长的千金站得高。

王是他们的精神领袖，酋长代表国王管理他们，是“能看得见的国王”。因此，以斯威士兰国王的母亲率领的国王代表团是当天最尊贵的客人。

载歌载舞迎酋长

文化节的舞台设在酋长的家门前，由带顶篷的简易主席台和半圆形的露天水泥观众席组成。与一般演出不同的是，表演在草地上进行。你瞧，在主席台对面的草地上，十多名袒胸露乳的少女欢歌劲舞，洋溢着青春热情，男女老少观众脸上露出喜悦的笑容。

在酋长家门前不远处的草地上，七八十名成年男子正载歌载舞，等待酋长的来临。他们一手拿牛皮盾，一手持短木棍，一位年长者鼓起双腮吹起牛角号指挥着队伍歌唱。歌罢“我们已经准备好，等待您的光临”等歌曲后，八名长者列队去酋长家迎接酋长。这时，酋长已经穿戴完毕，走出家门，只见他右手持一根顶端带有铁器的竹棍，左手持一个传统的牛皮盾，头上插有 12 根红鸡毛，袒露上体而下穿兽皮裙。他的小女儿站在旁边，头上插着 9 根红鸡毛。酋长一言不发地站在门前，几位迎接者唱着歌，意思是“我们如此效忠您，您为什么迟迟不见我们”，以此表达对酋长的忠诚。

杀羊宰牛美餐一顿。

酋长与民同行。

酋长首先加入在草地上等候的成年男子的队伍，站在最中间与大家一起歌唱，接着带领大家在草地上来回走动了好几个大方圈，最后在众人的簇拥下来到主席台就位，正式演出开始。从此时起，各种民族歌舞接连上演，专业的、业余的，少女的、成年妇女的、成年男子的，一个接一个，不时掀起高潮。黑人的无伴奏合唱整齐嘹亮，民族传统舞蹈热情奔放，男

草地上的表演充满野味。

子富于阳刚之气，妇女充满阴柔之美。酋长的两个妻子和女儿也和大家一起参加演出，在强烈的阳光下汗流满面。充满民族特色的演出持续了七个小时，吸引了数千名观众，不时赢得阵阵掌声。

四面来客兴商业

近年来，国内常常听到“文化搭台、经贸唱戏”这样的新名词，远在地球南端的斯威士族也非常明晓这一道理。文化节期间，方圆数百公里的黑人公司、商店和小商贩来这里“赶集”，用帐篷和木椽在主席台旁边的草地上建起近千个摊点，形成一个新市场，出售各种家用小电器、日用品、饮料、小吃、水果。文化节给他们带来了商机，激活了他们的生意，常常是这边看演出看得入神，那边做生意做得红火。

办文化事业需要花钱。为了继承民族传统、弘扬民族文化，更为了在南非的国土上表明自己是斯威士族人，这个文化节是大家集资共同举办的。凡本族人，不论男女老少，每人贡献五个兰特；文化节期间招待贵宾而屠宰的牛也是大家贡献的。当然，他们这样做也是为了表达自己对酋长的忠心。

现任酋长曼科索姆克·德拉米尼是1990年继位的，是年41岁，有五个妻

裸上身是传统，别手机是现代化。

子，生有一儿一女。在南非的斯威士族人眼里，酋长就是他们的“国王”，在他之下还有十个小酋长分别管理着不同地区，就像诸侯一样分封于各地。小酋长们和酋长一样属于“王室”人员，他们同属于一个大家族，都是酋长的堂兄弟或堂姐妹。

按照斯威士族的传统习惯，酋长应是嫡传，并且应该传给同辈人中排行第二者。不论是男是女，老大都不能担任酋长，而只能当家长，家长具有至高无上的权力，其中包括罢免酋长的权力。据说这种“垂帘听政”的传统做法，主要是约束酋长，使其不能越出规矩，我行我素，从而忘记自己的臣民，丢掉老祖宗的光荣传统。现任酋长当然是排行老二，他的两个孩子，女儿最大，儿子还不满周岁。也就是说，他儿子将来会继承酋长地位，他女儿将成为南非斯威士族的“垂帘听政”者。

第二节　名模痛诉割礼苦

每年冬天，南非少不了传出男孩割礼导致死亡的不幸消息。对此，南非各地的传统领导人强烈呼吁，严厉打击非法巫医参与割礼活动，确保割礼儿童的生命安全和身体健康。

我曾就此问题采访过南非的传统领导人，他们表示：男孩割礼是传统习俗，要坚持但必须规范；坚决反对女孩割礼。

非洲割礼　南北有异

许多非洲国家至今仍保留着割礼这一传统习俗，不过南部非洲国家与东部、西部国家在这一问题上有所区别。南部非洲主要是为男孩实施割礼手术，其他地区主要是针对女孩。

非洲的割礼习俗已演变成一种庆典。男孩割礼的年龄多在十三四岁左右，成为一种成人仪式。一般情况下，割礼是集体进行的，将附近村庄的男孩集中起来，选择在冬季实施割礼手术，手术恢复期不能回家，绝大多数在野外度过，并将面部和全身涂上白色，主要是防寒、防晒。割礼完成后要举行庆典，杀牛宰羊、宾朋满座、锣鼓喧天、载歌载舞，以此来祝贺男孩进入成年。

在东非和西非的一些国家，把对女孩割礼视为女孩的成人仪式，一般在10—14岁之间进行，其庆典的规模和热闹程度与男孩的相比，有过之而无不及。

女孩割礼　各国有别

我们先来看看下面这组让人触目惊心的数字：

在绝大多数情况下，女孩割礼主要是割去阴蒂的一部分或是全部，但在一些国家和地区，则割去女孩的所有外阴，包括阴蒂和大小阴唇，并将阴部缝合起来，仅留一个小孔，待结婚时再重新开启。

28个非洲国家仍保留有女孩割礼的习俗。

约有1.4亿女孩接受过割礼。

每年约有200万女孩可能接受这一传统习俗。

绝大多数女孩年仅四五岁就被实施割礼手术。

这是2003年国际权威机构统计的数字。由此看来，女孩割礼在非洲国家较为常见，而且接受割礼的年龄越来越小，似乎从过去的成人仪式已经演变成如今的“幼女仪式”。

为什么要对女孩实施割礼这一陋习呢？对女性割礼，即“封阴”，让阴部仅留下一个小孔和一道伤疤，据说是妇女为人之妻的“责任”。这种风俗来源于这样一种成见，即女性的外阴是肮脏的，如果不被切除，就被视为肮脏、纵欲和淫荡。民间甚至盛传阴蒂能繁衍，未接受割礼的女子婚后很难怀孕。在这些非洲国家，没有接受过割礼的女孩难以出嫁。

假若不接受割礼呢？如果哪个家庭对自己的女孩不实施割礼，女孩成人后，特别是成家后将受到周围人们的歧视。肯尼亚偏僻农村的一名妇女这样讲述自己的不幸：她的家庭与众不同，使她成为一个叛逆者，小时候没有接受割礼。可是，她结婚后，她做的饭家人不吃，洗过的衣服家人再洗一遍，她清扫过的庭院又被家人再清除一遍……最后，她再也无法忍受了，就请了一个割礼师在家中为自己悄悄进行了割礼。那时，她已经 30 多岁了。她说：“尽管割礼时疼痛难忍，但那也比整天让人斜眼瞧好一点。”

传统势力是如此之大，一名弱女子哪能与之对抗？

所谓割礼　残害妇女

毋庸讳言，割礼是一种残害妇女的陋习，对妇女的身心造成极大的摧残和伤害，影响妇女终生的健康和幸福。

按照传统，割礼在野外秘密进行。对一名年仅四五岁的幼童进行如此人为的外科手术，没有任何麻醉方法，硬是用刀子割肉，孩子们无不感到极度恐惧；没有必要的卫生设施，手术后又得不到悉心照顾，只能将其留在野外，让伤口自然愈合，术后恢复期漫长；割礼的感染率很高，并容易引起高烧等并发症，发病后又得不到及时治疗，不少女孩因此被夺去了生命；许多割礼师用一把小刀为成百上千名女孩割礼，除感染外还有可能传播艾滋病，在增加女性痛苦的同时又加大了其艾滋病恐慌感。

接受过割礼的女孩，假如是仅被割去阴蒂，这无疑剥夺了她们婚后的性快感。由于这种割礼多在结婚时举行，许多人伤口未好就必须同床，其痛苦感难以言表。如果是所有外阴被切除，在未婚阶段，她们必须饱尝上厕所和排月经时的极度痛苦；而在婚礼前又必须接受切开手术，重受二茬罪自不待言，这种手术又因在婚前实施，又增加了新痛苦。

这种所谓的“传统”，就像旧中国要求妇女必须裹小脚一样，实质上是男权社会对妇女的一种摧残，却又美其名曰是为了“洁净守规”和“便于出嫁”。由于秘而不宣，使其延续了一代又一代，截至目前已有1.4亿多妇女身受其害，每年还有数以百万计的女孩等待着接受这一残酷礼仪。为了把千百万妇女姐妹从割礼陋习的桎梏中解救出来，世界名模、索马里美女沃里斯·迪里勇敢地站出来，以公开自己隐私的现身说法，告诉世人割礼对非洲女性造成的极大伤害，呼吁非洲姐妹向割礼说“不”。

现身说法　公开隐私

世界名模沃里斯向人们讲述自己的亲身痛苦经历，呼吁取缔残害妇女的野蛮割礼习俗，在全球范围内为争取妇女的人权而斗争。

在其自传《沙漠之花》一书中，沃里斯介绍了她童年身受割礼恶习的残害：那天是她童年结束的日子，而她只有五岁。当晚，家人在晚饭时给了她足够的食物，并要求她尽量少喝水或奶。凌晨时分，母亲带着她出家门走进一片树丛。“其实没有什么。”母亲对她说，“现在是你真正成为女人的时候了”。

割礼是一件神秘的事情，其细节从不对女孩讲。

“一个老太婆走过来，母亲把我放到一块平整的石头上，坐在我身后，用双腿夹住我，并将一节树根放进我嘴里，让我‘咬住’。老太婆从一个旧布包中摸出一个破旧的剃须刀片，锯齿状的刀片上还残留着血迹。她向刀口吐了吐唾沫，又在她的裙子上擦干。”沃里斯这样回忆道，“母亲用一块布蒙住我的眼睛，我能听到刀片在皮肤上来回割锯的声音，不久便疼昏过去。那个老女人用从刺槐树上摘下的尖刺在刚被切开的皮肤上扎上小孔，然后用一根粗线将伤口缝起来。”

模特端庄大方，服装黑白分明。

当她苏醒过来时，沃里斯发现自己的双腿从脚腕直到臀部被布条紧紧绑着。从她身上切下的部分被扔在一边的石头上，在太阳下慢慢变干。接下来的几个星期，母亲在附近的大树下为沃里斯搭了一个小茅草屋——搭这种小屋是索马里人的生活本能，留下她独自一人在小屋内康复。

“沃里斯”的意思就是沙漠之花，一种在沙漠中雨后盛开的黄色小花朵。她是索马里沙漠中一个游牧家庭的女儿，曾是一个能干的小牧羊女。12 岁那年，父亲要以五匹骆驼的代价将她嫁给一个 60 多岁的陌生男人。她在母亲的帮助下逃离家中，独自一人去首都摩加迪沙寻找姨妈，不久便以仆人的身份，随赴任索马里驻英国大使的姨父到了伦敦。当其姨父四年任满回国时，沃里斯将自己的护照装在塑料袋内埋在花园的地下，谎称找不到护照。姨父看出她的心思，同意她一人继续留在英国。

在伦敦，一个偶然的机会，他邂逅了一名摄影师。那位摄影师独具慧眼，发现沃里斯的侧影非常美丽动人，进而使她的玉照成为当年出版的黑人美女挂历的封面，沃里斯的生活从此发生了戏剧性变化，从伦敦到巴黎、再从米兰到纽约……成为世界名模。

然而，割礼留下的痛苦和创伤一直伴随着她。沃里斯说，每次小便需要十多分钟，更为要害的是，每月的例假需要十多天，她因此无法正常上班，必须在家休息，遭受折磨。终于有一天，她鼓足勇气，在英国接受了手术，结束了割礼给她带来的痛苦。就在那次手术时，外科大夫告诉沃里斯，他此前曾为其他非洲女子进行过这种解除割礼的手术，沃里斯因此感到自己有责任解救非洲姐妹不再受这种陋习的迫害和摧残，进而发起一场世界范围的反割礼运动。她还设立了“沙漠曙光基金会”，用筹集的资金在索马里建立了一所学校和一家医院，通过手术为那些遭受割礼的女性解除痛苦。

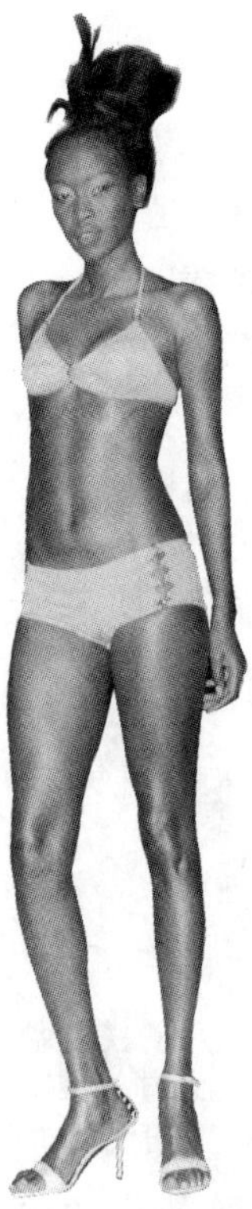

穿着清凉的模特。

对沃里斯而言，发起和推动的这场特殊运动是痛苦的。她不得不将自己最为隐私的事情告诉世人。在新闻发布会上，在电视节目中，她说：“我说出了所有的一切。为了保护全世界每天面临割礼威胁的成百上千名妇女儿童，我将自己过去的一切都说了出来。我必须不断对自己说，没有比一个女性只能通过火柴棍粗细的小孔来小便和排出经血更痛苦的事情。”在这场反割礼运动中，许多人向她提出各种各样的问题，“询问我最隐秘最难启齿的细节，我都一一回答了。我就像别人谈论自己不慎被切掉的手指那样谈论我的性器官，这就是我付出的代价”。

沃里斯为此跑遍了整个非洲大陆，呼吁人们阻止对女童割礼。

妇女觉醒　反对割礼

随着时代的前进，越来越多的人认识到割礼陋习的残酷性，这包括许多非洲女孩，她们受到现代化的熏陶，大胆地站出来，向割礼陋习说“不”，向传统势力挑战。

2000年，就在人类进入新千年之际，在反对割礼运动的推动下，数以百计的肯尼亚女孩提出拒绝割礼。由于肯尼亚某些地区仍将对女孩实施割礼作为成人仪式，这些十多岁的青春少女已经形成自己的独立思考和判断能力，因而出现两名少女把强迫自己割礼的父亲告上法庭，这在肯尼亚，乃至整个非洲大陆，还是破天荒第一次。

为判决这宗特殊案件，肯尼亚法官进行了大量的调查研究，许多反对割礼的社会活动家也向法官提供证据，两名女孩最终赢得了官司。是年底，肯尼亚国家颁布法令，宣布对女性实施割礼是非法行为，同时允许割礼仪式作为传统风俗仪式继续存在下去，从而在法律上宣判了女性割礼的死刑。

事实上，就在肯尼亚法院做出割礼违法的判决之前，塞内加尔在1997年就已立法禁止割礼，截止到2003年已有15个非洲国家宣布禁止对女性实行割礼。但是，传统陋习，积重难返，由于这一习俗根深蒂固，割礼在非洲偏远农村地区至今仍持续不衰。其原因何在？一是男人是女孩割礼的受益者，女孩虽遭受身心摧残，但在割礼仪式上，有地位的男人收礼品、饱美餐、载歌载舞、欢天喜地，是这些男人希望这一仪式永远存在下去；二是割礼师不愿因此失业而断了滚滚而来的财源，割礼师要收取割礼手术费用，因为当选为割礼师必须举行授刀仪式，举行这种仪式时，割礼师需要宰杀十头牛羊供来宾美餐一顿；三是有人假宗教之名继续这一陋习，认为割礼是宗教馈赠妇女的“礼品”，对此宗教界人士反唇相讥道：“宗教告诉人们不要伤害妇女，割礼是坑害妇女的行为，有悖于宗教教义。”

时至今日，包括宗教界人士在内，越来越多的有识之士加入到沃里斯的行列，反对女孩割礼的声势越来越大，人们期待着这一延续了数代人的陋习能够早日根绝。

第三节 “我是‘处女’我光荣”

祖鲁人是南非黑人的主要部族之一，大多集中居住在夸祖鲁–纳塔尔省。近年来，这一古老民族刮起了一股复古之风——验证处女身，少女以自己是处女身，从而能领取处女证为荣。在西方社会大力标榜性自由的同时、深受西风欧雨沐浴的南非为何又大兴复古之风呢?

祖鲁人的古老仪式

祖鲁人以热情奔放、豪爽善战、能歌载舞而著称，祖鲁妇女以丰乳肥臀、曲线分明、裸露两只巨乳为特征。无论是在家中还是外出，无论是面对熟人还是遇见陌生者，祖鲁妇女，特别是少女个个裸露着上身，将两只丰乳活脱脱展示在你面前。她们丝毫没有羞怯感，面不改色心不跳，旁若无人地做着自己应做的事情。如果因此认为祖鲁少女作风不轨、心术不正那就大错而特错了，因为那是祖鲁传统，而祖鲁人从历史上就非常重视贞操，对待性事十分认真谨慎。

验证处女身是祖鲁族的一个古老仪式。方圆数十公里的十五六岁的青春少女，在一个特定的日子来到一个特定的地点，并排仰卧到铺在光平地面的草席上，张开双腿接受同族老年妇女的检验。据说这些老年妇女经过了一定的专业训练，懂得辨认完整的处女膜。这是一个庄严的仪式，这里是绝对的“女儿

我是处女我光荣。

祖鲁少女以裸露为美。

国”，包括小男孩在内的所有男性不得入内。

凡是经过验证的处女，验证者先给处女的前额涂上一点泥巴，然后这些带着泥巴标记的女孩子再去排队领取“处女证”。“处女证”是纯洁美好的象征，是这些女孩子的“贞节牌坊”。

自尊唤醒古老仪式

验证处女身仪式源于祖鲁人对“处女神”的祭祀。祖鲁人认为，如果这位女神得不到应有的崇拜，她便会以天灾人祸向人类发难，人类，尤其是少女要求其保佑就必须保持处女身。

不知何时，随着时代的变迁，这一仪式失传了。它的再次被启用归功于祖鲁族一些年轻有识的女性。她们认为，女性必须自尊自重自爱，因为男性不知道尊重女性。祖鲁族的婚姻传统是一夫多妻制，妇女的地位得不到应有的重视，使得部分妇女贞操观念淡漠，进而形成未婚生儿育女等社会问题，孩子只知其母、不只其父的现象有增无减。

在有识之士的倡导下，一个祖鲁小山村五六年前复活了这一古老仪式，并得到周围村庄的积极响应。新闻媒体的推波助澜又给这一仪式注入了新的活力，于是在整个祖鲁族地区迅速得到推广，验证处女身渐成祖鲁人的时尚。

艾滋病是反面教材

据报道，每当街头的红绿灯变换一次，南非就有一名妇女遭到强暴；一生之中，南非平均每两名妇女就有一名惨遭此暴行。这一数字真让人瞠目结舌。强奸案频频发生，艾滋病大行其道，迅速蔓延。目前，南非每四名成年人中，就有一名是艾滋病患者或病毒携带者。

面对如此严峻的艾滋病蔓延形势，南非政府决心下大力气制止和预防。验证处女身这一古老仪式应运而生，少女以洁净之身对艾滋病说“不”，无疑引起社会各界的重视。与此同时，南非一些地区还教育男孩子以“处子”为荣，并进行必要的验证。

童男处女行动引起各界人士的关注，赞成和反对者大有人在。赞成者认为，这一行动有助于预防艾滋病，又增加了青少年的性知识，同时还能教育妇女自尊自重自爱，对防止犯罪和净化社会风气不无益处。反对者表示，少女在光天化日之下分开双腿让人检查，极不雅观，这一有伤风化的陋习难道还不让人觉得害臊？再者，预防艾滋病、教育妇女自尊自重，验证处女身并非唯一办法，当然更不是最好的办法。尽管双方各执一词，争论不休，但是，唇枪舌剑与祖鲁人以“处女”为荣的时尚井水不犯河水。

第四节　埃塞人爱吃“蒸饼”

如果把“一方水土养一方人”与“民以食为天”这两句话合起来考虑，我们可以断定，任何国家、任何民族都有自己独特的食品和饮食习惯，非洲当然不例外。

乌干达的“香蕉饭”

香蕉是乌干达人的主要食品之一，乌干达的香蕉分为饭蕉和果蕉两种。饭蕉没有果蕉那样甜，用其加工成的饭却美味可口，当地人叫“马托基”。

在乌干达采访期间，我在一家宾馆品尝了“马托基”。这家宾馆提供自助餐，自助餐的饮料是香蕉汁，主食除大米饭外就是“马托基”。这种香蕉饭外表淡黄色，呈泥状，其中夹杂着红豆和花生，味道甜而不腻。当地朋友介绍，“马托基”加工的方法是，先剥掉那层厚厚的香蕉皮，把黄色的香蕉肉捣成泥状，然后用大蕉叶将一大团泥状香蕉肉紧紧包裹在一起，再放到锅里蒸上大约一个小时，蒸熟后拌入红豆、花生、红烧鸡块、咖喱牛肉等，吃时再配上一点小菜，吃起来不甜不腻，口感爽人，初吃时还能让人上瘾。不知是第一次吃还是喜欢它特殊的味道，我似乎对其情有独钟，一连从硕大的香蕉包里用勺子挖了好几次，可谓美餐一顿。这就是当地居民的主食，就像中国北方的玉米和小麦一样。

随行的当地朋友告诉我，在自己家中，“马托尼”的做法比较简单，大多数情况下是清一色的香蕉泥，没有红豆什么的，不过加调料后，味道一样可口，深受老百姓喜爱。

我曾观察站在我旁边的两名欧洲人，他们边吃边夸“马托尼”好吃，并会意地向我点头。于是，我们这三名“老外”喝着香蕉汁，吃着香蕉饭，称赞非洲的这种特色饭别具一格，味美香甜。

南非黑人的“搅团”

南非是一个黑白分明的社会，黑白两大种族在饮食文化上也黑白分明。尽管两大种族的人们都喜爱喝啤酒与饮可乐，但在食品上区别较大：白人爱吃烤肉，黑人爱吃“搅团”。

南非盛产玉米，由于玉米比较便宜，也就成为黑人的首选粮食，而将玉米做成饭最常见的就是“搅团”，当地人称之为“扒扒”。

“扒扒”用玉米面做成，其具体方法是：将玉米面撒在开水锅里搅匀，锅下继续用小火加温，上面不停地用勺子或木棍在锅里搅拌，以防玉米面被烧煳或烧焦；掌握好水和面的比例，使锅里的饭稠而不结块，粘锅而无烧焦状，盛到盘子里形成一整团而不随意向四面扩散。这种玉米面饭类似陕西民间小吃“搅团”，是用玉米面做成的，但比“搅团”

你吃过“搅团”吗？

赤手抓食，别具风味。

稠。南非老陕们通常不叫这种饭“扒扒”，而是俗称“稠搅团”。这种介绍让人一听便明白。

南非北省省城有家“搅团”店，生意十分红火。一次采访路过，在老陕们的建议下，我吃了一顿“扒扒”。这家店是边做边卖，可以外卖带走，也可以坐在店前的大树下进餐。去时正值午饭时分，树下已坐落了吃饭的黑人顾客，不少人还在排队购买。“搅团”是主食，外加一盘子菜，由鸡块和蔬菜组成，出售份饭，方便实惠。

我仔细观看树下正在就餐的顾客，他们不用刀叉，也没有筷子，而是直接用手抓食。抓一把“扒扒”吃到嘴里，再抓一把菜就着吃。有些人吃得细致和讲究，先抓一把菜放在“扒扒”上，用手搅拌后再吃，而不是让“扒扒”和菜到嘴里再汇合，味道更可口。不管哪种吃法，他们都吃得津津有味。我们中国人不习惯用手抓饭吃，对方特意为外国顾客准备了刀叉。这顿饭比较特殊，我是用西餐的餐具吃黑人的“土产”，充满异国情调。

埃塞人的“蒸饼”

在埃塞俄比亚采访期间，我尝试了一顿当地的特色饭——“英吉拉”。为了这顿饭，我进行了一番“调查研究”。

刚抵达埃塞首都亚的斯亚贝巴，友人便向我介绍当地名吃“英吉拉”，顺便加了一句，“吃起来有点酸”。由于采访太忙，前几天没有顾上，接着我去了埃厄前线和难民营采访。在去前线的路途，我看到当地人在打场，类似我国

来之不易。

储存有方。

打场别致。

北方农村夏收打场一样，不过规模与场面不可同日而语，仅有七八个人赶着十几头牲畜在一小片场地上转圈，用牲畜的蹄子来回踩压地面上摊开的小麦秆——“苔麸”。眼前的场景让我想起陕西老家夏收的情景，我觉得自己的父老乡亲比眼前这几位外国同行聪明，因为中国人知道让牛拉碌碡来碾场，而不是单纯地让牛用蹄子踩“苔麸”。

何为“苔麸”？同行的当地司机告诉我，“苔麸”是一种高原耐旱作物，外形似软草，高度约二三十厘米，其颗粒比芝麻还小。“我们说‘苔麸’，主要是指这种植物上生长的颗粒。”不难理解，这种说法就像我们说小麦时，大多数情况下主要是指麦粒一样。

眼前的打场就是给“苔麸”脱粒，而要将“苔麸”制作成“英吉拉”还要经过磨面、和面、制成饼状放置在芦苇编的大圆筐里，加盖存放两三天，待发酵后拿出来一蒸，就成为酸软圆饼了。准确地说，“英吉拉”是蒸饼而不是煎饼，外形似煎饼而比煎饼大。

从难民营采访回来，我当晚下榻在季季加一家宾馆。次日临行前，正值午饭时间，我看见一名当地人正在露天餐厅津津有味地大吃“英吉拉”。吃“英吉拉”必须用手抓食，他先从“英吉拉”旁边撕下一片饼，再用这片饼去包裹堆放在“英吉拉”上面的炒菜——埃塞人叫“WOT”（调味汁），然后连饼带菜往嘴里送，直吃得双手和嘴唇是油，满头大汗。那情景真让人胃口大开。

再次来到亚的斯亚贝巴后，我与友人一起吃了顿“英吉拉”，不过我们没有入乡随俗地用手抓食。“英吉拉”味酸，上面的菜有点辣，刚吃时觉得有些不对味，吃一会儿似乎就习惯了。

从“苔麸”到“英吉拉”，中间需要一系列工序，可埃塞人就是不怕麻烦。据说，几千年来，埃塞人一直爱吃“英吉拉”，百吃不厌，越吃越香。

第五节　传统民居藏智慧

在举世闻名的维多利亚瀑布旁，坐落着一个以津巴布韦民居为主的民俗村。当伴随着瀑布涛声走到民俗村时，别具一格的入口首先引起来访者的注意。石头墙中间镶嵌着一扇古香古色的大门，大门顶部的墙上是两个风格不同的白色面具，大门右侧站着一尊健硕强壮的男性石雕，大门左侧立着一尊曲线

传统民居。

儿童房。

分明的女性雕像，它们从两旁相互对视，似乎在夹道欢迎五洲四海宾客的光临。

这座民俗村建于 1982 年，次年 3 月向外界开放，目的是保护和展示津巴布韦六大民族的建筑式样、生活方式和传统文化。布须曼族曾占居过津巴布韦全国，在大迁徙过程中，他们中的大多数移居到纳米比亚和博茨瓦纳。游牧生活和部落迁徙形成布须曼人不重视住宅建设而看重弓箭和铁矛，无论走到哪里，矛和弓箭总是不离身，当回到家中的茅草屋时，这两样武器便挂在门外，以便于随时外出时携带。在门外还挂着一个鸵鸟蛋，一来表示鸵鸟蛋是布须曼人除动物肉外的主要食品，吃一个鸵鸟蛋相当于食 24 个鸡蛋。二来说明布须曼人用蛋壳作容器盛水，以便外出携带随时饮用。

汤加族的住房也十分简陋，草房内外没有任何装饰，引起注意的倒是屋门十分结实，以防夜间狮子入侵。室内，男人睡在草垫上而女人只能躺在地面上，以示对男人的尊重。为了保护孩子夜间睡觉安全，孩子屋建在空中，他们

算命先生。

先登梯子上楼睡觉，大人再将梯子搬到一边，防止野兽乘梯而上。汤加族的厨房也别具一格，晴天，他们在室外做饭，雨天则在室内，屋檐下四周都留有类似窗子一样的通风口，以散发炊烟。可见，汤加人的聪明智慧是在与大自然和野兽的斗争中产生的。汤加人的日用品以木器为主，木盆、木碗、木船、木梯，以至于木枕头。木器上少量的铁丝和金属主要用于装饰，当然矛和弓箭必不可少。

文达族的粮仓比较讲究。他们先在地上固定好一些木棍，然后再建粮仓，为的是隔水防潮。与汤加族相比，一个的粮仓开口在茅草檐下，一个的开口则更简单——掀开茅草顶。文达族酋长的茅屋是权力的象征，外部用红、黑、白三种颜色相间装饰，室内的用具也比一般人显得高档，长辈们开会商议大事一般都在酋长家进行。酋长在本民族至尊至贵，他拥有多少妻子随其意愿而定，不过他每次只能与一个妻子同房。

恩德贝莱族是南非祖鲁族的分支，于祖鲁战争期间北移至津巴布韦定居而形成一个新部落。一般而言，他们保留着祖鲁族的传统和生活习俗。婚姻是一夫多妻制，每个妻子必须要有自己的专用卧室和厨房，尽管这些茅草房十分简陋。妇女的角色除生儿育女外，就是外出拾柴、挑水，做饭。男人的作用是狩猎，用的主要工具是长矛。祖鲁人外出时还随身携带富有民族特色的矛和盾，矛是普通的木杆铁尖矛，盾是用兽皮制成的，盾中间有一根木棍用皮条固定着，作为手柄。战斗时，右手拿矛，左手持盾。祖鲁人创天下、与异族战斗，靠的就是这个十分简易的武器而常常立于不败之地。然而在祖鲁战争中，他们这种传统武器败给了荷兰人的牛车阵，使得一部分人不得不北上至津巴布韦。恩德贝莱族人相信命运，民俗村里就有个算命先生，参观者如不算命，可与算命先生合影，支付一点小费。

由于尼扬加族居住在山区地带，多风多雨，他们住房的显著特点是房顶坡度大、茅草棚下檐离地面近，建房时要修好地基，以防风防雨防潮湿。尼扬加族人门前一般都放置着表面光平的石头，供家族中的男人讨论大事时围坐。圈中间是一堆火，用来烤肉或烧水，除送水和送食外，这里是女人的禁区。女子不参政是尼扬加族的传统习俗。

卡兰加族是津巴布韦最大的民族。该族妇女除主内外，还要承担农活，常去田地耕种，因为男人主要从事狩猎和建筑房子的任务。从厨房来看，他们一般在室内中心放置三块石头，将锅支撑起来做饭，厨具以陶器为主。

在津巴布韦采访期间，听到不少黑人讲他们是绍纳族。其实，绍纳不是一个单一民族，而是六个民族的合称，其中卡兰加族和尼扬加族都属于绍纳人。绍纳人之所以作为一个大群体，是因为他们有着共同的生活习俗和传统文化。这里举三个例子：绍纳人在很早以前就懂得炼铁术，炼铁炉的形状像一位产妇，从炉中出来的铁好像刚出生的婴儿。风箱位于炼铁炉的后面，用活剥下来

拟人化的炼铁炉，羊皮制作的风箱。

的山羊皮制作而成。绍纳人认为，给炼铁炉吹风就是给孕妇助产，吹风时手握皮风箱的两个杆做上下运动。还有，绍纳人去世后，一般采用土葬。但有地位的长辈去世后，不是直接入土下葬，而是先将其尸体用牛皮裹住放置在房内，下面用绿火苗和烟雾熏烤四五天，直至尸体干化了再入葬。期间，三名本族年长的妇女始终照顾着，寸步不离，连吃喝也是别人送到门口。这一风俗如今已不存在了。最后，为了来年的粮食丰收，绍纳人一般向先人祈祷风调雨顺，为此，他们专门修建了一个祈祷房，晚辈们列队站在门前，双手合什低头，虔诚地祈求先人保佑后生。

“我这样舂米。”

烧饭防风有高招。

第十章 体育艺术

2010 年，世界杯足球赛将在南非举行，这是世足杯首次落户非洲大陆。非洲人爱足球，就连南非的聋哑人也想上场踢球，为国争光，他们是恨“国家队”不成钢。

东非高原盛产长跑冠军，埃塞俄比亚和肯尼亚小伙子的矫健身影经常出现在世界田径赛场上，他们在为国争光的同时，也给非洲赢得了荣誉。不过，“飞毛腿”多是不经意锻炼出来的，并非有意为之。

津巴布韦的石雕闻名遐迩，据说英国女王采购的数量就有几百吨重。在津巴布韦首都哈拉雷的“石雕公园”，各种造型的石雕美不胜收。观赏石雕是一种美的享受，且丰富您的想象力，您会给那些静物赋予动感和生命力。与一位正在工作的石雕师聊天，他说，制作的第一步是“量体裁衣”，以石料决定造型；造型来自生活，以人体、动物居多；表现生活因人而异，造型也就丰富多彩。他创作的步骤是：观看原石后思考造型，用泥巴先捏出造型再不断修改，根据造型开始制作，完成主体再仔细加工。

看来，任何艺术都源于生活，所有优秀的艺术品都来之不易。石雕如此，木雕亦然，普通鸵鸟蛋能成为工艺品也不例外。

第一节 南非喜迎世界杯

曼德拉：谁能对你说“不”？

2004 年 5 月 15 日中午，位于瑞士苏黎世的世界贸易中心座无虚席，人们等待着国际足联宣布 2010 年世界杯举办权的消息。当南非前总统曼德拉走进礼堂时，全场不约而同地起立欢迎，表达对这位“老人”的敬意。此时此刻，在电视机前观看现场实况转播的南非民众就预感到，他们将赢得世界杯的举办权，因为“没有人会向曼德拉说‘不’”。

这就是曼德拉的魅力。这一魅力征服了全世界人民的心，这次又影响了世界足联执委们的抉择。就在前一天，曼德拉那番简短而打动人心的申办演讲，闻者无不为之动容。

“我的朋友们，28 年前，世界足联采取行动反对种族歧视，帮助和鼓励了我们反对种族隔离的最后斗争。”此时，现场的屏幕上出现了 1976 年的索韦托学生运动和罗本岛监狱政治囚犯的画面，这寓意从罗本岛到索韦托，足球过去在反对种族隔离制度的斗争中和将来在南非国家重建与种族和解的进程中，已经和将要发挥的作用。1976 年至 1992 年，世界足联中止了南非的会员国资格，作为对种族隔离制度的惩罚。

曼德拉继续指出:“在罗本岛监狱，足球给了囚犯们唯一欢快的放松，囚犯们的情况从此发生了很大变化。今天站立在诸位面前，我能够肯定地说，我们有能力、愿意而且热情饱满地准备着举办世界杯足球赛。你们，我的朋友们，有权力将这一理想变成现实。”他的讲话赢得雷鸣般的掌声。

南非的申办团由姆贝基总统挂帅，这也是这次五个申办国——南非、摩洛哥、埃及、利比亚和突尼斯中，唯一由总统亲征的国家。他表示，世界杯足球赛应该促进“非洲复兴”，而不仅仅是加快南非的发展步伐。“今天，整个非洲都在注目着足联总部，亿万非洲人踏上了希望的征程，希望我们没有战争、暴政、饥饿和不再受人歧视。这归功于你们 2001 年做出的由非洲举办下届世界杯的重大决定，这将给我们这个多灾多难的大陆一个与其他大陆平起平坐的机会。” “谢谢世界足联在反对种族隔离制度时期对我们的支持，使我们的人民，黑人和白人，赢得了和平与平等。”

南非足协主席表示，“如果我们申办成功，每个非洲人的脸上都会露出笑容”。

在这次申办世界杯中，南非举国上下竭尽全力，共同奋战。用南非人自己的话讲，“我们做了自己应该做的一切”。这从南非申

足球要从娃娃抓起。

办团强大有力的阵容便可窥管见豹：总统挂帅，24 名成员中包括三位诺贝尔和平奖得主——前总统曼德拉和德克勒克及前大主教图图、奥斯卡最佳女主角赛隆、南非内阁部长和体育界名流，南非用尽了自己的“人力资源”，向世界展示了种族和解与团结的形象。南非的申办演说赢得交口称赞，被评论为“典雅得体、不卑不亢、感染力强”。

七年持续不懈的申办终于如愿以偿，喜庆的歌舞替代了四年前申办失败时留下的伤心泪水，举国上下成为一片欢乐的海洋，包括姆贝基总统在内的全国人民手舞足蹈，热情欢呼南非申办成功。欣闻申办成功的消息，正在南非举行的足球赛特意暂停，绿茵场上唱起响亮的国歌声。85 岁高龄的曼德拉在申办现场高兴地说：“我感到自己像是个 15 岁的少年。”观看现场实况转播的姆贝基总统发表即席演讲，他强调这是“非洲杯”，希望所有非洲国家，包括这次与南非一起争办世界杯的国家，参与和参加这次世界杯足球赛，同时希望在加勒比、美国和巴西的“非洲人”感到自己是“非洲杯”的一部分。“就这一点而言，南非将是全体非洲人的家乡。”

“世界杯”将为南非经济注入新的活力，除直接刺激旅游业发展外，还将扩大内需，增加就业，促进经济全面发展。比经济利益更重要的是，南非人民普遍认为，这次申办成功是“世界给新南非的一份礼物”，是世界人民给南非人民的一个“喜庆礼品”，正值新南非十周年之际，这份“特殊礼物”显得更加珍贵和来之不易。而这一切都与“曼德拉的魅力”关系密切。

南非这次申办，遇到了强大的竞争对手——摩洛哥，两者旗鼓相当，难分胜负，这使双方在最后时刻均心中无底，百般谨慎。半个多月前，曼德拉和图图曾亲赴拉丁美洲游说。5 月 14 日上午，姆贝基和曼德拉先后相隔半小时抵达苏黎世。曼德拉刚到下榻的宾馆，世界足联执委——特立尼达和多巴哥的沃纳和美国的布莱泽就出现在面前。在与曼德拉密晤时，沃纳向其保证，布莱泽、哥斯达黎加的萨索和他本人支持南非。此间分析家认为，南非能够以 14 比 10 票击败摩洛哥赢得举办权，中美、北美和加勒比海国家的三张票是取胜的“关键”。因为摩洛哥与美国的关系非同一般，美国驻摩洛哥大使曾公开表示，美国将投摩洛哥的票，然而美国的世界足联执委布莱泽被“曼德拉的魅力”征服了。

在获得举办权后的新闻发布会上，曼德拉一语双关地表示，首次失败对再次申办来说，是一次经验。这既安慰了竞争失败的所有对手，又暗示南非是第二次申办。南非媒体发表评论认为："如果你第一次失败了，那么你应该相信，上帝第二次一定与你在一起。"评论进而指出，南非申办成功的最大障碍是"高犯罪率"，"尽管我们可以用过去十年曾成功举办过11次大型国际性活动为例，但是我们更应该清醒地认识到，必须加大打击犯罪的力度，进一步改善国家的形象，将2010年的足球赛举办得更加出色，给世界留下一个'完美无瑕的非洲印象'"。

足球：这样在南非人眼里转动

1998年世界杯足球赛鸣锣开战在即，秣马厉兵的南非国家足球队——巴法纳（祖鲁语意为"男孩子"）队已经奔赴阿根廷，加入热身赛之列。壮士出征前，南非头号足球迷——曼德拉总统在其官邸为巴法纳队加油打气。他高兴地与队员和教练手拉着手，高唱凯歌，预祝巴法纳队踢出国威、载誉而归。

绿茵场上，巴法纳队与阿根廷队的较量扣人心弦。这场球赛于南非当地时间1998年5月25日晚7时整开踢，许多南非人坐在电视台前观战。为了集中精力看好球赛，不少年轻人白天就备好了晚饭，或买块面包坐在电视机前边吃边看。尽管这场球赛巴法纳以0∶2负于阿根廷队，但是南非人普遍认为，巴法纳队场上发挥得不错，踢出了水平。在上半场比赛中，以攻势猛烈出名的南非队敢打敢拼、驰骋赛场，基本上控制了局势，使曾经赢得两届世杯赛冠军的阿根廷队直到下半场才发挥出看家本领。南非队教练特鲁西耶评价道，这是一场高水平的较量，南非队表现不俗，但在下半场队员显得疲劳，精神不振，"虽然我们输了球，但它对我们打好正式比赛大有裨益"。

自从巴法纳队获得世足杯参赛权以来，南非掀起了一股足球热。学校、机关、工矿，随处可以看到足球在绿茵地上滚动，特别是白人也加入到足球运动的行列。种族隔离时期，南非白人把足球与黑人连在一起，认为足球是黑人的运动，登不得大雅之堂，因而对其不屑一顾。现在情况大有改观，不少白人，特别是白人青年学生以踢足球为荣，常常可以看到白人和黑人学生共同奔跑在校园足球场上的情景。

整体而言，南非的足球运动群众基础比较好，普及率和运动水平比较高，这大概与南非的自然条件有关。南非一年四季充满阳光，很少下雨，加上绿化，到处是草坪，随处是足球场，为足球运动提供了难得的客观条件。正是因为足球运动在南非具有较好的群众基础，南非国家足球队在结束了被国际体坛的长期孤立之后，仅四五年时间，就跻身于强手如林的国际足坛。

没有获奖也拿“奖杯”。

在本届非洲杯足球赛中，南非巴法纳队捧回亚军杯，虽与冠军失之交臂，但展示了顽强实力，获得了好评。人们还清楚地记得，当巴法纳队战胜刚果（金）队赢得决赛权时，南非人纷纷涌上街头欢庆胜利的热闹场面，以及电视机前观看比赛实况转播的年轻人载歌载舞的激动情景。即使在决赛中巴法纳队负于对手时，南非人民，上至总统曼德拉，下到普通老百姓都没有因此而责怪运动员，更没有因此而影响自己的情绪、丧失对运动员的信心。曼德拉总统称赞巴法纳队是南非人民真正的英雄、友谊的使者。巴法纳队回国时，在约翰内斯堡机场受到数千名群众的热烈欢迎，被视为国之英雄。南非人民“不以成败论英雄”的气度给我留下了深刻印象。

本届世足赛是参赛球队最多的一次比赛，对南非人而言，则是南非国家足球队进入决赛的第一次，自然受到他们的强烈关注。许多南非人把休假安排在比赛期间，以便不错过难得的看球机会。更有一些热情高的青年前往法国的比赛现场，给自己的足球队当拉拉队。为了鼓励电视机用户购买电视执照，有人在大赛前别出心裁，采取抽奖办法，中奖者可以得到去法国观看世足赛的机会。未料到，以前仅有 40%的电视机用户购买执照，现在竟然出现了排队购买执照热，尽管购买者“醉翁之意不在酒”。

南非人对自己的足球队充满信心，认为这支颇具实力的队伍是冲向法国世足赛的“一匹黑马”，希望他们在比赛中爆冷门、创奇迹。因为该队有一位老谋深算的教练——44 岁的法国教练特鲁西耶，曾在非洲执教十余年，经验丰富；加上一名天才新球星——20 岁的麦卡锡，曾在非洲杯比赛中独攻七元，被评为最佳球员。

我渐渐发现，南非人爱足球爱得深沉，而不那么浮躁；不以队员输球而狂怒，以致砸了电视机；更不以赢球而大喜，以致血压升高席地而倒。能做到这一点，大概与南非人对自己的足球队充满信心密切相关，因为巴法纳队靠的是以实力、技艺和拼搏精神取胜，而不是以虚名、绣腿和摆花架子取宠。

南非：聋哑人要踢足球为国夺奖牌

在奥运会男子200米蛙泳决赛中，20岁的聋哑运动员特伦斯·帕金在碧池中奋力拼搏，为南非赢得悉尼奥运会第一块银牌，极大地鼓舞了国内的残疾运动员和残疾人，南非立法首都开普敦和全国各地的聋哑人自发地走上街头游行，要求成立“聋哑人足球队”，立志要像帕金一样，参加奥运会赢得奖牌，为国家和残疾人增光添彩。

南非聋哑人指出，2000年9月20日，他们在电视机前看到来自港口城市德班的帕金，身为聋哑人却和正常人一样参赛，敢于和当今世界上的游泳高手角逐，为国家赢得了银牌，同时还以2分12秒50的成绩创造了新的南非纪录。当时，聋哑人看到帕金和健康人一样为国争光，他们万分激动和特别高兴，因为帕金同时也为他们聋哑人争了气，增强了他们聋哑人的自信心，消除了他们聋哑人的自卑感，说明聋哑人和健全人一样，完全可以参加正常的体育比赛，取得理想的成绩。

南非聋哑人协会主席认为，平等参与、机会均等是奥林匹克精神应有之义，聋哑人在克服自身缺陷的基础上，应该和健全人一样，参加奥运会个别项目的比赛。奥运会赋予每一个参赛者均等的机会，帕金正是克服了自身的缺陷，抓住了这一难得的机会才赢得胜利的。

帕金双耳失聪，听不到发令枪声，奥运组委会特意允许南非教练在起跳台附近手持一个微型装置，枪声响的同时教练按动按钮，装置上的红灯就闪烁，帕金看到红灯闪亮随即起跳。南非聋哑人协会主席表示，他们要向帕金学习，帕金能够克服的困难他们也一定能够克服，他们要成立足球运动队，苦练基本功，加倍提高自己，力争能够参赛，像帕金一样为国赢得奖牌。

聋哑人用哑语告诉大家，南非足球队能以3∶1的比分战胜世界强队巴西，却先后以 1∶2 负于日本队和斯洛伐克队，最终饮恨悉尼，使跻身世界八强的梦想破灭，他们和全国人民一样感到吃惊和意外，南非足球队的失败再次验证了“骄兵必败”的真理。帕金能够获得银牌，在一定程度上与自己是聋哑人有关。他告诉记者，由于是首次参加奥运大赛，“我在比赛前感到十分紧张，但我喜欢紧张气氛，因为这使我变得更加坚强”。

南非聋哑人协会主席说，聋哑人自知有缺陷，在比赛场上一定会努力拼搏。如果南非足球队这次自始至终能够拼搏不懈、斗志不减、不骄不躁、踢出水平，结果是会大不一样的。“我们聋哑人喜爱足球运动，看到国家足球队失败心里十分着急，要求成立自己的足球队，和健全人一样参加比赛，克服我们的缺陷，发挥我们的作用。”对于聋哑人的这一要求，南非各级体育主管部门表示将认真对待，予以考虑。

足坛怪事：绿茵英雄遭电击

1998 年 10 月下旬非洲足坛怪事频传，刚果（金）一足球队全体队员被雷电击死，南非足球运动员被雷电打伤，比赛不得不中止进行。

10 月 28 日，刚果（金）两个足球队正在进行紧张比赛，忽然雷电交加，场上的客队运动员被击毙倒地，年龄从 20 岁至 35 岁，无一人幸免于难，而主队运动员则毫发未损。这一奇异现象使两队球迷互相指责对方施行了巫术。是天意还是巫术，究竟如何，不得而知。就在此事发生前一周，刚果（金）东部的足球队员也在比赛时遭雷击，其中三人受到灼伤。

10 月 20 日是星期天，一场紧张的足球赛在约翰内斯堡进行。当比赛还剩下 11 分钟就要结束时，场上的比分是 2∶0，天气突然变化，电闪雷鸣，只见六名运动员抱头倒地，教练和观众不知道发生了什么事情。当得知他们是被雷击后，立即抢救，无一人死亡。一位球员事后说，他当时知道是被雷击了，但不知情况如何。这场比赛也因此推迟进行。

针对足球运动员被雷电击死和击伤事件，南非雷电专家指出，如果人是被雷电直接打倒的，那十有八九会要命。雷电伴随着暴风雨而来，在下倾盆大雨时危险性最高，一道闪电打下来的温度可能高达三万度，被击者重则死亡，轻则肌肉会有烧伤痕迹，神经系统也会受到损害。万一有人被击中，要马上做人工呼吸进行急救。

电闪雷鸣要人命，避雷常识人人须知。一次，南非一家父子二人在大树下手拉手避雷，不幸双双被雷电击死。雷电专家认为，树下和水中是最危险的地方，如果打雷的时候正好处于危险地带，要立即找避雷处，屋内和车里是比较安全的。

关于比赛时运动员遭雷击之事，专家提醒说，如何雷电交加之际，最好将比赛向后顺延十分钟，因为打雷闪电一般十分钟就过去。

足球惨剧：震惊与沉思

西非沿海国家加纳又传来足球迷拥挤致死的不幸消息，闻之不禁令人再次震惊、惋惜与悲伤。这是在短短一个月的时间内，继南非、刚果（金）和科特迪瓦之后，非洲大陆发生的第四起，也是非洲足球史上最严重的一起足球惨剧。在这四起惨案中，近 200 名足球迷在观看自己心爱的体育比赛时命归黄泉，付出了人的生命这一世间最珍贵、最高昂的代价，这不能不引起人们悲伤感慨和深沉思索。

众所周知，非洲人民，特别是青少年酷爱足球运动，足球运动水平之高亦令世人刮目相看。在 2000 年悉尼奥运会上，非洲劲旅喀麦隆队过关斩将、力挫群雄勇夺奥运会金牌的精彩表演给世人留下了深刻印象，而上届奥运会的足球冠军是非洲的尼日利亚队人们仍记忆犹新。足球运动深受非洲人民喜爱，并为非洲赢得了荣誉，非洲人民喜爱观看足球比赛、球迷们希望自己喜爱的队夺魁亦在情理之中。

与非洲的足球运动水平和观众喜爱足球运动的热情相适应，非洲的每场足球比赛本应精心组织，有条不紊；保安应该各司其职，保证安全；观众理应文明守纪，井然有序；运动员更应在绿茵场上纵横驰骋，踢出水平。然而遗憾的是，非洲足球比赛的管理存在重大漏洞，保安不能及时到位，观众更是失去理智，从而不但使高水平的比赛无法正常进行，而且上演了一出出球迷在观看比赛时付出生命代价的惨痛悲剧。从 2001 年 4 月 11 日至 5 月 9 日，在不到一个月的时间内，从南非的约翰内斯堡到中部非洲刚果（金）的东部城市卢本巴西，再到西非科特迪瓦经济首都阿比让和加纳首都阿克让，绿茵场上的惨案从南部非洲到中部非洲再到西部非洲接二连三发生，近 200 名球迷丧生、数百名球迷受重伤的新闻震惊了平民与总统，震惊了非洲与世界。

痛定思痛，酿成这几起惨剧的原因不难寻找。首先，广大球迷的狂热与失控是导致这一系列惨剧的根本原因。阿克让的惨剧是在比赛进行到最后五分钟、绿茵场上的胜负基本已成定局的情况下发生的。此时此刻，橡树队以 2∶1 领先于科托科队，狂热的球迷眼看比赛即将结束便按捺不住地向球场内扔啤酒瓶子，更有甚者拆散坐椅向球场投掷，借以发泄自己的失望与不满情绪，引起观众席上慌乱，导致悲剧发生。与阿克让不同，约翰内斯堡的惨案发生在比赛刚进行到五分钟时，数万名手持入场券而被禁止入内的球迷们，明知自己喜爱的足球队在场内激烈较量却被一墙之隔不能观战，于是愤怒地冲开紧锁的大门，挤压踩踏酿成惨案。这两起最严重的惨剧，前者是对比赛结果不满，后者是对不能入场观看生气，两者皆因球迷狂热而失去理智、进而行为失控造成的，假若心平气和地对待，情况断然不会如此。

约翰内斯堡的足球惨案明显地暴露出足球比赛管理上的弊端，超额出售入场券是引起这一悲剧的导火索。南非两支劲旅队绿茵场上相遇，广大球迷早想亲临现场一睹为快人所皆知，其中不少球迷是从数百公里外特意赶来观战的。然而，比赛的组织者非但没有防患于未然地加强管理与协调，反而出售了多出足球场座位一倍的入场券，在场内爆满的情况下，六万名球迷在场外手握入场券而望大门紧锁而兴叹，怒火中烧而破门冲入，接连蜂拥而至，场内场外同时乱作一团胡乱踩踏，致使 44 人死亡 160 多人受伤。

再来看看阿克让，当球迷们乱扔瓶子和椅子时，警察为了制止事态发展而施放了催泪瓦斯，球迷们四处乱跑以躲避而体育场大门仍锁着，除踩踏致死外还有吸催泪瓦斯气窒息死亡的。毋庸讳言，是警察施放催泪瓦斯加剧了事态的恶化，这不能不使人们对使用催泪瓦斯制止球迷闹事打上一个问号。这几起重大悲剧接连发生无疑暴露出非洲国家在足球比赛管理上的重大漏洞。

球迷的无政府主义是引发这一系列惨剧暴发的深刻根源。非洲历史上曾长期遭受殖民统治，反对外来压迫、争取民族独立是非洲人民的光荣传统，正是这种不屈不挠的顽强斗争精神赢得了非洲的独立与解放。可是，在民族独立、建设国家的今天，仍有一些人把反叛精神视为革命行动，把无政府主义当做正义斗争，殖民统治给非洲人民留下的这一后遗症也不时地在观看足球比赛时复发。无论是破门而入，还是向比赛场上胡扔乱投，甚或是刚果（金）发生的球迷在观看比赛时相互大打出手，均是无政府主义在作祟，而由此引发的踩踏致死事件却是触目惊心的。

南非总统姆贝基在悼念约堡内斯堡埃利斯公园足球场死难者时指出，这一惨剧的发生不是足球运动本身的错误，体育运动有利于增强人们的体质和身心健康，进而鼓励青少年不要“因噎废食”而中止足球运动。他强调，重要的是从惨剧中吸取教训，以杜绝此类悲剧重演。

“亡羊补牢，犹未为晚。”在一系列足球场惨案引起人们惊醒之时，非洲的广大足球迷们如何得意而不忘形，失意而不失控；怎样做到热情热衷而不狂热狂躁，遵纪守规做文明观众；比赛的组织者和管理者如何加强管理，堵塞漏洞；警察和保安怎样提高应急处事能力，迅速制止事态蔓延……这一连串的问题无疑提到了议事日程上。这四起惨案足以给广大球迷和有关人士敲响警钟，而从中吸取教训者也不仅仅限于非洲国家。

第二节　高原长跑出英雄

医学研究认为，非洲人具有长跑的基因，其骨骼结构也与亚洲人和欧洲人略有差异，利于跑步运动。人类学家通过血样抽查得出这样的结论：东非高原居民的血液中95%的血红蛋白携带氧气，以对付高原缺氧对人体带来的负面影

贵在坚持。

响，埃塞和肯尼亚高原上的居民具有这种获取氧气的特殊能力，这也是他们在长跑中能跑出好成绩的得天独厚的客观条件。

埃塞的长跑冠军是民族英雄。

埃塞和肯尼亚：盛产长跑冠军

2000 年 12 月在埃塞采访期间，我曾去该国北部城市阿克苏姆。在从机场到城区的路途，我看到不少小伙子在跑步。因我乘坐小三轮车，看到三个小伙子一直跟着车跑，起初我以为他们在追赶着想乘车，还多事地告诉司机停车等候，话音未落就引起笑声一片，同车的乘客告诉我，那几个小伙子正在练习长跑。

埃塞人似乎酷爱长跑运动，长跑也为埃塞赢得了荣誉。在 2003 年第九届世界田径锦标赛上，埃塞俄比亚的三名男选手和两名女选手分别获得万米长跑的前三名和前两名。当这一喜讯传到埃塞国内时，国家总统和政府总理向运动员表示祝贺，称赞他们是“民族英雄”，其胜利是全国人民的“骄傲资本”。

“四冠王”海利·格布雷塞拉西耶在埃塞可谓家喻户晓，大名鼎鼎。他是世界田径史上获得金牌数最多，也是身材最矮、体重最轻的选手之一。1973 年 4 月 8 日，海利出生在埃塞南部山区一个贫穷农民的家庭，18 岁参加国家队，次年参加世界青年田径锦标赛夺得男子万米长跑冠军。此后，他连续四次夺得世锦赛万米冠军，连续在两届奥运会上夺得万米冠军。2001 年，海利被国际奥委会授予奥林匹克勋章。

海利被埃塞人视为民族英雄，首都亚的斯亚贝巴街头有他的大幅照片，十分醒目；他的故事被拍成电影，广为人知；他在埃塞首都建起一座现代化多功能体育训练场，为国家培养田径运动员。名师出高徒，在第九届世锦赛万米比赛中荣获冠军的肯内尼萨·贝克勒，就是格布雷塞拉西耶培养出来的高徒。

为了发展埃塞的体育事业，数年前，这位闻名世界的埃塞俄比亚万米长跑“四冠王”——海利·格布雷塞拉西耶与本国几位著名田径运动员一起，曾将他们征战国际赛场时穿用的运动服拍卖，将拍卖所得全部捐献给具有五十多年历史的埃塞民间体育组织——奥米德拉体育俱乐部。在那次拍卖活动中，几套最有纪念意义的运动服——海利在参加美国亚特兰大奥运会万米长跑时穿的运动衣、阿贝贝在参加北京国际马拉松赛跑出马拉松世界最好成绩的运动衣等，最终被原主人竞拍成交，价格分别是 5 万比尔（1 美元当时约合 8.13 比尔）和 1 万比尔。

在世界田径史上有一席之地的还有埃塞长跑明星——阿贝贝·比齐拉，号称“赤脚大仙”，他是非洲历史上第一个获得奥运会金牌的运动员。在 1960 年的罗马奥运会上，他赤脚夺得马拉松冠军，成为田径史上的奇闻。

埃塞为什么盛产“飞毛腿”呢？埃塞地处东非高原，境内多崇山峻岭，交通极为不便，许多埃塞人从小就在崎岖的羊肠小道上赤脚行走；埃塞缺水干旱，农村孩子不但上学要走远路，而且还必须跑到数十里外获取生活用水。这样就形成长途跋涉的习惯，翻山越岭如履平川大道。

地处东非高原的肯尼亚运动员也在世界田径赛上大显身手，频传捷报。就在 2006 年 8 月 25 日国际田联黄金联赛布鲁塞尔站比赛中，肯尼亚队以 7 分 2 秒 43 的成绩打破了英国队 24 年前在伦敦创造的 7 分 3 秒 89 的男子 4×800 米接力世界纪录。这次肯尼亚队能够打破世界纪录实属不易，因为当天布鲁塞尔天气十分糟糕，气温仅 10℃度左右，且阵雨不断，其他一些世界名将当天的成绩都大受影响。

南非：哥俩“接力”马拉松

在 1999 年 6 月 16 日南非举行的“同志马拉松”赛中，莫错宁兄弟二人巧演“双簧”，以“接力棒”方式跑完 89.9 公里的比赛路程，从而“荣获”比赛的第九名，获得金牌、一盎司重的纯金奖品和 6000 兰特（约合 1000 美元）的奖金。然而，好景不长，仅仅一个多月后，正当他们为自己天衣无缝的配合暗自庆幸之时，有心人发现了他们作弊时留下的破绽。在铁证面前，瑟吉奥·莫错宁懊悔不已，请求南非人民“饶恕”自己的罪责。

“同志马拉松”又称“超级马拉松”，在南非一年举行一次，以其超长的比赛距离而闻名，成为参赛者意志、体魄和耐力等素质的综合考验，每年都受到体育爱好者和广大观众的强烈关注。1999年的比赛时间选在新总统就职日，又是这一活动成为庆典的内容之一，备受关注的程度也就不言而喻了。

事情是这样的：在从南非东部城市彼得马里兹堡到德班的比赛路线上，21岁的参赛选手瑟吉奥与小他两岁的弟弟阿诺德精心密谋，先由哥哥跑45分钟，然后兄弟俩在流动厕所内更换背心和跑鞋；接着由弟弟“接力”跑中间一段，哥哥则乘车在前方的下一个“接力点”——流动厕所内等候；他俩再次更换背心和跑鞋后，由哥哥跑到终点，实现跻身于比赛前十名的预谋。

莫错宁如愿以偿荣获比赛第九名，然而“同志马拉松”前冠军贝斯特对此感到非常吃惊。贝斯特在本届比赛中获得第十五名，他举报说，他在比赛中始终计算超过自己的人数，“莫错宁开始阶段就跑在我后面，后来也一直没有超过，我纳闷他为什么能比我提前到达终点”。由于比赛路段上只有经过允许的车辆可以通行，这就意味着这次作弊很可能是“集体行为”，不排除里应外合的“内线”参与。

马拉松主办单位最初对贝斯特的举报置若罔闻，认为缺乏必要证据。但有关录像和照片显示，莫错宁兄弟身着相同比赛号码的背心出现在不同的比赛地点，两人的手表戴在不同的手腕上，且一人胳臂上有伤疤。“若要人不知，除非已莫为。”尽管莫氏兄弟外表酷似，且策划周密，但当看到报纸上刊登的显示“漏洞”的照片时，他们只好如实招来。

莫错宁请求南非人民宽恕自己，因为作弊不是他兄弟俩的本意，只不过因为贫穷而逼迫为之，可谓穷极想恶招。他的律师解释说，这一悲剧的发生有其特殊性，莫错宁有11个兄弟，家庭十分贫穷，他已将所得的6000兰特奖金交给了父亲以救助家庭，并准备将所得的奖牌以500兰特的价格出售。律师还强调，莫错宁是一名有实力的马拉松运动员，发展前途看好，希望不要因为这一悲剧而断送了其前程。

这一丑闻震惊了南非体育界，引起马拉松主办单位和南非田径协会的高度重视。田径协会负责人指出，这一悲剧的影响是恶劣的，它不仅仅是一场骗局，而且剥夺了应得奖者在那一天本应享受的殊荣，“无疑影响了今年马拉松赛获胜者的名次排列”。

为了正本清源和客观公正，莫错宁已交还了奖牌和奖品，并被责令限期如数归还奖金。田径协会负责人表示，他们将彻底查清这起联手舞弊行为，对莫氏兄弟及其他参与者进行严肃处理。

南非：跨栏明星荧屏传情

23 岁的南非体育明星、2000 年奥运会 400 米跨栏赛金牌角逐者赫伯特经常在最后冲刺结束时，面对电视镜头通过暗号向 18 岁的女友波姬特表达爱恋之情，在家中观看比赛实况转播的波姬特心领神会，喜出望外。

赫伯特是南非一位颇具实力、夺魁呼声非常之高的 400 米跨栏运动健将。自从半年前向波姬特倾吐衷肠、表达爱意以来，每当在比赛冲刺结束后，他就会用手先轻触左眼，接着按一下胸部，随后指着电视镜头，向远在家中观看比赛实况转播的女友表达真挚永恒之爱。9 月 1 日，他在布鲁塞尔国际比赛中夺得冠军时就两次运用了这一爱情讯号。波姬特说，赫伯特在最近的欧洲比赛时已经使用了五次这种“爱情手势”。

奥运开赛在即，南非运动员已奔赴悉尼，赫伯特将在 2000 年 9 月 27 日的 400 米跨栏比赛中大显身手、力争夺冠、为国争光。赫伯特说，对自己而言，2000 年 9 月 27 日是一个具有特殊意义的日子，正是半年前的这一天，他向波姬特正式求爱，两人从此坠入爱河。

一往情深的赫伯特为了能使自己与心上人经常见面，他这次带着女友出征悉尼。他提前为她预订好房间、安排好饮食。为了使赫伯特集中精力备战，波姬特劝告男友：“暂时忘掉我，把精力集中在比赛上。”她还说，在爱上赫伯特之前，自己对体育一点也不感兴趣，现在情况不同了，竟不由自主地变成了一个体育迷。

第三节　木雕石雕鸵鸟蛋

异国的自由市场

近年来，我曾有机会漫步国外的自由市场。在威尔士首府加的夫南郊，向英国摊主询问价钱；在伊斯坦布尔街头，与阿拉伯商人“砍价”；在约翰内斯堡城东，和黑人摊贩讨价还价……国外自由市场的不自由之处，给我留下了深刻印象。

南非人恶搞蒙娜丽莎，想以此气活达·芬奇。

所谓自由市场，是指露天市场。每当我置身其间，蓝天白云之下，双目所及之处，皆是一派秩序井然、交易公平、货物齐全、买卖兴隆的繁华景象。繁荣而不烦乱，热闹而不嘈杂。异国他乡的自由市场之所以能够做到这一点，归纳起来，大概有以下特点。

画地为牢，井然有序。自由市场的面积有大小之别，摊点有多少之异，但有一点是相同的，统一设置在一个固定的地域内。自由市场之外，断然不可随心所欲，四处设摊。倘若越“雷池”一步，必有人前来“问罪”。即使在市场之内，亦不能各取所好，任意设点，必须各就各位。在各自的摊位上，摊主则将货物摆放得一是一、二是二。摊位前看不到横七竖八的自制广告牌，市场内看不到乱七八糟的果皮纸屑塑料袋，听不到七嘴八舌一片喧哗的大嗓门。整个市场干干净净，井井有条，给人一种舒心的感觉。

买卖公平，服务热情。进入自由市场，买主有看货、选货、比货、试货的权利，亦有讨价还价、买与不买的自由。买与不买，还价之高与低，卖主都一视同仁，和气相待，决无强人所难、问价必买的霸道行为。卖主之间公平竞争，靠的是货物的质量和售货的态度，而不是恶声粗言、欺行霸市的强盗作风。买卖公平合理，经商讲究信誉，假冒伪劣没有市场，坑蒙拐骗有人管理。

货多物全，各具特色。国外的自由市场，摊位鳞次栉比，货物新旧并陈，看似千篇一律，实则各具特色，乍一琢磨，却与国情相关。伊斯坦布尔的自由市场各种皮货齐全，相对质优价廉。而在加的夫的自由市场，旧货比例较大，日常用品偏多。走进约翰内斯堡的自由市场却是另一番景象，货物比例搭配适当，黑人手工艺品百花齐放。再来逛逛东京街头的自由市场，一条狭窄的巷道里，排满了各种海鲜。

善于管理，严格执法。加的夫的自由市场是周末市场，摊位有较大的随意性，一般是早到早占早摆摊，有的人甚至就打开汽车的后厢盖把货摆开。不过，摊位必须个个相连，前面必须留有通道，同时必须交纳一定的摊位费。从面积和规模上讲，约翰内斯堡的自由市场当属南非之最，其管理亦属高水平。进门须购票，每人 1 兰特；开放有时间，上午 9 时到下午 4 时；摊位相对固定，按月收摊位费。摊位按货物的种类进行分配，同种商品不能过分集中，工艺品、服装、鞋袜、五金和电器等摊位按比例间隔排列。这样做，一是方便顾客；二是防止经营同类商品的卖主哄抬价格。由于经营有方，约翰内斯堡的自由市场已成为一个旅游景点。

这最后一个特点统领其他各点，是国外自由市场成功的关键。缺少人管理、没有法可依，任何国家的任何市场都不可能做到井然有序、买卖公平和各具特色。墨子曰：“天下从事者，不可以无法仪；无法仪而其事能成者无有也。”即使前面冠有自由二字的市场，也不是一片无人管理、无法管理的自由之地。极端“自由”的市场，脏、乱、差的市场是不受人们欢迎的。自由市场只有加强管理才能做到为民、便民、服务于民。至于如何将自由市场办出民族风格和中国特色来，则是摆在国内市场管理者面前的新课题。

黑人唱歌做买卖

很多人问我，看南非该从什么地方开始呢？是呀，这片土地热情而神秘，似乎每个角落都蕴藏着新鲜与神奇，那就不如从一些大大小小的工艺品市场开始吧，这里既有带着浓郁非洲特色的木雕、石雕、鸵鸟蛋、铁丝玩具等商品出售，又有非洲人特有的热情、智慧和幽默让你体会。

栩栩如生的木雕。

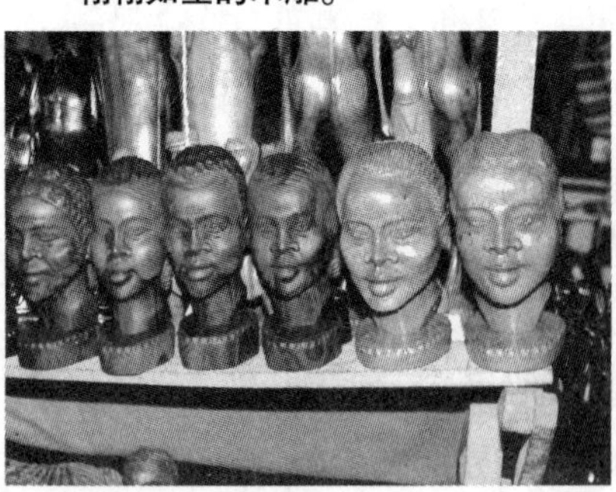

当场表演让你瞧

在去南非著名旅游胜地太阳城的途中，

和长颈鹿比颜色。

有一个颇具规模的工艺品市场，由于见多识广，久经商场，这里的摊主大都谙熟“和气生财”之道，主动迎客，十分热情。大概是近年来中国游客递增的缘故，摊主们多数会讲“你好”、“谢谢”、“便宜”之类的简单汉语，只要你多看一眼摊位上的东西，他们便热情地将工艺品高举起来让你瞧，嘴里还喋喋不休、念念有词，唯恐错过你这位送上门来的远客。

非洲人爱好唱唱跳跳，自古以来乐于制作各种乐器，在这里，你可以看到大小式样不同的鼓，淳朴简单的二胡，音调响亮的木琴，而黑人摊主都是演奏这些用兽皮制作的乐器的行家里手。你只要往这些乐器前面一站，不用多等，无须多言，他们便会主动演奏起来，边表演边“笑问客从何处来”，是否感兴趣，有意购买否，用此法来拉生意。

当然，有时你也会遇到几个“热情好客”的黑人小伙子，当你刚走进工艺品市场，他们就递上本子和钢笔请你签名，你以为是到访客人留念？大错特错，这些是真假难辨的募捐者，只要你的大名在册，不掏腰包你休想离开。

现做现卖不误时

热情好客的黑人摊商不仅知道和气生财，而且懂得勤劳致富。在不同市场的不少摊位，你会看到摊主们一边等待生意上门，一边忙着制作工艺品。他们有的忙于完成木雕的最后造型，有的埋头穿针引线串起彩色珠宝装饰品，有的用铁丝三转两绕巧手做成各式小孩玩具，有的正在鸵鸟蛋上画大象、狮子、豹子等动物。你可别小瞧了这些摊主，他们个个都是民间艺术家，工艺品的构思与形状还真有点讲究哩。

一般而言，黑人工艺品制作比较粗犷，但也不乏心细之人，其构思与用意有时也会令你在把玩之际拍案叫绝。在行政首都比勒陀利亚附近的一家工艺品市场，我曾无意中发现了并排摆放着的三个人物黑木雕，它们都取蹲位，一个双手遮住双耳，一个双手盖着双眼，一个双手捂紧嘴巴，皆带着几分愤世嫉俗的神情，我看了半晌仍不明其意，便询问正在制作另外一组的摊主，摊主笑言："这三个木雕分别代表不听、不看、不说，表示出对周围环境与人的不满情绪，这一构思的用意是希望购买者能够为改变社会多出一份力。"原来，这"三不主义"还真有点名堂。

当场打假拉生意

热情、勤劳的黑人摊主们多数是比较诚实的，做买卖讲究诚信，而且有时候诚信到"死心眼"的程度，让人啼笑皆非。

各类木雕令人眼花缭乱。

一次，在黄金城约翰内斯堡的工艺品市场，我因偏爱印石而看中一块长方体的绿色石头。这种绿石是南非与津巴布韦边界地区的特产，质地细腻，硬度适中，表面光润，多带花纹，是制作印章的佳品。为压价购买，我提出石头表面不光滑，话音未落，摊主便拿来一枝蜡烛朝上面使劲涂抹，接着用烈火烘烤一番，再用一块旧布狠擦，然后展示石头光可照人的外表。

还有一次，我想买件像样的人物黑木雕。非洲的木雕有黑木雕、红木雕和黄木雕之分。黑木雕由一种特殊的黑心木材——乌木制作而成，这种树外层为白色中心为黑色，木质细硬，比重大于水，真正的黑木放到水中可沉没下去，拿到手中沉甸甸的。红木则木质相对疏松，较轻，所以红木雕也就没有黑木雕值钱，个别奸商在红木雕或杂木雕的外表涂上黑色鞋油冒充黑木雕骗人。那次，我看中一个黑木雕后，就开玩笑说，木雕表面不够黑有以杂木雕冒充之嫌。摊主听后立即从我手中把木雕夺了过去，速度之快令人感到震惊，原以为我的话语过于直率使对方难以接受，哪知摊主当场取出黑鞋油就往木雕上涂，还说如觉得不够黑的话可以再涂一层，让人不知如何作答。

运用游戏做买卖

在去好望角的途中，有一个出售黑木雕的摊位，摊主是位小伙子，由于他的黑木雕种类较多，买卖做得灵活，生意也就红火一些。一次，我和几位朋友走到他的摊位前，看中一组群雕，准备为他作点“贡献”，不想他开口就要140兰特，还价到100兰特他仍然不依，双方互不相让，眼看买卖就要搁浅。这时，小伙子灵机一动，拿出一枚两兰特的硬币，说是他抛向空中，若“图”一面朝上就是我们出的价钱，如“字”一面朝上便是他要的价格。大家觉得好玩，便同意他的提议。硬币叮当落地后，小伙子赢了，这使他颇为得意，还透露其中的秘密说，“图”面较重，一般朝下，多数情况下是赢。真的是这样吗？不得而知。反正我们给小伙子带来了生意，他给我们带来了快乐和笑声，也许这就已经够了。

鸵鸟蛋“走出非洲”

在南非，提起鸵鸟蛋似乎无人不知、无人不晓，外国游人更是对它情有独钟。尽管鸵鸟蛋属于易碎品不便长途携带，但是离开南非时，游人大都购买几个带回，或留作旅游纪念，或赠送亲朋好友，或作工艺品观赏。一个个极普通的鸵鸟蛋被不同国度的不同游人赋予了不同的功能，在传递信息、传送友谊、传播文化、传输美感的同时，无不在向世界宣传着南非、介绍着南非的旅游业。

南非的鸵鸟蛋何以能有如此大的魅力和作用？皆因其是普通的又是特殊

鸵鸟蛋上有艺术。

的，特殊到它品种齐全从而形成系列产品，特殊到它成为工艺品而艺术风格又百花齐放，特殊到它价位合理而又价格统一，特殊到它具有南非特色。

初看起来，南非的鸵鸟蛋似乎没有什么特殊之处。一个白色的“大鸡蛋”，被人小心翼翼地从一端开一个硬币大小的圆洞，尔后不慌不忙地掏出里面的蛋白蛋黄，据说相当于24个鸡蛋的总量，再用水把鸵鸟蛋壳内外冲洗干净，晾干后有孔的一头朝下直立在一个小木圆圈上面。我们所言的鸵鸟蛋，实则是鸵鸟蛋壳，其本色为白而略带黄，表面均匀地分布着许多小点。

可别小瞧了这些不起眼的鸵鸟蛋，就是在其蛋壳的表面，聪明的南非人做起了旅游这篇大文章。除本色的白蛋外，鸵鸟蛋经过加工，根据加工程度不同和艺术水平高低，可分为画蛋、彩蛋和蛋雕。画蛋就是在蛋壳表面画上各种图画，如斑马、玫瑰花、人头像等。这些动物、植物和人物画一般是黑色，与鸵鸟蛋黑白分明。彩蛋，顾名思义就是彩色鸵鸟蛋，先将蛋壳表面全部涂成墨绿色、淡黄色、紫红色或浅黑色等各种颜色，再在上面画上各种彩色图案，一般以动物为主，常常是南非著名的“五大兽”——大象、犀牛、水牛、豹子和狮子栩栩如生地聚会在一个蛋壳上。至于蛋雕，或是将各种图画用刀雕刻在蛋壳表面，然后涂上各种色彩，或是干脆就把蛋壳镂空成画。

南非鸵鸟蛋在走向系列化的同时，也自然而然地成为工艺美术品。这些工艺品的创作者来自不同行业，对生活的体会各异，艺术修养有高低之分，从而形成了百花争艳、异彩纷呈的鸵鸟蛋艺术。当然，这些艺术品的价位是分档次的，一般而言，价格从白蛋、画蛋、彩蛋到蛋雕依次递增，从最低的50兰特到最高的400多兰特。每一个价位之中，价格也因工艺品的水平高低而上下浮动，这尤其表现在画蛋和彩蛋上。不过，为了保护鸵鸟养殖者的利益，南非鸵鸟养殖者协会对白蛋基本上实行全国统一销售价格，各地的鸵鸟蛋价格是相对固定的。例如，南非前几年因屠宰了大量鸵鸟，白蛋的价格从过去的30兰特一跃上升到50兰特，其他种类的鸵鸟蛋随之水涨船高。

系列工艺品化、价格统一和成为旅游纪念品是南非鸵鸟蛋的三大特征，而其中又贯穿着一条鲜明的主线——南非特色。从鸵鸟蛋上的画面看，不是会飞的鸵鸟，就是凶猛的“五大兽”；不是袒胸露乳的南非少女，就是特征典型的非洲人物肖像；不是行政首都的市花——紫楹花，就是南非的国花——帝王花……这些带着不同画面的工艺品使南非的鸵鸟蛋形成系列产品，成为抢手的旅游纪念品，为国家创造着外汇收入，进而还传递着一个强烈的信息——使人们把鸵鸟蛋与南非联系在一起。此外，系列化又意味着创造更多的国内就业机会，价格统一又在保护着养殖者和国家的双重利益，真可谓“一蛋多利”。难怪南非人亲切地把鸵鸟蛋称为“金蛋”。

近年来，南非旅游业发展迅猛，占国内生产总值的比例从1991年的4.5%上升到2000年的6%，从业人数也从22万增加到34.2万。这之中，“金蛋”当功不可没。

如今，南非的鸵鸟蛋几乎成为仅次于黄金和钻石的第三大旅游拳头产品。来南非旅游，回国时不买几个鸵鸟蛋带上成为外国游人的一大遗憾，颇感有虚此行。

南非机场内有这样一幅醒目的广告：BYE AFRICA，BUY AFRICA，这似乎在提醒人们：告别非洲之时，别忘记购买非洲特产，特别是工艺品，这当然包括鸵鸟蛋在内。

第四节　民居设计讲艺术

与世界其他大洲的国家相比，南非房地产的价格可谓便宜。在西方国家价格高得让人望而却步的豪宅大院，南非的中产阶级就可拥有。便宜并不意味着质量差和服务劣，事实是这里的房子从设计水平到建筑质量、从服务配套到社区设施，皆让人刮目相看。这是因为“物美价廉”中渗透着严把质量关、服务一条龙的经营理念。

南非的民居很少有高楼大厦，即使是全国经济最发达的商业都市约翰内斯

南非民居像童话世界。

堡亦是如此。南非民居突出贴近大自然、与大自然融为一体，同时又强调个性突出、避免雷同。这样，蓝天白云下，绿树映衬中的红瓦屋顶就成为南非民居建筑的一大特色。在这一特色中，“三足鼎立”的是别墅、花园公寓和双层公寓。别墅一般是独门独户的豪宅大院，花园公寓是自家带一个前后花园的公寓，双层公寓则不带前后花园。

在这里，消费者享受的服务是从建筑设计开始的。政府管理部门规定：就整个小区和建筑群而言，必须留有足够的绿地和空间，让建筑物融入大自然之中，不能为了多盖房而破坏整体环境，更不能见缝插针搞建筑，为一时一己之利而损坏整体和长远利益；在外观上，哪怕是两处相连的民宅都不能雷同重复，“千人一面”更不可能。消费者选择房子时，房子外观和周围环境是非常重要的两环。建筑，包括民居建筑物在内，在南非已上升为一种艺术，建筑设计必须是专业人员，其设计的图纸在政府部门审批后方可动工；建筑商必须是国家建筑协会的成员，否则无权参与建筑；无论哪种民居建筑，在完成地基、主体和屋顶这三个步骤时，每一步都必须经过持证专业人员的验收，如验收不合格则不能进行下一步骤；整个工程竣工后，政府电力管理部门的专业人员要入室检查室内电路，安全不达标不给发放入住证。

高档民居重视绿色。

民居建筑的质量就是这样一环套一环、环环相扣来予以保证的。这里的质量保证，首先是设计人员和建筑单位是经过国家认证的；其次是各阶段的验收者也是经过核准的专业人员；更重要的是，他们对建筑质量的认可与批准是要签字盖章负法律责任的。如果在验收过程中马虎不认真，或是徇私情谋私利，致使建筑质量不达标，除建筑商难以出售房屋外，各个阶段的验收者，哪一环出了问题就由哪一位验收者负责。公章和签字明白无误，无须也无法进行狡赖。在他们每人心中，法律意识高于一切。

如果说从建筑设计开始、环环紧扣严把质量关是消费者享受服务的“龙头”的话，尽管这“龙头”由政府部门牵头和控制，对消费者来说是隐形的或时隐时现的，那么配套一致、质量可靠的整体建筑物就是这条龙的“龙身”。

由于严把质量关，房子的总体结构有了质量保证，使“龙身”坚固稳定。配套一致是指房子的设施齐全，特别是车库，如是双层公寓至少是车位不可或缺；房屋在完成室内装修后才可上市，即南非的民居建筑不出售毛坯房。房屋装修包括配齐这样三大件：厨房做饭用的电炉、吸油烟机、放置炊具的整体橱柜和柜台；卧室内的大型组合衣柜；卫生间内所有洁具，如马桶、洗脸盆、毛巾杆、沐浴间和大浴盆。一句话，消费者购买房子后，增添窗帘和家具即可开始正常生活，不需要为房子装修再蜕一层皮，为装修质量再伤一次脑筋。建筑与装修是两位一体的，盖房子而不装修在这里才是真正的新鲜事儿。

建筑物的内外协调、赏心悦目是服务这条龙的“龙尾”。它的主要内容是，室内的设施与房室的大小协调一致，室内与室外的颜色搭配协调一致，整座建筑与花园布局协调一致。在每座建筑物各自协调、风格迥异的基础上，整片建筑群和居民小区统一规划，色彩鲜明，错落有致，建筑物无一雷同且重视与大自然相融合，无不让人赏心悦目。走进南非的高档住宅区，如同进入一个现代建筑艺术博物馆，令人目不暇接，感叹不已。

如何使美丽的“龙尾”摆动起来呢？齐全的社区设施和有效的社区管理，使小区内的居民普遍感到舒心满意。以约翰内斯堡最高档的居住小区丹纷为例，由于南非的社会治安状况恶化，小区大门口昼夜有保安值班，小区内夜间有警察巡逻，解除了人们对社会治安的普遍担忧；小区有游泳池、高尔夫球场、排球场和网球场，还有孩子们玩耍的沙坑、秋千、滑板和木屋；为组织人们锻炼和从事有益活动，小区成立了文体活动俱乐部。在管理方面，不但对各种设施及时进行维修更换，而且凡住户家中有困难，他们都乐于帮助解决。有效的管理使居民感到有“人情味”，体育锻炼又增加了邻里之间的相互了解。

运用多种手段促销，使服务这条“龙”舞起来是房地产公司和经纪商们的营销策略。报纸广告是最主要的一种，各大日报的广告栏中，几乎每天都有大量的售房信息，《星期六星报》每周出版的《房地产指南》可说是南非房地产信息的集大成者。该指南一般在300版左右，如2003年7月19日出版的指南是272版，固定地分为区域、价格和经纪商三大类，约各占100版，按26个英文字母的先后顺序排列，各取所需，查找方便。各类广告图文并茂，突出特点，标明价格，说清布局。第二类是街头广告，房地产公司或经纪人将印制精美的彩色广告在街头十字路口免费向行人发放，或随当日报纸免费赠送。这类广告常在住宅的附近区域发放，且因印制精美，一般而言效果较好，能形成一定的冲击力。第三类是房地产公司或经纪人在现场促销，提前打出广告，招揽人们在周末前来观看房子，向他们介绍房子的各种优点，以期打动人心。消费者一旦拿定主意购房，他们便热情帮助你办理购房手续。南非的民居建筑实施一条龙服务，使消费者买得放心，住得舒心。当这条龙"飞舞"之时，消费者脸上就会露出发自内心的微笑。

第五节 电影院里谈观感

非洲电影引人瞩目

近年来，非洲电影业快速发展，一年一度的非洲电影节越来越引起人们的关注。非洲艺术家们以自己独特的视觉观察和反映生活，让同行和观众刮目相看，而演艺人员与观众以平静的心态对待国际性大奖，更令人油然敬佩。

第七十七届奥斯卡金像奖揭晓，南非两部获提名的影片未能折桂，特别是呼声颇高的《昨天》名落孙山，与最佳外语片失之交臂，未免让人感到几许遗憾。消息传来，南非人的心情倒是比较平静。这是因为，获奖固然是值得高兴的好事，但是南非人拍影片的目的并不是为了把镜头对准国外大奖，而是为了真实反映生动活泼的现实生活。如此，获奖与否，显得就不那么重要，平常心对待国际性奖项亦属自然。

人们注意到，除完全国产的祖鲁语影片《昨天》获最佳外语片提名外，由南非、英国和意大利合拍的《卢旺达酒店》同时获得三项奥斯卡提名——

活人木偶为开普敦增色。

最佳男主角、最佳女配角和最佳原创剧本奖。尽管皆与奥斯卡奖擦肩而过，《昨天》此前已荣获威尼斯电影节人权影片奖和印度电影节最佳影片奖，《卡雅利沙的卡门》拔得第五十五届柏林电影节的头筹——最佳影片金熊奖，可谓连获殊荣，引人瞩目。2004 年 3 月 1 日，南非两家影响最大的报纸《星报》和《公民报》分别发表题为“为我们的电影欢呼”和“他们使我们备感骄傲”的评论，不约而同地祝贺南非电影取得的显著成绩，称赞国产影片正确反映了民族的重大题材和民众的现实生活，增强了人民战胜困难的信心和决心。

那么，在非洲影片常常缺席国际性电影节的情况下，异军突起的南非电影何以能够令人刮目相看呢？

关注人类命运，反映重大题材是南非电影引人瞩目的首要前提。参赛柏林电影节的《人对人》由南非与英法两国合拍，讲述 19 世纪欧洲人类学家探险非洲腹地、研究人类进化的故事。科学家们就如何对待俾格米人意见相左：他们到底是“自己的同类”还是“类人猿”？《卢旺达酒店》取材于举世震惊的卢旺达大屠杀，叙说一个非洲酒店的黑人经理掩护上千名素不相识的难民的动人事迹。《昨天》告诉观众一名感染了艾滋病毒的南非黑人母亲的艰辛生活。这几部影片无论是讲述历史还是关注现实，无一例外地取材于重大事件，将目光投向人类自身。正是由于其关注人类的命运，才得以发人深省，引起观众共鸣。

呼唤人间真情，贴近现实生活是南非电影打动人心的关键因素。艾滋病是人类的共同敌人，南非是艾滋病的重灾国之一，《昨天》聚焦于一名年轻黑人母亲，讲述这个遭受艾滋病袭击的三口之家的故事：主人公农村妇女“昨天”感染了艾滋病，其远在黄金城的矿工丈夫却拒绝承认自己早已被感染的事实；在病痛折磨、村民歧视的双重打击面前，她唯一的希望就是坚强地活下去，直到目睹自己的女儿——“美丽”能够上小学的那一天。影片情节单一，人物简单，然而因为其触及了艾滋病这根敏感神经，把镜头对准了生活在社会底层的普遍民众，关注他们的喜怒哀乐忧思伤，深深地打动了观众。

在南非农村黑人中，由于某些落后的传统观念作祟，艾滋病患者普遍受到歧视，“昨天”的丈夫当然也难例外。在四周睥睨眼光的威逼下，含垢忍辱的“昨天”不得不只身一人在寒冷的野外为病危的丈夫搭起一个暂居的小木棚，搀扶着步履蹒跚的丈夫从家中走向荒野……这一被评论界称赞为“向本国民众讲述本国故事”的情节，选取独特角度，突出民族特色，成为南非电影取得成功的一大秘诀。

就在“昨天”与七岁的女儿艰难修筑小木屋时，一群过往的陌生人却及时地给娘俩伸出了援助之手；当她掩埋了丈夫、病魔正朝她袭来之时，善良的小学女教师再次出现，表达出自愿抚养“美丽”、供养她上学的真情……弘扬人间正气、播种收获希望无疑是南非电影受人称道的内在魅力。曼德拉观看影片后指出：“在抗击艾滋病的斗争中，我们需要各种各样的故事，不但需要关于挑战、困难和悲剧的，而且需要关于树立希望和增强信心的，《昨天》就属于后一类。”

任何影片如果缺乏扎实的艺术功底，其表演必定是苍白无力的。张扬电影语言，充满艺术魅力是南非电影走向世界的坚实基础。《昨天》中的画面、音乐、对白，无时不在渲染和强化着主题。《卡雅利沙的卡门》把法国作曲家乔治·比才脍炙人口的歌剧《卡门》成功移植到南非东南部一个黑人城镇，讲述主人公之间的爱情、嫉妒、仇恨与谋杀，整部影片由一个40人的合唱团以母语——科萨语演出，可谓手法新颖，出奇制胜。

电影是一门综合艺术，其成功不但需要艺术家多才多艺，更需要创作者具有深邃远大的历史眼光、关注现实的责任感和贴近生活的创作态度，以真情打动观众，给人以思考与激励。

南非电影院的启示

在电视与电影的激烈竞争中，南非电影院可谓技高一筹，把广大观众特别是青年男女紧紧吸引到自己一边。本国电影院门前购票的长龙与外国电影院“门前冷落车马稀”的凄凉场景形成强烈反差。此情此景，引起我思潮奔涌，情不自禁地要探个究竟。

少女爱看电影。

南非的电影院位于大型购物中心之内，并与其形成一个有机整体。在购物中心这座“围城”里，电影院发挥着文化娱乐功能。人们想看电影，一般不必专门去花心思筹划一番，常常是购完物、办完事，如时间富裕，再下一层楼便来到电影院门口。如果不到开演时间，就到旁边的书店随便翻翻，或是去隔壁的音响店听听音乐、看看是否有自己喜欢的唱片。当然，如果想吃点快餐、喝口饮料，影院门前就可办到，只需举手之劳，不必花费额外时间。节约时间、设施齐全是置身于购物中心之中的南非电影院的一大特点。

南非时尚高跟鞋。

如同购物中心像“围城”一样，南非的电影院好似一座“影城”。小“影城”有七八个电影放映室，大的则多达十五六个，所有电影院同时上演不同的影片，一天之中循环不断。爱好不同、口味不一的观众可以选择不同类的影片，言情片、武打片、科幻片等悉听君便。假如你误了开演时间，接着忙别的去就是了，等下场开演再来看。

“影城”里的电影院不但数量较多，而且面积不同。大的放映室能容纳300—400名观众，小一点的仅有150—200个座位。根据影片的上座率高低，管理人员对之适时进行调整。一般而言，新影片都在大电影院上映，时间一长就转移到小电影院里。不过也有例外，《泰坦尼克》上映期间就一直占领着最大的电影院，久映不衰。由是观之，大家能够自由选择观看时间和影片内容，“影城”则能够随时调整电影院的大小。观众选择余地大是南非电影院的又一特征。

走进电影院，刚一落座，你就会感到十分舒坦方便。座位相当于国内的“雅座”，宽大舒适；座位排距较宽，出入座位互不干扰；前后排落差较大，后排观众视线不受影响；加上超宽银幕和适度光线，视觉效果极佳。电影院的墙壁是经过特殊处理的，电影一开映，立体声随之在耳，观众就自然进入角色。“这不仅是艺术上的享受啊！”看完电影，观众发出如此感叹。

南非电影院为什么能够吸引广大观众呢？除视听效果佳、选择余地大和功能设施全三大特点外，推销手段多亦不可或缺。一进“影城”，首先映入眼帘的是“广而告之”：巨大的片名与宣传图片，醒目的开映与播放时间，以及票价多少与电影院编号；正在放映的影片与将要上演的新片分别排放。正式影片放映前，每次必先加映一段广告与新片预告。经营者还不忘记在“电影院”外下工夫，每天翻开报纸、打开电视，电影广告随时随处可见。

为了吸引更多的观众走出家门、走入电影院门，各个“影城”还推销“会员卡”。40兰特购一张一年有效期的电影卡，每星期一、三、五可享受25%的优惠，星期二则能享受半价；每看完十部影片获赠票一张；每续一次卡得可乐一听。这一方面，南非电影院可谓“魔高一丈”。

作为传播工具，电影一度是大众的“宠儿”，曾经辉煌一时，可在后起之秀电视的强烈冲击之下，电影已风光不再。如何迎接挑战、扬长避短，把观众重新呼唤回电影院是摆在世界各国面前的共同课题。在这方面，南非迈出了成功的一步，值得学习和借鉴。

“苟利于民，不必法古；苟周于事，不必循旧。”就我国而言，面临如何改革旧的电影管理体制，加大电影迈向市场化的步伐问题。近年来，我国的电影院管理人员在这方面作了不少尝试，整体来说，效果不容乐观，主要是囿于旧的条条框框，市场经济的新观念没有深入人心。所谓市场经济，就是实现资源的最佳配置，以满足广大人民群众日益增长的物质和精神生活的需求。这就要求所有生产者和经营者心中时刻想着广大消费者和顾客，适应消费者的市场需求，诚心诚意地为顾客服务。

电影院的管理如此，其他行业何尝不是这样呢？

街头彩绘抢人眼球，每个人都忙着。

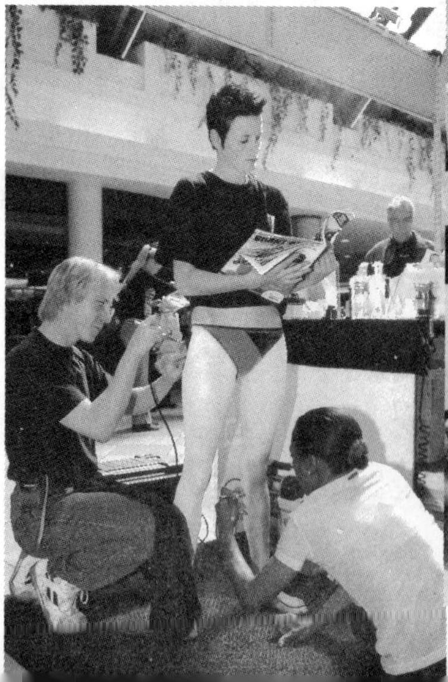

第三编　非洲探险

当一根针掉到井里时，许多人会朝井下看，但很少有人准备下井寻针。

当你爬上一棵树时，你必须从这棵树上下来。

世界上没有治疗仇恨的灵丹妙药。

——非洲谚语

非洲探险

在非洲期间，记者曾前往采访当时正在发生战乱的国家——莱索托、埃塞俄比亚、厄里特立亚、刚果（金）、安哥拉和索马里。

2006 年 6 月，“非洲之角”传来消息：索马里伊斯兰教派武装击败军阀联盟，控制了首都摩加迪沙，过渡政府表示愿意与教派武装谈判。这标志着索马里首都“统一”在一个组织之下，但索马里全国仍然是军阀割据，四分五裂。匹夫深知亡国痛，“位卑未敢忘忧国”。记者与索马里知识分子面对面，感受到他们赤诚的爱国心与救国志。

卢旺达种族大屠杀震惊世界。在纪念大屠杀十周年之际，一位当年领导联合国驻卢旺达援助团的将军却认为，卢旺达大屠杀本可避免，只是因为近在咫尺的国际社会未采取行动制止。他在深刻的自责中认为，自己身为指挥官，是这失败集体中的一员，甚至是最大的失败者。

1998 年，安哥拉、刚果（金）和莱索托相继爆发战乱。尽管说“国中之国”莱索托的战乱在外国的军事干预下很快被平息，但“宝石之国”刚果（金）的战乱则导致非洲六国卷入，战火一直燃烧了好几年，被喻为“非洲的第二次世界大战”。

2001 年 1 月，刚果（金）总统卡比拉不幸遇刺身亡，其子约瑟夫·卡比拉继位后重启和平进程。2002 年，在国际社会的调停下，刚果（金）在南非举行了马拉松式的国内政治对话会议，并与邻国卢旺达签署和平协议。2003 年 4 月，刚果（金）各派就过渡期权力分配问题达成一致，签署《全面包容性协议》和《过渡期宪法》。同年 6 月和 8 月，刚果（金）过渡政府和过渡议会相继成立，约瑟夫·卡比拉出任过渡期总统。2005 年 12 月，刚果（金）全民公投通过新宪法。

2006 年 7 月 30 日，刚果（金）总统选举和国民议会选举在平静的氛围中举行。这是该国独立 46 年来举行的首次民主大选。未料，大选结果尚未正式公布，刚果（金）首都金沙萨又响起枪声，和平进程再次经受考验。

1998 年六七月间，安哥拉政府军和反对派争取安哥拉彻底独立全国联盟（安盟）部队厉兵秣马，集结兵力，战争乌云再次密布于这个内战连绵的国度，联合国维和飞机曾两度在该国境内被击落，国际社会为之严重关切和忧虑。安哥拉为何内战连绵？重陷内战原因何在？长期内战给国家和人民造成了哪些创伤？我曾前往安哥拉寻求答案。值得庆幸的是，安哥拉因一个关键人物的死亡而终止了内战，迎来了和平发展。

中国参与了联合国维和行动。截至 2004 年 7 月，中国累计参与了九项联合国在非维和任务，派出维和队员 1401 人次。在埃厄边境前往，我采访了中国籍的联合国观察员。

作者与非洲同行朋友。

第十一章 “自由”天地

自 1990 年底爆发内战以来，索马里一直处于军阀混战、四分五裂的割据状态。首都摩加迪沙更是各派争夺的中心，被多方武装势力瓜分，致使 2004 年在国外成立的临时政府迁入国内却不敢立足首都，只能暂居首都以外。

2004 年 8 月 4 日，记者冒着生命危险，只身深入无政府状态的索马里采访。作为索马里内战 14 年来深入该国采访的第一位东方记者，目睹了索马里满目疮痍、民不聊生的惨状。在险象环生的首都街头，在八名武装保安护卫下，记者走进刚刚重新开业的中国医院，采访被侵占的中国大使馆馆舍，来到郑和船队当年的“关卡”门前拍照，倾听当地知识分子谋求救国救民的心声。一路上，险象环生，惊心动魄。

第一节 盖完“公章”被押运

赤道上空的云团白如棉花，纹丝不动地飘在空中，好似棉田一般合理密植，株距行距间隔有致，整整齐齐地排列在晴空，构成大自然的一大奇观。从内罗毕飞往索马里首都摩加迪沙的班机在云层里颠簸着，我的心情比飞机“颠簸”得更加厉害，却并非是担心飞机会出现意外。自 1990 年爆发内战以来，索马里几乎与外界隔绝，其间发生的一切，目前的局势如何，外界对其真情知之甚少。我这次只身斗胆前往采访，是凭着执著的职业感而临时决定的，来不及也无法与索马里方面进行联系。我在索马里连一个人都不认识，对该国的了解，只是通过一些“隔岸观火”式的报道；对摩加迪沙近期局势的判断，仅仅是通过内罗毕与其每周往返三次的航班次数。

索马里牛车与飞机抢跑道。

我乘坐的这次非洲运通 XU521 次航班，2/3 的座位空着，乘客不足 40 人。除我外全是黑皮肤的当地人，多是商贩，大小包带了一大堆。飞机就要降落了，地面上的绿色草木越来越清晰起来。由此判断，这里并不是人们习惯上认为的那样干旱。当飞机在跑道上一颠一簸滑行时，乘客能清楚地感受到，机场多年失修，表面是粗糙，甚至是凹凸不平的。当我走下飞机时，原以为天气炎热一股热浪会迎面袭来，未料天气爽快，空气湿润。更令我诧异的是，这哪里像是机场？

与非洲多数机场相比，眼前这个机场的面积并不算小。可是，除跑道不平、沙石裸露外，机场没有围墙，更谈不上候机楼了，仅有两座相距百米的“房子”。较大的位于跑道旁边的杂草丛中，屋顶早已不翼而飞，徒有墙壁；另一个是茅草屋顶，没有门窗，一个大洞充当门的功能。乘客们纷纷涌向停在机场上的两辆破烂不堪的小公共车，我手提行李不知去向，显得与此时此地的情形格格不入。

正当我踌躇之时，一位穿着整洁、中等身材的和善老人手提塑料袋走了过来，问我在等谁、受哪个公司的邀请而来。当知道我是主动前来、无人知晓时，他不解地直摇头，似乎是自言自语，又好像是善意地提醒说：“来到这里，没有人接待，那真麻烦了。”我顿时感到非常不妙，琢磨着是否转身登上飞机马上离开这片是非之地，因这架班机是经摩加迪沙飞往迪拜的，我可以先到迪拜，安全了再说。看到我面带难色地回头望着呜呜作响的飞机，老人又开腔了：“我是管移民的，先跟我去办理入境手续。”

几十米开外的茅草屋位于机场出口处，面积仅有四五十平方米，泥土地面上坑坑洼洼，零乱地摆放着二三十个白色塑料椅子，入口的墙角是一张白色的塑料圆桌和三把塑料椅子。老人示意我坐下，我这时才意识到，这里就是候机室，这张桌子就是他的办公地点。他把塑料袋漫不经心地放在桌子上，从中掏出一本发票和一个破旧的小塑料袋，“拿你的护照来，请交 25 美元入境费。”他翻了翻护照，找出空白页，从小塑料袋里掏出一个椭圆形章子就盖，印油不足，字迹模糊。他看了看，犹豫着把护照还给我，收起印章起身要走。这时，飞机起飞了。

我急不可待地问道：“城里安全吗？”

“安全，但要有人保护。”

“有没有中餐馆？”他摇头不语。

“有没有中国人？”他还是摇头。

“您是政府移民官吧！”他惊奇地瞅了我一眼，没有摇头，没有点头，也没有作答。

“我是第一次来这里，请帮我找个安全的旅馆。”“既然没有人接待你，你就是航空公司的客人，到城里后他们会帮你安排。”讲话时，他的神情似乎是固定的。

我似乎有点放心了。当我请他帮助找辆出租车去城里时，他指向那两辆小公共车说：“那是航空公司的，专运乘客，免费服务。”

老人语重心长地告诫我：“来到这里，你不要相信任何人，更不要一个人独自上街。当地人见钱就变脸，你要小心谨慎啊！”我上车前，他向我要了小费。

我对眼前发生的一切感到过于陌生。

背着相机包，提着行李箱，好不容易挤上满员的小公共车，车仍在等候。这时，惊魂未定的我才发现，机场没有大门，出入口处摆放着一道铁丝网，由荷枪实弹的保安把守着。机场外脏乱差的小广场上，一群衣着华丽的当地妇女排成一条龙，每人手提一个小黄塑料杯，前面放着一个小黄塑料桶。她们在出售新鲜骆驼奶。花衣、黄桶、黑皮肤组合在一起，充满着浓郁的异国风情。我曾数次冲动着想取出相机，又数次害怕相机遭抢而始终按捺住一次次冲动。心想，就是因为一刹那的冲动，才陷入此种担心受惊的被动境地，万万不可再感情用事了。

约半个小时后，汽车开动了，共有四辆。前面运行李的大卡车，车厢里站着持枪人员；中间是两辆小公共车，载满了乘客；后面是越野车，六名胸前佩戴着长排子弹、手持冲锋枪和机关枪的武装人员坐满了后车厢，监视着前后左右四个方向。汽车在凹凸不平的公路上颠簸行驶，路面不时出现大坑而不得不离开公路，从玉米田和丛林间穿行，真可谓地上本没有路，行的车多了，也就成了路。车速并不快，糟糕的路面使人在车里不停地前摇后晃，形成快速前进的错觉。

沿途不时遇到私自设立的关卡，足见车匪路霸横行。每遇到关卡，后面的越野车就冲到最前面，关卡人员看到武装到牙齿的押送队伍，便主动移开路障。目睹其他三辆车顺利通过后，越野车又紧跟其后。

摩加迪沙有四个机场。首都国际机场位于城区，内战时成为一大争夺焦点，不但房屋被毁，就连跑道也被炸得弹痕累累，目前处于废置状态，由一方武装占有。其他三个机场皆是军用机场，分别是首都以北 18 公里的埃萨雷机场，西南方向的“50 公里机场”和西北方向 105 公里的巴利杜格勒机场。目前，这三个机场分别在三支武装组织的控制下运营。后两个机场分别是总部设在吉布提的达鲁航空公司和总部位于内罗毕的非洲运通航空公司的客机中转站。所谓的海关出入境章，也是他们各自刻制的。

经过三个多小时的颠簸，我来到首都的非洲运通办事处。汽车尚未停稳，一群当地人就一哄而来。我顿时处于包围之中，感到很是害怕。车门开启之后，乘客争相下车，四面的人群似乎不约而同地看着我，我本能地抱紧相机包一动不动，心想这下可坏了，如果他们真的动手抢劫，在这个陌生的混乱社会里，反抗不但毫无作用，而且会引发更大的麻烦，或许只有束手就范才比较现实。

其他乘客下完后，周围的人群大多散去。原来，他们是来接亲朋的，由于无法直接去机场接人，只好在航空公司门前等待。这时，航空公司的人叫我下车，持枪保安示意其他人后退让路。在保安的保护下，我提着行李心神不安地走进办事处。

五六分钟后，50 开外的办事处主任拄着拐杖走出来，他高低不平的走姿似乎在告诉我，在这里争得一席地盘，必须用战斗负伤来交换。他对人到热情，微笑着说，当地有两家较好的旅馆，问我选择哪个。我说就去离总统府较近的。他带上持枪保安，亲自驱车陪我前往萨哈菲宾馆，还善意地提醒说，来到这里，千万别说你与政府有什么关系。

宾馆经理阿韦斯·阿布迪尔卡德这样介绍说，宾馆有75个房间，150名工作人员，其中绝大多数是武装保安；宾馆大院内十分安全，24小时有武装人员在四周保卫。但是，“绝对不能独自走出大门，外出必须要有武装保安跟随，晚上外出则需二三十名保安”。经理看了一眼办事处主任，接着对我说，“据我们所知，近年来有几名西方记者来过摩加迪沙。你是索马里爆发内战14年来，来到这里的第一位中国人，也是前来采访的首位东方记者。你的胆识令人佩服”。说着，他们二人同时向惊魂未消的我伸出大拇指。

第二节 “绝对自由”起枪声

夜半惊闻枪声响

当日下午四时许，我走进旅馆房间。饥饿和疲劳感早已被惊恐感替代。顺手打开电视机，无意中收看到中国中央电视台四频道，看到遥远的祖国，听到熟悉的汉语，感到无比亲切。

我的内心倒海翻江。经过一整天奔波劳累，仍丝毫没有倦意，夜已过半，辗转难眠。此时，不远处传来清晰的枪声。静等了一会儿，枪声消失，耳边又是旅馆的发电机声。

次日清早，宾馆经理告诉我，城里昨夜响起了枪战，首都附近20公里发生了火并，据说死了六七个人。他轻描淡写地说：“这些事情我们已经司空见惯了。如果你是三年前来采访，每天都能听到嗒嗒嗒的机关枪声。索马里内战死伤了多少人，造成的损失有多大，无人统计也无法统计。”

50岁的宾馆经理，当过中学历史教员。20世纪80年代中期弃教从商，到一家美国驻索马里石油勘探公司工作。“政府对我离开教学岗位很是恼火，但我有12个孩子，一个大家庭需要供养，这是出于无奈的选择。”他这样讲述当年内战爆发时的

索马里的骆驼数量超过600万头，占全球骆驼总数的1/3，被称为“骆驼之国”。“沙漠之舟”骆驼一次吃饱喝足后可以数天不吃不喝照样干活，是最可靠的运输工具。

情景：1990年圣诞节，那时已是“山雨欲来风满楼”。我当时在公司的首都食品仓库当保管员。中午时分，一名患病的美国员工从外地赶来，哭着请求我把他送到机场，帮他买张机票，他要当天下午乘飞机回国。由于当时尚未发工资，他身上一文不名，但深感身体不适、局势不妙，一定要在当天离开。我苦口婆心说服航空公司为他加了座位，并为他购了票。花光了身上的钱，当天回家只从仓库领了三斤白糖。圣诞之夜，我听到一阵激烈的枪声。次日清晨发现，大街小巷乱作一团，到处是抢劫造成的狼藉一片。到公司一瞧，仓库被抢劫一空，空啤酒瓶子、破烂的面包包装纸扔了满地。这时，我才强烈地意识到形势正在恶化，必将大难临头。此后的几天里，局势急转直下，外国人纷纷逃离，本国人逃往国外。紧接着，政府被推翻，总统逃往尼日利亚，军队卷入冲突之中，国家处于失控状态……

在无政府状态中，首当其冲的是政府机关、公共设施和街头商店，接着一些民宅也未能幸免。伴随着各派武装之间的残酷厮杀，部族矛盾空前激化，打、砸、抢事件进一步升级，城市变成了战场，全国到处武斗，无辜者受到伤害，生灵惨遭涂炭。

索马里内战的爆发具有深刻的社会根源，它是部族矛盾和党派之争不可调和的必然产物。西亚德政府1969年上台，长期执政而又缺乏必要的监督，导致腐败严重和裙带之风盛行，这些矛盾又与部族纠纷夹杂在一起，引起全国怨声载道，民众纷纷要求选举产生新政府，但西亚德充耳不闻，置之不理。就在内战一触即发之际，西亚德急调本部族人士从全国各地挺进首都保卫自己，以维护统治。未料此举引发其他部族各自动兵进入首都抢占地盘，国家军队官兵各自携枪投奔自己的部族参战，首都局势急剧恶化，西亚德政府立刻土崩瓦解，官员纷纷逃离国外。

在全国失控的无政府状态下，军阀混战争夺权利，抢占地盘；西亚德卷土重来，率残部进逼首都，但遭到迎头痛击；以美国为首的多国部队在摩加迪沙遭到重创，最终被迫撤离；由于冲突各派分歧严重，国际社会的多次干预和调停均未奏效，和解会议时开时散，各派武斗时打时停，和平进程举步维艰。

绝对自由令人忧

在机场通往首都的公路上，几乎每遇到路面出现大坑，车辆必须缓行或改道行驶时，就会出现私设的关卡。问当地人是什么人设置的路障，回答是谁都可以设置，只要他愿意。在首都街头，人畜并行，井水不犯河水；垃圾随地乱扔，甚至堆积成山；来往车辆随时随地可以停止，红绿灯早已无踪无影。一天中午，当四五辆车围追堵截在一起，大街上尘土飞扬时，我看到一名中年男子边吹哨子边指挥交通。一问方知，他以此谋生，想挣点小费。随行的宾馆保安笑言，可想而知，不会有人听他指挥，也几乎无人给他小费。

目睹前面交通堵塞，我们的车辆拐进胡同里绕行。走进小巷，武装人员随处可见。随行的保安告诉我，内战期间，军队的武器散落民间，现在几乎家家都有一杆枪，真可谓“全民皆兵”了。

谈起耳闻目睹的“自由”，宾馆经理没有直接插言，而是迂回地问我：“你想要索马里护照吗?”看我面带疑惑，他严肃认真地说：“我可以给你办理，要多少本都行。”（次日，我在达鲁航空公司看到，一个工作人员的桌子上放着两摞新护照，正在给需要者办理。看我观察得认真，他给我做了个鬼脸。）接着又问道：“你想当索马里总统吗?”我不禁笑出声来，他还是一本正经地说：“给报社一点钱，明天报纸就会报道你是总统。我这可不是和你开玩笑。”

在索马里，新闻当然也是绝对自由的。当地同行告诉我，索马里目前有64家报纸、十家广播电台和三家电视台。这些新闻机构绝大多数集中在首都，除过渡政府拥有一个电台和一个电视台外，其余均属集团或个人所有。受客观条件制约，所谓报纸，虽每日出版，但都只有A3或A4大的版面，每份六七页不等，用订书机订在一起，售价一律是1000索马里先令（1美元现约合15000索马里先令）。我购买了其中的四份报纸翻阅，什么《民族报》、《全民报》、《时代报》和《兴趣报》等，皆是A4纸黑白印刷，索马里语，除头版有一幅人物肖像照片外，整个报纸没有图片，而仅有的这幅图片还模糊不清。

在“绝对自由”的索马里社会中，在全国范围内的无政府状态下，普通民众的生活非常困难，度日如年。没有组织，缺乏规矩，大家要活命，人人需要钱，只有“八仙过海，各显其能”了。日常生活中，为了鸡毛蒜皮的小事，动辄出言不逊、大打出手的情形时有发生。据不完全统计，内战爆发后，在全国800万的总人口中，1/4的人逃往国外，沦为难民。留在国内的，提心吊胆过日子自不待言，只能“各人自扫门前雪”，挣扎着生活。如此，经过十多年的动荡不安和不规则的整合，如今的索马里社会已经形成一定的“规矩”，达到

作者在摩加迪沙街头。

一种暂时“平衡”，使普通民众的生活能够在这种畸形的平衡和规则中得以运转。比如，战争摧毁了电力资源，大家各找照明门路，一些小社区就自发组织起来“自救”，购买一台小型发电机，这使日本和韩国的小型发电机得以畅销。

无情的战争摧毁了国民经济，国家处于混乱和瘫痪之中。人们把政府机关、公共设施、国有资产和个人财产纷纷化整为零、据为己有，机场、港口等遭到哄抢后也被自动“私有化”了，工厂、学校、医院当然也不例外。目前，首都及其附近仅有三家工厂——半月前开业的可乐厂和2000年前后分别恢复生产的纯净水厂和电焊氧气厂。迫于急需，机场和港口在武装保卫下，在极端困难的情形中，在最低程度上恢复了运转。

在日用品极度缺乏的情况下，迪拜成为外部世界与索马里之间的货物中转站。无政府状态下的对外贸易由个体商人操办，大商小贩把世界各地的货物先集中在迪拜，再通过空运或海运辗转贩卖到国内。在机场，我就碰见一名当地商人，他曾赴中国广州进口服装。近年来，随着内罗毕—摩加迪沙航线的开通，内罗毕也成为索马里商人的一个采购点。在飞往摩加迪沙的飞机上，不乏托运大箱、身背大包的商人。当我回程时，就与一名前往内罗毕采购手机和电话机的商人同机。由于没有政府和关税，这些商人出入反而自由，据说利润颇丰，不少人大发国难之财，成为和平的障碍。

一日清晨，在武装保卫下，我采访了摩加迪沙的两个自由市场。在位于老城的昔日最繁华的集贸市场，仅有不到1/5的摊位维持经营，出售粮食、蔬菜、水果和肉类。其余皆因战乱而中止了生意。新城刚刚开业的商场是用帐篷搭起来的，有二三十家摊位，主要经营服装、床垫、书本等日用品。荷枪实弹保卫下的商场，显得更加萧条，鲜有顾客光临。

战乱期间，国家的公、检、法被砸烂了，监狱关押的犯人逃之夭夭。近年来，宗教法庭随之死灰复燃，宗教监狱俨然行使着职权，填补了空白。

自由是相对的，世界上没有绝对的自由。如果说当今世界上还存在绝对自由的话，那就是今日的索马里。这是一种什么样的状况呢？各自为政，随心所欲，为所欲为，一个彻头彻尾的无政府社会。在这种状态下，国家机器不复存在，公有财产被千刀万剐，城市千疮百孔，举国满目疮痍，人民饱受其苦。外国人更是望而却步，胆大入境者也免不了要受“雁过拔毛”的骚扰。

如果你访问过索马里，目睹千疮百孔、满目疮痍的惨景，你定能体会出和平的珍贵，你定能理解自由的意义。

第三节　两种侵占命运异

1991 年 1 月，西亚德被推翻后，中国驻索马里大使馆、医疗队和工程队的所有人员被迫撤离，迄今未返。

战乱中的中国驻索马里大使馆成为一家军人的“官邸”。

今日中国大使馆

摩加迪沙曾经是非洲最干净的城市，濒临大海，风景秀美，气候宜人。而今，无论用任何标准评判，它无疑是非洲最脏、最乱、最差的城市。“未见其人，先闻其声”。全国通往首都的道路条条年久失修，刚一进入城郊，道路更是坑坑洼洼，难以通行。从郊区到市中心，映入眼帘的大型建筑物无一完整，不是屋顶被揭，就是门窗被挖，残垣断壁，千疮百孔，弹痕累累，到处破败。成片的民居破旧脏乱，一片惨不忍睹的衰败惨景。大街上的各种机动车，基本上全都破烂到早该淘汰的程度，没有车牌照，没有窗玻璃，车身的油漆也已剥落，裸露出生锈的铁皮，上面沾满了灰尘。大街小巷脏乱差到无以复加的地步，各种垃圾随处堆放，牛羊牲畜与人同行。乘车通过布满大坑小沟的街道，你会误以为是在翻山越岭。车辆过后，尘土四起。步行在大街上，高一脚低一脚，踩下去还软绵绵的，一层厚厚的尘土会把鞋子灌满。

内战，历时14年的战乱和割据，把美丽的索马里蹂躏得破烂不堪，蓬头垢面；将国家的心脏摩加迪沙折腾得遍体鳞伤，满目疮痍。政府被推翻，国家机器被砸碎，基础设施无一完好，国民经济遭受毁灭性打击，甚至连外国机构也难逃此劫。

中国驻索马里大使馆，中国援建索马里的国家大剧院都在老城，两者相距不足一公里，遥相斜对面。8月5日下午，在旅馆六名保安荷枪实弹的护卫下，我深入老城采访。老城原是首都最繁华地带，战乱中遭受的破坏最为严重，目前是摩加迪沙最危险的区域。刚一进入老城，保安组长就提醒我不能拍照了，车窗玻璃也要关严实。窗外大街两旁，高大建筑物几乎全部没有屋顶，不少已成为废墟，一些古老建筑物更是饱受枪炮之祸而面目全非。稍微完整的，皆有武装人员护卫，外人不得随便出入，外国人更是不能随意靠近。

据介绍，内战期间，土匪流氓横行，武装到牙齿的不法之徒先是打砸抢掠，大发横财，将公共财物抢劫一空。留下空荡荡的房屋后，就开始挖门窗、揭屋顶，直到糟蹋成残垣断壁。对大型建筑物，他们连仅有的墙壁也不放过，还要占领起来，据为己有，外人特别是外国人想进去，无钱免谈。可以说，大多数公共建筑物都遭到同一命运，中国大使馆和中国援建的国家大剧院当然不例外。

我们的越野车驶近国家大剧院，远远看去，几名抱着枪的懒散人员坐在剧院门前吸烟。车停在街道上，保安一再叮咛我不要下车，他们与看守人员交涉，以便能够允许拍照。中国大使馆则由另外一支武装组织占领，拍照需要另行谈判。经过近一个小时的讨价还价，先是他们之间交谈，后是我与对方直接商议，对方最终将每个建筑物的拍照费从50美元降到40美元，还一再强调，这是给中国记者最优惠的价格，如果是西方记者，价钱比这要高出二三十倍，最少不能低于1000美元。

国家大剧院曾是摩加迪沙的标志性建筑之一，也是高质量建筑的一个代表。可是一眼看去，前墙壁上是炮弹击中的大洞，所有门窗被挖走，“前门”被树枝拦着。掀开树枝走进门，再上台阶进入剧院大厅，全部的坐椅不翼而飞，在一排排错落有致的水泥台阶地面上，原先固定座椅的钢筋仅剩下半寸多高，一排排整整齐齐地争相露出头来，似乎在诉说着这里曾经发生的那场浩劫。前台上一无所有，唯有墙壁上的一幅富有民族特色的绘画残存下来。抬头一看，房顶被拆，上面的钢筋三脚架暴露在外，直接经受着风吹日晒雨淋，出现斑斑锈迹，高级剧院变成了露天剧场，唯有四周的高墙笔直挺立，地面的台阶平整光滑，诠释着中国建筑的高质量。目睹眼前的一切，真令人啼笑皆非。几名同来的保安坐在水泥台阶上戏谑道："我们是前来观看演出的，请记者为我们拍照。"

中国大使馆与意大利大使馆相邻，虽也在劫难逃，但命运似乎比国家剧院好，主要因为大使馆是三层高的大楼。从剧院驶向大使馆，远远就看见一株艳丽的"三叶花"爬出中国大使馆高高的前院墙，正在微风中摆动，仿佛是在欢迎我这位远道而来的中国记者。使馆的大铁门依然完好，浅蓝色的油漆上锈迹斑驳。大院墙上的宣传橱窗被砸碎，墙根下的玻璃碎片被杂草半遮盖。步入大门，双脚如踩在弹簧上，发出杂乱的响声，一层厚厚的干树叶和泥土混合在一起，好像给整个大院铺了一张大地毯，上面是横七竖八的干树枝和到处乱扔的各种垃圾。门口两层楼的接待室变成了水泥墙，无门窗，空荡荡，真可谓"徒有四壁"。双脚尚未迈进，一股臭气钻鼻而入，接待室变成了临时厕所。

大门朝西，前院有数棵大树，夕阳照射下，整个大院斑驳陆离。走到大楼门前时，地面上出现污水道，长期积存的脏水浮出落叶，楼前便是一大片污水和一股浓浓的臭气。大楼门还算完好，用铁链子锁着。走近一看，室内灰尘污垢密布，前厅的两根圆柱子上，还残留着雕刻的装饰图案。走到大楼左侧面，从锁着的门向里看，是空荡荡的活动大厅，布满了一层灰尘，上面残留着稀少的脚印。后院堆放着大垛垃圾，几乎成为小山丘，当地孩子不时上上下下玩耍。一根斜系着的绳子上晾晒着衣服，一名怀抱婴儿的中年妇女站在门前，正叫喊着在墙角漫游的一头牛犊和两个孩子。看到陌生人走来，牛犊抬头望着，孩子们也停住脚步。三楼的阳台上，不时有人来回走动。据介绍，拒绝陌生人进楼观看，一名军人家庭现居住在这里，中国大使馆变成了他的私宅。

这就是中国驻索马里大使馆。环绕大楼一周，细观一番，心中有说不出的滋味和感慨。大院左前方和后院是敞开门的空荡车库，左前方车库的一角堆放着乱七八糟的牛角。大院右侧有一棵特殊的植物，好似仙人掌，高达十米，已被破坏得七零八落，当地人说那是一棵中国树，是大使馆栽植的，因当地不生长这种植物。中国大使馆的北邻居是意大利大使馆，两个大使馆之间的界墙已出现大缺口，孩子们常翻墙玩耍。

真该诅咒的战乱！真该诅咒的无政府状态！

中国医院重开业

尽管国家处于战乱之中，但是索马里人民对中国人民充满了深情厚谊，亲切地称呼两国人民是“兄弟加朋友”。这次采访中，我发现中国在索马里的影响随处可见，索马里人民对中国的钦佩之情、对中国人民的深厚友谊溢于言表，令人难忘。

在我下榻的萨哈菲宾馆，接待室中央悬挂着一个大红灯笼，一进门就让人感到亲切。非洲运通航空公司经理和宾馆经理与我一见面，就津津乐道地谈论起毛泽东、周恩来、邓小平的故事，并以此为荣。20世纪七八十年代，中国为索马里修建的四大工程——国家剧院、首都体育馆、首都市中心的巴纳德医院和全国约2000公里的公路——以其优质高效赢得交口称赞，成为中索友谊的象征和里程碑。在经受战乱考验后的今天，四大工程在索马里更是家喻户晓，美名远扬。人们亲切地称中国修筑的公路是“中国路”。“中国路”至今仍路面平坦，少有缺损；人们称巴纳德医院为“中国医院”，它基本完好如初，在我抵达这里的十天前已重新开业。

8月5日下午，艳阳高照。在武装护卫下，我来到中国医院。摩加迪沙原有七家大医院，在战乱中全部遭到严重毁坏，唯独最大的医院——中国医院受到的冲击较小，虽然所有的设备被哄抢一空，但全部门窗几乎完整无损，墙壁屋顶依然完好如初。中国医院是1975年竣工的，因其工程质量一流，与周围破烂不堪的大小建筑物形成鲜明对照，今天看起来，犹如鹤立鸡群，恰似新落成一般。

中国医院在战乱中求得生存。

来中国医院采访，纯属偶然。首都的几名大夫得知中国记者来到摩加迪沙采访，盛情邀请并陪同参观中国医院。中国医院的负责人、一位在当地颇具影响力的中年妇女在门口迎接我的到来。她叫玛蒂娜，是一位非同寻常的女性，中国医院能够重新开业，里里外外干净整洁，全是她不懈努力的结果。此前，中国医院由附近一带的五股势力集团共同占领，处于废置状态。看到民众有病无处医，偌大的医院却闲置弃用的现状，曾做过社会福利工作的玛蒂娜心急如焚。她挺身而出，不辞辛劳，苦口婆心地劝服各方人士，最终以真情打动了各派占领者，各方共同签订了君子协议，为中国医院的重新开门铺平了道路。

在玛蒂娜的带领下，我参观了医院的每间屋子。大多数房间是空荡荡的。在一间宽敞明亮的手术室，三个固定在天花板上的圆形无影灯依然完好，玛蒂娜指着灯告诉我："这些手术灯是中国当年赠送给我们的，医院在战乱中被抢劫一空，唯一保留下来的，就要数这几个灯了。"

尽管惨遭浩劫，中国医院里仍能到处看到中国的影响。不但建筑风格是地道的中国式样，就是楼道隔离门的把手上，还钉着"推 TUI"、"拉 LA"的汉字和汉语拼音。在二楼长廊一间朝西的紧锁着的房门上，一把锈迹斑斑的铁锁格外引人注目。走近定睛一瞧，是中国制造的"地球"牌，上面的汉字清晰可辨。

在一层靠近楼大门的一个诊室，一位戴眼镜的女大夫正在给患者问诊。看到我站在走廊时，她主动热情地打招呼，自我介绍说："我叫穆胡溥，内战前就在这里工作，当时医院有八位中国大夫，他们个个医术高明，待人热忱，大家相处得十分愉快。其中的一名苏大夫，给大家留下的印象最好。请你回国后代我们向他们问好。""我只知道他们是出色的中国大夫，不知道来自哪个省份。我们大家一直想念中国大夫，他们都是我们的好朋友。我们希望这里的内战尽快结束，期盼着中国大夫能够尽快重返索马里，帮助我们救死扶伤。"

我在住院部看到，由于贫穷，患者几乎全是儿童，由家长陪同着。索马里是疟疾多发国，孩子们多是躺在床上挂着吊针。玛蒂娜介绍说："由于缺钱，大多数人家瞧不起病。就医院而言，缺医少药是目前面临的最大困难。"她指着病床说，除少数单人床和床垫是新购置的外，其他必不可少的桌椅板凳全是医院的工作人员自发从家中搬来的。大家齐心协力，共同为医院重新开业献计献策，出钱出力。"医院的大夫和护士多是以前的老同事，他们听说医院要重新开门，主动找回来要求上班。深知医院目前严重缺乏资金，他们都是义务工作。"在国难当头之际，为了解除普通民众的病痛，这些大夫们的义举，令人闻之动情，视之动容。

第四节 匹夫深知亡国痛

知识分子忙救国

“天下兴亡，匹夫有责。”就在一些非法狂妄之徒把祖国千刀万剐，将国家化整为零，乘战乱之机浑水摸鱼大发国难财的时候，一些流亡在国外的索马里知识分子和留在国内的知识界人士，为了国家的未来和人民的幸福，自发组织起来，竭尽全力，以期拯救国家和民族，减少战争给人民造成的巨大痛苦。

一天上午，在下榻的宾馆，我应邀参加了当地一所中学的毕业典礼。与所有公共场所一样，索马里的大中小学也饱受战乱之苦，财产被抢劫一空。该校是在战争的废墟上、在连绵不断的战火声中开学的。五年前，在内战走向缓和之际，首都的一些中学教师目睹近十年战争造成的惨重损失，特别是整整一代人将被沦为文盲的悲剧命运，他们急切地感到，国家虽然没有政府，但绝对不能没有教育。否则，国家和民族的前途将寄托于谁？一位出席毕业典礼的老教师深情地感慨道：“百年树人啊，教育事关一个民族的前途与命运。”于是，他们主动组织起来，在极其艰难的条件下，创办了这所中学。大家群策群力，没有校舍，共同从废墟上建设；没有桌凳，师生从自己家中搬运；没有教材，教师自己动手编写……校长说，大家当年创办学校的热情和近年来为教学付出的心血，感人肺腑。他把话题一转，当年开学时，五百多名学生入学。由于大多数家庭经济拮据，无法供养孩子继续上学，今天能够参加毕业典礼的只有一百多名了。尽管如此，这一毕业典礼在当地还是引起轰动，新闻媒体争相报道，各界名流应邀出席。人们在祝贺这批学生顺利完成学业的同时，在感谢学校创办者为国家培养人才的壮举。

战乱前，首都有六所大学。最早复课的是摩加迪沙大学，内战爆发后的次年就开始了。可是不久，该校又惨遭暴徒抢劫，致使教学再次中断。1997 年初，当局势出现转机时，教职员工又出钱出力，齐心协力恢复了教学。在市区新开业的商场，我看到摩加迪沙大学租用的独立摊位和张贴的招生广告。目前，首都有两所大学步入比较正规的运转轨道。

获悉中国记者远道而来采访，海亚特医院的五名大夫特意来到宾馆，盛情邀请我前往采访。海亚特医院由流亡在外的医学界高级知识分子和国内医学界名流共同创办，1997年开业。这些满腔热血的知识分子，为了一个共同的目标走到一起，救死扶伤于国家危难之中。其难能可贵的精神可歌可泣，令人肃然起敬。两年后，他们又联合当地的几个组织，成立了海亚特医学基金会。发展至今日，除海亚特医院和首都百余公里外的一家医院外，还有一所护士学校和一家医药公司。

前来邀请记者采访的五名大夫中，三名是从英国归来的，其中的两名曾访问过中国，在上海与中国同行一起研究过疟疾。现任医院董事长的穆汉莫德大夫介绍说，基金会目前有30个股东，是一个以医学为主的中立性组织，与各大政治集团和部族之间保持一定的距离和必要的交往，因而能够得到社会各界的认同，进而能够在夹缝中生存发展。海亚特医院目前是全国规模最大、设备最齐全、医疗水平最高明的医院，但面临的主要问题是缺医少药。他举例说："疟疾是索马里的常见病，但我们连注射用的盐水都十分缺乏，需要从国外购买。"

与其他公共场合一样，该医院也是处于武装保卫下，以保证医院能够正常工作。为了更加安全，医院的两个大门严格地区分为"入口"和"出口"，手持冲锋枪的保安严守两旁。在他们的热情陪同下，我走进了医院的每个房间，访问了医院的每个部门。在一楼的药房里，大夫们说，按照正常情况，药房应该更大，药品也应更全，但处于非常时期，缺医少药反被视为正常，医院现在就是急需药品。我问是否有来自中国的药物，工作人员顺手从药架上取出一个给我看，是石家庄制药厂生产的青霉素注射剂。在CT室，医院仅有的一台机器坏了，两名技师正在抢修。在住院部，护士们正在为患者查房。

谈起医院的现状，再论及国家的局势，他们无不感慨万千。索马里是一个美丽的国家，拥有非洲最长的海岸线，气候宜人，资源丰富。然而，不幸发生了最不该发生的内战。"我们都期待着这次和会能够组成新政府，恢复国家的和平。战乱使我们从反面深刻体会到，和平是多么珍贵，此类悲剧永远不能重演"。

临别时，他们恳切地表示，希望这种无政府状况尽快结束，希望能够与中国同行合作，解决索马里面临的缺医少药状况。"中国一贯支持索马里，我们对此永远铭记”。

旧时“关卡”今日恨

黎明时分，当浩瀚的大海从漫漫黑夜中苏醒过来时，一轮红日喷薄而出，从滚滚波涛照射到西边海岸的一座座阿拉伯城堡——木骨都束国，即今天的摩加迪沙。约600年前，郑和船队曾两次远航到此，还留有一些遗迹。

据记载，木骨都束国的关卡设在海边的一个庭院，庭院内有一所石屋。当年来往的商人较多，但须首先通过此关卡。在大院内曾发现过中国唐宋两朝的钱币，还挖掘出中国古代陶器和瓷器碎片。

我现在就置身于这座以白色为主色调的城市，遗憾的是，它已被战火糟蹋得千疮百孔，满目疮痍。这次来索马里，我一定要访问国家博物馆和古关卡，谁知情况大出所料。国家博物馆已被战火摧毁，仅剩下倒塌的墙壁，珍贵文物被抢劫一空，下落不明。古关卡后来成为摩加迪沙的市政府，位于老城，战乱中是各方军阀争夺的焦点，现在地处“绿线”地带——各方武装在首都地区划分的势力分界线，彼此相互尊重，不得随意侵入，以求达到暂时平衡，否则被对方视为挑衅行为，势必引起武装冲突。

“跨越‘绿线’是极大的冒险行为。不带武器和保安，非常危险；带上则不敢通过，如果单方面行动，”我下榻的宾馆经理瞪大眼睛，神情严肃，双手做出手枪状，“就会导致啪、啪、啪的枪战声”。

“如果我们先与对方进行交涉，然而再相机行事呢？”

“市政府大院被多方势力所瓜分，现由六家军人把守，一一打通，至少需四五千美元，还不一定能谈下来。”经理补充说，“他们一看到外国人来访，就张开血盆大口漫天要价。这也是他们的谋生之道嘛”。

看来，现在是各守一方，以此谋利，对外国人“雁过拔毛”已成为约定俗成的规矩。宾馆保安出主意说，让一个当地人去替我拍照，也许花一点小钱就能办成事。我婉言谢绝了其好意，因为我想亲自看一眼市政府。

经理沉默了半晌说，市政府一带白天人多，为安全起见，黎明去最好，但只能看一眼不能入内，且不能走市政府前门大街，那里有重兵把守，只能从后街快速通过，“我明早陪你去”。十分明白，他已尽了最大努力。

次日黎明，我们从宾馆出发，先到经理家接他上车。经理说，现在的家是租住的，自己的家位于老城，战乱中被抢占了，目前还无法回去。按照事先安排，我先去海边拍摄黎明时分的海滨，然后进入城内通过市政府后大街。

刚到海边，便有几个人围上来。当我举起相机时，不远处传来“为什么要拍照”的叫喊声。一瞧，正是我昨天傍晚在此拍照时，叫喊着“拍照付费”的那个家伙，他正朝海边走来。为了不惹麻烦，与昨天一样，我们快速离开，驶入老城内。

市政府一带是战乱的重灾区，驶过一条条街道，看不到一幢完整的建筑，国家博物馆、首都电影院、著名的意大利餐馆、大型超市等，已经化为废墟。“拍照不能开车窗玻璃，要迅速。”经理一再提醒说。我提出坐到副驾驶位置，他摆手拒绝，不容商量。这样，我只能在后排低头弯腰抢拍。

越野车在残垣断壁的老城区弯来拐去，当行驶到市政府后大街时，经理提醒我：“右前方就是市政府大院，里面的白楼都是石头建筑。拍照要快。”我快速低头弯腰拍照，却因动作过猛扭了脖子，疼痛难忍。车在迅速前进，我顾不了太多，迅速连按相机快门……

从车内拍照，我对照片的质量无法保证。为弥补这一遗憾，我提议在市政府大院附近停下来，以便瞄准机会及时补拍几张照片。经理告诉我，在街头拍照太危险了，这里有一个自由市场在战乱中遭到重创，部分房屋被毁，现仍有个别小商贩在摆摊，“我们可以进去看看，你可根据情况，抓住时机拍照”。可是，当我在自由市场门口刚举起相机时，一个人猛地抓住我的右肩膀，大声喊道：“抢他的相机，夺他的背包，把他抓起来。”多亏随行的数名保安眼疾手快，才避免了一场意外的发生。我们赶快匆匆离开。

这都是战乱带来的麻烦，既扭伤脖子又担心受惊。由于无法进入市政府大院，至于郑和船队当年在哪个石屋内办理入境手续也无法考证和确认。我想，当年郑和船队到来之时，木骨都束国的关卡一定不会是这种情形吧？

当年的木骨都束国是什么样子呢？费信在《星槎胜览》卷四中对其地理位置、风土人情、气候特征和生活方式均作了详尽描述：“木骨都束国，自小葛兰（印度的魁郎）顺风二十昼夜可至。其国濒海，堆石为城，垒石为屋四五层。厨厕待客俱在其上。男子拳发四垂，腰围梢布。女人发盘于脑，黄漆光顶，两耳挂络索数枚，项戴银圈，璎珞垂胸。出则单布兜遮，青纱蔽面，足履皮鞋。山连旷地，黄赤土石，田瘠少收。数年无雨，穿井甚深，绞车以羊皮袋水。风俗器顽，操兵习射。其富民附舶远通商货。贫民网捕海鱼。”

回到宾馆，我又向经理询问首都一带是否有“高、林、毛”等单音节的姓氏。据说，郑和船队当年在此留下后裔，当地人中有这些中国姓氏。经理和在座的几位都不假思索地否认了这一说法，认为此说法缺乏一定根据，首都一带根本不存在中国人后裔和中国姓氏之事。至于提到的几个单音节姓氏，“从未听说过高、林二姓，的确有姓毛的，数量也很少，但不是毛主席的‘毛’”。经理说到这里笑了，“前些年，当地姓‘毛’的见了中国人就开玩笑，说自己和毛主席是本家，并引以为荣”。

经理告诉我“毛”的拼写是“MOCOW”，并解释说，单词里的“C”其实等同于“A”，发“啊”的音。也就是说，索马里的这一姓氏，不是一个单音节姓，其意为“甜蜜”。经理是学索马里历史的，曾任中学历史教员。他的这一解释，具有一定的权威性。

为了进一步弄清楚这一细节，我们还一起探讨了阿拉伯人的姓氏问题。阿拉伯人的姓名由自己的名字、父亲的名字和祖父的名字三者组成，即自己的名在前，父亲的名居中，祖父的名位于最后。这样，每个人的姓氏都是一个双姓，即由父亲和祖父的名字共同组成。换言之，到下一代时，他自己现在的名字自然而然地成为其子女的姓氏的一部分。根据阿拉伯人世代姓氏不固定这一文化传统，即使郑和船队当年在索马里留下后裔，经过数百年后，融入当地社会的中国人后裔也不大可能会世世代代保留下来自己的中国姓氏。

非常遗憾的是，南部港口城市基斯马尤目前局势十分不稳定，不时传来炮火声，加之首都与基斯马尤之间的道路上不时有车匪路霸拦路抢劫，宾馆经理一再表示无法派遣保安陪同我前往采访，也真诚劝告我不要冒险孤行。

“听人劝，吃饱饭。”这是我第一次来到摩加迪沙，只好放弃南下基斯马尤的既定计划。时隔一月有余，我第二次来到摩加迪沙，只因基斯马尤的局势突生变化，试图南下采访“郑和村”和“郑和塔”的计划再次搁浅，又一次抱憾而返。

第五节 新政府任重道远

2004 年 8 月至 10 月，索马里第十四次和会在内罗毕举行。这是内战 14 年来，索马里首次举行的最具代表性的和谈会议，国内各届代表悉数出席。和会首先产生了新议会和议长，10 月 10 日选举出新总统，总统于 11 月 3 日任命了总理。新政府在紧锣密鼓地完成组阁后，于 2005 年初班师回营，考虑到安全因素没有回到首都，而是暂时在首都以北的城市开展工作。

对索马里而言，新政府的组成意义非同寻常。自 1991 年 1 月西亚德政权被推翻，全国陷入内战以来，该国一直处于军阀混战、四分五裂的无政府状态。数名军阀自立中央，自封总统，称霸一方，各派之间互不承认，动辄用枪杆子“说话”，全国各地满目疮痍，民不聊生，百万难民逃往国外，国内民众度日如年。在当今世界上，一个国家内部相互之间打得如此不可开交，打得连中央政府都无法存在，直至国家名存实亡，索马里尚属唯一。

14 年来，为扩大地盘和争夺权力，索马里各派组织和武装之间勾心斗角，时打时停，加之同一派别之间不断发生内讧和重组，近年来出现新的力量消长与分化组合。至这次新总统选举前夕，基本上形成索马里过渡全国政府、索马里兰、邦特兰、索马里西南国、索马里和解与恢复委员会、索马里救国联盟六分天下的混乱格局。事实上，索马里共有 28 名军阀，每人均占据着一片地盘，大小不等。

上届过渡政府是由吉布提主持召开的索马里全国和会于 2000 年 10 月诞生的。和会选举产生了索马里内战十年来的首届议会和首任总统。遗憾的是，过渡政府未能得到国内各主要武装派别的承认，唯赢得民间力量的支持，控制的区域只限于首都的一隅，国际上也仅有几个国家承认。次年 3 月，为组成反对过渡政府的统一战线，五个武装派别——索马里民族联盟艾迪德派、索马里爱国运动、拉汉文抵抗军、南方索马里民族运动和索马里联合大会北摩加迪沙派，在埃塞俄比亚共同成立了“索马里和解与恢复委员会”，控制着国家的大片区域。一年后，即 2002 年 3 月，拉汉文抵抗军另立山头，成立“索马里西南国”，控制着国家中部和西南部的大片地区。索马里救国联盟控制着首都以北及其附近地区。索马里民族运动成立于 1981 年，是北方实力最强、

索马里过渡政府总统在 2003 年的非洲联盟首脑会议上。

影响最大的武斗派别，1991年原政府垮台后，成立索马里兰共和国，宣布北方独立，控制整个西北部地区。

索马里救国民主阵线成立于1979年，是索马里成立最早的反政府组织。1993年分裂为救阵前主席和前军事首领分别为首的两派，1998年7月，前军事首领阿卜杜拉希·尤素福联合其他党派，成立“邦特兰”自治政权，自任“总统”，控制着国家东北部。该人这次当选为索马里临时总统。

伴随着连绵不断的内战，国际社会始终没有停止关注并不断推动索马里和平进程。1992年1月，联合国秘书长特使曾赴索马里调解冲突，未果而终。1993年1月，联合国前秘书长加利亲自主持召开索马里全国和解预备会议，由于各派分歧严重，各持己见，加之以美国为首的多国部队军事卷入，遭到索马里各派的坚决抵抗，导致矛盾更加错综复杂，和谈以破产告终。此后，联合国、非统组织、阿拉伯联盟，以及索马里的邻国等都试图调解冲突。联合国通过了一系列关于索马里问题的决议，呼吁各派放下武器，和平解决冲突；对该国进行武器禁运，重申索马里的国家统一与领土完整，反对任何分裂国家的图谋；敦促反政府武装与过渡政府进行对话。

2002年初，东非“政府间发展组织”首脑会议决定成立技术委员会，联合调解索马里冲突。10月，第十四轮索马里和会在肯尼亚举行。过渡政府在内外交困的情况下，放弃以“中央政府”的身份出席和会；索马里兰也在寻找独立之际内外碰壁，最终加入和谈。经过长达两年的马拉松式谈判，特别是2004年8月以来的千人会议，终于取得了可喜的进展，选举出新的临时总统。

饱受战乱之苦的人民终于迎来了和平曙光，这是索马里国内外形势变化的结果。“9·11”事件后，美国为了自身的反恐战略需要，鼓励有关各方推动索马里和平进程，结束该国的无政府状态，铲除恐怖主义滋生的土壤。与此同时，非洲大陆的热点不断降温，正在走向和平，索马里的邻国也希望有个安宁的国界。就索马里国内而言，不但人民普遍厌战，渴望和平生活，就是冲突各方也无不厌倦，打来打去，谁也无法吃掉对方独统天下，唯有坐下来谈判，握手言和。

索马里和平进程在迈出重大步伐之际，摆在新政府面前的诸多挑战异常严峻。首先是收缴武器。内战爆发后，原国家军队的武器全部散失民间，加之内战期间冲突各方从国外购买武器，索马里全国的武器数量超过了战乱前。缴械成为新政府的当务之急，如果不能如期完成，新政府不但难以正常开展工作，甚至在国内难以立足。前过渡政府之所以无大建树，就是未能完成缴械工作。因此，新政府正在请求联合国和非洲联盟向索马里派遣维和部队，以帮助他们完成这一重大任务，同时组成新的国家武装力量。

其次是部族和解。内战使索马里全国四大部族的矛盾进一步加深，部族之间、各派武装之间，甚至平民百姓之间严重缺乏信任。外加数百万人从国外归来，各种有形和无形的隔阂感和生疏感随之而来。重建人民之间的信任是新政府面临的又一崭新课题。为此，新政府特别强调他们是和解的政府，要尽全力消除人民之间的隔阂，加强人民之间的团结，建立彼此之间的信任，努力实现部族和解。

再次是恢复秩序。十多年的内战，举国无法无天，毫无规则、纪律和秩序可言，人们似乎习惯了无政府的自由状态。由于全国教育体系被摧毁，全国20岁以下的人基本上没有接受正常教育，成为一代文盲，这无疑是一个国家和民族的巨大悲剧。在这种情况下，要恢复国家秩序，对自由主义者和文盲的教育尤为重要，难度不言而喻。

最后是国家重建。连年内战彻底摧毁了国民经济，全国的基础设施或被破坏，或严重失修，通往首都的条条道路难以通行，首都的大小建筑几乎无一完好。毫无疑问，国家重建摆在新政府的重大议事日程上。面对一个满目疮痍、百废待兴的国家，新政府肩上的担子重于泰山，任重道远。

摩加迪沙海滨。

第十二章 难民生活

采访难民营是一次不同寻常的经历。需要冒险——采访前必须办理安全证，必须有难民署的工作人员陪同；需要吃苦——几天内吃不好睡不好，还免不了被蚊虫叮咬；需要心灵的呐喊——此行感受颇多，其中“幸福富裕的生活是多姿多彩的，苦难贫穷的生活是单调雷同的”是我深入难民营的真实感受之一。

索马里北部和南部曾分别沦为英国和意大利的殖民地，1960 年实现国家独立。九年后，西亚德发动政变上台。1988 年，索马里北部爆发以推翻政府为目的的内战，1991 年 1 月西亚德政权被推翻，全国陷入军阀混战、四分五裂的割据状态至今。

1988 年至 1992 年是索马里内战最激烈的时期，此期间约有 50 万索马里人为逃避战乱越境来到邻国埃塞俄比亚沦为难民。1994 年爆发的新一轮内战又迫使更多的索马里人加入到难民行列，使索马里在埃塞俄比亚的难民总数达到 60 万人，分别居住在靠近两国边境地区的八个难民营中。20 世纪 90 年代后半期，随着索马里国内形势趋向稳定，绝大多数难民被自愿遣返回国。截至 2000 年底，在埃塞俄比亚的索马里难民的总人数是 124484 名。此后，绝大多数难民踏上归程。

第一节 “凸库”难遮风和雨

2000 年 12 月 8 日下午，一架从亚的斯亚贝巴飞来的小型飞机徐徐降落在埃塞俄比亚索马里兰州首府季季加机场，飞机在跑道上滑行扬起滚滚漫天尘土，乘务员在等待尘埃落定后才开启机舱门。当我走下飞机，目睹眼前的土跑道、铁皮顶候机室和狭窄的机场大门时，心理顿时形成强烈的“落差”，恍若置身于另一世界。这时，我哪里预想到，次日的难民营之行给我打下的“烙印”不知要比此情此景深刻多少倍。

联合国难民署驻季季加办公室司机鲍萨塞把我从机场接到当地一家旅馆，见我是远道而来的外国客人，旅馆的年轻服务员首先不好意思地介绍到，旅馆卫生间没有自来水，仅放了一塑料桶备用水。就在这时，在场的几位当地人脱口而出：“水就是生命。”这不由得使我认识到水在这一干旱地区是多么地缺乏和可贵。我要去采访的难民营就位于这一世界上屡遭干旱侵袭的农牧业区。

鲍萨塞临别时告诉我，他的上司将在晚上专程来旅馆，与我商量次日的具体行程。当天是星期六，我的这次来访恰逢周末，给他们的工作带来了不便。为了这次采访能够顺利进行，我首先向联合国难民署驻埃塞俄比亚代表处提出申请，代表处同意后再向埃塞联邦政府难民及回归者事务局为我申请“安全证”，以保证我此行的人身安全，并与难民署和埃塞难民及回归者事务局驻季季加办公室进行联系，安排接待工作。

在埃塞东部边境地区自北向南约400千米长的地段上，依次排列着八座索马里难民营。其中克卜里贝亚和哈提谢克两座难民营距离季季加最近，分别是55千米和72千米。次日上午7时，我和向导——难民署司机塞约沃先生从季季加出发，直奔位于该城东南方向的这两座难民营。前一晚下了一场大雨，塞约沃说是我这位中国朋友为当地人民带来了好运，往日焦干的黄土地稍显湿润。然而缺少绿色树木和青草，道路上和田野里不时出现三五成群背着水桶的妇女和赶着背驮水桶的毛驴的孩子，他们正在四处寻找水源。获得水源是当地居民生活中的头等大事。

水是生命。

快到达克卜里贝亚难民营时，远远望去，蓝天白云下，一大片形状相同、大小不一、斑驳陆离的圆顶“蒙古包”——凸库折射出五颜六色，好像一个巨型调色板；走近一瞧，才知道那颜色原来是由蒙盖在凸库上的塑

排队打水。

料布、麻袋片、破布料、硬纸板和编织袋等组成的，大小不一，破烂不堪，接缝处用绳子连接。

我们先来到联合国难民署驻克卜里贝亚难民营办公室，再找到政府难民事务局主管该难民营的负责人。在他们的带领下，我们沿着难民营仅有一车之宽的道路左拐右转，车轮扬起的滚滚尘土随着微风降落在周围的凸库上。汽车的响声把人们从凸库中吸引出来，围观来客似乎成为难民营里大人小孩的一大乐趣。

前面不远处出现的另一番情景吸引了我的注意力。一排黄色塑料桶整齐地排放在地上，数十名妇女和儿童站在烈日下等待着打水，两名老妪在一旁摆着地摊出售土豆和西红柿。难民署的工作人员告诉我，水是从附近的蓄水池运来的，每天定时供应，人们按时排队打水。难民营里全是赤贫户，别看地摊上的那几个土豆、西红柿，能摆得起这个地摊的尚属凤毛麟角，偌大的难民营中没有几个。

我们接着来到 17 千米外的哈提谢克难民营，在难民事务局主管该难民营官员梅勒斯的陪同下进行采访。哈提谢克难民营曾是世界上最大的难民营之一，面积 15 平方千米，居住的人数最多时达 5.9 万名，由于近年来不断遣返回国，当时尚有 11488 名难民。看到好几个人在一个凸库前聊天，我提出能否走进凸库看看，主人便示意我进去。从里面看，才知道凸库是用一个个树枝纵横交叉构成的支架，交叉处用绳子系在一起。凸库仅有门而没有窗子，除非掀起门帘否则里面漆黑一团，透过微弱的光线，里面的一切依稀可见。和大多数凸库类似，这个凸库的直径十米左右，用细树枝编织成的屏风把室内分为里外间，里间住人。主人很讲卫生，白天将凉席和毯子收拾起来，露出光光的地面，显然，晚上他们全家席地而卧；外间放着几个旧塑料桶和几件再简单不过的炊具，门旁边是面袋和食油瓶子，一台马灯放在显著位置，是晚上照明用的。由于里面缺乏家具和用品，凸库虽小却尽显空旷，用家贫如洗来形容再恰当不过了。如果说是家徒四壁，凸库的四壁不是墙壁而是树枝外加塑料布。主人讲，每年的旱季日子比较好过，如果哪年的雨季雨水稍多一点，再刮大风，日子就难过了。千疮百孔的凸库就像一倒扣着的大筛子到处都在漏雨，里面遍地皆湿。在这个凸库的旁边还有一个小小的凸库，里面安放着一口做饭锅，锅前面仅能坐一个人，这就是一家人的厨房，不过他们一般都将锅提出来在露天做饭。

这家人还算不错，另有这一个小凸库厨房，不少人家连这个厨房都没有。这些索马里难民与埃塞的索马里族虽分属两个国家却是同一民族，彼此的语言和生活习惯完全一样，从外表上看，他们居住的凸库与当地居民的凸库无甚区别，各家各户门前都有一个用树枝围成的小空间，有的还种一点玉米，不过玉米叶大都因干旱发黄了。

第二节　露天“课堂”书声琅

今天是星期天，难民营也处于休息之中。然而，克卜里贝亚难民营里传来的悦耳读书声引起我的兴趣。在一个树枝围成的露天课堂里，老师正在给三四十名儿童教索马里语，跟读单词的稚嫩童声如阵阵银铃。走进一看，教师没有

是课堂就有书声。

女子好学便是德。

讲台和讲桌，学生没有课桌和板凳，一个个小学生正端坐在地上铺的塑料布上，身边没有书包，手中拿着课本，眼睛注视着前方挂在树枝“墙”上的黑板，跟着老师大声朗读，阳光透过树枝缝散落在他们表情专注的张张小脸上，给他们身上留下半阴半阳的影子。看到我来给他们拍照，不约而同地把脸转向镜头。

走出这一特殊课堂，我的脚步变得沉重起来。这些可怜的孩子，他们本应与同龄人一样，背着书包走进校园，坐在宽敞明亮的教室里读书，而眼前的现实是他们却与大人一起生活在难民营中。这座难民营始建于 1991 年 2 月，从年龄上看，他们不但生活在难民营，而且出生在难民营……

联合国难民署在索马里兰州的每座难民营都设有小学，成绩优秀能读到小学毕业者可以继续到当地的中学读书，与当地学生同班同校。极个别鹤立鸡群者还能有幸走进大学校园，不过仅有能数得清的几名受到资助被送到大学深造，成为难民中的大学生，他们无疑是幸运者和佼佼者。不过由于受到客观条件特别是校舍的限制，难民营中仅 5%～6%的学龄儿童能够入学，他们可从一年级免费读到八年级。当时，这几座难民营中的在校生约 6000 名，共有 103 名难民教师。

在哈提谢克难民营，梅勒斯指着一间正在修建的大教室说，前段时间一场不期而至的大风把学校的教室毁坏了，他们正在进行重建。他继续介绍说，由于教室缺乏，他们这座难民营里的几所学校只招收了不到700名学生，每班70多名。为了在这一艰苦条件下更好地进行教学，学校按不同年级分上下午轮流授课。开设的课程主要有英语、索马里兰语、阿拉伯语、数学、自然科学、社会科学、美术和体育等。

另外，为了使更多的孩子能够读书，难民营还采取多种形式办学，作为学校教育的一种补充。除上面提到的星期天露天课堂外，在哈提谢克妇女中心采访时，我发现一群女孩子正在一间简易房屋内上英语课。中心主任告诉我，中心的教育面向女孩子，教授的课程主要是英语和索马里语，她们大多利用节假日授课。

走出妇女中心，遇见一名14岁的中学生，能讲一口比较流利的英语。他回忆说，1998年索马里兰爆发内战时，自己还是一个不懂事的孩子，一天深夜，在一片枪战声中，一家人弃家逃离，步行来到埃塞俄比亚，“当时我很小，母亲抱着我快跑，我哥哥背着行李在后面追赶”。“父母亲常说，我们在家时过着好日子，我父亲是一位商人，我们在城里有一套大房子和其他财产，可是来到这里后，和别人一样只能住在自己建造的破烂茅舍里……我喜爱联合国难民署代表团胜于任何其他代表团，是他们给我们发放粮食、修建学校。”

早在公元前400多年，古希腊悲剧家欧里庇得斯就说过：“天下最大的悲哀莫过于失去故土家园。”相信生活在难民营中的人们对这句话体会得更加深刻。

第三节　生活度日如度年

艳阳高照下，在一个破旧的凸库前，一名青年女子正坐在一个简易的炉子前扇火做饭，火势随着她手中的硬纸片来回扇动的速度变化，锅里的食油不时带动着糖三角翻滚，糖三角似乎在乘势拼命逃脱受煎熬的命运……当我举起相机时，这名女子出乎意料地快速离开，显然是不想让这一镜头曝光。陪同我采访的难民营官员梅勒斯用嗔怪的口吻劝她回原位，她有点不好意思地坐下来继续扇火，且在拍照后回答了我关于难民粮食配额的提问。

根据联合国难民署与世界粮食组织签订的谅解备忘录，难民的粮食由世界粮食组织按人头供应，不分大人小孩，每人每月12千克小麦、1050克食用油、150克食盐和750克食糖。为了使粮、油、盐、糖准确地分发到各家各户，难民署每年都对难民进行重新登记，同时鼓励难民利用营区内的闲置土地种庄稼，用以弥补粮食的不足。

量入为出，按料做饭是难民饮食的最大特点。他们不但要精于算计、细水长流，不至于寅吃卯粮而揭不开锅，而且要按照分发的粮食合理配料而做饭。首先将小麦在难民营的磨面房磨成面粉，面粉、糖和油结合在一起最常做的饭就是油炸糖三角了，各家各户常常是“糖三角”一贯制，每天只吃一顿饭，日复一日，年复一年。哈提谢克难民营始建于1988年5月，其中的绝大多数难民已经在此度过了十多年的光阴。

大概是对我这位异国来客充满兴趣，就在我们谈话之时，邻居凸库的一名男青年走了过来。他今年20岁，是中学七年级的学生，问及对难民生活的感受，他没有正面回答，却情不自禁地讲起自己的祖国与自己的未来：“索马里曾经是一个富裕和美丽的国家，1988年，索马里民族运动开始了推翻西亚德政权的武装斗争，当战火燃到国家西北地区的哈尔格萨城时，我们逃离到埃塞俄比亚。当时，我还是一个二年级的小学生，我们家住着一个有五间房、两个厨房和两个厕所的大房子。”说到这里，他看了看眼前贫旧的凸库，面部表情突然严肃起来，“可是现在，我们贫穷了，住在难民营，一住就是十年。我不想再当难民了，我真心希望索马里局势尽快稳定下来，我做梦也想早日回到自己的祖国”。他的这席掏心话，打动了在场的每个人，说得我差点潸然泪下。

在克卜里贝亚难民营，在难民教师阿登的安排下，我采访了一名来自海滨城市基斯马尤的中年妇女哈迪奥玛。我之所以采访她，是因为我想采访一名来自索马里南部的难民，以了解那里发生的情况。“1991年1月的一天夜晚，我在睡梦中听到乱作一团的枪炮声，不一会儿，我听到一阵急促的敲门声，在反政府武装里充军的丈夫回来了，他匆匆告诉我，让我和孩子们立即逃往埃塞俄比亚，他在路途接应我们。我哪里顾得上收拾东西，背着最小的、一手再领着一个，带着八个孩子就逃出家门，走到大街上时，我们亲眼看到开枪冲锋的士兵，几个孩子都被吓哭了。”谈起十年前的这段往事，这位48岁的母亲仍记忆清晰，恍若发生在昨天一般，“我们全家十口人沿途乞讨，一共艰难跋涉了十多天才来到这里。开始时，我们一贫如洗，晚上只能露宿在外，就这样过了一年。后来难民署给我们发了塑料布和被子毯子，搭了个凸库才算有了个归宿”。

“你觉得这里的生活如何？”未料，我的这句简短问话竟触及她心灵深处的伤痛，她反问道："我是什么生活，这能叫做生活吗？在国内时，我们有吃有喝，吃菜吃肉，孩子天天上学读书。可是这十年，几个孩子勉强上学却买不起书本，我们虽有吃的却无钱买菜。"说到这里，她低下了头，看得出来，她已经伤心至极，我试探性地问她能否想法挣点钱，她摇了摇头，"我是身无一文，我这十年连钱见都没有见过。你问我烧饭的柴火从哪里来，我每天步行三个多小时到15公里外，四处找枯木树枝，背回来才能点火做饭。"

我的采访是通过一名21岁的青年进行的，这位名叫谢克的青年是在难民营学校里学的英语，他也是1991年来到这里的，当时才12岁。他告诉我，十年前在国内时，父亲是个商人，一家人过着比较富裕的生活，可是现在……谈起自己，他的英语明显地打起磕巴来。当哈迪奥玛说，只要国内形势稳定，自己随时准备回国时，他在翻译后立即补充道："我也希望回国，我一直等着回国的那一天。"

采访结束时，我提出给阿登老师、哈迪奥玛和谢克三人合影。拍摄第一张照片时，他们的表情严肃得过了头。我让他们笑一笑以便再拍第二张，未料那笑比哭还难看，苦涩、无奈、神色凄然，他们哪能笑得出来呢！

第四节　难民管理劳苦心

向难民提供国际保护与援助是联合国难民署的主要职责。除帮助难民建造临时住房、按时配发粮食、让儿童享受教育外，提供医疗服务、引导脱贫创收、活跃业余生活、加强难民管理等亦属难民署的职责范围，在埃塞俄比亚，为难民提供生活用水则是难民署面临的首要挑战。

年幼哪识愁滋味。

在哈提谢克难民营旁边，我们登上一座大水坝，俯瞰蓄水池中的半池清水，烈日照耀下更显清澈；遥望远方，水池入口处两边各排列着一道望不尽的引水渠。梅勒斯介绍说，这一长150米、宽100米、深3米的超大型蓄水池是2000年6月完成的，目的是收集雨水，经过沉淀后再送到难民营。修建这座蓄水池连同其配套工

中国生产的缝纫机帮助难民自食其力，走出困境。

程——沉淀池和引水池，共花费了近半年时间，投资总额高达 9.6 万美元。它的建成大大缓解了难民和附近居民的用水问题。

在这一带初建难民营时，联合国难民署就在距离季季加 75 公里的杰雷尔谷打了五眼机井，接着又修建了几座小型蓄水池，为难民和居民提供了可靠的人工水源，保证了他们最基本的生活用水。然而，长途运水不但费时费力，最主要的问题是车辆运输外加路况不佳难免出现不能按时供水的情形。于是，难民署利用当地一年有大、小雨季的条件，从 1997 年开始，组织人力开挖大型蓄水池，当时已建成五座，做到当地取水用水，从而结束了长途运水的历史。为了做到节约用水和按秩序打水，难民营成立了用水协会，而蓄水池管理委员会是专门管理蓄水池和制定用水方针的。

除用水协会和蓄水池管理委员会外，难民营还成立了难民委员会、长老委员会、青年协会和妇女中心等组织。后两者主要是为了活跃青年男女的业余生活，同时组织大家创收渡过难关；前两者主要分担难民营的一些管理工作，处理邻里之间纠纷。在这方面，为了避免不同部族之间的难民发生打斗和集体械斗，难民署尽量将来自不同地区的难民安排在不同营区中。

我们来到难民营的妇女中心，虽然是星期天，中心却没有停止工作，中心主任把我们带进缝纫室，几名妇女正在制作服装，用的是中国制造的蝴蝶牌缝纫机。梅勒斯告诉我，这些缝纫机是用国际援助资金购买的，妇女中心把缝纫作为一种技能培训和创收手段，帮助妇女自食其力、自强不息。除缝纫组外，中心还成立了打字室。青年中心以学习和娱乐为主，成立有足球队、读书小组等，青年们可以自由到图书馆看书学习。

难民生病了怎么办？在哈提谢克难民营卫生院的住院室，我看见几名正在住院接受治疗的病人，有大人也有小孩。虽然住院室设备简陋，仅有病床、毯子和打水的塑料桶，但能同时接收40多名病人，包括严重营养不良的儿童。卫生院根据病情不同，在饮食方面对病人予以照顾，如对严重营养不良的儿童，每天分六次进食，食品包括牛奶、米饭、蔬菜、面条以及高蛋白混合食品。据介绍，难民署给每座难民营都设立了卫生院，每座难民营均配有一辆救护车，配备有专职医生和护士，可做简单的化验检查，重病患者可送往季季加医院或埃塞的第二大城市德雷达尔市立医院治疗。

大批难民涌入且长期居住对自然生态环境造成的威胁不可小觑。这种威胁表现在难民营占用大片土地、砍伐树木修建住房、滥砍树枝烧火做饭、砍伐树木出售以谋生和饲养牛羊过度放牧等。外加埃塞本身就处于高原地区，干旱少雨，植被锐减，自然生态环境不断恶化，而大批难民的进入无疑加重了周围自然环境恶化的程度。难民署在认识到这一点的基础上，从1997年开始采取措施，弥补难民对驻地周围自然环境的过度损耗。他们一方面在每个难民营建立苗圃、每年在难民营及其周围植树50万棵等；另一方面积极推广节能炉灶，并组织就地生产，这种节能炉灶可节约1/3的柴火，减少了难民烧火做饭对周围树木的砍伐。

除联合国难民署外，深入难民营为难民服务的还有个别非政府组织，如美国的拯救儿童基金会、法国的障碍国际组织等。在难民营中，拯救儿童基金会为儿童修建活动场所，为儿童提供一些娱乐设施；障碍国际组织主要是对难民进行有关地雷知识的宣传工作，以便难民安全返回家园。来自法国的索菲小姐告诉我，她们的组织共有27人在难民营地区工作，其中每座难民营中各有二人。他们首先培训教师，然而通过教师扩大培训对象，深入难民营中的千家万户，向大家宣传讲解地雷及其预防知识。索马里爆发内战以来，全国各地埋有大量地雷，为了使大家了解地雷及其危害性，他们运用广告牌、宣传册、宣传画、大幅标语等多种形式。对学生的宣传教育主要通过讲课和免费发送印有预防地雷知识的笔记本等途径。他们的宣传受到难民的普遍欢迎，因为每个难民都盼望着早日返回家园，而地雷则是他们遣返回家时遇到的第一个安全问题。

在难民营采访一整天，烈日下四处奔波，耳闻目睹的一切深深地刻印在脑海中。从难民营返回的路上，我的神情显得过于严肃，聪明的司机特意选择了一盘轻松活泼的音乐带播放，可我的心情怎么也轻松不起来，难民营中发生的一幕幕在我的脑海里不停地闪现……随着车辆的一次突然颠簸，大概由于一天没有喝水吃饭，我顿时意识到口干舌燥，喉咙发堵，心里发慌。这时，我真想面对窗外，大呼一声：人类啊，要珍惜和平！

第五节　难民何日回故园

难民是指因正当理由畏惧自己的生命和人身自由受到严重危害而被迫离开自己国家的人，这些理由包括种族、宗教、政治见解、武装冲突、外国入侵和自然灾害等。为了生命和自由，难民在逃离时舍弃了一切——财产、家庭和祖国，奔向异国土地，踏上前途漂泊不定的人生征途。只要地球上存在战争、迫害和歧视，难民就不会消失。

难民是当今世界的一大悲剧。为了向世界各地的难民提供国际保护与援助，并在此基础上求得难民问题的永久解决，1950 年的联合国大会决定于 1951 年 1 月 1 日成立联合国难民事务高级专员公署，简称难民署。难民署成立初期的主要任务是处理两次世界大战遗留下来的欧洲难民问题，因而将期限规定为三年，以期在三年之内解决所有难民问题。然而，世界各地不断出现难民的事实使联合国的这一善良愿望无法实现，致使难民署的期限再三延长，从最初阶段的每三年延长一次改为每五年延期一次。

非洲难民始于殖民统治时期。不过，随着 20 世纪 60 年代和 70 年代一浪高过一浪的民族解放运动，非洲大陆的难民人数不断增加，从 1969 年的 90 万人增加到 1977 年的 100 万人，至 80 年代初期达到 500 万人。90 年代，由于利比里亚、卢旺达、布隆迪、塞拉利昂、几内亚比绍、苏丹和刚果（金）等国发生武装冲突，非洲的难民人数一度飙升过 700 万人，另有 2000 万人流离失所。就在人类跨入新世纪之际，非洲的难民人数约为 600 万人。

自愿遣返回国、在新国度同化和到第三国定居是永久解决难民问题的三大途径。世上只有家里好，在三大途径中，难民署首推自愿遣返回国，一旦国内形势安定，回国后安全有了保障，绝大多数难民愿意回国。以索马里难民为例，1988年，第一批索马里难民涌向西邻国埃塞俄比亚，1991年至1994年又不断增加。至1997年，索西北部的形势相对稳定，在难民署的帮助下，不少难民踏上归程。

难民署已存在了半个世纪，大大超出了当初预计的三年时间，且难民人数不断增加，联合国难民署面临着越来越大的来自各方面的挑战。以非洲之角为例，首先是政治局势难以稳定，武装冲突时有发生。索马里国内动荡长达十多年之久，在难民问题尚未解决之际，埃塞俄比亚和厄立特里亚两国边境地区爆发的大规模武装冲突又制造了数以十万计的难民。其次是侵犯难民人权的事件时有发生，特别是作为脆弱群体的妇女和儿童，他们的基本权利有时难以得到保护。再次是受排外主义思想的影响，某些国家的政府不愿接收难民，或是难民到达后受到当地人的仇视。又次是难民的大批涌入对当地自然生态环境的严重影响，特别是埃塞俄比亚的东部地区是干旱地区，当地生态环境本身就比较脆弱。最后是资金困难，多年来，在世界难民人数不断增加的同时，国际援助资金却在不断减少，这一问题在非洲大陆表现得尤为突出。联合国难民事务高级专员古特雷斯说，在救助难民的道路上，国际社会还有漫长的路要走，需要付出极大的努力来帮助世界上处于难民境地的人们。

在我采访的索马里难民营，不少难民已经生活了近十年之久。他们的生活不能自立，回国后又难以得到帮助，无法工作或找不到工作，他们总不能这样生活一辈子。何时才能走出这个怪圈呢？联合国难民署前高级专员绪方贞子一针见血地指出："惟有打破战争的恶性循环。战争制造新的难民与痛苦，又为新的武装冲突埋下种子。"在战争不断制造更多新难民的同时，难民署的保护与援助工作显得是那么的苍白无力，无异于杯水车薪、扬汤止沸。由此看来，珍惜和平生活，避免武装冲突才是永久解决非洲难民问题的根本出路。

索马里自然风光无限好。

第十三章　战争前线

1998 年 6 月 5 日和 6 日，埃塞俄比亚和厄立特里亚两国因领土纠纷和贸易摩擦而爆发大规模武装冲突，冲突给双方造成重大人员伤亡和财产损失。战争爆发后，埃及等国和非统组织积极斡旋，联合国安理会通过决议，要求双方停止敌对状态和使用武力，以和平方式解决领土争端，使两国暂时停止了交战。

然而，和平进程一波三折，两国此后又不断兵戎相见，在边境地区发生地面冲突，共造成上万人丧生，百万人流离失所。后经非统组织多次调解，两国终于在 2000 年 12 月 12 日签署了《全面和平协议》，为最终实现和平奠定了基础。不过，双方在埃塞撤兵的时间和边境重新划分等原则问题上仍存在严重分歧。

厄立特里亚于 1993 年从埃塞独立出去，两国人民同属一个民族，生活风俗习惯相同，亲如兄弟一般，却因领土纠纷大动干戈，世人对这一悲剧的发生无不深表遗憾。这是一场本不该发生的战争，身临其境耳闻目睹战争前线的形势和战争对两国人民带来的灾难和痛苦，用以告诉世人珍惜和平生活是记者冒险奔赴战争前线采访的主要动机。同时，埃厄两国边境地区可谓穷山恶水，自然环境极其恶劣，是当今世界上最贫穷落后的地区之一。作为一名驻非洲记者，我想亲自体验一下这种生活是前往采访的第二个动机。

第一节　此去向北第一程

2000 年 12 月，人类即将进入新世纪。

12 月初的埃塞俄比亚颇有几份寒意。6 日清晨，一架小型飞机从首都亚的斯亚贝巴机场腾空而起，载着十几位乘客划破寒空北飞。透过机窗俯视，埃塞俄比亚高原的地形波浪起伏，愈向北愈显干旱，无植被的黄土裸露无藏，好似陕北的黄土高原。机上的我是去埃厄前线采访的，也是乘客中唯一的“老外”。

临行前，我已与设在亚的斯亚贝巴的联合国驻埃厄观察团的工作人员进行过联系，他们欢迎我前去采访，并说前不久曾组织驻埃塞的外国记者采访过，是他们用直升机将记者们直接运往前线的，当天即返回亚的斯亚贝巴。阿吉拉小姐热情地说，她已经通过无线电把我前去采访的消息告诉了驻扎在前线中区的三个分队，当我抵达阿克苏姆机场时，观察团的工作人员将与我接洽，他们中还有中国的维和人员，“你的此行将会顺利，预祝你满载而归”!

当飞机在一个小型机场停稳后，我与机上唯一的乘务员——黑人小伙子打了个招呼就跟着几名乘客走下飞机。机场是开放式的，没有大门，四周是空旷的原野，仅有一个低矮的小房子——候机室，旁边站着几个当地人。当我走过去询问联合国观察团的驻地时，他们均摇头，表示附近没有联合国观察员。我感到有些纳闷，正在此时，听到有人用英语叫我：“你是李先生吗?”这使我感到更加意外，难道在这个偏远地方还有人认识我?回头一看，正是那位乘务员。他笑着对我说：“这里不是你的目的地阿克苏姆，请上飞机。”原来，阿吉拉小姐曾告诉我，飞机从首都直飞阿克苏姆，中途不停。可这班飞机当天临时经停此地，落地前也没有通知乘客。

总共经过100分钟的飞行，飞机降落在首都千里以北的阿克苏姆机场。高原的风强烈地吹打着我的脸面，四周是一片茫茫荒野，机场显得更加空旷寂静。当我背着摄影包兴冲冲走出候机室时，等待我的却是几辆破旧的出租车和几名示意我上车的司机，哪有联合国观察团的影子?

我于是向机场求援，得知我是中国记者，他们热情地通过电话帮我与观察团联系，对方讲他们一刻钟后就到。半个多小时后，一辆印有联合国观察团鲜明标记的越野车疾驰而至，一名身着米色维和服装、皮肤微黑的约旦籍工作人员无可奈何地向我双手一摊：“经请示领导，联合国车辆不许乘载任何非工作人员。”听罢我的解释，他再次拿起无线电对讲机与办公室联系，得到的仍是同样的回答，“你只好乘出租车去我们办公室了，那里还有一个德国记者等着你，他也去前线采访”。

联合国观察团不提供车辆帮助，这是始料未及的，我顿时意识到此行的艰难了。当我乘出租车来到观察团阿克苏姆分队时，中国年轻的张少校在门口等待我，接着向我介绍了德国同行林克先生。林克比我早到一个多小时，也计划先去阿迪格拉特，再到前线采访。由于联合国观察团不提供车辆帮助，他与几个出租车联系过，因要价太高而等我来后同行，这样一来安全，二来可以降低费用。

阿克苏姆是历史名城，在公元前后曾建立王国，矗立在此的方尖碑闻名全球，前来参观者络绎不绝，因之成为热点旅游城市。得知我们要去阿迪格拉特，两名中学生热情地帮我们找车辆。旅游城市的出租车要价高，先后找来的好几个司机以路途遥远、山路危险、油价昂贵为由，来回程外加去拉马前线，要价不低于350美元，最后经过一番讨价还价，一名司机同意300美元，不过他不能讲英语，须带一名小翻译，我们要给小翻译付小费。

下午2：30，我们乘坐一辆半新旧的四轮驱动越野车从阿克苏姆出发东行，直奔阿迪格拉特。这是一条蜿蜒曲折、凹凸不平的山路，除阿克苏姆到阿杜瓦40多公里的柏油路外，其余全是伴随着逶迤起伏的山峦曲折延伸的沙石路或土路。我们乘坐的车辆沿着山路颠簸慢行，不时通过一边是高崖绝壁、一边是千丈深沟的险恶路段。每当车辆即将转弯时，司机便大声鸣号。这时，林克先生都朝我点点头，称赞司机对路况的熟悉和小心翼翼的驾驶态度。

这一带是埃塞的革命老区，百姓生活贫苦而民风淳朴。当地居民多为牧民，一路上常看到在山坡上驱赶牛羊群的大人小孩。这里干旱缺水，居民生活用水十分艰难。路过小村镇时，三五成群从深沟里背水上坡的妇女儿童成为一道风景线。这一切都告诉我，我正置身于世界上最贫困的地区之一。

前线停火时间不长，路上不时有运载士兵的军车路过，也能看到红十字会在路边搭起的临时帐篷。山回路转，沟壑连绵，车轮蹦起的小石子不时敲打着

埃塞放牛娃学会了躲镜头。

车身和车窗，车后是一道滚滚飞扬的尘土。天渐渐变黑，暮色深沉，当我们在山坡上看到不远处万家灯火的阿迪格拉特城时，已是下午6时多了，206公里的路程走了整整四个小时。

第二节 边城呈现和平景

经过一路颠簸劳累，抵达阿迪格拉特时，我们不但饥渴交加，而且似乎变成了土人。可也顾不上这么多了，我们的任务是先找到联合国观察团的办公室。

阿迪格拉特是一座有两三万居民的城镇，位于埃塞北部提格雷州首府默克莱以北与跨埃厄两国边境城镇扎拉姆贝萨之南，并与前两者排列在一条直线上，距离分别为160公里和40公里。1998年，当两国的战火开始燃烧时，厄方曾出动战斗机对默克莱进行空袭，双方部队也曾在扎拉姆贝萨连续发生地面冲突，造成重大人员伤亡。当时腹背受敌的阿迪格拉特曾紧张过一阵子。

阿迪格拉特只有一条主街道，观察团租用的该城市的最高建筑——二层楼比较显眼，中国的李中校见到我们时首先提出找旅馆，因为当地只有一家像样的旅馆，生意比较抢手。这家旅馆仅两层，一层带卫生间的只剩下一个了，我让给了林克先生，自己住在二层的普通间，洗漱池和厕所公用。

我们在旅馆的餐厅边吃饭边采访李中校，由于外国同行在场，只好用英语交谈，这也是我记者生涯中第一次用外语采访自己的同胞。我们提出的第一个话题就是要去前线采访，请李中校提供方便：能否乘坐联合国的车辆前往，如不能可否请一位观察员坐在我们的车里以保证我们能够到达前线和我们的人身安全，最后，如前两个要求无法满足，能否给我们写一个类似通行证的书信。谁料，我们的要求一一遭到婉拒。中校说，安全问题不大，因为埃塞不但控制了阿迪格拉特以北40公里处、位于国界线上的扎拉姆贝萨小镇，而且控制了位于国界线以北25公里的厄立特里亚城镇塞纳费。问题是你们能否到达塞纳费，因为埃方在扎拉姆贝萨设有岗哨，除观察团、埃方军人和当地居民外，一般不给外人放

黎明时分的阿迪格拉特。

行，上次联合国组织的记者团也遇到过麻烦，后经埃塞军方批准才通过的。

显然，是否去前线、能否通过边境线全由我们自己决定，他们不干涉也不提供方便，一切都瞧我们的了。可当我们与司机商量时，司机得知要去厄特的塞纳费，直吓得满脸通红、连连摆手拒绝："那可是去敌方，太危险了，不去不去，给多少钱也不去。"看来，他是一位胆小的良民，这番话把他吓得饭也不敢吃了，即使听完我们三人的一再解释，他还是坚持"说什么我也不敢去"。

我们只好向旅馆的女老板求助。这位精灵的中年妇女眼珠子一转，先说时间已晚无法找司机，得知我们时间紧迫后又说可以试一试。不一会儿，一名精干的小伙子来到我们桌前，自我介绍名叫艾阿巴哈，当地人，对这一带和前线的情况熟悉，"前天刚从前线回来，明天可以带你们去"。当问及价格时，他说大约 100 公里的路程，外加路况不佳、路途要为安全担忧，200 美元比较合适。李中校说他两三天就去前线一趟，从塞纳费打个来回最多三个小时，司机讲的公里数、路况和安全问题都不符合实际。后经砍价，司机最后同意如到达塞纳费 100 美元，仅到扎拉姆贝萨 50 美元。

商定次日的安排后已近晚上 10 时，我和林克先生走出旅馆，街头是一片和平景象，虽没有路灯，仍有不少行人，不时看到卖香烟的小女孩穿行；旅馆对面的一排房子是一家家酒吧，不时传出节奏感强烈的非洲音乐和情意缠绵的欧美歌曲。我们沿街走进另一条明亮的街道，街头卖橘子的小摊贩正在收拾货摊。两旁是以鞋帽服装和日常用品为主的一家家商店，各在自家门前拉上电灯以招揽生意。走进一家服装店一瞧，竟在里面看到中国制造的毛毯。由于服务员不会讲英语，无法了解详情。

我在旅馆过于柔软的床上辗转反侧，难以入睡。从早到晚奔波了整整一天，实在是累了；一路伴随尘土走，几乎把我变成一个土人，但旅馆内无法洗澡；楼下酒吧传出刺耳的音乐和楼道厕所刺鼻的臭味从门缝不时钻入，蚊子一个接一个轮番骚扰……当清晨此起彼伏的鸡叫声把我从半睡状态中唤醒时，我只觉得头昏脑涨，腰疼腿酸。

第三节　前线采访费周折

次日早晨 7 点半，我们从阿迪格拉特出发北行，先是通过一段盘山道，接着行进在比较平坦的路面上。在距离扎拉姆贝萨约10公里处，公路两旁出现一道长长的战壕，蜿蜒至远处的山坡下。司机告诉我们，那是埃塞军队为防御而开挖的。再向前行，当汽车沿着山道转过弯后，看到一排用石头垒起的低矮护墙直达山包顶部，司机一边用手指一边说，那是厄特军队为作战掩护而临时筑起的。

挖战壕可不是为了种庄稼。

快到扎拉姆贝萨时，公路两旁五颜六色的难民棚连接成片。在一座石头墙、石棉瓦屋顶的房子前，当地居民正排队等候分粮，拴在一旁的几头毛驴等待着驮运粮食。那是联合国粮农组织为战争难民分发援助的粮食。

我们进入了扎拉姆贝萨城镇，放眼近瞧远望，满目断垣残壁。除远处的一座教堂形单影只地依旧站立外，整座城镇无一间房屋幸存，到处是一片凄惨悲凉的废墟，昔日的风貌不复可辨。由于双方均称这座城镇属于自己，战争爆发时，厄特军队用地雷首先将其摧毁。

前面不远处，几位持枪士兵把守着路口，一面高高悬挂在木杆上的埃塞国旗迎风摆动。这里是两国边境，通过这条防线就进入厄特领土。未等哨兵上前阻拦，司机先停车与哨兵热情打招呼。按照我们的既定方针，先由林克先生和司机下车交涉，因为林克此行是特来完成德国总部的指令性采访任务，持有单位的采访介绍信；另外，离开亚的斯前，他曾与埃塞政府官员联系过，试图拿到政府的一纸“尚方宝剑”，因而能够说出几位官员的名字；司机对当地情况熟悉自不待言，更重要的是充当翻译。可是，哨兵哪懂英语，手拿介绍信如同看天书，司机的英语本来就不过关而勉为其难，遇到持枪军人更加开言就结巴，通过边境线眼看就要泡汤。不是说“秀才遇到兵，有理说不清”吗，这次可真的让我见识了。

就在这时，我提起摄影包就跳下车，顺手从中掏出一把清凉油，给在场的哨兵每人一盒。别小瞧了一盒清凉油的能量，手拿清凉油，士兵笑开颜，我趁

这就是战争造成的满目疮痍。

势说我们的报道是会客观公正的，并说从中国远道而来实属不易，示意他们放行。哨兵班长略带犹豫地说了一句“过境后不许拍照”，就挥手让我们通过。可当车刚要起步时，他又上前拦住。原来，他要安排一名持枪哨兵坐在我们车上，以保证我们的安全。

刚过边境，就嗅到一股浓烈的硝烟味。路旁的半山腰上，部队在休整，数辆军车放在一起，士兵在各自休息。再向前行，路上的士兵和行人来来往往。路边的一片平地上，几头牛在打场收获，远处的一家农民在扶犁耕种；另一边却是别番情景，有的士兵在踢足球，当地居民正在围观；远处的山峁上，一长队士兵在进行拉练，身背枪支翻越山头……正当我们尽情东张西望时，司机指向路左边的一个天然大土壕，里面有几架处于战备状态的大炮，旁边是几辆坦克，防空洞前是数名士兵。从这里向远处俯视，依稀能看清楚厄特的班德姆城，林克告诉我，他一年前曾去该城采访，那里的不少房屋也被炸毁了。

经过一段陡峭的拐弯山路，就要进入塞纳费镇了，一道粗麻绳迎面拦住我们的去路。当车停下时，车上的哨兵就与我们告别了，我们只好再与这个关口的士兵进行交涉了。这班哨兵毫无军纪可言，站立均不像样，个个吊儿郎当，对我们爱理不理。听完林克先生的介绍，小班长只是摆手拒绝，后经我们坚持，他才请示自己的上司，那位上司更是难以理喻，不言不语只是摇头。

我们无不遗憾地离开塞纳费，从这里再朝前三四公里，就是联合国开设的第一条陆地通道了。这条通道是 11 月 28 日联合国开通的，仅供观察员使用，埃厄双方的士兵各守一端，联合国维和部队的先头兵已经开始执行任务。就在当日，12 月 7 日，第二条陆地通道在两国边境的西区开通了。

回程经过扎拉姆贝萨时，避过哨兵的耳目，我们有选择地停车拍照。林克提醒我，一定要注意是否有士兵监督，因为他的一名同事在刚果（金）前线采访时，未经允许拍照，不但被没收了照相机，而且被关押了一个多星期。不过，这里有别于两军激烈交战的前线，我们试探着下车拍照也无人干涉，当地居民正在忙着重建家园，有的已开始摆小摊谋生。

由于未能目睹第一条陆地通道，我们决定立即从阿迪格拉特返回阿克苏姆，以便在途经阿杜瓦时北上拉马镇，因为拉马也曾是两军的一个交火点。我们顾不上吃午饭，争分夺秒地赶路，终于在下午 5 时多赶到。可是在通过拉马的岗哨时，胆小的司机一见持枪士兵就双腿发软，汽车戛然熄火。前面三四公里处就是两国的天然边境线——加什河，河上的桥梁早被厄方军队炸毁，我们目睹被炸桥梁的最后一线希望破灭了，只好寻找驻拉马观察员采访。

第四节　观察员不辱使命

为了监督埃厄签署的停火协议，联合国从1999年10月开始向埃厄派遣观察员。观察员主要分布在两国长达1000公里的边境线上，分为东、中、西三个区十几个分队。我们这次先后采访的是中区位于埃塞领土上的阿克苏姆、阿迪格拉特和拉马的三个分队。更为凑巧的是，这三个分队中都有一名中国观察员。相比而言，拉马在这三个分队中的自然条件最差，也许是这一原因，拉马分队的观察员接待我们的态度最热情。

当我们刚走进观察员的住地，正在大院开会的全体观察员就站起来笑迎我们，得知我们长途奔波了整整一天，立即拿出几瓶矿泉水让我们喝。来自罗马尼亚的观察员奥维吉还热情地说："当晚就和我们一起吃晚饭，晚上住在这里，明天我们向埃军方申请，让你们去边境采访，体验体验这里的艰苦生活。"

拉马分队的六名观察员分别来自中国、罗马尼亚、肯尼亚、孟加拉国、秘鲁和挪威。如同其他分队一样，人数不超过六七个，来自五洲四海。据介绍，联合国驻埃厄观察员当时共133名，来自20多个国家，东、中、西三个区每区约40人，分为六个分队。其中有五名中国观察员，他们被分配在不同的岗位上执行维和任务。和外国观察员一样，中国观察员的任期也是一年。不过，中国观察员是通过层层选拔，经过外语水平考试，最后再集中培训三个月的业务才奔赴工作第一线的。他们英语水平较高，与外国同事能够随意交流，工作上主动配合；由于大家办公和吃住在一起，他们平日能够与来自五洲四海的外国同事和睦相处，生活上互相关心，普遍受到外国同事的好评。

拉马镇位于盆地之中，四周被绵延起伏的山脉与丘陵包围，白天天气炎热，夜晚蚊虫较多影响睡眠，再加上初来乍到时的倒时差和高温反应，曾有两名观察员染病，比较严重的乌拉圭籍观察员被调离。由于这里十分干旱，生活用水缺乏，观察团的饮用水是从40公里外的阿杜瓦专程运来的。

观察团的主要任务一是与当地部队进行协调、联络，了解军队的最新动向；二是到边境巡逻，观察前方情况的变化。来自我国的童少校告诉我，由于周围地形变化大，河流是天然的国界线，他们巡逻时无法开车，只能步行，有时沿河翻岭越沟，一走就是整整一天，边境地区埋有地雷，时时处处需要提防小心。为了人身安全，观察员必须两个人同行执行任务，随时用无线电对讲机与办公室保持联系。

观察团给每位观察员发一个煤油炉，各自做饭。埃塞北部干旱少雨，当地的蔬菜主要是四大类：西红柿、土豆、葱头和大头菜，西红柿每公斤 4 比尔(比尔与人民币等值)，土豆每公斤 3 比尔。观察员的食宿皆需自己掏腰包。

谈起观察员的生活，大家普遍感到单调和想家，休息时更是寂寞难熬，必须学会在艰苦环境中耐得住寂寞。解决这一问题的唯一办法是，连续工作一个月可以连休六天，利用连休到外地去换换环境。罗马尼亚的奥维吉说，他计划利用这个月六天的休息时间去首都亚的斯，主要目的是通过电子信箱与家人联系一下，因为书信往来一次最少需要一个月时间。童少校说他给家中的信已发出一个多月了，不知收到否，并让我给他拍了几张照片，以便我回南非后尽快寄给他家中。回南非后，我遵嘱将照片寄往石家庄他家中。

虽然当地生活条件恶劣，但大家都没有怨言，他们说如果与西区和东区比较，条件还算不错。西区处于高原山地，气候寒冷，用水更加困难；东区濒临大海，天气更加炎热。如果仅从维和的角度讲，这里的条件算得上优越，拉马是阿克苏姆机场与厄特首都阿斯马拉之间的交通要道，地理位置比较重要，战

镜头中的联合国观察员。

争开始时，拉马镇的一些房屋被炸，电路中断，但这一带现在和平了；当地居民淳朴友好，埃军方配合观察团的工作，工作起来比较顺利。

观察团住地兼办公室租用的是当地部队的一家招待所，一名45岁名叫塔德莱的埃塞军官和我们攀谈起来。他说："我是当地人，两国人民本来就是兄弟，爆发冲突是政府的事情，现在两国正在谈判和平，加上非统组织的斡旋，联合国的维和，我认为实现和平不成问题。以前两国人民是兄弟，实现和平后仍然是兄弟。"

当太阳将最后一缕光芒收回到山脉后面之时，我们与拉马的六位观察员握手告别。汽车在盘山路上颠簸行进，暮色更加浓重，我的心情犹如滚滚的车轮无法平静：为了埃厄边境的和平，为了两国人民的幸福，这些不同国籍的军人来到这遥远的穷乡僻壤执行特殊使命，这种献身精神实属可敬可佩，他们是自己祖国人民值得骄傲的优秀儿子！

继2000年11月28日第一条陆地通道开设以后，埃厄和平不断取得喜人的进展。在我赴前线采访的两天前，双方交换了战争难民，1000名埃塞难民和500名厄特难民分别回到自己的国家。在我结束采访后，12月12日，两国在阿尔及利亚签署了和平协议，相互真诚地向对方伸出了橄榄枝；第一条空中通道迅速开通，飞机从埃塞的阿克苏姆可直达厄特首都阿斯马拉；紧接着，双方交换了战俘，近千名战俘各自回国。

埃厄两国实现和平具有坚实的政治和民族基础，两国政府均表示愿意和平解决争端，两国边境地区同属提格雷族，同一民族的人民相处和睦、关系融洽。不过，实现埃厄的永久和平尚需进一步努力。首先是埃塞军队撤回到战争爆发前的边境线；接着两国部队各自后撤，开设25公里宽的隔离区，以便联合国部署所有的4200名维和部队；最后是勘界。根据联合国安理会2000年9月15日通过的第1320号决议，由71个国家派遣的3433名维和士兵如期到位，但埃厄两国对重新划定国界线的原则尚存争议。

领土争端是埃厄冲突的直接导火索。在1000公里长的边境线上，双方对好几处存在严重争议，均称同一地带为自己的领土而互不让步，以致发展到1998年6月5日的大规模武装冲突。分析家认为，由贸易摩擦引起的经济分歧是导致这场战火的根本原因。1993年厄特独立后，埃厄两国关系良好，贸易互惠互利，均以"比尔"为货币。接着，双方在比尔兑换美元问题上出现分歧，埃塞指责对方为了多吸收美元而有意降低汇率，从而损害了自己的利益；厄特于1997年底发行了自己的新货币“纳克法”后，埃塞宣布两国贸易以美元结算。由于两国商人缺少美元，导致贸易骤减，引起关系恶化，爆发边境冲突。

兄弟俩兵戎相见不但没有也不可能解决问题，反而使两国经济发展和两国人民的生命财产遭受了重大损失，蒙受了重大牺牲。战争直接给双方造成人员重大伤亡，许多平民百姓付出了昂贵的生命代价。两国本来就贫穷，战争对双方经济又产生极为不利的影响，仅恢复战争创伤就需花费巨资。战争期间，两国的旅游业同时遭到重创，严重影响了双方的外汇收入。

战争使人民成为直接的受害者。跨边境城镇扎拉姆贝萨被夷为废墟，我们在一堆废墟前拍照时，一名小姑娘示意我们进屋观看。走进一瞧，无屋顶的屋内，一名生病的老妇人躺在床上，苍蝇在她身上飞舞。由于小姑娘不会说英语无法与我们沟通，只是用求助的目光瞧着我们，我和林克先生每人给了她30比尔。

在阿迪格拉特采访时，一名27岁的商店老板说，战前自己常去厄特进口啤酒，对方的商人也来这边购买服装，战争爆发后一切都中断了。“我非常痛恨这场战争，它夺取了我在扎拉姆贝萨的三个朋友的生命。”

战争爆发后，埃厄两国互相驱逐在自己国家工作的对方员工，埃塞阿杜瓦一家纺织厂因驱逐厄特工人而影响了正常生产。与此同时，战争却在不断制造难民。在阿杜瓦至拉马的公路旁，出现了一大片难民棚。据联合国难民署的官员透露，在两国西部边境，大批厄特难民正在涌入埃塞，难民署已派官员前去了解情况，正考虑在那里建立新的难民营。

马萨瓦和阿萨布是厄特的两个重要港口，也是距离埃塞最近的两个出海港。两国爆发边界冲突后，这两个港口的货物吞吐量和收入大为减少。阿斯马拉机场是厄特最大的航空港，原占据其空中客运市场主导地位的埃塞航空公司，因爆发战争中断了进出该机场的所有航班。

战争是和平的敌人。埃厄边境冲突不但没有解决边境争端和贸易摩擦问题，反而给两国人民带来了灾难，影响了两国的经济发展。回过头来，问题最终仍然需要以和平方式解决，可喜的是两国已经共同认识到这一点，认识到和平的可贵。

从前线采访归来，我一直在思考这样一个问题：幸福生活的含义是丰富广泛的，然而和平无疑是其第一要义。祝和平万岁！

第五节 兄弟何必动干戈

2005年底，“非洲之角”的两个兄弟邻邦——埃塞俄比亚和厄立特里亚因边境问题再起争端，两国纷纷向边境地区增兵，形成严峻的对峙状态，局势十分紧张。为确保联合国维和人员的安全，第一批90名维和人员已于12月15日从厄立特里亚撤离。爱好和平的人们不禁为埃厄两国一触即发的战事捏一把汗，真心劝告双方和平谈判，勿动干戈。

埃厄两国首先要回顾诉诸武力所造成的后果。这两个兄弟邻邦的争端缘于边境问题。埃厄本是一个国家，1993年5月，厄立特里亚在全民公决后宣布独立，但双方在边境划分问题上出现严重分歧，不幸成为战争的导火索。整整五年后，两国在尚存争议的巴梅德地区开战，战火连绵两年之久，造成七万多人丧生、数十万人流离失所的悲剧。2000年12月，在我前往埃厄战争前线采访，沿途目睹“纵有健妇把锄犁、禾生陇亩无东西”的现实，真有一种说不出来的悲伤之情。这两个兄弟邻国均属于穷国，本应利用有限的物力、财力发展经济改善人民生活，未料战争却使民众雪上加霜，岂不悲乎？回想那次战争所造成的惨重教训，双方在行将动兵之际，似乎应该多一分理智，少一分冲动。

其次，双方要展望和平解决争端所能够带来的益处。“兵犹火也，不戢则自焚。”正是逐渐明白了战争能使交火双方自相残杀、两败俱伤这一道理。近年来非洲大陆的几个冲突热点均在不断降温，从刚果（金）、苏丹到索马里，冲突各方正在把炸药做成面包、把枪炮化成篱笆，和平解决争端、和谈化解仇恨已成为智者的首选，得到国际社会的普遍称赞。再以埃厄两国为例，1998年的那场边境冲突之所以能够偃旗息鼓，不是武力攻打的结果，而是和平谈判的功劳，是双方在签署全面和平协议后才得以实现的。实践一再表明，战争只能播种仇恨、制造新的矛盾，不利于问题得以永久性解决。

再次，彼此要考虑与联合国开展良性合作的必要性。在当今世界上，联合国在维护全球和平、消除地区争端等一系列问题上发挥着越来越重要的作用，得到广大成员国的普遍支持和信任。绕过联合国、超越联合国而自行其是，普遍被视为非法和非道义之举，必将受到国际社会的一致谴责。强大如今日之美国，未经联合国授权而发动伊拉克战争，不断受到强烈谴责世人皆知。

联合国的权威应该得到尊重，联合国的成员国应该遵守联合国的决议。需要指出的，埃厄边境地区近年来之所以能够做到炮枪声未闻，与联合国在那里设立了隔离带，向两国派驻维和人员密切相关。当然，埃厄边境问题的永久性解决同样离不开联合国的协调和参与。厄方对联合国存有成见，对维和直升机在隔离带地区发出“禁飞令”，向部分维和人员发出“逐客令”；埃厄双方军队又不断向边境地区集结。对此，联合国安理会已通过第1640号决议，要求双方撤退军队，要求厄方立即无条件取消“禁飞令”；安理会还发表主席声明，谴责厄立特里亚对联合国维和部队采取各种限制措施，再次呼吁埃塞俄比亚接受独立划界委员会就埃厄边界走向所做出的裁决，以便最终解决两国的边界纷争。

“兵恶不戢，武贵止戈。”在边界地区局势剑拔弩张之际，埃厄双方更应头脑清醒，听从联合国的劝阻，化干戈为玉帛，用和平方式解决边界争端。

向难民发放粮食。

第十四章　恢复稳定

1998 年 9 月，“国中之国”莱索托发生战乱。战乱的起因是该国举行的大选，大选引起静坐，静坐导致兵变，兵变点燃战火，战火殃及华人。在南非、博茨瓦纳等国的军事干预下，莱索托战乱得到平息。

记者是在战乱发生的第四天进入莱索托采访的。当时的首都街头一片混乱，绝大多数华侨华人已经逃离。在避难所里对华侨华人的采访，让人直接感受到中国人在海外奋斗的艰辛与艰险。

卢旺达种族大屠杀震惊世界，参观大屠杀纪念馆触目惊心，纪念大屠杀十周年是为了追忆过去、铭记历史、让历史悲剧绝不重演、永远再不发生。发动、组织、参与大屠杀的罪犯已经或即将受到法律的制裁，但是善良的人们仍然认为：这场悲剧如果没有发生该有多好！是的，包括卢旺达大屠杀这样的历史大惨剧本来是可以避免的，它的发生让全世界感到万分追悔，当年领导联合国驻卢旺达援助团的加拿大将军达莱尔更是愧疚交加。十年过去了，他在纪念种族灭绝国际研讨会上的发言，让人惊醒、发人深省。

科摩罗是一个政变频发的岛国。近年来，该国认识到稳定的重要性，终止政变，走向稳定，谋求发展，让世人刮目相看。

第一节　“国中之国”起战乱

1998 年 9 月 22 日，南非军队进入“国中之国”莱索托，阵阵枪声划破了黎明前的寂静，首都马塞卢顿时陷入战乱之中。三天的激战造成双方 66 名士兵死亡，其中南非军人 8 名。战火与战乱还把莱索托的首都马塞卢变得面目全非。

马塞卢变成火海

上午 5 时，600 名南非军队分陆空两路进入莱索托首都马塞卢，在 7 架武装直升机的掩护下，与莱国防军和支持反对党的示威者武装在王宫前、莱国防军总部、军事基地和首都郊区的军营发生激烈战斗，以结束莱索托长达一个半月的反政府示威抗议活动。

南非军队飞抵莱索托机场和首都北郊的军事基地后，直捣王宫，受到莱国防军的有力抵抗，两国军队随即发生火并，整个首都战火和大火四起，硝烟和浓烟交织。当战火燃到王宫时，在王宫前静坐的示威者急速逃入宫内避难，南非军队进入宫内，莱齐耶三世国王感到尊严受到极大侮辱，勃然大怒，为安全起见逃离王宫。一些愤怒的示威者从王宫中逃出，抢劫并点燃了政府大楼、街头商店和政府要员的住宅。街头掀起反南非狂潮，南非人开设的商店首当其冲，在劫难逃。

莱索托国防军由 2000 多名士兵组成，分九个连队，共有 18 辆装甲车、两门大炮和两架飞机。南非军队未料竟受到有力抵抗，于是 200 名博茨瓦纳军队也于同日下午 7 时抵达。两国军队汇合后，加大了武力攻势，马塞卢更是枪声不断，火光冲天，不法分子趁乱打劫，烧杀抢掠无恶为作。

经过两天多的激烈战斗，南非和博茨瓦纳军队基本上控制了满目疮痍的莱索托局势，联军和莱索托警察开始制止首都的混乱局面和烧抢行为，大街上不时响起枪声。警方宣布 23 日晚 6 时至次日 6 时对首都实行宵禁。不过，战斗仍在马塞卢以外的一个军营进行，并继而扩散到莱索托农村地区。

25 日，莫西西里首相宣布平叛结束，政府已行使职权，在枪口下被迫辞职的国防军总司令也官复原位。

外国人匆忙逃离

战乱中，马塞卢发生了一个奇特的现象：城外的莱索托人涌向城内，为的是浑水摸鱼，趁兵荒马乱之际抢劫财物；城内的外国人仓忙奔向城外，为的是在战火中逃命。短短几天，4000 多名难民，其中包括 700 名华侨华人从莱索托逃往南非的几个边境城市。这些瞬间被战争沦为难民的人还包括印度人、英国人、德国人、南部非洲国家的黑人和莱索托人。

商店被打砸抢了，住房被火烧了，除身上穿的单衣外，绝大多数逃命者一无所有，这才叫做真正的一贫如洗、两手空空。一位德国商人说："我再也不会来这里了。"

战火爆发前，1000多名华侨华人在马塞卢经营50多家工厂和商店。在战火爆发前的动乱中，已有个别华人厂家遭到袭击，被迫停工。战火中，华侨华人更是难逃其外，大多数工厂和商店被洗劫一空，商店和住家被付之一炬。在中国驻莱索托大使馆全力协助下，他们当中的近700人只身逃往南非边境城市莱迪布兰德，有的寄住在朋友家中，有的住在当地教堂或是学校，不少人则露宿野外。

莱索托曾于1991年5月和1998年初发生过两次排华事件。与上两次不同的是，这次是针对所有外侨，而不是只针对华侨。

南非为出兵辩护

9月20日晚，莱索托反对党的支持者强迫国家广播电台的工作人员回家，封闭了电台大门，致使播音中断。他们还冲入首相及其他国家领导人的官府，要这些领导人离开首都。

21日上午，首都马塞卢的示威者关闭了国家议会和各政府机关大门，扣押了政府车辆，并武力迫使一些工厂的工人离开厂区，学生和老师离开学校，首都不时响起枪声。愤怒的示威者还指责反对党不尽快接管政府。

莱索托首都马塞卢的局势极度恶化，政府和反对党皆承认他们的国家已陷入无政府状态，但政府否认已发生军事政变。莫西西里首相表示，他的政府仍控制着国家，然而"不能全面执行政令"，已失去对军队和一些政府机构的控制能力。外交部长塔巴尼承认，他的国家危机四伏，一场军事政变有可能随时发生。

莫西西里还表示，政府有权请求南部非洲发展共同体"采取措施恢复秩序"。与此同时，南非安全部长穆法马迪指出："南部非洲发展共同体对军事政变的立场是众所周知的——不能容忍此类事件发生。"

这是新南非成立以来南非军队首次出兵国外，南非政府发表声明指出：

“军事干涉的目的是为了帮助莱索托合法政府快速恢复国内稳定，一旦达到此目的将会尽快撤军。”副总统姆贝基办公室发言人说，出兵是为了给“政治解决莱危机创造有利环境”。

南非政府还表示，莱索托政府书面请求南部非洲发展共同体出兵干预莱国内的混乱局势，军事干涉符合该共同体有关地区安全的协议。

正在国外进行访问的南非总统曼德拉和南非国民议会对这一军事行动表示支持。曼德拉说，大家都清楚，莱索托当时的局势不出兵是无法控制的。津巴布韦、莫桑比克以及莱索托合法政府也表示全力支持南非和博茨瓦纳出兵莱索托。1994 年莱索托发生政治危机时，南非、津巴布韦和博茨瓦纳三国曾帮助其处理危机，并许诺保证其走上民主发展道路。

军队干涉引起莱索托反对党的强烈谴责和南非国内反对党、宗教团体和群众组织的极力反对。莱索托反对党发言人莫里森女士谴责南非入侵，“屠杀争取民主权利的莱索托无辜平民”。南非反对党领导人呼吁南非尽快撤军，认为出兵有悖于南非政府倡导的通过外交途径解决争端的一贯立场，有损于南非在国际上的形象。

战火由大选引起

反对党认为执政的莱索托民主大会党在大选中存在舞弊和欺骗行为是引起政局动荡和外国军队武装干涉的直接和主要原因。1998 年 5 月 23 日，莱索托举行独立以来的第三次大选。此前，由于运送选票的车辆被劫，造成选票丢失，反对党曾以此为由向最高法院起诉，要求推迟大选，其要求被法院予以推翻。这就为大选顺利进行蒙上一层阴影。当执政党在众议院 80 个席位中赢得 79 个席位的消息传出后，三个主要反对党——巴索托国民党、巴苏陀兰大会党和马里马特卢自由党表示，大选是不公正、不自由的，他们拒绝接受这一大选结果。数千名反对党的支持者走上首都街头，抗议大选充满欺诈与骗局。

以莫西西里为首相的新政府成立后，紧张局势得到暂时平息。由于未能解决根本问题，这就为此后的局势再度恶化埋下了隐患。8 月 4 日，五个反对党的数千名支持者又在王宫前开始昼夜静坐抗议，并向国王莱齐耶三世递交一份抗议书，认为执政党在当年 5 月的大选中舞弊，要求国王宣布大选结果无效，重新举行大选。抗议活动很快发展成为支持执政党与反对党的两派群众之间的武斗，造成人员伤亡。14 日，为平息马塞卢发生的骚乱，由南非、津巴布韦和博茨瓦纳三国组成的专家委员会赴莱，开始对大选结果进行调查审计。

就在三国委员会对大选结果进行调查审计期间，反对党的支持者在王宫前的抗议活动昼夜持续不停，以等待他们期待中的调查结果。其间曾发生数次骚乱，甚至导致军队与警察之间发生武装冲突，造成数人死亡。

推迟公布调查结果加速莱局势急剧恶化。9 月 9 日，三国委员会完成了其调查报告。先说在即将举行的南部非洲发展共同体首脑会议上公布，后又因故推迟，反对党对此颇有微词，认为莱索托是主权国家，别国干涉了其内政。与此同时，其支持者的抗议活动也不断升温，从王宫外面进入王宫内部静坐。11 日，由于一位同情示威者的上校拒绝执行将示威者从王宫院内清除出去的命令，遂被上级开除，"下级官兵对此十分不满，于是决定拘留 28 名高级军官，胁迫国防军司令辞职"。

兵变事件发生后，马塞卢的局势急剧恶化，陷入无政府状态。16 日上午，示威者设置路障，致使包括首相在内的政府高官、银行和电信公司等广大职员无法上班，政府及其职能部门的工作陷入一片瘫痪。由于军队中存在支持反对党的倾向，警察对这种混乱局面只能漠然处之。

对调查结果各执一词导致政局极度动荡不安。17 日公布了调查报告，报

马塞卢大街上被战火烧毁的大型连锁店。

告认为，“大选中存在的明显违规行为令人关注”，但不能就此认定“大选结果未能反映民意”。对于这样一个调查结果，莱索托副首相马霍佩当即表示，调查结果没有发现反对党所指责的舞弊行为，执政的莱索托大会党将不会撤职，也没有重新举行大选的必要。他还呼吁反对党接受这一调查结果。当晚，反对党的数千名支持者在首都马塞卢庆祝调查结果发现了“大选中存在的问题”；反对党则要求现政府下台，组成新的民族团结政府，准备举行新的大选。

面对这种情况，南部非洲发展共同体代表、南非安全部长穆法马迪当即表示，20日召开各党派联合会议，研究解决办法。由于执政党和反对党先后以其代表的人身安全为由拒绝出席由穆法马迪主持的调解联合会议，致使莱大选危机的政治解决陷入僵局，引发新一轮危机。穆法马迪21日表示，南非等国将派维和部队，帮助莱索托恢复秩序。

第二节　华侨逃离莱索托

莱索托战火熄灭的第四天，我只身驱车赴莱索托采访，并探访了华人避难所。

由于非洲国家的大小和贫富存在一定差距，其首都的规模大小也有差异。有人把非洲国家的首都按照规模大小分为三类：第一类是国际大都市，如埃及首都开罗、尼日利亚经济首都拉格斯、南非立法首都开普敦等；第二类像中国的省城，如肯尼亚首都内罗毕、津巴布韦首都哈拉雷、坦桑尼亚首都达累斯萨拉姆等；第三类像中国的县城，如斯威士兰首都姆巴巴内、布隆迪首都布琼布拉、卢旺达首都基加利等。当然，莱索托首都马塞卢也属于第三类。这样将非洲国家的首都分类别无他意，仅仅是为了人们更好地认识非洲、认识非洲的首都。

今日马塞卢

1998年9月29日上午7时，南非与莱索托边境马塞卢关卡。在南非的入境口，一长排莱索托青年男女等待着办理入境手续，他们大都是来南非打工的；在其出境口，一排小车在通过边检后徐徐驶入莱索托境内，他们多是去莱索托做生意的。在中国驻莱索托大使馆一等秘书韩春洲的帮助下，作为中国第一个在南非出兵莱索托后来到这里的记者，我随着车流越过马塞卢桥。

马塞卢桥位于卡勒登河之上，卡勒登河是南非与莱索托的天然国境线。据莱索托人讲，历史上由于敌不过英国人的先进武器，他们巴苏陀人只好退缩到卡勒登河之内，此后变成了南非的“国中之国”——莱索托，国土面积仅30344平方千米。进入莱索托国境，数名南非军人持枪站立着，松散的姿态和轻慢的神色告诉客人，马塞卢的局势已经平稳。

马塞卢城区距离边境仅三四千米，国王大街是其主要街道。街口两旁，左边是烧抢一空的意大利比萨饼店，火烧烟燎之后徒有四壁而立，唯其店招牌依稀可辨；右边是一座圆形建筑，一根中心立柱孤零零顶天而立，其茅草顶已化为灰烬，昔日旅游服务中心的形象荡然无存。草帽、毛毯和拐杖是巴苏陀族的三大传统象征，如今这一象征已面目全非，如同战乱后的首都马塞卢。

旅游服务中心旁边是一家意大利饭店，它曾是马塞卢生意最红火的外国餐馆，几天前还是宾客盈门，而今已被大火“打开大门”、“敞开屋顶”，它的德国主人也已逃离。在马塞卢，惨遭像这家餐馆同样命运的商业楼和店铺数以百计，几乎全是外国人开设的大型超级市场、家具店、食品店和饭店，华人商店也未能幸免。

中国人在马塞卢开设了100多家商店，大多数遭到破坏。台湾商人陈朝华经营的大型百货批发店是受害者之一。店内的商品被洗劫一空，店房又被付之一炬，连房顶也坍塌下来，损失高达1200万元人民币。香港的洪先生是“中国皇宫大酒楼”的主人，饭店设在一层，家人住在二层，不但店内的东西被抢劫，连楼房都被烧毁了，留下的仅是一个被火烧得变形的冰柜，损失近百万元人民币。内地商人多是经营中小型百货商店的，其中大多数门窗被砸，商品被抢，店房被烧，损失在数十万元至百万元人民币之间。

这些被烧抢过的商业设施夹杂在街道两旁的建筑物中，特别是商业街一连数家商店被烧抢后的惨状，加上大街上到处脏乱差的环境和不时通过的南非军队的装甲车，使人想起这里曾战火与大火四起、硝烟与浓烟交织、抢劫与偷盗并发。战乱改变了马塞卢。

上午8时左右，国王大街已是车水马龙，恢复了一周前的正常秩序。政府机关已照常工作，没有遭到破坏的商店已开始营业，几家银行门前已排成长达三四百米的长队。侨汇占莱索托国民收入的相当大一部分，约十万名莱索托人在南非的矿井工作，用工资养活家人。战乱后一连好几天银行停止营业，这些靠汇款生活者已不能再等了。

沿国王大街就可来到王宫。王宫门前停放着两辆装甲车，持枪的南非士兵在其旁来回走动着，周围的地面上垃圾成片。战乱发生前，近千名示威者在王宫前昼夜静坐长达一个半月，抗议执政党在 5 月的大选中舞弊，导致局势恶化，南非和博茨瓦纳遂出兵干涉。据专家评估，战乱给马塞卢造成的财产损失超过十亿元人民币，其重建至少需要三四年时间。

逃离莱索托

9 月 22 日是战乱发生之日，两千多名中国侨民就陆续开始逃离莱索托，以躲避这场空前浩劫。

战乱发生前，估计到莱索托局势将发生重大变化，中国大使馆就告知侨团组织——莱索托中华工商联合会，必要时通知侨民撤离。22 日凌晨南非军队进入马塞卢后，大使馆和工商联合会很快就通知侨民，工厂不要开工，商店不要开门。不过，仍有不少人未能及时得知情况，照常开门营业。

上午 9 时许，随着两军交火，暴民开始抢劫商店。南非人开设的大型超级商场首当其冲，紧接着，所有外国商店皆成为袭击对象。当几个暴徒进入洪先生的“中国皇宫大酒楼”开始抢劫时，保安人员还开枪制止，后来众多暴民一哄而上，饭店主人和工作人员只好匆忙逃离。不少中国商店都遭到同样命运，甚至在暴民冲入商店时，为了自己安全撤离，急中生智，将现金抛向空中，趁暴民抢钱时冲出来。

大多数中国人是中午开始逃离马塞卢的。对这些海外游子而言，他们的家庭在这里、事业在这里、数年奋斗的心血在这里，一时要离开，确实有些难舍难分。面对暴徒当道，无奈中只有走为上策。然而，当他们下定决心、舍弃家业逃命时，暴徒已在通向关卡的大小三条道路上设置了障碍，准备拦路抢劫了。上午离开马塞卢的人抄小道还比较顺利，下午已是条条道路皆豺狼。上海的曹先生这样叙述当时的情况：他从小道驱车逃离时，看到前面设置了路障，车刚一慢下来，只见两个匪徒手拿石头从丛林中钻了出来，威逼他停车。他急忙将方向打偏，加大油门从路旁越障而过，一个气急败坏的家伙举起石头猛然朝他砸将过来，把车后盖砸了一个坑，他才逃过一劫。

费尽一番周折逃离马塞卢的上海吴氏夫妇讲述了他们的遭遇。他们早晨被枪声惊醒，看到大街上排满了装甲车，两国军队正在交火，暴民们则冲进商店，不由分说地抢劫货物，将食品、服装、电器、药材和鞋帽一抢而空，然后点燃店铺，扛着“战利品”逃之夭夭。眼看战乱就要威胁到生命安全，他们与同楼住的二十几个人联系中国驻莱索托大使馆寻求援助，并于当天下午1时分乘五辆车沿小路逃到南非。

吴先生说，街上几乎所有的商店被洗劫一空，他的商店里价值40万兰特的货物也难以幸免，几年的奋斗毁于一旦，现在的确是倾家荡产了。他们说，战乱后的马塞卢成为一片废墟，中国人财物损失非常严重，一时很难恢复元气。不幸中的万幸是，侨胞们没有伤亡，保住了性命。

福建的何先生是这次逃离中唯一受伤的华人。他的商店位于市郊，两军火并、暴民横行之时，商店照常营业。得知情况不好，他才匆忙关门离开，驱车到机场躲难。后来又放心不下商店，回去察看风声。幸亏一名黑人朋友告诉他暴民正在哄抢商店，回去有生命危险，他才没有再朝回走。当决定要逃离莱索托时，夜色已经降临。尽管马塞卢离边境不及五公里远，但半路上已是障碍重重了。被迫停车后，石头便穿过前窗玻璃打到他头上，他当时就昏了过去，接着脸上又是一枪托。汽车被砸了，东西被抢了。后来是同胞们把他救了出来。

这次战乱中撤侨最惊险的一幕发生在马塞卢市区的国际会议中心。23日上午，19名援建会议中心的中国人员已在地下室被困了整整一天，外面是两军交火、暴民横行，中国大使馆人员身穿防弹服驱车抢救他们来了。由于会议中心外面正在修路，交通不便，中国大使馆的车辆稍慢一点，暴徒就要砸车抢劫。在转弯处，车遭到暴徒的石头袭击。后来，他们是在博茨瓦纳军队的保护下，才抢救同胞脱险的。

在南非的临时避难所，同胞们谈起这些逃离经过来仍心有余悸。和马塞卢的逃离相比，居住在莱索托其他城市的华侨撤离是安全顺利的。马费腾是莱索托第二大城市，位于马塞卢以南50公里，开设有30多家中国商店。22日首都发生暴乱时，马费腾的形势还比较稳定，100多名侨胞于当晚集体驱车离开莱索托，不过，他们的商店却未能逃过后来波及全国的暴乱，所有商店被烧抢一空。

有备无患的同胞还是有幸躲避过了这场灾难。鉴于莱索托曾发生过排华事件，这次暴乱发生前，在马塞卢以北几个小城市经商的四五十名福建同胞就到南非的边境城市租了房子，将商店的货物运过去以防万一，这次做到了人与货物安全脱险。

探访避难所

莱迪布兰德是南非的边境城市，距离莱索托首都马塞卢 18 公里。莱索托战乱发生后，在马塞卢的中国人逃难来到这里，该城的一个教堂成为中国人的临时避难所。

大批逃难者突如其来，南非始料未及。中国人来到莱迪布兰德后的第一天，先是与印度等国的逃难者一起，居住在临时搭起的难民营，吃住条件可想而知。为了改善中国逃难者的生活状况，中华工商联合会负责人曹天权先生和谢巧玲女士与当地一家教堂联系，第二天就让中国人搬进入住。教堂有厨房，可是没有粮食和蔬菜；有宽敞的大厅，然而缺少床单和被褥。就在这时，居住在该市的中国同胞伸出了热情援助之手，给同胞送来了大米、面包和被子，还把认识的同胞接到自己家中吃住。这样近千名侨民分别得到安排。

得知侨胞们逃离战火来到南非，中国驻南非大使馆及时向他们送去温暖和关怀。24 日凌晨 2 时，中国驻南非大使馆梁梳根参赞等人雪中送炭，给大家带来了一车食品和 150 条毛毯，解了燃眉之急。26 日，王学贤大使专程去慰问大家，送去大使馆组织的第二批救援食品和 3 万兰特捐款，妥善解决了中国侨民的吃住问题。与此同时，大使馆安排三名工作人员留下来，随时解决大家可能出现的新问题。

战火刚爆发时，中国驻南非大使馆就通过外交途径，要求出兵莱索托的南非和博茨瓦纳军队保证华侨华人的生命财产安全。当得知华侨华人随同其他国的难民逃生到南非后，中国大使馆又通过外交途径要求南非政府给撤入南非避难的华侨华人提供方便。

逃难者之中有在逃离途中受伤的何先生，也有身怀六甲的妇女和年龄尚小的儿童。为了关照他们，中国驻莱索托大使馆派来了两位医生，他们是中国援莱索托医疗队的成员。

当我来到这个教堂避难所时，侨民们的情绪已经基本稳定，生活也安排得井井有条。墙上有做饭和打扫卫生的分组值日表，晚上大家虽席地而卧，然被

南非一所教堂成为莱索托华侨华人的临时避难所。

子排放得整整齐齐。教堂的厨房门前还堆放着新采购来的苹果。大使馆的同志告诉我，国庆节和中秋节就要到了，他们正在计划给大家改善一下伙食。

“独在异乡为异客，每逢佳节倍思亲。”思念祖国和亲人是海外游子的共同心愿，然而此时，这些落难他国的同胞百感交集，却不甘心回国。当记者把镜头对准地铺时，他们请求不要把这些特殊的照片发表出来让祖国人民观看。几天前，这些在异国他乡数年如一日苦苦奋斗的海外游子当中，大多拥有数十万元家产，也不乏百万富翁；而今，一场飞来横祸却使他们多年的心血毁于一旦，倾家荡产，一夜之间加入到逃难者的行列。如此大的强烈反差怎能不令人感慨万千！

马费腾的100多名华侨逃难来到南非边境城市韦佩内尔，当时正值学校放假一周，经过联系住在一所中学的学生宿舍里。宿舍里有现成的被褥，住宿条件相对好得多。他们是在动乱前安全撤离的，撤离后商店却被烧抢一空，一家新开张的百货店也未能幸免。商业中心的数十家外国店铺更是遭受袭击的重点。上海的许先生领我观看他的超级市场：锁被撬开，门敞开着，窗子被砸，所有的货物被抢，货架东倒西歪，放手表的玻璃柜台成为碎片，四周墙面被烟火烧成一道道黑色，地面被灰烬、玻璃碎片、衣服架覆盖着，一片狼藉。他双手一摊，“他们竟然连一片纸都不给我剩下”。

避难所毕竟不是久留之地，他们目前面临两大问题：一是怎样渡过生活难关，二是如何尽快重建家园。随着莱索托局势日趋平稳，他们已开始陆续返回。相信有勤劳的双手，有同胞们的援助，他们定能面对现实，振作精神，勇敢地走向新生活，再开拓出一片新天地。

莱索托国内的形势很快好转，不少华人返回后重新开始创业。自那次动乱后，莱索托的形势一直比较稳定，我也一直牵挂着那里的华侨华人，从各方面的消息得知，他们经过再次创业，淡忘了昔日的灾难，恢复了当年的风采。

第三节 种族屠杀惊世界

大屠杀十周年祭

2004年4月7日，当代世界史上一个非同寻常的日子——卢旺达大屠杀十周年。非洲中部内陆“千丘之国”卢旺达在首都基加利隆重集会，纪念这一特殊日子。

卢旺达国家体育场内，“永远再不发生”的横幅标语格外醒目，6.5万名各界来宾心情沉重，卢旺达国旗下半旗，悼念无辜亡灵的歌声低回，许多民众泪流满面低泣。中午12时，纪念大会开始，人们起立向十年前在大屠杀中遇难的无辜者默哀三分钟。

非洲大陆的20多位国家元首和政府首脑，以及非盟委员会主席科纳雷与会，联合国秘书长安南和非盟主席希萨诺派特使出席。

两名大屠杀的幸存者讲述了自己当年虎口余生的经历，将人们带回到那个不堪回首的时日。他们谴责国际社会未能尽到自己的责任，制止大屠杀的发生与蔓延。

在发言时，比利时首相伏思达对自己的国家当年未能防止和制止大屠杀表示“道歉”。他批评新闻媒体在当年的那场浩劫中未能发挥积极作用。

在各自的演讲中，肯尼亚总统齐贝基、南非总统姆贝基和乌干达总统穆塞韦尼先后对大屠杀的发生和未能得到及时制止提出一连串的质疑，对自己的国家未能帮助卢旺达制止大屠杀表示道歉，异口同声地谴责标榜保护世界人权的西方大国对大屠杀袖手旁观，并对卢旺达在民族和解与国家重建中取得的成就表示欣慰，共同表示要加强非洲国家的团结，防止此类事件在非洲大陆和全世界重演。姆贝基强调，西方大国在科索沃大打出手，而对卢旺达的大屠杀无动于衷，仅仅一个“对不起”令人难以接受和理解。穆塞韦尼表示，殖民者到来之前，“我们非洲大陆从未发生过大屠杀，大家清楚地记得，卢旺达和布隆迪过去未曾发生过此类事件。西方大国应对非洲发生的悲剧负责”。

大屠杀把教堂变成战场。

卢旺达总统卡加梅作了主旨演讲。他向大屠杀的无辜死难者表示哀悼，对幸存者当年冒着生命危险保护家人、邻居和朋友的勇敢行为表示感谢，对参加制止大屠杀的解放军表示致敬。

在谈到大屠杀发生的原因时，卡加梅表示，大屠杀爆发的主要原因在国内，但西方大国和国际社会难辞其咎，控制世界体系的美国、法国和比利时等国和联合国袖手旁观，做了它们不应该做的事情。“我们接受他们的道歉”，“我们希望和祈祷能够改革这种世界体系”，“我们寻求解决非洲问题的非洲答案”。

卡加梅指出，大屠杀对卢旺达社会造成的极度痛苦在短时期内难以消失，“我们敢于面对历史，是为了从过去吸取教训，更好地保护好自己的人民，进一步促进民族和解，更快地建设好自己的国家，使历史悲剧永远再不发生，使我们的子子孙孙能够和平、幸福地生活”。

大屠杀现场惨不忍睹

首都基加利的大屠杀纪念中心刚刚落成。此前，卢旺达在全国设立了七个大屠杀纪念馆。2001 年 2 月，我采访了分别位于首都东南 60 千米的埃皮马凯和 40 千米的尼塔拉马两个纪念馆。

无辜亡灵在哭诉。

埃皮马凯纪念馆原是一个教堂，位于尼亚马塔镇，两边是学校和医院。当我刚走到纪念馆门口时，讲解员就指着铁门上的缺口说，那是被步枪打开的，当时3000名图西族人为躲避胡图族极端分子的追杀，一起涌入这个教堂并把自己反锁在里面，未料锁门的铁链被枪打开，匪徒们破门而入，将里面的3000名群众全部杀害。

走进教堂，顿感一股阴森之气，不禁使人颇觉恐怖。迎面的讲坛上覆盖着一块血迹斑斑的白布，周围的墙壁上血迹点点；环视四壁，处处留有明显的枪眼；抬头望去，密集的枪眼穿过铁皮屋顶，好似夜空的星星。讲解员说，这个教堂当时挤满了大人小孩，他们逃到这里祈求上帝能够保佑自己，从而躲过那场灭顶之灾，未料3000人无一幸存。站立在这个大屠杀现场，想必当年疯狂奢杀的血腥场面定是惨不忍睹，至今回想起来仍令人恐怖不已，难怪卢旺达因大屠杀而导致的心理病患者近年来不断增加。为纪念这些无辜亡灵，纪念馆特意新建了地下室，玻璃框内整齐地堆放着一排排人头颅和人身各部位的骨头。

在讲解员的带领下，我来到教堂后面，这里修建的三个巨大的地下室里，堆满了这一地区两万名大屠杀遇难者的尸骨。打开盖在入口处和通风口的塑料布，一股新开启的千年古墓的气味扑鼻而入。在敞开入口十多分钟后，我进入地下室观看，里面分隔成一个个方格，放满了累累白骨。据介绍，大屠杀期间，这一带竟有两万人被残酷杀害，不少人是先被赶到山里后又被杀害的，杀人犯用枪支、砍刀、长矛甚至棍棒见人就打，将其活活致死。1994 年，这一带的人口是 12.5 万人，1997 年仅剩下 6 万人了。

穿过连接成片的香蕉林，我来到尼塔拉马教堂纪念馆。这里的两个小教堂比较简陋，四周皆用红砖砌成。1994 年大屠杀期间，附近的群众为躲避杀身之祸来到这里祈祷，从现场看，他们是正在祈祷时被活活杀害的。一排排低矮的水泥长凳周围是一件件血迹模糊的衣服，入口处不时可看到横七竖八的尸骨，苍蝇在不停地飞舞。当时，里面的群众也是把教堂的所有门窗都封死了，可还是被杀红了眼的极端主义分子打开了门窗，现在的墙壁上还留有挖窗子的大洞。教堂的外面是用芦苇秆围成的十分简易的建筑物，里面的大桌子上整齐地排放着尸骨，个别头骨上还带有箭头。

在首都刚刚落成的大屠杀纪念中心，30 岁的穆特娃拉巴讲解道，在大屠杀期间，她失去了 20 位亲人。中心有一个儿童展览，纪念无数被屠杀的年幼者，其中张贴着圣诞和生日图片，节假日和学校里玩耍的图片，并配有相应的音乐和解说词。其中一个录音说："艾琳·穆托尼，两岁，她爱吃的东西是香蕉和大米饭，她爱玩的玩具是小狗，她说的第一个单词是爸爸，她是在开水锅里被烫溺死的……"参观大屠杀纪念中心，给人的心灵震撼是无比强烈的。

尸骨排队让人心寒。

大屠杀凶手被枪决

1998年4月24日当地时间上午10时，卢旺达政府在首都基加利和其他四个地方，对22名当年参与部族屠杀者进行公开枪决，成千上万的人赶赴现场观看处决过程。这是自1994年发生部族屠杀事件以来，卢旺达首次对屠杀参与者执行死刑，引起了国际社会的强烈关注。

这次枪决现场选择在当年屠杀事件严重的五个地方。在基加利的一个足球场，枪毙了四名当年参与屠杀的政府官员，数千人到现场目睹了全过程，不少人还爬到树上、房顶上观看。四名被处决者包括胡图族极端主义民主共和运动前主席卡拉米拉和前政府检察官芒亚吉沙利，前者当年曾在这个处决他的足球场发表演说，极力主张胡图族屠杀图西族，犯有协助谋划屠杀罪；后者以组织屠杀队伍的罪名被处死。一位目击者大声喊道："上帝是伟大的！"另有人认为，枪毙他们是公正的，但是还不能令人满意。"应该把他们的手指头一个一个地砍下来，然后慢慢地杀死他们。"

另一个处决现场位于首都以南30千米的尼亚马塔。五名身穿粉红色囚服的死刑犯被粗壮结实的大绳牢牢地捆绑在木桩上，六位头戴面具、身着蓝色制服的警察在距犯人20米远处开枪，A K—47式步枪发出的100多发子弹顷刻间把木桩打成碎片，围观者发出欢呼的声音。在医生确认犯人死后，警察还用手枪给他们每人的脑袋补上一两枪。死囚当中有一名叫瓦查，他当年在尼亚马塔的罗马天主教堂杀害了数千人。枪声响后，人们喊道："瓦查被打死了，打得好啊！"

谁能数清这些人头。

卢旺达对参与部族屠杀者的审判始于1996年12月，已对数人进行了审判，其中100多人被判处终身监禁，100多人被判处死刑，20人被无罪释放。

1998年9月，因对1994年卢旺达种族屠杀负有直接责任，42岁的卢前总理卡姆班达被国际刑事法庭判处终身监禁。

法庭驳回了卡姆班达要求宽恕的申请，明确表示种族屠杀是不能容忍的。塞内加尔籍的首席法官卡马指出："卡姆班达滥用权力，失信于民，甚至在给他机会之后，他仍没有对实施种族屠杀表示出一点内疚和悔悟感、对屠杀事件的广大受害者表示出一点同情心。"

位于坦桑尼亚阿鲁沙的国际刑事法庭说，对卡姆班达的审判是国际法庭对卢旺达大屠杀案的首例审判。该法庭是联合国为审判卢旺达大屠杀事件而设立的。

第四节　发人深省大悲剧

人间惨剧何以能发生

总统专机失事是大屠杀的直接导火索。1994 年 4 月 6 日晚，卢旺达总统哈比亚利马纳和布隆迪总统恩塔里亚米拉在赴坦桑尼亚首都出席关于地区和平的首脑会议后，同机返回卢首都基加利，未料飞机在机场降落时坠毁，两位总统和机上随行人员全部遇难。事发后，基加利的局势迅速恶化，次日，由胡图族组成的总统卫队绑架并杀害了图西族总理乌维兰吉伊马纳女士和三名部长，同时组建了临时政府；8 日，图西族反政府武装爱国阵线拒绝承认将其排除在外的临时政府，宣布向首都进军。至此，卢旺达内战再度爆发。伴随着两派武装在前线激烈的浴血厮杀，胡图族极端分子在全国范围内大肆残杀图西族和胡图族温和派，实行种族灭绝政策，短短百日之内，近百万无辜者被残酷杀害，200 多万难民逃亡国外，另有 200 多万人流离失所。

大屠杀是长期殖民统治种下的一个恶果。胡图族和图西族是卢旺达的两大部族，分别占全国总人口的 85% 和 14%。在欧洲人来到卢旺达之前，胡图、图西两个部族之间并没有什么矛盾。16 世纪时，图西族建立了封建王国，1840 年卢旺达沦为德国殖民地，第一次世界大战后改由比利时托管。殖民主义者在卢实行"以夷治夷"的政策，在两大部族之间轮番制造矛盾，从而埋下两者之间不和的种子。20 世纪 60 年代以前，图西族占据统治地位，拥有绝大部分土地；1959 年，南部的胡图族掌了权，对土地进行重新分配，许多图西族贵族逃亡邻国。1962 年卢旺达独立，独立前后就发生过多次部族仇杀，造成大批难民外逃，部族矛盾进一步加深。

冷战时期，美苏两个超级大国争霸全球，非洲的部族、民族和种族矛盾暂时隐藏下来。冷战结束后，部族矛盾凸显。1990 年 10 月，侨居乌干达的图西族难民组织卢旺达爱国阵线与胡图族政府军又爆发长达三年的内战，双方虽于 1993 年 8 月签署了阿鲁沙和平协定，终因积患太甚而未能得到真正实施，进而在 1994 年总统意外遇难时再度爆发全面内战。不难看出，大屠杀是冷战结束后，卢旺达部族矛盾激化的极端表现形式。

大屠杀悲剧本可避免

2004 年 4 月 6 日，在卢旺达举行的种族灭绝国际研讨会上，曾领导联合国驻卢旺达援助团的加拿大退役将军达莱尔指出，卢旺达大屠杀本可避免，只是因为近在咫尺的国际社会没有采取行动制止。

“冰冻三尺，非一日之寒。”卢旺达大屠杀在发生前曾有明显迹象。1994 年 1 月 11 日，大屠杀发生前三个月，达莱尔就对可能发生的大屠杀有了预感，曾向联合国维和行动总部发出电报，报告卢旺达胡图族武装正在囤积武器，准备对图西族大开杀戒。电报指出，根据可靠情报，胡图族正在对基加利的所有图西族人进行登记，以便将他们全部除掉，图西族正处于危险之中。然而，获悉电报的同日，联合国维和行动总部以“超越权限”为由，拒绝了

卢旺达妇女在田间劳动。

达莱尔提出的收缴胡图族民兵武器的请求。接着，达莱尔奉命向比利时、法国和美国驻卢旺达大使通报了胡图族正在加紧备战的情报，但仍未引起注意。4月7日，卢旺达女总理在前往联合国开发计划署避难的途中惨遭杀害，胡图族军人还打死了奉命护送她的十名比利时维和军人。比利时遂决定撤回全部维和部队，联合国秘书长加利竭力劝说无效，希望留下重型武器供留守的联合国部队使用的要求也被拒绝。比利时部队在驻卢旺达维和部队中装备最好，其撤出不但使联合国卢旺达援助团陷入困境，而且助长了胡图族民兵的嚣张气焰。

大屠杀开始后，联合国安理会曾试图采取行动，由于美英两国的不介入政策，始终未能采取有效行动。美国几个月前曾在索马里遭受重创，驻联合国大使奥尔布赖特建议，仅在基加利保留“最小限度”的存在以显示联合国的决心。安理会决定象征性地在卢旺达保留270人，职责是调解停火和提供人道主义援助。随着卢旺达局势的日益恶化，加利秘书长一再要求安理会重新考虑大部分维和部队撤出卢旺达的决定，并呼吁采取包括使用武力在内的行动尽快制止大屠杀，遗憾的是未能得到响应。大屠杀持续近一个半月时，联合国决定将驻卢旺达援助团人数增至5500人，并扩大其行动授权。可是，奥尔布赖特援引“第二十五号总统令”向安理会施加压力，要求在未满足美国一大堆条件前，不能实施增派维和部队的决定。

达莱尔将军认为，在局势迅速恶化的情况下，许多图西族人没有选择逃离而是留了下来，正是出于他们对维和部队的信任，未料却遭到维和部队的背弃。他说，制止这次大屠杀，其实只需要5000名装备精良、授权明确的联合国部队就行了。

历史大悲剧发人深省

卢旺达大屠杀是全世界的大悲剧，是全人类的大耻辱。国际社会未能及时采取有效措施制止这场惨剧，负有不可推卸的责任。西方大国有能力制止而一直没有行动，更是难辞其咎。人们不禁要问：充当“世界警察”的世界唯一的超级大国哪里去了？在前南斯拉夫和伊拉克大打出手、冲锋在前的美国为何无动于衷？美国的盟国们为何按兵不动、熟视无睹？说到底，这与西方的价值观和利益观紧紧连接在一起。

美国人为何一直躲躲闪闪？除“索马里综合征”外，美国政府高官曾表示：“我们并不在乎卢旺达或布隆迪发生了什么，美国的利益不在那里，不能把这些无聊的人道主义问题和诸如中东、朝鲜等重要问题混为一谈。”这就清楚地表明，美国标榜所谓的“民主”、“人权”，不过是一副假面具而已，他们看重的是自己的真实利益，是别人的丰富资源，是自己的国家安全。

就价值取向而言，在2004年4月5日的评论中，南非《商业日报》一针见血地指出，国际社会未能采取有效措施制止卢旺达大屠杀的主要原因是，在西方大国的眼里，非洲人的性命是廉价的。其实，这并不是南非人对西方人持有什么偏见，这恰恰是达莱尔将军的观点。在“防止和干预大屠杀”的论文中，达莱尔将军强调“西方强国抛弃卢旺达，是因为卢旺达对他们没有战略价值和战略资源”，西方大国对大屠杀负有责任和罪恶之感，“因为他们未采取任何行动”。他批评美国等西方大国“只关心对自己有价值的国家”，质问它们为什么对“前南斯拉夫和卢旺达实行双重标准”？他还指出，卢旺达的前殖民国比利时在大屠杀时“抛弃”了卢旺达，比利时和法国部队的撤离负有重要责任。达莱尔最后建议：“联合国应该在防止西方大国将人类推向不安全的状态中，发挥更大的作用。”

2003年10月，达莱尔出版了专著《与魔鬼握手》。他认为这是一本关于“失败”的书：失败属于驻卢旺达维和部队，因为在他们的眼皮底下，胡图族极端分子残酷地杀害了近百万名无辜者；失败属于几个西方大国，因为它们有能力却没有及时制止大屠杀；失败属于联合国，因为它未能给身处困境的少量援助部队以支持。他在深刻的自责中认为，自己身为指挥官，是这失败集体中的一员，甚至是最大的失败者。

第五节　终止政变求稳定

自1975年独立到2004年的29年间，科摩罗共发生了29次政变和外国雇佣军入侵，平均每年一次。期间，共换了六位总统。这一组数字使世人一提起科摩罗，就将其与“政局动荡”联系在一起。

科摩罗最近的一次政变发生在2002年夏天，昂儒昂岛主席差点被推翻，所幸政变未遂。最后一次外国雇佣军入侵的时间是2002年1月，8名法国人登上莫埃利岛，企图推翻该岛政府而被粉碎。人们不禁要问，科摩罗何以频频发生政坛地震呢?

科摩罗群岛是两百万年前海底火山爆发而自东向西形成的，经历了三个阶段：第一阶段为夏威夷式的喷发，形成流动的熔岩；第二阶段是斯德隆布利式的喷发，形成许多火山砾石；第三阶段叫火山锥形式的喷发，形成许多火山口湖。独特的地理位置使科摩罗拥有世界上独一无二的自然风景：大科摩罗岛是一座活火山，最近一次喷发的时间是 1978 年，其主峰卡尔塔拉海拔 2361 米，上面不但留有世界上最大的火山口，宽度达 8000 多米，而且留有不少火山口湖。这些独特的高山湖泊被称为“活的生物实验室”。而科摩罗群岛四周的海底世界更是变幻莫测，妙不可言；昂儒昂岛被誉为科摩罗之明珠，山峦起伏，溪水淙流，风景优美；莫埃利岛附近的“尼如马苏瓦”小群岛被称为“人间仙境”，是联合国认可的“海上公园”。其国名“科摩罗”意为“月亮之国”，首都“莫罗尼”意即“幸福的发源地”。由此可见，旅游是科摩罗的一个支柱产业，香料种植是火山岛的一大特色。

公元 10 世纪，阿曼人南下来到科摩罗定居，成为科摩罗的“土著”，并建立了苏丹王国。1750 年，葡萄牙人发现科摩罗。1841 年，法国入侵马约特岛。1912 年，科摩罗四岛正式成为法国殖民地。1975 年 7 月 6 日独立，成立科摩罗共和国。中国是世界上第一个承认科摩罗由四个岛组成的国家，对此，科摩

中国医疗队工作的科摩罗首都医院。

罗人民深表谢意，铭记心间。

1997 年 10 月，昂儒昂岛宣布独立，遭到科全国人民反对，受到非统组织制裁。国家出现了分裂主义的政治危机，维护统一、民族和解提上了议事日程。次年 11 月，塔基总统病逝，塔基丁出任代总统。1999 年 4 月，科各岛和各党派在非统组织和马达加斯加的主持下召开会议并达成《塔那那利佛协议》，同意成立国家联盟，各岛实现高度自治，但昂岛代表拒绝在协议上签字。4 月 30 日，国家军队参谋长阿扎利上校发动政变上台。

阿扎利上台后，积极寻求与昂岛当局对话，实现民族和解，双方于 2000 年 8 月签署了《丰波尼共同声明》。该声明因与《塔那那利佛协议》出入较大，受到非统的反对。2001 年初，在非统和法语国家组织的斡旋下，科摩罗各方达成民族和解框架协议，正式启动和解进程。同年底，全民公决通过了新宪法，决定成立科摩罗联盟。2002 年 3 月举行全国大选，阿扎利当选为科摩罗联盟总统，各岛陆续选举产生了地方政府主席。2003 年 12 月，各岛和联盟政府达成《科摩罗过渡措施协议》，2004 年 6 月选举产生了国民议会和各岛议会，建立健全了全国和地方政府，民族和解成绩显著，国家逐渐步入稳步发展的轨道。

科摩罗属于联合国宣布的世界最不发达国家之列，按人类发展指数计算，排名世界第 139 位。经济基础脆弱，严重依赖外援，近年来政局动荡，西方国家和世界银行停止了援助，旅游业受到致命打击，加之国际市场上香料大幅度降价，香料出口遭受重创，科摩罗经济面临巨大挑战。如何进一步稳定政局，发展经济，提高人民生活水平是摆在新政府面前的重大课题。相信随着援助科摩罗出资国圆桌会议的举行和国内旅游业的复苏，科摩罗人民将会战胜前进道路上的重重困难，迎来国家建设和发展的新时期。

第十五章　迎来和平

“水能载舟，亦能覆舟。”推翻蒙博托政权仅一年后，卡比拉总统就陷入四面楚歌的境地。昔日帮助他打江山的盟军、拥戴他坐江山的平民从国家东部揭竿而起，直逼首都，多亏几个“哥们儿”及时扶他一把，岌岌可危的政权才得以挽救。

刚果（金）和平进程一波三折，时至今日仍未完全走上和平发展道路。然而，“青山遮不住”，和平必将来临。

安哥拉有“南部非洲聚宝盆”之称，丰富的资源却成为延续内战的滚滚财源——政府拥有石油，安盟占据钻石，使一场旷日持久的战争演变成“虎豹之争”，和平协议难以执行。安哥拉内战连绵 27 年，终因一个关键人物之死而画上休止符。萨文比的命运让人感叹！

2001 年 6 月，我曾赴安哥拉首都罗安达采访，当时安哥拉正处战乱之中。时隔整整五年后，我再次踏上那片土地，眼前的一切正在发展变化。罗安达意为“低洼地”，“低洼地”迎来和平，志在高远。

欢快的鼓点喜迎和平。

非洲关注布隆迪和平，非洲统一组织曾委派坦桑尼亚前总统尼雷尔为布隆迪和谈调解人。尼雷尔逝世后，南非前总统曼德拉继续调解，布隆迪顺利实现了和平过渡。

第一节 “逐客令”引发战火

1998年8月2日，刚果（金）第十营部队在东部边境城市戈马和布卡武宣布不再支持政府，两城市随即发生枪战；当晚，首都金沙萨的两个军营发生武装冲突，政府于3日宣布对首都实行三天宵禁。接着，刚果（金）东部硝烟弥漫，战火迅速蔓延到中部；首都金沙萨形势紧张，不时有枪声响起，已造成十多人死亡，数百人外逃；位于该国西南部的基托那军事基地也燃起了战火，一架载有400名士兵的飞机被劫持到那里，使得形势更加扑朔迷离。刚果（金）缘何此时起战火呢?

卡比拉的“逐客令”是引起战火的直接导火索。7月27日，刚果（金）总统卡比拉宣布，从当日起遣返本国军队中的卢旺达和乌干达士兵。卡比拉透露，在其领导“解放刚果—扎伊尔民主力量联盟”1997年5月推翻蒙博托政权时，其麾下有六万多名外籍军人。到7月30日，已有800名卢旺达军人被遣返回国。数万名外籍官兵曾加入卡比拉的军队行列，为其攻克金沙萨、推翻旧政权立下了汗马功劳。“逐客令”自然引起了外籍官兵的敌对情绪，同时也使刚果（金）的图西族即班尼亚姆伦盖人对政府产生成见。问题在于，卡比拉为什么此时要对外籍军人下“逐客令”呢?

种族矛盾是引发战火的深层原因。200多年前，卢旺达的图西族人迁移到今日的刚果（金）东部居住，被称为班尼亚姆伦盖人。然而，原扎伊尔政府对其歧视，因而埋下了种族不和的祸根。卡比拉曾许诺平等对待他们，使得东部成为其于1996年10月发动武装起义的策源地。刚新政权建立一年多来，班尼亚姆伦盖人认为，卡比拉未能践诺，他们的处境一如既往。他们还指责卡比拉任人唯亲，重用亲朋和乡党。一段时间以来，刚东部地区一直动荡不安。

卡比拉认为，东部地区的不安定因素与卢旺达军人有牵连，这就使得卡比拉与卢旺达盟军之间出现了严重分歧。正是在这种情况下，卡比拉下了“逐客令”。可是，班尼亚姆伦盖人认为，自己家乡的卢旺达图西族军人一走，他们便缺少了“保护伞”，容易受到伤害。一赶一留，矛盾加深。卢旺达政府认为，反对其政权的本国胡图族武装和其他反叛分子一直自刚边境地区向卢发动攻击，制造事端；而卡比拉对此打击不力，致使胡图族武装和反叛分子力量壮大，活动猖獗，对卢造成不利影响。卢图西族军队此时被遣返回国，卢担心这一带的胡图族武装进一步扩大，对其造成更大的威胁。卡比拉当年发动武装起义时曾向邻国许诺，他将保证边境地区的和平与安全，可现在的事实并非如此，邻国于是迁怒于他。战火燃起之后，刚果（金）谴责卢入侵了其领土。

治国缺乏大计方略是其主要内因。1997 年 5 月进城时，人们把卡比拉作为英雄欢迎，他一举推翻了 32 年的独裁统治，人们对他寄予厚望，因为这个国家渴望民主、需要建设和发展。执政 15 个月来，卡比拉政绩平平，人们心中升起的希望之火渐渐熄灭了，有人甚至认为他是蒙博托第二。

经济方面，卡比拉不像蒙博托那样“随心所欲”地大印特印钞票，又将货币名称“扎伊尔”改为刚果法郎，使通货膨胀率从 1995 年的 542%降到现在的 14%；其“三年经济复兴计划”赢得国际货币基金组织的称赞。然而，由于开采矿藏计划未能得到实施，加上外国投资与捐献者失去信心，他提出的国家重建计划毫无进展。

最令国人失望之处表现在政治方面。卡比拉排除异己，任人唯亲，他家乡沙巴省的亲朋好友得到重用。上台伊始，他曾允诺大力推进民主化进程，可当 1999 年大选临近之际，卡比拉又取缔反对党派，逮捕新闻记者，关闭报社。就连在掌声中成立的前政府腐败调查机构，也因其负责人被解职而告夭折。

滞留外国军队，未能信守诺言是其重要外因。卡比拉政权是在外国枪炮的支持下建立起来的，这一点，就连他本人也直言不讳。新政权建立后，外籍军人长期留在刚果（金），国人难免产生外国军队入侵之忧，卡比拉政权自然也有傀儡政权之虞。这无疑加深了人民对新政权的不信任程度。

对驻军刚果（金）的卢旺达和乌干达两国而言，他们也有意见。当初支持卡比拉推翻旧政权时，卡比拉曾许诺自己当权后，一要平等对待卢旺达的图西族——刚果（金）班尼亚姆伦盖人，二要保证三国边界地区的和平与安全。然而事实是，班尼亚姆伦盖人感到其处境依旧，被歧视的遭遇毫无改变。三国边境地区小冲突不断发生，特别是卢旺达的胡图族武装曾数度在此制造麻烦，以达到最终推翻卢旺达政府之目的。而如何看待该地区接连发生的冲突又加深了刚卢两国的成见。卡比拉认为卢旺达军人肆意制造冲突，企图占领刚果（金）；卢旺达政府则认为卡比拉对冲突制止不力，在自己领土上纵容旺达卢胡图族武装进行反政府活动。

正是在内外交困、矛盾环生的情况下，卡比拉掏出了最后一张王牌——下达了赶走外国军队的“逐客令”，从而引发了战火在全国迅速蔓延。

自1998年8月初刚果（金）爆发冲突以来，非洲国家和国际社会为其停火进行了数次斡旋，和平曙光曾几度出现，1999年7月签署的《卢萨卡和平协议》就是向和平迈出的关键一步。该协议要求冲突双方立即停火，外国军队必须撤离，联合国派遣维和部队，刚果（金）举行政治对话。然而，就在协议签署后仅两天，刚果（金）冲突双方又兵戎相见，相互指责对方违反和平协议，反政府武装曾多次声称将重新发动进攻，刚果（金）及其盟国也表示将予以还击，战火此起彼伏，炮声不绝于耳。按照和平协议成立的联合军事委员会无法正常开展工作，联合国军事观察员不能如期全部到位，《卢萨卡和平协议》几乎名存实亡，成为一纸空文。尽管卷入冲突的各国再三承诺遵守和平协议，但是种种迹象表明，刚果（金）和平僵局依然如故。

事实表明，国际社会为推动《卢萨卡和平协议》尽快实施付出了艰辛和不懈的努力。按照协议成立的政治委员会及其军事委员会积极开展工作；南部非洲和非洲国家领导人不但多次呼吁尽快实施和平协议，而且为此举行了数次首脑会议；在非统组织积极斡旋下，刚果（金）内战各方接受博茨瓦纳前总统马西雷为全国政治对话调解人；美英法等西方国家的官员相继访问刚果（金），推动和平进程；联合国任命了刚果（金）问题特使，秘书长安南和安理会多次发表声明或讲话，呼吁冲突各方履行和平协议……安理会还举行特别会议试图运用迅速派遣维和部队的方式，督促和平协议真正得到实施。

刚果（金）问题的症结到底何在？为什么这一系列的外交努力一直未能打破和平僵局呢？这是因为刚果（金）问题有其复杂的国内外因素和深刻的国际背景。众所周知，卡比拉是在外国军队刺刀的拥戴下走上总统宝座的，而恰恰又是其一纸“逐客令”成为这场战火的直接导火索。反政府武装从国家东部揭竿而起，直逼金沙萨，津巴布韦、安哥拉和纳米比亚三国应邀相继出兵，及时挽救了四面楚歌中的卡比拉政权。至于这场冲突的性质是内战还是外国入侵，卡比拉与反政府武装各执一端。反政府武装认为卡比拉政治腐败、缺乏民主、治国无方，是内因引起的战火，只有解决国内问题才能结束冲突；卡比拉坚持是邻国亡己之心不死，意欲侵占其国土、掠夺其资源，冲突是卢旺达和乌干达入侵造成的，三个盟国也是以帮助打击侵略者为由出兵的。这样，反政府武装始终以与卡比拉进行直接谈判作为停火的前提条件，以此来为自己正名，争得合法地位，并使冲突成为内战性质；卡比拉一直拒绝与反政府武装直接会谈，以此来表明反政府武装的非法地位，同时又使冲突定性为外国入侵。会议举行之前，卡比拉还以外国军队撤离、反政府武装领导人不得与会作为自己出席安理会特别会议的前提。由此可见，刚果（金）问题的症结首先表现在交战双方对冲突性质认识的巨大差异上。

《卢萨卡和平协议》的签署从一定意义上解决了冲突的性质问题，因为卢旺达和乌干达两国作为冲突的卷入国在协议上签了字，表明其军队在刚果（金）领土上的存在。与此同时，这两国再三表示，其军队是在边境地区维护国家的安全，这说明边境安全问题一直困扰着大湖地区，影响着该地区的和平与稳定，刚果（金）冲突便是该地区矛盾激化的一种自然表现形式。

另外，南部非洲国家对刚果（金）冲突的鲜明立场和解决冲突截然不同的态度又折射出南部非洲发展共同体成员国之间的矛盾。战火爆发后，当时的南部非洲发展共同体轮值主席曼德拉极力主张通过外交手段和平解决冲突，并借此推动刚果（金）的民主化进程；该共同体政治、防务和安全主席穆加贝则坚决主张出兵帮助卡比拉打击外国侵略者，用武力捍卫作为发展共同体成员国——刚果（金）的主权和国家利益；赞比亚等国以积极的中立态度展开外交斡旋，促使尽快停火。尽管冲突的卷入国出于其各自不同的国家利益，但是有关各国对这场冲突泾渭分明的态度说明，刚果（金）问题是与地区矛盾相互交织在一起的。卡比拉在联合国安理会特别会议上强烈谴责卢旺达和乌干达两国是侵略者，公开批评南非支持刚果（金）反政府武装就是例证。

最后，刚果（金）问题有着深刻的国际背景，受国际环境变化的制约。这次安理会特别会议期间，非洲国家首脑一致批评美国等西方国家对刚果（金）冲突隔岸观火，态度消极，视而不见冲突造成大批无辜平民的伤亡和流离失所，而对科索沃却情有独钟、兴趣极大。首脑们强烈呼吁联合国尽快向刚果（金）派遣维和部队，解决维和与政治对话所需的资金，认为没有维和便不会有和平。美国虽承诺负担维和所需的 1/3 的资金，但需国会通过后方能兑现。《华盛顿邮报》表示，美国出资的前提是刚果（金）首先实现停火，因为有了和平才能维和，这说出了不少国会议员的心声，代表了美国对刚果（金）冲突的态度。

刚果（金）问题是多种矛盾交织的集中反映，其和平僵局的打破需要对症下药。由于冲突双方势均力敌，处于相持状况，刚果（金）最终实现和平任重而道远。

第二节 刚果（金）握手言和

多年战乱致使刚果（金）经济停滞和倒退，国家至今贫困不堪，人均国内生产总值不足100美元，民众受教育程度很低，文盲率高达70%。刚果（金）人民企盼和平，国际社会努力帮助刚果（金）实现和平。

联合国观察团

在位于首都金沙萨市中心的一个普通院落，一面醒目的联合国旗帜在烈日下迎风飘扬，一名身着米色军装的黑人士兵紧握钢枪守卫在大门旁，这就是联合国观察团驻刚果（金）总部所在地。我走进办公楼采访时，只见观察团成员要么在计算机前紧张地工作着，要么在会议室里认真地讨论着，要么正手握电话筒详细地交谈着。观察团新闻官佩克梅兹和军事指挥官巴拉上校热情地接受了我的采访。

佩克梅兹介绍说，联合国驻刚果（金）观察团是按照联合国有关决议成立的，其主要任务是执行1999年7月在卢萨卡签署的和平协议，以实现刚果（金）的永久和平。和平协议的主要内容包括：卷入刚果（金）冲突的各方实现停火，成立联合军事委员会，解除非法武装，外国军队撤离，举行刚果（金）国内政治对话，以及部署联合国维和部队等。

他强调，联合国安理会一直关注刚果（金）和大湖地区的安全与稳定，刚果（金）战火爆发后，安理会陆续召开了相关问题的重要会议，通过了一系列有关决议。1999年4月9日，安理会通过了第1234号决议，欢迎安南秘书长任命刚果（金）问题特使，敦促秘书长表明联合国在刚果（金）和平进程中的重要作用。同年7月15日，在听取了秘书长关于刚果（金）问题的报告后，安理会于8月6日通过了第1258号决议，决定向刚果（金）首都和主要的交战区、卢萨卡和平协议的签署国部署 90 名军事观察员和联络员，首批联络员同年 10 月派出。2000 年 1 月 24 日，安理会举行刚果（金）问题特别会议，冲突卷入国的元首与会；整整一个月后，安理会通过了第 1291 号决议，决定向刚果（金）派遣 5537 名维和人员，其中包括 500 名军事观察员和 5000 名保护部队。“驻刚果（金）观察团就是按照这一决议成立的，观察团成员来自 42 个国家，组成一个世界性大家庭。金沙萨总部分为政治处、管理处、后勤处和民事处，民事处下设人权保护、人道主义、儿童保护和信息管理等四个办公室。”

在一张巨幅军事地图前，来自塞内加尔的巴拉上校对我讲，刚果（金）是非洲第三大国家，面积 2344885 平方公里，是自己的祖国塞内加尔的六倍，相当于法国的五倍。他用教鞭指着地图说：“具体而言，刚果（金）南北长 1500 公里，东西宽 1600 公里，加上森林覆盖着 53%的国土，这一自然环境给实施维和任务带来了较大困难。”

巴拉上校对刚果（金）的地理和维与部队的部署情况了如指掌。他用教鞭在地图上比划着，继续讲道：“为维和工作的方便，我们将刚果（金）全国划分为四个大区，把维和部队分为 24 个分队，分别驻扎在全国各地，主要分布在北部、中部、东部和东北部地区。”他熟练地用教鞭给我指示各分队的所在地。然后，他用教鞭从刚果（金）与喀麦隆接壤处的国家西北部边境开始，先是沿着刚果河，快到东方省省会基桑加尼时又朝南一拐，再继续向东南方向划到刚果（金）与坦桑尼亚边境。“这条西北—东南走向的斜线就是政府军与反政府武装的分界线，从地图上可以看出，反政府武装实际上已控制了刚果

驻刚果（金）的联合国观察团分析局势。

(金) 1/2 的国土。西北部地区由'刚果解放运动'占领，北部和东北部地区基本上由'刚果民主联盟'控制，其中'刚果民主联盟'又分裂为基桑加尼派和戈马派。2001 年 6 月 1 日，'刚果解放运动'同意执行规定后撤，从而沿这条线形成了 30 公里的隔离带，完成了军事脱离接触的任务。接着，刚果河航运开通，从首都可直达基桑加尼。这些都是和平的信号。"

巴拉上校指着基桑加尼告诉我："为争夺这一战略要地，刚果（金）的两个反政府武装曾在此交火三次，实现基桑加尼的非军事化是安理会 2001 年 5 月做出的决定，是和平进程中的重要一步。"

除两大反政府武装外，刚果（金）东部地区还活跃着一支重要的民间自卫武装"马伊马伊"，人数超过两万名，势力不可小觑。巴拉上校说："由于这支武装没有在和平协议上签字，不受和平协议约束，对和平构成一个威胁。"除"马伊马伊"外，刚果（金）东部边境地区还存在着两支民间武装——卢旺达反政府武装和布隆迪反政府武装。这两支武装的人数也不少，不可轻视之。保障与东部邻国边境地区的安全是实现刚果（金）永久和平的一大重要因素，刚果（金）的和平决不能以牺牲邻国的安全为代价，而必须建立在大湖地区和平与稳定的基础之上。

联合国观察团认为，外国军队的完全撤离和国内反政府武装彻底解除武装是实现刚果（金）和平的两大关键性问题。观察团当时的主要任务，一是监督外国军队全部撤离，敦促其履行在卢萨卡和平协议中的承诺；一是促使反政府集团解除武装，使其成员复员回家、重返社会和得到重新安置。他们表示相信，刚果（金）人民翘首以盼的永久和平即将来临。

勤劳能干的非洲妇女。

国家重建在即

随着和平之窗开启，刚果（金）的重建提上议事日程。如何着手重建国家呢？2001 年 6 月，在金沙萨分别接受我专访时，刚果（金）新闻部长和司法部长表示，最主要的是：稳定国家宏观经济政策，恢复实施"三年发展计划"；充分发挥资源优势，大力发展矿业生产；采取优惠政策吸引外资，重点发展基础设施；重新恢复法律和秩序，保护外国投资者的权益。重建计划可简称为六个字：稳定、恢复、发展。

1997年卡比拉新政权建立后，提出了振兴国民经济、初步摆脱贫困的“三年发展计划”。该计划的核心是：实行社会市场经济，推行私有化政策；加强宏观经济调控，整顿经济秩序，推行货币改革，抑制恶性通货膨胀；充分发挥资源大国的优势，以矿业、森林和农业资源的开发为龙头，优先发展交通、农业和通信业，计划在三年内投资25亿美元修建3万公里公路。刚果（金）政府发言人、新闻部长基卡亚·卡鲁比在接受我的采访时指出，“三年发展计划”实施后，国家经济形势和财政状况曾经好转，通货膨胀率最低时已降至11%，并于1998年6月30日发行了新货币“刚果法郎”。遗憾的是，新货币仅发行一个月后，战争爆发了，国家三年重建计划被迫中断，经济形势随之再度恶化。为了稳定经济，保证军费开支，政府实行战时经济政策，采取措施整顿金融市场，加强国家监控，实行外汇管制，由于受战火的冲击，这些措施收效甚微，经济发展严重受创。

深受战争摧残，刚果（金）展现给世界的是一幅悲伤的画面，国家重建面临着不少困难，然而前景一片光明。一位世界银行代表认为，刚果（金）是“世界上最贫穷的五个国家之一，但它同时又是世界上资源最丰富的十个国家之一”。来自联合国开发署的资料表明，刚果（金）70%的人口生活赤贫，失业率高达80%，经济呈现负增长。刚果（金）财政和预算部长马顿古卢指出，这一结果“主要是因为过去10至15年的战乱吓走了外国投资者和经济管理不善造成的”。2001年5月26日放开外汇管制后，刚果法郎与美元的比率从1∶50贬至1∶330。由于和平前景乐观，通货膨胀率从2000年的511%，到2001年前半年降至135%，后半年又降到10%以下。在世界银行和国际货币基金组织的帮助下，刚果（金）于2001年3月实施第二步改革，加大国家重建的步伐。

卡鲁比强调：“和平与稳定是国家经济发展的前提和基础。现在，和平即将来临，我们已着手开始重建国家，以稳定宏观经济政策，恢复实施‘三年发展计划’为重点，努力发展经济，医治战争创伤，提高人民的生活水平。”他进而表示，自己的祖国资源丰富享誉全球，素有“世界原料仓库”、“中非宝石之国”和“地质奇迹”之称。并举例说，全国森林覆盖率为53%，约1.25亿公顷，占非洲热带森林面积的一半，其中8000万公顷可供开采，

刚果（金）首都金沙萨即景。

目前仅开采了62万公顷；木材年均可采伐量600万立方米，盛产乌木、红木、花梨木、黄漆木等22种贵重木材。水力资源极为丰富，蕴藏量超过一亿千瓦，占非洲总储量的40%、世界的13%，“如果用这些水力发电，发电量足以满足整个非洲大陆的需求”。他接着高兴地说，矿产资源更加丰富，全国蕴藏着多种有色金属、稀有金属和非金属矿，钴的储量360万吨，占世界总储量的15%，居世界之首；铜的储量5551万吨，名列世界第四；钻石储量5亿克拉，其中80%为工业钻石，具有年产2500万克拉的生产量，约占世界总产量的1/4。另外，锌、锰、锡、钽、锗、镍、铬等的储量也相当可观。“我们将以矿产开发为龙头，大力发展农业和通信业等，同时积极吸引外资，欢迎外国企业，无论是国有还是私人企业，来这里与我们合作或独家经营。”

“我们相信战争很快会结束，国家重新即将开始。战争破坏了许多基础设施，对资源进行掠夺性开发，国家重建将从完善基础设施和矿产有序开发着手。当然，恢复法律的尊严和社会秩序非常重要。”司法部长马苏迪对我说，“我们将完善投资法等法规，实行开放的经济政策，开放外汇市场和矿业、通信业等。在税收等方面实行优惠政策，以吸引更多的外商外资，同时加强有关法律建设，保障外商外资的合法权益不受侵犯。”

在采访中，这两位部长均表示：“刚果（金）的重建即将起步，中国人民是刚果（金）人民最真诚的朋友，一贯理解和支持我们的正义事业与和平进程，希望和欢迎中国企业来刚果（金）投资，参与我们国家的重建进程。"

和平之途多艰辛

2003年4月2日，正当伊拉克炮声隆隆之际，"和平鸽"从非洲大陆南端振翅飞翔。刚果（金）国内各界在南非签署了全面和平协议——《最后行动纲领》，为结束长达四年之久的战乱、实现民族和解与国家重建铺平了道路。消息传至金沙萨，企盼和平的人们奔走相告，载歌载舞欢庆这一来之不易的和平协议。然而，和平协议的签署仅是"万里长征走完了第一步"，实现国家的长治久安、振兴遭到战乱重创的国民经济，无疑任重而道远。

这是一个来之不易的和平协议，协议的顺利签署可贺可喜。刚果（金）自1998年8月爆发战乱后，立即导致多国卷入，遂演变成为地区性冲突，加剧了大湖地区的动乱不安。在南部非洲发展共同体、非统组织和联合国的共同努力下，交战各方于次年7月10日签署了《卢萨卡和平协议》。由于对这场战争的性质各持一端，协议未能得到如期实施。

2001年1月，老卡比拉遇刺身亡，其子继任总统，重启和平进程。联合国观察团顺利开展工作，国际维和部队按期进驻到位，国内政治对话预备会议同年8月举行。然而，外国军队迟迟不能撤离，政治对话又一波三折，同年10月的对话会议因代表权问题被迫中断。2002年2月至4月，在南非举行了长达53天的马拉松式会议。

《最后行动纲领》涉及政治、经济、社会、军事诸方面，是一项全面的和平协议，其中最重要的是关于过渡宪法和过渡政府两项。根据协议，刚果（金）将组成过渡政府，现任总统卡比拉继任总统、四名副总统由政府、两个反政府武装和反对党分别出任；过渡政府为期两年，最多不超过三年，进而举行首次全国大选。

刚果（金）和国际社会在欢呼和平协议签署的同时，无不关心和强调协议的贯彻实施。安南指出，协议的签署标志着对话的成功结束，但是，"没有人会相信协议本身会自己实施，更加艰难复杂的任务还在后面"。姆贝基形容签署协议是"非洲的一个大喜之日，你们的耐心与恒心今天得到了回报，实施协议的更加繁重的任务有待你们去完成"。马西雷称赞参加对话的代表"创造了历史”，而实施协议更加艰辛。刚果（金）各界也希望国际社会继续关注和支持协议的贯彻执行。

实施刚果（金）和平协议究竟面临哪些挑战呢？就刚果（金）国内而言，各派之间的团结与信任是贯彻协议的前提。国内各界各派，包括政府、军队、反政府武装、反对党、民间团体、宗教组织以及流亡国外人士等在内，共362人参加了政治对话，44方代表在和平协议上签了字。签字者表示，过渡政府由四面八方的人士共同组成。政府内部的团结显得非常重要，消除各派之间的分歧，建立相互之间的信任，才能使协议受到尊重，进而得到实施。其次，尽快建立由500人组成的国家议会是实施和平协议的基础。新议会一旦开始工作，为大家协商与交流提供了基地与论坛，有助于消除分歧、取得一致，以统一思想，统一行动。再次，外部监督与支持是执行协议的保证，协议的最后专门强调国际社会继续支持刚果（金）和平与重建的重要性与必要性。《最后行动纲领》中规定，建立执行协议的各个委员会，专司实施该项协议之职。刚果（金）代表认为：“和平协议的达成与签署离不开国际社会的支持，其贯彻实施同样需要国际社会的帮助。”这首先需要联合国和非洲联盟帮助他们任命各委员会成员。

刚果（金）和平协议的全面实施面临着来自协议本身、过渡政府内部和国际社会三方面的挑战。就全面和平协议本身而言，尚有军事协议未能达成一致，主要分歧在于由谁来担任最高领导。军事协议规定，反政府武装人员将分别归入国家军队和武装警察，而由谁来统领，各派意见不一。就过渡政府内部而论，新内阁由各方人士组成，特别是来自两大反政府武装的人员，他们需要转变观念，适应国家重建与发展的新形势，这可不是一件轻而易举之事。就国际社会来看，伊拉克战争及其战后重建将在一个时期成为世界关注的焦点，这无疑削弱了国际社会对刚果（金）、大湖地区、乃至整个非洲大陆的注意力，使其得不到应有的帮助与支持，特别是经济方面的援助，这不利于和平协议的全面贯彻执行。

世界上的任何事物都是在迎接挑战中前进、在战胜困难中进步的。正如姆贝基所言，和平协议为刚果（金）的“再生”铺平了道路，这一“梦想”能否变为现实，有赖于刚果（金）的领导人。“你们的实际行动将回答这一问题，是将梦想变为全体刚果（金）人民生活得更加美好，还是变为海市蜃楼，再次使战乱噩梦延伸。我们坚信你们不会使本国人民和非洲人民失望。”

2002年7月30日，刚果（金）总统卡比拉和卢旺达总统卡加梅在南非行政首都比勒陀利亚共同签署了一项和平协议，确保卢旺达军队按期全部撤离。这凝重的一笔为刚果（金）冲突画上一个历史性的休止符。

姆贝基指出，他对协议的签署“表示祝贺”，并为此“感到自豪”，因为该协议的签署是一个历史性的突破，将为大湖地区和整个非洲大陆带来和平、稳定与希望。他表示当天是非洲的“光明之日”。

卡比拉和卡加梅先后在签署仪式上致词，共同表示该协议的签署是一个“历史性的步骤”，“是向和平迈出了一大步”，强调各自的政府将恪守协议，实施协议，以实现大湖地区的和平、稳定与发展。

2003年4月，刚果（金）各派就过渡期权力分配问题达成一致，签署《全面包容性协议》和《过渡期宪法》。同年6月和8月，刚果（金）过渡政府和过渡议会相继成立，卡比拉出任过渡期总统。2005年12月，刚果（金）全民公投通过新宪法。

第三节　萨文比死于非命

2001年6月，我从刚果（金）来到安哥拉首都罗安达采访。

安哥拉位于非洲西海岸，国土面积124万多平方公里，相当于法国、英国和西班牙的总和，是其前宗主国葡萄牙的12倍，横跨非洲两大河流——刚果河和赞比西河流域，是一片美丽富饶的土地。

大自然青睐安哥拉，给这片土地赋予充足的资源。安哥拉以美丽富饶享有盛名，膏腴的海滨平原、葱郁的原始森林、密布的地上河流、丰富的地下资源，被誉为非洲的“科威特”。安哥拉的矿产资源十分丰富，石油、天然气和钻石的储量在非洲首屈一指，另有铁、铜、黄金、大理石、花岗岩和石英等30多种矿产储量可观。土地肥沃，河流密布，气候适宜，可种植多种热带和亚热带作物，如咖啡、甘蔗、棉花、剑麻和花生等，尤其是咖啡，安哥拉已成为世界第四大咖啡生产国。全国森林密布，面积达5000万公顷，盛产乌木、非洲白檀木、紫檀木等名贵木材。水力和海洋资源丰富，众多的河流不但为发展农业提供了良好的灌溉条件，而且为开发水力发电提供了有利条件；海岸线长达1650公里，是非洲大陆水产品最丰富的地区之一，年捕获量超过60万

参观奴隶纪念馆是一堂生动的历史课。

殖民者的大炮还能发出响声吗?

吨，曾为国家主要产业之一。

安哥拉新闻部官员向我介绍说，他们的国家具有发展经济的巨大潜力，石油和钻石是其支柱产业。安哥拉的石油勘探始于 1906 年，但第一口井直到 1955 年才开始运营。1966 年在卡宾达海湾发现了大量石油，使石油在国民经济中的地位突然提升，从 1973 年起取代咖啡成为国家的最大出口产品。1975 年独立时，安哥拉就是非洲第三大石油生产国，仅次于尼日利亚和加蓬，目前已成为非洲第二大石油生产国，日产石油百万桶。近年又发现了新的近海石油资源，石油总储量达到 177 亿桶。除石油外，天然气的储量可达 500 亿立方米。

安哥拉是在 1912 年发现钻石的，五年后开始采挖。第二次世界大战前，钻石一直是安哥拉最大的出口产品，二战后让位于咖啡。目前，钻石是仅次于石油的第二大出口产品，钻石产量大，品质一流，光洁度非常之好，主要集中在国家北部和东北部地区。

令人气愤的是，滚滚而来源源不断的石油和闪闪发光璀璨夺目的钻石，先是引起西方殖民者垂涎三尺，进而据为已有，掠夺开发，攫取暴利，撑破了殖民者的腰包。自 1482 年葡萄牙殖民者迪亚士的船队首次抵达刚果河口后，他们便瞄准了这片流油而闪光的富饶土地。葡萄牙、西班牙、英国和荷兰殖民者纷至沓来，开始干起贩卖奴隶的罪恶勾当，把安哥拉作为取之不尽的“奴隶矿”。1576年，殖民者始建罗安达，沿着宽扎河向内陆地区进发，把罪恶的双手伸向内陆高原地区，三百多万黑人先后被贩卖到葡萄牙、巴西和中美洲国家。对安哥拉而言，1836年废除奴隶贸易和1878年正式结束奴隶制度并未使情形发生本质性变化，在所谓的“合同工”的幌子下，大批安哥拉人民仍遭受着残酷的压榨与剥削。至19世纪，殖民者疯狂掠夺土地，并获得了安哥拉的准确版图，在1885年殖民者分赃的柏林会议上，安哥拉被划为葡萄牙的殖民地，1922年葡萄牙占领安哥拉全境，丰富的矿产则由葡萄牙一国尽情掠夺。

20世纪50年代，安哥拉人民反抗葡萄牙殖民统治的斗争风起云涌，先后成立了三个民族解放组织：安哥拉人民解放运动（安人运）、安哥拉民族解放阵线（安解阵）和争取安哥拉彻底独立全国联盟（安盟），并于60年代揭开了声势浩大的争取民族独立武装斗争的序幕。1975年1月，这三个民族解放组织在肯尼亚首都蒙巴萨相互承认，并于1月15日同葡萄牙政府达成关于安哥拉独立的《阿沃尔协议》，同月31日组成过渡政府。然而，1975年8月，这三个组织为争夺对罗安达的控制权而矛盾激化，终而导致兵戎相见，过渡政府因之解体。同年11月11日，安人运宣布成立“安哥拉人民共和国”。另两个组织不予承认，计划联合成立“安哥拉民主共和国”，但双方又未达成一致，安盟单方在万博宣布成立“安哥拉黑人民主共和国”。次年，安人运击溃安解阵部队，并将安盟部队赶出城市。

安哥拉石油部官员在接受我采访时表示，该国自独立以来便陷入内战的泥淖而难以自拔，其中一个主要原因就是政府与反政府武装安盟分别据有国家的两个经济支柱——石油和钻石，使得双方均拥有从事战争的经济来源。尽管联合国多次做出对安盟实行武器和钻石禁运的制裁决定，一些国家从一己私利出发却继续与安盟从事地下秘密交易，安盟因之财源不断，与政府进行长期武装对抗，使得冲突频发、内战不止，人民长期遭受战乱之苦，真可谓“乾坤含疮痍，忧虞何时毕”。

2002年2月23日晚，安哥拉国家电视台播放了反政府武装首领萨文比布满枪眼的尸体的录像：身着绿色军装的萨文比仰面躺在一块血迹斑斑的旧布上，他的头部中有两枪、身上中了13枪，镜头不时对准他头部、身上和颈部的15个枪眼，并推出了他身上覆盖着安盟的旗帜和他在棺材中的画面。

萨文比是21日下午3时在安哥拉东部莫希科省卢武区卢库塞镇被政府军

击毙的，距离首都罗安达约700千米。当时，萨文比正在河岸的一个秘密躲藏处休息，与多名高级军官在一起，30名贴身保镖寸步不离，未料中了政府军的埋伏。慌忙中，萨文比操起冲锋枪抵抗，因寡不敌众而当场中弹死亡，所有保镖和两名营长也被击毙，其他人溃散而逃。据一名知情者讲，萨文比遇害与其一名警卫告密有关，“根据一位领导追捕萨文比的政府军官透露，他们此前抓捕了一名萨文比的警卫官，因而获悉萨文比经常躲藏的具体地点”。一位目击者说，萨文比被击毙时头上戴着红色贝雷帽，腰间还系着护身符——一条红色丝带和一条绿色丝带。

据报道，政府原计划将萨文比的尸体运送到首都示众，由于天气原因未能如愿。萨文比的尸体被政府官员检验后，接着被装进棺材就地草草掩埋，地点离他当年创建安盟时仅50千米之遥。

若纳斯·萨文比，1934年8月3日降生于莫希科省一个铁路工人家中。1958年赴里斯本攻读医学，两年后中断学医转到瑞士学习政治学，并投身到反对葡萄牙殖民统治、争取安哥拉独立的正义斗争之中。1961年参加安哥拉人民联盟，出任总书记。次年协助创建安解阵，并在安哥拉流亡革命政府中任外交部长。1964年退出安解阵和流亡政府，次年获博士学位。在中国接受军训9个月后，1966年3月在家乡创建安盟，自任主席，开展争取民族独立的武装斗争。1975年国家独立后，由于三个民族解放组织——安人运、安盟和安解阵政见严重分歧，终于导致三者之间兵戎相见，旷日持久的安哥拉内战由此爆发。

冷战时期，安人运政府得到苏联和古巴的支持，安盟则得到美国和南非种族主义政权的拥护，扎伊尔蒙博托政权也曾暗中相助。苏联解体前夕，1989年6月在非洲19国的斡旋下，安政府与安盟首次达成关于停火与民族和解的《巴多利协议》，但协议未能付诸实施；1991年5月31日，在葡萄牙、美国和苏联的推动下，双方又签署了《比塞斯和平协议》，并于次年举行全国首次多党制选举，安人运在总统和议会选举中均获胜。然而，安盟以选举存在舞弊为由拒绝接受大选结果，国家重陷内战。1994年11月20日，双方签署《卢萨卡和平协议》，重启和平进程，并于1997年4月组成联合政府。由于安盟同床异梦，和平进程再次受挫，双方再次开战，联合国的维和行动受阻。为了安哥拉的和平，联合国曾谴责安盟背信弃义的行为，通过了对其实行禁止武器和钻石贸易的制裁决定。

2001年底，安哥拉政府加紧了对安盟的追剿行动，在东部地区实行焦土政策，将萨文比围困在与赞比亚的边界一带。就在丧生前两三天，萨文比发现自己的游击战进入最困苦的时期，活动余地越来越小，后方供应颇感乏力，穷途末路就在眼前。接着，这名一生身经百战、习惯于用枪杆子说话的人终于倒在了政府军的枪口之下。

2 月 22 日晚，安哥拉部队和政府分别发表声明，萨文比被政府军击毙。消息传出，安哥拉全国欢腾。23 日晚，当萨文比死亡的消息得到证实后，首都市民再次走上街头手舞足蹈，汽车鸣笛以示庆祝。

萨文比之死为安哥拉实现和平创造了一次新机遇，尽管安盟负责人表示萨文比倒下了，他们将为民主与自由继续战斗，但是安盟遭到了重创，极有可能出现分裂，进而走向瓦解。由于安哥拉政府当时控制了国家 92%以上的地区，安盟犹如日薄西山，反击之势尚难形成。

长达 27 年的内战给安哥拉人民造成了深重灾难，约百万人丧生，420 万人流离失所，十多万人变成残疾，另有十多万儿童成为孤儿。国家经济一片萧条，举国上下一片疮痍，人民生活一片凄凉。安哥拉再也经不起内战摧残了，人民对和平已望眼欲穿。萨文比之死为和平提供了一次良机，安哥拉政府和全国人民、全世界一切爱好和平的人民都企盼着安哥拉能够把握这一时机，使国家步入和平建设的新时期。

安哥拉油画反映现实生活。

第四节　安哥拉喜迎和平

2001年6月23日，新世纪的第一次日全食降临非洲，安哥拉是观测和观赏日全食的最佳地点。为此，安哥拉政府花费了不少精力和财力向国内外进行宣传，热情欢迎外国科学家和游人前来目睹这一天文奇观，并特意将该日定为全国公共假日。然而，世界各国的科学家和游客不约而同地云集赞比亚，把卢萨卡的大小旅馆挤得个个爆满。为什么会出现这种强烈反差呢？旷日持久的内战使世人把安哥拉与战争紧紧联系在一起，谁还愿意冒着生命危险去战乱国观看日全食？人们只好望而却步，进而转向政局比较稳定的安哥拉的东邻国赞比亚。

其实，世人之所以对于前往安哥拉观看日全食驻足不前，来自两方面的原因：一方面，安哥拉内战确实给国家和人民带来了极大苦难；另一方面，世人对安哥拉确实存在不少误解。在人们的心目中，内战一定是举国混战，一片混乱，枪声四起，炮声连绵。人们哪里知道，安哥拉政府当时控制着全国绝大部分地区，安盟已溃不成军，部队已是散兵游勇，无法形成大的威胁。安哥拉内战已近尾声，虽零星枪声时有耳闻，但政局趋向稳定，政府机构正常运转，首都的生活正常进行。

诚然，世人对安哥拉的误解也是不无道理的。安哥拉曾经混战一番，至今枪声仍时有耳闻。由于政府军与安盟部队曾势均力敌而又势不两立，内战给国家和人民造成了巨大的创伤，给世人形成了一片混战的负面印象。这种负面印象不但一时很难在人们的脑海中消失，而且由于战争尚未彻底结束，政府一时难以集中全部精力重建经济，内战造成的创伤在现实生活中随处可见。

我在罗安达采访时，战争给国家留下的疮痍虽不能说是满目皆是，但也容易发现。与中国驻安哥拉大使馆为邻的，是一大片用帐篷搭起来的临时避难房，住满了从全国各地前来逃避战乱的无家可归者。我到首都以东40千米的中国援建安哥拉经济住房区采访时，与其仅一墙之隔的，也是一大片避难所。安哥拉社会救济与安置部官员对我说，罗安达有近300万人口，其中一半是流离失所者，而全国的流离失所者高达420万人，相当于首都人口总数的一倍半。在罗安达的大街上，不时可以看到残疾人，他们多是地雷的无辜受害者。这些受害者有的是军人，不少是平民。内战使安哥拉全国境内布满了地雷，全国1200万公民人均一颗地雷。地雷的直接受害者超过5000人，而因战争致残者则达到十万人。由于内战，全国百万人丧生，十多万儿童成为孤儿，“全国需要救济的流离失所者、贫困人口、残疾人和孤儿数量太大，尽管我们在各省都设立了专门的救济机构，但因政府财力有限，我们迫切需要国际援助”。社会救济与安置部官员对我这样说。

罗安达有一个万人露天自由市场，因其商品种类之全和数量之多、光顾的人群之众、占地面积之大而几乎成为首都的一大景点。然而自由市场除热情好客的摊主、横七竖八的简易摊位、来自世界各国种类繁多的商品外，就是遍地狼藉。置身其间，实在对其管理不敢恭维。国家尚处于战争状态，哪里有更多的精力倾注到这里来？

战争对基础设施的毁坏程度更是令人触目惊心。就交通领域而言，全国大部分道路难以通行，80%的铁路系统和20%的航空系统遭到破坏，全国所有的重型卡车变成了废铁。根据世界银行的预算，政府在未来五年仅修复交通就需要投资25亿美元。医疗卫生方面，战争摧毁了全国62%的医疗卫生中心，政府虽投入大量人力和财力预防和治疗疾病，但现状仍然堪忧。公务员队伍的建设也成问题，为我担任采访翻译的救济部外事局官员，仅到津巴布韦培训过5个月的英语，翻译过程中不时为自己的英语水平频频致歉。

2000年底，罗安达一家非政府组织公布的一份调查报告指出，安哥拉妇女和儿童的基本社会发展指数处于世界最落后位置，教育卫生发展水平低下，社会整体发展状况堪忧。这份调查报告说，安哥拉一岁至五岁儿童的死亡率高达33%，全国42%的儿童的体重低于正常标准，50%的学龄儿童失学；妊娠妇女的死亡率惊人，产妇的死亡率达到50%。谈到教育卫生状况时，这份报告认为，安哥拉一半的男子和近2/3的妇女不识字，成人文盲比例从1970年的12%上升到1998年的42%；1997年，安哥拉全国小学入学率是37%，明显低于撒哈拉以南非

谁说孩子的表情不丰富。

洲国家56%的平均水平。缺医少药情况比较普遍，全国仅有44%的家庭能够享受基本医疗保健，只有1/3的家庭能够使用洁净饮用水。

安哥拉政府为稳定宏观经济、降低通货膨胀和高失业率做出了不少努力，曾于1997年通过了三年“稳定与恢复经济计划”，1998年通过了巩固与恢复国家经济中期计划，但由于1999年国内混乱局势加剧，政府军费开支猛增，财政收入锐减，货币大幅度贬值，失业率持续上升，经济恢复计划严重受阻。

2002年2月21日，政府军在国家东南地区击毙反政府武装首领萨文比，全国人民普遍拍手称快，庆祝内战接近尾声，和平曙光再现。安哥拉政府表示，随着战争的结束，国家的政治生活将步入正轨，重建与发展将提上议事日程，并强调未来始于今天，国家重建与发展始于足下。正如多斯桑托斯总统在安哥拉25周年国庆时指出的：“在将近40年的战争所带来的社会和经济创伤之后，安哥拉迫切呼唤和平与进步，我们正在走向这一目标，政府正在全力创造一个和平的气氛，使民族走向和解，经济走向稳定，并针对国家面临的巨大挑战提出了解决方案。”

2006年6月，当我再次踏上安哥拉的土地时，这个国家已实现了人民盼望已久的和平，国家重建步入正轨，人民生活正在改善，各项事业蒸蒸日上。

第五节　布隆迪顺利过渡

布隆迪共和国是非洲中南部的一个内陆国家，濒临坦噶尼喀湖，高原与山

以头代手，多么悠闲。

地是其基本地貌，素有“山国”之称。在飞机上从空中俯瞰，大小山脉连绵起伏，蓝天白云交相辉映。坐落在湖畔的首都布琼布拉更是“一城山色半城湖”，景色美丽迷人，享有“世外桃源”和“小瑞士”的美誉。

令人遗憾的是，这座“世外桃源”并非风平浪静。17 世纪前，以游牧为生的图西人在此建立了封建王国，对胡图族进行统治，从而埋下两大部族隔阂的种子。1890 年，布隆迪成为“德属东非保护地”，1916 年又被比利时“接管”，殖民者实行扶持图西族、压制胡图族的统治政策，进一步激化了部族矛盾。在二战后风起云涌的民族解放运动的高潮中，布隆迪于 1962 年 7 月 1 日赢得国家独立，由姆瓦姆布扎四世执政，称“布隆迪王国”。

此后，暴风骤雨式的军事政变接踵而至。1966 年 7 月王子夏尔篡位，称恩塔尔五世；同年 11 月首相米孔贝罗政变，成立布隆迪共和国。十年后，军队副总参谋长巴加扎政变上台，建立布隆迪第二共和国；1987 年 9 月，军队参谋部作战和训练局长布约亚少校发动政变，自任布隆迪第三共和国总统。1993 年 6 月，布约亚在全国大选中败给竞争对手恩达达耶，仅四个月后，恩达达耶总统在军事政变中遇刺身亡，进而引发全国性的大规模部族屠杀，20 万人丧生，百万人沦为难民。1994 年 1 月，国民议会选举恩塔里亚米拉为总统，同年 4 月恩本人又遇空难身亡，恩蒂班通加尼亚成为新总统。1996 年 7 月，布约亚再次发动政变，复出执政。

布约亚复出后，致力于和平和解，实行温和务实的内外政策。1998 年 6 月，以民族构成比例为基本原则改组了政府，扩大了议会，确立了政府与议会间的“政治伙伴关系”，同时在坦桑尼亚前总统尼雷尔主持下开始民族和解谈判。由于各党派从各自利益出发，以部族矛盾为挡箭牌，在涉及政治权力分配的选举方式、过渡机构、军队改组等问题上各执一端，争夺激烈，致使和谈险象环生，陷入僵局。1999 年 12 月，曼德拉接替逝世的尼雷尔担任新的调解人，以其崇高的国际威望和巨大的个人影响力捭阖纵横，遂使布隆迪政府、议会、十个图西族政党和七个胡图族政党等 17 方于 2000 年 8 月 28 日签署了《布隆迪和平与和解阿鲁沙协议》，就三年的过渡期权力分享达成框架，即把三年过渡期一分为二，前 18 个月由图西族政党集团出任总统，胡图族政党集团担任副总统；后 18 个月则倒过来，由胡图族政党集团担任总统，图西族政党集团出任副总统。在这一框架下，布隆迪过渡政府终于在 2001 年 11 月 1 日宣告成立。

2002年初，我赴布隆迪采访。3月1日中午，布隆迪和平与民族和解部部长吕克·鲁金加马教授在办公室接受专访时指出，过渡政府当时面临的最大挑战是两个政党——“保卫民主力量”和“解放民族阵线”仍未签署停火协议，还在继续战斗。前者以刚果（金）为总部，主要在布隆迪东南部一带坚持武装斗争；后者主要在首都布琼布拉周围活动，不断制造事端。这位部长认为，这两支武装力量之所以还要继续战斗，一是因为它们还能够取得军事胜利；二是它们生活在刚果（金）等相对富裕的国家，不愿早日回归自己的祖国。他们何时愿意在和平协议上签字，还有待于进一步观察。

尽管两个武装派别尚未签署和平协议，但是布隆迪过渡政府已经成立，全国人民渴望和平与民族和解，绝大多数政党愿意携手共建和平生活。这位部长指出：“在实现国家和平与民族和解的新历史使命中，过渡政府面临着许多有利条件：一是和平协议已经签署，为国家和平与民族和解奠定了坚实基础，为解决和处理棘手的政治问题提供了基本框架；二是布隆迪和平与重建得到国际社会的广泛支持，有关国家和国际组织承诺提供4.4亿美元援助，部分援款已经到位；三是政府正在采取行动宣传和平协议，推动和平进程。”“我们正在致力于国家的和平与民族的和解，我对国家的和平前景充满信心。”

为使和平协议深入基层，深入人心，布隆迪过渡政府决定从2002年3月

布隆迪过渡政府总统布约亚（右）举行记者会。

开始在全国范围内开展为期三年的宣传活动，以青年人为主要对象，宣传和解释协议的内容和新宪法，帮助全体国民认识和平与和解的必要性、迫切性和重要性。3月2日下午，政府新闻部长表示，过渡政府将在未来三年中分阶段、分步骤地向全国民众特别是向青年、官员和农民，客观公正地宣讲和平协议，期待着还在战斗的两支武装力量尽快回到谈判桌前，实现国家的真正和平。他强调："布隆迪的和平进程面临着巨大风险，新闻媒体在新形势下要肩负起历史重任，为国家的和平与重建尽职尽责，决不能再像危机时期那样煽动民族情绪，制造民族分裂，播种民族仇恨，而应该、也必须成为民族团结的工具，国家和平的工具、经济发展的工具。"

2002年3月1日下午，我采访了位于布琼布拉的南非驻布隆迪维和部队总部。维和部队新闻官范齐杰尔中校表示，维和部队的工作进展顺利，成功地完成了保安任务。"维和人员每三个月更换一次，但大家忠于职守，不负重托，用自己的实际行动保卫布隆迪来之不易的和平，企盼大湖地区和整个非洲大陆早日走上稳定发展的道路。"

2003年4月30日，根据有关分权协议，原副总统恩达伊泽耶接任布隆迪过渡期第二阶段总统，图西人卡德盖出任副总统。同年11月，过渡政府与最大的反政府武装——保卫民主力量达成一揽子和平协议，保卫民主力量进入政府和议会。此后，布隆迪政局基本保持稳定。

中国驻布隆迪大使馆位于山坡上，两株旅人蕉十分醒目。